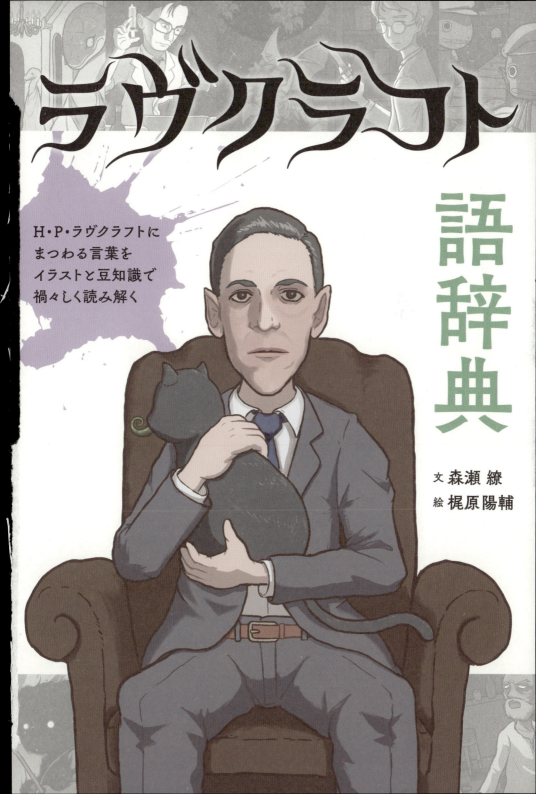

はじめに

誠文堂新光社さんに、『○○語辞典』シリーズの企画として"H・P・ラヴクラフト"がテーマの辞典本企画を打診したのは、2020年の半ば頃だったと思います。北原尚彦さんが手がけられた『シャーロック・ホームズ語辞典』を読んだのがきっかけでした。

よもやその時には、全項目をひととおり執筆するのに足掛け3年以上、そこから細部や文字数を調整するのに半年以上かかる長期プロジェクトになるとは思ってもみませんでした。企画自体がペンディングにされてもおかしくないとビクビクしながら執筆を進めておりましたが、どうにかこうにか、こうして形にすることができました。かくも長きにわたりお付き合いいただいた編集のW様とK様、そしてイラストレーターの梶原様に、この場を借りて深く御礼申し上げます。

筆者は、今世紀に入った頃から、この半伝説的な怪奇小説家と、彼の創造した作品世界——クトゥルー神話に取り組んで参りました。その出発点は、小学生の頃に読みふけった児童向けの怪獣百科であり、さらには栗本薫氏の小説群でした。しかし、砂浜に落ちている歪な形の貝殻を拾い集めるような、ある意味、偏執的とも言える"クトゥルー神話"の欠片探しを数十年にわたって続けているうちに、今世紀に入る頃からようやくその実像が知られ始めたH・P・ラヴクラフトという作家自身への興味が、彼の諸作品以上に大きくなっていきました。

決定的だったのは、2008年の夏に渡米し、約半月にわたってラヴクラフトがこよなく愛したニューイングランド地方の各地を巡り、彼がかつて訪れた街を、彼がかつて歩いた道を、彼がかつて憩った墓場を、実際に訪れたことでした。当時、かつての趣味仲間が、仕事の関係でボストン近くのメドフォードという町に住んでいて、夏のうちにやってくるなら、宿と足を提供してくれると申し出てくれたのです。折しも、円高が極まり、1ドルが80円台だった時期のこと。これほど贅沢な状況で現地を訪れることは、今後、決してないことでしょう。

本書でも繰り返し触れておりますが、ラヴクラフト作品の大部分は、彼が生涯の大部分を過ごしたロードアイランド州のプロヴィデンスや、旅行で訪れた町や地方都市を舞台としています。そして、アメリカ合衆国発祥の地でもある東海岸の多くの土地は、植民地時代とまでは流石にいかずとも、ラヴクラフトが生きていた頃とさほど変わらぬ街路を保持していて、彼の作品に描かれたものと同じ通りを歩き、同じ建物や屋敷を目にすることができました。それは、腑に落ちるなどというレベルにととまらない、まるでラヴクラフトの視界を追体験したかのような、最高の体験でした。間違いなく彼の作品に対する解像度がこの上なくあがり、ちょっとした情景描写から気づきを得られました。いわば、ラヴクラフト・カントリーへの"土地勘"のようなものが得られたのです。

　ただし、これは到達点ではなく、出発点でした。筆者はその後、ラヴクラフト研究の泰斗スナンド・T・ヨシの『H・P・ラヴクラフト大事典』（2012年、KADOKAWA）の日本語版監修という大仕事を経て、最初のクトゥルー神話作品とも言える「ダゴン」の執筆から100年目にあたる2017年から、注釈付ラヴクラフト作品集『新訳クトゥルー神話コレクション』（星海社、2025年2月時点で第6集まで刊行）に携わっています。

　その間にも、米国で刊行・発表されている新たな知見を吸収し続け、訳注や解説に反映して参りましたが、紹介しきれない部分も多く、どこかしらのタイミングでまとめておきたいと、常々考えてきました。

　本書、『ラヴクラフト語辞典』では、20世紀前期の米国大衆小説史における特異点ともいうべき"H・P・ラヴクラフト"の作品のみならず、彼を取り巻く環境や人間関係を、日本における受容史も含めてまんべんなく紹介することに努めました。あなたの知らないラヴクラフトの姿が、この中に見つかるかもしれません。どうか、お楽しみください。

クトゥルー神話研究家・翻訳家　森瀬　繚

この本の楽しみ方

❶ 見出し語

H・P・ラヴクラフトにまつわる作品や人物、団体・組織、出来事の中から、彼についての理解を含め、作品を楽しむのに役立つ語を広く選びました。

❶ 『エイボンの書』

❷ クラーク・アシュトン・スミス が創造した禁断の書物で、初出は「アゼダラクの聖性」。ハイパーボレア の魔術師にして ツァトーグァ の大神官であるエイボンが著したとされる。ちなみに、スミスの「白蛆(びゃくし)の襲来」は、『エイボンの書』の第9章という体裁の小説である。スミスは、1933年9月16日付のHPL宛の書簡で同作について「ガスパール・デュ・ノールによるフランス語の手稿から訳し終えました」と、自身の「イルーニュの巨人」の主人公がこの書物をフランス語訳したという設定を披露した。HPLはこれを受け、同年12月13日付のスミス宛書簡において、『象牙の書 Liber Ivonis』なるラテン語タイトルないしは『リーヴル・デイボン Livre d'Eibon』なるフランス語タイトルで知られる写本を、海に沈んだ西方の土地よりアヴェロン人がヨーロッパに持ち込み、1240年にデュ・ノールがこれを中世フランス語に翻訳したという設定を提示した。HPLはまた、1937年1月25日付の フリッツ・ライバー 宛書簡において、この『象牙の書』の記述言語がラテン語だったかハイパーボレアの言葉だったかは不明としている。

クラーク・アシュトン・スミス
(1893～1961)

❷ 文中の着色した語

解説文に含まれる言葉の中でも、独立した項目立てが行われている語については、着色して示しました。より詳しい話を知りたい場合は、そちらを参照してください。

❸ 実在人物の扱い

本書では、実在する人物と、特定の作品に登場したり、言及されたりする架空の人物が項目立てされています。前者については姓名に続いて生没年を表示しておりますので、それで簡単に区別することができます。

エティエンヌ＝ローラン・ド・マリニー

❸

「銀の鍵の門を抜けて」に登場する、ルイジアナ州在住の神秘家、数学者、東洋学者。失踪したランドルフ・カーターの友人で、彼の遺産相続を巡る会議のために自宅を供した。ヨーガ行者から贈られたものらしい、棺の形をした風変わりな時計を所有する。

ウィリアム・スコット＝エリオット
(1849～1919)

❹

英国のアマチュア人類学者で、本業は貿易商人。社会運動家のアニー・ベサントをヘレナ・P・ブラヴァツキー夫人の後継者と頂くアディヤール派の神智学者であり、ベサント腹心のチャールズ・ウェブスター・レッドビータの薫陶のもと、アトランティス滅亡から逃れた白人魔術師がエジプトやブリテン島に逃れ、巨石文明を築いたと主張する『アトランティスの物語』(1896年) や、ブラヴァツキー夫人の『シークレット・ドクトリン』における記述を単純化し、大西洋のアトランティスと太平洋のレムリアを対置させた『失われたレムリア』(1904年) を執筆。HPLやロバート・E・ハワード、クラーク・アシュトン・スミスなど、当時のパルプ作家に大きな影響を与えた。なお、HPLは「クトゥルーの呼び声」執筆直前の1926年6月頃に、1925年刊行の合本版『アトランティス物語と失われたレムリア』を読んだということである。

---

❹ カッコ記号の使い分け

各項目の説明文中では、いくつかのカッコ記号が使用されています。以下に、その用途を示します。

『』：単行本や書籍や映画など、製品名となっているもの。

「」：短編や詩など、個別の作品名。単行本の表題作など、製品名と同一の場合は、カッコの種類で見分けてください。

〈〉：新聞、雑誌の名前。

""：引用文や重要な語句など。

※本書の情報は、2024年11月の時点で筆者が知り得た情報を基に記述しています。ご了承ください。

contents

目次

はじめに	002
この本の楽しみ方	004
H・Pラヴクラフト 小伝	008
コラム01「ラヴクラフト年表」	010
アーカムの地図	012
インスマスの地図	013
ボストンの地図	014

ラヴクラフト語

あ行	016
コラム02「HPLの食生活」	063
か行	073
コラム03「銀幕のH・Pラヴクラフト」	102
さ行	107
た行	140
な行	160
は行	173
ま行	212
や行	226
ら行	234
わ行	258
参考文献	260
ラヴクラフト 作品リスト	261
あとがき	263
商業初翻訳短編「虫けら爺さん」	265

7

Ｈ・Ｐ・ラヴクラフト小伝

Ｈ・Ｐ・ラヴクラフト（以下、HPL）は、1890年8月20日、米国ロードアイランド州の州都プロヴィデンスに生を享けた。母サラ・スーザン・ラヴクラフトは地元の名士の娘で、父ウィンフィールド・スコット・ラヴクラフトはそこそこの収入がある地方巡回の訪問販売員だった。しかし、幼いHPLの記憶に父の姿はなく、彼が3歳の頃に精神を患ってプロヴィデンスのバトラー病院に入院してしまう。

以後、HPLは母方の祖父ウィップル・ヴァン・ビューレン・フィリップスの屋敷である厩舎付きの豪邸で暮らすようになった。ウィンフィールドは5年後に精神異常者として死亡し、夫の死によって生来の神経症的な気質が悪化したサラは、息子に女の子の服を着せたり、「おまえのような醜い顔の人間は誰からも愛されないだろう」と執拗に言い聞かせると、異様なやり方で息子を愛した。

とはいえ、幼少期の彼は必ずしも不幸でも孤独でもなかった。彼はお坊ちゃまとして甘やかされ、読書家の祖父の蔵書を読み漁り、ギリシャ神話の物語や詩、『千夜一夜物語』などに熱中した。また、親戚から詩作を学び、5、6歳の頃に最初の小説を書いた。スレーター・アヴェニュー小学校にあがってからは親しい友達もでき、手に負えない悪童として校内で悪名を馳せたという。なお、「詩や随筆に比べて小説は劣る」という理由から創作はやめ、愛読したジュール・ヴェルヌ作品の影響で化学や天文学に熱中した。

しかし、祖父が社長を務めるオワイヒー土地灌漑社の経営が傾き、その祖父も1904年に急逝、母子は地元のフラット（家賃の安い集合住宅）への転居を余儀なくされた。また、ホープ・ストリート・ハイスクールでの成績は優秀で、ローカル紙に天文コラムを連載するなど一目置かれていたものの、1908年頃から心身症が悪化して学校を退学、HPLはブラウン大学に進学して天文学者になるという、当時の夢を断念せざるを得なくなる。

1908年から13年にかけて、彼は自宅に半ば引きこもり、人目を避けて暮らしていた。彼は親類との手紙のやり取りや、愛読していた〈アーゴシー〉〈オール・ストーリー〉誌の読者投稿欄に詩の形をとった批評を大量に投稿し、他の読者たちとの論争に時間を費やした。とはいえ、この投稿活動が、彼に転機をもたらした。投稿を通じて知り合った人間の誘いで、1914年頃からアマチュア・ジャーナリズム活動に参加したのである。

生まれて初めて"同好の士"を得た、やや時代錯誤気味で一匹狼の文筆家は、水を得た魚のように活躍を始めた。最初のクトゥルー神話作品とも言える「ダゴン」（1917年）をはじめ、小説執筆を再開したのも、アマチュア・ジャーナリズム仲間の勧めだった。

その後、1919年にロード・ダンセイニの作品に出会ったこともあり、散文が詩に劣るというコンプレックスから脱却した彼は、いよいよ小説執筆に熱中した。1921年に、彼の行動を何かにつけ束縛した母が亡くなったことも大きかった。3年後、彼は同年に知り合った7歳年長の美しい未亡人、ソニア・H・グリーンと結婚して、駆け落ち同然でニューヨークに住み着いてしまうのである。

最初のうち、ニューヨークはHPLにとっては魅力的な街だったようだ。ニューヨーク市立図書館など、歴史ある古い建物がラヴクラフトを魅了し、夜になると友人と共に植民地

時代の面影を残す家を探し回るようなことも
あった。結婚の前年に創刊された怪奇小説専
門誌〈ウィアード・テイルズ〉に寄稿するよう
になったものの、HPLはあまりにも寡作で、
年収1万ドルを稼ぎ出すソニアが家計を支え
ていた。しかし、幸福な新生活は、妻の事業
が行き詰まり、オハイオ州に仕事を見つけた
ことにより、早くも暗雲に包まれた。友人た
ちのいるニューヨークを離れがたかったラヴ
クラフトは妻と別居し、家賃を浮かせるべく
ブルックリン地区に引っ越さねばならなかっ
た。それによって、それまでは観光客のよう
な気分で暮らしていたHPLの目に、騒がしい
雑踏や地下鉄、彼の価値観では汚らしいスラ
ム街といった、ニューヨークの「都会」的な部
分が否応なく入り、彼の嫌悪感をかきたてた。
やがて1926年、妻の勧めもあって彼は懐かし
いプロヴィデンスへと帰還し、過保護なおば
たちと同居するようになる。夫妻が正式に離
婚したのは、1929年のことである。

HPLの創作神話の試みは、1922年執筆の「猟
犬」から始まった。禁断の書物『ネクロノミコ
ン』の著者としてアブドゥル・アルハズレッド
の名前を出した最初の作品だが、アルハズレッ
ド自体は、その前年に執筆された「無名都市」
で言及されていた。以後、クトゥルー神話の
骨子をなす作品世界の重要な構成要素が徐々
に彼の作品中に現れ、時間を遡る形で1917年
執筆の「ダゴン」も取り込まれることになった。
これらの断片的な名称が有機的に結び付けら
れ、「神話」の片鱗をついに見せ始めたのが
1926年執筆の「クトゥルーの呼び声」で、〈ウィ
アード・テイルズ〉1928年2月号で読者の目に触
れることとなる。

HPLは自身の作品のみならず、彼が代作を
請け負った他作家の作品にまで、自分が創造
したものだけでなく、友人の作品に登場する
ワードをも勝手に挿入し、"神話"を拡張した。
また、彼と交流し、〈ウィアード・テイルズ〉誌
などに寄稿していた他の作家たちも、この"遊
び"に積極的に参加した。後年、『サイコ』な
どの作品で世界的な人気作家となったロバー
ト・ブロックや、HPLの死後に彼の作品世界
に魅了され、その手法に学んで数多くの恐怖
小説を送り出したスティーヴン・キング、そし
てハードSFの巨匠として活躍したアーサー・
C・クラークすらも、そうした作家たちの中に
名前を連ねている。

HPLが1937年3月15日に亡くなった後のこ
とについては、本辞典の"アーカム・ハウス"の
項目を参照して欲しい。

ともあれ、多くの作家たちにとって、この
神話遊戯は真剣な創作活動ではなく、肩の力
を抜いて楽しむことができる気楽な遊びであ
り、作品執筆自体が互いに送るエールであり、
親愛の情の証だった。そうして生み出された
作品群は、それを追いかける読者にとっても
エキサイティングな娯楽となった。それは、
たとえば"アーカム"などの共通のキーワード
をヒントに、作品から作品へとたどってゆく、
旅のようなものである。愛好者のコミュニティ
が生まれ、情報収集と研究が行われ、創造者
たちの思いもよらぬ"新事実"が発見されるこ
ともあった。この神話に憧れ、熱中するあま
り自ら作家として"参加"する者もいる。

虚実が入れ替わり、作り手と読み手も入れ
替わり、その全てが神話を形作って、膨らま
せる——そんなゲームが、現在も様々な国で、
様々な言語で連綿と続けられているのである。

No.01 COLUMN of HPL

1890	8月20日、プロヴィデンスのフィリップス家にてHPL誕生。
1893	4月25日、父ウィンフィールド入院。
1895頃	家族か弁護士が、"アブドゥル・アルハズレッド"という名前をつけてくれる。
1896	祖母ロビイ・アルザダ・フィリップス死去。夜鬼の出てくる悪夢に悩まされる。
1898	エドガー・アラン・ポー作品やダイム・ノベルに熱中する。 7月19日、ウィンフィールド死去。
1898～99 1902～03	スレーター・アヴェニュー・スクールに通学。
1899	私家刊行物〈サイエンティフィック・ギャゼット〉を創刊。
1902	祖母の蔵書やジュール・ヴェルヌの影響で、化学や天文学に傾倒する。
1903	私家刊行物〈ロードアイランド天文ジャーナル〉創刊。神話への傾倒を示す。
1904	3月4日、祖父ウィップル死去。エンジェル・ストリート598番地に転居。
1904～08	ホープ・ストリート・ハイスクールに通学。（幾度かの休学を挟む）
1905	「洞窟のけだもの」執筆。
1906	ローカル紙複数で天文コラムを連載。
1908	ハイスクールを中退。
1913	〈アーゴシー〉誌の投稿欄で論戦。
1914	アマチュア・ジャーナリズム活動を開始。数多くの文章を執筆し、友人を得る。
1915	アマチュア文芸誌〈保守派〉創刊。
1916	HPL、友人らとシンフォニー・リテラリー・サービスを営む。
1917	州軍に志願するも、不合格。 「霊廟」「ダゴン」を執筆。 ユナイテッド・アマチュア・プレス・アソシエーション（UAPA）会長に選出。 ウィニフレッド・ヴァージニア・ジャクスンと知り合う。
1919	「眠りの壁の彼方」「白い船」「ランドルフ・カーターの供述」など。 3月、母サラが入院。 9月、ダンセイニ卿の作品と邂逅。 10月、ボストンでのダンセイニ講演を聞きに行く。
1920	「神殿」「恐ろしい老人」「セレファイス」「彼方より」「ナイアルラトホテプ」「家の中の絵」など。 フランク・ベルナップ・ロングJr.と知り合う。
1921	「無名都市」「アウトサイダー」「エーリヒ・ツァンの音楽」など。同時期に「ダゴン弁護論」を執筆。 5月24日、母サラ死去。 7月4日、ボストンでソニア・H・グリーンと出会う。
1922	〈ホーム・ブリュー〉誌にて「ハーバート・ウェスト―死体蘇生者」を連載。商業作家デビュー。また、「猟犬」「ヒュプノス」などを執筆。 4月、ニューヨークを初めて訪問し、ロングやジェイムズ・F・モートンJr.に会う。 8月、クラーク・アシュトン・スミスと知り合う。 12月17日、キングスポートのモチーフとなるマーブルヘッドを訪問。
1923	アーサー・マッケンの作品と邂逅。「壁の中の鼠」「祝祭」など。 〈ホーム・ブリュー〉誌にて「潜み棲む恐怖」を連載。 ニューイングランド各地を旅行。 〈ウィアード・テイルズ〉創刊。
1924	アルジャーノン・ブラックウッド、〈ウィアード・テイルズ〉10月号に「ダゴン」掲載。 3月3日、ソニアと結婚、NYに転居。

ラヴクラフト年表

1925
ハリー・フーディーニのゴーストライターとして「ピラミッドの下で」を代作。「忌まれた家」執筆。
「レッド・フックの恐怖」「あの男」「文学における超自然の恐怖」など。
1月、ソニアと別居してブルックリン地区に転居。
〈ウィアード・テイルズ〉9月号に、ロング「人蛇」掲載。HPL以外の作家による最初の神話作品。

1926
4月17日、プロヴィデンスに帰還。
「クトゥルーの呼び声」「ピックマンのモデル」「銀の鍵」「未知なるカダスを夢に求めて」(完成は翌年)など。
オーガスト・W・ダーレスと知り合う。

1927
「チャールズ・デクスター・ウォード事件」「宇宙の彼方の色」など。
ドナルド・ウォンドレイと出会う。
8月、ニューイングランド旅行。
〈アメイジング・ストーリーズ〉9月号に「宇宙の彼方の色」掲載。

1928
「ダンウィッチの怪異」など。
〈ウィアード・テイルズ〉2月号に「クトゥルーの呼び声」掲載。
長期にわたり各地を旅行。

1929
「墳丘」「ユゴスよりの真菌」など。
春頃に各地を旅行。
8月、恐怖小説アンソロジー『暗闇に気をつけろ!』に「クトゥルーの呼び声」収録。

1930
「暗闇で囁くもの」「メドゥーサの髪」など。
春、夏に各地を旅行。
ヘンリー・S・ホワイトヘッド、ロバート・E・ハワードと知り合う。

1931
「狂気の山脈にて」「インスマスを覆う影」など。
G・P・パトナムズ・サンズ社の単行本

企画が頓挫。
オーガスト・W・ダーレスが神話作品を書き始める。
初夏に各地を旅行。
後に遺著管理人となるロバート・H・バーロウと知り合う。
アンソロジー『夜毎に忍び寄るもの』に「エーリヒ・ツァンの音楽」収録。

1932
「魔女の家で見た夢」「永劫より出でて」など。
旅行中に、エドガー・ホフマン・プライスと出会う。

1933
「戸口に現れたもの」。プライスの「幻影の君主」を「銀の鍵の門を抜けて」に改作。
ロバート・ブロックと知り合う。
5月15日、カレッジ・ストリート66番地で、叔母アニーと同居する。

1934
「時間を超えてきた影」執筆開始。
春から夏にかけて幾度かの長期旅行。
5月から6月にかけてバーロウ宅滞在。

1935
「闇の跳梁者」。
最後の長期旅行。夏期はバーロウと行動を共にする。

1936
体調が悪くなる。プロヴィデンスを訪問したバーロウを遺著管理人に指名。
〈アスタウンディング・ストーリーズ〉2〜4月号に「狂気の山脈にて」が、6〜7月号に「時間を超えてきた影」が掲載。
ヴィジョナリー・パブリッシングより最初の単行本『インスマスを覆う影』刊行。

1937
3月15日、プロヴィデンスにて死去。

1939
アーカム・ハウス社より作品集『アウトサイダーその他』が刊行される。

インスマスの地図

登場作品は『インスマスを覆う影』『戸口に現れたもの』とそれほど多くないが、人ならぬものたちが蠢く漁村インスマスの存在感は大きい。

- ボストン&メイン鉄道（廃線）
- ローリー・ロード
- ドック・ストリート
- マヌセット川
- リバー・ストリート
- ギルマン・ハウス ❺
- マーシュ精錬所
- 悪魔の暗礁 →
- フェデラル・ストリート
- サウス・ストリート
- バブスン・ストリート
- アーカム↓

海の近くは廃屋だらけになっている。

❶ 中洲の島：その昔、魔女たちがここで集会を行った（「魔女の家で見た夢」）。
❷ クレーン・ストリート：この通りにピーズリー教授の自宅が（「時間を超えてきた影」）。
❸ ミスカトニック大学：様々な事件の舞台。危険な本もたくさん所蔵している。
❹ 魔女の家：かつて、魔女キザイア・メイスンが住んでいた。後に、奇怪な事件が多く起きた場所（「魔女の家で見た夢」）。
❺ ギルマン・ハウス：ニューベリーポートへのバス停がある。

13

ボストンの地図

❶ ノースエンド：赤レンガの建物が迷路のように並ぶイタリア移民街。ピックマンの秘密アトリエがある。「ピックマンのモデル」。

❷ ビーコン・ヒル：英国風の高級住宅街。ここの一角に、ミイラ・コレクションで知られるキャボット考古学博物館がある（「永劫より出でて」）。

❸ ボイルストン・ストリート駅：ピックマンの絵画の中で、食屍鬼に襲撃された地下鉄駅（「ピックマンのモデル」）。

❹ ボストン・アート・クラブ：ピックマンが追い出されたクラブの本部（「ピックマンのモデル」）。

マサチューセッツ州の州都ボストンは、ラヴクラフトが足繁く通い、こよなく愛した地方都市だ。この街もまた、ラヴクラフトの物語の侵食を受けている。

ノースエンド❶

★マサチューセッツ州会議事堂

ビーコン・ヒル❷

コモン・パーク

パブリック・ガーデン

★パーク・ストリート駅

★ボイルストン・ストリート駅❸

バック・ベイ

★ボストン・アート・クラブ❹

ラヴクラフト語辞典

あ 016 ►

か 073 ►

さ 107 ►

た 140 ►

な 160 ►

は 173 ►

ま 212 ►

や 226 ►

ら 234 ►

わ 258 ►

アーヴィン・S・コッブ
（1876～1944）

　ケンタッキー州出身の作家、編集者。プリースト判事ものなど映画化された作品もある。1911年、テネシー州とケンタッキー州にまたがるリールフット湖という架空の湖を舞台に、人食いナマズと人間の混血らしき怪物が登場する短編「魚頭」を執筆、〈キャバリアー〉1913年1月号に掲載される。この作品を読んだHPLは大いに感銘し、編集部に賞賛の手紙を送っている。同作はロバート・W・チェンバーズの『未知なるものの探求』共々、「ダゴン」「インスマスを覆う影」に登場する半魚人のインスパイア元とされる。

アーカム

　「家の中の絵」で初めて言及された、マサチューセッツ州エセックス郡の古びた地方都市。ミスカトニック大学のホームタウンで、様々な怪事件と結び付けられている（「ハーバート・ウェスト――死体蘇生者」「宇宙の彼方の色」「名状しがたいもの」など）。モチーフはマサチューセッツ州の港町セイラムで、HPLによれば「より起伏に富んでいて、そして大学がある」「この町と架空のミスカトニック大学を、セイラムの北あたりに置いている」（1934年4月29日付フランクリン・リー・ボールドウィン宛書簡）とのこと。1692年の魔女裁判の際には逃亡者やその家族たちを匿ったというが、中には本物の魔女や魔術師も含まれていた（「銀の鍵」）。街の北部をミスカトニック川が東西に流れ、中洲の島にある環状列石では、かつて魔女が集会や魔宴を開いたと伝わる（「魔女の家で見た夢」）。HPLが描いたアーカムの地図は3種類現存するが、ほとんど差異はない。

〈アーカム・アドヴァタイザー〉

　アーカムで発行されている大衆新聞。1917年にはダンウィッチのウィルバー・ウェイト

リイ少年の異常な成長速度についての記事を掲載し（「ダンウィッチの怪異」）、1928年には投書欄でアルバート・N・ウィルマースとヘンリー・エイクリイの論争が行われた（「暗闇で囁くもの」）。また、1930年にはミスカトニック大学南極遠征隊と連絡を取り合った（「狂気の山脈にて」）。

アーカム・サイクル

　HPLが最初に使用した自作品のシリーズ名。1928年8月31日付クラーク・アシュトン・スミス宛書簡で、書き終えたばかりの「ダンウィッチの怪異」について用いた。この時点のアーカム関連作は、「家の中の絵」（初出、1920年）、「ハーバート・ウェスト――死体蘇生者」（1921年）、「名状しがたいもの」（1923年）、「銀の鍵」（1926年）、「宇宙の彼方の色」（1927）年など。

アーカム・サナトリウム

　「戸口に現れたもの」において、エドワード・ダービイが措置入院していた療養所（サナトリウム）。同作中では「精神病院（アサイラム）」とも呼ばれる。おそらく、ダンバース（旧セイラム・ヴィレッジ）に実在したダンバース州立精神病院がモチーフで、こちらの病院自体も「インスマスを覆う影」でちらりと言及されている。1974年、DCコミックス社の〈バットマン〉258号において、バットマンが捕縛した悪人が収容されているアサイラムとして、ニューイングランド地方に存在するアーカム・ホスピタルが登場した。その後、設定があれこれ変化し、現在はアーカム・アサイラムの名称が定着している。ただし、こちらの"アーカム"は、コミック『バットマン：アーカム・アサイラム』（1989年）以降、創設者アマデウス・アーカムの名前から採られたことになっている。

アーカム・ハウス

　HPLの死から2年後の1939年、オーガスト・

W・ダーレスとドナルド・ウォンドレイの2人が、HPLの作品集を刊行する目的で設立した出版社で、会社所在地はウィスコンシン州ソーク・シティのダーレスの自宅。腰折れ屋根の家屋を背景に、AとHの頭文字をあしらった社章は、フランク・ユトパテルのデザインである。『アウトサイダーその他』を皮切りに複数冊のHPLの作品集や全5巻の書簡選集を刊行、HPLの友人たちのみならず、レイ・ブラッドベリなどのパルプ・マガジン作家の作品集やアンソロジーを刊行した。また、シェリダン・レ・ファニュやアルジャーノン・ブラックウッドといった先行作家たちの作品集も刊行するなど、怪奇小説ジャンル全般の出版社として精力的に活動した。新人作家の発掘も行い、後に英国を代表する怪奇小説家となったブライアン・ラムレイ、ラムジー・キャンベルらをデビューさせたのも同社である。1945年には、ダーレスによるシャーロック・ホームズの贋作シリーズであるソーラー・ポンズものを刊行するべく、マイクロフト＆モランという推理小説レーベルを立ち上げ、シーベリイ・クインやウィリアム・H・ホジスンらのオカルト探偵ものの作品集を刊行している。

〈アーゴシー〉

1882年にフランク・マンジーが創刊した、アメリカ最初のパルプ・マガジン。同じくマンジーが1905年に創刊した〈オール・ストーリー〉と1920年に合併、〈アーゴシー・オールストーリー・ウィークリー〉と誌名を改め、エドガー・ライス・バローズ（火星シリーズ、ターザン・シリーズなど）やジョンストン・マッカレー（"快傑ゾロ"シリーズなど）が人気を集めた。HPLやロバート・E・ハワードは同誌の愛読者で、その掲載作から大きな影響を受けている。HPLは1913年から14年にかけて、同誌の投書欄に辛辣な風刺詩を繰り返し投稿して悪名を馳せ、特にロマンス小説家フレッド・ジャクソンをこきおろした一連の投稿は大論争を巻き起こした。しかし、これらの投稿に注目したエドワード・F・ダースの誘いがきっかけで、HPLはアマチュア・ジャーナリズムの世界に足を踏み入れることになるのである。

アーサー・グッディナフ
（1871～1936）

バーモント州ブラトルボロ在住の詩人、アマチュア・ジャーナリスト。アマチュア・ジャーナリズム雑誌〈ヴァグラント〉の1917年春号でHPLを賞讃する詩「ラヴクラフト――その真価」を発表。HPLはこれに対する返礼として、〈トライアウト〉1918年9月号に「アーサー・グッディナフ殿へ」と題する詩を載せている。1927年8月、1928年6月の2度にわたり、HPLは旅行中にブラトルボロのグッディナフ家に立ち寄っている。古い時代のニューイングランドの佇まいを残すバーモント州の田園地帯や美しいブラトルボロに愛着を抱いた彼は、1927年の秋に「バーモント州生まれの心優しい詩人 アーサー・グッディナフへの感謝を込めて バーモント州――その第一印象」と題するエッセイを執筆。その文章の一部を後年、この土地が舞台の「暗闇で囁くもの」に盛り込んでいる。なお、同作におけるヘンリー・エイクリイの屋敷の描写は、グッディナフ邸に基づくようだ。

17

アーサー・コナン・ドイル
(1859〜1930)

スコットランド出身の作家、医師、心霊主義者、政治活動家。名探偵シャーロック・ホームズの生みの親として知られているが、冒険・SF小説家としても著名。

HPLは、8歳頃からホームズものの虜になり（プロヴィデンス探偵事務所も参照）、探偵小説をいくつも書いた。現存するのは名探偵キング・ジョンの登場するダイムノヴェル的な「墓の秘密」のみだが、探偵小説のプロット作りにはドイルを手本にしたという。HPLはドイルの冒険小説や怪奇小説も愛読していて、「文学における超自然の恐怖」においてヘンリー・ライダー・ハガードやH・G・ウェルズ、ロバート・ルイス・スティーヴンソンと共に名前を挙げており、「北極星号の船長」「競売ナンバー二四九」などの怪奇小説を「時折、強烈な妖気を漂わせている」として紹介している。また、『失われた世界』『ササッサ谷の怪』が蔵書に含まれ、1929年に米国で刊行されたアトランティスものの『マラコット深海』を発売前からチェックしていたのも確かだが、感想は見当たらない。

ドイルは第一次世界大戦前後から心霊主義に関心を寄せ、晩年は主にその分野に注力したことが知られているが、HPLは彼のそうした活動については否定的だったようだ。フランク・ベルナップ・ロングに宛てた1930年11月22日付の手紙には、「オカルト現象に関する狡猾に加工された報告」を流布している現代の有神論者の中に、やはり晩年に心霊主義に傾倒した天文学者カミーユ・フラマリオンに並んで、ドイルの名前がある。

HPL自身はホームズものを書かなかったが、"ブレード街のソーラー・ポンズ"シリーズを著したオーガスト・W・ダーレスや、HPLとホームズが共演する『パルプタイム』を著したHPL研究家のピーター・キャノンをはじめ、クトゥルー神話と絡めたホームズ贋作(パスティーシュ)は数多く存在する。

アーサー・C・クラーク
(1917〜2008)

『2001年宇宙の旅』シリーズや『宇宙のランデヴー』シリーズで知られる、20世紀を代表するSF作家の一人。英国サマセット州出身。大学時代、〈アスタウンディング・ストーリーズ〉誌に掲載された「狂気の山脈にて」「時間を超えてきた影」に感銘を受けてHPLのファンとなり、「陰気な山脈にて：あるいは、ラヴクラフトからリーコックへ」と題するパロディを執筆、SFファンジン〈サテライト〉第4号(1940年3月)に発表した。自伝『楽園の日々』でも、複数箇所でHPLに言及している。また、長編『楽園の泉』(1979年)や、デイヴィッド・G・ストーク編集のノンフィクション『HAL伝説』(1997年)に寄せた序文でミスカトニック大学に言及するなど、HPLへの目くばせが様々な作品に散見される。

〈アスタウンディング・ストーリーズ〉誌への愛が窺える『楽園の日々』

アーサー・マッケン
(1863〜1947)

英国ウェールズ出身の怪奇小説家。フルネームはアーサー・ルウェリン・ジョーンズ・マッケン。子供の頃から文学に親しみ、いっ

たんは医師を志したものの受験に失敗。チャールズ・ディケンズやトマス・ド・クインシーに傾倒してロンドンに移住し、家庭教師や出版社の仕事をしながら、作家を目指した。

1880年代に入ると小説が雑誌に掲載され始め、1887年には親類の遺産が転がり込んだこともあって執筆に専念するようになるが、『パンの大神』（1890年）、連作『三人の詐欺師』（1895年、邦題は『怪奇クラブ』）などの異教的なオカルト小説が、不道徳として文壇から激しい批判を受けた。なお、マッケンは当時、神秘主義に傾倒していて、1899年からの一時期、心霊研究家アーサー・E・ウェイトの誘いで魔術結社"黄金の夜明け団"に加入していた。

HPLは、フランク・ベルナップ・ロングの勧めで1923年の晩春に彼の作品を読み始め、「文学における超自然の恐怖」では「宇宙的な恐怖をこの上ない芸術的な高みへと昇華した存命中の書き手の中で、多才なるアーサー・マッケンに匹敵する者は皆無に等しい」との高い評価を与えている。

特に影響を受けたのは「パンの大神」「白い粉薬のはなし」「恐怖」『白魔』などの作品で、HPLは『白魔』からは"アクロ"や"ヴーア"、"ドール"、「恐怖」からは"ダンウィッチ"（作中ではおそらくウェールズの架空の町）などのワードを自作に取り込んだ。また、「クトゥルーの呼び声」「ダンウィッチの怪異」「暗闇で囁くもの」などの作品では、作中でマッケンの名前（時には具体的な作品名を添えて）に言及し、彼の作品がイメージソースだと表明した。こうしたHPLの手法に倣い、ラムジー・キャンベルなどの後続作家は、マッケンの作品に言及されている謎めいた用語をしばしば借用した。

なお、HPLは父方の祖母ヘレン・ラヴクラフト（旧姓オールグッド）の妹サラ・オールグッドから1905年に入手した記録を根拠に、デイヴィッド・ジェンキンスの地所の名が"MACHYNLLETH"、すなわち"Machenlleth"であることから、マッケンと自分が血縁だと、半ば冗談だろうが主張した。

アーサー・リーズ (1863~1947)

ニューヨーク時代にHPLと交流していたコラムニスト。1925年、HPLはリーズの紹介で、業界紙に掲載される広告記事を執筆する仕事を請けたが、結局掲載されなかった。これらの記事は後年、ロバート・H・バーロウが「口上集」のタイトルでまとめ、アーカム・ハウス刊行の『拾遺作品集』（1995年）などに掲載された。ケイレム・クラブの一員でもあったが、ヘンリー・エヴェレット・マクニールからの借金話がこじれ、集まりはリーズ派とマクニール派が別個に開催されるようになった。

アーネスト・A・エドキンズ (1867~1946)

アマチュア・ジャーナリスト、詩人で、HPL最晩年の交通相手。HPLは「振りかえってみれば」（1920年）で優れた詩人として彼の名前を挙げ、創作活動から引退していた彼と1932年に知り合うと、説得して復帰させた。また、1936年にはエドキンズの刊行したアマチュア・ジャーナリズム誌〈コーズリー〉に詩「連続性」（「ユゴスよりの真菌」の一篇）を寄せている。HPLの死後、エドキンズは「HPLの特異性」と題する回想記をアマチュア・ジャーナリズム誌〈オリンピアン〉で発表した。

アイラ・A・コール (1883~1973)

カンザス州のアマチュア・ジャーナリスト。交通グループ"クライコモロ"の一員。HPLは彼のために「西部のカウボーイに寄す」と題する詩を書き、彼が発行するアマチュア・ジャーナリズム誌〈プレインズマン〉に寄稿したのみならず、自身の発行する〈保守派〉にコールの詩を掲載した。HPLの死後、コールは回想記「過去からの賛辞」を執筆している。

外なる神(アウター・ゴッズ)

　1980年代以降のクトゥルー神話作品において、しばしば用いられる神々の分類のひとつだが、HPLに由来するものではなく、米ケイオシアム社から発売された『クトゥルフ神話TRPG』で創出された設定である。1981年発売の第1版では、中立ないしは敵対関係にある蕃神と旧き神を含めた宇宙を支配する神々とされ、アザトース、ノーデンス、ナイアルラトホテプ、シュブ＝ニグラス、ヨグ＝ソトースが、名前の知られている数少ない神々として挙げられていた。また、ナイアルラトホテプを除き地球人類とほとんど関わりを持たず、主に外惑星で崇拝されていると説明された。さらに、人類にとって比較的危険ではない旧き神については、唯一知られているのがノーデンスだとされていた。

　これに対して、クトゥガ、クトゥルー、ハスター、イタカ、ニョグタ（第2版で追加）、シャド・メル、ツァトーグァ、イグ、イゴーロナクなどの地球に棲みついている神々は、外なる神ほど超自然的な存在ではないある種の強力な異星人的な生物、大いなる古きものどもに分類されていた。以後、1983年発売の第2版において旧き神の存在が多少ぼかされて、「もし存在するのであれば」という但し書きつきの曖昧な存在に変更されたのをはじめ、このカテゴライズについては版を重ねるごとに変化した。

　日本で『新クトゥルフ神話TRPG』の製品名で販売されている2014年の第7版では、神々のカテゴライズについては選択ルールとなっている。

「アウトサイダー」

　1921年の春から夏にかけて執筆されたらしい小説で、〈ウィアード・テイルズ〉1926年4月号に発表された。英国のロマン主義詩人ジョン・キーツの詩「聖アグネス祭前夜」の末尾近くの一節が冒頭に執筆されている。

鏡のない古城で、身の回りの世話をする老人以外の他人を知らずに過ごしてきた無名の語り手が、ある時、光を求めて高い塔に登ってみると、そこは地上であり、しかも教会の墓地だった。錯乱して彷徨うちに、人々の楽しげな声が聞こえてくる城に辿り着いた彼は、自らの正体を知る──物語の語り口や古城の描写などとは、明らかにエドガー・アラン・ポーの無意識な模倣で、HPLは後年、自らそれを認めている。また、オスカー・ワイルド「王女の誕生日」、ナサニエル・ホーソーンの「ある孤独な男の日記より」、メアリー・シェリーの『フランケンシュタイン』などから影響を受けた可能性も指摘されている。

　アーカム・ハウスからHPL作品を売り出すにあたり、オーガスト・W・ダーレスらが自身の抱くイメージに基づき局外者(アウトサイダー)という惹句を強調したこともあり、長らくラヴクラフトの半自伝的小説とみなされてきた作品だが、現実のHPLは社交的で、成人する頃までは地元の友人たちとも楽しくやっており、やや時代錯誤な趣味嗜好は別として、現実社会の問題にも常に関心を抱く、局外者(アウトサイダー)とは程遠い人物だった。彼と直に顔を合わせて交流していたウィリアム・ポール・クックが、実像と異なるHPL像が広まっているのを危惧していたことも、念頭に置く必要がある。

　他の作品と同じく、部分的にHPL自身が反映されているにせよ、ほぼ同時期に断続的に書かれた「ダゴン弁護論」の内容を考慮すると、むしろ「ダゴン」をはじめ、自身の創作に対する批判的意見への苛立ちの発露であったように思われる。

　ちなみに、1934年にロバート・H・バーロウがHPLから聞いた話によれば、初期構想では塔を登り切った語り手が教会の墓地に現れるところで終わる予定だった。人間たちの前に姿を現す展開、語り手が自身の姿を目にする展開は、執筆中に思いついたようだ。

　なお、しばしばクトゥルー神話要素のない作品と紹介されることがあるが、本作はネフレン＝カーの初出作品である。

『アウトサイダーその他』

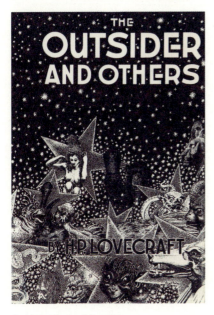

『アウトサイダーその他』の表紙

　1939年にアーカム・ハウスから刊行された、HPL最初の商業作品集。全533ページのハードカバーで、印刷部数は1268部。表紙イラストは、ヴァージル・フィンレイが〈ウィアード・テイルズ〉誌のために描いた複数のイラストのフォトモンタージュである。収録作品は順に「ダゴン」「北極星」「セレファイス」「ヒュプノス」「ウルタールの猫」「霧の高みの奇妙な家」「ランドルフ・カーターの供述」「銀の鍵」「銀の鍵の門を抜けて」「アウトサイダー」「エーリヒ・ツァンの音楽」「壁の中の鼠」「冷気」「故アーサー・ジャーミンとその家系に関する事変」「あの男」「レッド・フックの恐怖」「神殿」「家の中の絵」「祝祭」「恐ろしい老人」「霊廟」「忌まれた家」「地下納骨所にて」「ピックマンのモデル」「闇の跳梁者」「魔女の家で見た夢」「戸口に現れたもの」「無名都市」「潜み棲む恐怖」「クトゥルーの呼び声」「宇宙の彼方の色」「ダンウィッチの怪異」「暗闇で囁くもの」「インスマスを覆う影」「時間を超えてきた影」「狂気の山脈にて」「文学における超自然の恐怖」の合計37作品。冒頭にはオーガスト・W・ダーレスとドナルド・ウォンドレイによる「ハワード・フィリップス・ラヴクラフト：アウトサイダー」と題する序文が掲載されていて、『アウトサイダーその他』というタイトルともども、HPLの局外者としての側面ばかりが長らく強調されてきた要因のひとつとなっている。

　なお、本書はHPLの最後の家族であるアニー・E・フィリップス・ギャムウェルの存命中に刊行され、ダーレスは売り上げの1000ドル（現在の金額に換算して数万ドル）を彼女に支払ったということである。

「悪夢の湖」

　1919年秋に書かれたと思しい詩で、〈ヴァグラント〉1919年12月号に発表された。

　死に覆われ、蜥蜴や蛇、ワタリガラス、吸血蝙蝠の死骸を餌食にする屍喰らい（詳細不明、菌類説や食屍鬼説がある）が棲み着く湖が"遙けきザン"にあり、その水底に忘れ去られ、朽ち果てた都市が沈んでいるという内容。ちなみに、ザンというのは同作にのみ言及されている土地の名前である。

アクロ

　アーサー・マッケンの「白魔」に言及される謎めいた言葉。HPLは「ダンウィッチの怪異」（万軍の主のためのアクロ）や「闇の跳梁者」（太古の邪悪な教派によって使用された、暗澹たるアクロ語）、ウィリアム・ラムレイのために改作した「アロンゾ・タイパーの日記」（HPLが書き加えた「アクロの文献」）などで、このワードを意味ありげに用いている。なお、「闇の跳梁者」においてどうやら言語の名前とされているためか、後続作家の作品では、ルルイェ語の別名とされることもある。

21

「アザトース」

1922年6月に執筆執筆を始めたものの、書きかけで終わった小説。前年7月に読んだ、アッパース朝イスラム帝国の邪悪なカリフを題材とする、ウィリアム・ベックフォードの『ヴァテック』の影響下で、「18世紀風の東方奇譚」として構想されたもの。HPLの死後、ロバート・H・バーロウのファンジン〈リーヴズ〉1938年冬号に収録された。

"アザトース"はもともとは人名で、備忘録の1920年の条、「アザトース――悍ましい名前」「遥か遠き魔皇アザトースの闇黒の玉座を探し求める恐るべき巡礼」というメモ書きで言及される。その後、「未知なるカダスを夢に求めて」において「弥下の混乱の最悪なる無定形の暗影にて、なべての無限の中心で冒瀆の言葉を吐き散らし、泡立ち続けるもの――敢えてその名前を口にするものとておらず、忌まわしい太鼓のくぐもった、狂おしい連打と、呪わしいフルートのか細く単調な甲高い音色が響き渡る中、時間を超越した想像を絶する無明の房室の中で、餓えて貪り続けている渺茫たる魔皇」として描写され、連作詩「ユゴスよりの真菌」を経てHPLの万魔殿の主神とも言うべき異形の神とされた。

朝松健 (1956〜)

北海道出身の作家、翻訳家。本名は松井克弘で、筆名はアーサー・マッケンのもじり。高校時代に幻想怪奇小説の同人"黒魔団"を結成し、大学卒業後は国書刊行会の編集者として『真ク・リトル・リトル神話大系』『定本ラヴクラフト全集』『アーカム・ハウス叢書』の企画・編集に携わった。1986年に作家デビューした後は、クトゥルー神話の要素を含む数多くの作品を手がけた。1999年には『千葉県海底郡夜刀浦市』という、アーカム的な架空の地方都市を題材とするアンソロジー『秘神 闇の祝祭者たち』(アスペクト) を編纂し、2012年にはクトゥルー神話を主軸にすると謳った怪奇幻想小説雑誌〈ナイトランド〉(トライデントハウス) の創刊に関わるなど、クトゥルー神話シーンに大きな影響を与えてきた。なお、彼が独自に設定した神性として、ヨス=トラゴンがある。

〈アスタウンディング・ストーリーズ〉

1930年に創刊された、SF専門のパルプ・マガジン。幾度かの誌名変更を経て、〈アナログ・サイエンス・フィクション・アンド・ファクト〉のタイトルで2025年現在も刊行が続いている、米国最古のSF雑誌である。1935年の秋、エージェントのジュリアス・シュウォーツが持ち込んだHPLの「狂気の山脈にて」を採用し、1936年2〜4月号に分割掲載した。なお、F・オーリン・トレメイン編集長がこの際、テキストに無断で手を加えていたため、HPLはロバート・H・バーロウ宛の手紙で彼のことを「あのハイエナの糞野郎」と罵っていた。ともあれ同誌はその後、「狂気の山脈にて」の続編的な作品でもある「時間を超えてきた影」も採用し、同年6、7月号に掲載している。

〈アスタウンディング・ストーリーズ〉
1936年2月号

「アストロフォボス」

1917年11月中頃に執筆した、7連42行の詩。タイトルは「星々を恐れる(恐れる者)」を意味するギリシャ語で、静けさと美しさを求めて星空を仰ぎ見たが、見出したのは狂気と災いばかりで、ついには星空を忌避するようになった人物の心情を歌い上げている。

アセナス・ウェイト

「戸口に現れたもの」に登場する、HPLの単独作品ではかなり珍しい、女性の主要登場人物。「インスマスを覆う影」にも言及のある、インスマスの名家のひとつウェイト家の出身で、「髪が黒く、小柄で、やや突出気味な目を除けば、非常に整った顔立ち」の若い女性。登場時の年齢は23歳、ミスカトニック大学の中世形而上学の特別講座の受講生（正式な学生かどうかは不明）で、オカルト趣味の若者たちが集まるグループに出入りしていた縁で若きエドワード・ダービイと知り合い、やがて結婚した。1920年代の欧米社会に出現した、夫に依存しない自立した若い女性として作中描かれているが、その正体は皮肉にも娘の肉体を乗っ取った老妖術師だった。

アタル

幻夢境の都市、ウルタールの神官。複数作に登場し、それらの作品が同一世界の物語だと読者に伝えるキャラクターとなっている。「ウルタールの猫」に旅館の主人の息子として初登場した後、「蕃神」では若き祭司に成長し、師と仰ぐ賢者バルザイと共にハテグ＝クラ山の登頂を目指した。「未知なるカダスを夢に求めて」にはウルタールの年老いた祭司長として登場、ランドルフ・カーターに冷たき荒野のカダスとそこに住まう神々について教えてくれる。

アトランティス

紀元前5世紀ギリシャの哲学者プラトンが『ティマイオス』『クリティアス』で言及した、遠い昔、海に沈んだという西方の島で、王家はポセイドンの末裔とされる。1882年に刊行されたイグネイシャス・ダンリーの『アトランティス―大洪水以前の世界』や、神智学の文脈において、レムリア大陸共々、かつて高度な文明が栄えた水没大陸であるとの設定が盛られた。このセオリーは、主に19世紀末〜20世紀初頭の神智学者であるウィリアム・スコット＝エリオットの著作を通してHPLやクラーク・アシュトン・スミス、ロバート・E・ハワードらに影響を与えた。たとえばHPL作品では、大いなるクトゥルー（「墳丘」）やナイアルラトホテプ（「最後のテスト」）は古代のアトランティスで崇拝された神であり、惑星ユゴスよりもたらされた神話遺物"輝く偏方二十四面体（シャイニング・トラペゾヘドロン）"がアトランティス大陸と共に水没した（「闇の跳梁者」）とされる。

HPL自身はいくつかの手紙で、大西洋の広大な地域がかつて沈んだことは肯定しつつ、人間が住むアトランティスの実在には懐疑的だった。また、プラトンのアトランティスについては北アフリカの今は干上がった礁湖の岸辺にあり、ポセイドニスは現在のチュニスの近くだと推測している。

史実性は別として、彼はアトランティスの物語を好み、ピエール・ブノアの『アトランティード』、アーサー・コナン・ドイルの『マラコット深海』などを楽しく読んでいた。

なお、HPLは書簡で"クシャ"をこの大陸の古名として挙げることがある。どうやら神智学由来の知識で、元来は古代インド神話における七大陸のひとつクサドウヴィーパ（"ドウヴィーパ"はサンスクリット語で大陸）を指す。

アドルフ・デ・カストロ
(1859〜1959)

　本名はグスタフ・アドルフ・ダンツィガー。ロシアのドイツ語圏生まれ。ドイツのボン大学で学んだ後、1886年に渡米。歯科医、スペインのマドリードに駐在する米国領事などの職業を転々とし、1921年以降はスペイン系の先祖の姓「デ・カストロ」を名乗った。アンブローズ・ビアースと親交があり、1913年末に彼がメキシコで失踪すると、1920年代にこの国で彼を探索したと称した。その後、ビアースとの縁を武器に売り出そうとして、やはりビアースの知己だったサミュエル・ラヴマンの紹介で、HPLに小説改稿を依頼する。HPLは『告白とそれに続くもの』(カリフォルニア大学図書館出版、1893年)収録の「自動処刑器」「科学の犠牲」の2作を、それぞれ「電気処刑器」「最後のテスト」に改作した。実のところ、デ・カストロのための改作小説はもう1本あるようで、HPLは幾度か3作目の改稿作業について書簡で触れているのだが、発表された形跡はなく、タイトルもわからない。

　カストロはさらに、メキシコでの探索の顛末を含むビアースにまつわる回顧録の改稿も依頼しようとしたが、HPLはこれを断り、代わりにフランク・ベルナップ・ロングが引き受けた。なお、「金を払うからにはできるだけ作品に手を入れさせよう」と追加料金なしの追記を繰り返し要求した"ドルフィー爺さん"について、HPLはロング宛の手紙で「あの馬鹿げた作品のダラダラと続く単調さには、危うく癇癪を起こすところでした」「ハスターの如く忌まわしいアドルフの作品」と愚痴っている。

アニー・E・フィリップス・ギャムウェル (1866〜1941)

　ウィップル・V・フィリップスとロビイ・アルザダ・フィリップスの第五子で、HPLの母サラ・スーザン・フィリップス・ラヴクラフトの末の妹。プロヴィデンスのミス・アボット淑女学校(ニューイングランド地方にいくつか存在していた、サラ・アボットの寄付により創設された若い女性向けの中等学校のひとつ)を卒業後、12年にわたり実家暮らしをしていて、HPLを赤子の頃から知っている。

　1897年にエドワード・フランシス・ギャムウェルと結婚した彼女はマサチューセッツ州のケンブリッジに移り住み、翌年に息子のフィリップス・ギャムウェルを、1900年に娘のマリオン・ロビイ・ギャムウェルを設けるも、マリオンは生後5日で死亡。病弱な息子が1916年に亡くなる前に夫と離婚し、1919年からしばらくの間はプロヴィデンスの姉のリリアン・D・クラークの家で同居していた。ただ、1921年の時点では、ニューハンプシャー州に住んでいたようである。

　甥っ子とは幼少期から交流し、彼が妻ソニア・H・グリーンと別居してプロヴィデンスに帰った後、1926年と1929年の2度にわたってフィリップス家の故地であるロードアイランド州西部のフォスターなどへ一緒に旅行に出かけている。1933年5月15日からは、カレッジ通り66番地の借家でHPLと同居し、家事を担当するようになったが、この時期に体を壊してしまい、HPLの生活が悪化する要因のひとつとなった。

　HPLの死後、彼女は彼が遺著管理者に指名していたロバート・H・バーロウの地位を承認し、プロヴィデンスを訪れたバーロウにHPLの遺した文書を託した。また、オーガスト・W・ダーレスとドナルド・ウォンドレイも1938年に彼女を訪ね、作品集の刊行についての話をしている。彼女はその後、甥っ子の最初の商業作品集であり、自身に捧げられた『アウトサイダーその他』(1939年)の刊行

を見届けてから、1941年初頭に病死した。

「あの男」

　1925年8月11日、ニューヨークのメトロポリタン地区にある古い史跡を巡る終夜ツアー中に、10セントで購入した作文練習帳に書き留められた小説。〈ウィアード・テイルズ〉1926年9月号に掲載された。

　ニューヨークの住まいに文学的な閃きを期待し、ニューイングランドからやってきた語り手は、求めたものが得られないことに失望しながらも、今なお古色を残すはずのグリニッチ・ヴィレッジを探し求める。

　ある8月の日の午前2時、ようやくそこを見つけた彼は、謎の男に遭遇する。語り手は彼に導かれて古さびた路地や中庭を巡り、やがて男が住む邸宅に辿り着くのだが、そこで恐ろしい事実を知るのだった――もちろん、語り手はHPL自身の投影で、1924年からニューヨークに住んでいた彼がかねて興味を抱いていたペリー・ストリート93番地の中庭など、実在の通りや建物が反映されている。当時、〈ニューヨーク・イヴニング・ポスト〉紙には「街についての小さなスケッチ」と題するコラムが連載されていて、1924年8月29日号のコラムで取り上げられたのが、この中庭だったのだ。

　なお、邸宅の窓から都市の過去と未来が見える展開は、ロード・ダンセイニの『影の谷物語』（1922年）に影響を受けたようだ。

アブドゥル・アルハズレッド

　1926年頃にHPLが執筆した『『ネクロノミコン』の歴史』によれば、紀元700年頃、ウマイヤ朝カリフの御世に活躍したと言う、サナア（現在のイエメン共和国の首都）出身の詩人。流浪の生活を送り、数々の奇怪な場所で過ごす中で、彼がヨグ＝ソトースやクトゥルーなどと呼ぶ神々を崇拝するようになり、晩年にはダマスカス（現在のシリア・アラブ共和国の首都）

に腰を落ち着けて、『アル・アジフ』（『ネクロノミコン』の原書）を執筆した。彼の最期については、数多の目撃者たちの眼前で貪り喰われたと伝えられている。

　"アブドゥル・アルハズレッド"はもともと、『千夜一夜物語』に夢中だった5歳のHPLのために、家族もしくは弁護士のアルバート・A・ベイカーがこしらえてくれた名前で、HPLは後年、筆名や手紙の署名にこの名前を用いた。作品初出は「無名都市」で、二行連句「久遠に横たわりしものは死せずして奇異なる永劫のもとには死すら死滅せん」の作者として言及された。然る後に、「猟犬」において『ネクロノミコン』の著者とされたのだった。

　1933年にHPLと交通を始めた16歳のロバート・ブロックは"ネクロノミコン"を描くアブドゥル・アルハズレッド"を含む様々なイラストを彼に送っている。

　なお、この人名は実のところ、アラビア語の命名方式に照らすと誤りらしい。「アブドゥル」は「下僕（Abd）＋定冠詞（Al）」という組み合わせであり、「アブドゥル＝マジード」のように連結する語が欠けた状態では意味をなさない。このため、作家や研究者の間ではアブドッラー（アラーの下僕）の短縮形とする解釈や、アブド・アル＝ハズラッド（ハズラッドの下僕）の誤りとする解釈などがある。

「アフラーの妖術」

　ドウェイン・ライメルによる、ロード・ダンセイニ風の幻想小説。黄昏の都邑ベル＝ハズ＝エンより追放されたアフラーが、山脈の洞窟で過ごすうちに奇妙なものを見つけ、妖術を行った後に失踪をする物語なのだが、発表時は「HPLにより改稿された」との注釈が入っていた（注釈者は不明）。

アマチュア・ジャーナリズム

　1840年代に始まった非商業的な文芸運動。19世紀、輪転機の発達で新聞の大量発行が可能になり、印刷文化が発展した。これによって識字率の上昇、娯楽小説の普及から趣味の文芸活動が拡大し、さらには手動操作する小型で安価な印刷機が普及したことで、各地に文芸サークルが誕生したのである。アマチュア・ジャーナリズム活動は、各自が“アマチュア文芸誌”を編集・印刷し、互いにやり取りすることで行われた。発行は自費や会費で賄われ、基本的に無料頒布だった。定期的な集会（例会）や大規模な集まり（コンベンション）を開くのも特徴で、ナショナル・アマチュア・プレス・アソシエーション（NAPA）とユナイテッド・アマチュア・プレス・アソシエーション（UAPA）という全国規模の組織も存在した。

　HPLはUAPAの編集委員エドワード・F・ダースに誘われ、1914年にこの世界に入門した。投稿作の批評、地元プロヴィデンスのアマチュア・プレス・クラブへの参加はもとより、自身の〈保守派〉を含むアマチュア文芸誌の編集・執筆を積極的に行い、1917年7月には欠席したUAPA総会で会長職に推薦されて、2年にわたりその職責を果たした。引きこもりに近い生活を送っていたHPLはこの活動を通して社会復帰し、幅広く交流し、多くの友と伴侶を得たのである。

〈アメイジング・ストーリーズ〉

　“ヒューゴー賞”で知られるヒューゴー・ガーンズバックが初代編集長を務めた、アメリカ最初のSF専門パルプ・マガジンで、1926年創刊。ジュール・ヴェルヌやH・G・ウェルズ、エドガー・アラン・ポーらの古典的SF作品を頻繁に掲載し、E・E・“ドック”・スミスに代表される新鋭SF作家の活躍の場でもあった。1927年、HPLは自身の最高傑作と自負する「宇宙の彼方の色」を同誌に送り、採用された時は大いに喜んだものだが、支払われた原稿料はわずか25ドルと当時の基準でもかなりの安値であったため、二度と原稿を送らなかったのみならず、事あるごとに「ヒューゴーのドブネズミ野郎」と罵倒した。

「アメリカ諸所見聞録」

　1928年の秋頃に執筆されたらしい、同年春から夏にかけての長期間にわたる旅行中の印象をしたためた紀行文。モーリス・W・モー宛の書簡という形で友人たちの間で、回し読みがされる前提で執筆されたもの。HPLの死後、アーカム・ハウスの単行本『マルジナリア』（1944年）に掲載される。

　1928年4月、ブルックリンで帽子屋を開業したソニア（別居中だったが、まだ離婚していない）に呼び出されてニューヨークに向かったところから始まり、州内のハドソン川やスリーピー・ホロウを巡ってから、後に「暗闇で囁くもの」の舞台となるバーモント州ブラトルボロ（ケネス・ヴレスト・ティーチアウト・オートン宅）、「ダンウィッチの怪異」の舞台であるダンウィッチのモチーフとなるマサチューセッツ州のアソール（ウィリアム・ポール・クック宅）とウィルブラハム（イーディス・ミンター宅）、エドガー・アラン・ポーに縁のメリーランド州ボルチモア、ワシントンD.C.、アナポリス、ヴァージニア州のアレクサンドリアとその近くにあるマウントバーノンのジョージ・ワシントン邸、さらにはヴァージニア州ニュー・マーケット

のエンドレス洞窟といった場所を、3ヶ月にわたり巡り歩いた。

ウィルブラハム訪問時の文章は、部分的に「ダンウィッチの怪異」にほぼそのまま転用されている。また、スリーピー・ホロウについて紹介した部分は、モーが当時、編集補佐として携わっていたスターリング・レナード&ハロルド・E・モフェット編の『児童向け文学:第2巻』(1930年)に、ワシントン・アーヴィングの短編「スリーピー・ホロウの伝説」の舞台にまつわる記名エッセイ「今日のスリーピー・ホロウ」として掲載されている。

「アメリカ諸地方紀行」

おそらく1929年秋に執筆された、同年の春から夏にかけての長期旅行の紀行文。

4月にニューヨーク州ヨンカース(ケネス・ヴレスト・ティーチアウト・オートン宅)を訪れ、数週間を過ごしたのに始まり、同州のニューロシェル、ヴァージニア州リッチモンド、ウィリアムスバーグ、ジェームズタウン、ヨークタウン、フレデリクスバーグ、ワシントンD.C.を巡った後、ニューヨーク州に戻ってウェスト・ショーカンのバーナード・オースティン・ドゥワイヤー宅を訪問した後、キングトン、ハーレー、ニュー・バルツのオランダ植民地時代を偲ばせる旧跡を巡った。

刊行物への掲載は、アーカム・ハウスの『雑文集』(1995年)が最初である。

荒俣宏 (1947～)

作家、翻訳家、幻想文学研究家。中学時代に翻訳家の平井呈一に弟子入りし、大学時代には友人の野村芳夫と共に同人誌〈リトル・ウィアード〉を発行して〈ウィアード・テイルズ〉の掲載作品の紹介・翻訳を熱心に行った。大学卒業後は、日魯漁業株式会社に勤務する傍ら、ロード・ダンセイニをもじった団精二の筆名で翻訳を行い、ロバート・E・ハワードの英雄コナン・シリーズ(早川書房版)を通して、ヒロイック・ファンタジーを日本に紹介した。早川書房の〈S-Fマガジン〉1972年9月臨時増刊号において大々的にクトゥルー神話大系の特集を組み、日本国内の商業刊行物では初めて、この架空神話についての体系的な解説を試みる。続いて、平井門下の兄弟子にあたる紀田順一郎と共に怪奇幻想文学の専門誌〈幻想と怪奇〉を創刊、歳月社から刊行された第4号(1973年11月発行)において「ラヴクラフト=CTHULHU神話」特集を組んでいる。1975年8月からは、創土社から『ラヴクラフト全集』(全5冊予定)の刊行を試みるが、本業多忙によりIV巻、I巻(刊行順)の2冊で中断。とはいえ、国書刊行会のドラキュラ叢書の1冊として1976年に刊行したアンソロジー『ク・リトル・リトル神話集』は、巻末に収録された松井克弘(朝松健)作成の年表と併せて、当時において最も手頃なクトゥルー神話の入門書として重宝された。

『新編 怪奇幻想の文学』(新紀元社)の監修を務めるなど、近年も怪奇・幻想文学の紹介・普及に尽力している。

『アル・アジフ』

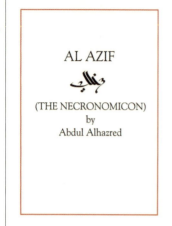

ディ・キャンプの『アル・アジフ』
ペーパーバック版

"狂える詩人"の異名で知られる8世紀頃のアラブ人、アブドゥル・アルハズレッドが著した書物。初出は「『ネクロノミコン』の歴史」(1926年)で、この文書によれば、950年にコンスタンティノープルのテオドラス・フィレタスによってギリシャ語に翻訳された際に、『ネクロノミコン』のタイトルがつけられた。「アジフ」というのは、HPLが1921年に読んだウィリアム・ベックフォードの『ヴァテック』からとった言葉で、サミュエル・ヘンリイが翻訳した同書英語版の注釈によれば、アラブ人が魔物の吼え声だと信じていた夜中に聞こえてくる音(虫の声のこと)を示す言葉である。

この本のアラブ語原書は、オラウス・ウォルミウスの時代に喪われたとされているが、クラーク・アシュトン・スミス「妖術師の帰還」やブライアン・ラムレイ「妖蛆の王」など、神話作品中に時折登場することがある。

なお、『キタブ・アル=アジフ』(キタブはアラブ語で「書物」)が正式な書名とされることもあるが、これはジョージ・ヘイ編『魔道書ネ

クロノミコン』の独自設定である。1973年にアウルズウィック・プレスから刊行された『アル・アジフ』については、ライアン・スプレイグ・ディ・キャンプの項目を参照のこと。

アルジャーノン・ブラックウッド
(1869〜1951)

英国の怪奇作家。1920年に初めて彼の作品を読んだ際、HPLはあまり気に入らなかったようだが、アンソロジーに収録されていた「柳」を1924年頃に読んで、彼の言うコズミック・ホラー的な要素を強く感じる怪奇小説として絶賛して以来、高く評価するようになった。ブラックウッドの「ウェンディゴ」は「ダンウィッチの怪異」に、「古の妖術」は「インスマスを覆う影」に影響を与えている。また、「クトゥルーの呼び声」の冒頭に引用された、人類の生まれる以前から地球に存在した太古の存在が生きながらえているという内容の、長編『ケンタウロス』の文章は、HPLの世界観によく合致している。のみならず、同作では「野生の呼び声 Call of Wild」など、「Call of〜」が繰り返し使用されている。なお、オーガスト・W・ダーレスは、彼の「ウェンディゴ」を邪神イタカにまつわる神話作品群へと発展させた。

アルフレッド・A・クノップ

同名のアルフレッド・A・クノップ・シニア（1892~1984）とその妻ブランシュ（1894~1966）が、1915年に設立した米国の出版社。1933年、同社の編集者であるアレン・G・ウルマンがサミュエル・ラヴマンの紹介でHPL作品に関心を抱き、作品集の刊行を検討するべく、HPLから送られてきた18編の作品に目を通したことがある。残念ながら、これらの原稿を送る際にHPLが書き添えた自作品に否定的なコメントや、販売協力を打診されたファーンズワース・ライトが拒絶したこともあり、最終的にこの出版企画はなくなってしまうことになる。

スナンド・T・ヨシは、HPLの伝記『アイ・アム・プロヴィデンス』において、「ラヴクラフトが生涯で最も、大出版社での本の刊行に近づいたやり取り」と評し、ピーター・キャノンは小説『ラヴクラフト・クロニクル』において、出版が実現したことでHPLがもっと長生きし、作家として名をなした"if（もしも）"の未来を描いている。

アルフレッド・ギャルピン
(1901~1983)

ウィスコンシン州在住のアマチュア・ジャーナリスト、作曲家。モーリス・W・モーのアップルトン高校での教え子で、アップルトン・ハイスクール・プレス・クラブで活動していた。HPLと知り合った1917年には、高校生ながらユナイテッド・アマチュア・プレス・アソシエーション（UAPA）の第四副会長（~1918年）を務めていて、その後、第一副会長（1918~19年）、会長、一般批評部門の主幹（1920~21年）を歴任した。当時の筆名は"執政官ヘイスティング"。彼が1冊だけ発行したアマチュア文芸誌〈フィロソファー〉1920年12月号で、HPLは『北極星』を発表している。

ギャルピンは才気あふれる早熟の若者で、フリードリヒ・ニーチェの著作とクラーク・ア

シュトン・スミスの詩をHPLに勧めたのが彼だった。HPLはこの年少の友人を可愛がり、何かにつけてギャルピン自身を題材とした「ダモンとデーリア―牧歌詩」「ダモンを避けんとするデーリアに」などの詩や、戯曲「アルフレード 悲劇」（いずれも1918年）などを彼に贈り、「ナシカナ」と題する詩を合作したこともある。1919年には、飲酒に興味を示したギャルピンをたしなめるべく、飲酒に溺れた彼が辿るであろう未来を示した小説「虫けら爺さん」を執筆すらしている。

2人が対面したのは、ギャルピンがオハイオ州のクリーヴランドに引っ越した後で、HPLは1922年7月末に彼の家を訪ね、2週間ほど滞在した。1924年、ギャルピンは当時、シカゴ大学の最終学年だったリリアン・メアリー・ロッシュと結婚し、1925年には夫婦でパリに渡った。HPLは同年8月のニューヨーク滞在中、ギャルピンの頼みで、単身帰国したリリアンの面倒を見ている。ギャルピンはソルボンヌ大学で音楽を学んだ後、1930年代にイタリアに移住して、作曲家兼ピアニストとして身を立てた。HPLの訃報を受け、彼は独奏曲「H・P・Lのための哀歌」を作曲し、回想録「友情の記憶」（1959年）を執筆した。

「荒紙――深遠ナル無意味ノ詩」

1922年末から翌年頭にかけての時期に執筆された自由律詩で、T・S・エリオットの「荒地」のパロディ。サブタイトルの「深遠ナル無意味ノ詩」も、「荒地」が〈ダイヤル〉1922年11月号に発表された際のアオリ「深遠なる有意味の詩」を皮肉ったものである。HPLは、エリオットのこの詩が、自身の愛する英国の伝統的な詩を破壊したと感じたようで、徹底的なパロディをやっておちょくり、一矢報いようとしたようだ。なお、この詩の中には、「荒地」の自己言及的な部分に対応するものとして、ブラックストーン軍楽隊や、1906年に最初の映画館がオープンしたことなど、少年時代の出来事への言及が含まれている。

「アロンゾ・タイパーの日記」

1935年10月、ウィリアム・ラムレイが書いた不完全な小説に、HPLが手を加えたもの。ラムレイは、HPLの手が入っていることを伝えた上で〈ウィアード・テイルズ〉編集部にこの原稿を預け、HPL死後の1938年2月号に掲載された。オカルティストのアロンゾ・ハスブルック・タイパーが、ニューヨーク州北部の廃屋に侵入したもののそのまま閉じ込められてしまい、ヴァルプルギスの夜が迫りくる中、自身のルーツにも関わる恐ろしい真実を発見するという、初期神話物語のお手本のような短編である。

同作の改作にあたり、HPLは当時交流のあった作家たちや、モンタギュー・R・ジェイムズやウィリアム・H・ホジスン、アーサー・マッケンといった先達の作品から様々なマテリアルを借用しているのだが、七つの失われた恐怖の印形、『禁じられしこととものの書』(『秘されしこととものの書』を参照)といった、いかにもHPL好みの用語は、意外なことにラムレイの創意である。

アン・ティラリー・レンショウ
(1899〜1944)

本業は教師。ミシシッピ州育ちの南部人で、1910年代のアマチュア・ジャーナリズム界で詩人として活動し、HPLとは1914年から最晩年にかけて交通していた。家族や親類以外では最も付き合いが長かったが、現存する手紙はわずかである。直接対面したのは1921年で、以後も幾度か顔を合わせている。彼女の作風は自由詩を嫌うHPLの好みから外れていたものの、自分の発行誌に詩を掲載する程度には評価していた。HPLとレンショウ、そしてJ・G・スミスなる素性不明の女性の3人は、1916年に文章添削を請け負うシンフォニー・リテラリー・サーヴィスを共同で設立している。また、1919年にレンショウがユナイテッド・アマチュア・プレス・アソシエーション（UAPA）の編集委員に立候補した際には、HPLは彼女を熱心に支援、当選に一役買っている。

1936年当時、スピーチ学校を営んでいたレンショウは、『良家出身者のスピーチ』と題する教科書の改稿を100ドルでHPLに依頼した。だが、おそらく体調不良が理由でHPLの原稿は印刷に間に合わなかった。

暗黒の星々

「クトゥルーの呼び声」で言及される、クトゥルー及びその眷属の、地球に到来する以前の出身地。翻訳によっては"暗黒星"とされるが、原文は複数形である。HPLは、ドナルド・ウォンドレイ宛1930年12月1日付の書簡中で、「ルルイェの民がそこから地球に到来した、暗黒星（こちらは単数形）の地獄めいた都市」を"ンガ＝グァン N'gha-G'un"としているが、この書簡は2019年に『ドナルド＆ハワード・ウォンドレイ、エミル・ペタージャ宛書簡集』が刊行されるまで知られていなかった。なお、この地名は「暗闇で囁くもの」で言及される、人間の耳では発音を聞き取れない謎の言葉

"ンガ＝クトゥン N'gha-kthun"に似ている。この"N'gha"というのはおそらく、HPLの言うルルイェ語で、場所や都市に関係のある言葉なのだろう。これに関連して、クラーク・アシュトン・スミス宛の1931年11月20日付書簡の冒頭に、「インスマス沖の悪魔の暗礁の彼方、グバァ＝クタン Gba-Ktanの深み」というフレーズがある。

クトゥルーの出自として現在知られるのは、リン・カーターが拵え、発展させた"ほの暗い緑色の二重恒星、ゾス"(「陳列室の恐怖」)という設定だ。これは、クラーク・アシュトン・スミスが作成した神々の系図において、ツァトーグァの二代前の先祖、イクナグンニスススズの出身地とされる"暗黒星ゾス"をもじったものと思われる。

アンブローズ・ビアース

オハイオ州出身の作家、ジャーナリスト。15歳で家を出た後、南北戦争が勃発すると北軍側に志願、第9インディアナ歩兵連隊の兵士として各地を転戦し、戦功を立てて少尉に任官された。1864年6月のケネソー・マウンテンの戦いで頭部を負傷、後遺症と喘息に生涯悩まされた。戦争後はジャーナリストとして働き、数多くのローカル紙に記者、編集者として関わった。毒舌家で、口さがない風刺で知られるビアースはたびたび舌禍を起こした。複数の雑誌で『悪魔の辞典』として連載されたコラムを、1906年にダブルデイ社が単行本にまとめた『冷笑派用語集』に、そうした部分が顕れている。

彼はまた、戦争やジャーナリスト経験を下敷きに、真に迫る筆致で小説を書いた。1892年刊行の作品集『兵士と市民の物語』(1898年に増補版が『生のさなかにも』として再刊)収録の「アウル・クリーク橋の一事件」は、国内外から高く評価されている。

1913年の年末、ビアースは当時、革命の渦中にあったメキシコに入国、チワワ州の都市シウダー・フアレスで革命軍を率いるパンチョ・ビリャに会い、オブザーバーとして彼に同行したが、その後、行方不明となっている。

HPLは、ビアースと交流のあったサミュエル・ラヴマンの勧めで1919年に彼の作品に接し、ラヴマンが刊行した『アンブローズ・ビアースの12通の手紙』の序文を引用する形で取り上げている。1893年発表の「呪われたもの」(邦題は「怪物」など)は、人間を襲う不可視の怪物にまつわる怪奇小説で、「ダンウィッチの怪異」に影響を与えた可能性がある。また、ロバート・W・チェンバーズの作品を介してだが、HPLは後年、ビアースが「羊飼いのハイータ」「カルコサの住民」などの作品で創出したハスター、カルコサなどのワードを、自作品で使用した。

なお、アドルフ・デ・カストロもまたビアースの知人で、1920年代にメキシコに渡り、ビアースを探索したと自称していた。彼はビアース探索の顛末を含む回想録『アンブローズ・ビアスの肖像』を1929年に刊行しているが、この改稿はHPLが断ったため、フランク・ベルナップ・ロングが引き受けた。

いあ!

　HPLの小説作品においてしばしば用いられる感嘆語。初出は「最後のテスト」の「いあ! しゅぶ=にぐらす! Iä! Shub-Niggurath!」で、以後、様々な作品にこのフレーズが繰り返し登場する。また、「インスマスを覆う影」にも、「いあ! いあ! くとぅるー・ふたぐん! Iä! Iä! Cthulhu fhtagn!」というフレーズがある。おそらく、古代ギリシャ=ローマの感嘆語である「イオー ἰώ (ギリシャ語)、iō (ラテン語)」が原型で、たとえば紀元前5世紀のソポクレスによる悲劇『アイアース』には、牧神パンを讃える「イオ パン!」というセリフがある。HPLはこうした古典劇作品を参考にしたのだろう。

　活字の"I"は"l（Lの小文字）"と紛らわしく、古い翻訳では「ら!」となっているケースがあるが、英語圏でも間違われることがある。

　なお、"¨"つきの"ä"は、ドイツ語などゲルマン語派の言語で用いられる変母音で、日本語では「え」に近い発音となる。ただし、映像作品や音声コンテンツを参照する限り、英語圏ではもっぱら「いあ」「いあー」と発音するようだ。

イアン=ホー

　「銀の鍵の門を抜けて」（1932年～33年）が初出の、隠された都市の名前で、レンのどこかにあると示唆されている。同作の原型となったエドガー・ホフマン・プライスの「幻影の君主」には存在しない、HPLが書き足した要素で、サウスカロライナ州在住の神秘主義者エティエンヌ=ローラン・ド・マリニーの所有する、奇怪な棺型の時計の出所とされている。また、ウィリアム・ラムレイのためにHPLが改作した「アロンゾ・タイパーの日記」（1935年）にも、「忌み嫌われる、恐ろしいイアン=ホー」として言及があるが、これは初期稿の段階でラムレイが盛り込んだものである。

ECコミックス

　正式名称はエンターテイニング・コミックス。1950年に創刊した〈ザ・ヴォルト・オブ・ホラー〉〈ザ・ホーント・オブ・フィアー〉〈テイルズ・フロム・ザ・クリプト〉の3誌において、俗悪でどぎつい恐怖コミックをこれでもかと量産し、若年層の人気を集めた。そして、〈ザ・ヴォルト・オブ・ホラー〉の16号（1950年）に明らかにHPLの「地下納骨所にて」の翻案である「因果応報」が、17号（1951年）に「冷気」の翻案である「ベイビー……ここは寒い!!」が掲載されたが、いずれも無許諾である。同社及びその亜流版元のホラー・コミックスは、やがて悪書追放運動を招くことになった。1954年にコミックス倫理規定委員会が発足し、暴力描写や性愛描写、残酷描写、オカルト描写などを忌避する自主規制基準「コミックコード」が制定されたことで、ECコミックスを含む各社は恐怖コミックからの撤退を余儀なくされる。なお、スティーヴン・キングは同社のコミックスの愛読者だった。

〈ザ・ヴォルト・オブ・ホラー〉16号

イィス

　"大いなる種族"の出身地とされる世界、あるいは星。ワード初出は、ドウェイン・ライメルが1934年に執筆した、地球から遠く離れた星が舞台の幻想的なソネット「イィスの夢」。ライメルは当初、「イィドの夢」というタイトルをつけていたが、7月にこれを読んで改稿したHPLが、「イード Yid」はユダヤ人に対する蔑称だと指摘、「イィスの夢」に

改題した。また、クラーク・アシュトン・スミスもこの詩に手を入れたようだ。

「イィスの夢」が〈ファンタジー・ファン〉1934年7月号・9月号に掲載された少し後、11月にHPLが書き始めた「時間を超えてきた影」によれば、イィスは「エルトダウン・シャーズ」に言及される、"大いなる種族"が地球に到来する前に暮らしていた、外字宙の世界ないしは星の名前とされている。これに対し、ライメルは今でも水底から鐘の音が聞こえるというブルターニュの水没都市イース Ys を意識したのか、この世ならぬイィスから聞こえる鐘の音を題材に、「シャーロットの宝石」(HPLとの合作「丘の木」の続編)を書いている。

「イースト・インディア・ブリック・ロウ」

1929年の12月初旬から中頃にかけて執筆された詩。初出は〈プロヴィデンス・ジャーナル〉1930年1月8日号で、掲載時は「ブリック・ロウ」のタイトルだった。プロヴィデンスのサウスウォーター・ストリートにある、19世紀初頭に建てられた倉庫群の情景を歌った作品で、1926年に市当局から発表された、老朽化で修復が困難になった倉庫群を解体し、新たな建物を建てる計画を受けたもの。建物を気に入っていたHPLは計画に反対し、読者の反応は概ね良好だったようで、編集長から心のこもった手紙を頂戴したという話を、HPLは誇らしげにオーガスト・W・ダーレス宛の手紙に書いている。

イーディス・ミニター
(1869〜1934)

マサチューセッツ州ウィルブラハム在住の作家、詩人、アマチュア・ジャーナリスト。フルネームはエディス・メイ・ダウ・ミニター。13歳でアマチュア・ジャーナリズム活動を始め、以後、30年にわたり多数のアマチュア文芸誌や新聞を編集・発行、郷土やそこに生きる女性たちの目線に立った文章や詩を発表。

ナショナル・アマチュア・プレス・アソシエーション (NAPA) やハブ・クラブの会長を歴任するなど、この地方で同好の士たちの中心人物だった。HPLが彼女に最初に出会ったのは、1920年7月にボストン郊外のオールストンにある彼女の自宅で開催されたアマチュア・コンベンションである。HPLはフランク・ベルナップ・ロング宛1923年10月7日付書簡において、ミニター夫人がかつてブラム・ストーカーの『吸血鬼ドラキュラ』の出版前の原稿を読み、あまりの拙劣さに添削の仕事を請けようと検討したものの、報酬が折り合わなかったという真偽不明の話を紹介している。彼女の小説はもっぱらニューイングランド地方が題材の郷土小説で、多くは商業雑誌に掲載された。長編については、唯一完成したのが『ナトップスキーの隣人たち』(1916年)だが、未完成の長編『ヴィレッジ・グリーン』には、"H・セオバルドJr."という名の「顎が長く背の高い男性」が登場する。("テオバルド"は、HPLが使用した筆名のひとつ)。

1928年の長期旅行の際、HPLは招待され、6月後半から2週間にわたり彼女の自宅に滞在し、周辺の自然環境や町の様子や、ミニターがHPLに教えたウィップアーウィルにまつわる民間伝承が、旅行後に執筆した「ダンウィッチの怪異」に反映されている。

1934年にミニター夫人が亡くなると、HPLは〈トライアウト〉1934年8月号に「イーディス・ミニター」と題する悲歌を寄稿し、さらには回想録「ミニター夫人—その評価と思い出」を執筆して、〈カリフォルニアン〉1938年春号に寄稿している。彼はまた、夫人を追悼する本をウィリアム・ポール・クックに印刷してもらおうと手稿や刊行物を蒐集したものの、これは実現しなかった。

イヴァニツキ神父

「魔女の家で見た夢」に登場する、アーカムの聖スタニスラウス教会の神父で、おそらくはポーランド系の名前。主人公ウォルター・ギルマンと同じ下宿に住む織機修理工ジョー・マズレヴィチに、銀の十字架像を渡した人物である。実は「魔女の家で見た夢」の直前に執筆された「インスマスを覆う影」の未定稿にも登場しており、インスマスで起きた事件について詳しい事情を把握している人物として名前が挙げられているのだが、完成稿からはオミットされてしまっている。

「家」

1919年7月6日に執筆されたと思しい詩で、〈ナショナル・エンクワイアラー〉1919年11月11日号に掲載された。暑い夏の盛りに、木立に囲まれた異様で禍々しい屋敷の様子を描写する作品で、HPLによればプロヴィデンスのベネフィット・ストリート135番地にある屋敷に霊感を受けて書いた作品である。当時の持ち主はH・C・バビット夫人で、伯母のリリアン・D・クラークが住み込みで働いていたため、HPLはこの屋敷を足繁く訪問したということだ。彼は後年、同じ屋敷が舞台の小説「忌まれた家」を執筆している。屋敷の詳しい来歴については、そちらの項目を参照のこと。

イェクーブ人

リレー小説「彼方よりの挑戦」の、HPLが担当した第3章に登場する、芋虫めいた外見の異星人。「イェクーブ Yekub」という名前が出てくるのは、ロバート・E・ハワードが担当する第4章なのだが、HPLの覚書に「イェキューブ Y"cube」という、微妙に表記が異なりはするが名前とスケッチが書かれているので、おそらくHPLの発案なのだろう。イェクーブは別の銀河に棲む知的種族で、早い

段階で恒星間の旅を可能とする技術を発展させ、自分たちの銀河の居住可能な惑星を全て侵略し、先住種族を滅ぼした。生身で別の銀河に旅することはできなかったが、その代わり、奇妙な青白い円盤が中に埋め込まれている、4インチ（約10.2センチメートル）ほどの丸みがかった水晶の立方体を他の銀河に送り込み、これを介して原住生物と精神を交換し、調査と侵略を実行した。

何とも皮肉なことに、地球に送り込んだ立方体は、似たような手段で地球に植民した"大いなる種族"に発見され、侵略はいったん阻止される。しかし、おそらく南極の"古きものども"との戦争の最中に立方体が行方不明となり、将来的な侵略を危惧した"大いなる種族"は、未来の種族の肉体への移住を選択する。

「家の中の絵」

1920年12月に執筆され、〈ナショナル・アマチュア〉1919年7月号（発行は1921年の夏）で発表された。一人旅をしている主人公が、雨宿りに入り込んだあばら家で、異様な住人に遭遇するという、いわゆる田舎ホラーのお手本のような作品。実在の書物である『コンゴ王国』の版画が、隠れた恐ろしい真実を主人公と読者にほのめかす小道具として、効果的に使用されている。

旅の途上で家系の調査をしている主人公という設定はHPL自身の興味を反映したもので、11年後に執筆された「インスマスを覆う影」とも重なっている。ミスカトニック・ヴァレー、アーカムという架空の土地が初めて言及された作品であり、HPLの呼ぶところのアーカム・サイクルの1作目にあたる。また、荒野の只中に廃屋も同然の家がぽつんと建っているという風景は、「ダンウィッチの怪異」の執筆に繋がったという1928年の旅行の際に、マサチューセッツ州アソールなどで目にした風景を彷彿とさせるが、1920年時点で念頭にあったと考えられるのは、1896年と1908年に訪ねた、大伯父ジェイムズ・ウィートン・フィリップスの農場のあるロードアイランド州フォスターの風景だろう。

おいて、これが象嵌された縞瑪瑙のメダルを拾った女性は、死人のような顔つきの御者が彼女の顔を覗き込む悪夢に悩まされるようになる。

HPLは「暗闇で囁くもの」でアザトースやクトゥルーなどが列挙されるくだりで、前述の『黄衣の王』に言及されるハスターとハリ湖、そして"黄の印"を混ぜ込んだ。また、ハスターと"黄の印"に関わりのある邪悪な人間たちの教団が、異次元に由来する怪物的な諸力と協力関係にあることを示唆しているのだが、これはユゴスから到来した異星人によるポジショントークであり、真相はわからない。

なお、よく知られている、歪んだ三つ巴を思わせる"黄の印"の図案は、『クトゥルフ神話TRPG』のシナリオ集『大いなる古きものとも Great Old Ones』（未訳、1989年）収録のシナリオ「黄の印を見たことがあるかい？」のためにデザインされた、シナリオ作者ケヴィン・ロスの著作物だ。これを使用したアーロン・ヴァネック監督の映画『黄の印』（2001年）は、同氏から許諾を得ている。

"黄の印"

ロバート・W・チェンバーズの作品集『黄衣の王』に収録されている「黄の印」が初出の、戯曲『黄衣の王』に関わるシンボルとも文字ともつかぬ奇妙なマーク。「黄の印」に

チェンバーズの『黄衣の王』

イグ

「イグの呪い」が初出の、ウィチタ族などの先住民族から"蛇どもの父"として崇拝される半人半蛇の神。同作によれば、特にオクラホマ州の中央部で忌避され、恐れられていて、秋になるとイグの崇拝者たちが太鼓を打ち鳴らして密儀を執り行い、この時期に蛇を殺すと、恐ろしい復讐に見舞われるという。「墳丘」にも"蛇どもの大いなる父"として言及され、地上の先住民族のみならず、北米の地底世界クナ＝ヤンの住民（アトランティスやレムリアからの入植者の末裔）からも、生命の起源、尾を打ち鳴らすことで時を告げる神として、全宇宙的な調和の霊であるクトゥルー（トゥル）とセットで崇拝されている。「イグの呪い」の語り手である民族学者は、メソアメリカのケツァルコアトルやククルカンの祖型だろうと推測、「墳丘」の語り手である人類学者も同様のことを言っている。ちなみに、クラーク・アシュトン・スミス宛の1929年12月3日付

書簡によれば、初期設定では地下世界の名前だったという。HPLは後に、「永劫より出でて」においても、イグとシュブ＝ニグラスが人類に友好的な神々としてムー大陸で崇拝されたと設定している。

なお、ブルース・ブライアンの「ホーホーカムの怪」（1937年発表）には、アリゾナ州の先住民族であるホホカム族が崇拝する有翼の蛇の神イグ＝サツーティが登場する。「イグの呪い」から着想を得たのだろうが、同作はズィーリア・ビショップの名義で発表され、ブライアンとHPLは交流していなかったので、周辺設定については何も知らなかったと思われる。

「イグの呪い」

1928年春に執筆された、ズィーリア・ブラウン・リード・ビショップのためにHPLのがゴーストライティングした3本の小説の1作目。〈ウィアード・テイルズ〉1929年11月号に掲載された。

米国南部の州や中米で崇拝される蛇神の

流れを汲む、イグと呼ばれる半人半蛇の神が、後にビンガー（実在）という村になるオクラホマ州の土地に入植してきた夫婦に恐ろしい運命をもたらすという筋立て。この部分だけ読むと開拓時代の怪談話めいて見えるが、物語の発端が現代の精神病院で、惨劇の結果生まれた何かが収容されているという展開は、確かに現代のパルプ・ホラーである。

同じくビショップのために代作した「墳丘」の前日譚的な作品で、どちらもビンガーが舞台なのに加え、ウィチタ族のグレイ・イーグルとコンプトン一家のサリーは、両作にまたがって登場する。

ブルース・ブライアンの項目も参照。

「石の男」

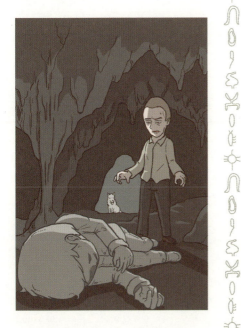

1932年の夏の終わりから翌33年の夏にかけて執筆された、ヘイゼル・ヒールドのための5本のゴーストライティング小説の1作目にあたり、〈ワンダー・ストーリーズ〉1932年10月号に掲載された。

ニューヨーク州南北の山岳地帯を舞台に、『エイボンの書』の魔術によって引き起こされた超自然的な事件を描いた作品で、このあたりがオランダ人移民が切り拓いたことから、禁欲的なプロテスタントの植民地とは雰囲気の異なるフォークロアが数多く生まれた土地であることを、うまく物語の歴史的な背景に絡めている。

他のヒールド名義の作品と異なり、彼女自身がいったん小説として書き終えていたようだが、残念ながら元作品は現存しない。ともあれ、ライアン・スプレイグ・ディ・キャンプやスナンド・T・ヨシといったHPL研究者は、一様にHPLが全面的に書き直したという見解をとっている。なお、「生物が石像のような状態になっている」というアイディアが「永劫より出でて」「蠟人形館の恐怖」と共通していて、これはヒールドの嗜好の反映なのだろう。

「至る所にいる俗物について」

1924年春に執筆されたと思しいエッセイ。芸術は倫理や規範ではなく美学によってのみ計られるべきであり、芸術の検閲は過激な芸術がもたらしうる倫理的・社会的問題よりもはるかに危険だという主張で、アマチュア・ジャーナリズム仲間のポール・リヴィングストン・キールに対する反論として書かれたものでクライド・G・タウンゼントが発行する〈オラクル〉1924年5月号に掲載された。

なお、HPLはこのエッセイ中で、ジェイムズ・ブランチ・キャベルの『ジャーゲン』やジェイムズ・ジョイスの『ユリシーズ』を「現代美術における重要な貢献」として挙げているが、後年、実は『ユリシーズ』を読んだことがないと告白している。なお、『ジャーゲン』は中世ヨーロッパのポワテムという架空の町が舞台の"マニュアル伝"シリーズの一編で、これを愛読していたクラーク・アシュトン・スミスは、自身も中世フランスの架空の土地アヴェロワーニュを創造した。

37

「一年の後」

1925年7月24日に執筆され、ブルー・ペンシル・クラブの会合で披露された詩。

印刷物としては、アーカム・ハウス刊行のHPL作品集『眠りの壁の彼方』(1943年)に初めて収録された。空想の中だけで世界中を旅行し始めてから1年が経ったが、金を使うこともなく十分に満足できたという内容。HPLがニューヨークに引っ越してから1年3ヶ月が経っていたので、「一年の後」というタイトルはこの時間を指すのかもしれない。

「一般批評部」

ユナイテッド・アマチュア・プレス・アソシエーション(UAPA)の会報である〈ユナイテッド・アマチュア〉誌に掲載されていた、アマチュア出版物の批評コラム。HPLは1914年秋に、エイダ・P・キャンベルの後任として一般批評部の主幹に任命され、主に1915年1月号から1918年5月にかけてこのコラムを担当した。基本的な内容は、個々の出版物について落ち穂拾いのように言及するもので、誤字脱字や文法の誤りの指摘などもしばしば行い、全体的なクオリティ向上に努めた。

「古の轍」

1929年11月26日に書かれた44行の詩篇で、〈ウィアード・テイルズ〉1930年3月号に掲載された。「ダンウィッチの怪異」を除けば唯一、ダンウィッチへの言及があるHPL作品だが、本作の少し後に書かれた連作詩「ユゴスよりの真菌」の24番目の詩「使い魔」に描かれる、ジョン・ウェイトリィという妖術使いがその外れに住むという町も、おそらくダンウィッチなのだろう。なお、同じく「ユゴスよりの真菌」に出てくるザマンの丘への言及もある。

「イビッド」

5世紀ローマの修辞学者イビッド(イビドゥス)の数奇な生涯と、587年に彼がコンスタンティノープルで亡くなった後、その頭蓋骨のみが転々として、やがて新大陸に渡ってウィスコンシン州ミルウォーキーにもたらされた経緯を大仰な紀伝体風に綴った短編小説。"Ibid"というのは本来、ラテン語の文章の脚注において「同書」「前掲書」などの意味で用いられるラテン語短縮形で、教師であるモーリス・W・モーの教え子がこれを勘違いして、「イビッドがその有名な『詩人列伝』で言っているように」と作文に書いたというエピソードを、HPLが面白がって発展させたものである。1928年8月以前のモー宛の書簡に同封されたらしく、モーは商業雑誌への掲載を提案したが、HPLは「仲間内の回覧だけに留めておくのが妥当」だと固辞した。HPLの死後、ジョージ・W・マコーリーの〈オ＝ウォシュ＝タ＝ノン〉1938年1月号に初めて掲載された。

イブ

「サルナスに到る運命」において、遥かな太古、ムナールと呼ばれる土地にある湖のほとりに存在していた灰色の石造りの都市で、全身緑色の醜悪な生物が暮らしていた。後に人間がこの生物を滅ぼし、近くにサルナスという都市を建設、ムナールの中心地となった。

しかし、イブの破壊から1000年後、サルナスは一夜にして滅びるのである──。

イブとサルナスは、「未知なるカダスを夢に求めて」（1926年〜27年執筆）では地球の幻夢境のどこかにある土地の名前とされている。

ただし、「サルナス〜」執筆の少し後に書かれた「無名都市」では、「人類が若かった頃にムナールの地にあった滅亡都市サルナスや、人類が存在する前に灰色の石を切り出して造られたイブ」が、あたかも地球上のどこかであるかのように言及される。また、「狂気の山脈にて」でも、ヴァルーシアやルルイェなど、地球上の他の土地と「ムナールの地のイブ」が併記されている。このため、ブライアン・ラムレイなどの後続作家たちの中には、地球上の中東のどこかだと解釈する者もいる（「無名都市」に基づく解釈だと思われるが、同作でははっきり中東と書かれたわけではない）。

「忌まれた家」

1924年10月の中頃に執筆。プロヴィデンスのベネフィット・ストリートに、不穏な噂のつきまとうハリス家の所有する無人の屋敷がある。そうした噂のひとつは、何人かの住人が死の間際に話せるはずのない粗野な訛りのフランス語を口にしたというもので、主人公とその伯父エラヒュー・ウィップルは調査を進めていくうちに、1598年にライカントロピー（人狼）の疑いで告発されたジャック・ルレの血縁と疑われるフランス人が、1686年にプロヴィデンスに流れ着いたという過去の事実に辿り着く。やがて、邪悪を滅ぼす決意を固めた2人は、無人の屋敷に乗り込むが──。

この物語の舞台は、プロヴィデンスのベネフィット・ストリート135番地に現存する、実在の屋敷である。1763年に、幼くして父親を亡くし、フランス系ユグノーの家系であるモーニー家を継いだジョン・モーニーのために建てられ、1784年に彼の妹ハンナの夫である交易商人スティーヴン・ハリスに売却された。その後、ハリスは没落し、発狂した妻のハンナが屋根裏部屋に閉じ込められたという噂が、地元ではまことしやかに囁かれた。1890年にハリス家の最後の人間が亡くなった後、屋敷を所有した中にH・C・バビットという女性がいて、その彼女が1919年から20年にかけて住み込みの管理人として雇ったのが、HPLの伯母リリアン・D・クラークだった。当時、頻繁にこの屋敷を訪問したHPLは、どうにも嫌悪感を拭えなかったということで、1919年に書いた「家」と題する詩のモチーフにした。その後、1924年10月の旅行でニュージャージー州エリザベスを訪れた際、「ブリッジ・ストリートとエリザベス・アベニューの北東の角」に、バビット邸を想起させる「1700年代に悪魔的な行為が行われたに違いない、身の毛のよだつ古い家」（前述の伯母宛の1924年12月4〜6日付書簡）を目にして本作のイメージが湧き上がり、帰宅後に早速、執筆を開始したのである。

なお、作中では長いこと空き家だったとされているが、実際には常に誰かしら住んでいたようだ。ジャック・ルレは仏西部メーヌ＝エ＝ロワール県のアンジェで実際に狼男として逮捕された人物で、HPLはジョン・フォックスの『神話と神話の造り手たち』（1872年）から関連記述を丸々転用している。また、エラヒューは、祖父ウィップル・ヴァン＝ビューレン・フィリップスと、リリアンの夫フランクリン・チェイス・クラークの合成のようだ。

当初、ウィリアム・ポール・クックが冊子の刊行を目論み、実際に300部ほどが印刷されたものの、経済的・健康的な理由で頓挫した。1934年にロバート・H・バーロウが265部ほどを入手し、一部のみを製本して頒布。HPLの死後に、改めて〈ウィアード・テイルズ〉1937年10月号に掲載された。

ベネフィット・ストリート135番地の屋敷（撮影：森瀬繚）

忌まわしき雪男

　チベットの伝説的な雪男の、英語圏における通称。HPLの「暗闇で囁くもの」において、"ユゴスよりの真菌"と結び付けられている。"忌まわしき雪男"の呼称が英米で知られるようになったのは、英国のチャールズ・ケネス・ハワード＝バリー中佐率いる1921年のエベレスト山遠征隊による「半人半熊の雪男 metoh kangmi」の報告が発端で、遠征隊からインドに送られた電報が誤って「metch kangmi」と書き起こされた上、コルカタ（当時の英語圏ではカルカッタ）駐在のジャーナリスト、ヘンリー・ニューマンが"忌まわしき雪男 Abominable Snowman"と適当に、拡散したのである。
　よくHPLの造語と勘違いされる"ミ＝ゴ"はヒマラヤ山脈周辺地域での雪男の現地呼称で、1930年代の新聞記事などに紹介された。なお、現代のブータンで観光ガイドをされている方によれば、発音は"ミゲー"とのこと。

「イラノンの探求」

　1922年2月28日に執筆。古代ギリシャ＝ローマ世界を彷彿とさせる様々な土地を、生まれ故郷アイラにまつわる美しい思い出を歌いながら放浪する青年が、やがて真実に直面し、美しさが失われるという風刺的な物語。長らく死蔵され、ロイド・アーサー・エッシュバックのアマチュア文芸誌〈ザ・ギャレオン〉1935年7・8月合併号にようやく発表された。
　「北極星」のロマールやオラトエ、「サルナスに到る運命」のサルナスやトラア、イラルネク、カダテロンへの言及があり、最終的にこれらの作品を「未知なるカダスを夢に求める」の幻夢境に結びつける交差点となっている。なお、作中で言及されるステテロスについては、数年前に執筆された「緑の草原」にも言及があるのだが、こちらは明らかに夢が舞台ではないので、「イラノン～」の執筆時点では現実世界と考えていた可能性もある。

イレク＝ヴァド

　「銀の鍵」において、「ノーリ族が比類なき迷宮を築き上げている黄昏の海を見晴らす、ガラス製の中空の崖の頂きにある小塔の立ち並ぶ伝説的な街」として言及される、地球の幻夢境に存在する都市、あるいは国家のこと。同作では、失踪したランドルフ・カーターとイレク＝ヴァドの蛋白石の玉座に君臨する

新王が同一人物だと示唆された。ただし、続編の「銀の鍵の門を抜けて」では、異なる真相が提示される。

後に書かれた「未知なるカダスを夢に求めて」（時系列的には「銀の鍵」以前の出来事）では、幻夢境のキランを訪れたカーターの口から、この地にあるオウクラノスの川の神の神殿に、イレク＝ヴァドの王が一年に一度やってくること、彼のみが神殿に立ち入り、祈りを捧げることを許されることについて語られる。

イレム

イスラム教の聖典『クルアーン』に「アッラーの怒りによって滅ぼされた」とある、伝説上の都市。「イラム Iram」と書かれることもあり、"柱の都市""千の柱の都市"などの異名も知られている。HPLの「無名都市」を皮切りに、様々な作品で意味ありげに言及され、「『ネクロノミコン』の歴史」ではアブドゥル・アルハズレッドが"柱の都市とも呼ばれる伝説的なイレム"を目にしたとされ、「クトゥルーの呼び声」ではクトゥルー教団の本拠地が、無名都市の遺構が眠る砂漠のどこかにあることが示唆される。断片的な記述から推測するに、HPLはイレムと無名都市の位置をアラビア半島南部のルブアルハリ砂漠のどこかと想定していたようだ。

オーガスト・W・ダーレスはイレムと無名都市を混同していたらしい。また、連作小説「永劫の探求」の第3部「クレイボーン・ボイドの遺書」で、都市の位置をルブアルハリ砂漠から遠く離れたクウェート付近としたが、後の第4部「ネイランド・コラムの記録」ではオマーンに変更された。

なお、オマーン南西のシスル村付近では、1990年代に古代都市ウバルの遺跡が発見されたのだが、オマーン政府はこの遺跡こそ伝説上のイレムだと主張している。

飲酒

HPLの作家としての活動時期は、酒類の製造・販売を規制する禁酒法が施行されていた時期（1920年〜1933年）に重なるため、彼の作品を含む初期のクトゥルー神話作品の形容に、しばしば"禁酒法時代"という言葉が用いられる。ただし、禁酒法関連の描写があるHPL自身の小説は「インスマスを覆う影」くらいで、彼自身、全く酒を嗜まず、生涯を通じて飲酒に批判的だった。彼が幼少期を過ごした母方のフィリップス家は飲酒をあまり嗜まない一家で、屋敷には禁酒運動家として知られるジョン・バーソロミュー・ゴフの著作『光と影』があり、HPLは5歳の頃にこれを読んで影響を受けたという。また、1916年に従弟フィリップス・ギャムウェルが亡くなった後、HPLが尊敬していたその父エドワード・F・ギャムウェルが酒に溺れて身を持ち崩したことも、彼の酒嫌いを補強したかもしれない。

1914年後半に書いた「葡萄酒の力——ある風刺」（《プロヴィデンス・イヴニング・ニュース》1915年1月13日号に掲載）をはじめ、HPLは飲酒を風刺する詩をいくつも書いた。また、前述の「インスマス〜」以外で酒が重要な役割を果たす小説作品として、ロマンス小説を茶化した「可愛いアーメンガード」と、飲酒を試してみたいと手紙に書いてきたアルフレッド・ギャルピンをたしなめるためだけに書かれた「虫けら爺さん」がある。

41

インスマス

「インスマスを覆う影」(1931年)の舞台で、「戸口に現れたもの」(1933年)でも重要な役割を果たす、マサチューセッツ州北部沿岸に位置する、地図に載っていない異様な港町。クトゥルーを崇拝する異形の種族、"深きものども"の地上侵略の前哨地となっていたが、1927年末から28年にかけて政府機関の手入れを受け、一網打尽にされた。地名としての言及は「セレファイス」(1920年)、「未知なるカダスを夢に求めて」(1927年)などが早いが、こちらでは英国のコーンウォール半島の海辺の村とされていた。その後、連作詩集「ユゴスよりの真菌」(1929年)で、アーカムから10マイルほど離れた谷間の町に変更された。"～マス(=口)"というのは河口の町によくある名前で、インスマスはおそらく"イン・ザ・マウス In the Mouth"をもじったもの。

1931年秋にHPLが旅行で訪れた、当時は寂れた港町だったマサチューセッツ州北東部のニューベリーポートがモチーフだが、その町とセイラムの間に位置するグロスターのイメージも部分的に投影されているらしい。

「インスマスを覆う影」

1931年11月から12月にかけて執筆。後期HPLの代表作のひとつで、存命中の1936年、ペンシルベニア州のヴィジョナリー・パブリッシングから200部ほどの少部数の単行本として刊行された。インスマスを歩き回る語り手が、異形の住民たちから見張られている感覚、やがて主人公の呪わしい血統が明かされるくだりには、やはりラヴクラフトが絶賛しているアルジャーノン・ブラックウッドの「古の魔術」の影響が指摘されている。

本作のために書かれた覚書によれば、語り手の名前はロバート・オルムステッド。オーガスト・W・ダーレスはこの覚書の存在を知らなかったようで、連作「永劫の探求」において、「インスマスを覆う影」の主人公の姓を祖母の夫の家名であるウィリアムスンとしている。執筆途中で破棄された未定稿(『クトゥルーの呼び声』(星海社)に収録)が残存し、「魔女の家で見た夢」で重要な役割を果たすイヴァニツキ神父の登場をはじめ、確定稿とは異なる展開を確認できる。雑誌掲載はHPLの死後で、〈ウィアード・テイルズ〉1942年1月号に、"深きものども"を描くハネス・ボクの挿絵つきで短縮版が掲載された。この挿絵をベースとするカラーイラストが、同誌カナダ版1942年5月号の表紙を飾っている。

ヴァージル・フィンレイ
(1914～1971)

米国の挿絵画家で、精細な点描が特徴。高校時代から〈アメイジング・ストーリーズ〉や〈ウィアード・テイルズ〉といった、パルプ雑誌を彩るアートに惹かれ、クラーク・アシュトン・スミスの「アフォーゴモンの鎖」を含む〈ウィアード・テイルズ〉1935年12月号掲載の3作品の挿絵を担当したのを皮切りに、このジャンルの挿絵画家として活躍した。HPLは〈ウィアード・テイルズ〉1936年5月号に掲載

された、ロバート・ブロック「無貌の神」におけるフィンレイの挿絵を高く評価し、この年の11月下旬に「ブロック氏の小説「無貌の神」の挿し絵を描いたフィンレイ氏に寄せて」と題する十四行詩を書いている。フィンレイもまたHPL作品のファンだったようだが、生前に担当した仕事は〈ウィアード・テイルズ〉1936年12月号の「闇の跳梁者」、1937年1月号の「戸口に現れたもの」の2作のみ。東京創元社版『ラヴクラフト全集』の表紙を飾っていることで有名なHPLの遺影（〈アマチュア・コレスポンデント〉1937年5-6月合併号の表紙）や、アーカム・ハウスから刊行された『アウトサイダーその他』や書簡選集の表紙（既存のイラストを組み合わせたモンタージュ）など、死後における関連作品の方がよく知られている。

ヴァルーシア

ロバート・E・ハワードが1926年8月に執筆した、キング・カルものの最初の作品「影の王国」の舞台。その国名は現地の言葉で「幻夢の国」を意味し、設定上は現在のユーラシア大陸に相当するトゥーレ大陸の西端に広大な領土を広げる帝国とされている。古代アトランティス時代の七帝国において最も偉大な国だが、実は人間に姿を変えた蛇人間に影から支配されていた。ハワードが後に"蛮勇コナン"の背景設定をまとめた「ハイボリア時代」では、ヴァルーシアはトゥーレ大陸（現在のユーラシア大陸）西端の広大な帝国とされている。HPLは「狂気の山脈にて」（1931年）において、「1億年前ないしはそれよりも古い石炭紀の世界を示したものらしい地図」のヨーロッパの位置にヴァルーシアが存在していたと記述し、「闇の跳梁者」（1935年）では、ヴァルーシアの蛇人間が輝く偏方二十四面体を南極の古きものどもの遺跡から発掘したと書いている。

〈ウィアード・テイルズ〉

ジェイコブ・C・ヘネバーガーが1923年に創刊した幻想・怪奇ジャンル専門のパルプ雑誌。初代編集長はエドウィン・ベアード。創刊当初、作品提供を約束していた中堅作家の多くが実際には寄稿しなかったため、書き手を求めてアマチュア・ジャーナリズムの作家にも広く門戸を開いた。創刊号からの愛読者だったHPLが、友人たちの勧めで「ダゴン」などの小説を送ったところ、全てが採用された。ヘネバーガーはHPLを気に入り、1924年には奇術師ハリー・フーディーニのために「ピラミッドの下で」をゴースト・ライティングする依頼を出している。〈ウィアード・テイルズ〉誌がHPLを筆頭とする複数作家によるクトゥルー神話の揺籃となったのは、2代目編集長に就任（1924年）したファーンズワース・ライトの時代で、"剣と魔法のファンタジーの草分けであるロバート・E・ハワードの蛮人コナン・シリーズも同誌で展開された。ただし、HPLはライトの商業主義的な方針を嫌い、1930年代に入ると作品をあまり送らなくなるのだが、オーガスト・W・ダーレスなどの友人たちが密かに作品を送っていた。HPLの死後、ライト及び3代目編集長のドロシー・マクルレイスは、かつて同誌が拒絶したHPL作品を数多く掲載している。

ウィップアーウィル

　北米に棲息するヨタカの一種で、日本語の鳥類図鑑などには"ホイップアーウィルヨタカ"と記載される。「ダンウィッチの怪異」において、ヨタカが人間の魂を奪いにやってくるという地元の民間伝承が言及されて雰囲気を大いに盛り上げるのだが、これはダンウィッチのモチーフとなったマサチューセッツ州ウィルブラハムのローカル伝承で、文献上での初出は同作であるようだ。ちなみに、HPLが影響を受けた19世紀アメリカの作家ワシントン・アーヴィングの「スリーピー・ホロウの伝説」でも、ヨタカの鳴き声が効果的に用いられている。
　HPLの影響で、"人間の魂を奪いに来るヨタカ"は、クトゥルー神話作品のみならず、世界各国のホラー作家が好んで用いる定番的な演出道具となっているのだが、実のところウィップアーウィルと日本やヨーロッパのヨタカは、全く鳴き声が異なっている。

ウィップル・ヴァン＝ビューレン・フィリップス (1833～1904)

　HPLの母方の祖父で、プロヴィデンスのフィリップス家の家長。ロードアイランド州フォスター生まれ。1856年にロビイ・アルザダ・プレイスと結婚し、彼女との間に1男4女をもうけている。1859年頃に同州のコフィンズ・コーナーに移住、不動産業などを営んで財産を築き、郵便局長や州議会議員などを務めた。プロヴィデンスに移住したのは1874年で、1881年にエンジェル・ストリート194番地(後年454番地に変更)に大きな屋敷を構える。1890年8月20日にHPLが生まれたのがこの屋敷で、1893年からはここで暮らしていた。この頃、ウィップルはホテル経営に携わるスネーク・リヴァー社、ダム建設業に携わるオワイヒー・ランド・アンド・イリゲーション社を経営しているアイダホ州に滞在していたが、エドガー・アラン・ポーに夢中の孫のために、ゴシック小説風の怪談を手紙に書いて寄越していた。しかし、1890年に決壊したダムの再建費用が嵩んだことで会社の経営が傾き、1901年には倒産に至る。そして、建設現場での事故の報を聞いた数日後の1904年3月28日、ウィップルは脳出血で亡くなった。次女のサラ・スーザン・ラヴクラフトは5000ドルを、その息子であるHPLは2500ドルを遺産として受け取ったという。物心ついてから父親を知らずに育ったHPLにとって、ウィップルこそが父のような存在であり、彼と母サラ、そして自分の関係性が、「ダンウィッチの怪異」のウェイトリイ家に反映されたものと思しい。

ウィニフレッド・ヴァージニア・ジャクスン (1876～1959)

　ボストン在住のアマチュア詩人。1918年にHPLと親交を結び、手紙のやり取りはもちろん、互いの発行するアマチュア文芸誌に寄稿しあっただけでなく、合同誌を刊行したこともある。HPLは彼女の見た夢を元に、「緑の草原」(1920年)、「這い寄る混沌」(1921年)という2本の小説を執筆、「エリザベス・バークリイならびにルイス・テオバルド・ジュニ

ア」なる共同筆名のもと、彼女との合同誌〈ユナイテッド・コ=オペレイティヴ〉に載せている。このような間柄だったので、2人が交流を始めた時点でジャクスンが既婚者だったにもかかわらず(1919年に離婚)、アマチュア・ジャーナリズム界隈では恋人同士と噂されていた。噂を裏付けるように、1918年におそらくはマサチューセッツ州のどこかの海岸でHPLが撮影したというジャクスンの写真が現存している。また、1920年のクリスマスには、彼女から写真を送られた返礼として、詩を書き送っている。しかし、HPLがソニア・H・グリーンと出会った1921年7月以降、両者の交流は絶えたようだ。

ウィリアム・L・クローフォード
(1911〜1984)

ペンシルベニア州エヴェレットにて、ヴィジョナリー・パブリッシングを経営する出版業者。セミプロ雑誌の発行者であり、HPLに「半自伝的覚書」「惑星間旅行小説の執筆に関する覚書」の執筆を依頼した他(いずれも彼の雑誌に掲載されなかった)、「セレファイス」「サルナスに到る運命」を〈マーベル・テイルズ〉

の1934年5月号、1935年3-4月合併号にそれぞれ掲載している。HPLの死の半年ほど前、1936年11月に「インスマスを覆う影」の単行本を200部限定で刊行した。これが、HPLの生前に刊行された唯一の商業単著なのだが(アンソロジーへの作品収録は幾度もあった)、誤植が非常に多く、正誤表がつけられはしたものの、その正誤表にも誤りがあって、HPLを大いに落胆させた。

ウィリアム・スコット=エリオット
(1849〜1919)

英国のアマチュア人類学者で、本業は貿易商人。社会運動家のアニー・ベサントをヘレナ・P・ブラヴァツキー夫人の後継者と頂くアディヤール派の神智学者であり、ベサント腹心のチャールズ・ウェブスター・レッドビータの薫陶のもと、アトランティス滅亡から逃れた白人魔術師がエジプトやブリテン島に逃れ、巨石文明を築いたと主張する『アトランティスの物語』(1896年)や、ブラヴァツキー夫人の『シークレット・ドクトリン』における記述を単純化し、大西洋のアトランティスと太平洋のレムリアを対置させた『失われたレムリア』(1904年)を執筆。HPLやロバート・E・ハワード、クラーク・アシュトン・スミスなど、当時のパルプ作家に大きな影響を与えた。なお、HPLは「クトゥルーの呼び声」執筆直前の1926年6月頃に、1925年刊行の合本版『アトランティス物語と失われたレムリア』を読んだということである。

HPLが参考にした『アトランティス物語と失われたレムリア』

ウィリアム・トマス・ベックフォード（1760〜1844）

英国の作家、政治家。各国語に精通する知識人で、1786年、アッバース朝イスラム帝国の邪悪なカリフ、ヴァテックにまつわる『千夜一夜物語』風の物語『ヴァテック』をフランス語で著した。これは、西欧における東洋文学流行のきっかけとなった、フランス人東洋学者アントワーヌ・ガランによる『千夜一夜物語』の翻訳（ガラン版と呼ばれる）を意識したものである。HPLは、1921年7月にサミュエル・ヘンリイ翻訳の英語版を読んで、深い感銘を受けたという。「アザトース」、『アル・アジフ』の項目も参照のこと。

ウィリアム・ホープ・ホジスン（1877〜1918）

英国の怪奇小説家。第一次世界大戦に従軍し、1918年にベルギーで戦死した。HPLがホジスンの作品を初めて読んだのは1934年で、論文「文学における超自然の恐怖」の改訂版において、『〈グレン・キャリグ号〉のボート』『異次元を覗く家』『幽霊海賊』『ナイトランド』（長編）と『幽霊狩人カーナッキ』（短編集）に高い評価を与え、「時間を超えてきた影」「アロンゾ・タイパーの日記」などの作品にその影響が見られる。なお、日本の特撮映画『マタンゴ』（1963年）の原案とされている短編「夜の声」などの海洋恐怖小説がHPLに影響を与えたと言われることがあるが、彼がホジスン作品に接したのは、「クトゥルーの呼び声」（1926年）や「インスマスを覆う影」（1931年）などの海洋ものを書き上げた後のことで、それ以前に「夜の声」を読んでいたエビデンスは存在しない。ちなみに、HPLは2015年に発見されたジェイコブ・C・ヘネバーガー宛の書簡で、「夜の声」の剽窃ではないかと噂されるフィリップ・M・フィッシャーの「菌類の島」（未訳）を褒めている。

ウィリアム・ポール・クック（1881〜1948）

マサチューセッツ州アソールの印刷業者、出版業者。1917年にHPLと知り合い、彼のアマチュア文芸誌である〈保守派〉の印刷を請け負った。HPLが十代の頃に書いた数作の小説を読み、感銘を受けたのもこの年で、彼が小説を書くよう熱心に勧めたことで「霊廟」（6月）と「ダゴン」（7月）が書かれ、怪奇小説家H・P・ラヴクラフトが生まれたのである。"ウィリス・テート・クロスマン"の筆名で、〈モナドノック・マンスリー〉〈ヴァグラント〉〈リクルーズ〉〈ゴースト〉などのアマチュア文芸誌を編集した。HPLの「ダゴン」が最初に発表されたのは、彼の〈ヴァグラント〉1919年11月号で、クック自ら序文を寄せている。ナショナル・アマチュア・プレス・アソシエーション（NAPA）の機関誌編集長（1918〜1919年）、会長（1919〜1920年）を歴任する中でHPLのアマチュア・ジャーナリズム活動を支え、「文学における超自然の恐怖」の執筆にも協力した。HPLは1928年の夏に、アソールのクック宅を訪ね、この時に聞かされた郷土にまつわる話やアソール周辺の風景が、「ダンウィッチの怪異」などのアーカム・サイクル作品に影響を与えた。

HPLの死後、回顧録『追悼：ハワード・フィリップス・ラヴクラフト』（1941年）を刊行。その後、アーカム・ハウスの書籍でHPLの虚像が広まっていることに警鐘を鳴らした。

ウィリアム・ラムレイ
(1880〜1960)

ニューヨーク州エリー郡のバッファローに在住する作家志望者で、本職はアグリコ・ケミカル・カンパニーの企業警備員。パルプ雑誌に掲載されている怪奇小説の熱心な読者で、とりわけHPLの愛読者だった。中国やネパールをはじめ世界各地の神秘的かつ禁断の土地を旅してきたと自称し、1931年からHPLとの交通を開始。いわゆるオカルト・ビリーバーで、HPLらの作品に示される神話大系を事実だと信じていたようだ。HPLはそんな彼のことを面白がって付き合いを続けたのみならず、彼が小説を書いたなら、無償で添削（＝改作）してあげようと約束した。そうして書き上げられたのが、「アロンゾ・タイパーの日記」である。なお、HPL研究家のスナンド・T・ヨシは、ラムレイが〈ファンタジー・ファン〉1935年1月号に発表した「エルダー・シング」と題する詩も、HPLの添削を受けた可能性を指摘している。

ウィリス・コノヴァー
(1920〜1996)

米合衆国政府運営の国営放送、ボイス・オブ・アメリカの職員。HPLの熱心な愛読者で、彼の最晩年にあたる1936年から37年にかけて交通した。1936年末に彼が創刊したファンジン〈サイエンス＝ファンタジー・コレスポンデント〉に、HPLは「ユゴスよりの菌類」の一篇である「帰郷」や、「ポーの歩みしところ」などの詩を寄稿している。熱心な読者だけあって、書簡中では作中設定についての話題が多く、シュブ＝ニグラスやヨグ＝ソトースなどにまつわる重要な情報がコノ

ヴァー宛のHPL書簡に含まれている。HPLの死のショックは大きく、彼はその後、怪奇小説への情熱を長いこと失ってしまうのだが、1975年には回想本『ラヴクラフト・アット・ラスト』を刊行している。

ウィルスン・シェファード
(1917〜?)

アラバマ州在住の怪奇小説編集者、出版者で、1936年頃からドナルド・A・ウォルハイムと組んで仕事をし、ウォルハイムが発行している〈ファンタグラフ〉〈ファンシフル・テイルズ〉の編集を手伝っていた。HPLとは1932年から交流があり、1936年に直接対面している。HPLとの関わりについては、ウォルハイムの項目も参照のこと。HPL死後の1938年、彼は『『ネクロノミコン』の歴史』の小冊子をレベル・プレスから刊行している。

ウィルフレッド・ブランチ・
タルマン (1904〜1986)

ニューヨーク州出身のアマチュア詩人、作家。ブラウン大学在学中の1925年7月に、自分の詩集『クロワゾンネとその他の詩』をニューヨーク在住のHPLに送り、以後、最晩年にかけて交通を続けた。同年8月には、タルマンはニューヨークでHPLと対面し、非正規会員としてケイレム・クラブに名前を連ねている。1926年、HPLはタルマンの「二本の黒い壜」を添削し、彼はその返礼としてHPLの蔵書票を作った。ただし、HPLによる徹底的な添削は、必ずしもタルマンの気に入るものではなかったらしい。HPLがプロヴィデンスに戻ると、タルマンは1927年9月に彼の自宅を訪問し、翌年5月にはスプリング・ヴァレーにある別荘に招いている。なお、1931年7月6日にタルマンの自宅で開かれた集まりには、当時の〈ウィアード・テイルズ〉で一番人気の作家だったシーベリイ・クインも参加し、HPLと対面したという。

47

ウィンフィールド・スコット・ラヴクラフト（1853〜1898）

HPLの父親。19世紀の前半にニューヨーク州ロチェスターに移住し、その後、マウントバーノンに転居したラヴクラフト家の、ジョージ・ラヴクラフトとヘレン・オールグッド（ノーサンバランド州に荘園を持つランスロット・オールグッド郷士の娘）の間に生まれる。1852年にロチェスターを訪れた陸軍のウィンフィールド・スコット将軍にちなんで名付けられた。エマとメアリーという2人の姉妹がいたが、男の兄弟は皆、成年する前に亡くなった。このため、マウントバーノンのラヴクラフト家はHPLの代で途絶えている。1870年代前期には馬車工場の蹄鉄工として働いていたが、その後、15年以上にわたり記録が定かではなく、どうやらニューヨーク市で働いていたものらしい。1889年、プロヴィデンスのゴーハム＆カンパニーという銀細工商に就職、得意先を回る巡回セールスマンとして働いていた。そしてサラ・スーザン・フィリップスと出会い、この年の6月12日にボストンで結婚式をあげる。翌年8月20日に一子ハワードをもうけると、一家はボストンの西に位置するオーバンデールに住居を構えるのだが、1893年春のシカゴへの長期出張中、ホテルで全身麻痺の発作に襲われ、妻子が滞在するプロヴィデンスに連れ戻された。当時の診療記録によれば、客室係の女性が自分をひどく侮辱し、そこにいないはずの妻に男たちが乱暴を働いたと証言していたようだ。1893年4月25日以後、彼はプロヴィデンスのバトラー病院に収容され、HPLによれば以後、1898年7月19日にウィンフィールドが"進行性麻痺"で亡くなるまでの間、彼は一度も父親を見舞わなかったという。病因については梅毒説が根強い。なお、HPLにも先天性梅毒説があったが、こちらは当時の医療記録から否定されている。当時としては大金の1万ドルの遺産を残し、長年にわたりHPLの無職同然の生活を支えた。

ジョージ・ヘイ編『魔道書ネクロノミコン』に収録されているノンフィクション風の「スタニスラウス・ヒンターシュトイザー博士の手紙」の影響で、ウィンフィールドが18世紀フランスのカリオストロ伯爵が創設したエジプト派フリーメーソンリーの一員であり、彼の知識や蔵書を介して古代の秘儀がHPLに伝えられたとの風説が流れているが、これは全くの創作であると、同書の仕掛人であるコリン・ウィルスンが証言している。

ヴーア

「ダンウィッチの怪異」において、ウィルバー・ウェイトリイが、不可視の兄弟の姿を視認する際に手で結ぶという印形の名前。そもそもの出処は、ラヴクラフトが高く評価していたアーサー・マッケンの「白魔」で言及される謎めいた言葉である。なお、「白魔」には"ヴーラ"というよく似た言葉も出てきて、ラムジー・キャンベルは「ユゴスの坑」という作品で、HPLに倣いヴーラの儀式というワードを意味ありげに用いている。

ウェイト家

「インスマスを覆う影」によればマーシュ家、ギルマン家、エリオット家に並ぶインスマス

の名家。オーベッド・マーシュが黄金の精錬事業を最初に立ち上げた際、ウェイト家の所有する古い毛織物工場が精錬所に改築されたという。同作では言及のみだったが、「戸口に現れたもの」にはイフラム・ウェイトとその娘アセナスが中心的な登場人物として姿を見せた。そして、インスマスにおいて権勢を振るうのみならず、他の州や外国のカルティストたちと連携し、とりわけメイン州において恐ろしい儀式を実行している様子が描かれた。

オーガスト・W・ダーレスの連作「永劫の探求」でもかつての名家と描写され、主要な登場人物の一人が、実はウェイト家の係累であったことが終盤で明かされる。

ウェイトリイ家

「ダンウィッチの怪異」が初出の、邪神崇拝に深く関係する一族。1692年の魔女裁判の際に、セイラムからダンウィッチに移り住んできた、紋章を帯びる身分の紳士階級の一族のひとつで、大地主である本家筋に近い者の中にはハーヴァード大学やミスカトニック大学、ソルボンヌ大学などの名門で高等教育を受けた者が少なくない。しかし、セイラムから持ち込まれた魔術書の研究に耽る一部の堕落した分家の者たちの存在が、近隣での一族の評判を最悪のものにしている。1920年代までの家長は"魔法使い"の異名で知られる老人で、1912年の五月祭前夜にセンティネル丘で儀式を行い、娘のラヴィニアをまぐわせて異形の双子を産ませたという。その少し後、ウェイトリイ老人が酒場で口にした言葉は、ニューイングランド地方の老人たちの独特の訛りをHPLが再現したもので、英語圏でもその正確な意味を読み取るのが難しいらしい。

老ウェイトリイの名前は、『クトゥルフ神話TRPG』の関連書ではノアとされるが、独自設定である。

ただし、連作詩「ユゴスよりの真菌」の16番目の詩「使い魔」に、「屋根裏部屋のあたりで見つけた何ともおかしな本」を読み耽り、エールズベリイからやってきた男たちを魔術で脅かす、ジョン・ウェイトリイという男が登場する。あるいは、この人物こそ老ウェイトリイなのかもしれない。

「ダンウィッチ〜」によれば、同町には「まだ堕落していない」と説明される他のウェイトリイ家が存在し、当時の家長は老ゼカライア・ウェイトリイである。

また、オーガスト・W・ダーレスは没後合作において、しばしばダンウィッチないしは近隣の町を舞台に選んだ。その中の「閉ざされた部屋」では、ダンウィッチのウェイトリイ家と、インスマスのマーシュ家の結びつきが示される。

ウォード・フィリップス

主に1918年から1921年にかけて、エッセイや幻想詩に用いられたHPLの筆名のひとつ。フィリップスは、HPLのミドルネームであると同時に、幼少期を過ごした母方の実家の家名でもある。ウォード・フィリップスは、自身を投影したプロヴィデンスの怪奇小説家として小説作品に登場することもある。「銀の鍵の門を抜けて」には、失踪したランドルフ・カーターの友人として登場。後付で、「銀の鍵」の無名の報告者ということになった。"夢見人"であるらしく、幻夢境の噂話に通じていることをほのめかす。なお、オーガスト・W・ダーレスの没後合作「アルハザードのランプ」では、祖父から受け継いだランプの映し出す映像をもとにクトゥルー神話の物語を書いたとされる。また、同じく没後合作の「門口に潜むもの」には、『ニューイングランドの楽園における魔術的驚異』と題する書物を著した同姓同名の牧師が登場する。ちなみに、2019年の映画『カラー・アウト・オブ・スペース -遭遇-』では、主人公名として採用された。

ウォルター・J・コーツ
（1880〜1941）

　バーモント州モントピーリア在住のアマチュア・ジャーナリストで、HPLの最晩年までの文通相手。文芸雑誌〈ドリフトウィンド〉の発行者で、HPLの詩を数多く掲載した。彼はまた、1926年5月頃のHPLの書簡中、唯物論者の見識と倫理を簡潔に論じた文章に感銘を受け、HPLの許可のもと該当部分を抜き出し、「今日的唯物論者」と題するエッセイとして、自身の運営するドリフトウィンド・プレスから発行していたリトル・マガジン〈ドリフトウィンド〉1926年10月号に掲載。さらにはパンフレットとして15部を印刷して刊行した。HPLの死後、彼は自分の雑誌の1937年4月号に、追悼文を寄せている。またこの年、彼は同じくHPLの文通相手である同州の詩人アーサー・グッディナフの詩集『パルナッソスの草原』を編纂し、ドリフトウィンド・プレスから刊行した。

「海が涸れ尽くすまで」

　1935年1月にロバート・H・バーロウとニューヨークで会った際、彼が持参したタイプ打ち原稿を、HPLがペンで添削するというやり方で執筆された合作小説。アマチュア文芸雑誌〈カリフォルニアン〉の1935年夏号に掲載された。太陽の接近により絶滅に瀕し、極地に逃れた地球人類の落日を描くポスト・アポカリプスもので、大部分はバーロウの手になるが、結末はHPLの書き下ろし。

ウムル・アト＝タウィル

　「銀の鍵の門を抜けて」において、銀の鍵で開く時間の外側にある地球の外縁へと通じる門から、《終極の空虚》へと至る《案内者》とされる存在。『ネクロノミコン』にも、深淵への案内者、《最古なるもの》、かつまた写字生《生き永らえしもの》として書き表した

存在だと記載されている。なお、同作に「"案内者"にして"門の守護者"」と書かれているためか、「ダンウィッチの怪異」において「門の鍵にして守護者なり」と説明されるヨグ＝ソトースと後年同一視され、化身のひとつとされることがある。ちなみに、「生き永らえしもの」を意味するアラビア語としては誤っていて、「タウィル・アト＝ウムル Tawil At-U'mr」ないしは「タウィル・アル・ウムル Tawil al Umr」が正しいらしく、『クトゥルフ神話TRPG』ではタウィル・アト＝ウムルに修正されている。

〈ウルヴァリン〉

　ミシガン州デトロイト在住のホレス・L・ローンンとマージョリー・C・ローンンが編集発行人を務めるアマチュア文芸誌。1900年代前半に創刊された歴史ある刊行物で、ホレスは13号から共同編集者となった。「故アーサー・ジャーミンとその家系に関する事実」（1921年3、6月号）、「無名都市」（同年11月号）が最初に発表された媒体で、他にも詩やゾイルス名義の連載批評コラム「生体解剖者」（HPLの担当回は全5回中4回）を寄稿している。

「ウルタールの猫」

　1920年6月15日に執筆された作品で、少し前（11日よりも前）に見た猫にまつわる夢がきっかけで思いついたプロットを、小説としてまとめたものである。ウルタールという町で起きた、猫殺しにまつわる復讐譚で、HPLはジョゼフ・ヴァーノン・シェイに宛てた1931年6月19日付の書簡で、本作を自身の「疑似民間伝承もの」の最高傑作と書いている。なお、舞台であるウルタールは、「スカイ川の彼方のウルタール」として「蕃神」（1921年）でも言及されるが、この町がどこに存在するのか作中では触れられず、人間の夢の中に存在する土地だと執筆時点でHPLが考えていたかどうかはわからない。これが確定する

のは、1926年執筆の「銀の鍵」になる。

1920年代に書かれた他の作品と同様、この世ならぬ幻想的な世界を舞台としていること以外にも、ロード・ダンセイニからの直接的な影響が垣間見える。ダンセイニの研究書も手がけるHPL研究者のスナンド・T・ヨシは、浅黒い肌の流浪の民はダンセイニの「ヤン川を下る長閑な日々」から、メネス少年の名は戯曲「アルギメネス王」から、そして復讐譚の着想は作品集『驚異の書』から着想を得たのだろうと推測している。

「絵」

1907年に執筆された少年期の習作で、備忘録の1919年の条に「1907年の小説を改訂——窮極の恐怖を描いた絵画」とあるが、元の作品、改訂版ともも現存しない。HPLはこの作品について、ロバート・ブロック宛の1933年6月1日付書簡において、あらすじを説明している。「パリの屋根裏部屋で一人の男がキャンバスに向かい、あらゆる恐怖の根源的本質を具現化したような謎めいた絵を描いています。その男がある朝、イーゼルの前で鉤爪に引き裂かれ、バラバラ死体となって発見されます。激しい格闘によるものか、絵画は打ち壊されているのですが、フレームの片隅にキャンバスがわずかに残っていて……絵に描かれた鉤爪によって画家が殺されたことが明かされ、検死官は恐怖に震え上がるのです。」

エイヴォン・パブリケーションズ

米国の流通会社アメリカン・ニューズ・カンパニーの子会社として、1941年にニューヨーク市で設立された出版社。当初の社名はエイヴォン・ブックスで、ダイムノベルの大手であるJ・S・オギルビー・パブリケーションズを買収した後、エイヴォン・パブリケーションズに社名変更した。

1940年代に、ダイジェスト・サイズと呼ばれる、雑誌よりも小さく、通常のペーパーバックよりも大きい判型で怪奇小説やファンタジー小説を数多く刊行し、その中にはHPLやロバート・E・ハワードの作品集が含まれていた。スティーヴン・キングが初めて読んだ『潜み棲む恐怖その他の物語』(1947年)も、ラムジー・キャンベルが初めて読んだ『絶叫ホラー!』も、共に同社の刊行物である。

なお、社名のエイヴォンは、クラーク・アシュトン・スミスが創造した『エイボンの書』とは無関係で綴りも異なる。おそらくウィリアム・シェイクスピアの故郷として知られるストラトフォード＝アポン＝エイヴォンから採ったのだろう。

1999年に買収されて以来、ハーパー・コリンズ・パブリッシャーズLLCのレーベルのひとつとなっている。

『潜み棲む恐怖その他の物語』

『絶叫ホラー!』

51

「永劫より出でて」

ヘイゼル・ヒールドの依頼でHPLがゴーストライティングした3作目。ロバート・H・バーロウ宛の1935年4月20日付の書簡によれば、ヒールドの寄与は「頭脳だけが生きている古いミイラ」というアイディアのみで、本編のほぼ全てをHPLが書き下ろしたとのこと。執筆は1933年8月で、〈ウィアード・テイルズ〉1935年4月号に掲載された。噴火で隆起した南太平洋の島から得られたミイラが、古代のムー大陸におけるガタノソア信者とシュブ＝ニグラス信者の対立の歴史を伝える筋立てで、「ダゴン」「クトゥルーの呼び声」のセルフパロディとなっている。ラヴクラフトの南太平洋＝クトゥルーサイクルの環を閉じる最後の作品だが、後段の神官トヨグの物語は、幻夢境を主な舞台とする初期のロード・ダンセイニ風作品群や、クラーク・アシュトン・スミスが展開していたハイパーボレア大陸の物語を彷彿とさせる。特筆すべき点として、それまでの作品ではレムリアだった

太平洋の水没大陸が、ムーに変更されたことがある。クトゥルーへの言及こそないが、『墳丘』ではレムリアで崇拝されたとされるイグとシュブ＝ニグラスの名前が挙がるので、同じ大陸を想定したと考えて良い。

H・R・ギーガー（1940〜2014）

スイス出身の画家、造形作家。本名はハンス・リューディ・ギーガーだが、アーティストとしてはイニシャルの方で知られている。有機物と無機物が混ざり合ったような、モノトーンの意匠が特徴。1975年にアレハンドロ・ホドロフスキー監督のSF映画『デューン』の宇宙船デザインを担当するも、残念ながら製作は中断する。しかし、同作の特殊効果スタッフだったダン・オバノンが後に『スタービースト』と題する脚本を書き上げ、リドリー・スコット監督による製作が決定した際、クリーチャー・デザイン担当としてギーガーを推薦した。この際、決め手になったのが、1977年刊行のギーガーの最初の画集『ネクロノミコン』だった。制作中にタイトルが変わり、『エイリアン』として1979年に公開された同作が大成功を収めたのは、間違いなく彼の悪夢的なデザインの力であり、1980年のアカデミー賞で視覚効果賞を受賞している。

1980年代において、『ネクロノミコン』という言葉が巷間広く知られるようになった背景には、1986年にトレヴィルから日本版も発売されたこの画集と、別のホラー映画に登場した『ネクロノミコン・エクス＝モルテス』によるところが大きい。なお、画集『ネクロノミコン』の表紙イラストは、1984年に刊行の始まった国書刊行会の『定本ラヴクラフト全集』の箱絵に使用されている。また、クトゥルー神話を題材としたハドソンのPCエンジン用RPG『邪聖剣ネクロマンサー』（1988年）では、画集『Spell3』（1976年）収録のイラストがパッケージに使用されている。

52

エイブラハム・メリット
(1884〜1943)

ニュージャージー州生まれの作家、編集者。日曜新聞の付録冊子である〈ザ・アメリカン・ウィークリィ〉誌の編集者が本業で(1937年以降は編集長)、副業として作家業を営み、特に1924年発表の『イシュタルの船』は古典として広く読まれている。H・R・ハガードやエドガー・ライス・バローズを彷彿とさせる(本人的には同時代の女性作家ガートルード・バローズ・ベネットの文体の影響)作風のSFやファンタジー作品を著し、〈オール=ストーリー・ウィークリー〉1918年6月22日号掲載の「ムーン・プール」が出世作となった。HPLも同作を絶賛した一人で、「クトゥルーの呼び声」におけるポナペとの関わりや、地球に潜む古代の支配種族の概念はこれに触発されたようだ。なお、同作には「地元の者は、それを"父祖よりも遥か昔"に君臨した強壮なる王、チャウ=テ=ルーの宝物殿だと言っている」という一節がある。このチャウ=テ=ルーというのは現在はサウデルーと呼称されるポナペの古代王朝の古い表記なのだが、これがクトゥルーとルルイェの原型となった可能性が高い。

なお、いつ頃からなのかはわからないが、メリットがHPLの作品を複数読んでいて、高く評価していたことは確かだ。1934年頭、HPLがニューヨークに滞在中と聞いた彼は、1月8日にマンハッタンの演劇人の社交クラブ"ザ・プレイヤーズ"に彼を招待、夕食を共にした。この時、メリットが自分を賞賛、激励してくれたことを、HPLは誇らしげに手紙に書いている。なお、翌年の1935年にメリットはHPLと共に短編リレー小説「彼方よりの挑戦」の企画に参加している。

ちなみに、メリットの『蜃気楼の戦士』(1932年)に登場する蛸の姿の魔物カルク・ルは、クトゥルーのオマージュかもしれないと、スナンド・T・ヨシらが推測している。

『エイボンの書』

クラーク・アシュトン・スミスが創造した禁断の書物で、初出は「アゼダラクの聖性」。ハイパーボレアの魔術師にしてツァトゥーグァの大神官であるエイボンが著したとされる。ちなみに、スミスの「白蛆の襲来」は、『エイボンの書』の第9章という体裁の小説である。スミスは、1933年9月16日付のHPL宛の書簡で同作について「ガスパール・デュ・ノールによるフランス語の手稿から訳し終えました」と、自身の「イルーニュの巨人」の主人公がこの書物をフランス語訳したという設定を披露した。HPLはこれを受け、同年12月13日付のスミス宛書簡において、『象牙の書 Liber Ivonis』なるラテン語タイトルないしは『リーヴル・ディボン Livre d'Eibon』なるフランス語タイトルで知られる写本を、海に沈んだ西方の土地よりアヴェロン人がヨーロッパに持ち込み、1240年にデュ・ノールがこれを中世フランス語に翻訳したという設定を提示した。HPLはまた、1937年1月25日付のフリッツ・ライバー宛書簡において、この『象牙の書』の記述言語がラテン語だったかハイパーボレアの言葉だったかは不明としている。

HPL作品では「永劫より出でて」「石の男」「魔女の家で見た夢」「戸口に現れたもの」「時間を超えてきた影」「蝋人形館の恐怖」「闇の跳梁者」などで言及された。リン・カーターは、HPLの『『ネクロノミコン』の歴史』に倣って『『エイボンの書』の歴史と年表について』を著した。のみならず、『エイボンの書』の再現を目指して、スミスのメモなどを参考にいくつかの小説を執筆。彼の死後、ロバート・M・プライスがこれを引き継ぎ、『エイボンの書』(邦訳は新紀元社)を刊行した。同書では、『エイボンの書』はエイボンの弟子サイロンに編纂されたことになっている。

「エーリヒ・ツァンの音楽」

おそらく1921年12月に執筆され、〈ナショナル・アマチュア〉1922年3月号で発表された。後に、サミュエル・ダシール・ハメット編纂のアンソロジー『夜毎に忍び寄るもの』(1931年)や〈ウィアード・テイルズ〉1934年11月号などに再録され、HPLの生前、最も数多くの本に掲載された作品となった。珍しくフランスが舞台で、大学で形而上学を学ぶべく、"オーゼイユ通り"なる地図にない坂道に面する安アパートに下宿する主人公が、屋根裏部屋に住む口のきけないドイツ人老音楽家エーリヒ・ツァンのヴィオルの演奏に魅せられ、彼と交流を深めるうちに恐ろしい出来事に遭遇するという物語。HPLは、フランク・ベルナップ・ロング宛ての1922年2月8日付書簡において、オーゼイユ通りのモチーフは、夢で見た急な坂道だと書いている。

舞台となるオーゼイユ通りについては、該当項目を。弦楽器とHPLの縁については音楽の項目を参照のこと。

エールズベリイ

マサチューセッツ州北部を東西に通り抜ける街道(パイク)の名前であると同時に、ダンウィッチ付近の町ないしは地域の名前として「ダンウィッチの怪異」に言及される、架空の地名。HPLが描いたアーカムの地図(複数)には、ミスカトニック川沿いにアーカムから西へと伸びるエールズベリイ・ストリートが町の北西に描き込まれている。これはエールズベリイ街道と同じ道なのだと思われる。「古の轍」によれば、街道沿いのエールズベリイ(町)の近くには、ザマンの丘と呼ばれる小高い丘が存在する。エールズベリイとザマンの丘については連作詩「ユゴスよりの真菌」にも言及があり、この町には頭のおかしくなった人間を収容する診療所(ファーム)が存在するようだ。

〈エールズベリイ・トランスクリプト〉

「ダンウィッチの怪異」に登場する新聞で、おそらくエールズベリイ周辺の地域で刊行されているローカル紙。1928年にダンウィッチを怪異が見舞った際、住民の一人が同紙編集部に電話で一報を入れるも、この町の人間が妙な連絡を入れてくることは日常茶飯事であったらしく、面白おかしくまとめられた短い記事が掲載されるにとどまった。この記事はAP通信社に拾われ、各紙に転載されたということである。

エクサム

「壁の中の鼠」の舞台である英国の架空の土地。先史時代におそらく地母神の神殿があった場所で、ローマ属領時代にはマグナ・マーテル(キュベレイ)の崇拝と習合し、1920年代には朽ち果てた小修道院がそこに建っていた。作中の描写からは、近くにあるアンチェスターともとも英国南西部のウェールズのどこかにあるらしいことが読み取れる。アン

チェスターの方はおそらく、西暦43年にブリタンニアに侵攻したローマの第二軍団アウグスタの駐留地である、オックスフォードシャーのアルチェスターのもじりで、英語で先祖を意味する"アンセスター"との合成なのかもしれない。

なお、ラムジー・キャンベルの「ムーン＝レンズ」によれば、キャンベルの主なクトゥルー神話作品の舞台である英国グロスターシャーのセヴァン・ヴァレーに、エクサムという古書店の多い町がある。

エティエンヌ＝ローラン・ド・マリニー

「銀の鍵の門を抜けて」に登場する、ルイジアナ州在住の神秘家、数学者、東洋学者。失踪したランドルフ・カーターの友人で、彼の遺産相続を巡る会議のために自宅を供した。ヨーガ行者から贈られたものらしい、棺の形をした風変わりな時計を所有する。

同作の原型「幻影の君主」の著者であるエドガー・ホフマン・プライスがモデルで、「永劫より出でて」では南太平洋で発見されたミイラの携える円筒と巻物についての記事を〈オカルト・レビュー〉誌に寄稿した。また、ロバート・ブロックの「セベクの秘密」では、好古家ヘンリカス・ヴァニングの邸宅で開催された仮装舞踏会に、アドニスの祭司の仮装で参加している。

ブライアン・ラムレイの「タイタス・クロウ・サーガ」シリーズでは、彼の息子アンリ＝ローラン・ド・マリニーが、主人公クロウの相棒として活躍する。

エドウィン・ベアード
(1886〜1954)

米国の作家、編集者。作家としては主に大衆紙で活動し、〈アーゴシー〉誌の1915年4月号で発表された「ヴァージニア・キープの心臓」は、1916年に短編映画化されている（リチャード・フォスター・ベイカー監督）。ジェイコブ・C・ヘネバーガーに雇われ、1923年に〈ウィアード・テイルズ〉を創刊、初代編集長となった。彼が編集長を務めていた頃、HPLが送った「ダゴン」「猟犬」「故アーサー・ジャーミンとその家系に関する事実」「ランドルフ・カーターの供述」「ウルタールの猫」「家の中の絵」「壁の中の鼠」「ヒュプノス」は全て採用されたため、彼は以後、もっぱら同誌に自作の原稿を送り、掲載を断られると死蔵しがちになった。なお、最初にHPLが送った原稿を目にしたベアードは、当時の慣習に合わせ、原稿をダブル・スペース（1行空き）の形式でタイプしてから再送するよう求め、HPLは渋々これに従った。

ベアード時代の同誌は、5万1千ドルと見積もられている大赤字を叩き出し、1924年4月号を最後に編集長の座を降りている。

なお、ベアードはその後、ヘネバーガーが発行している別雑誌〈ディテクティブ・ストーリーズ〉の編集者になった。HPLはこちらに「忌まれた家」を送っているが、不採用に終わったということである。

エドガー・アラン・ポー
（1809～1849）

マサチューセッツ州ボストン誕生、メリーランド州ボルチモア在住の作家、詩人、評論家。ポーは探偵小説の父である。彼の創造した探偵オーギュスト・デュパンを参考に、アーサー・コナン・ドイルはシャーロック・ホームズというキャラクターをひねり出した。ポーはSF小説の父である。小説の筋立てに最新の科学知識を盛り込む彼の手法に学んだジュール・ヴェルヌは、『海底2万リュー』をはじめとする数々の科学冒険小説を執筆した。ポーは夢を詩に写し取った夢見人である。「私たちが見ているもの、あるいは見えるもの全ては、夢の中の夢に過ぎない」──ボストンの〈フラッグ・オブ・アワ・ユニオン〉1849年3月31日号に掲載された「夢の中の夢」と題する彼の詩は、鮮明な夢から詩や小説を書き起こし、時に誰が真の作者なのか首を捻ったりもするHPLの姿そのものである。HPLは8歳の頃からポーの小説を読み始め、その古めかしい文体の模倣を試みた。HPLの初期作品が短編ばかりだったのも、ポーの影響だと言われている。彼はポーを「フィクションにおける私の神」（1916年の書簡）と崇拝し、「アウトサイダー」や「猟犬」、「壁の中の鼠」などのゴシック・ホラー風作品には、濃厚なポーの気配が漂っている。ポーの模倣者であることについて自覚的だったHPLだが、アマチュア・ジャーナリズム時代の評価も同様だったようで、「潜み棲む恐怖」の連載を予告する〈ホーム・ブリュー〉誌の記事において、ジョージ・ジュリアン・ハウテンは「恐怖物語の巨匠エドガー・アラン・ポーの天才に、これほとまでに迫っている生き身の作家は、H・P・ラヴクラフトをおいて他にはいない」と書いている。

ポーが1848年に彼の住むプロヴィデンスに滞在し、女流詩人セアラ・ヘレン・ホイットマンを口説いて一時は婚約に持ち込んだ（前日に泥酔状態で彼女の家に現れ、破談）というエピソードも、少年時代のHPLに大きな影響を与えた。HPLは、ポーが足繁く通い、ホイットマンがポーの求婚を断った地元の図書館（アシニーアム）をこよなく愛し、後にポーを袖にしたことを悔やみ、後半生を彼について書くことに捧げたホイットマン夫人が眠るプロスペクト・ストリートの墓地を訪れては、偉大な作家がどうしようもない酒飲みで住人たちから嫌われたという思い出に耽った。

HPLはまた、ポーの終の住処だったボルチモアをはじめ、彼に縁の土地の多くを巡礼した。1934年7月に執筆したエッセイ「ポーの家と霊廟」では彼の住居について概説している。また、1936年8月にはポーの名前を織り込んだアクロスティック詩「プロヴィデンスの辺鄙なる墓地、かつてポーの歩みしところ」を書き、これは後にモーリス・W・モーの印刷した『エドガー・アラン・ポーにまつわる四つのソネット』に収録された。

ポー唯一の中編作品であり、彼が編集長を務める文芸雑誌〈南部文芸通信〉で発表された「ナンタケット島出身のアーサー・ゴードン・ピムの物語」（1837年）も、「狂気の山脈にて」の重要なイメージソースのひとつだった。この物語は、ジェレマイア・N・レナルズが1836年4月2日に下院で行った、地球空洞説を実証する目的の南極探検を説く講演に

刺激を受けて執筆された作品だ。

主人公アーサー・ゴードン・ピムは、ナンタケット島の商人の息子である。ナンタケット島は、マサチューセッツ州東端の半島、ケープコッドの南に位置する三日月のような形をした島で、かつては世界有数の捕鯨港であり、ハーマン・メルヴィルの『白鯨』が幕を開ける場所でもある。なお、メルヴィルがこの小説を構想したのは、ポーに「アーサー〜」を書かせるきっかけを作ったレナルズが新聞に寄稿した、南米のチリ沖に出没した白いマッコウクジラ"モカ・ディック"についての記事に刺激されてのことである。

さて、1827年6月、冒険心に溢れるピムは、親友であるオーガスタスの誘いで、彼の父が船長を務める捕鯨船グランプス号に密航した。不運にも、彼が隠れ場所から出てくる前に、グランプス号の船上では乗組員による反乱が勃発、船長たちはボートに乗せられて追い出されてしまう。何とか連絡を取り合うことができたオーガスタスとピムは、水夫のダーク・ピーターズを味方につけてこの危機を潜り抜けたものの、暴風雨でグランプス号は半壊。漂流の最中にオーガスタスともう一人は命を落とし、ダーク・ピーターズとピムだけが生き残る。幸い、彼らは南アメリカの沖でウィリアム・ガイ船長の貿易船ジェイン・ガイ号に救助され、南極圏へと向かう彼らの航海に同行することになる。不思議なことに、ジェイン・ガイ号は南緯80度を超えて航海を続け、やがて彼らは南緯83度20分、西経43度5分の位置にあるツァラル島に到着する。黒一色のこの島には白いものが一切存在せず、白人たちを見た原住民たちは「テケリ・リ！」と叫び、恐怖する様子を見せる。やがて、原住民たちの裏切りでジェイン・ガイ号の乗員たちが殺害され、ダーク・ピーターズと共にボートで再び逃亡する羽目に陥ったピムの前に、雪のようにまっ白い肌の、屍衣をまとったような巨大な人間の姿が立ち塞がる。彼らの行く手には海の水が瀑布のように流れ落ちる裂け目が開いていた――

「アーサー・ゴードン・ピムの物語」はここで唐突に終了し、編集者であるポーによって、最近、ピム氏がだしぬけに痛ましい死(おそらく〈自殺〉)を遂げたことが告げられるのだった。

同作の末尾につけられた注釈で、ピムがツァラル島で見つけた碑文には、古代エジプトの神聖文字(ヒエログリフ)で「南の領土」と書かれたものが含まれていて、かつてこの地にエジプトの支配が及んでいたことが示唆されている。HPLが南極を古代種族の植民地としたのは、ポーのこの記述から思いついたのかもしれない。また、南極大陸に内海が存在する描写は、ジュール・ヴェルヌの『海底2万リュー』、そして「アーサー・ゴードン・ピム〜」の続編である『氷のスフィンクス』にも見られるものだ。南極点を貫き、大陸の反対側へと抜けていくこの内海を、ヴェルヌは"Mer Libre"――英語では"Open Sea"、日本語では「開放海域」「凍らない海」と訳されている――と呼び、米国の海洋学者マシュー・フォンテーン・モーリーの『海の物理地理学と気象学』(1861年)の記述「いまだ探険されていない南極内部の盆地は、ほとんどの部分が内海になっていると思われる」を参考にしたようだ。HPLも「狂気の山脈にて」を書き始めた時点では、ウェッデル海からロス海へと貫く水路が南極大陸を二分していると信じていた。結局、リチャード・バード少将による1929年の南極点上空飛行によってこの仮説は否定され、雑誌掲載前に該当記述を書き直すことになったのだが、ともあれHPLがこのように考えた背景には、ポーとヴェルヌの影響があったのではないかと思われる。

HPLは「文学における超自然の恐怖」の第7章を丸ごとポーの礼賛に費やし、ロバート・ブロック宛の1933年5月末頃の手紙では、「創作神話のことですが――ポーが夢に見た架空の地に関するほのめかしやダンセイニの人工的な万神殿、そしてマッケンの"アクロ文字"や"ヴーアの丸屋根"などについての重大な言及から着想を得たのだと思います」と書いている。

57

エドガー・ホフマン・プライス
（1898〜1988）

ルイジアナ州在住の作家、神秘学研究家。〈ウィアード・テイルズ〉の常連寄稿者の一人で、スナンド・T・ヨシによれば、HPLは「レッド・フックの恐怖」を執筆する際、アフガニスタンの民族宗教ヤズィーディー派にまつわるやや偏った知識を、同誌1925年7月号に掲載されたプライスの小説「クルディスタンの来訪者」から拾った可能性が高いようだ。なお、ファーンズワース・ライトが「霧の高みの奇妙な家」を不採用にするにあたり、プライスの意見を参考にしたと聞かされたため、HPLが彼に対して抱いている感情は微妙なところがあった。しかしプライスの側はHPLの愛読者で、HPLが1932年5月から長期旅行に出た際、ロバート・E・ハワードから彼がニューオーリンズに滞在中と知らされたプライスは、HPLを自宅に招いて歓待した。この際、彼は「失踪後のランドルフ・カーターの行動を続編にまとめては」と提案したのみならず、10月下旬までに「幻影の君主」と題する小説を実際に書き上げる。HPLがこの作品をベースに仕上げた「銀の鍵の門を抜けて」は、2人の共作として発表された。HPLの評価はそれほど高くなかったようだが、プライスの該博なオカルト知識に一目置きはしたようで、その後も親しく交通を続けた。「アロンゾ・タイパーの日記」「闇の跳梁者」などの作品における、神智学的な要素は、大部分がプライスからの受け売りであったようだ。

なお、HPLは書簡でプライスをマリクあるいはスルターン・マリクと呼び、自身はアブドゥル・アルハズレッドなどと署名した。このあだ名の由来は、前述の「クルディスタンの来訪者」に登場し、ハワードの「我埋葬にあたわず」にも言及されている、ヤズィーディー教徒の崇拝する孔雀天使"マリク・タウス"なのだろう。

なお、プライス自身はさらなるランドルフ・カーターものの共作を望んでいたが、HPLはやんわりと退けている。

エドガー・ライス・バローズ
（1875〜1950）

第7騎兵隊や会社の事務員、鉄道保安官など様々な職業を転々とした後、1911年にオール・ストーリー・マガジン社に送った小説「デジャー・ソリス、火星のプリンセス」で作家デビュー。以後、〈オール・ストーリー〉誌や〈アーゴシー〉誌を中心に火星シリーズや密林の王者ターザン・シリーズ、地底世界ペルシダー・シリーズなどの作品を発表、一躍人気作家となり、HPLやロバート・E・ハワードに大きな影響を与えている。HPL研究家のウィリアム・フルワイラーは、バローズの『地底世界ペルシダー』『ターザンとアトランティスの秘宝』などの作品が、HPLの複数作品に影響を与えた可能性を指摘した。さらにまた、「狂気の山脈にて」における南極の支配種族と奴隷生物ショゴスの関係性が、『地底世界〜』における翼竜種族マハールと奴隷種族サゴスの関係性に似通っていることを示した。なお、HPLがかつてバローズの愛読者だったことは確かだが、後年、彼の作品に登場する異星人たちが地球人とさほど変わらないメンタリティの持ち主であることを、暗に批判するようになった。

江戸川乱歩 （1894〜1965）

三重県出身の推理・怪奇小説家。本名は平

井太郎で、筆名はエドガー・アラン・ポーを
もじったもの。幼少期より大衆小説に耽溺し、
住居と職業を転々としながら小説を書き続け、
1923年に短編「二銭銅貨」が博文館の推理小
説誌『新青年』4月増大号に掲載、作家デ
ビューを果たした。なお、同誌の1929年7月
号には、オーガスト・W・ダーレスの「蝙蝠
鐘楼」（翻訳は妹尾アキ夫）が掲載されている。
名探偵・明智小五郎のシリーズを含む彼の作
品の多くは、猟奇・怪奇趣味が横溢するパル
プ・ホラー的な作風であり、その背景には海
外の怪奇小説からの影響があったようだ。

戦争終結後、岩谷書店から刊行されてい
た探偵小説雑誌〈宝石〉誌に「幻影城通信」
と題する海外小説の紹介記事を連載してい
た乱歩は、1949年3月号、4月号と連続して
HPLを取り上げ、「エーリッヒ・ツァンの音楽」
「ダンウィッチ怪談」「異次元の色彩」（元記事
より）などの作品に「彼の作には次元を異にす
る別世界への憂鬱な狂熱がこもっていて、読
者の胸奥を突くものがある。その風味はアメ
リカ的ではなく、イギリスのマッケン、ブラッ
クウッドと共通するものがあり、或る意味で
は彼等よりも更らに内向的であり、狂熱的で
ある。彼は天文学上の宇宙とは全く違った
世界、即ち異次元の世界から、この世に姿
を現す妖怪を好んで描くが、それには「音」
「匂」「色」の怪談が含まれている」という高
い評価を与えている。

その後、河出書房の『文藝』1955年7月号に、
加島祥造訳の「壁の中の鼠群」が掲載された。
HPL作品の最初の正式な邦訳で、『宝石』誌
でも1955年11月号掲載の多村雄二訳「エー
リッヒ・ツァンの音楽」をはじめ、乱歩の紹
介作を中心に掲載され始めた。

エドワード・F・ギャムウェル
（1896〜1936）

マサチューセッツ州ケンブリッジ（ハーバー
ド大学のホームタウン）在住の新聞記者で、HPL
の叔母アニー・E・フィリップス・ギャムウェ

ルの夫。ローカルの新聞各紙の編集者を務め
た後に独立し、広告記事を手掛けるように
なった。

少年期のHPLの家庭教師の一人で、憧れ
た大人でもあった。13歳の時（1903年）に〈ロー
ドアイランド天文学ジャーナル〉を発行し始
めたのは、彼の影響である。しかし、1916年
10月に息子フィリップス・ギャムウェルの結
核が重くなった頃からギャムウェル夫妻は別
居し、息子の死の直前に離婚している。

エドワード・F・ダース
（1879〜1962）

ウィスコンシン州ミルウォーキー在住の
アマチュア・ジャーナリスト。ユナイテッド・
アマチュア・プレス・アソシエーション（UAPA）
の初期メンバーの一人で、〈アーゴシー〉の
投稿欄で暴れていたHPLに興味を抱き、
1914年初頭に彼をUAPAに勧誘した張本人。
書簡は残存していないが、1920年6月にプロ
ヴィデンスのHPL宅を訪問したという。

UAPA機関誌の編集長（1914年と1915〜16年）、
UAPA筆頭会長（1919〜20年）などの地位を歴
任。生涯にわたってアマチュア・ジャーナリ
ズム活動を続け、1962年に亡くなった際は、
UAPAの書紀を務めていた。

エドワード・J・オブライエン
（1890〜1941）

文芸批評家、アンソロジスト。1915年か
ら1932年にかけて、ホートン・ミフリン・ハー
コート社から合計7冊の年度別短編小説傑作
選『〜年度短編小説傑作集及びアメリカ短編
小説年鑑』（「〜」には年次が入る）を編集・刊行し
た人物。1924年には「家の中の絵」（一ツ星）を、
1928年には「宇宙の彼方の色」（三ツ星）と「銀
の鍵」（一ツ星）を採用し、後者には、HPLの
略歴を掲載している。HPLはオブライエン
の仕事を高く評価しており、「宇宙の彼方の
色」が採用された時には、大喜びだった。

エドワード・ハロルド・コール
（1892〜1966）

マサチューセッツ州在住のアマチュア・ジャーナリスト。HPLとは1914年からの付き合いで（顔を合わせたのは同年12月）、以後、晩年に至るまで交流が続いた。彼の妻ヘレン・E・ホフマンが1919年に若くして亡くなった時、HPLは韻文（ウィニフレッド・ヴァージニア・ジャクソン編集の〈ボンネット〉誌）、散文（ユナイテッド・アマチュア・プレス・アソシエーション（UAPA）の機関誌）の2種類の追悼文を書いている。

1920年代から30年代にかけて、HPLは頻繁にボストンのコール邸を尋ねた。また、1923年8月10日、ボストンを訪問していたモーリス・W・モーを迎えたHPLは、アルバート・A・サンダスキーとコールを語らってマーブルヘッドへの徒歩旅行に出たものの、HPL以外の3人が途中で音を上げたという。

HPLの死後、コールは「アウェー・アトクゥェ・ウァレー（どうかお元気で）！」と題する長めの回想記を執筆、自身の〈オリンピアン〉誌の特別号に掲載した。

エドワード・ロイド・セクリスト
（1873〜1953）

ワシントンD.C.在住のアマチュア・ジャーナリストで、本業は養蜂家。1920年代にHPLと交流のあった人物で、UAPAの一員。

1924年にプロヴィデンスとニューヨークでHPLに会っているほか、1925年にはワシントンD.C.を旅行で訪れたHPLに同行した。アフリカのジンバブエを訪れたことがあり、1929年11月執筆の「前哨地」と題する詩は、彼から聞いた話がもとになっているようだ。

エリザベス・トルドリッジ
（1861〜1940）

ワシントンD.C.在住の詩人、アマチュア・ジャーナリスト（晩年）。合衆国政府の書記官として働く傍ら詩人として活動し、1910年代の初頭に2冊の詩集『愛の魂』『母の愛の歌』を刊行した。父バーネット名義で新聞に詩を投稿することもあった。1924年に彼女が関わっていた作詩コンテストに、HPLが審査員として参加したことが最初の縁で、1928年に彼女がこの時のことについて手紙を書き送ったのがきっかけで、2人は交通友達になった。当時、彼女は67歳。この頃、彼女は詳細のよくわからない大事故に見舞われたようで、ほぼ自宅にこもりきりで暮らしていたらしい。

彼女はHPLを「判事殿（ジャッジ）」と呼び、HPLは他の人間に対しては彼女を「リジーおばさん」と呼んだ。2人は詩についてのやり取りのみならず、HPLが彼女に送った作品にまつわる構想や意図についても、突っ込んだ話が交わすことが多かった。2人が直接顔を合わせたのは、1929年5月にHPLがワシントンD.C.の彼女の家を訪ねた一度きりだが、時折電話で話すこともあったようだ。

「エリュクスの壁の中で」

ケネス・J・スターリングの草稿をHPLが改稿するとやり方で、1936年1月に執筆された。人類が宇宙に進出した遠い未来、欲をかいたばかりに不可視の迷宮へ囚われてしまった金星の鉱夫の運命を描く、HPLが関わったものとしては大変珍しいオーソドックスな宇宙もののパルプSFである。

スターリングの名前をもじった主人公ケントン・J・スタンフィールドの名前をはじめ、作中の固有名詞類の大半が、当時のSF界隈の実在人物の名前をもじった楽屋落ち的なパロディになっている。たとえばウグラットという植物（?）は、ヒューゴー・ガーンズバックにHPLがつけていた"ドブネズミ野郎ヒューゴー（ヒューゴー・ザ・ラット）"をもじったものだ。本作は〈ウィアード・テイルズ〉でいったん不採用になった後、〈アスタウンディング・ストーリーズ〉などいくつかの雑誌の編

集部にも送られたが、いずれも採用されなかった。HPLの死後になって、〈ウィアード・テイルズ〉誌が改めて原稿を受け取り、1939年10月号に掲載される運びとなった。

"旧き印"
<small>エルダー・サイン</small>

今日知られるクトゥルー神話物語において、"旧き印"といえば邪なる神々の眷属を封印する五芒星形の石あるいはマークであり、しばしばオーガスト・W・ダーレスの設定だと見なされている。実際、このような設定を与えられている"旧き印"が最初に登場するのは、ダーレスとその友人マーク・スコラーが1931年の夏に共作した「湖底の恐怖」「モスケンの大渦巻き」などの作品なのだが、HPLはこれらの作品を読んでいて、直後に執筆した「インスマスを覆う影」に、"深きものども"を寄せ付けない力が備わるという"古きものどもの印"を登場させている。作中では鉤十字に似た形状と説明され、前述のダーレスらの作品における"旧き印"の描写とは異なっているが、HPLが友人の設定を自作に取り込む際、ひとひねり加えるのはよくあることである。エドガー・ホフマン・プライスとの合作「銀の鍵の門を抜けて」(1932～33年)のHPLによる加筆部分にも、「"旧き印"に抗う邪なるもの」への言及があり、執筆時期はわからないが、おそらく1931年以降のものと思しい小説断片「ニューイングランドにて人の姿ならぬ魔物のなせし邪悪なる妖術につきて」にも、異形の魔物を塔に封じ込める「"旧き印"を彫りこんだ平石」が登場している。後者については、後にダーレスが、アーカムの円塔にまつわる別の断片小説を組み合わせて、「門口に潜むもの」(既訳邦題は「暗黒の儀式」)という中編小説に膨らませ、HPLとの没後合作として発表している。

なお、"オールド・ワンズ"と同様、"エルダー・サイン"という言葉自体は、HPLの他の小説や書簡にも時折出てくるのだが、必ずしも同じものを指しているわけではないよう

だ。たとえば「ユゴスよりの真菌」(1929～30年)の第31詩「棲みつくもの」と「最後のテスト」(1927年)で言及されている"旧き印"は、言葉通りの太古のサイン(文字、印形)以上のものではなさそうである。また、「使者」(1929年)と題する詩で言及される"旧き印"は、封印ではなく、むしろ「暗闇の中でもがくものともを解き放つ」と説明されている。ちなみに、クラーク・アシュトン・スミス宛の1930年11月7日付書簡の末尾には、"旧き印"として斜めに傾いた木の枝のようなマークが描かれていて、これこそが正しいHPL設定なのだと主張する向きがあるが、「鉤十字に似た形状」という「インスマス～」の描写と合致していないので、全く別のマークと考えるのが妥当だろう。

ダニエル・ハームズ『エンサイクロペディア・クトゥルフ』(新紀元社)の表紙に描かれているのが『クトゥルフ神話TRPG』版の"旧き印"である

61

『エルトダウン・シャーズ』

リチャード・フランクリン・シーライトが、HPLの助言を受けながら執筆した小説「封函」の冒頭で引用される、謎の書物。ただし、同作が〈ウィアード・テイルズ〉1935年3月に掲載された際、引用文は削除されていた。なお、このテキスト自体はシーライト自身の手になるもので、HPLは一語を変更したのみだった。

HPLは1936年2月13日付のシーライト宛書簡において、『エルトダウン・シャーズ』と『ナコト写本』の内容が酷似していると書いている。また、4月16日付ヘンリー・カットナー宛書簡でも、カットナーが創出した『イオドの書』について、「これは『エルトダウン・シャーズ』の第7片で言及された〈謎めいた象形文字〉であり——そして、おそらく『ネクロノミコン』にほのめかされている"存在するはずのない書物"（ix, 21—598ページ、ミスカトニック大学図書館に所蔵されているひげ文字体のドイツ版（ラテン語版））に違いありません」と指摘するなど、『シャーズ』を掘り下げている。そして、同年11月に着手した「時間を超えてきた影」に、彼はイィスなる世界（惑星）の言及がある文献として『エルトダウン・シャーズ』に言及したのみならず、リレー小説「彼方よりの挑戦」の担当原稿に、独自設定を追加した上で『エ

ルトダウン・シャーズ』を登場させた。こちらでは、1912年にサセックスの牧師アーサー・ブルック・ウィンターズ＝ホール師が、『シャーズ』のある程度の部分の翻訳に成功したと称し、パンフレットを刊行したとしている。その翻訳文には、宇宙の彼方に透き通った立方体状の転送機を送り込み、侵略を繰り返す芋虫のような姿のイェクーブ人の地球侵攻を"大いなる種族"が食い止めた経緯が含まれる。

シーライトも後に「知識を守るもの」を著し、独自に『エルトダウン・シャーズ』を掘り下げた。『シャーズ』は、英国南部のエルトダウン近くの砂利採取場にある三畳紀初期の地層から1882年に発見された23枚の粘土板である。粘土板の一枚一枚は幅1インチほどの縁に囲まれ、左右対称の文字がびっしりと刻まれていた。発見当時断言したが、研究に取り組んだドールタン教授とウッドフォード博士は、粘土板の翻訳は不可能だと、1920年代にペロイン大学ゴードン・ウィットニィ教授が、『シャーズ』の第19粘土板のほぼ完全な翻訳に成功する。

残念ながら「知識を守るもの」は『ラヴクラフト神話の物語』（フェドガン＆ブレマー社、1992年）に収録されるまで、60年近く死蔵された。

「円塔」

HPLの遺稿中に発見された、短めの小説断章。執筆時期は不明。アーカムのどこか、ミスカトニック川の涸れた支流の川床に存在する、古きものども（無定形で巨大な水陸両棲のもの）が建造したという円錐形の屋根をした円筒状の石造りの塔についての文章である。「ニューイングランドにて人の姿ならぬ魔物のなせし邪悪なる妖術につきて」と題する別の小説断章と共に、オーガスト・W・ダーレスによる没後合作のひとつ、「門口に潜むもの」（邦題は「暗黒の儀式」）のベースとなった作品である。

62

Lovecraftgo dictionary

COLUMN of HPL

No.02

HPLの食生活

仄聞するところによると、J・R・R・トールキーン原作のファンタジー映画の熱心なファンの間では、作中のみならず原作小説に登場した様々なメニューを再現し、仲間たちで集まって実食する文化があるそうな。フィクション作品に登場する料理というのは、昔からファンの関心を集めるテーマであり、日本でもシャーロック・ホームズものや『不思議の国のアリス』『赤毛のアン』を題材とする料理本が数多く刊行されてきた。HPLあるいはクトゥルー神話ジャンルでも、"Cooking With Lovecraft: Supernatural Horror In The Kitchen" (2017)、"The Necronomnomnom: Recipes and Rites from the Lore of H. P. Lovecraft" (2019) などの料理本がこれまでに刊行され、筆者が2012年から出演し続けている阿佐ヶ谷ロフトAのトークイベントでも、"触手の包み揚げ"や"インスマス名物白身魚の揚げ物 ダニッチ名物じゃがいもを添えて"といった特別メニューが供されている。

しかし、HPLの原作小説における料理の描写はというと、明らかに古代ローマをモチーフとした「イラノンの探求」「サルナスに到る運命」の宴席を例外として、描写が実に少ない。たとえば、「インスマスを覆う影」における、バス旅行中の20歳の若者の食事風景が「カウンターで食事を供するタイプの店で、食材の殆どが缶詰やパックから取り出される」「ボウル一杯の野菜スープとクラッカーで十分にお腹が膨れた」という味気なさである。

HPLは日々の食事にあまり興味がなく、ニューヨークでの独居時代に伯母リリアンに宛てた手紙によれば、1日あたりの食事は「中くらいの大きさのパンを4等分し、それぞれにハインツの豆（中サイズ)1/4缶とチーズをたっぷり加えるだけ」であり、時々は豆の代わりに缶詰のスパゲッティ、ビーフシチュー、コンビーフなどを用意して"肉料理"に変化をつけます。そして時々クッキーなどのデザートを追加します。フルーツも考慮します」と書いている。

夫のあまりの粗食っぷりに呆れたソニアは、同居していた頃は栄養バランスを考えた食事を出したということだが（彼女によれば、HPLの好物はチーズスフレだとか）、別居後は生活費を切り詰めたこともあって、改めて悪化した。1936年末の手紙によれば、晩年の彼の食事メニューは以下の通り。

朝：ドーナツ、チーズ、コーヒー（コンデンスミルク、砂糖入り）
夕：チリコンカーン（豆料理）、ボンドブレッド2枚、コーヒー（同上）、ケーキないしはパイのスライス

身長180cmの成人男性の食事としてはあまりにも少なく、慢性的な栄養不良が、彼を死に至らしめた小腸癌をの原因となったのではないかとも言われている。

作品にはあまり反映されなかったが、彼は重度の甘党でもあり、とりわけアイスクリームやチョコレートを好んだ。これは、家族から甘やかされ、好きなものを好きなだけ与えられていた幼少期に起因するようだ。とりわけアイスクリームに目がなく、友人たちと食べ比べをしたり、一度に2クォート（約1.9リットル）のアイスクリームを食べると手紙に書いてキャサリン・L・ムーアをびっくり仰天させたりした。

「往古の民」

　HPLの死後に発見された小説として、SFファンジン〈サイエント＝スナップス〉3号（1940年）に掲載された作品。その後、アーカム・ハウスから刊行された、HPLにまつわる拾遺的な作品集『マルジナリア』（1944年）にも収録されている。

　ヒスパニア・キテリオル（イベリア半島におけるローマ帝国属州）の、ポンペロという小さな州都の町に駐在しているルキウス・カエリウス・ルフス財務官が、ピレネー山脈に潜む恐怖に相対するという筋立ての物語なのだが、実際にはHPLがドナルド・ウォンドレイに書き送った1927年11月2日付の手紙そのもので、前々日の夜、すなわち万聖節の夜に見た夢の内容を書き綴ったものである。どうやら、この時期に彼が読み耽っていたププリウス・ウェルギリウス・マロの叙事詩『アエネーイス』に触発されたらしい。友人の死後、ウォンドレイはこの手紙をJ・チャップマン・ミスケに提供し、ミスケはそれを自身が編集人を務める〈サイエント＝スナップス〉に、未発表小説として掲載したのだ。

　なお、1927年11月のバーナード・オースティン・ドゥワイヤー宛書簡にもほぼ同内容の夢について記されていて、こちらでは「往古の民」では言及されない原住民の呼称がミリ＝ニグリとされ、彼らの崇拝する神は〈大いなる名状しがたきもの〉（マグヌム・イノミナンドゥム）と書かれている。

　HPLはこの夢をたいそう気に入り、友人宛の手紙で繰り返し紹介した。いずれはこれを元にした小説を書き上げるつもりでいたようだが、最終的に断念して、フランク・ベルナップ・ロングにプロットを譲り渡す。そうして世に出たのが、〈ウィアード・テイルズ〉1931年2月号・3月号に分割掲載されたロングの「恐怖の山」である。

大いなる種族

　「時間を超えてきた影」に登場する、肉体を持たぬ精神のみの生命体。時間の秘密を突き止めた唯一の存在であることから、"大いなる種族"と呼ばれている。遥かな太古から、強靭で長い肉体寿命を持つ生物を探し出しては時間を超えて精神を交換し、種族単位の移住を繰り返してきた。地球にやってくる以前、彼らは『エルトダウン・シャーズ』にイィスの名で記録されている、銀河の彼方にある世界（星）に棲んでいた。地球での移住先に選んだのは、現在のオーストラリア大陸に10億年前から棲息していた、4〜5千年の肉体寿命をもつ円錐状生物の肉体だ。この生物の胴体は、10フィートほどの高さのある円錐で、底部にある粘着層を伸縮させて移動する。そして、その胴体からは先端に3つの目がある球形の感覚器官を備えた1本、会話にも利用される鋏状の腕を備えた2本、漏斗型の付属器官がついた1本と、合計4本の触手が生えている。この生物の姿については、HPL自身が描いたスケッチが現存する。

　「時間を超えてきた影」が掲載された〈アスタウンディング・ストーリーズ〉1936年6月号の表紙に描かれた"大いなる種族"は、そのスケッチとほぼ同じ姿だが、10フィートどころ

かその2～3倍はありそうだった。

　4つの部族に分かれていて、社会主義的な政治体制を選択し、曲線文字を使用する。また、南極の"古のもの"とは対立していた。新たな移住先の探索に熱心な彼らは、様々な時代、場所に斥候を送り、技術や情報を収集した。肉体を奪われた者の精神は円錐生物に宿り、"大いなる種族"のために未来の情報を記録した後、記憶を消されて元の体に送還されるのである。なお、彼らを支援する教団が地球上に存在することが示唆されている。リン・カーターは「炎の侍祭」において、その教団を"ナコトの同胞団"と名付けている。

大海蛇

　マサチューセッツ州北部からメイン州南部にかけての東海岸沿いは、海の怪物が幾度も目撃されてきた土地だった。未知動物学の提唱者であるバーナード・ユーベルマンスは、1777年から1877年にかけて117件もの大海蛇の目撃談を確認したが、そのほとんどがこのあたりに集中するのだという。大海蛇にまつわる最初の記録は、17世紀に遡る。植民地時代の1638年、ジョン・ジョスリンという人物がグロスター港にあるケープアンの岩の上で、とぐろを巻いた大海蛇が目撃されたという記録を残している。ケープアンは、架空の港町キングスポートにおける、荒涼とした岬のモデルとなった場所である。

　18世紀以後も目撃が続き、1793年8月3日付の〈セイラム・ギャゼット〉紙には、メイン州のマウント・デザート島から10リーグほどの沖で、巨大な大海蛇を目撃したというクラブトリー船長の具体的な報告が載っている。1817～19年には、グロスター港に再び大海蛇が出現し、数百人の人々によって同時に目撃された。この時、怪物はグロスター港のみならず、少し南のナハント湾にもたびたび出没した。その後、おとなしい性質らしいことがわかったので、早速かけられた報奨金を目当てにナハントでも屈強の捕鯨船員たちが怪物の拿捕に乗り出したが、どういうわけか大海蛇には傷ひとつつけられなかったという。ある英国人がこの怪物に発砲しようとしたところ、災いをもたらすということで先住民に制止されたという逸話もある。地元の歴史書によれば、ナハント近くの港町リンの沖合、エッグ・ロックという小島のあたりでも1875年に大海蛇が目撃された。恐竜の生き残りと噂され、11月には近くのスワンプスコットでも似た個体が目撃されたという。

　1922年の6月26日から7月5日にかけて、HPLは後に妻となるソニア・H・グリーンと共に、マサチューセッツ州のマグノリアとグロスターを訪れた。この旅行中にソニアがプロットをつくり、HPLが後に全面改稿した小説が、謎めいた海洋生物の恐怖を描く「マーティンズ・ビーチの恐怖」である。

　作中の怪物の特徴は、東海岸の大海蛇の伝説と似通っているので、グロスターの歴史協会あたりを訪れた際におそらく1817年当時の事件の話を知り、近くの浜辺を歩きながら催眠能力を持つ海の怪物について語り合ったのではないかと考えられる。

「大海蛇　1817年8月23日、グロスター港に出現した生物のデッサンに基づく版画」
(E・J・レーン、J・ハウ発行、1817年頃)

オーガスト・W・ダーレス
(1909〜1971)

ウィスコンシン州ソーク・シティ在住の作家、編集者。フルネームはオーガスト・ウィリアム・ダーレス。デビュー当初、彼は作品発表時に「オーガスト・W・ダーレス」の名義を使用、HPLも書簡中でしばしば「A・W」と呼んだ。このため、本書ではミドルネーム入りの名前を使用する。

生来の読書好きで、本を買い漁るだけでは物足りず週3回は図書館に通い詰め、アレクサンドル・デュマ、エドガー・アラン・ポー、ウォルター・スコットなどの作家に傾倒した。物語を書き始めたのは13歳で、数十篇の習作を経て〈ウィアード・テイルズ〉1926年5月号に「蝙蝠鐘楼」が掲載され、17歳で作家デビューをする。同作は、江戸川乱歩がHPLを日本に紹介するよりも早く、探偵小説雑誌〈新青年〉1929年7月号で日本語訳された。

彼がHPLと手紙をやり取りし始めたのもこの年で、ダーレスがHPLから受け取った手紙は1000通以上になる。また同じ頃、ダーレスは英国のアーサー・コナン・ドイルに、ホームズの物語の続きを書かせて欲しいという手紙を送り、これを丁重に断られると、1928年からホームズを模倣した"プレード街のソーラー・ポンズ"ものを書き始めた。このことは、数年後に彼がHPLの作品世界に"参加"したことと考え合わせると興味深い。

HPLを高く評価していた彼は、ロバート・ブロックやフリッツ・ライバーのように創作を指南されたわけではないが、プロットや初稿を送っては意見を請うた。当時のHPLは、ストーリー・テラーとしての彼を評価しつつも、その才能が商業的な作品にあり、宇宙的感覚が欠如しているとも友人宛の書簡で指摘していたが、これはダーレスがHPL風の作品を書き始める前のことである。

1930年にウィスコンシン大学マディソン校を卒業すると（学位論文「1890年以降の英語で書かれた恐怖小説」は、「文学における超自然の恐怖」を参考にしていた）、ダーレスはミネソタ州ミネアポリスのフォーセット出版に就職し、〈ミスティック・マガジン〉の副編集長を務めた。

そんなダーレスが、HPLの架空神話に魅せられたのは、1931年のことだった。当時、彼が"ハスター神話 The Mythology of Hastur"という呼称を提案したことについては、クトゥルー神話の項目を参照されたい。折しも、作家業に専念しようと、会社を辞めてウィスコンシン州に帰還した彼は、高校時代の文学仲間マーク・スコラーと共同で「エリック・マーシュ」「モスケンの大渦巻き」「湖底の恐怖」などの恐怖小説を書き上げた。これらの短編はHPLの作品世界をベースとしつつも、後に"旧き神"（当初は"大いなる古きものども"などと呼ばれていた）の呼称に統合される邪神の敵対者や、邪神の眷属を封じ込める"旧き印"が導入されていた。2人は完成原稿を早速〈ウィアード・テイルズ〉に送ったものの、ファーンズワース・ライトから余りにもHPL的だという理由で突き返されてしまう。

この時期、HPLは「狂気の山脈にて」を各誌から拒絶され、G・P・パトナムズ・サンズ社で動いていた作品集刊行の話が流れるなどの不遇が続き、半ば筆を折ろうかとまで考えていた。そんな折に送られてきた、自作品のオマージュを読んだHPLはこれを絶賛し、編集長の不見識を罵った。このやり取りと同時期に別の作家に宛てた書簡で、ダーレスについて前途有望な作家だと繰り返し太鼓判を押していることは、彼の賛辞が決してお世辞ではなかったことを意味している。HPLは「エリック・マーシュ」のために「星の忌み仔が棲まうところ」（既訳邦題は「潜伏するもの」など）というタイトルを提案。さらに、彼らの作品に登場するチョー＝チョー人やクリタヌスを自作品で使うと約束した。この約束は、前者については「時間を超えてきた影」「蝋人形館の恐怖」で実現した。

のみならず、創作意欲を取り戻した彼が同じ年に書き上げた「インスマスを覆う影」には、"深きものども"を退ける"古きものども

のしるし」が登場するのだが、これはダーレスとスコラーの設定を採用したものらしい。

以後、ダーレスは地水風火の四大精霊設定を導入し、ハスターやイタカ（「風に乗りて歩むもの」＝HPL生前の1933年発表）、ロイガー（「星の忌み仔～」に登場）などの風の神々を中心とする独自の神話物語を展開したが、ロバート・ブロックとのやり取りに見るように、実は設定の齟齬について気にしていたHPLが、ダーレスに対しては呈した形跡がない。ただし、クトゥルーとハスターの半兄弟関係に言及した「ハスターの帰還」の初稿を生前に読んだHPLは、ルルイエ語らしき詠唱の中に"ベテルギウス"が出てくるのが気になったようで、グリュ＝ヴォという呼称を提案した。ダーレスは本作ではこれを使用せず、没後合作「門口に潜むもの」（1945年、既訳邦題は「暗黒の儀式」）で使用した。なお、彼は「闇に棲みつくもの」（1944年）でも、詠唱中にフォーマルハウトを出している。

ダーレスは、セルフプロデュースに長けたプロ意識の強い職業作家で、原稿が不採用となるとあっさり引き下がって死蔵するHPLをもどかしく、もっと積極的に作品を売り込むべきだと主張した。実際、彼はHPLに無断で「インスマスを覆う影」「魔女の家で見た夢」などの作品を〈ウィアード・テイルズ〉に売り込んだり（後者は採用）、HPLの紹介で1927年から交流していたドナルド・ウォンドレイの協力を得ながら、HPL作品集の企画を出版社に持ち込んだ。1935年には、当時、ダーレスの"エフレイム・ペック判事"もののミステリ単行本を刊行していたローイング＆マッシー社にHPLの作品を送るところまでは進んだが、結局、実現に至らなかった。

これほど強い傾倒にもかかわらず、生前、ついに顔を合わせることがないまま、HPLは1937年に病死する。ダーレスとウォンドレイはただちに自前の出版社を立ち上げる準備を始め、早くも1937年3月30日（HPLの死の2週間後）にはクラーク・アシュトン・スミスが「君やドナルドのように有能な一流の人物が、その仕事をしてくれるとは嬉しい限りです」というメッセージをダーレスに送っている。そして、翌年にはアニー・E・フィリップス・ギャムウェルに面会して作品集刊行の許可を得て、1939年にソーク・シティの自宅でアーカム・ハウスを起業すると、最初の作品集となる『アウトサイダーその他』を刊行。売り上げの1000ドル（現在の金額に換算して数万ドル）を、アニーに支払っている。

その後、第二次世界大戦が始まり、ウォンドレイが出征したので、アーカム・ハウスの経営はダーレス一人に委ねられた。

当初は赤字続きで、資金捻出のために、彼は作家、編集者、大学講師などを兼業し、亡くなるまで、出版人として精力的に活動した（アーカム・ハウス項目を参照）。1940年代以降は、HPLの未完成小説や覚書を小説に膨らませる没後合作も行っている。

なお、ダーレスはしばしば、HPLの死後にクトゥルー神話を体系化したとされるが、実際に体系化らしいことを行ったのは彼の協力のもと「クトゥルー神話：用語集」（1943年）を執筆したフランシス・T・レイニーで、ダーレスの以後の作品はこれに準拠したようだ。また、独自の世界観を構築したブライアン・ラムレイは、ダーレスから公式設定的なものを強制されたことはないと証言している。

67

オーゼイユ通り（ルー・ドーゼイユ）

「エーリヒ・ツァンの音楽」の語り手が下宿していた、街の地図に載っていない古い通り。原文では"Rue d'Auseil"。明らかにフランス語の地名であることなどから、パリのどこかだと考えられているが、実のところ位置を特定するに足る明確な記述は、書簡を含めて見当たらない。オーゼイユ通りは狭くて急勾配の坂道で、悪臭を放つ暗い川が近くを流れている。また、徒歩30分圏内に、語り手が形而上学を学ぶ大学があって、これはおそらくパリ大学ないしはソルボンヌ大学だろう。なお、「オーゼイユ Auseil」のネーミングについては、フランス語の「敷居にて au seuil」のもじりとの説がある。

スナンド・T・ヨシは、『H・P・ラヴクラフト大事典』において「その街の名前は"au seuil（敷居にて）"という語をほのめかしているという説が、まことしやかに語られてきた」と書いている。ジャック・ベルジェは、「エーリヒ・ツァンの音楽」に描き出されたパリの説得力ある描写について、パリを実際に見たことがあるのかとHPLに手紙で質問し、「夢の中でポーと共に」という返事を貰ったという逸話をエッセイ「ラヴクラフト、異邦より到来した偉大なる天才」で披露しているが、これは作り話と見なされている。

大瀧啓裕（1952～）

大阪出身、広島在住の翻訳家で、本名は森美樹和。高校時代から関西のSFファンダムで活動し、荒俣宏と紀田順一郎が創刊した怪奇幻想文学の専門誌〈幻想と怪奇〉の、「ラヴクラフト＝CTHULHU神話」特集が組まれた第4号（1973年11月発行）においてリン・カーター「クトゥルー神話の神々」の翻訳を担当したことをきっかけに、翻訳家への道を歩み始めた。青心社の代表である青木治道（関西大学SF研究会の創設者）とはファンダム時代からの付き合いで、『ウィアードテイルズ傑

選 悪魔の夢 天使の溜息』（1980年）を皮切りに、自身が編集・翻訳する数多くのクトゥルー神話作品集を同社から刊行した。また、1984年には東京創元社の『ラヴクラフト傑作集』（全2巻）を引き継ぎ、『ラヴクラフト全集』（3巻刊行時に改題）の翻訳者となった。他にも、各社から刊行されている数多くの関連書の翻訳を手がけるなど、本邦においてHPL並びにクトゥルー神話を大いに普及させた、最大級の功労者である。なお、東京創元社がゲームブックに力を入れていた頃、クトゥルー神話ものの本格的なゲームブック『暗黒教団の陰謀――輝くトラペゾヘドロン』（1987年）を刊行している。構想上は三部作だったということだが、残念ながら続きは刊行されなかった。

大伴昌司（1936～1973）

東京出身のライター、編集者、評論家、翻訳家。本名は四至本豊治。ジャーナリストであった父の仕事の関係で幼少期をメキシコで送り、この地で目にした遺跡などから珍奇な物への関心が育まれたという。

戦後、慶應義塾大学東洋史学科に進学して推理小説同好会に入会、紀田順一郎と知

り合った。卒業後は株取引などをしながら、SRの会（推理小説誌〈宝石〉愛読者の会である京都鬼クラブの後身）の東京支部を紀田や桂千穂（作家、脚本家、翻訳家）と共に結成、1963年には同じ顔ぶれで恐怖文学セミナーを結成して同人誌〈THE HORROR〉を発行。後者には荒俣宏も参加している。

こうした活動を通して、大伴はHPLに接したのだろう。中でも気に入っていたのが、「インスマスを覆う影」だったようだ。1960年代以降、SF・映画分野においてライター・編集者として活躍していた大伴は、児童向け雑誌でも怪獣や妖怪、SFが題材の読物記事をしばしば担当したのだが、講談社の〈ぼくら〉1963年10月号では「怪物のすむ町」、少年画報社の〈少年画報〉1967年5、6月号では「幽霊町のカエル人間」、さらに〈毎日中学生新聞〉の1968年8月4日、11日号には「インスマスの影」（日曜版連載「SF名作ダイジェスト」の枠）という具合に、3回にわたり「インスマスを覆う影」の翻案を手がけている。

大伴は1966年放送開始の『ウルトラQ』の企画に関わり、第20話「海底原人ラゴン」では脚本にクレジットされている。このエピソードに登場する映画『大アマゾンの半魚人』を彷彿とさせる風貌のラゴンは「この地球を人類が支配するよりずっと以前……そう、2億年くらい昔にこの地球を支配していた」と説明されていて、明らかに「インスマスを覆う影」を意識した設定だと思われる。前出の「怪物のすむ町」において、"深きものども"の姿が『大アマゾンの半魚人』の半魚人そっくりに描かれていたことも特筆に値する。

なお、ラゴンというネーミングについては、「シーラカンス＋ゴン」と説明されていたが、それとは別にダゴンのもじり、あるいは『大アマゾンの半魚人』の原題『Creature from the Black Lagoon』に由来するものとの説がまことしやかに語られてきた。しかし、白石雅彦『「ウルトラQ」の誕生』（双葉社）によれば、このエピソードの初期タイトルは「シーラゴン」となっているので、どうやらシーラカン

ス由来という公式の説明が正しいようだ。

〈ぼくら〉
1963年10月号

〈少年画報〉
1967年5月号

「オールド・クリスマス」

1917年末に執筆されたらしい詩で、〈トライアウト〉1918年12月号に掲載された。

HPLによる単体の詩としては最長の作品で、アン女王時代（在位1702〜1707）の英国でクリスマスが祝われる様子を描いており、古い時代の英国紳士を自任したHPLの趣味が遺憾なく発揮されている。

発表から数年後の1921年、HPLはこの詩を、アングロ・サクソン系アメリカ人の回覧式交通グループであるトランスアトランティック・サーキュレーターに回覧した。この際、英国滞在経験のあるカナダ人アマチュア・ジャーナリストのジョン・ラヴァナー・ブレンが、「あらゆる面において英国的だ」という賞賛を送っている。

古きものども
オールド・ワンズ

「グレート・オールド・ワンズ」についても、本稿で解説する。

　オールド・ワンズは、様々なHPL作品で言及される、特定の種族や神々のグループの総称である。特に、「グレート・オールド・ワンズ」は日本語のクトゥルー神話関連作品において「旧支配者」と一意に翻訳・置換される傾向が強いが、実のところ必ずしも同一のグループを指し示す言葉ではない。以下に、HPL作における用例を列記する。

- 「クトゥルーの呼び声」（1926）：クトゥルーはグレート・オールド・ワンズの大祭司である。
- 「ダンウィッチの怪異」（1928）：クトゥルーは地球の支配者であるオールド・ワンズの縁者である。
- 「墳丘」（1929）：オールド・ワンズは、北米の地底世界クナ＝ヤンに棲み、太古にクトゥルーやイグを崇拝した種族。
- 「暗闇で囁くもの」（1930）：バーモント州の丘陵地帯に潜む、太陽系外縁のユゴス（冥王星）から到来した異星人の古くからの呼称のひとつがオールド・ワンズ。
- 「狂気の山脈にて」（1931）：クトゥルー以前に地球に棲みつき、クトゥルーと戦った先住種族がオールド・ワンズもしくはグレート・オールド・ワンズと呼ばれる。
- 「インスマスを覆う影」（1931）："深きものども"を退ける"古きものども"オールド・ワンズのサインへの言及。
- 「蝋人形館の恐怖」（1932）：ラーン＝テゴスが死ぬと、オールド・ワンズは二度と戻ってこれなくなるとされる。
- 「闇の跳梁者」（1935）：オールド・ワンズが〈輝く偏方二十四面体〉シャイニング・トラペゾヘドロンをユゴスから地球にもたらした。（おそらく「暗闇で囁くもの」の異星人）

　なお、オーガスト・W・ダーレスとその友人マーク・スコラーの合作「星の忌み仔の棲まうところ」（邦題は「潜伏するもの」）では、同作が初出となる邪神の敵対勢力、"旧き神"エルダー・ゴッズはオールド・ワンズ、グレート・オールド・ワンズとも呼ばれ、これと対立する邪悪な神々は"邪悪なるものども"と総称されていた。

　今日、前置きなしでオールド・ワンズと書かれる場合、「狂気の山脈にて」に登場する地球先住種族を指しているケースが多い。十数億年前に現在の南極大陸に相当する土地に飛来し、いっときは地球の大半を支配下においた種族で、背の高さは8フィート（2.4メートル）。黒っぽい灰色の樽に似た胴体は6フィートの高さで、中心部の直径は3.5フィート。繊毛の生えたヒトデ型の頭部を備え、胴体の隆起した部分からは海百合に似た5本の触腕が生えている。扇のように折り畳める膜状の翼は、広げると7フィートほどになり、最盛期には宇宙空間を飛行することもできたという。

　「闇の跳梁者」によれば、この種族がユゴスから"輝く偏方二十四面体"をもたらしたようだ。『クトゥルフ神話TRPG』が発売された際、おそらく神々の総称としてのグレート・オールド・ワンズと差別化するため、「狂気の～」で2回だけ言及された異名、エルダー・シングスが呼称として採用された。以後、この製

品の影響でこちらが定着しているが、オールド・ワンズとグレート・オールド・ワンズは合計63回使用されていて、HPLがいずれを想定したかは明白である。

なお、「魔女の家で見た夢」には、別の惑星に都市を築いているこの種族が登場する。

オーン家

オーン家はニューイングランド地方の古い家系で、ボストンに並ぶマサチューセッツ湾植民地の中心地だったセイラムに移り住んだ1630年以来、半世紀にわたり第一教会の助祭を務めたジョン・オーンを始祖とする。HPLが1922年末に訪れたマサチューセッツ州のマーブルヘッド(キングスポートのモチーフ)のオーン・ストリートには、この一族に連なる18世紀の大商人エイザー・オーンの邸宅が残っている。HPL作品にはしばしばオーン姓の者が登場する。たとえば「マーティンズ・ビーチの恐怖」には怪魚を仕留めた漁船アルマ号の船長ジェイムズ・P・オーンが、「霧の高みの奇妙な家」の舞台であるキングスポート在住のオーン婆さんが、「チャールズ・デクスター・ウォード事件」にはセイラムの邪悪な魔術師サイモン・オーンが、「インスマスを覆う影」にはアーカムのオーン家が登場している。また、「魔女の家で見た夢」の舞台であるアーカムには、オーンズ・ギャングウェイという小道が出てくる。

「丘の木」

1934年5月執筆の、ドウェイン・ライメルとの合作。ライメルは同作を商業雑誌に載せようと売り込んだがうまくいかず、HPLの死後になって、ポール・フリーハーファーの発行するファンジン〈ポラリス〉1940年9月号にようやく掲載された。

シングルという名の語り手が、南東にサーモン川が流れる峡谷のあるハムデンという架空の町(ライメル曰く、これは彼のアーカムで、故郷であるワシントン州アスティンを西にずらしたもの)の近くで、円形の葉のある奇妙な木が立つ異様な場所に入り込むのだが、撮影した写真を見せられた神秘学に詳しい友人が、このような光景についてドイツの錬金術師ルドルフ・ヤーグラーの著した『ナスの年代記』に書かれていると指摘したことから、慄然たる真相が明かされることになる。ライメルのエッセイ「『ナスの年代記』の歴史」(1986年)によれば、彼がHPLの気を引こうと初稿を送ったところ、全面的に書き直されて返送されてきたそうで、『ナスの年代記』についてもこの際に追加されたという。

オサダゴワァ

「ニューイングランドにて人の姿ならぬ魔物のなせし邪悪なる妖術につきて」というHPLの未完成小説に言及される魔物。マサチューセッツ州の先住民族ワンパノアグ族の賢者がかつて、呪文を用いて環状列石のある場所におびきよせ、"旧き印"で封印したという。その名前はサドゴワァ(作中で明言されていないが、ツァトーグァの現地呼称だろう)の子を意味し、かつて宇宙から到来して北方の土地で崇拝された、無定形の邪悪な精霊だという。

オーガスト・W・ダーレスはこの小説断片をもとに「門口に潜むもの」(邦題は「暗黒の儀式」)という中編小説を書きあげたが、誤ってサドゴワァをヨグ＝ソトースと混同した。これを受けて、リン・カーターが後に「ヴァーモントの森で見いだされた謎の文書」を著し、クラーク・アシュトン・スミスの作成した神々の系図におけるツァトーグァの子、ズヴィルポグーアと同一視した上で、改めて小説の題材とした。

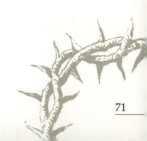

「恐ろしい老人」

1920年1月28日に執筆され、ナショナル・アマチュア・プレス・アソシエーション（NAPA）の機関誌である〈トライアウト〉1921年7月号で発表後、〈ウィアード・テイルズ〉1926年10月号に掲載された。架空の港町、キングスポートの初出作品。その町の誰よりも年を取り、胡乱（うろん）な噂に包まれた老人にちょっかいをかけた3人組の泥棒が、恐ろしい目に遭うというもので、昔話風の明るさと、悲惨な出来事の中にもほんのりと明るさの漂う、因果応報の教訓話めいたところがある。HPLはジョゼフ・ヴァーノン・シェイ宛ての1931年6月19日付の書簡で、本作を「霧の高みの奇妙な家」「ウルタールの猫」に並べ、「疑似民間伝承もの」と呼んでいる。

オラウス・ウォルミウス

「祝祭」において、禁書指定を受けたラテン語版『ネクロノミコン』の翻訳者として名前の挙がる人物。おそらく16～17世紀のデンマーク人医師、古物商であり、ルーン文字の研究者として古い碑文を採集、ラテン語に翻訳したことで知られるオーレ・ヴォーム（オラウス・ウォルミウスはラテン語名）だろう。HPL『『ネクロノミコン』の歴史』において、彼が『ネクロノミコン』を翻訳したのは1228年とされているが、実在のヴォームは1588年生まれである。どうやらHPLは、ヒュー・ブレアの「オシァンに関する批評的論文」に掲載される「レグネル・ロドブロクの挽歌」の古ノルド語原文の採集者としてこの人物を知ったのだが、活動時期を誤読したものらしい。

なお、ウォルミウスという姓は、クトゥルー神話において不吉な意味合いを孕む「蛆、長虫 Worm」を含んでいる。

音楽

第一次世界大戦の終結後、都市部にジャズに代表される享楽的な文化が流行したことから、1920年代米国の文化・世相は"ジャズ・エイジ"と呼ばれている。この時代の商業媒体でデビューしたHPLの作品についても、しばしば"ジャズ・エイジの物語"と表現されることがあるのだが、その文字面に反して、彼の作品とジャズはほぼ無縁であり、異様な儀式において太鼓が不気味に打ち鳴らされる描写が頻出する他、わずかな例外を除けば、音楽自体が滅多に言及されない。そのわずかな例外というのは、老音楽家が狂おしきヴィオール（チェロに似た楽器）をかき鳴らす「エーリヒ・ツァンの音楽」と、オクラホマ州に入植した一家のパーティでフィドル（民俗音楽の演奏時に用いられるヴァイオリンの異名）が演奏される「イグの呪い」である。

ライアン・スプレイグ・ディ・キャンプの『ラヴクラフト：ある伝記』によれば、HPLは音楽に対して苦手意識を持っていたようだ。1897年、HPLは母サラ・スーザンの意向で地元のヴァイオリン教師ヴィルヘルム・ナウク夫人のもと、2年にわたりレッスンを受けてかなりの腕前になったという。しかし、厳し

いレッスンに強い忌避感を抱き、やがて神経症的な発作を起こすまでになって、9歳の時にドクター・ストップがかかったという。

　HPLは、ヴァイオリンを習っていた頃から、荘重な古典音楽よりも近代的で賑やかな楽曲を好んだようで、もしも音楽を続けていたら、ジャズミュージシャンにでもなっていたかもしれないと冗談めかして述べたことがある。後年、友人たちにコンサートなどに連れて行かれても、その態度はあまり変わらなかったが、フリッツ・ラング監督のドイツ無声映画『ジークフリート』（米国公開は1925年）を観た時には、題材への興味もあり、劇伴で流れたリヒャルト・ワーグナーの音楽に魅了された。

　少年期の音楽趣味については、ブラックストーン軍楽隊の項目も参照のこと。

ガースト

　「未知なるカダスを夢に求めて」に登場するクリーチャーで、「恐ろしい、ぞっとする、死人のような」を意味する英単語"ghastly"に由来する呼称（独立した単語としても古くから存在する）。地球の幻夢境（ドリームランド）の地下、ズィンの窖に棲息する、小さな馬ほどの大きさの人型の生物で、蹄の生えた長い後ろ足でカンガルーのように跳びはねて移動する。鼻や額がないながらも人間を思わせるような顔立ちで、咳き込むような喉にかかった声で仲間同士で会話する。光を浴びると死んでしまうため、地上に出てくることはないが、幻夢境の内部世界を照らす薄暗い明かりの中では何時間かは耐えられる。性根は凶暴で、ガグでも食屍鬼でもためらいなく襲いかかるだけでなく、しばしば共食いすら行う。

　「墳丘」に登場する地下世界クナ＝ヤンの角のある二足獣グヤア＝ヨスンは、クナ＝ヤンの深層に位置する赤く輝く世界ヨスのさらに地下にあるズィンの洞窟において、生化学的な手段によって作り出された種族とされた。おそらく"ズィン"の一致から、『クトゥル

神話TRPG』の関連製品であるサンディ・ピーターセンの『クトゥルフモンスターガイド──モンスター・ウォッチングのための超自然生物ハンドブック』では、両者の間に何かしら関係があることを示唆している。ちなみに、「挫傷」にも古代ムー大陸で使役されたグヤア＝フアという二足獣が登場し、グヤア＝ヨスンと同一視されている。

　なお、RPG『アドヴァンスト・ダンジョンズ＆ドラゴンズ第一版』（1977年）には、食屍鬼（触れるだけで相手を麻痺させる）の上位モンスターの中にガーストがいて、アンデッドモンスターに分類されている。

ガードナー・フォックス
（1911〜1986）

　ニューヨーク州出身の作家、コミックライター。11歳の頃に読んだエドガー・ライス・バローズの火星シリーズがきっかけでパルプ小説のファンとなり、大量に読み漁った本の中には、HPLやロバート・E・ハワードの作品もあった。1937年にDCコミックス社のコミックライター（脚本家）としてデビューし、ドクター・フェイトやフラッシュ（初代）、ホークマンなどのゴールデンエイジのヒーローを生み出したのみならず、ヒーローチーム（ジャスティス・ソサエティオブ・アメリカ）の概念を発明した。後年、〈フラッシュ〉第123号（1961年）収録の「2つの世界のフラッシュ！」でマルチバースの概念をDCコミックス社作品に持ち込んだのも彼だ。また、シナリオを担当した〈モア・ファン・コミックス〉65号（1941年）掲載の、ドクター・フェイトもの「ニャル＝アメンの魚人たち」は、世界のクトゥルー神話ものコミックと考えられている。1969年には、『蛮人剣士コーサル』という、ハワードのコナンものを意識したヒロイック・ファンタジー小説シリーズを発表、その4作目『コーサルと邪術の呪い』には、「ショッコス Shokkoth」というクトゥルー神話的なネーミングの、ゴーレム風の怪物が登場している。

カール・ジャコビ（1908〜1997）

　ミネソタ州出身の作家。多作家で、〈ウィアード・テイルズ〉や〈アメイジング・ストーリーズ〉などのパルプ・マガジンを中心に作品を発表した。

　中学時代から小説を書き始め、小説の冊子を作って1冊10セントで友人に売りつけ、小遣いを稼いでいた。1927年にミネソタ大学に進学、ドナルド・ウォンドレイと知り合った。在学中にも熱心に執筆を続け、探偵・スパイ小説雑誌〈シークレット・サービス・ストーリーズ〉1928年5月号掲載の「轟砲」でプロ作家デビューを果たし、同じ年に、巨大な蝶の鱗粉がもたらす虚実定かならぬ出来事を描く「マイヴ」で学内誌〈ミネソタ・クォータリー・マガジン〉の短編小説コンテストに優勝した。このコンテストは、ミネソタ州出身のベストセラー作家マーガレット・カルキン・バニングが審査員を務めたものである。他にも、学内誌〈スカイ＝ヨー＝マー〉（このタイトルは1884年以来のミネソタ大学のスローガン）の編集に携わった。前述の「マイヴ」は、後に〈ウィアード・テイルズ〉1932年1月号に掲載されたのだが、HPLはこれを読み、絶賛する手紙をジャコビに送っている。翌年に、〈ワンダー・ストーリーズ〉1933年11月号で発表された彼の「湖の墓地」は明らかにHPLの影響下にあり、少なくともこの頃には、HPL作品を読み込んでいたようだ。

　オーガスト・W・ダーレスは、1962年にアーカム・ハウスから刊行したアンソロジー『漆黒の霊魂』に、ジャコビの書き下ろし短編「水槽」を収録したが、初稿ではストレートなクトゥルー神話作品だったところ、ダーレスが手を加えて神話用語を削除したということである。ちなみに、ブライアン・ラムレイの「深海の罠」は、同作のオマージュ作品である。その後、アーカム・ハウスからは、ジャコビの作品集が全部で4冊刊行され、最初の『黒い黙示録』（1947年）は国書刊行会のアーカムハウス叢書に入っている。

カール・スワンスン（?〜?）

　ノースダコタ州在住の出版事業者、あるいは出版事業志望者。1932年頃、新作と他誌の再録作品から成るセミプロ雑誌〈ギャラクシー〉の出版を企画し、HPLやフランク・ベルナップ・ロングなど〈ウィアード・テイルズ〉誌の常連作家に手紙を出して、作品の寄稿を打診した。〈ウィアード・テイルズ〉では不採用だった「北極星」「無名都市」「眠りの壁の彼方」が採用されたことに気を良くしたHPLは、ファーンズワース・ライトにWT掲載作の転載許可を得ようとしたのだが、ライトは1926年4月号までに掲載された作品はWTが買い取ったものとこれを拒絶、そうでない作品を同系統の別雑誌に掲載することについても不快感を表明した。

　HPLはこのような干渉に憤慨し、文通相手に不満を漏らしていたが、肝心の〈ギャラクシー〉は結局、資金不足で創刊に至らなかった。

カール・ファーディナンド・ストラウチ（1908〜1989）

　ペンシルベニア州在住の文学者、詩人で、1931年から33年にかけて、HPLと交通した。同州に在住していた頃のハリー・K・ブロブストの友人で、彼の紹介でHPLと知り合い、1932年9月にはプロヴィデンスで直接対面している。手紙を介し、ストラウチはいわゆるペンシルベニア・ダッチ（17世紀から18世紀にかけてペンシルベニア州に植民したドイツ系の住民）に伝わる土俗的な魔術や民間治療法について、HPLにあれこれ教えているが、実作品には反映されなかったようだ。1933年6月、HPLはプロヴィデンスを訪れたエドガー・ホフマン・プライスをブロブストと共に歓待した夜に、ストラウチが執筆した小説について手厳しく論じ合ったのだが、どうやらこれが原因で付き合いが途絶えたらしい。

　ストラウチはその後、イェール大学で博士号を取得、19世紀米国の思想家ラルフ・ワル

ド・エマーソンの研究者となる。

「怪奇小説覚書」

小説執筆が停滞した1933年（この年書かれた小説は「戸口に現れたもの」のみ）、HPLは自身に活を入れるべく怪奇小説の古典を再読、梗概を書き留めると共に、〈ファンタジー・ファン〉誌で連載を予定していた「文学における超自然の恐怖」改訂版の下準備を兼ねて、夏から冬にかけて怪奇小説全般の論考を執筆した。

HPLはまず、エドガー・アラン・ポー、アルジャーノン・ブラックウッド、アーサー・マッケン、モンタギュー・ローズ・ジェイムズらの作品の粗筋を「怪奇小説梗概」にまとめ、「怪奇小説で使用される特定の基礎的内在的な恐怖の一覧」「存在し得る怪奇小説の動機付けとなる主要なアイディアの一覧」においてこの種の物語の構成要素を抽出。加えて、「怪奇小説執筆に際しての示唆」「怪奇小説の構成要素と種類」の梗概を書いている。これらのテキストの総称が「怪奇小説覚書」で、生前はドウェイン・W・ライメルなどの文通相手に読ませていたくらいだったが、彼の死後、フューティル・プレス社より刊行された冊子『覚書と備忘録』(1938年)に、「怪奇小説梗概」以外のテキストが備忘録と共に掲載された。その後、アーカム・ハウスの『眠りの壁の彼方』(1943年)、『閉ざされた部屋とその他の小品』(1959年)にも収録されたが、誤って備忘録の一部とされていた。

「怪奇小説の執筆について」

おそらく1933年に執筆されたエッセイで、「怪奇小説覚書」に含まれる「怪奇小説執筆に際しての示唆」「怪奇小説の構成要素と種類」の梗概を膨らませたものである。

自身の追求する怪奇小説が、「時間、空間、そして自然法則という、私たちを永遠に閉じ込め、私たちの視覚と分析の半径を超えた無限の宇宙空間に対する好奇心を挫折させる厄介な制限を胡乱にも停止させたり、造反させたりするかのような錯覚をもたらすもの」であると定義し、その上で自己流の執筆法を具体的に紹介している。中でも、時系列に沿ったもの、物語中で語られるものと2種類の筋書きを用意するよう勧めていることは、時系列がバラバラに語られる「クトゥルーの呼び声」のような作品が生み出される背景として、注目に値する。

HPLの死後、〈アマチュア・コレスポンデント〉1937年5・6月号に掲載された。

海賊

17世紀から18世紀にかけて、カリブ海の港などを拠点に大暴れしていた海賊たちは、東海岸北部の沿岸地域でも盛んに活動した。マサチューセッツ州の古い街の墓地には、髑髏と天使を組み合わせた独特のシンボルが彫り込まれた墓石が数多く見られるが、これについて海賊の子孫がたくさん住んでいるからだという風聞が流れているようだ。こうした事情から、ニューイングランド地方の沿岸地域には海賊にまつわる民間伝承が数多く伝わり、たとえば黒髭ことエドワード・ティーチの隠し財宝にまつわる噂も各地に存在する。「インスマスを覆う影」において、インスマスの有力者だったオーベッド・マーシュ船長の財産の源が、海賊の財宝だったと噂されていた背景には、そうした歴史がある。

髑髏のあしらわれたセイラムの墓石（撮影：森瀬繚）

『科学の驚異』

「祝祭」において、キングスポートの古い屋敷の蔵書としてジョゼフ・グランヴィルの『現代サドカイ教の克服』、レミギウス（ニコラ・レミ）の『悪魔崇拝』などの実在の書籍と共に名前の挙がる、「老モリスターの放埒な『科学の驚異』」。実は、アンブローズ・ビアスの「人間と蛇」の冒頭で言及される、架空の著作である。

輝く偏方二十四面体
（シャイニング・トラペゾヘドロン）

「闇の跳梁者」において、かつてカルト教団《星の智慧派》の本部であったプロヴィデンスはフェデラル・ヒルの廃教会に放置されていた、奇妙なアーティファクト。4インチほどの大きさの卵型、あるいは不規則な球形に見える多面体（おそらくトラペゾヘドロンの名前の通り24面体）が本体で、色は黒く、赤い縞が入っている。この多面体が、この世のものならぬ怪物が側面に浮き彫りにされている黄色がかった小箱の中に、金属製の帯と箱の内壁の上部から伸びる7つの支柱に支えられ、底部に触れない状態で収められている。教団の秘密が暗号文で記されている革装丁のノートによれば、このアーティファクトは、教団が崇拝する《闇の跳梁者》、すなわちナイアルラトホテプを召喚するための道具。暗黒星ユゴスで造られた後、オールド・ワンズと呼ばれる何物かが地球にもたらし、南極の海百合状生物がこれを秘蔵、ヴァルーシアの蛇人間が廃墟から発見

した。その後、途方もない歳月を経てレムリアで人間に発見され、いったんアトランティスと共に水没するものの、漁師の網にかかってエジプトの失われたファラオ、ネフレン＝カーの手に渡ったものだという。

「闇の跳梁者」の末尾で、デクスター医師によってナラガンセット湾に放り込まれているのだが、HPLの死後、ロバート・ブロックが師に手向けて書いた「尖塔の影」において、その真の役割が語られる。

ガグ

「未知なるカダスを夢に求めて」に登場する、地球の幻夢境のクリーチャー。身長20フィートほどの毛むくじゃらの巨人で、黒い毛に覆われた両腕は肘の先が2本に分かれていて、4つある手には恐ろしい鉤爪が生えている。樽ほともある頭部には、側面から2インチ（5センチメートル）も飛び出したピンク色の眼と、黄色い牙の並ぶ縦に裂けたような口が具わっている。なお、目については「剛毛が生えている不格好なまでに大きな骨の隆起が影を落としていた」という描写があり、類人猿で言う前頭骨の眼窩上隆起のようなものが被さっているようだ。古い時代には幻夢境の地表に棲み、"魔法の森"などに残っている巨石はその名残。しかし、ナイアルラトホテプなどの邪神に対する胸の悪くなるような崇拝が地球の神々の怒りを買い、幻夢境の地下に広がる内部世界に追放された。1920年代の時点では、ズィンの窖の近くにある石造都市で暮らしている。

かつては夢見人を食料としていたが、地下に追いやられた後の常食はガースト。また、理由はわからないが、食屍鬼を恐れているようである。

『秘されしことどもの書』

HPLがウィリアム・ラムレイの小説を改作した「アロンゾ・タイパーの日記」で言及され

る、詳細不明の書物。初期稿では『禁じられしこととものの書 the Book of Forbidden Things』だったのを、HPLが『秘されしこととものの書 the Book of Hidden Things』に変更した。リン・カーターは「陳列室の恐怖」において、HPLが創造した『ゴール・ニグラル』とこの本を同一視している。

カダス

「蕃神」が初出の地名。大抵、「冷たき荒野の未知なるカダス unknown Kadath in the cold waste」という固定フレーズで言及される。地球の幻夢境の北方地域のどこかにある謎めいた土地で、「蕃神」「霧の高みの奇妙な家」では、大地の神々の棲む場所とされる。また、「ダンウィッチの怪異」では、『ネクロノミコン』の引用文中で、カダスとオールド・ワンズ（神々のこと）の関連性が示唆される。実際に物語に登場するのは「未知なるカダスを夢に求めて」で、主人公の夢見人ランドルフ・カーターは、カダスにあるという縞瑪瑙の城に赴き、神々にとある請願を行うべく、長い旅に

出るのだ。なお、「狂気の山脈にて」の語り手ダンフォースは、遠征隊が発見した南極の巨大な山脈を、「忌まわしきレン高原の彼方、冷たき荒野に存在する恐ろしいカダスの、未知なる原型」だと評した。これと関連して、「墳丘」には南極のカダス山への言及がある。

カダスの語源は不明だが、モンゴル語で北極星を表すアルタン・ガダス（金の鎖）から採ったのかもしれない。

ガタノソア

「永劫より出でて」に登場する、古代ムー大陸で崇拝された神。ムー大陸におけるガタノソアの崇拝者は、シュブ＝ニグラスの崇拝者と敵対関係にある。ガタノソアは、巨大な体躯から触手を生やし、長い鼻と蛸のような眼を備え、半ば無定形で、部分的に鱗や皺に覆われている。その姿はあまりに悍ましく、人間が目にすると、脳を生かされた状態のまま、全身が石化してしまう。

現在は海底に沈んでいるムー大陸のヤディス＝ゴー山の地下房室に幽閉されているが、海底火山の噴火などの影響で、山ごと浮上することがあるようだ。

コリン・ウィルスンは『ロイガーの復活』で、他の銀河から到来してムー大陸を支配したロイガー族の首領をガタノソアとした。また、リン・カーターは生物を石化される特性からギリシャ神話のゴルゴーン三姉妹を連想し、連作小説『時間を超えてきた恐怖』（邦題『クトゥルーの子供たち』）において、"山上のもの"ガタノソア、イソグサ、ゾス＝オムモグの"ゾス三神"を、クトゥルーがかつてゾス星系でイダ＝ヤーなる雌性の存在との間にもうけた三兄弟とした。ブライアン・ラムレイはさらに、『タイタス・クロウの帰還』にゾス三神の妹姫クティーラを加えている。

なお、日本の特撮ドラマ『ウルトラマンティガ』には、ガタノソアがモチーフの怪獣ガタノゾーアがラスボスとして登場する。

KAT

「猫（CAT）」の綴りをギリシャ語に置き換えたもので、"$Κομψων Αιλουρων Ταξις$（毛並みの良い猫の一団）"という文章の頭文字でもある。おそらく、ジェイムズ・ファーディナンド・モートンJr.も会員だった、米国最古の学術系名誉団体ファイ・ベータ・カッパ（ΦBK）のパロディ。

HPLはフリッツ・ライバーやマリアン・F・バーナーに宛てた手紙において、プロヴィデンスの猫たちが"世界カッパ・アルファ・タウ協会プロヴィデンス支部"という組織に所属していると想像し、時折彼のところに遊びに来た白黒の老猫ランドールを会長の座に据えた。HPLはバーナー宛の手紙に幾度か専用のレターヘッドをスケッチした。また、エドガー・ホフマン・プライス宛1934年8月7日付書簡では、帰宅した彼を迎える猫たちがランドール老会長を先頭に行進し、ウルタールの国民讃歌を演奏するヤカンのドラム隊に続いて、祝祭のコーラス隊が友愛の讃歌を合唱してくれたという話を、猫のイラスト入りの「カッパ・アルファ・タウ讃歌」の歌詞を添えて報告している。

HPLお手製のKATのスタンプとスケッチ

「彼方より」

英国のサイエンスライター、ヒュー・サミュ

エル・ロジャー・エリオットによる、紫外線を例に挙げて人間の五感では捉えきれない事物や、物質が重なり合って存在しうることを詳細に論じた『近代科学と唯物論』を読んだことがきっかけとなり、1920年11月16日に執筆された。また、古馴染みの様子が変で、不自然なことに急激な老化を遂げているという発端については、1920年中にHPLが見た、南北戦争末期の1864年が舞台の夢が下敷きになっている。

この作品において、HPLは人間の感覚器官では捉えきれない事物を何とか文章で書き表そうと努めているのだが、正直なところ成功したとは言えず、普段、鮮明な英文を書く彼には珍しい、正確な意味を掴みにくい迂遠な表現がひたすらに続く箇所がいくつもある。雑誌編集者からの受けも悪かったようで、〈ウィアード・テイルズ〉をはじめ商業雑誌からは軒並み不採用に終わり、長らく死蔵されることとなった。ようやく〈ファンタジー・ファン〉1934年6月号で発表された時には、執筆から13年以上が経っていた。

なお、HPL作品を数多く映像化したスチュ

アート・ゴードンによって、1986年に原題通りのタイトル（邦題は『フロム・ビヨンド』）で映画化されている。

「彼方よりの挑戦」

ジュリアス・シュウォーツの提案で、彼が編集者を務めるファンジン〈ファンタジー・マガジン〉の創刊3周年企画として、同じタイトルのSF小説と怪奇小説を各5人の作家が執筆したリレー小説。同誌の1935年9月号にまとめて掲載されている。

SF編の作家はスタンリー・G・ワインボウム、ドナルド・ウォンドレイ、E・E・スミス、ハール・ヴィンセント、マレイ・ラインスター。怪奇編の作家はキャサリン・L・ムーア、エイブラハム・メリット、HPL、ロバート・E・ハワード、フランク・ベルナップ・ロング（物語の並び順）である。怪奇編の方では、カナダのキャンプ場で奇妙な水晶立方体が発見されるという、H・G・ウェルズの「水晶の卵」を彷彿とさせる地球侵略の物語が展開する。

第3パートを担当したHPLは、おそらく本作執筆の前に書き終えていた「時間を超えてきた影」と本作を連動させ、侵略者の正体を"大いなる種族"の敵対者であるイェクーブ人としたのみならず、リチャード・フランクリン・シーライトの創出した『エルトダウン・シャーズ』の設定をこの作品で掘り下げた。なお、HPLの担当パートは他の作家たちのパートの数倍の長さがあり、物語全体の半分を占めている。

「壁の中の鼠」

1923年8月か9月に執筆された、エドガー・アラン・ポー風の陰惨なゴシック・ホラー。語り手の「デ・ラ・ポーア de la Poer」の家名は、ポーの婚約者だったサラ・ヘレン・ホイットマンの伝記『ポーのヘレン』に記載されている、ポーとホイットマンの共通の先祖だと二人が信じていた「ル・ポーア Le Poer」から採っ

たようだ。ちなみに、終盤で「盲目的に吼え声をあげる」ナイアルラトホテプのイメージは後年、オーガスト・W・ダーレスの「闇に棲みつくもの」でさらにアレンジを加えられ、『クトゥルフ神話TPRG』におけるナイアルラトホテプの化身〈月に吼えるもの〉の原型のひとつとなった。

〈アーゴシー・オール・ストーリー・ウィークリー〉では不採用となり、結局、〈ウィアード・テイルズ〉1924年3月号に掲載された。その後、1931年にはセルウィン＆ブラント社の怪奇小説アンソロジー〈ノット・アット・ナイト〉第6巻に収録された。なお、この作品は1968年にウォーレン社から刊行されたコミック誌〈クリーピィ〉21号で、おそらく初めて原作者の名前入りでコミカライズされているのだが、クライマックスの人喰いのシーンが滅多刺しに変更されていた。

「可愛いアーメンガード あるいは、田舎娘の心」

使用されていた便箋の入手時期や、1919年に成立した合衆国憲法修正第一八条への言及があることから、どうやら1919年から21年にかけて執筆されたらしい、当時流行のラブロマンスを皮肉ったパロディ小説。原稿には「パーシー・シンプル」という筆名が記載されていたが、生前は未発表だった。

バーモント州の密造酒販売人の娘であるオールド・ミスのアーメンガードと、2人の求婚者が繰り広げる山あり谷ありオチありのドタバタ喜劇で、合間合間にたくみに酒の隠喩が盛り込まれている。HPLがかつて、〈アーゴシー〉〈オール・ストーリー〉などの小説雑誌の読者投稿欄で舌鋒鋭い批評を披露し、他の読者と論戦を繰り広げたことは有名だ。たとえば〈アーゴシー〉1914年3月号には、「私にはフレッド・ジャクスンの作品に中毒しているたぐいの読者が楽しめるような小説を書く計画があります。これは「序盤の情熱、あるいはラスタス・ワシントンの心」と題される予定です」というHPLの投稿が載っている。ここでラヴクラフトが書いている「序盤の情熱」というワードは、そのまま「可愛いアーメンガード」の展開に当てはまるので、おそらくこの構想に基いて書かれた作品なのだろう。筆者による日本語翻訳が、〈ユリイカ〉2018年2月号に収録されている。

「観念論と唯物論──その一考察」

タイトルの通り、観念論と唯物論の対比を論じたエッセイで、結論部にある「いずれ人類が滅亡すれば闇の彼方に消え去るのだ」とのフレーズが、いかにもHPL的だ。

初出は〈ナショナル・アマチュア〉1919年7月号だが、同誌の刊行時期は1921年夏であり（1920年末執筆の「家の中の絵」も、同じ号に掲載されている）、このエッセイの執筆時期についても1920年から1921年頭にかけてのどこかと考えられている。

「木」

1920年前半に執筆された短めの小説で、古代ギリシャ世界のシュラクサイ（シチリア島南東部の都市シラクサ）に生きる、2人の彫刻家、カロースとムーシデスを巡る物語。僧主（おそらく紀元前4世紀のディオニュシオス2世）の依頼で競って女神テュケー像の制作にとりかかる彫刻家たちだったが、やがてカロースが体調を崩し、看病の甲斐なく息を引き取ったため、結局、ムーシデスが勝利する。しかし、カロースの墓から生えてきたオリーブの樹が、やがてムーシデスを家と彫像ごと押しつぶし、カロースの死が実は友人による毒殺だったことを暗示する。時にロード・ダンセイニの影響下の作品とされることがあるが、HPLはダンセイニと出会う以前、1918年8月29日付のアルフレッド・ギャルピン宛の書簡でこの物語のあらすじを説明しているので、実際には「北極星」と同じくダンセイニとは無関係である。

ギイ・ド・モーパッサン
（1850〜1893）

19世紀フランスの作家、劇作家、詩人。

海軍省に務めるかたわら、作家のギュスターヴ・フローベールに師事し、文壇で頭角を現した。33歳で発表した長編『女の一生』

は世界的なベストセラーとなり、文豪の名に恥じぬ豪奢な生活を送るも、生涯、独身を貫いた。彼が1887年に発表した短編「オルラ」は、語り手がオルラと名付けた不可視の怪物がブラジルのサンパウロ地方を脅かし、人々を狂気と衰弱に陥れるという怪奇小説である。HPLはこれを1922年頃に読んで高く評価し、「文学における超自然の恐怖」に取り上げているのだが、HPLはこの怪物を、人類に取って代わろうとする地球外生命体の群れと解釈した。この作品は、「クトゥルーの呼び声」や「ダンウィッチの怪異」におけるオールド・ワンズの概念の影響源と考えられている。

「記憶」

1919年春に執筆されたらしい散文詩。HPLとウィニフレッド・ヴァージニア・ジャクスンが編集したアマチュア文芸誌〈ユナイテッド・コオペレーティヴ〉に掲載された。タン川の流れるニスの谷を舞台に、かつてこの地に住んでいた者たちについて月の精霊と谷のダイモーンが問答するというもので、人間が滅び去った遠い未来の風景であることが暗示されている。

タン川、ニスの谷 (the valley of Nis) などの地名は同作にのみ登場し、「墳丘」で地底世界クナ=ヤンに位置するニスの平原 (plain of Nith) とは綴りが異なるので注意。エドガー・アラン・ポーの詩「不安の谷 The Valley of Unrest」の原題が「ニスの谷 The Valley Nis」なので、あるいはここから採ったのかもしれないが、エビデンスは存在しない。

菊地秀行 (1949～)

千葉県銚子市出身の作家。青山学院大学時代に推理小説研究会の会長を務め、早稲田大学の幻想文学会にも参加した。HPLに最初に接したのは、講談社の児童向け雑誌〈ぼくら〉1963年10月号に掲載された「インスマスを覆う影」を大伴昌司が翻案した「怪物のすむ町」だったが、名前を意識したのは早川書房のアンソロジー『幻想と怪奇 -英米怪談集-』第2巻に掲載されていた「ダンウィッチの怪」から。以後、東京創元社の『世界怪奇小説傑作集』『ラヴクラフト傑作集』などを読み漁った。

大学卒業後、朝日ソノラマの特撮・SF雑誌〈宇宙船〉で、「X君」の筆名で映画紹介記事を書いていたことが縁で、1982年にソノラマ文庫の『魔界都市〈新宿〉』で作家デビュー。この『魔界都市』ものに加えて、『吸血鬼ハンターD』『トレジャー・ハンター八頭大』などのシリーズが人気を博し、ベストセラー作家となった。

日本人作家としてはかなり早い時期の1982年9月にHPL縁のニューイングランド地方を訪れていて、その折の紀行文を1985年から1988年にかけて〈宇宙船〉誌(「クトゥルフ神話入門講座」「ラヴクラフトの故地を訪ねて」)に写真入りで発表した。

前述の『トレジャー・ハンター八頭大』シリーズもそうだが、作品にクトゥルー神話を絡めることが多く、創土社の"クトゥルー・ミュトス・ファイルズ"では、第二次世界大戦を舞台にした『邪神艦隊』他、闇金の取り立て屋を主人公にした怪作『邪神金融道』(カバー装画はヨシタケシンスケ)、クトゥルー小説史上最高の異色作『妖神グルメ』、邪神ウェスタン『邪神決闘伝』(英訳あり)等を発表している。また、神話作品の翻訳に携わったこともある。

81

キャサリン・L・ムーア
(1911〜1987)

インディアナ州出身の怪奇・SF小説家。幼少期から読書を愛し、同州のインディアナポリスで企業の秘書として働くかたわら、〈ウィアード・テイルズ〉誌1933年11月号掲載の「シャンブロウ」で作家デビューを果たす。なお、作家としては「C・L・ムーア」名義を使用し、女性であることを表向き隠していた。HPLは同作と「黒い渇望」(《ウィアード・テイルズ》1934年4月号掲載)を気に入って、1934年から彼女と手紙をやり取りするようになり、1935年にはリレー小説企画「彼方よりの挑戦」に彼女を引っ張り込んでいる。また、1936年には彼女のファンだったヘンリー・カットナーの手紙を仲介し、これが縁となって親交を結んだ2人は、1940年に結婚することになる。彼女自身はクトゥルフ神話作品を書かなかったが、カットナーが「ヒュドラ」(1939年)において、ムーアの「ノースウェスト・スミス」シリーズに登場する古の神ファロールの名前に言及している。また、英国の神話作家であるラムジー・キャンベルが、「ユゴスの坑」において、女戦士ジレルの活躍を描くムーアの「ジョイリーのジレル」シリーズの舞台である、中世ヨーロッパ(フランスのあたり)の小国ジョイリーの名前を紛れ込ませている。

〈ギャゼット〉

HPL作品では「宇宙の彼方の色」にのみ言及される、1880年代に刊行されていた古い新聞で、アーカムに社屋があった。1882年の"不思議の日々"の際、変異した花を数本携えてやってきたネイハム・ガードナーの報告を真面目に取り合わず、田舎者の恐怖を揶揄する滑稽な記事を載せたのみだった。『クトゥルフ神話TRPG』などの後続作品では、〈アーカム・ギャゼット〉とされる。「ギャゼット」は「新聞」を意味するフランス語からの借用語で、この名前を含む数多くの地方紙が刊行されており、アーカムのモチーフであるセイラムには地元紙〈セイラム・ギャゼット〉が存在する。HPLは1899年(8歳の頃)に手製の定期刊行物〈サイエンティフィック・ギャゼット〉を創刊、題材は主に当時関心のあった化学で、1909年まで刊行された。

ギャラモ (Gallomo)

1919年後期から1921年にかけて存在した、ラウンドロビン方式と呼ばれる、手紙をどんどん連ねていくタイプの循環交通サークルで、アルフレッド・ギャルピン、ラヴクラフト、モーリス・W・モーと、メンバー3人のファミリーネームの頭文字を連ねたもの。綴りの上では「ギャロモ」だが、「ラヴクラフト」の発音に合わせて、本書ではギャラモとする。クライコモロ (Kleicomolo) に続き、HPLが参加した2番めの循環交通サークルで、現存するHPLの書簡はわずか4通だが、その中には1919年12月にHPLが見た「ランドルフ・カーターの供述」の原型となる夢(『未知なるカダスを夢に求めて』(星海社)に収録)、同じく1920年中に見た「彼方より」の原型となる夢(『宇宙の彼方の色』(同)に収録)の、ほぼ小説に近い報告が含まれている。

キャロル・ウェルド
（1903〜1979）

HPLとソニア・H・グリーンが結婚していた1924年から1929年にかけて、法律上はHPLの娘であった女性。結婚前のフルネームはフローレンス・キャロル・グリーンで、ロシア系移民のソニア・H・グリーンとサミュエル・グリーンの間に生まれる。1908年に両親が離婚した後は母親と2人でニューヨークで暮らしており、1922年3月、母親と交友していたHPLに会っている。後に義理の娘となる少女のことを、HPLはモーリス・W・モー宛の1922年5月18日の手紙において、「小生意気で甘えん坊の、勝手気ままに動き回る幼児で、柔和な母親よりも顔立ちがハードボイルドです」と書いている。その後、彼女は母と不仲になってアパートを出るのだが、その理由は定かではなく、母の異母弟との結婚を望んだからだとも言われている。HPLとはわずかな間同居していたようで、フランク・ベルナップ・ロングの回顧録『ハワード・フィリップス・ラヴクラフト：夜中の夢見人』によれば、HPLは彼女について「ソニアの娘はたいそう可愛らしく、そばかすが鼻の下にあり、髪は金髪で、腰回りは少しばかり現実離れしたような細さだった。残念ながら、彼女は最近婚約した若い男と同居するため、近くニューヨークを離れる予定だ」と手紙に書いていたという。キャロルは1927年に新聞記者のジョン・ウェルドと結婚するが（1932年に離婚）、自身も〈ニューヨーク・アメリカン〉紙や〈ニューヨーク・ヘラルド・トリビューン〉紙などの新聞各社で仕事をし、1930年代からはパリ在住の海外特派員として活動していた。母と絶縁状態だったため、HPLとの交流は特になかったようである。

キュクロービアン

巨石を積み上げるミケーネ文明の建築様式「キュクロープス式石造建築」に由来し、英単語としては「巨大な」「巨石造りの」「巨石を積み上げた」などの意味がある。

キュクロープス（英語読みはサイクロプス）は、ギリシャ神話の単眼の巨人族。「ダゴン」や「クトゥルーの呼び声」をはじめ、HPLの作品中で繰り返し使用される言葉だが、どうやら何かしら思い入れがあったようで、必ずと言っていいほど頭文字がわざわざ大文字になっていた。なお、〈ウィアード・テイルズ〉に掲載された「墳丘」は、フランク・ベルナップ・ロングとオーガスト・W・ダーレスが2人がかりで半分ほどに削る改稿を行ったのだが、この際、キュクローピアンの頭の大文字は小文字に変更されてしまっている。

日本語の翻訳小説では大抵、「サイクロプスの」「サイクロプス様式の」「サイクロプスが建造した」などと翻訳されるが、訳語と文脈が噛み合っていないこともある。

ちなみに、HPLの影響なのか、プロヴィデンスなどニューイングランドの都市の名前にくっついているのをよく見かける。

キャボット考古学博物館

「永劫より出でて」の舞台で、ボストン中心部の高級住宅地ビーコン・ヒルの一角に存在する架空の博物館。キャボット家は「ボストンのブラーミン（バラモンの英語読み）」と呼ばれるボストン最古の名家（実在）のひとつで、作中にはローレス・キャボット理事が登場している。また、館長はピックマン家の人間である。ミイラのコレクションで知られ、火山活動で隆起したムー大陸の一部らしき陸地で見つかった奇妙なミイラを1890年に購入したのだが、これを巡って1931年に異様な事件が連続的に発生することとなった。なお、フランスのアヴェロワーニュにあるフォウスフラーム城の遺物を、同館が1931年春に購入したというくだりが作中にあり、これはクラーク・アシュトン・スミス「物語の結末」関連である。

ギュスターヴ・ドレ
（1832〜1883）

19世紀フランスで活躍した版画家、挿絵画家、彫刻家。キリスト教的な題材を扱うのが得意で、新旧の聖書やジョン・ミルトンの叙事詩『失楽園』、ダンテ・アリギエーリの『神曲』の挿画を担当している。

HPLは幼少期に読んだドレの挿絵入りの『失楽園』に魅入られたようで、夢に登場する夜鬼は、この本の悪魔が原型なのだろうと推測していた。また、「ダゴン」では、『失楽園』の第2巻に掲載されている「頭、手、足、翼または足を使って道を辿り、そして泳ぎ、あるいは沈み、踏み渡り、腹ばい、あるいは飛行した（940〜950）」とのキャプションがあるギュスターヴ・ドレの挿画を引き合いに出し、「レッド・フックの恐怖」「暗闇で囁くもの」でもドレに言及している。

「ダゴン」で言及された『失楽園』の挿画

「狂気の山脈にて」

1931年2月24日から3月22日にかけて執筆された中編小説。「チャールズ・デクスター・ウォード事件」「未知なるカダスを夢に求めて」に続いて3番目に長いHPL作品である。〈ウィアード・テイルズ〉では没になったが、1935年に知り合った文芸エージェントのジュリアス・シュウォーツに売り込みを任せたところ、〈アスタウンディング・ストーリーズ〉に採用され、1936年2〜4月号の3号にわたり分割掲載された。ただし、雑誌掲載された原稿は、HPLの許可なく大量の改変が行われていたため、HPLは編集長のフレデリック・オーリン・トレメインを"ハイエナのビチグソ野郎"と罵っていた。彼が雑誌に手書きで修正を入れたテキストが、アーカム・ハウスから刊行された『アウトサイダーその他』に使用されたのだが、修正しきれなかった箇所が大量に残っていた。

最終的に、現存するタイプ打ち原稿をベースとし、最新の科学的知見に基づいてHPLが雑誌掲載時に改訂した部分のみを反映した、スナンド・T・ヨシによる確定稿が、アーカム・ハウスの『狂気の山脈にて、その他の小説』（1985年）に収録された。

1930年から1931年にかけてミスカトニック大学が送り出した南極遠征隊の顛末を描くもので、南緯76度15分、東経113度10分あたりに存在するヒマラヤ山脈にも匹敵する巨大な山脈の向こうに、十数億年前に「星界から降りてきて、戯れないしは何かの間違いで地球上の生命を創造したという"古きものども"（『ネクロノミコン』には"先住者"の名前で記されている、樽のような胴体をした生物）の古代都市を発見するというもの。なお、先に引用した箇所は、本作執筆に先立って書かれた覚書では「クトゥルーその他の神話――戯れに地球上の生物を創造したネク（ネクロノミコン）中の宇宙的存在にまつわる神話」となっていて、確認されている限りでは最も古い、HPLが"クトゥルー神話"に近い言葉を文章中に使用した実例となっている。物語が大きく展開する中盤からは、地質学部のダイアー（覚書にはダイアー教授とあり、続編的な作品である「時間を超えてきた影」ではウィリアム・ダイアーとフルネームになっている）と大学院生の助手ダンフォースの2人に

よる探索が克明に描かれ、彼らが廃墟で目にした彫刻を通して、クトゥルーとその眷属や冥王星の甲殻生物("ユゴスよりの真菌")が入れ代わり立ち代わり来襲し、地球の覇権を巡って"古きものども"と争い続けてきたという、それまで「クトゥルーの呼び声」(1926年)、「墳丘」(1929〜30年)、「暗闇で囁くもの」(1930年)などの作品に断片的に描かれてきた、HPLの作品世界の背景になる壮大な地球年代記が初めて読者に開示されるのだ。

　HPLが生きた時代は、地球上の最後の未知世界である南極大陸に人類がいよいよ足を踏み入れていった時代だった。太古の地球の様相を知るための鉱物や化石の発掘や、地球上の海流の循環や気温の変化をもたらすと考えられていた地磁気の測定が、その大きな目的である。英国のロバート・フォルコン・スコットと、ノルウェーのロアルト・アムンゼンが南極点到達を争った1911年の記憶もまだ新しく、1929年11月には、米国のリチャード・E・バードが作中に描かれているように飛行機を利用した大規模な遠征を実行している。HPLは、そうした極地探検の書物や論文を読み漁ったということだが、その遥か以前──少年の頃から、エドガー・アラン・ポーの「ナンタケット島出身のアーサー・ゴードン・ピムの物語」、ジュール・ヴェルヌの『地底旅行』や『海底2万リュー』、アーサー・コナン・ドイルの「北極星号の船長」などの物語を通して、秘境冒険というテーマに憧れを抱いていた。実際、彼が1902年に執筆した初期作品「不思議な船」は、北極に存在する"ノーマンズランド"が舞台の物語である。後にウィリアム・ポール・クックから借りたマシュー・P・シールの『紫の雲』の冒頭に描かれる北極探検の描写も、鮮烈な印象を残したようだ。

　本作の執筆について、HPLはエドガー・ホフマン・プライス宛の書簡(1936年2月12日)において、「それは10歳の時以来、絶えず私に取り憑いてきた、致死の荒涼たる白き南方に対する、漠然とした感情を突き止めようとする試みだったのです」と書いている。最終的に、南極の物語にHPLを駆り立てたのは、憤慨と感動だった。前者は、〈ウィアード・テイルズ〉1930年11月号に掲載された、発掘された恐竜の卵が孵化するという内容のキャサリン・メトカーフ・ルーフの「100万年後の世界」を読んだことで、彼はそのあまりの安易さに、怪物的な太古の存在が孵化する物語はどうあるべきか、知らしめてやろうと考えたのだ。南極を舞台に選んだのも、古代の生命が氷漬けになっているという状況に説得力を与えるためだった。後者は、ロシア人画家ニコラス・レーリヒ(英語読み)の描いた幻想的なアジア奥地の絵画の数々を、1929年にニューヨークに開設されたばかりのニコラス・レーリヒ美術館で目にしたことで、この視覚的な衝撃がそのまま南極の描写に反映されている。

　かくして思い入れたっぷりに執筆された「狂気の山脈にて」だが、〈ウィアード・テイルズ〉のファーンズワース・ライトは「長すぎる」「容易に分載できない」「いかにも作り話という感じがする」という理由を挙げてこれを突き返した。同時期にG・P・パトナムズ・サンズとの間で進んでいた単行本刊行計画が流れてしまったこともあり、HPLは数ヶ月にわたり意気消沈し、自身の創作についてネガティブな発言を書簡の中で繰り返すことになる。

連載第1回が掲載された〈アスタウンディング・ストーリーズ〉1936年2月号

85

「霧の高みの奇妙な家」

　1926年11月9日、おそらく「銀の鍵」の直後に執筆された作品で、〈ウィアード・テイルズ〉1931年10月号に発表された。

　「恐ろしい老人」「祝祭」に続くキングスポートものの作品で、町の北部に屹立する"ファーザー・ネプチューン"と呼ばれる崖にぽつんと孤立する屋敷を巡る物語。HPLは本作を、「恐ろしい老人」「ウルタールの猫」と共に「疑似民間伝承もの」と呼んでいる。

　ノーデンスが初めて言及されるHPL作品だが、本作ではネプトゥーヌス（ポセイドンのローマ名）やトリトーンといったギリシャ＝ローマ神話の海神たちと共に出現する。これは、ノーデンスの項目でも触れたように、リドニーの遺跡で発掘されたプレートに基づくのだろうが、これらの神々がキングスポートを訪れたことについて、筆者にはひとつの仮説がある。マーブルヘッドのワシントン・ストリート161番地にはジェレマイア・リー・マンションと呼ばれる大きな屋敷があって、HPLの存命中からハウスミュージアムとして公開されている。この屋敷の階段をあがって正面に見える二階の壁に、何と三叉の鉾を持ったネプトゥーヌスの姿が描かれているのである。

ギルマン家

　「インスマスを覆う影」「戸口に現れたもの」において、インスマス住民として名前のあがる家名。「インスマス～」によれば、マーシュ家、ウェイト家、エリオット家に並ぶこの町の名士で、街の中心の広場に面して建っている、この町に一軒だけ存在する古びたホテル"ギルマン・ハウス"のオーナーと思しい。

　半人半魚の種族が登場する作品で、敢えてこの家名を用いているのは、あまりにも意味深だ。"Gill-man（鰓男）"というのはまた、日本では"半魚人"と呼ばれているモンスターの英語呼称で、この呼称ではモンスター映画の老舗ユニバーサル・インターナショナル社が1954年に公開した『大アマゾンの半魚人』に初登場した。ただし、この映画の元ネタのひとつと目され、HPLも読んでいたロバート・W・チェンバーズの長編『未知なるものの探求』では、ニューヨークの"ブラック・ハーバー"に巣食う半人半魚の怪物を「鰓のある男 a man with gills」と呼んでいる。これが、「インスマス～」のギルマン家と、ひいては『大アマゾンの半魚人』におけるギル＝マンのネーミングの由来なのかもしれない。

　ギルマンという家名は実在し、HPLの母サラ・スーザンの若い頃の知人に、人文主義者、作家として知られるシャーロット・パーキンス・ギルマンがいる。HPLは彼女のゴースト・ストーリー『黄色い壁紙』（1892年）を読んでいて、「文学における超自然の恐怖」で言及している。「魔女の家で見た夢」の主人公ウォルター・ギルマンの名前は、彼女から採られたもののようだ。

ギレルモ・デル・トロ（1964〜）

メキシコ出身の映画監督、作家。モンスターをこよなく愛する人物として知られる。

映画人としての入り口は特殊メイクの専門家で、メキシコ国立自治大学付属の映画学校で学んだ後、『エクソシスト』の特殊メイクを手がけたディック・スミスに師事した。HPLの熱狂的なファンで、やはりHPLの影響を色濃く受けているマイク・ミニョーラ原作のコミック『ヘルボーイ』を2004年に映画化した際には、冒頭に『妖蛆の秘密』の引用文を組み込んだ。2006年頃から「狂気の山脈にて」を映画化するプロジェクトに着手、なかなか配給会社と折り合わず（ラブストーリーにするかハッピーエンドにするように言われたり、PG-13指定にしろと言われたという）、2011年にはジェイムズ・キャメロンがプロデューサーに就任、トム・クルーズ主演でいよいよ製作開始と報じられたが、2012年公開の『エイリアン』の前日譚『プロメテウス』と内容が酷似してしまったことで中断、棚上げになっている。

彼自身はまだ諦めていないと公言し、その証としてバダリ・ジュエリー社製のミスカトニック大学の印章入り指輪をつけている。また、『パシフィック・リム』のシリーズや『シェイプ・オブ・ウォーター』など、彼の監督作品にはしばしば、HPL的な要素が入り込んでいる。

キングスポート

ニューイングランドのどこかに存在する港町。初出は「恐ろしい老人」で、この時点ではニューイングランド地方のどこなのか明示されず、ロードアイランド州南東部の港町ニューポートをイメージしていた可能性が高い。その後、1922年12月14日に、マサチューセッツ州東海岸の港町、マーブルヘッドを訪れたHPLはこの時に目にした、密集した屋根に降り積もった白い雪が「狂気じみた夕焼け」に染まっていく光景から「ある啓示と暗示を受け、宇宙と一体化することができた」（ジェイムズ・F・モートン宛1930年3月12日付書簡）という具合の深い感銘を受け、翌年4月の小旅行での訪問も経てキングスポートのモチーフをこちらに変えて「祝祭」の舞台とし、古代の信仰と地下世界への入り口が存在する、現実とも幻ともつかない謎めいた町にした。

「銀の鍵」では、アーカム西部の丘陵地帯から、遠く海の方を眺めるとキングスポートの尖塔が見える。また、同作の直後に執筆された「霧の高みの奇妙な家」では、ファーザー・ネプチューンと呼ばれる岬がキングスポートの北部に存在する。これは「マグノリア（マサチューセッツ州グロスターの地区のひとつ）の巨大な崖」（フランク・ベルナップ・ロング宛1927年7月6日付書簡）、「グロスターの近くの〈マザー・アン〉という岬」（オーガスト・W・ダーレス宛1931年11月6日付書簡）がモチーフである。

なお、「未知なるカダスを夢に求めて」では、「白い船」の灯台が存在するのは、キングスポートだと示唆されている。

『金枝篇』

英国の社会人類学者ジェイムズ・ジョージ・フレイザーが、ケンブリッジ大学の特別研究員だった1890年に上下巻で刊行した、未開社会の神話、信仰、呪術の研究書。「クトゥルーの呼び声」では、ジョージ・ギャメル・エンジェル教授が遺した草稿に、同書の引用が含まれる。また、「暗闇で囁くもの」に登場する民俗学研究家ヘンリー・W・エイクリーも、フレイザーの学説に精通していると述べている。さらに、『金枝篇』で説かれる女神イシュタルやアスタルテを母権性社会起源の地母神とする学説は、「墳丘」のシュブ=ニグラス設定に影響を与えたと思しい。こうした積み重ねにより、『クトゥルフ神話TRPG』の旧版では神話典籍に分類されていた。

「銀の鍵」

ソニアと別居、プロヴィデンスに戻ったHPLが1926年11月に書いた作品で、発表は〈ウィアード・テイルズ〉1929年1月号。ランドルフ・カーターものの3作目にあたり（「名状しがたいもの」の項目も参照）、現実と理想の間にずれを感じ、鬱屈していた彼が、父祖の土地であるアーカムに赴き、亡き大おじクリストファーの屋敷へと歩いていく過程で、かつてそこを訪れた幼少期の自分と一体化するという幻想的な物語。表題の銀の鍵は、大おじの屋敷にあった、カーター家伝来の古風な鍵で、ランドルフはこれを携えて〈蛇の巣〉と呼ばれる森の洞窟に赴き、そのまま姿を消してしまう。

執筆のきっかけは、叔母アニー・E・フィリップス・ギャムウェルと2人で、フィリップス家のホームであるフォスターに赴いた同年10月の旅行で、作中に登場するベネジャー・コーリーの名前は、彼が宿泊した家の向かいにあった農場のオーナーの名、ベネジャー・プレイスから採ったもの。

「クトゥルーの呼び声」（同年8月ないし9月）と同様、故郷への愛を再確認するような作品で、前述の旅行で目にした光景は、翌年3月執筆の「宇宙の彼方の色」にも反映されている。

「銀の鍵の門を抜けて」

「銀の鍵」から何年も経った、1933年4月に完成した直接の続編で、アーカムで失踪したランドルフ・カーターの身に何が起きていたのか、その真相を伝える作品。

1932年、長期旅行中のHPLをニューオーリンズの自宅に招いたエドガー・ホフマン・プライスが、「（「銀の鍵」で）失踪後のランドルフ・カーターの行動を続編にまとめては」と提案し、10月下旬までに書きあげた「幻影の君主」と題する小説が下敷きである（『未知なるカダスを夢に求めて』（星海社）に、両作を比較できる形で併録した）。HPLは「粗雑な続編」「原作の精神をかなり損なっていた」（エリザベス・

トルドリッジ宛1934年8月31日付書簡）と手厳しく、文体の相違や対論の説教臭さなどを全て書き直す必要があると、あまり乗り気ではなかったが、最終的にはプライスの筋の大部分を残して本作を完成させた。結果、両者を読み比べることで、HPL自身の作風が浮き彫りになる恰好のテキストとなっている。

これ以前の作品に見られない東洋的な神秘思想が入り込んでいるのは、オカルティストであり、神智学に傾倒していたプライスの書いた部分で、以後、彼との交流を通して後期作品に影響していくことになる。

キンメリア

古代ギリシャに伝わる最果ての土地ないしは民族の名前。"キンメリア"は古代ギリシャ語での読み方で、現代英語ではシメリアと読む。確認される最古の言及はホメーロスの『オデュッセイアー』で、世界の果てを流れるオーケアノス川の流れる奥地に、太陽の光すら照らせぬ長く憂鬱な夜の中を、霧と闇に包まれてキンメリア人が暮らしていると書かれている。ヘロドトスの著書『歴史』では、キンメリア人はカスピ海とヴォルガ川の間に広がる大草原にかつて居住した民族と書かれているが、ストラボンの『地理誌』では、黒海の北岸、ボスポロス王国のあったあたりが、かつてキンメリアと呼ばれていたとされる。

ジョージ・フランシス・スコット・エリオット『初期の英国生活のロマンス』（1909年）や神智学の影響下で偽史を構築したロバート・E・ハワードは、伝説上のキンメリア人を古代ケルト人と同一視した。そして1932年2月、「キンメリア」と題する詩を手始めに、この国出身のコナンの冒険譚を書き始める。彼は自作の地図で、スカンジナビア半島の西端とブリテン島の北東部、さらには両者に挟まれる北海全体をキンメリアとした。

HPLは「時間を超えてきた影」において、大いなる種族に精神を交換された者たちの中に「紀元前1万5千年のキンメリアの族長クロム＝ヤー」を登場させている。

また、クラーク・アシュトン・スミスは未完成の小説「地獄の星」において、『カルナマゴスの遺言』の著者であるカルナマゴスをキンメリアの預言者と書いているのだが、これはハワードの作中世界のものではなく歴史的なキンメリアのようだ。

ク・リトル・リトル

1976年刊行の『ク・リトル・リトル神話集』（国書刊行会）において荒俣宏が採用した、「クトゥルー（Cthulhu）」の日本語表記。以後、同社の刊行物では、一部を除き踏襲されている。『〜神話集』付属の月報『トランシルヴァニア通信』3号によれば、ドナルド・ウォンドレイが1927年7月のプロヴィデンス滞在後に執筆した「プロヴィデンスのラヴクラフト」という文章に、HPLの証言として挙げられていた「正確に書くならK-Lütl-Lütl（英語発音は「クゥリュルリュル」くらい）」が根拠とされている。荒俣氏はこれをさらにアレンジし、HPLのペダントリーに相応しい「ク・リトル・リトル」表記にしたのだということだ。ただし、HPL本人は後年、その証言を否定している。

食屍鬼（グール）

　本来はアラビア半島の民間伝承に登場する魔物（ジン）で、砂漠や荒野に棲み、様々な姿に変化して旅人を惑わす悪霊。幼少期のHPLも愛読した説話集『千夜一夜物語』にも登場する。アラビア語で「掴む」「攫う」を意味するガーラや、メソポタミア南部のシュメール人、アッカド人の神話で人間を冥府に連れ去る死神ガルーが由来とされる。

　17世紀末にアントワーヌ・ガランが『千夜一夜物語』をフランス語に翻訳した際、墓地に棲む人喰いの魔物とされた。ヨーロッパではこのイメージが定着し、"墓荒らし"を意味する言葉にもなっている。

　「無名都市」や「祝祭」で言及した時点で、HPLは伝承上の食屍鬼を想定していたようだが、「ピックマンのモデル」では独自色の強いクリーチャーに変化した。クトゥルー神話の食屍鬼は主に人間の死体を喰らう怪物で、体つきはやや人間に似ているが、前屈みの姿勢や顔つきは、どこか犬めいている。肌は荒れたゴム状で、脚先には蹄とも鉤爪ともつかないものが具わっている。

　糧を得るため、人間の生活圏の近く――たとえば納骨堂の地下などに潜んでいるが、「未知なるカダスを夢に求めて」によれば地球の幻夢境（ドリームランド）と行き来する術も心得ていて、地下に広がる内部世界に巣食っている。

　堕落した人間が姿を変えることもあり、「ピックマン～」に登場するリチャード・アプトン・ピックマンは、食屍鬼（グール）に成り果てた姿で「未知なる～」に再登場した。

　なお、クラーク・アシュトン・スミス宛1931年2月8日付書簡によれば、作中では伏せられていた、

「ランドルフ・カーターの供述」のクライマックスに出現した怪異を、HPLは食屍鬼と呼んでいる。

　また、HPLは1934年に食屍鬼（グール）を何枚かスケッチしていて、そのうち1枚には"カル＝ゾグの屍都、地の底より笛の音が響く頃合"との但し書きがついている。

クトゥルー

　「クトゥルーの呼び声」に登場。3億5千万年前に宇宙の暗黒の星々から眷属を率いて地球へ飛来した異形の巨神。「大いなるクトゥルー」の尊称で呼ばれ、グレート・オールド・ワンズなる存在の大祭司とされる。緑色の流動性の肉体で構成された不定形の怪物だが、通常はドラゴンを思わせる胴体に、タコやイカといった頭足類に似た頭部を備えた姿を取る。HPL自身が描いた彫像のスケッチによれば、どうやら三対の眼が存在するらしい。南極の"古きものども"との戦いを経て、南太平洋のレムリア大陸を支配するが（「狂気の山脈にて」）、その水没後はルルイェないしはレレクス（「墳丘」）と呼ばれる都市にある巨石の館で眠りについた。以来、夢を介して崇拝者の精神に働きかけ、復活の日に備えて蠢動する。「クトゥルー（CTHULHU）」は、人間には発音不可能な本来の名前を無理に英語化したものだが、この語自体は発音不可能とされず、いくつかのHPL作品では人類学者やオカルティストの間で周知の名称として扱われている（「墳丘」「銀の鍵の門を抜けて」）。「墳丘」に描かれる、北米大陸の地底に広がる地下世界クナ＝ヤンでは、アトランティス大陸やレムリア大陸の人間の子孫である大都市ツァスの住民たちからトゥルと呼ばれ、最も豪華な神殿に祀られ、宇宙の調和の霊として崇拝されている。また、メキシコの山岳地帯ではナワトル語風のクトゥルートル（「電気処刑器」）、ウガンダの密林ではクルル（「翼のある死」）という具合に、地域によって異なる呼称で崇拝されている。

日本での「クトゥルー」表記は、HPLと直接交友していたロバート・H・バーロウの「バーロウ・ジャーナル」に報告される、HPL自身の発音"Koot-u-lew"に基づいている。英語圏では「クトゥルー」「クッルー」ないしはその中間の発音が主流のようだ。

なお、「クトゥルー」という語の由来については、HPLに影響を与えたエイブラハム・メリットの「ムーン・プール」に言及される「チャウ=テ=ルー Chau-te-leur」(現在は「サウデルー Saudeleur」とされる、ポナペの古代王朝の古い表記)をもじったものである可能性が高い。

クトゥルー神話

HPLの作品世界を包括する呼称のひとつ。時代と共に定義が変遷し、たとえばリン・カーターは評伝『クトゥルー神話全書』(1976年)において幻夢境(ドリームランド)とクトゥルー神話ものを別シリーズに分けたが、後年は明らかに両者を同カテゴリのシリーズと見なしていた。1999年時点での英語作品の総カタログ『クトゥルー神話:書誌と語句集』を発表したクリス・ハローチャ=アーンストは、神話用語——HPLの言う背景素材(バックグラウンドマテリアル)を用いることをクトゥ

ルー神話の必要十分条件としている。

アーカム・ハウスが1939年に刊行したHPL初の商業作品集『アウトサイダーその他』の冒頭に掲げられたオーガスト・W・ダーレス、ドナルド・ウォンドレイ連名の序文「ハワード・フィリップス・ラヴクラフト:アウトサイダー」において、HPLの架空神話の総称として「クトゥルー神話 Cthulhu Mythology」という語が使用されたのが有名だが、これが商業初版ではない。文芸雑誌〈リバー〉の1937年6月号にダーレスが寄稿した同題のHPLの評伝に手を加えたものである。

このため、もっぱらダーレスの造語と説明されてきたが、実情はもう少し複雑だ。

まず、1930年代初頭にHPLが作成した「狂気の山脈にて」の覚書中に、「クトゥルーその他の神話——戯れに地球上の生物を創造したネク(ネクロノミコン)中の宇宙的存在にまつわる神話 Cthulhu & other myth - myth of Cosmic Thing in Nec. which created earth life as joke」と書かれている。この頃、ダーレスは「ハスター神話 The Mythology of Hastur」という呼称を構想し、実際にHPLに提案するのだが、これに対する返信(1931年5月16日付)で、HPLは自分なら「クトゥリズム&ヨグ=ソトーサリー Cthulhuism & Yog-Sothothery」と呼ぶと述べている。さらにロバート・H・バーロウ宛の1931年7月13日付書簡では「クトゥルーとその神詰大系 Cthulhu & his myth-cycle」とも書いた。

その後、ダーレスのHPL宛1933年7月3日付の書簡に初めて「クトゥルー神話 the Cthulhu mythology」が現れ、ほぼ同時期にクラーク・アシュトン・スミスのダーレス宛1933年7月22日付書簡の中にも「クトゥルー神話大系 Cthulhu-myth-cycle」と書かれているなど、HPL周辺の作家たちの間で徐々にクトゥルーを中心に据えるコンセプトが広まったようだ。HPLの死の直後、スミスがダーレスに送った1937年4月13日付書簡では、彼もまた「クトゥルー神話 the Cthulhu mythology」を用いている。

91

「クトゥルーの呼び声」

妻と別居したHPLが故郷プロヴィデンスに戻って数ヶ月後、1926年8月ないしは9月に執筆された。構想自体はニューヨーク時代のもので、1925年の夏にはプロットを書き上げたという。いったんボツにされた後、〈ウィアード・テイルズ〉1928年2月号に掲載された。舞台はプロヴィデンスで、作中の住所や建物は全て実在のもの。エンジェルなどの人名も町の地名から採られた。あるいはHPLはこの物語で、不在中のプロヴィデンスのカレンダーを埋めようとしたのかも知れない。

なお、1925年2月28日にニューイングランド全域を地震が襲ったのは事実だ。カナダで発生したシャルルボワ＝カムラスカ地震の余波で、当時はニューヨーク在住のHPLも大きな揺れを感じたと、ロバート・E・ハワード宛の1931年9月12日付書簡に書いている。

語り手のフランシス・ウェイランド・サーストンが、急逝した大おじの遺品を整理中、彼が追跡していたらしい“クトゥルー”なる神とカルト教派に魅せられ、その痕跡を辿って世界中を巡るうちに、自らも悍ましい歴史の暗部に深入りしていく、クトゥルー神話譚のお手本のような物語。彼がそれまでの作品に播いてきた神話の種──「ダゴン」や「神殿」で描いた深海に潜む人類の脅威や、アブドゥル・アルハズレッドの二行連句といったもの──が一斉に芽吹き、結合した作品である。

なお、「呼び声」、本作の冒頭に置かれたエピグラフの引用元であるアルジャーノン・ブラックウッドの「ケンタウロス」で繰り返し使用されている言葉で、22章には「地球の永久に若々しい生命の、太古からの呼び声 ancient call of the Earth's eternally young life」というフレーズもある。

『クトゥルフ神話TRPG』

1981年に米ケイオシアム社より発売されたテーブルトークRPG。メインデザイナーはサンディ・ピーターセンで、他にリン・ウィリス、キース・ハーバーらが参画した。

発売以降、版を重ねる毎に小・中規模の改定が行われてきたが、第7版（2015年）で大規模な改定が行われた。元々はHPLの活動した1920年代前後を舞台に遊ぶことを想定していたが、1890年代や現代、果ては幻夢境といった多様な舞台設定で展開するようになった上、アーカムやダンウィッチなどのラヴクラフト・カントリーを掘り下げたり、後続作家が創造した設定を取り込むなどして拡張され続けた結果、現代の汎世界的なクトゥルー神話設定のデファクトスタンダードとなっており、外なる神をはじめ、このゲームに由来するワードや設定も多い。

日本版については、まず1986年に第2版が、1993年に第5版が、『クトゥルフの呼び声』の製品名でホビージャパンより発売された。その後、2004年にエンターブレイン（現KADOKAWA）から『クトゥルフ神話TRPG』として第6版が、2019年に『新クトゥルフ神話TRPG』として第7版が発売され、人気製品となっている。最大の特徴は、ケイオシアム社の共通RPGシステムであるBRP（ベーシック・ロールプレイング・システム）をゲームの基幹に採用しつつ、プレイヤーの分身である探索者がクトゥルー神話の恐怖に遭遇することで精神的に摩耗していく“正気度”の仕組み

を実装したことだ。これによってゲーム中のキャラクターの感情や精神状態をシステムに組み込むことに成功、原作世界観の再現にキーパーの語りやプレイヤーの演技以上の説得力を持たせることができたのである。

クナ＝ヤン

「墳丘」に描かれる、北米大陸の地底に広がる広大な地下世界。この世界に存在する大都市ツァスの住民たちは、かつてアトランティスやレムリアで、彼らがトゥルと呼ぶクトゥルーやイグ、シュブ＝ニグラスを崇拝した人々の子孫である。

なお、遠い昔にツァトーグァが崇拝されていた時期もあり、"ツァス"という都市名はこの神の名前からとられたのである。

ツァスの伝説によれば、クナ＝ヤンの住民は遥かな太古、トゥルによって地球に連れてこられた。だが、人間と人間の神々の双方に敵意をもつ宇宙の魔物のしわざで地上世界の大半が水没したため、トゥルは半ば宇宙的な海底都市レレクス（ルルイェのこと）の房室に幽閉されたのだという。

「墳丘」に登場する16世紀スペイン人探検家パンフィロ・デ・サマコナ・イ・ヌーニェスは、手記に"XINAIÁN"と記述しているが、併記されていた発音記号によると、アングロサクソン人の耳には"K'n-yan"と聞こえる発音とされる。英語圏での実際の発音は「クニィヤン」に近い。また、同作ではオクラホマ州のカドー郡に実在する町、ビンガー付近の墳丘（こちらは実在しないがモチーフはある）に入り口があったが、「暗闇で囁くもの」ではバーモント州にも入り口が存在する。

ちなみに、ムー大陸ものの「永劫より出でて」ではクナア、「挫傷」ではクナンというムー大陸の国家、都市が言及されており、何かしらの関係が窺える。

グヤア＝ヨスン

「墳丘」に登場。北米の地底世界クナ＝ヤンにおいて、ツァスの市民から騎乗・労働・食用の畜獣として使役されている二足獣。体毛は白く、背中には黒い柔毛が、額の中心に未発達の角が生えている。鼻が平たく唇が膨れ上がった顔からは、人間ないしは類人猿との繋がりが窺える。クナ＝ヤン深層のヨスの原生生物であり、名称の「ヨスン」は「ヨスの」くらいの意味だろう。なお、HPLが原案協力したヘンリー・S・ホワイトヘッドの「挫傷」には、古代のアトランティスやムーで奴隷獣として使役されていた人間もときの生物、グヤア＝フアが登場する。近縁種ないしはグヤア＝ヨスンの先祖と思われる。

「墳丘」の短縮版（『這い寄る混沌』（星海社）に収録）が掲載された〈ウィアード・テイルズ〉1940年11月号では、ハリー・ファーマンの手になる挿絵にグヤア＝ヨスンの姿が描き込まれている。

93

クラーク・アシュトン・スミス
（1893〜1961）

　カリフォルニア州在住の詩人、作家、芸術家。同州プレイサー郡のロングバレーにある母ファニーの実家で生まれ、オーバーンという小さな町で農業を営む両親に育てられた。幼い頃から内省的で、群衆を恐れたスミスは、高校に数日通っただけで苦痛に耐えられず、自宅学習の道を選んだ。このあたり、方向性は違うにせよHPLと似通った部分がある。そして、1954年にキャロル・ジョーンズ・ドーマンと晩婚し、パシフィック・グローブに引っ越すまでの間、彼はオーバーンの小さな実家に住んでいた。幼少期からハンス・クリスチャン・アンデルセンやドーノワ夫人の童話、『千夜一夜物語』などの物語や、エドガー・アラン・ポーや『ルバイヤート』などの詩作品を読み耽り、優れた記憶力でその大部分を覚えてしまった。そして、11歳になると、それらを模倣して物語や詩を書き始めた。語学も堪能で、自己流でフランス語やスペイン語、ラテン語を習得してもいる。
　1910年に、ローカル紙〈オーバーン・ジャーナル〉に詩が、同時期に東洋が舞台の小説数作が雑誌に掲載されたことが縁で、その翌年、サンフランシスコで活動していた詩人ジョージ・スターリング（ジャスティン・ジェフリィを参照）に紹介され、目をかけられることになる。
　彼の指導のもと、1912年に最初の詩集『星を踏み歩くものとその他の詩集』を出版、国内外から注目を集めた。西海岸の文壇は若き天才詩人を歓迎し、アンブローズ・ビアースやジャック・ロンドンらと親しく付き合った時期もあった。ビアースの紹介で、後にHPLとの共通の友人となる詩人サミュエル・ラヴマンと知り合ったのもこの頃である。
　1922年の夏、初めて彼の詩集を読んだHPLは大いに感銘を受け、8月12日にファンレターを送った。以後、15年続く文通が始まったのだが、オーガスト・W・ダーレス同様、両者はついに直接会わなかった。
　HPLは〈ウィアード・テイルズ〉にスミスの詩を掲載するよう、編集長のエドウィン・ベアードを説得した。以来、同誌は詩人にも門戸を開くようになり、HPL自身の詩も少なからず掲載されている。
　なお、1926年の後半に、スミスは2年前から文通していたミネソタ州在住のとある人物に、HPLから送られてきた原稿を直接返却するよう依頼した。この人物はHPLの死後、アーカム・ハウスの共同設立者となるドナルド・ウォンドレイである。
　さて、HPLと付き合い始めた頃から、どうやら友人の勧めによって、スミスは精力的に小説を書き始めた。そして、1929年9月には太古の北方に存在したハイパーボレアを舞台とする幻想物語を書き始めるのだが、これはその少し前、〈ウィアード・テイルズ〉1929年8月号に掲載されたロバート・E・ハワードの"アトランティスのカル"ものの1作目である「影の王国」に刺激された可能性がある。ただし、スミスが10月下旬にHPLに送った手紙では、ややハワードに対する評価が辛いので、動機となったのは共感ではなく対抗心だったのかもしれない。ただし、両者は

1933年から文通を始め、親しい友人になっている。

ともあれ、スミスは11月にツァトーグァの初出となる「サタムプラ・ゼイロスの物語」を、翌年7月にはツァトーグァの大神官たる妖術師エイボンの登場する「土星への扉」（〈ストレンジ・テイルズ〉1932年1月号に掲載、既訳邦題は「魔道士エイボン」）を執筆した。なお、『エイボンの書』が登場する「アゼダラクの聖性」の執筆は、もう少し後になる。

ところで、「サタムプラ・ゼイロスの物語」は〈ウィアード・テイルズ〉1931年11月号に掲載されたのだが、同作の原稿を読んでいたHPLが、前年9月以前に執筆した「暗闇で囁くもの」でツァトーグァの名前を出し、こちらが数ヶ月先立つ8月号に掲載されたため、読者目線ではHPL作品の方が先行したように見えた。クトゥルー神話草創期の、研究者泣かせのあるあるである。

HPLはスミスに"クラーカシュ゠トン"というあだ名をつけ、"ツァトーグァの大祭司クラーカシュ゠トン"、"エイボンの七度目の転生体たるクラーカシュ゠トン"などとその時々に称号つきで呼びかけた。「暗闇で囁くもの」では、「コモリオム神話大系」（つまりハイパーボレアの物語）を後世に伝えた「アトランティスの高位神官たるクラーカシュ゠トン」と書かれ、ついに作品世界に組み込まれた。

スミスの小説は、古代のハイパーボレア、中世フランスのアヴェロワーニュ、未来大陸ゾティーク、アトランティス、宇宙のどこかにある惑星ジッカーフ、そして火星と、舞台が異なる概ね6つのシリーズに属していた。時にクトゥルー神話的な要素が盛り込まれていたのは最初の3つだが、後続作家たちは、その他のスミス作品からも材を採った。

しかし、1930年代の後半にスミスは小説を書かなかった。両親の相次ぐ死、ハワードの自殺などが重なったことが原因だと考えられている。彼の興味は彫刻や絵画に移り、自身の創造物であるツァトーグァはもとより、

アザトース、シュブ゠ニグラス、クトゥルーなどを題材にすることもあった。

ラヴマンは数百点にのぼるスミスの芸術作品をコレクションし、HPLはそれを見せてもらったり、借り受けたりしていた。1936年には、スミスから"クトゥルーの子"と題する彫刻を贈られたと手紙に書いているのだが、どうやら現存はしていない。

スミスは、「クトゥルーの呼び声」「ピックマンのモデル」「蝋人形館の恐怖」などのHPLの小説作品において、悪夢と幻想を視覚化する芸術家として言及され、ある種の存在や事物の奇怪な外見に喩えられることが多かった。「狂気の山脈にて」には、スミスが『ネクロノミコン』を読んで、その内容に基づく悪夢めいた絵画を描いたという話が紹介されている。また、「戸口に現れたもの」に登場する天才詩人エドワード・ダービイにも、部分的にスミスが投影されているようだ。なお、HPLは死の数ヶ月前である1936年12月に「夢幻的なる物語と詩と絵画と彫刻との創り主クラーク・アシュトン・スミス殿に捧ぐ」と題するソネットを執筆しており、これは彼が亡くなった後、〈ウィアード・テイルズ〉1938年4月号に掲載された。「アヴェロワーニュの君主、クラーカシュ゠トンに捧ぐ」という別題も知られ、詩の中には"アヴェロワーニュの暗黒卿"というフレーズがある。

HPLの死後、スミスは「ハワード・フィリップス・ラヴクラフト頌」と題する哀歌を〈ウィアード・テイルズ〉1937年7月号に発表し、亡き友人の作品を刊行しようとするダーレスの事業にも積極的に協力した。晩年の彼は父から受け継いだ土地を切り売りしながら生活し、最後に残った家も焼失した1957年から4年後、脳卒中を起こして68歳で亡くなった。

スミスの絵画や彫刻は、研究サイト"The Eldritch Dark"や『ファンタスティック・アート・オブ・クラーク・アシュトン・スミス』（1973年）、『神秘と驚異の世界にて：クラーク・アシュトン・スミスの散文詩とアートワーク』（2017年）などで見ることができる。

クライコモロ (kleicomolo)

1916年の夏、モーリス・W・モーの呼びかけで結成された、ラウンドロビン方式の循環文通サークル。メンバーはラインハート・クライナー、アイラ・A・コール、モー、そしてHPLの4人で、彼らのファミリーネームの頭文字を取った呼称で、最後に加わったのがコールだったという。

各メンバーが順番に、特定の話題についての手紙を書き加えながら次に回していき、そうして手紙が一巡すると、今度は順番に自分の書いた手紙を抜き取りつつ、新たな手紙を回していくというやり方で運営されていた。ユナイテッド・アマチュア・プレス・アソシエーション（UAPA）の機関誌〈ユナイテッド・アマチュア〉1919年3月に掲載された「クライコモロ（kleicomolo）」と題する無記名記事には、メンバーの一人が全ての手紙を残そうと書簡のカーボンコピーを残し始めたものの、一人では手に負えず、その人物を司書に任命、各人がカーボンコピーを送付するというやり方に変えたという。この記事を書いたのはクライナーで、司書はモーだと推測されている。クライコモロは1919年まで継続したが、現存する書簡はHPLの手になる3通のみである。

クラフトン・サービス・ビューロー

HPLとジェイムズ・ファーディナンド・モートンJr.が、1924年に共同で立ち上げた、文章原稿の校閲とタイプ打ち、翻訳などを請け負うサービス。アマチュア文芸誌〈ラルエット〉1924年9月号（実際の発行時期は不明）に掲載された広告によれば、責任者はHPLとなっている。また、この広告には2人の名前と住所が上下に並んで記載されているのだが、HPLの住所はニューヨークに出てくる3月以前のプロヴィデンスの住所（エンジェル・ストリート598番地）になっている。このサービスは実質的に立ち消えたようで、HPLの唐突な結婚がその背景にあるのかもしれない。

「暗闇で囁くもの」

1930年2月24日から執筆に着手した、地球外からの生物種族の到来をテーマとする作品。前年にHPLは夢に見たと思しい惑星ユゴス（29年末から翌年頭にかけて大部分が書かれた連作詩「ユゴスよりの真菌」のタイトルになっている）にまつわる物語と想定していたが、着手して間もない3月14日に〈ニューヨーク・タイムズ〉の一面を飾った、ローウェル天文台のクライド・W・トンボーによる冥王星発見のニュースに狂喜したHPLは、この太陽系最外縁の惑星こそユゴスだろうと考え、友人宛のいくつかの書簡でそのような話を書いている。小説については5月にいったん書き上げたものの、試読を頼んだバーナード・A・ドゥワイヤーからの手厳しい指摘で構成を見直したため、完成は9月26日になった。同年8月の旅行中、草稿を読み聞かされたフランク・ベルナップ・ロングは「そして、苦しげな声が箱から聞こえてきた。「逃げろ、まだ時間のあるうちに——」」という文章を覚えていて、当初は変わり果てたエイクリーが危機を直接警告するラストシーンだったことが窺える。

本作には、バーモント州を旅行中の見聞も数多く取り入れられている。1927年7月、東海岸の古い町を巡る長期旅行に出かけたHPLは、アーサー・グッディナフの招待で同州ブラトルボロを訪問し、同年秋には「バーモント州生まれの心優しい詩人 アーサー・グッディナフへの感謝を込めて バーモント州——その第一印象」というエッセイを執筆していて、この文章の一部が本作に組み込まれている。だが、その年の秋、バーモント州では記録的な大雨が降り続き、11月3日から4日にかけて各地の川が氾濫、「1927年のバーモント大洪水」として知られる大災害に発展した。HPLは1928年4月からの長期旅行（「ダンウィッチの怪異」の下敷きとなった旅行でもある）で、洪水の傷が完全には癒えきらぬバーモント州を再び訪れ、地元の友人たちから洪水についての様々な話を聞かされたようだ。

なお、この時出会った中に、画家・写真家を自称するバート・G・アクリイという農夫がいた。ヘンリー・W・エイクリーというキャラクターは、アクリイの名前と彼から受けた印象、グッディナフの合成で（エイクリーの息子の名はグッディナフから取られた）、主人公が訪れたエイクリー邸はグッディナフ邸をモチーフにしたようである。

クリタヌス

オーガスト・W・ダーレスの「湖底の恐怖」「彼方からあらわれたもの」「エリック・ホウムの死」などに言及される、聖アウレリウス・アウグスティヌスと同時代（4～5世紀）の修道士。クトゥルー神話の邪神の眷属たちが崇拝者によって復活し、地上に災厄を撒き散らしたため、教会の聖職者たちが各地に赴き、"旧き印"などを用いて湖底や海底に封じ込めたことを記述する『告白録』の著者。「彼方から～」によれば、英国のハイドストール（架空）の修道院に属する修道士で、ここで怪異に遭遇したため監督役のアウグスティヌスにローマへと追放される。「エリック・ホウムの死」によれば、『告白録』は『狂える修道士クリタヌスの告白録』の題で刊行されたことがあり、好事家の間では稀覯書として知られたという。

HPLは、ダーレス宛1931年8月3日付の書簡で「きみの修道士クリタヌス」を自作に使用したいと書いているが、結局、登場作は執筆されなかった。

クリフォード・M・エディ Jr.
（1896～1967）

プロヴィデンス郊外にあるイーストプロヴィデンス在住の作家で、HPL同様、〈ウィアード・テイルズ〉誌などに超自然がテーマの小説を発表していた。2人は1923年8月に知り合い、文通もしたが、住まいが近場だったので、HPLはエディ宅を頻繁に訪問した。2人は共に、ハリー・フーディーニのゴーストライターであり、1924年に刊行された、心霊現象における詐欺行為を糾弾するフーディーニの『心霊に囲まれた魔術師』は、エディの仕事とされる。

〈ウィアード・テイルズ〉誌に載った「灰」「幽霊を喰らうもの」「最愛の死者」「見えず、聞こえず、語れずとも」はエディの名義で発表されたが、事実上はHPLとの共作だった。このうち、「最愛～」「見えず～」には、フェナムという僻村と、そこから50マイルほど離れた郡の中心らしいベイボロという架空の町が登場しているのだが、誰の創造物かは不明である。

2人はまた、1926年にフーディーニのゴーストライターとして「迷信の病根」と題する文章を合作していたものの、10月にフーディーニが急死して流れてしまう。

同作の原稿は断片的に残存しているものと考えられていたが、2016年に残りの部分がオークションに出品され、話題になった。

HPLとエディはしばしば州内の様々な場所に散歩に出かけ、その体験が作品に取り入れられることもあった。たとえば、同州北西部のチェパチェットとコネチカット州パトナムの中間、パトナム通りを外れたあたりにダーク・スワンプ（暗い沼）があるという噂を耳にしたHPLは、1923年8月にエディと探索に出かけた。結局たどり着かなかったものの、この時の経験が「宇宙の彼方の色」の冒頭描写に生かされたらしい。

栗本薫（1953～2009）

　日本の作家、評論家。結婚後の本名は今岡純代。早稲田大学第一文学部出身で、仁賀克雄が創設したワセダミステリクラブに所属していた時期もある。ロバート・E・ハワードの"蛮勇コナン"シリーズに傾倒し、豹頭の戦士グインを主人公とするヒロイック・ファンタジー『グイン・サーガ』を構想。〈S-Fマガジン〉1979年5月号に短期集中連載で「豹頭の仮面」を発表、以後30年にわたり正伝外伝合わせて文庫本153冊に及ぶ大河シリーズを書き続けた。〈S-Fマガジン〉1979年10月臨時増刊号に一挙掲載した外伝『七人の魔道師』に「蝋人形館の恐怖」のラーン＝テゴス（作中ではラン＝テゴス）が登場するのを皮切りに、同作には時折クトゥルー神話要素が見え隠れし、外伝14巻『夢魔の四つの扉』（1998年6月）にはク・スルフ（クトゥルー）が登場した。
　また、『グイン・サーガ』と並行し、当時角川書店の代表だった角川春樹の肝煎りで、同社の文芸誌〈野生時代〉1981年9月号、10月号に『魔界水滸伝』を発表。異世界の侵入者であるクトゥルーの邪神たちとその眷属と、太古より日本に住んでいた先住者（＝妖怪）の末裔たちの戦いを背景に、108の星を背負う者たち（必ずしも先住者の関係者ではない）が結集するという物語で、こちらも1995年までに正伝全20巻、外伝『白銀の神話』全4巻が刊行される長期シリーズとなった。

　朝松健によれば、国書刊行会の読者ハガキを見る限り、『魔界水滸伝』がきっかけでクトゥルー神話に興味を持ったという読者が当時、圧倒的に多かったということである。
　彼女がHPL作品に接したのは荒俣宏がクトゥルー神話特集を組んだ〈S-Fマガジン〉1972年9月臨時増刊号が最初で、この頃に読んだ作品として「闇を這うもの」「インスマウスの影」（後者はおそらく東京創元社の『世界恐怖小説全集5』）を挙げている。
　1984年には角川文庫の書き下ろしでクトゥルー神話ものの秘境冒険小説『魔境遊撃隊』全2巻を刊行（外伝的な短編〈新日本久戸留綺譚〉猫目石」もある）。また、〈JUNE〉1981年10月号に掲載された、アラン・ラトクリフなる作家の「鍵のかかる部屋」は、実は翻訳小説の体裁で書かれた栗本の小説で、翻訳者とされた矢代俊一は『キャバレー』など栗本作品の登場人物。ラトクリフは1895年にバーモント州で生まれた〈ウィアード・テイルズ〉系の怪奇作家で、HPLに宛てた手紙がプロヴィデンスのラヴクラフト記念館（実在しない）にあると設定されていた。

グレイ・イーグル

「イグの呪い」「墳丘」に登場するウィチタ族（新大陸南部では最も人数の多かった部族）の老酋長。「イグの呪い」では、入植先のオクラホマ州に旅するウォーカー夫妻と出会ったウィチタ族の一行にいて、同地で恐れられるイグの話を聞かせる。
「墳丘」では、150歳を越える老齢ながらもなお矍鑠として、無名の語り手にイグや地底に潜む古ぶるしきものどもについての話をし、身を護ってくれるトゥル金属製の円盤を貸し与えた。

黒魔術文

　1963年にアーカム・ハウスから刊行されたHPL作品集『ダンウィッチの怪異とその他の物語』掲載の、HPLの言葉と称する文章で、「私の作品は全て、直接繋がりを持たないものであっても、この世界にはかつて異なる種族が住んでいて、黒魔術(ブラック・マジック)を行使するうちに地歩を失って追放されたが、今も外世界(アウトサイド)で生きながらえていて、この地球を再び支配しようと機を窺っているという、根源的な伝承ないしは伝説に基づいている」というもの。
　国書刊行会の『ク・リトル・リトル神話集』など、本邦の古い書籍にもしばしば紹介された。
　クトゥルー神話物語群のパターンを、キリスト教における善悪の原初的な戦いと一致すると説くオーガスト・W・ダーレスの論を補強する材料として使われていたのだが、ダーレスは具体的な引用元を明示しなかった。そのため、彼の死後になってダーク・W・

モーシグやウィリアム・フルウィラーなどのラヴクラフト研究家が疑義を呈し、いっときはダーレスの捏造説が信じられるに至った。その後、デイヴィッド・E・シュルツによって、ハロルド・S・ファーニーズが記憶に基づいて一言一句再現したと称する、HPLの書簡からの引用文だと判明した。1937年4月、アーカム・ハウス立ち上げの準備を始めたダーレスはファーニーズに連絡を取り、HPLとやり取りした書簡などの提供を依頼した。ファーニーズは快くこれに応じ、保管していた2通の手紙と1枚の葉書を送ったのだが、この際、彼が覚えていたHPLの言葉を、4月11日付の手紙に書いてきた。これが、黒魔術文のソースとなったのである。なお、ファーニーズはこの引用に続けて、HPLが「地歩を失って追放された異なる種族」のことを"エルダーズ Elders"と呼んでいたとも、わざわざ強調して書いてきていた。ダーレスは最終的に、クラーク・アシュトン・スミスに相談の上で、この文章を『ダンウィッチの怪異とその他の物語』に掲載したということである。
　ちなみに、HPLのファーンズワース・ライト宛1927年7月5日付書簡には、「さて、私の物語は全て、人間の一般的な法則や興味や感情は、広大な宇宙においては何の妥当性も意義もないという根源的な前提に基づいています」という、黒魔術文によく似た言い回しのフレーズが含まれている。

「啓示」

　1919年の頭に執筆されたと思しい詩。〈トライアウト〉1919年3月号に掲載された。
　心地よい谷間に自身がいることに気づく語り手が、空を見上げて夢を馳せ、そこに至ろうとしながらも無為なことと諦め、翻って下界を見下ろすと——という内容。真実の宇宙の恐怖を知ってしまったからには、いかなる喜びも無益なものに感じられてくるという、HPLのニヒリズムが窺える。

ケイレム・クラブ

1924年3月、ソニア・H・グリーンと結婚し、ニューヨークに引っ越したHPLを中心とする、友人たちの集まりの呼称。

もともと、ニューヨーク在住のラインハート・クライナー、ヘンリー・エヴェレット・マクニール、ジェイムズ・F・モートンJr.らが不定期に集まる会が存在していたようだが、HPLがさらにフランク・ベルナップ・ロング、ジョージ・W・カーク、アーサー・リーズなどを紹介したことによって本格化したようである。会合は当初、木曜日の夜に開かれていたが、やがてロングが大学の夜間授業を受け始めたため、水曜日に変更となった。"ケイレム・クラブ"という名称はカークが友人に宛てた1925年2月の書簡に基づくもので、「我々のクラブは、永久会員の姓が全てK、LもしくはMで始まるので、ケイレム・クラブ（KALEM KLYBB）と呼ぼうと目論んでいます」ということなのだが、HPL自身が書簡などでこの名前を用いたことは確認されていない。

なお、マクニールは間もなくリーズと絶交し、マクニールの自宅で別に会合を開くようになったが、HPLはこちらにも必ず参加したということである。

HPLが妻と別居し、クリントン・ストリート169番地で一人暮らしをしていた1925年には、会合はもっぱらHPLの自宅で開かれ、彼は喜んでホスト役を務めた。

同年末には、ウィルフレッド・B・タルマンとケネス・ヴレスト・オートンも会員に加わっているが、参加頻度は少なかった。

1926年にHPLがプロヴィデンスに帰ると、徐々に会合が減っていき、1928年の春頃には事実上解散状態にあったという。

彼らが毎週どのような会話をして過ごしていたのか、書簡から窺えるわずかなことしかわからない。ただし、1920年代前半の書簡やエッセイなどから窺えたHPLの差別主義的な傾向は、この時期を境に、目に見えてマイルドになったようだ。モートンのような人権運動家を含む友人たちと顔を突き合わせての交流から学ぶところが大きかったのか、それとも自身の偏った信念を韜晦する術を身に着けたのかもしれない。

ケネス・J・スターリング（1920～1995）

HPLの最晩年、1935年から37年にかけての文通相手だった、プロヴィデンス在住の若きSF小説ファン。1935年3月、スターリングは当時HPLが住んでいたカレッジ・ストリート66番地の自宅前でHPLに挨拶した。

この早熟なハイスクール生を好ましく思ったHPLは、以後、彼と手紙をやり取りするようになり、彼の創作を指導している。〈ワンダー・ストーリーズ〉1936年2月号にクトゥルー神話のパロディである「ブジュルーの二足獣」が掲載され（前年に書かれたもの）、1936年1月にはHPLと「エリュクスの壁の中で」を共作している。

HPLが亡くなった時、スターリングはハーバード大学の2年生だった。その後、彼は作家ではなく医学の道に進み、1974年にはコロンビア大学医学部の臨床教授に昇任した。とはいえ、生涯にわたりHPLとの友情を大事な思い出とし、「ラヴクラフトと科学」（1944年）、「人類に測り知れざる洞窟」（1975年）と題する、哀悼の意に満ちた回顧録を後年、発表している。

ケネス・ヴレスト・ティーチアウト・オートン（1897～1986）

バーモント州出身の編集者、作家、実業家。世間では、1946年設立のカタログ通信販売会社、バーモント・カントリーストア社の創業者として知られている。

HPLと知り合ったのは、ニューヨークで編集者として働いていた頃の1925年12月22で、ケイレム・クラブにも参加していたが、会合にはあまり顔を見せなかった。

その後、オートンはバーモント州ブラトルバラに移住し、1928年6月にはHPLを自宅に招いて、2週間にわたり滞在させた。

この時の見聞が、バーモント州を舞台とする「暗闇で囁くもの」に反映されている。1929年に、オートンが短期間、ニューヨーク州のヨンカースに移り住んだ時も、HPLは彼のもとを訪問している。

その後、ブラトルバラに戻り、この町のステファン・デイ・プレス社で働いていたオートンは、1931年末レオン・バー・リチャードソンの『ダートマス大学の歴史』の編集・添削の仕事をHPLに紹介している。

「幻影」

1918年頃に書かれたと思しい98行の詩で、「不浄の恐怖」に満ちた「生命という幻影（エイドロン）」について語る内容。

原題の"eidōlon"は、幻影、幽霊、幻像などの意味がある、古代ギリシャ由来の言葉である。エドガー・アラン・ポーの詩「夢の国」に、「夜という名の幻影（エイドロン）」というフレーズがあり、HPLはここから影響を受けたのだろう。なお、「白い船」（1919年）には、タラリオンの都を統べる"エイドロン・ラティ"なる存在についての言及がある。

「現代アメリカに今も生きるローマ建築の遺産」

1934年12月執筆のエッセイ。ニューヨーク暮らしや、旅行を通して実見した米国各地の建築物に見られるローマ式の建築理念について、現代建築への批判を交えて解説したもの。当時、ウィスコンシン州ミルウォーキーのウェスト・ディヴィジョン・ハイスクールで英語教師を務めていたモーリス・W・モーからの、教え子たちが作るアマチュア雑誌に寄稿して欲しいとの依頼を受けて執筆したのだが、この雑誌は結局完成しなかった。また、HPLは写しを作らぬまま手稿をモーに送ってしまっていたので、この原稿は紛失されたのだろうと考えていたものの、実際は保管されていた。

「故アーサー・ジャーミンとその家系に関する事実」

1920年の中頃に執筆された作品。人間離れした容貌や気性で知られる英国貴族の一族の背後に、18世紀の祖先が行ったコンゴ探検に端を発する恐ろしい秘密が潜むという筋は、後年の「インスマスを覆う影」を先どったものとなっている。HPLによれば、オハイオ州の小さな田舎町の住民たちの暗部を描いたシャーウッド・アンダースンの短編集『ワインズバーグ・オハイオ』（単行本は1919年刊行）を人に勧められて読んだものの、たいそう退屈を覚え、自分であればさらに悍ましい秘密を一族の系図に仕込むことができるとの考えから書き上げた小説である。

なお、中央アフリカの奥地に、"白い類人猿"の国（白人文明のルーツであることがおぼろげに示唆される）が存在するというテーマは、かつてHPLが愛読したエドガー・ライス・バローズのターザン・シリーズ（特に『ターザンとアトランティスの秘宝』）を意識しているかもしれない。

No.03 COLUMN of HPL

Lovecraftgo dictionary

銀幕のH・P・ラヴクラフト

モンスター映画の老舗ユニバーサル・スタジオの『大アマゾンの半魚人』（1954年）によって銀幕デビューした"半魚人"に「インスマスを覆う影」の影響があるという噂は、明確なエビデンスこそないものの古くから囁かれてきた。これを別として、HPLの作品が明確に映像化されたのは『怪談 呪いの霊魂』（1963年）が最初で、「チャールズ・デクスター・ウォード事件」が原作である。ただし、同作はロジャー・コーマン監督によるE・A・ポーもののシリーズの一作で、表向きはポーの「幽霊屋敷」が原作だと謳っていた。よって、原作として「宇宙の彼方の色」を明示していたダニエル・ホーラー監督による『襲い狂う呪い』（1965年）の方を、最初のHPL映画とする向きもある。コーマン、ホーラーの二人はその後コンビを組み、前者が製作総指揮を、後者が監督としてメガフォンを取って、「ダンウィッチの怪異」が原作の映画（邦題は『ダンウィッチの怪』）を1970年に公開している。

また、これに先立つ1967年には、英国のデヴィッド・グリーン監督による『太陽の爪あと』が公開された。A・W・ダーレスの没後合作のひとつである「閉ざされた部屋」が原作で、残念ながらクトゥルー神話要素は排除されていたものの、HPL以外の神話作品としては最初の映画となる。

この頃、北米におけるHPLの知名度はマイナーメジャーくらいだったが、作品集や伝記などのペーパーバックが刊行された1970年代になると知名度が一気に上がり、映像化作品も急増する。いちいち挙げていくときりがないが、特筆すべき作品が3つ。

まず第一に、1979年公開の『エイリアン』だ。

画家・造形作家H・R・ギーガーが、HPLから受けたインスピレーションに基づく画集『ネクロノミコン』によって同作のデザイナーに抜擢されたことは有名だが、同作とHPLの縁はそれだけではない。原案者であるダン・オバノンの構想では、明確にクトゥルー神話を意識した世界観であり、エイリアンの初期デザインには口元に触手が生えていたりもした。『エイリアン』シリーズの根底に潜んでいたHPL的な要素はやがて、『プロメテウス』（2012）においてその一端が描かれることになるのだが、皮肉なことにこの作品は、「狂気の山脈にて」の映像化を進めていたギレルモ・デル・トロが、コンセプトがかぶったという理由で製作をいったん凍結するという、悲しい出来事に繋がっている——

お次は、1981年に始まったサム・ライミの『死霊のはらわた』シリーズ。物語中の惨劇の引き金となる謎の書物は、2作目以降『ネクロノミコン・エクス＝モルテス』に名前を改めるのだが、現在、世界規模で定着している「人間の顔面の肉で装丁されている」という『ネクロノミコン』のビジュアルはこの映画に由来する。

もうひとつは、「ハーバート・ウェスト—死体蘇生者」が原作の、『ZOMBIO／死霊のしたたり』（1985年）のシリーズだ。同作のドクター・ウェストは、黒髪にメガネの小男という映画由来のビジュアルと共に、お馴染みのホラー・アイコンとして様々なスピンオフ作品を生んでいる。

HPL原作の映像作品について、さらに詳しく知りたいという方は、拙著『ALL OVER クトゥルー』（三才ブックス）の作品カタログを御覧いただきたい。

『黄衣の王』

ロバート・W・チェンバーズの作品集『黄衣の王』収録のいくつかの短編作品に登場する架空の戯曲。初出は「評判修理者」で、19世紀後期の米国で刊行された。作者名は言及されていない。恐ろしく不道徳的な筋立てで、パリに到着したばかりのフランス語版を政府が押収したことにより、かえって注目を集めた。

第一幕と第二幕からなり、登場人物の口から、暗黒星が空にかかるカルコサの地や2つの太陽が沈むハリ湖、あられもない色彩の襤褸（ぼろ）をまとった"黄衣の王"が支配するアルデバランやヒュアデス、ハスター（地名）などの土地について語られる。『黄衣の王』は各国語版が刊行されたが、多くの読者が狂気に走り、被害が生じたため、教会はもちろん、各国のマスコミや文芸評論家の攻撃に晒された。

HPLは『『ネクロノミコン』の歴史』において、チェンバーズが『ネクロノミコン』を読んで『黄衣の王』の着想を得た可能性を示唆している。実際にはその逆で、『黄衣の王』こそが『ネクロノミコン』などの禁断の書物のイメージソースのひとつなのだろう。ジェイムズ・ブリッシュの項目も参照。

コーリイ

「銀の鍵」「ダンウィッチの怪異」「アロンゾ・タイパーの日記」など、いくつかのHPL作品に登場する家名。ニューイングランド地方に多い姓のひとつで、HPLの母方の従伯父（大伯父の長男）ウォルター・ハーバート・フィリップスの妻エマも、コーリイ家の出身である。

アメリカ史に詳しい人間であれば、セイラム魔女裁判の犠牲者の中に、コーリイ夫妻がいたことを思い出すはずだ。当時、72歳の老女だったマーサ・コーリイは、事件の発端となった黒人奴隷ティチューバの占いには居合わせなかったにもかかわらず、少女たちの讒言（ざんげん）によって逮捕された。彼女の夫である80歳のジャイルズは、屋外で胸の上に重石を載せていく拷問を受け、2日間苦しんだ挙げ句に圧死した。マーサもまた、夫の3日後に処刑されている。ダンウィッチのいくつかの家は、魔女裁判の際にセイラムから移住したと「ダンウィッチ～」にあるので、ジョージ・コーリイの一族もそうなのかもしれない。

『ゴール・ニグラル』

HPLが書簡中で幾度か触れたことのある謎めいた書物。このタイトルは、ウィリス・コノヴァーが思いついたものであるらしく、HPLは彼に宛てた1936年8月14日付書簡において次のように書いている。
「君の地獄めいた禁断の書物のカタログはまことに印象的で、題名を見ただけで戦慄するほどです。私が聞いたことのある題名はひとつしかありません——すなわち（あの恐るべき名前を書いて良いのでしょうか？）ミュルダーの悪名高い『ゴール・ニグラル』です。一度だけ実物を見たこともあるのです——ですが中身を見たことはありません。もう何年も前の話なのですが、アーカムで——ミスカトニック大学図書館での出来事でした。」

後にリン・カーターがこの書物を「陳列室の恐怖」に登場させ、永劫なる古きレンの秘せし遺産として地球に伝わり、アジアのどこかにある都市、イアン＝ホーに隠された——などの設定を追加している。

103

国書刊行会

東京都板橋区の出版社で、学術書・宗教書の復刻出版を目的に、1971年に設立された。荒俣宏と紀田順一郎が監修者を務める『世界幻想文学大系』（1975年〜）の刊行がきっかけで幻想文学やオカルト関連書に力を入れ始めた、「ドラキュラ叢書」の第5巻にあたる『ク・リトル・リトル・神話集』（1976年）は日本語で読める最初のクトゥルー神話作品集として恰好の入門書となった。同書の巻末資料「ク・リトル・リトル神話事件簿」を執筆したのが、怪奇幻想文学の同人"黒魔団"の松井克弘（後の怪奇小説家・朝松健）である。大学卒業後、松井は国書刊行会に入社し、『真ク・リトル・リトル神話大系』『定本ラヴクラフト全集』『アーカム・ハウス叢書』などの企画を実現している。1985年に松井が退社すると共に、同社はクトゥルー神話ジャンルからいったん距離を置いたかに見えたが、2007年に『真ク』の再編集版である『新編 真ク・リトル・リトル神話大系』を、2017年にはフランスの作家ミシェル・ウエルベックが1991年に発表した評伝『H・P・ラヴクラフト 世界と人生に抗って』を刊行した。

現在は叢書をはずれて単独刊行されている

コス

「未知なるカダスを夢に求めて」（1926〜27年執筆）において言及される謎めいたワード。地球の幻夢境（ドリームランド）の地下、内部世界（インナーワールド）に存在する、巨人種族ガグが居住する都市の中央に屹立する巨大な石造りの塔に、コスの印の浅浮彫があると説明されている。同作の後に書かれた「チャールズ・デクスター・ウォード事件」（1928年執筆）では、主人公の別荘にある扉にこの印が刻まれていて、それを見たマリナス・ビクネル・ウィレット医師が、かつてランドルフ・カーターから幻夢境（ドリームランド）におけるコスの印の意味を説明されたと述懐している。なお、よく知られているコスの印の意匠は、ジョージ・ヘイ編『魔道書ネクロノミコン』のオリジナルである。

ロバート・E・ハワードが1936年に発表した「アッシュールバニパルの焔」には、「忘れ去られた神々、クトゥルーやコス、ヨグ＝ソトース」という具合に神名として出てくるのだが、翌年発表の「我埋葬にあたわず」では「夢の中」にあるらしい「コスの巨大な石造りの壁」の言及がある。また、"蛮勇コナン"シリーズにもコス（既訳ではコト）が出てくるが、前述のコスとの関係は不明である。

古第三紀

地質年代の区分の一つ。新生代の最初の紀で、6600万〜2303万年前までの時代を指す。HPLはこの「古第三紀 palaeogean」というワードがお気に入りで数多くの作品において、「悠久の太古の」くらいの意味の慣用句として使用した。なお、「狂気の山脈にて」が〈アスタウンディング・ストーリーズ〉誌に掲載された際、編集部が勝手に「暁新世 palaeocene」に変更してしまい、HPLは強く憤っている。

コズミック・ホラー

宇宙的恐怖は、HPLの創造した概念ないしは彼の恐怖物語の総称としてしばしば用いられる言葉である。そうした用法が敷衍したのは、日本では1980年代と比較的早かったが、米国ではおそらく前世紀と今世紀の境

目あたりと、かなり最近のことと思われ、宇宙主義（コズミシズム）という呼称の方が一般的だ。

実のところ、『アウトサイダーその他』をはじめ、アーカム・ハウスの初期の刊行物における解説などにはほとんど出てこない言葉で、フランシス・T・レイニーの「クトゥルー神話用語集」やリン・カーターの「クトゥルー神話の神神」、『クトゥルーの落とし子たち』、ライアン・スプレイグ・ディ・キャンプの『ラヴクラフト：ある伝記』など早い時期の評伝や作品集も同様である。カーターの『ラヴクラフト：クトゥルー神話の背景』（邦題は『クトゥルー神話全書』）には2箇所でこの語が使われているが、いずれも既知の用語としての使われ方で、HPLの作風や作品ジャンルを指してはいなかった。

そもそも、文学や芸術の分野における宇宙的恐怖（コズミック・ホラー）という言葉は、HPLの発明ではない。啓蒙時代を経た19世紀、チャールズ・ダーウィンの『種の起源』（1859年）や、フリードリヒ・ヴィルヘルム・ニーチェの「神は死んだ」（『悦ばしき知識』、1882年）などに後押しされたニヒリスティックな宇宙観の帰結として、オハイオ州の医師・辞典編纂者であるジョージ・M・グールドの『生命の意味と方法：生物学における宗教の探求』（1893年）において、宗教的な神の愛と、自然科学に裏打ちされた無反応な宇宙の無限性の矛盾にぶつかった人間の感情として示された、著者の造語なのである。1910年代頃には、エドガー・アラン・ポーの作品に対してしばしば用いられたようなので、HPLはそうした文章からこの言葉を知ったのだろう。米国内では当初、HPLはポーのフォロワーと見なされていたため、彼の作品を評する際にも、早い頃からこの言葉が使われてはいた。たとえば〈パンチ〉1951年28日号掲載の書評「サバトの夜の読書」では、「ラヴクラフトが宇宙的恐怖のマイナーな名手（マスター）であることは間違いない」と書かれている。

HPL自身はといえば、この言葉を多義的に使用した。宇宙から到来した恐怖存在を指すこともあったが、もっぱら人類が理解することも意思疎通をはかることも許されない、非地球的な概念や存在、状況に対峙した人間の抱く恐怖を表現する際に使っている。

コットン・マーザー

1663年生まれのピューリタンの聖職者。『マグナリア、アメリカにおけるキリストの偉大な御わざ（マグナリア・クリスティ・アメリカーナ）』『妖術と悪魔つきに関する注目すべき神慮』『不可視の世界の驚異』をはじめ400を超える冊子を手がけた、ニューイングランド地方の宗教的権威である。アメリカ植民地から選ばれた、最初のロンドン王立学会員でもある。新大陸において悪魔が蠢動していると常々主張し、1692年のセイラム魔女裁判でも重要な役割を果たした。クトゥルー神話作品ではしばしば「キリスト教的権威」の象徴として言及される人物である。

ちなみに、「祝祭」冒頭のエピグラフは3世紀のキリスト教父ルキウス・カエキリウス・フィルミアヌス・ラクタンティウスの『神聖教理』からの引用だが、この英文自体は『マグナリア～』からの孫引きらしい。

「ピックマンのモデル」でもコットンの名前が言及されているが、同作の舞台であるボストンのノースエンド地区の17世紀における指導者は、彼の父インクリーズ牧師である。

Coryciani（コリーシアニ）

HPLが1930年代に参加していた、最後のラウンドロビン方式循環交通サークル。

参加者はHPLの他に、モーリス・W・モー、ナタリー・H・ウーリイ、ジョン・アダムズ。ギャラモ（Gallomo）、クライコモロ（kleicomolo）とは異なり、このグループ名はギリシャ神話に登場する泉のニンフ、ナーイアス（総称）の一人、コーリュキアーに由来すると思しい。

コリン・ウィルスン
(1931〜2013)

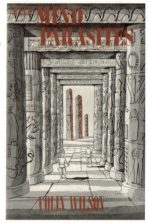

アーカム・ハウスから刊行された『精神寄生体』

英国レスター出身。図書館に入り浸って独学で文学を学び、1956年に発表した評論『アウトサイダー』が注目を集め、作家として身を立てるようになった。HPLについては、彼の最初の商業作品集が自身の出世作と同じタイトルだったことから興味を抱き、1962年の評論『夢見る力』で彼を取り上げた。

一部の攻撃的な文言から、その内容は酷評と受け取られがちだが、実際には彼が言うところのHPLの「下手糞な文章」に強烈に惹かれ、その正体を知ろうと執拗な分析を加えている姿勢が見て取れる。より多くのHPL作品を求めたウィルスンはアーカム・ハウスに在庫の問い合わせを送り、これにオーガスト・W・ダーレスが『夢見る力』におけるウィルスンの事実誤認に対する苦言を交えた手紙を返したことで2人は交流を始め、親しくなった。

ダーレスはウィルスンに、神話作品を書いてくれればアーカム・ハウスから出版すると提案した。これに応えて執筆されたのが『精神寄生体』(1967年)で、彼は続いて『ロイガーの復活』(1969年)、『賢者の石』(1969年)など、神話作品を次々と執筆した。なお、神話作者としてのウィルスンには、良く言えばオリジナリティが高く、悪く言えば出典と微妙にずれがちで、たとえば『精神寄生体』ではアブホースをHPL作品に登場したと書いてしまっているのだが、実際には一度も言及されたことがない。また、『ロイガーの復活』において、HPLがポリネシア神話か聖書経外典を発想源としたとする設定を提示、『ク・リトル・リトル神話集』(国書刊行会)の序文でこの話が取り上げられて日本で知られているが、そうした事実は確認されていない。

1978年にはジョージ・ヘイらと組んで、『ネクロノミコン』そのものを出版してしまうという大がかりな悪戯を仕掛けている。他にも、『宇宙ヴァンパイアー』(1976年)などの作品にも神話由来のワードが使用され、2002年には「狂気の山脈にて」の後日談的な中編「古きものたちの墓」を、米ケイオシアム社のアンソロジー向けに書き下ろしている。

『コンゴ王国』

「家の中の絵」において、作中で恐怖を盛り上げる小道具として使用されている実在の書物。作中では「ローペツという水夫の覚書をもとにラテン語で執筆され、1598年にフランクフルトで刊行された、コンゴの地にまつわるピガフェッタの報告書」と説明される。フィリッポ・ピガフェッタは16世紀ヴェネツィア共和国の数学者、探検家で、ローマ教皇シクストゥス5世の命令のもと、中央アフリカのコンゴで12年を過ごしたポルトガル人貿易商ドゥアルテ・ローペツの記録を、1591年に『コンゴ王国について Relatione del reame del Congo』と題する書物にまとめた。記述言語はイタリア語で、後に様々な言語に翻訳された。なお、HPLはこの本の書誌を若干勘違いしていたようで、作中で言及される『コンゴ王国』というのは、1598年刊行のラテン語版のタイトルなのだが、「家の中の絵」で登場人物が目にするド・ブロイ

兄弟の銅版画が掲載されたのは、1597年に刊行されたドイツ語版なのである。他にも、作中で説明されている書誌は、英国の生物学者トーマス・ヘンリー・ハクスリーの『自然界における人間の位置：その他の人類学的エッセイ』(1894年)に収録された「人種学の方法と結果について」における、誤った解説を踏襲した模様。

『コンゴ王国』の邦訳は、『大航海時代叢書第II期1ヨーロッパと大西洋』(岩波書店)に収録されている。

HPLが言及した『コンゴ王国』ドイツ語版の図版XII

「今世紀の犯罪」

1915年初頭に執筆されたと思しいエッセイで、HPLが編集・発行したアマチュア文芸誌である〈保守派〉の創刊号(1915年4月号)に掲載され、大いに議論を呼んだ。

共に"進化の頂点"たるチュートン人に属する"血を分けた兄弟"である英国人とドイツ人が戦争状態にある現状を、人種的な自殺行為と批判する内容で、チュートン人優越主義者である英国の政治思想家ヒューストン・スチュアート・チェンバレンの『19世紀の基礎』や、哲学者フリードリヒ・ニーチェの超人思想やアーリア賛美の強い影響が窺える。ただし、HPLはこの時まだニーチェの著作を読んでおらず、聞きかじりの知識だった。

このエッセイのみを読むと、HPLは熱烈なドイツ支持者に見えるが、その後、HPLが執筆した戦争にまつわる様々な文章や詩には、米国が参戦するきっかけとなったルシタニア号撃沈の非難や、英米の兵士を称揚するものが数多い。「ダゴン」(1917年)などの小説においてドイツ海軍を明確に悪役として描写していることも含め、国際情勢の変化によって彼の考えが様々に変化したことが窺われる。

コンプトン一家

ズィーリア・ビショップのための代作である「イグの呪い」「墳丘」に登場し、連続性を与えている。「イグの呪い」では、アーカンソー州から入植してきたジョーとサリーの夫妻として紹介され、息子のクライドがオクラホマ州の有力者になっていることが説明される。「墳丘」では、ビンガーを訪れた語り手を手厚くもてなすのがこのクライド・コンプトンで、サリーも老齢ながら生存している。

「最愛の死者」

クリフォード・M・エディとの合作で、1923年10月頃に執筆され、エディの名義で〈ウィアード・テイルズ〉1924年5・6・7月合併号に発表された。架空の僻村フェナムを舞台に、抑圧された育ちが原因で死体性愛者となり、葬儀社を渡り歩いたのみならず、死体を求めて第一次世界大戦に従軍すらした男の変転を描くグロテスクな作品。同じく戦場に死体を求めたという点で、「ハーバート・ウェスト——死体蘇生者」と共通している。

発表後、酸鼻を極める描写がインディアナ州で問題視され、掲載号が発禁処分を受ける寸前まで行った。このため、ファーンズワース・ライトは際どい描写のあるHPL作品を警戒するようになり、1925年には「インディアナ州の検閲を通らない」との理由で「地下納骨所にて」を突き返している。

〈サイエンティフィック・ギャゼット〉

少年期のHPLが1899年から1909年にかけて刊行した、科学に関する話題を主に取り扱う手作り新聞。寒天版で印刷された。

32の号が残存するが、全部で何号が刊行されたのかは不明である。1899年3月4日号に始まる第1巻の頒布価格は1セントで、HPLによれば当初は日刊だったがやがて週刊ペースとなった。その後、どこかしらのタイミングでしばらく刊行しなくなってから、1902年5月12日号をもって新創刊され、頒布価格も2セントに値上がりしたということである。その後も途切れた時期があったようで、同時期にHPLが発行していた別口の雑誌〈ロードアイランド天文学ジャーナル〉によれば、〈ジャーナル〉は1904年5月に月刊紙として改めて創刊され、さらに1906年9月には友人のアーサー・フレッドランドが〈ジャーナル〉の編集長に就任した旨の記述があるのだが、この時期の号は残存していない。

「最後のテスト」

アドルフ・デ・カストロの「科学の犠牲」を、彼の依頼でHPLが改作したもの。1927年10月から11月にかけて執筆され、〈ウィアード・テイルズ〉1928年11月号に掲載された。元作品は、カリフォルニア大学図書館から1893年に刊行された『告白とそれに続くもの』（本名のグスタフ・アドルフ・ダンツィガー名義）に収録された、れっきとした商業作品である。

「科学の犠牲」は、超自然的な要素が特に存在しないサスペンス風のメロドラマで、HPLは直前に読んだピエール・ブノア『アトランティード』（1919年、翌年に『アトランティーダ』のタイトルで英語訳が刊行されている）における、北アフリカの秘境——当時はフランス領だったアルジェリアのホガール山地にアトランティスの末裔が生き残っているという設定を盛り込み、自分好みの作品に作り変えた。元作品

では影の薄い、フランス語で「死」を意味する安直なネーミングの黒人モートが、ナイアルラトホテプを崇拝する邪悪な魔術師スラマに変更されたのみならず、シュブ＝ニグラス、ナグ、イェブの名前が初めて言及される。

「錯失のミネルヴァ」

1919年初頭に執筆。ホメーロスやウェルギリウス（マロ）の古典時代からシェイクスピア、ミルトンを経てポーやスウィンバーンに至る古今の詩人たちを概観して、芸術としての詩を褒めそやした上で、現代の詩人たちを「野放図に戯言を口走りながら平原で群れなす、滑稽なる一行」とあげつらい、痛烈に批判する風刺詩で、アマチュア文芸誌〈トレド・アマチュア〉1919年5月号に掲載された。

ミネルヴァは、音楽や詩を含む芸術を司るローマの女神で、ギリシャ神話のアテーナーと同一視されている。古代ギリシャのアテネに存在したアテーナー神殿は、詩人や学者たちが集まって詩文を評論した場所であり、ローマ皇帝ハドリアヌスは法律や文学の学校であるアテナイウムを創設した。これに倣い、欧米諸国には各地にアシニーアム（英語読み）と称する図書館が存在し、プロヴィデンスのカレッジ・ヒルにもアシニーアムがあって、かつてこの街を訪れたエドガー・アラン・ポーにまつわる逸話もある。（ポーの項目を参照）

サグの葉巻

「未知なるカダスを夢に求めて」において、デュラス＝リインの海酒場にたむろする常連が、港に停泊するガレー船から漂ってくる悪臭を誤魔化すために喫煙している、臭いのきつい葉巻。"thagweed"というのはおそらく"thug（インドの殺人結社タギー由来で、転じて大麻売人などの犯罪者）"か"shag（刻みタバコ）"の誤記だが、結果的に幻夢境固有の植物として定着した。

「挫傷」

ヘンリー・S・ホワイトヘッドの死後、1946年にアーカム・ハウスから刊行された作品集『西インドの光』に、「ボソン」のタイトルで収録された作品。ニューヨークに滞在中、バスルームで頭部に挫傷を負ったメレディスなる人物が、奇妙な幻聴や夢に悩まされるようになった経緯を描く。HPLは、書簡において「挫傷」というタイトルで本作に触れ、プロット面で協力したと語っている。ホワイトヘッドの初期稿は、挫傷が原因で幻視・幻聴に悩まされるという筋立ては同じだが、そこからの広がりはなく地味だということで〈ストレンジ・テイルズ〉誌にボツにされていた。そこでHPLは、2万年前のムー大陸の滅亡にまつわる祖先の記憶を主人公が再体験するというプロットを提供したが、その作品が完成したかどうかは知らなかった。

本作には「墳丘」のグヤア＝ヨスンを彷彿とさせる奴隷種族グヤア＝フアや、メレディスが夢で聞いた言葉に「ルルィ＝エ R'ly-eh」の語が含まれ、このあたりもHPLのプロットに基づくものと思われる。

う〜んう〜ん

佐野史郎（1955〜）

島根県松江市出身の俳優。雑誌『幻想と怪奇』1973年7月号に掲載された、団精二（荒俣宏の筆名）翻訳の「我が怪奇小説を語る」（HPLの書簡からの抜粋）で興味を抱き、『怪奇小説傑作集』（東京創元社）や『ラヴクラフト全集』（創土社）などを通してHPLを追いかけ始めた。TRPG『クトゥルフの呼び声』（『クトゥルフ神話TRPG』の最初の日本版）のユーザでもあり、友人の嶋田久作らと卓を囲んでいたとか。

1975年に劇団シェイクスピア・シアターに参加したのを皮切りに、状況劇場などに所属して舞台俳優として活動。1986年に林海象の初監督作品であるモノクロ・サイレント映画『夢みるように眠りたい』で映画に初主演し、1992年7月に放送の始まったテレビドラマ『ずっとあなたが好きだった』でマザコンの桂田冬彦を演じたことから、性格俳優として一躍有名になった一方、同じ年の1992年8月25日にはTBS『ギミア・ぶれいく』内で放送されたHPLの同名作品の翻案ドラマ「インスマスを覆う影」に主演するなど、ホラー・フィクションへの傾倒をアピールし続けた。1994年刊行のアンソロジー『クトゥルー怪異録』（学習研究社）に小説「曇天の穴」を書き下ろし、2002年には『秘神界 現代編』（東京創元社）にTVドラマ現場における怪奇現象を描いた小説「怪奇俳優の手帳」を書き下ろしている。また、『ゴジラ FINAL WARS』（2004年）の出演時にはアドリブで旧支配者について言及、ゴジラ・シリーズに初めてクトゥルー神話ネタを持ち込んだ。

2021年にNHK BSプレミアムで放送された『ダークサイドミステリー「闇の神話を創った男 H.P.ラヴクラフト」』では、イメージ・ムービーでHPL役を演じている。

「サミュエル・ジョンスン博士の思い出」

短編小説。郷士ハンフリー・リトルウィット名義で、ユナイテッド・アマチュア・プレス・アソシエーション（UAPA）の機関誌〈ユナイテッド・アマチュア〉1917年9月号に発表されたもので、HPLの数少ない歴史小説のひとつとも呼べる作品である。1690年8月20日生まれ（つまり、200年前に生まれていたHPL自身）が、18世紀の文学者、詩人であるサミュエル・ジョンスンと交流した思い出を語るという体裁の物語で、HPLが得意としていた正確な18世紀英語で記述されているのが最大の特徴。

ジョンスンは、彼に師事したジェイムズ・ボズウェルによって、その言動が細大漏らさず記録された伝記『サミュエル・ジョンソン伝』によって後世知られる人物で、シャーロック・ホームズは「ボヘミアの醜聞」においてワトスンのことを「僕のボズウェル」と呼んでいた。

サミュエル・ダシール・ハメット（1894～1961）

ハメット編のアンソロジー『夜毎に忍び寄るもの』、残念ながらHPLの名前は表紙にない

米国人作家。HPLと同世代（4歳年下）で、推理小説におけるハードボイルド・ジャンルを確立した作家。代表作は『血の収穫』『マルタの鷹』など。1931年に、パルプ・ホラーのアンソロジーとしては最初期のものである『夜毎に忍び寄るもの』を編んだ際、オーガスト・W・ダーレスが作品の選別に協力し、HPLの「エーリヒ・ツァンの音楽」、ドナルド・ウォンドレイの「赤い脳髄」、フランク・ベルナップ・ロングの「エジプトからの来訪者」が収録されている。このアンソロジーは1932年、『現代の怪奇小説』のタイトルで英国でも刊行された。

サミュエル・ラヴマン（1889～1976）

オハイオ州クリーヴランド出身の詩人、劇作家、アマチュア・ジャーナリスト。会計士の仕事の傍ら、1905年頃からアマチュア・ジャーナリズムに参加、数多くの詩をアマチュア文芸誌などに発表した。1908年にはアンブローズ・ビアースと文通を始め、彼の紹介でサンフランシスコの詩人、劇作家であるジョージ・スターリング（1869～1926）とその弟子クラーク・アシュトン・スミス、さらにはアドルフ・デ・カストロと知り合っている。

HPLは、1917年にラヴマンの詩を賞賛する手紙を送った。最初にニューヨークで顔を合わせたのは1922年4月のことだが、それ以前の1919年12月に、HPLはラヴマンが登場する鮮明な夢を見て、彼をハーリイ・ウォーランという神秘主義者に置き換えた上で「ランドルフ・カーターの供述」を執筆した。1920年にも、ラヴマンと一緒にナイアルラトホテプなる人物の講演を見に行くという謎めいた夢を見て、「ナイアルラトホテプ」を執筆している。

1923年にはHPLが取り組んだジョナサン・E・ホーグの『詩作品集』の編集を手伝い、〈保守派〉にもしばしば寄稿した。

ラヴマンは1924年9月にニューヨークに移り住み、ケイレム・クラブに加わった。

ニューヨーク時代末期のHPLについて、ラヴマンは後年、気鬱が過度に進んだ時に自殺できるよういつも毒物を持ち歩いていたという怪しげな証言をしている。また、デ・カストロとズィーリア・ブラウン・リード・ビショップを小説添削の顧客としてHPLに紹介したのも彼である。

HPLの死後、ラヴマンは回顧録「ハワード・

フィリップス・ラヴクラフト」「対話者としてのラヴクラフト」を発表して友人を悼んだが、その後、彼の態度は次第に硬化した。その極致がアンソニー・レイヴン編『オカルト・ラヴクラフト』（1975年）に収録されたエッセイ「金とおがくず」で、ラヴマンはかつての友人が人種差別主義者、偽善者だと手厳しく糾弾したのだ。この心境の変化は、どうやらHPLの元妻ソニア（当時の姓はデイヴィス）が原因らしい。ラヴマンと直接知り合う前、結婚する前の彼女宛の手紙で、HPLがまだ見ぬ詩人の才を賞賛しつつも、ユダヤ人であることをあげつらっていたと聞かされたようだ。

　手紙の現物が残っていないこともあり、真相はわからない。ともあれ、ラヴマンは、HPLからの数百通の手紙を全て焼き捨てたということである。

サラ・スーザン・フィリップス・ラヴクラフト（1857～1921）

　HPLの母。ウィップル・V・フィリップスとロビイ・アルザダ・フィリップスの第五子（次女）で、姉にリリアン・D・クラーク、末の妹にアニー・E・フィリップス・ギャムウェルがいる。ウィップルがまだロードアイランド州フォスターにいた頃に生まれた子供で、姉リリアンと同じウィートン神学校に一学年だけ在学した後、17歳でプロヴィデンスに移り住み、以後はこの町で教育を受けたが、仕事に就いたことはなかった。彼女は町の名士の娘として社交界に出入りし、当時の友人にはルイーズ・イモージェン・ギニー（詩人、エッセイスト）がいた。また、当時のプロヴィデンスで家庭教師を務めていたシャーロット・パーキンス・ギルマン（人文主義者、作家）とも知り合っていたようである。その後、1889年にウィンフィールド・スコット・ラヴクラフトと出会い、6月12日、ボストンのセント・ポール・エピスコパル教会で結婚式を挙げた。

　一家はマサチューセッツ州ドーチェスターに住んだが、得意先を巡る巡回セールスマンの夫がしばしば家を空けることもあって、妊娠したサラはいったん実家に戻り、1890年8月20日、息子のハワードを出産する。

　1893年にウィンフィールドが入院すると、サラは改めて息子と共に実家に戻った。

　彼女は息子を大いに甘やかし、1898年にHPLが化学に興味を持つと実験道具一式を揃えてやり、同じ年のクリスマスにはアンドリュー・ラング訳の『千夜一夜物語』を贈った。成長後の偏食も、おそらく幼少期の食育の欠如に原因があるのだろう。元々女児を欲しがっていたということもあるが、サラは幼い息子に女の子の服を着せ、過剰な愛情を向けながらも「おまえのような醜い顔の人間は誰からも愛されないだろう」と言い聞かせ、たまに外出する時にも手をしっかり掴んでいた。

　1898年に夫を亡くし、父ウィップルの事業が傾き始めたこともあり、元々神経症気味だった彼女は徐々におかしくなり始める。父が1904年に亡くなり、豪邸を手放してエンジェル・ストリート598番地の狭い借家に引っ越す頃になると、さらに奇行が目立つようになった。

　その後、HPLは高校中退の前後で一時自宅に引きこもったりもしたが、地元の友人たちと交流し、アマチュア・ジャーナリズムという社会との新しい接点を見つけて、それなりに楽しく暮らしていた。しかし、年々精神状態がおかしくなる抑圧的な母親の存在は、間違いなく重圧となった。1918年11月に弟エドウィン・E・フィリップスが亡くなったことで、彼女はいよいよ調子を崩し、翌19年の3月13日にバトラー病院に収容される。突然の生活の変化にHPLは困惑するが、同時にそれは解放でもあり、この頃から旅行に出かけるようになった。10月にボストンで開催されたロード・ダンセイニの講演会にも、母親がいないからこそ行けたのである。

　サラは2年近くの入院生活を経て、胆嚢の摘出手術を受けた直後、1921年5月24日に亡くなった。HPLはショックのあまり、一時は自殺も考えたと書簡で告白している。

「ザラに」

　HPLと フランク・ベルナップ・ロング が、エドガー・アラン・ポー の知人だったメイン州在住の老人の所持品から発見された、1829年にポーが作った詩だとして、アルフレッド・ギャルピン に見せた42行の詩。実はHPLの捏造で、ポーが女性に捧げたいくつかの詩のパロディである。ギャルピンはポーの作とは信じなかったが、19世紀の無名詩人の作品ではないかと考えた。

　1922年8月31日付の モーリス・W・モー 宛書簡中に、まるまる引用されている。

「サルナスに到る運命」

　1919年12月3日に執筆された後、何とアメリカ国内ではなくスコットランドのアマチュア文芸雑誌〈ザ・スコット〉44号（1920年6月）で発表された後、《ウィアード・テイルズ》1935年3・4月合併号に掲載された。

　作中時期の1万年前に、ムナール という土地に存在したサルナスという都市がいかに滅びたかについてを物語る小説である。ロード・ダンセイニ の作品と邂逅した数ヶ月後の作品で、夢の内容を編纂した作品だとHPLは言っている。

　本作には、そこかしこにロード・ダンセイニ作品からの影響が見られる。たとえば、邪なる神の怒りを受けて、邪なる神の怒りによって、一夜にして都市が滅んでしまう筋立ては「バブルクンドの崩壊」だろうし、砂漠の都が皇帝のメッセージによって無人と化す「ベスムーラ」の影響もあるかもしれない。

　ムナールの統王が座すべき一本の象牙から拵えられた玉座は、「ヤン川を下る長閑な日々」に言及される、一本の象牙を彫って造られたペルドンダリスの城門から採った設定だろうし、蜥蜴神ボクラグの海緑石の偶像は、ダンセイニの戯曲『山の神々』における翡翠の神々を彷彿とさせる。また、祭司長が走り書きした「破滅の運命 DOOM」の文字は、ダンセイニの戯曲「金文字の宣告」のタイトルを意識したものかもしれない。

　HPLの言では、サルナスという地名は彼の独創で、スナンド・T・ヨシ の『H・P・ラヴクラフト大事典』によれば、後にロード・ダンセイニの作品中に同じ地名を見つけたと言っていたようなのだが、「サクノスを除いては破るあたわざる堅砦」のサクノス Sacnoth との混同かもしれない。作中のナスの窖と同じ場所を指すのかもしれない、ナスの谷への言及がある「夢見人へ」（1920年）において夢の土地だと示唆され、最終的にトラア、イラルネク、カダテロンが「未知なるカダスを夢に求めて」（1926〜27）に言及されたことで、幻夢境の土地だと概ね確定した。

サンディ・ピーターセン（1955〜）

　ミズーリ州出身のゲームデザイナーで、本名はカール・サンフォード・ピーターセン。8歳の頃にHPLとクトゥルー神話に興味を抱き、ケイオシアム社に入社した後は、同社の

ファンタジーTRPG『ルーンクエスト』でHPLが創造した怪物たちを導入するモンスターデータ集『ゲイトウェイ・ベスティアリー』（1980年）を経て、1981年発売のTRPG『クトゥルフの呼び声』（現『クトゥルフ神話TRPG』）のメインライターを務めた。この製品のために整理・体系化されたクトゥルー神話の世界観は、1980年代以降における世界標準となっている。以後、10年ほど同ゲームの関連製品に携わる傍ら、ビデオゲームの仕事をしていた。

クトゥルー神話の仕事からは一時的に離れていたが、2013年にピーターセン・ゲームズ社を設立、ボードゲーム『クトゥルフ・ウォーズ』や『ダンジョンズ&ドラゴンズ』第5版のシステムを用いる『サンディ・ピーターセンの暗黒神話体系 クトゥルフの呼び声TRPG』などを発表した。のみならず、古巣のケイオシアム社でも『新クトゥルフ神話TRPG』制作に関わっている。

なお、『クトゥルフの呼び声』の日本語版が最初に発売された際、用語の日本語化にあたり、彼がテープに発音を吹き込んで、日本側はこれを参考にした。現在も日本版『クトゥルフ神話TRPG』で使用されている"クトゥルフ"、"ニャルラトテップ"などの表記は、この時に採用されたのである。

G・P・パトナムズ・サンズ

1838年にジョージ・パルマー・パトナムとジョン・ワイリーが、ワイリー&パトナムとして設立した、ニューヨークの出版社。

1848年にワイリーとのパートナーシップを解消してG・P・パトナム&カンパニーとなり、1872年に代表のパトナムが亡くなると、3人の息子が会社を引き継いでG・P・パトナムズ・サンズに社名を改めた。

1931年、同社がHPLに作品集の刊行を持ちかけてきた時、彼は有頂天になった。G・P・パトナムズ・サンズといえば、1910年代からロード・ダンセイニの単行本を数多く出版し、

1919年にはHPLが絶賛していたエイブラハム・メリットの「ムーン・プール」の単行本版を刊行するなど、思い入れの強い出版社だったのである。

しかし、この時にいくつかの作品がやり取りされたものの、結局この単行本企画はお流れとなった。担当編集者のウィンフィールド・シャイラスの説明を要約すると、HPLの作品は説明的で玄妙さに欠けていて、ありていに言えばいささか商業的である上、似通った雰囲気の作品が多いので作品集に向いていないというものだった。同時期に〈ウィアード・テイルズ〉編集部から「狂気の山脈にて」を突き返されたこともあり、この出来事はHPLをひどく落ち込ませたのだった。

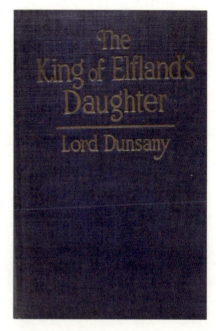

ロード・ダンセイニ『エルフランドの王女』
（1924年初版）

『シークレット・ドクトリン』

1888年10月20日に刊行（といっても、市場に出回ったのは同年12月末）された神智学者ヘレナ・P・ブラヴァツキーの2番目の著作。
「シークレット・ドクトリン」という言葉は、現代（当時）では失われて様々な聖典にわずかな痕跡を残すのみとなっている、先史時代の大いなる智慧のことを指している。内容が散漫でとっちらかっていると批判された最初の著作『ヴェールをとったイシス』の続編ないしは改訂版として1879年頃に執筆が始まったもので、ブラヴァツキーは「著者というよりも書いただけに過ぎない」と自身の立場を冒頭で表明し、上位者の指南・精神的介入による自動筆記的な著作だと主張。構成的にも、古代アトランティスの時代に遡るという秘密の言語センザル語で書かれているという、『ズィアンの書』という詩文形式の書物の逐語訳と、その注釈という形式をとっている。

書簡などによると、『シークレット・ドクトリン』は全4巻の書物として構想されていたが、著者の存命中に実際に刊行されたのは宇宙創生の秘密を扱う第1巻と、人類の霊的進化（現在の人類は第五根源人種であるという）を扱う第2巻のみだった。

クトゥルー神話の草創期における、アトランティスやレムリアといった失われた大陸などの設定にまつわる原典とも言うべき著作だが、HPL自身は同書を直接読んでいない。

シーベリイ・クイン
（1889〜1969）

ニューヨーク州在住の怪奇小説家。ワシントンD.C.の国立大学ロースクール（現在のジョージワシントン大学ロースクール）で法学を修め、弁護士資格を取得。その後、第一次世界大戦の従軍を経て、〈モーション・ピクチャー・マガジン〉1917年12月号に掲載された「映画の掟」で職業作家デビューを果たすと、業界誌の編集業の傍ら、主にパルプ・マガジン向けに大量の短編小説を量産した。〈ウィアード・テイルズ〉誌では、1923年10月号掲載の「幻の農家」以降、100を超える小説を発表し、同誌では一番人気の作家だった。とりわけ有名なのが、同誌1925年10月号の「ゴルフリンクの恐怖」でデビューしたオカルト探偵ジュール・ド・グランダンのシリーズである（「グランダン」というのは、クインのミドルネーム「グランディン」のフランス語読み）。

HPLはクインのデビュー作「幻の農家」を気に入っていたが、他の作品については商業主義的な量産品と見なし、その内容を茶化すパロディを書簡に書いたことがある。2人が最初に顔を合わせたのは、ニューヨーク州スプリング・ヴァレーにあるウィルフレッド・ブランチ・タルマンの別荘に招待された1931年7月6日で、HPLはその3年後、パロディ要素の強いボクシング小説である「世紀の決戦」に、ティーベリイ・クウィンスという名前で彼を登場させている。HPLはその後、1936年1月にニューヨークを訪れた際にもクインと会ったということだが、クインの側がHPLをどう評価していたかはよくわからない。

ジェイコブ・C・ヘネバーガー（1890〜1969）

米国の雑誌出版者。1922年、J・M・ランシンガーと共にシカゴでルーラル・パブリケーション社を創設、〈カレッジ・ユーモア〉誌で成功を収めた後、ミステリやホラーなどのジャンルへの進出を企図して、〈ディテク

ティブ・テイルズ〉(1922年8月)、〈ウィアード・テイルズ〉(1923年3月)を創刊、後者の初代編集長としてエドウィン・ベアードを起用した。だが、売れ行きが思うほど伸びず、ヘネバーガーは1924年初頭、テコ入れとして人気魔術師・オカルト暴露者のハリー・フーディーニにコラムを連載してもらおうと思い立つ。この際、ゴーストライターとして白羽の矢が立ったのが、既にWT誌で作品を発表し始めていたHPLだった。ヘネバーガーはこの頃からHPLに注目していたようで、いよいよ赤字が膨らんでくると、WT誌を立て直す起死回生の手段として、二代目編集長の地位をHPLに打診したというのだが、HPLはこれを断ったとされる。当時、HPLは結婚してニューヨークに居を構えたばかりで、雑誌編集のためシカゴに転居したくはなかったのだろうと言われているが、この通説については日本の翻訳家である那智史郎(『ウィアード・テールズ別巻』(国書刊行会)や大瀧啓裕(『ラヴクラフト全集7』(東京創元社)から疑義が呈されている。

ヘネバーガーは以後もHPLと交流を続け、1924年秋にはユーモア雑誌〈マガジン・オブ・ファン〉立ち上げのための暫定編集長としてHPLを雇用した(結局未刊行)。

ジェイムズ・チャーチワード
(1851〜1936)

英国デヴォン州オークハンプトン出身の神秘主義者、発明家。1868年に、インドの高僧よりナアカル語で書かれた『ナアカル碑文』を見せられ、約1万2千年前に太平洋に沈んだ古代大陸ムーのことを教えられたと主張し、『失われたムー大陸、人類の母国』(1926年)、『ムーの子供たち』(1931年)、『ムーの聖なるシンボル』(1933年)、『ムーの宇宙的な力』(1934年)、『ムーの宇宙的な力』第2巻(1935年)などの書物を刊行、晩年をその啓蒙に費やした。なお、1880年に英国陸軍を退役した元大佐と自称していたが、そのような軍歴はないらしい。

HPLは1931年に発売された『失われたムー大陸』の再刊本を読んだらしく、1930年代に入ってから、以前はレムリアとしていた太平洋の水没大陸をムーに置き換えている。

1932年の「銀の鍵の門を抜けて」にはチャーチワード本人が間接的に登場していて、失踪したランドルフ・カーターの自動車に遺されていた羊皮紙の文字を鑑定し、ナアカル語ではないと結論付けている。また、1933年の「永劫より出でて」でも、彼の名前が言及されている。

ジェイムズ・ファーディナンド・モートンJr.（1870～1941）

マサチューセッツ州出身、ニューハンプシャー州在住の社会運動家、博物館学芸員、アマチュア・ジャーナリスト。1892年にハーバード大学を優秀な成績で卒業、文学士号と文学修士号を同時に取得し、米国最古の学術系名誉団体ファイ・ベータ・カッパ（ΦBK）の会員となる。アマチュア・ジャーナリズム活動を始めたのもこの頃で、1896年にはナショナル・アマチュア・プレス・アソシエーション（NAPA）の会長に選出されている。

アナーキズム、自由思想に傾倒し、人民党の選挙運動を支援するなど政治活動にも関わりながら、その方面の雑誌や刊行物に文章を書き、編集に携わり、数多くのパンフレットを刊行した。かつては無神論の伝道者で、神智学に接近した時期があり、1895年にはボストン神智学協会の会長に就任した。その後、1910年代にバハイ教（19世紀イランで勃興した世界宗教）に傾倒し、やがて正式に改宗する。

1915年、チャールズ・D・イザックスンとHPLの論争が始まると、反差別主義者のモートンはイザックスンを支持し、「狂い始めた〈保守派〉」という文章を発表した。剣呑な関係から始まった2人だが、1920年9月5日にボストンで開催されたアマチュア・コンベンションでモートンと顔を合わせたHPLは、その人間性に強く惹かれたという。1922年の4月、9月にも両者はニューヨークで顔を合わせ、以後、親友の間柄となった。

1923年9月、モートンはプロヴィデンスを訪問、2人は連れ立って小旅行に出かけ、マサチューセッツ州のマーブルヘッドやロードアイランド州北部の村を巡っている。

HPLが1924年に結婚し、ニューヨークに住むようになった頃、モートンはニューヨーク・シティの黒人文化の中心地だったハーレム地区（西13番街211番地）に一時的に住んでいて、2人はケイレム・クラブの集まりで頻繁に顔を合わせるようになった。同じ年に2人は、文章原稿の校閲とタイプ打ち、翻訳などを請け負うクラフトン・サービス・ビューローを共同で立ち上げているのだが、立ち消えになったらしい。

1910年代のHPLの言動には、明らかに保守反動的、人種差別的な傾向があったが、1920年代に入る頃から徐々にマイルドになり、1930年代になるとむしろ諌めるような言動が目立つ。その背景には、モートンの影響が少なからず働いていたのではないだろうか。

1925年2月、モートンはニュージャージー州パターソンにある博物館の館長に就任した。HPLは同年8月30日にパターソンを訪れ、しばらくその地に滞在した。「クトゥルーの呼び声」の語り手が、友人が勤める博物館にしばらく滞在したというくだりは、この出来事を反映したものである。モートンはこの頃、HPLを助手に雇おうと考えていたようだ。

また、HPLがプロヴィデンスに戻った後の1927年7月、モートンはフランク・ベルナップ・ロングとHPLのもとに遊びに行き、ちょうど居合わせたドナルド・ウォンドレイと一緒にロードアイランド州のウォーレンにあるマックスフィールズというアイスクリーム屋で大食い競争をしたという。

ジェイムズ・ブリッシュ（1921～1975）

米国のSF作家。代表作に「宇宙都市」シリーズや、1959年のヒューゴー賞受賞作である『悪魔の星』、さらには『スター・トレック』の小説版である『宇宙大作戦』シリーズがある。プロデビュー以前、ハイスクール時代の1936年の春に、発行を準備していたファンジン〈プラネティア〉に寄稿を依頼したことがきっかけで、彼は最晩年のHPLと手紙をやりとりするようになった。

文通期間は同年夏までだったが、ブリッシュに自分で『ネクロノミコン』そのものを執筆しないのは何故かと問われたHPLが、こうした本を実際に執筆するのは途方も無

い作業になるだろうと説明し、「ダンウィッチの怪異」での引用箇所が『ネクロノミコン』の751ページだとも書いている。

ブリッシュはその後、「もっと光を」という作品で架空の戯曲『黄衣の王』の冒頭部を引用(=創作)した。推理小説家の殊能将之は、クトゥルー神話ものの『黒い仏』で、「もっと光を」から部分的な引用(独自訳)を行っている。

ジェフリー・コムズ (1954〜)

カリフォルニア州出身の俳優・声優。同州サンタマリアの演劇学校、ワシントン大学で演技を学び、1981年の映画『フロリダ・ハチャメチャ・ハイウェイ』でデビューを果たす。その後、1985年のスチュアート・ゴードン監督作品『ZOMBIO/死霊のしたたり』でハーバート・ウェストを演じたのが当たり役となり、原作の「ハーバート・ウェスト——死体蘇生者」では金髪碧眼の美青年だったウェストのイメージを上書きしてしまった。コムズ版のウェストはその後、ジェイソンやフレディのようなホラー・アイコンとなり、コミックを中心に数多くのスピンオフやクロスオーバー作品に登場する。

コムズはこのシリーズ以外にも、HPL関連の映像作品に数多く出演している。「彼方より」が原作の『フロム・ビヨンド』(1986年)ではクロフォード・ティリンギャースト役を、オムニバス映画『ネクロノミカン』(1993年)の「ザ・ライブラリー」ではH・P・ラヴクラフト役を、TV映画『ダンウィッチの怪異』(2008年)ではウィルバー・ウェイトリイを演じた。

また、『キャッスル・フリーク』『地底人アンダーテイカー』などの神話関連作品に出演したのみならず、コミック原作のアニメ『ハワード・ラヴクラフトと海底王国』(2017年)、『バットマン:ゴッサムに到る運命』(2023年)では声優も務めている。

「志願兵」

1918年の1月半ばから月末にかけて執筆された詩。第一次世界大戦の志願兵を賞賛する内容で、〈ナショナル・エンクワイアラー〉1918年1月17日号に掲載された、徴兵で集められた徴集兵よりも、志願兵の方が米国内で同情と尊敬を集めていることを示唆するヘイズ・P・ミラー軍曹の短信「ただ志願兵だけが」に対する返詩として書かれた。

「時局に鑑みて再び請う」

フランクリン・D・ルーズベルト政権が発足する1933年3月4日に2週間ばかり先立つ、33年2月22日に執筆されたエッセイ。

30年代の世界的な恐慌の中、労働時間の短縮による経済の回復、参政権を得るための試験の設置などを含む具体的な対処を新大統領に対して呼びかける内容で、晩年のHPLの政治的な姿勢が強く表れている文章。死後に発見され、スナンド・T・ヨシが研究誌〈ラヴクラフト・スタディーズ〉12号(1986年春号)に掲載するまで、その存在すら知られていなかった。

「自己犠牲の原因」

「L・テオバルド・ジュニア（ネブラスカ州コラジン、フィリスタン大学における悪魔学教授実践的無為専攻、テネシー州ホークス・フォーコーナー、ホーリーローラー大学神学のメンケン解説者）」名義で1931年12月13日に執筆された、人間の行動心理にまつわるエッセイ。副題は「人類の不快状況における自発的自己鎮静の動機研究」。

　ごちゃごちゃした内容の心理学論文のパロディとして書かれたらしいが、HPLがこの中で、心理学者ウィリアム・マクドゥーガルの『社会心理学入門』に基づく11の本能と、それと対応する感情（恐怖や不快感などが含まれる）に触れているのは、注目に値する。

「使者」

〈プロヴィデンス・ジャーナル〉の編集者であるバートランド・K・ハートに宛てて、1929年11月30日の午前3時7分に執筆された詩。経緯についてはハートの項目を参照のこと。夜中の3時、古い教会堂（おそらく、ハートが住んでいたプロヴィデンスのトーマス・ストリート7番地の南側に位置するファースト・バプテスト教会）から、怪物がやってくるぞと予告された語り手（HPL自身）が、「きっとそれは、遠い昔から語り継がれてきた、暗闇の中でもがくものどもを解き放つ“旧き印”のことを知る由もない者が思いついた戯れなのだ」と自分に言い聞かせながら待ち受ける中、本当に恐ろしい何かが到来する──という内容である。

『屍食教典儀』

ロバート・ブロック「自滅の魔術」が初出の、ダレット伯爵が著したとされる書物。よく誤解されるが、“屍食”の“教典儀”ではなく、“屍食教”の“典儀（典礼や儀式のこと）”である。「ダレット D'Erlette」という家名は、ブロックの先輩作家であり、友人でもあったオーガスト・W・ダーレスの家名をフランス語読みし

たもので、ダレット伯爵はダーレスをモデルにしたキャラクターというよりも、ダーレスの先祖として設定された架空の人物であるらしい。HPLによれば、ダーレスの先祖であるダレット家は、実際にフランスの伯爵家で、革命後にドイツのバイエルンに逃れて家名を「ダーレス」に改めた後、アメリカに渡った。そして、1919年に亡くなったミヒャエル・ダーレス（ダーレスの祖父）の代まで爵位を維持していた──というのだが、これはどうやら創作のようだ。ともあれ、HPLは「時間を超えてきた影」において、ミスカトニック大学図書館の蔵書に『屍食教典儀』を加えている。ダーレスが『屍食教典儀』を使ったのは大分後で、連作「永劫の探求」で「フランスの奇人ダレット伯爵の『屍食教典儀』」が最初である。

　なお、アーカム・ハウスの探偵小説レーベルであるマイクロフト＆モランから刊行されたダーレスの『ソーラー・ポンズの回想』（1951年）収録の「六匹の銀色蜘蛛の冒険」では、名探偵ソーラー・ポンズが『ネクロノミコン』や『屍食教典儀』に言及するくだりで、ダレット伯爵のフルネーム“ポール・アンリ・ダレット”が初披露された。ポンズは、実はクトゥルー神話に詳しいという裏設定があったようで、『ブレード・ストリート・ペーパーズ』（1965年）に掲載されているエッセイ「ソーラー・ポンズの始まり」には、彼が1931年（ダーレスが初めてクトゥルー神話作品を書いた年）に「クトゥルー教団とその他についての考察」と題する論文を執筆したという設定が開示されている。

「七人の夢想家クラブ」

　1920年3月7日付のラインハート・クライナー宛書簡に、構想中の小説としてタイトルが挙げられている作品。他の書簡で触れられたことは一度もないので、おそらく実際には執筆されなかったのだろう。

　タイトルからして、エドガー・アラン・ポーが構想していた連作短編集『フォリオ・クラ

ブ物語』（初期案では『アラビア風の十一の物語』）ないしは、ロードアイランド州にまつわる7本の奇譚を集めたジョン・オズボーン・オースティンの『モア・セブン・クラブ物語』（HPLの蔵書にあった）を意識したと考えられている。

「詩と神々」

おそらく1920年夏に執筆された、アンナ・ヘレン・クロフツとの共作。〈ユナイテッド・アマチュア〉1920年9月号に、「アンナ・ヘレン・クロフツ／ヘンリー・パジェット＝ロウ」の連名で掲載された。

第一次世界大戦が終わって間もない4月の夜、マーシャという女性がギリシャの神々に誘われてパルナッソス山に向かい、神々や詩人たち（ホメーロス、ダンテ、シェイクスピア、ミルトン、ゲーテ、キーツ）と謡い交わす幻想的な物語。

作中の自由詩をクロフツが、それ以外の部分をHPLが書いたと考えられている。

嶋田久作（1955〜）

日本の俳優。様々な職を転々とした後、1984年に劇団東京グランギニョルの旗揚げに参画。この時、面長の顔立ちがHPLと幻想作家の夢野久作に似ているということで、座長の飴屋法水から「嶋田久作」「ラヴクラフト嶋田」のいずれかの芸名を選べと言われて、前者を選んだというエピソードがある。

また、佐野史郎とは俳優デビュー以前から"タイムスリップ"というバンドを組んでいた友人で、一緒に『クトゥルフ神話

TRPG』（当時は『クトゥルフの呼び声』）を遊んでいたということである。

荒俣宏の『帝都物語』が原作の公演『ガラチア帝都物語』（1985年）に出演した縁で、同作の映画化にあたり仇役である魔人・加藤保憲に抜擢されたことで一躍有名となり、近年では『シン・ゴジラ』『大怪獣のあとしまつ』『シン・ウルトラマン』といった特撮怪獣映画の常連でもある。

「シャーロットの宝石」

ドウェイン・ライメルが1934年に執筆し、〈アンユージュアル・ストーリーズ〉1935年5・6月合併号に掲載された作品。「丘の木」の続編で、イィスへの言及もある。スナンド・T・ヨシは同作にもHPLが関与した可能性を指摘している。なお、スペイン語に翻訳された際には、合作作品との触れ込みだった。

ジャスティン・ジェフリイ

ロバート・E・ハワードの「黒い碑」に登場する、詩集『奇石の民』で知られる狂気の詩人。ハンガリーのシュトレゴイツァヴァールという村を訪ねた後、1926年に精神病院で絶叫しながら亡くなったとされる。

HPLの「戸口に現れたもの」に登場する詩人エドワード・ダービイの交通相手で、作中では悪名高いボードレール風の詩人と称されていた。両者の関係性には、クラーク・アシュトン・スミスと彼の師である詩人ジョージ・スターリングが投影された可能性がある。スターリングは、ジェフリイが狂死した年に、服毒自殺を遂げたのである。

ジャック・ベルジェ
（1912〜1978）

　フランスのジャーナリスト、作家、化学技術者。当時はロシア帝国の支配下にあったウクライナのオデッサにて、ユダヤ人ヤコフ・ミハイロヴィチ・ベルガーとして生まれた。自伝では、2歳で新聞を読み、4歳でロシア語、フランス語、ヘブライ語を習得、さらには映像記憶の持ち主だったと主張している。1920年代にタルムード学校に通ったことでユダヤ教の神秘思想であるカバラーに傾倒し、またこの頃に国内外のSF小説を読み始めた。1925年、彼とその家族は内戦を避けてフランスに移住し、ベルジェはリセ・サン＝ルイやソルボンヌ大学で化学を学んだ。1930年代のベルジェについては、後にドイツの秘密警察に殺害される原子物理学者アンドレ・ヘルブロナーの助手を務めていたが、この頃、匿名のヘルメス学者フルカネッリから核兵器の危険性をヘルブロナーに伝えるよう説かれたという胡乱な話も、米国人映画監督のウォルター・ラングによって伝えられている。彼がHPLの作品に熱中したのもこの時期で、〈ウィアード・テイルズ〉1936年3月号にはHPLを賞賛する内容の、1937年9月号にはその死を悼み、自身の宇宙的思考を形成してくれたことに感謝する手紙が掲載されている。

　大戦中、彼はレジスタンス組織"マルコポーロ・ネットワーク"に参加したということだが、1943年に秘密警察に逮捕された後は、終戦まで収容所を転々とした。

　フランスのシュルレアリスム雑誌などでHPLの紹介が始まったのは、1953年のことである。翌年の1954年、ベルジェは戦時中に連合国側のオカルト・プロパガンダ作戦に従事したと称する作家ルイ・ポーウェルとの共著で『魔術師の朝』（邦題『神秘学大全』）を刊行し、ベストセラーとなったのだが、同書ではHPLの名前が幾度も言及されていた。これによってフランス国内におけるHPLの知名度が上がり、ベルジェは彼の専門家と見なされるようになった。

　1955年に刊行された、詩人ベルナール・ノエルの翻訳によるフランス最初のHPL作品集『悪魔と驚異』にも、ベルジェは「ラヴクラフト、異邦より到来した偉大なる天才」と題する序文を寄せている。なお、このエッセイで、ベルジェはHPLと交通していたと書いているのだが、これは作り話の可能性が高い。

シャンタク鳥

　『未知なるカダスを夢に求めて』に登場する、地球の幻夢境の北方に棲息するクリーチャー。象よりも大きいその巨体は羽毛ではなく鱗で覆われていて、馬のような頭を具え、鳴き声は曇りガラスをひっかいた音に似る。ナイアルラトホテプを崇拝するレン人によって飼いならされることがあり、その香り高い大きな卵は、レン人の重要な交易品のひとつである。また、インガノク近くの忘れられた採石場にシャンタク鳥の巣があって、宮殿の庭園の中央にある大円蓋の中に、全てのシャンタク鳥の始祖が飼われているのだと噂される。

　危険な生物であり、その強靭な翼で、人間を載せたままアザトースの混沌の玉座へと運んでいくこともある。ただし、ナイアルラトホテプと対立関係にあるノーデンスに仕える夜鬼を恐れていて、彼らの棲家には決して近づかないようにしている。

　なお、「翅のある死」に"外世界よりの漁者とも"なる存在が言及されているのだが、リン・カーターは後に「深淵への降下」において、ハイパーボレアのヴーアミ族におけるシャンタク鳥の呼称とした。

シャンバラ

インド仏教の教典『時輪タントラ』などに言及される、未来仏弥勒菩薩に統治される理想世界。神智学協会の共同設立者であるヘレナ・P・ブラヴァツキーは、ヒマラヤの偉大なる白き兄弟団と接触していると喧伝し、シャンバラについても言及している。HPLが直接的にシャンバラに言及したのは、1935年10月に「ウィリアム・ラムレイ」のために改作した「アロンゾ・タイパーの日記」の書き足し部分で、「5000万年前にレムリア人が建設し、東方の砂漠の霊的な力場による障壁の背後で、今もなお冒されずにいるシャンバラの都市」と書いている。ただし、「クトゥルーの呼び声」に言及される、中国の山脈に拠点を構えるクトゥルー教団の不死の指導者たちというのは、HPLが同作執筆前に読んだ神智学者「ウィリアム・スコット＝エリオット」の著作『アトランティスと失われたレムリアの物語』に言及されている、シャンバラの白き兄弟団がモチーフである。また、1931年執筆の「狂気の山脈にて」において、南極の巨大な山脈の威容が、ロシア人画家ニコライ・レーリヒの絵画に例えられていたが、この人物がシャンバラを探し求めてアジア奥地に踏み込んだことは、HPLも承知していたことだろう。

なお、ドイツ系米国人のオカルティスト、ロバート・アーンスト・ディクホフ（1904～1991）は、シャンバラと同一視されているアガルタにまつわる奇妙な書物『アガルタ―虹の都』を1951年に刊行した。彼はクトゥルー神話のビリーバーであったようで、同書にはグレート・オールド・ワンズやベテルギウスのエルダー・ゴッズについての記述が存在する。

ジュール・ヴェルヌ
（1828～1905）

ハーバート・ジョージ・ウェルズと共に「SFの父」と呼ばれるフランス人作家。ペイ・ド・ラ・ロワール地方のナントに生まれ、弁護士である父の意向でパリの法律学校に進んだものの、アレクサンドル・デュマの薫陶を受けて劇作家を志した。自然科学に興味を抱き、「エドガー・アラン・ポー」の影響もあって空想科学的小説を書き始め、『気球に乗って五週間』（1863年）で一躍人気作家となり、「驚異の旅」シリーズに代表される数多くの作品を発表した。HPLは1902年にジュール・ヴェルヌと出会い、手当り次第に英語に翻訳された作品を読み漁った。彼が化学や地理学、天文学といった自然科学に興味を向けたのも、ヴェルヌの影響だということである。HPLが読んだことが確実なのは、『地底旅行』『地球から月へ』『海底2万リュー』『月世界へ行く』（発表順）などで、「墳丘」や「狂気の山脈にて」などの作品に、その影響が強く表れている。なお、HPLは「狂気の山脈にて」初期稿において、南極大陸のロス海とウェッデル海の間に存在するのが、実は凍結した内海であり、大陸を2つに分けているのだというヴィジョンを示したのだが、これは『海底2万リュー』や、ポーの「ナンタケット島出身のアーサー・ゴードン・ピムの物語」に示される南極の内海、開放水域と一致する。また、謎の山脈の位置は奇しくも、ヴェルヌの手になる「ナンタケット島の～」の後日談、『氷のスフィンクス』に描かれる巨大な氷山の近くに位置するのだが、残念ながらHPLが同作を読んでいたという証拠は存在しない。

「祝祭」

　1923年10月頃に執筆され、〈ウィアード・テイルズ〉1925年1月号に掲載された。

　HPLがニューイングランド地方を頻繁に旅行し始めた頃、1922年12月14日に初めて訪れたマーブルヘッドの夕暮れ時に目にした風景が、本作に描かれるキングスポートの街並みの原型で、「恐ろしい老人」に初めて登場した時にはロードアイランド州のニューポートだったらしいキングスポートは、その後の作品においてマーブルヘッドに置き換えられた。作中時期は判然としないが、「チャールズ・デクスター・ウォード事件」には、1745年から見て「数年前」に、「マサチューセッツ湾直轄植民地のキングスポートという風変わりな小漁村で、名状しがたい儀式が明るみになった」という話が出ている。ただし、路面電車が町中を走っているという描写もあるので、1910年代よりも前ということはなさそうだ。

　本作全体を覆う魔術の空気感は、当時のHPLの関心を反映している。後年、彼は「祝祭」を書いた頃を振り返って、「異質な種族の存在をほのめかすとき私が念頭に置いたのは、魔女信仰のように原始的な儀式を受け継ぐアーリア以前の魔術師集団の生き残りでした――ちょうどマレー女史の『西欧の魔女宗』を読んでいたのです」と告白している。

　本作は「ダンウィッチの怪異」「銀の鍵の門を抜けて」と共に『ネクロノミコン』からの引用文が提示された作品のひとつでもある。オラウス・ウォルミウスによるラテン語版が禁書指定を受けたこと、そして奇怪な宗派の儀式において、『ネクロノミコン』そのものが祭具として用いられていることが示されたのと、実在する神秘学関連の書物に並べて言及するというお馴染みの手法が使用されたのは、本作が最初となる。

シュブ＝ニグラス

　名前のみの言及だが、「最後のテスト」が初出の神性。「墳丘」によれば、「万物の母であり、"名付けられざりしもの"の妻」のシュブ＝ニグラスは、同じく「最後のテスト」が初出のナグとイェブ同様、レムリア大陸で崇拝された神であり、カナンで崇拝された大地母神アスタルテと同一視されている。おそらく、同作以前に書かれた「壁の中の鼠」で言及される古代ローマの太母神についても、この頃にはシュブ＝ニグラスと結び付けられていたのだろう。

　その後、ジェイムズ・ファーディナンド・モートンJr.宛1933年4月27日付書簡に付された神々の系図によれば、シュブ＝ニグラスはアザトースの子である"闇"の子であり、従兄弟にあたるヨグ＝ソトースとの間にナグ（クトゥルーの親）とイェブ（ツァトーグァの親）を設けている。また、「墳丘」でシュブ＝ニグラスの夫とされた"名付けられざりしもの（ノット・トゥ・ビー・ネームド・ワン）"について、オーガスト・W・ダーレスは自身の「ハスターの帰還」でハスターの異名とした。

　また、「永劫より出でて」によれば、シュブ＝ニグラスはいくぶん人間に友好的な神としてムー大陸で崇拝された神で、ガタノソアとは対立関係にあるようだった。"千の仔を遵えし／孕みし山羊 The Goat with a Thousand Young"という異名は「暗闇で囁くもの」（1930年）以降の作品に出てくるもので、大抵は「いあ！しゅぶ＝にぐらす！千の仔を遵えし山羊よ！」という定型句で用いられる。英語の"with young"には「子を孕

む」の意味があり、多産豊穣の女神に相応しい称号なのだが、クラーク・アシュトン・スミスの「アゼダラクの聖性」の冒頭に「千の雌羊を遵えし雄羊にかけて！ By the Ram with a Thousand Ewes!」というフレーズ（後に[オーガスト・W・ダーレスがこれをシュブ＝ニグラスの両性具有の根拠と考えた）があり、これと対応させるため筆者の翻訳では「遵えし」としている（2023年時点）。

ともあれ、「山羊」というのがHPLの小説作品中で唯一触れられたシュブ＝ニグラスの外見的特徴で、他にウィリス・コノヴァー宛1936年9月1日付書簡に「恐ろしい雲のような存在」と書かれたのみである。作家たちは、思い思いにこの神の姿を想像した。ロバート・ブロックはHPLとの文通を始めた1933年に、蜥蜴を思わせる鱗に覆われた頭部と下半身、鉤爪を備えた前腕、そして胸部にはどうやら大きな乳房（腕で隠している）のあるシュブ＝ニグラスのイラストを描き、HPLに送った。また、クラーク・アシュトン・スミスが、おそらく1930年代にシュブ＝ニグラスと題する人間と山羊を混ぜたような胸像をいくつか造った。そのうちひとつはアーカム・ハウスに所蔵されていたが、2010年頃に盗まれたとか。

ジュリアス・シュウォーツ（1915～2004）

ニューヨーク州出身の編集者、文芸エージェント。両親はルーマニア系ユダヤ人移民。後に世界有数のSFコレクターとなるフォレスト・J・アッカーマン、DCコミックスのスーパーマンものの編集者となるモーティマー・ワイジンガーと組んで、1932年にSFファンジン〈タイムトラベラー〉を創刊、1934年にはワイジンガーと文芸エージェント会社のソーラー・セールス・サービスを設立する。HPLは、1935年の秋にニューヨークで彼と知り合い、その顧客となった。シュウォーツは「狂気の山脈にて」を〈アスタウンディング・ストーリーズ〉に350ドルで売り込むことに成功し（エージェント手数料は10%）、ロバート・ブロックも後に彼の顧客となっている。なお、同じ〈アスタウンディング〉誌に「時間を超えてきた影」を売り込んだのは、彼ではなくドナルド・ウォンドレイである。

ファンジン〈ファンタジー・マガジン〉の編集者の一人でもあり、怪奇編、SF編から成るリレー小説「彼方よりの挑戦」を企画して、同誌1935年9月号に掲載した。

なお、怪奇編にはHPLを含む5人の名だたる作家たちが参加していたが、SF編にはHPLと同じく彼の顧客だったスタンリー・G・ワインボウムが参加している。

1944年、シュウォーツはDCコミックスの関連会社であり、のちに吸収合併されるオール＝アメリカン・パブリケーションズ社にコミック編集者として入社。DCコミックス時代のシュウォーツは、シルバーエイジのヒーロー復権の立役者の一人で、仕事仲間にガードナー・フォックスがいる。

錠前と鍵

"lock and key"というのは、クトゥルー神話小説に時折見られる慣用表現である。

HPL作品では、「『ネクロノミコン』の歴史」（1926年）、「ダンウィッチの怪異」（1928年）などに見られ、多くの場合、稀覯本が博物館や図書館において「錠前と鍵のもとに護られている kept under lock and key」という形で用いられている。この錠前と鍵というのが、「本自体に錠前がついている（そうした具体的な説明がされるケースもある）」のか、「錠前と鍵がかかるケースなり棚なりに収められている」のかについては情報がなく、読者の想像と翻訳者の取捨選択に委ねられている。

なお、ナサニエル・ホーソーンの息子であり、自身も作家であるジョナサン・ホーソーンが編んだ、『錠前と鍵』と題する探偵小説アンソロジーが1909年に刊行されていて、この本はHPLの蔵書に含まれていた。

ジョージ・W・マコーリー
(1885〜1969)

ミシガン州在住のアマチュア・ジャーナリスト。1914年当時、ユナイテッド・アマチュア・プレス・アソシエーション（UAPA）の新規入会者向けの雑誌である〈ニュー・メンバー〉の共同編集者を務めていたことからHPLと交通するようになった。この頃はまだ、HPLが詩に傾倒していた時期で、HPLは1915年の手紙で、小説を書きたいとは思うが、自分には無理だと書いている。その後、HPLがUAPAと距離を置いていた1920年代を通して、疎遠になるも、1932年から恒常的な文通が再開された。HPLの死後、マコーリーは自身のアマチュア文芸誌〈オ＝ウォシュ＝タ＝ノン〉に未発表の小説「イビッド」や、書簡からの引用を含むHPLにまつわる回想録などを掲載した。

ジョージ・ウィラード・カーク
(1898〜1962)

書籍商、出版業者。HPLよりも早くクラーク・アシュトン・スミス、サミュエル・ラヴマンと知り合っていて、1922年の初頭にラヴマン編集の『アンブローズ・ビアースの21通の手紙』を刊行した。同年8月、HPLがオハイオ州クリーヴランドにラヴマンを訪ねてきた際に、ラヴマンの紹介でHPLとカークも知り合った。1924年8月、HPLに少し遅れて、書店を開こうとニューヨークに引っ越してきた。彼はケイレム・クラブに加わってHPLたちと親交を深め、1925年初頭にはHPLの住んでいるブルックリンのクリントン・ストリート169番地のアパートに引っ越し、8月にはさらに西一七番街317番地のアパート（現在は公園になっている）に引っ越したのだが、後者のアパートは「冷気」の舞台となった。

HPLは当時、カークが経営する西八番街58番地のチェルシー・ブックショップへと、しばしば荷物を運んでやったという。

ジョージ・ジュリアン・ハウテン (1884〜1945)

1915年から17年にかけてナショナル・アマチュア・プレス・アソシエーション（NAPA）の会長を務めたアマチュア・ジャーナリスト。1920年7月、ボストンの会合でHPLと知り合った。

その後、妻とユーモア雑誌〈ホーム・ブリュー〉を創刊した際、彼はHPLに全6回の連載怪奇小説を合計30ドルで依頼し、1922年2月号から7月号にかけて「ハーバート・ウェスト─死体蘇生者」を連載させたのだが、これこそがHPLの最初の商業媒体仕事となる。彼はさらに、1923年1月〜4月において全4話の「潜み棲む恐怖」を連載した。ハウテンはこの新連載の予告記事において、HPLを「生きている人間の間で、H・P・ラヴクラフト以上にエドガー・アラン・ポーの天才に近づいた者は存在しない」と持ち上げた。

ジョージ・ヘンリー・ワイス
(1898〜1946)

カナダの詩人、作家。"フランシス・フラッグ"という筆名で、〈アメイジング・ストーリーズ〉や〈アスタウンディング・ストーリーズ〉に怪奇・SF小説を寄稿していた。HPL作品の愛読者で、1930年から交通を始めた。

彼がフラッグ名義で〈ウィアード・テイルズ〉1934年8月号に発表した「宇宙からの歪み The Distortion Out of Space」は、落下した隕石の中にあったものが、空間の歪みをもたらすという筋立てで、「宇宙の彼方の色」のオマージュだと思われる。

ショゴス

「狂気の山脈にて」に登場する、南極の古きものどもが十数億年前に奴隷として創造した不定形の人工生命体。用途に応じて、自由自在に目や耳、手足などの器官や部位を発生させることができ、大都市を建造する土

木作業機械として、日常の家事を任せる召使いとして、クトゥルーなどの敵と戦う兵器として使役された。悪臭を放ち、虹色に輝く、黒々とした肉塊として描写されるが、同作が掲載された〈アスタウンディング・ストーリーズ〉1936年2月号の表紙に描かれた、無数の赤い眼がある蛍光グリーンに輝くアメーバ状の姿も有名である。億単位の歳月の中、おそらく1億5千万年前に脳を発生させて自由意思を獲得したショゴスは反乱を起こす。古きものどもは南極の地下にショゴスを封印したものの、滅亡への道を歩み始める。なお、「狂気の〜」によれば、アブドゥル・アルハズレッドは『ネクロノミコン』中でショゴスの実在を否定したという。

「インスマスを覆う影」では、インスマスの深きものどもと結託し、「戸口に現れたもの」においても、メイン州の森林地帯の地下に存在する神殿において、インスマスの人間とショゴスの協力関係が匂わされている。

なお、クラーク・アシュトン・スミス宛1930年11月11日付書簡に、幻夢境の内部世界に位置するナスの谷で、ショゴスが産卵期を迎えているという記述があり、どうやら卵生であるらしい。

ジョゼフ・ヴァーノン・シェイ
(1912〜1981)

ペンシルベニア州ピッツバーグ在住の作家で、HPLの交通相手。ただし、彼がプロデビューを果たしたのはHPLの死後で、その存命中はHPLの愛読者であり、作家志望の青年だった。シェイは13歳頃から創作を始め、1931年（19歳）の頃にHPLにいくつか

の自作品（未発表）を送り、講評を求めたことがきっかけで交流が始まった。アマチュア時代の彼の作品には、「ザ・ネクロノミコン」（1937年）と題する、HPL周辺の作家たちをクトゥルー神話的世界の中に位置づけるパロディ的な小説が含まれていて、HPLもこれを死の直前に読んでいた。なお、HPLは普段、あまり映画の話題を手紙に書かなかったが、映画好きであったシェイに触発されたのか、彼とやり取りした書簡の中には映画についての話題が数多く含まれ、貴重な情報源となっている。

シェイは、プロデビュー後もクトゥルー神話的な作品を執筆しているが、残念ながらそれらは邦訳されていない。

ジョゼフ・ペイン・ブレナン
(1918〜1990)

コネティカット州出身の詩人、作家。

HPLと文通こそしなかったが、熱狂的なファンかつコレクターで、『H・P・ラヴクラフト：書誌』（1952年）、『H・P・ラヴクラフト：評価』（1955年）を皮切りに、数多くの私家版研究誌を発行。彼が〈ウィアード・テイルズ〉1953年3月号に発表した「スライム」（邦題「沼の怪」）は"スライム"と呼ばれるモンスターが登場した最初の作品であると同時にHPLの影響を強く受けた怪奇物語である。余談だが、HPLは「宇宙の彼方の色」において、井戸の底にわだかまるとろとろの物体について「とろとろやねばねば」と表現している。ウーズは〈ウィアード・テイルズ〉創刊号（1923年3月号）掲載のアンソニー・M・ラッドの作品のタイトル（邦題は「人喰い沼」）で、スライムと同じく不定形の怪物の呼称となっている。ブレナンの作品集『暗闇と危険の物語集』は、1973年にアーカム・ハウスから刊行された。

ブレナン自身の神話作品としては、「彼方より来たりて饗宴に列するもの」がある。

125

ジョナサン・E・ホーグ

ニューヨーク州東部、オールバニーの近くに位置するトロイの街在住の詩人、アマチュアジャーナリスト。HPLと交流があり、彼は1918年から27年にかけて、毎年のようにホーグの誕生日を祝う詩を書いており、なおかつ1923年にはホーグの『詩作品集』(自費出版)を編集し、序文を寄せているのだが、残念ながら書簡は残存していない。

ホーグはしばしばニューヨーク州南東部のキャッツキル山地を題材としたが、これは「眠りの壁の彼方」「潜み棲む恐怖」「石の男」などにおける土地の描写に生かされたようだ。1927年にホーグが亡くなった際、HPLはチャールズ・W・スミス発行のアマチュア・ジャーナリズム雑誌〈トライアウト〉1927年12月号に哀歌「アヴェ・アティック・ヴェール」を寄せ、後に「インスマスを覆う影」に登場する酔いどれザドック・アレンの部分的なモデル(両者の生没年は一致している)とした。

ジョリス＝カルル・ユイスマンス（1848〜1907）

19世紀フランスのデカダン派の走りとして、シャルル・ボードレールと並び称される作家。HPLは、主人公フロレッサス・デゼッサントが使用人を伴って郊外の一軒家に棲まい、趣味の赴くままに書物や絵画を集め、美と頽廃の人工楽園を築くうちに神経を病んでいく物語である長編『さかしま』を読み、その筋立てが「猟犬」の原型になったと思しく、それを裏付けるように、HPLは作中でユイスマンスの名前を出している。また、「銀の鍵」冒頭におけるランドルフ・カーターの述懐も、『さかしま』の序文を想起させる。

ジョン・W・キャンベルJr.（1910〜1971）

ニュージャージー州出身のSF作家、編集者。大学時代に〈アメイジング・ストーリーズ〉でSF作家デビューするが、成績が落ちてマサチューセッツ工科大学を中退し、後にノースカロライナ州デューク大学で学位を取得した。〈アスタウンディング・サイエンスフィクション〉（後の〈アナログ〉）誌の編集長を1937年から数十年間務める。

〈アスタウンディング・サイエンスフィクション〉1938年8月号にドン・A・スチュアート名義で発表した「影が行く」は、南極の大磁極基地の隊員たちが、2千万年前に墜落した宇宙船を発見したことにより未知の脅威に晒されるというもので、『遊星よりの物体X』(1951年)を皮切りに幾度も映像化されたSF小説だが、1936年の〈アスタウンディング・ストーリーズ〉に掲載された「狂気の山脈にて」にインスパイアされた作品だと言われている。

ジョン・ディー（1527〜1608? 1609?）

「ダンウィッチの怪異」において、ウェイトリイ家が所蔵する英語版『ネクロノミコン』の翻訳者として名前(作中では「ディー博士」)を挙げられる人物。この設定を思いついたのはフランク・ベルナップ・ロングで、1927年執筆の小説「喰らうものども」(〈ウィアード・テイルズ〉1928年7月号掲載)の冒頭に、「十字架は受動的な主体ではない。十字架は純粋な心を護り、安息日の上空にしばしば現れては闇の

諸力を混乱させ、分散させるのである」という"ジョン・ディーの『ネクロノミコン』"からの引用文を示した。この記述については、1927年9月の時点でHPLも承知していたことがわかっている。

HPLは同年の秋頃から『ネクロノミコン』の書誌にまつわる設定の整理に着手し、最終的に「『ネクロノミコン』の歴史」と題するエッセイにまとめるのだが、こちらでは「ディー博士による英訳版は一度も刊行されたことがなく、元の草稿から再録された断片集が存在するのみとなっている」と説明している。「ダンウィッチ〜」（1928年8月執筆）で言及されるのは、この断片集だろう。

実在のジョン・ディーは、英国ロンドン出身の占星術師、錬金術師だ。16世紀から17世紀初頭にかけてヨーロッパ各地を巡り、魔術や錬金術に熱中した神聖ローマ皇帝ルドルフ二世に仕えたこともあった。晩年は女王エリザベス一世の相談役となったが、彼女の死後は魔術嫌いのジェームズ一世に疎まれ、貧困のうちに亡くなった。生前の事績としては、エドワード・タルボット（本名はエドワード・ケリー）などの霊媒師の助力で、水晶球を介したスクライングという霊的交信を繰り返してアナエルやミカエル、ウリエルなどの天使と交信し、護符の製法や天使が用いる言語のアルファベットや単語を教示され、『ロガエスの書』にまとめたことがある。

ジョン・ヘイ図書館

ブラウン大学のキャンパスの西に建っている大理石造りの図書館。HPLの手稿やスケッチのコレクションを所蔵し（筆者の著書もいくつか納本している）、前庭にはHPLの顕彰碑も建てられている。

「闇の跳梁者」の主人公ロバート・ブレイクが2階に住んでいる住宅は、ジョン・ヘイ図書館の裏手にある東向きの丘に建っていると説明されているのだが、これは1930年代にHPLが住んでいたカレッジ・ストリート66番

地の住宅のことである。

ブラウン大学の
ジョン・ヘイ図書館
（撮影：森瀬繚）

ジョン・ラッセル
（生没年不明）

フロリダ州在住の英国人アマチュア・ジャーナリスト。1914年、〈アーゴシー〉誌の読者投稿欄に、お涙頂戴的なロマンス作家フレッド・ジャクスンの批判をHPLが投稿した際、詩の形でそれに対する反論を投稿した人物。HPLもまた詩の形でこれに反論、1年にわたるやり合いが続いた後、編集部が和解するよう両者に勧告、同誌1914年10月号に「批評家たちの別れの言葉」という和解記事が掲載される運びとなった。2人はこの頃から連絡を取り始めたようで、HPLの発行するアマチュア・ジャーナリズム雑誌〈保守派〉にラッセルの詩が掲載されたこともある。なお、1925年4月、ラッセルはニューヨークを訪れて、HPLとその友人たちと数日一緒に過ごしたということだが、以後、彼の名前はふっつりと現れなくなる。一体何があったのかは、神のみぞ知るというところだろう。

「知られざるもの」

おそらく1916年秋に書かれた、4行詩形式の12行詩。語り手が、月面に恐ろしい何かを見つけるという内容で、ウィニフレッド・ヴァージニア・ジャクスンの筆名のひとつである「エリザベス・バークリイ」名義で、HPLが発行している〈保守派〉1916年10月号に発表された。友人の名義を使用した理由について、HPLは「人々を煙に巻くため」と説明している。

「白い船」

1919年9月にロード・ダンセイニの作品に出会い、10月20日にボストンのコプリー・プラザで開催された彼の講演会に足を運んで間もない頃に執筆された作品で、ユナイテッド・アマチュア・プレス・アソシエーション（UAPA）の〈ユナイテッド・アマチュア〉1919年11月号に最初に掲載され、後に〈ウィアード・テイルズ〉1927年3月号にも掲載された。ノース・ポイントと呼ばれる、おそらく岬の灯台守である語り手が、時折寄港する白い帆船に乗って、ザールやタラリオン、クスラといった夢とも現実ともつかない土地を遠目に眺めたり、ソナ＝ニルという街に立ち寄ったりするという幻想的な物語。ダンセイニの「ヤン川を下る長閑な日々」の模倣作と見なされているが、大瀑布へと転落するラストはエドガー・アラン・ポーの「ナンタケット島出身のアーサー・ゴードン・ピムの物語」を彷彿とさせる。なお、本作の語り手らしき人物が「未知なるカダスを夢に求めて」に言及され、こちらではキングスポートの灯台守となっている。

なお、前述の土地の在り処が人間の夢の

深奥に存在する幻夢境に位置づけられたのは、「未知なるカダスを夢に求めて」が最初である。

仁賀克雄（1936〜2017）

神奈川県出身の作家、評論家、翻訳家。

本名は大塚勘治で、筆名はこれを逆さ読みしたもの。早稲田大学第一商学部在学中に、江戸川乱歩を顧問に迎えてワセダミステリクラブを設立、初代幹事長となった。

卒業後は石油会社に勤務する傍ら、海外小説の翻訳や紹介に取り組んだ。〈宝石〉誌における乱歩の紹介でHPLの虜になり、1972年には日本最初のHPL作品集『暗黒の秘儀』を創土社から刊行した（仏文学者の澁澤龍彦が帯を寄せた）。続いて、早川書房の〈ミステリマガジン〉1973年7〜12月号に「アーカム・ハウスの住人」を連載し、当時"アーカム派"などと呼ばれていたオーガスト・W・ダーレスやクラーク・アシュトン・スミス、ロバート・ブロックなどの周辺作家とその作品を紹介した。

その後、1984年から87年にかけて朝日ソノラマ文庫の海外シリーズを監修、前述の『暗黒の秘儀』（第21弾）やロバート・ブロック作品集『暗黒界の悪霊』（第15弾）、クラーク・アシュトン・スミス作品集『魔界王国』（第30弾）などの文庫本を送り出し、1980年代におけるクトゥルー神話の普及に貢献した。

1985年には朝日ソノラマの特撮・SF雑誌〈宇宙船〉にて、「クトゥルフ神話入門講座」の②〜④（他の回は菊地秀行）を寄稿した。

神智学

心霊主義者ヘンリー・スティール・オルコットやロシア帝国出身の霊媒ヘレナ・ペトロヴナ・ブラヴァツキーらが、1875年にニューヨークで設立した神智学協会が主導した、19世紀後期に始まる神秘主義運動。

ブラヴァツキーがチベットの白き同胞団

（グレート・ホワイト・ブラザーフッド）の導師たちから教えを受けたと称した知識や思想が根底にあり、地球の先住民族という概念や、アトランティスやレムリアなどの水没大陸で栄えたとする超古代文明が、現代よりも遥かに高度な精神文明であったという主張をはじめ、クトゥルー神話に大きな影響を与えた。HPL自身はウィリアム・スコット＝エリオットの『アトランティスの物語と失われたレムリア』など、神智学の流れを汲むオカルティストの著書を数冊読んでいる程度で（クラーク・アシュトン・スミスやロバート・E・ハワードらも同じ本を読んでいた）、それほど詳しくはなかった。ただし、後年知り合ったエドガー・ホフマン・プライスが神智学に精通し、彼の受け売りが「銀の鍵の門を抜けて」以降の作品に盛り込まれている。

「神殿」

1920年、「ウルタールの猫」（6月15日）よりも後、「セレファイス」（11月頭）よりも前に執筆。その後、〈ウィアード・テイルズ〉1925年9月号に掲載されるまで死蔵された。

「ダゴン」に続く第一次世界大戦もので、アトランティスらしき廃墟に到達するクライマックスは、ジュール・ヴェルヌの『海底二万リュー』と、エドガー・アラン・ポーの詩「海底の都市」を意識したのだろう。

本作の舞台は、Uボートと呼称されるドイツ帝国海軍の潜水艦だ。第一次世界大戦時に約300隻が建造され、通商破壊戦に猛威を振るった。HPLは少年期に愛読した『海底二万リュー』よろしく、U-29に深海を航行させたり、乗組員に艦窓からアトランティスらし

き謎の海底遺跡を目撃させているが、実のところUボートには艦窓が存在せず（船体上部の中央に塔の如く聳える艦橋に小さな窓があったらしい）、基本的に水面すれすれで運用され、それほど深く潜航できないことを知らなかったようだ。

なお、現実のU-29は1913年に進水したU-27型Uボートで、1915年3月18日海軍の戦艦ドレッドノートの体当たりで沈没した。

シンフォニー・リテラリー・サーヴィス

HPLとアン・T・レンショウ、そして素性のよくわからないJ・G・スミス夫人の3人が1916年末に設立した、文章添削請負のサービス。シンフォニーというのはレンショウが発行していたアマチュア・ジャーナリズム雑誌で、HPLも寄稿していた。詳しい事業内容や形態についてはよくわかっていないが、後年、HPLの文章添削の顧客となるディヴィッド・ヴァン・ブッシュが、当初はこのサービスの利用者であったらしい。

「人類のための人生」

1920年の夏に執筆されたらしいエッセイで、アマチュア・ジャーナリズム誌〈アメリカン・アマチュア〉1920年9月号に掲載。無限の宇宙において人類が無意味で取るに足りない存在であることを前提に、快楽論（人間の行動の動機づけは快楽の追求とする思想）と有神論を否定するという、HPLの宇宙観を表す内容である。

『ズィアンの書』

『シークレット・ドクトリン』の原書であるというチベット起源の書物で、アトランティス大陸で用いられたというセンザール Sen-zar の聖なる言語で記述されているという。HPL作品では、ほぼ同時期に執筆した「闇の跳梁者」「アロンゾ・タイパーの日記」で言及されている。後者には「地球が誕生する以前に最初の六章までが存在し、金星の君主たちが船で宇宙をわたり、この惑星を文明化した時、既に古いものとみなされていた」という記述があり、HPLはこれをエドガー・ホフマン・プライスからの手紙で知ったのだが、『シークレット〜』にはこのような記述がなく、にもかかわらずドイツの作家、オカルティストであるエーリヒ・フォン・デニケン（1935年〜）の『星への帰還』の帰還に同様の記述がある。このデニケンは、超古代の地球を宇宙人が訪れていて、その痕跡が各地の遺跡や遺物から窺えるという、日本のオカルト書でしばしば宇宙考古学（英語圏では"古代宇宙飛行士説"）と呼ばれる考えを説いた人物で、これを根拠に長らく「HPLから影響を受けたのではないか」と言われてきた。しかし、2016年になって米国の作家ジェイスン・コラビートが、神智学協会第2代会長アニー・ベサントの腹心だったチャールズ・W・レッドビーターの著書『インナー・ライフ』に同様の記述があることを確認。両者がこの本を参照したのだろうという話に落ち着いた。

ズィーリア・ブラウン・リード・ビショップ（1897〜1968）

ミズーリ州カンザスシティ在住の作家、HPLの顧客。小説家志望で、1928年頃にサミュエル・ラヴマンの紹介でHPLに文章添削を依頼した。HPLは彼女を"リード夫人"と呼び、書簡を介して詳細な小説執筆の指導を行った。彼女の方も、自身はHPLの教え子だったと回想している。

どちらかと言えば恋愛小説を好み、そうした作品を執筆してはアマチュア文芸誌などに発表していたのだが、HPLは手紙のやり取りを通して彼女から恐怖小説のアイディアを引き出し、1928年から30年にかけて「イグの呪い」「墳丘」「メドゥーサの髪」をゴーストライティングした。HPLによれば、たとえば「イグの呪い」のアイディアの75％が彼の創意で、「この作品は、小説としては全面的に私が作ったものだと言ってよいでしょう」とのこと。

ビショップは後に、ミズーリ州クレイタウンの歴史がテーマのロマンス小説を数多く執筆したというが、現在も読めるのはHPLの代作した3作品のみのようだ。

なお、彼女が1956年に夫D・W・ビショップと死別した後、同居していたジャネット・スタークウェザー・コールの自宅から、2014年にトランク入りの36通の書簡が発見された。これは、翌年に『改訂の精神：ズィーリア・ブラウン・リード・ビショップに宛てたラヴクラフトの書簡』と題する書籍にまとめられ、H・P・ラヴクラフト協会から刊行されている。

ズーグ

「未知なるカダスを夢に求めて」に登場する、

幻夢境に棲息する知的種族。夢見人が幻夢境に入る際にしばしば入り口として利用する、"深き眠りの門"の近くに広がる"魔法の森"の、木々のトンネルの中に棲んでいる。人間と意思疎通し、取引できる程度には高度な知性を有していて、賢人の評議会が種族を統治する。

褐色の小動物で、震え声のような言語で会話する。また、月に由来する異様な木の樹液を発酵させた酒を好む。好奇心旺盛で、人間のあとを付け回したり、時には「夢との距離が近い」(「未知～」)覚醒の世界に出向くこともある。ただし、猫から目の敵にされている。

口元に触鬚を生やした姿で描かれるのは、バランタイン・ブックス社から1974年に刊行されたペーパーバック『未知なるカダスを夢に求めて』の表紙が由来だろう。

スタンリー・G・ワインボウム
(1902～1935)

ウィスコンシン州ミルウォーキー在住のSF作家。〈アスタウンディング・ストーリーズ〉や〈ワンダー・ストーリーズ〉などのパルプ雑誌に作品を発表し、後者掲載の「火星のオデッセイ」(1934年7月号)、「夢の谷」(同11月号)を読んだHPLは「擬人化された王様や美しいお姫様を抜きにして、別の惑星について考えることのできる人間がここにいます」と絶賛している。彼はまた、文芸エージェントジュリアス・シュウォーツの顧客で、彼が企画したリレー小説「彼方よりの挑戦」のSF編にも参加している。

活動期間は短く、SF作家として注目を集めた翌1935年の12月14日に、肺癌で早逝する。なお、HPLは知る由もなかったが、ワインボウムはHPLの作品を読んでいたらしく、2人の死後、1939年刊行の長編『ニュー・アダム』には、フランス語版『ネクロノミコン』への言及があるのだった。

スチュアート・ゴードン
(1947～2020)

イリノイ州シカゴ出身の映画監督、脚本家、プロデューサー。HPLファンであることを公言した映画作者であり、同好の士である友人のブライアン・ユズナと組んで、『ZOMBIO／死霊のしたたり』(1985年)、『フロム・ビヨンド』(1986年)を監督。以後も、『DAGON』(2001年)、『マスターズ・オブ・ホラー・魔女の棲む館』(2005年)という具合に数多くのHPL原作ものの映像作品を監督した。ちなみに、『キャッスル・フリーク』(1995年)はオーガスト・W・ダーレスの没後合作である「閉ざされた部屋」が原作である。
俳優のジェフリー・コムズをしばしば起用する。

スティーヴン・キング（1947～）

メイン州在住の怪奇小説家。11歳の頃、母方のおばの家の屋根裏部屋で、幼少期に失踪した父親の蔵書であるエイヴォン・パブリケーションズ社のペーパーバックのぎっしり詰まった箱を見つけ、その中にあった作品集『潜み棲む恐怖とその他の物語』（1947年）でHPLとの出会いを果たした。映像作品やコミックブックを通して、既に熱心なホラー・フリークとなっていたキング少年は、宝箱を探し当てた海賊さながらに夢中になった。HPLの描き出す、ニューイングランドの暗澹たる物語はキングの精神に大きな影響を及ぼした。大学2年生だった1967年に執筆した、『妖蛆の秘密』が登場する「ジェルーサレムズ・ロット」は言うに及ばず、出世作となった長編『キャリー』をはじめとする様々な作品にHPLの影がちらついており、クトゥルー神話由来の用語が時折挿入されるのみならず、彼がニューイングランド地方の土地や場所を描写する際には、HPLの名前を引き合いに出す傾向がある。ただし、「ヨス＝ソト＝オース Yos-soth-oth」（「おばあちゃん」）、「クトゥル CTHULU」「ナイアルラホテプ NYARLAHOTEP」（「クラウチ・エンド」）など、わずかにもじった呼称を用いることも多いようだ。

インタビューやエッセイによれば、お気に入りのHPL作品は、「壁の中の鼠」「宇宙の彼方の色」「ダンウィッチの怪異」とのこと。

また、彼の物語の多くがジェルーサレムズ・ロット（セイラムズ・ロット）、チェンバレン（『キャリー』）、デリー（『IT』）、キャッスルロック（『デッド・ゾーン』『サンドッグ』『ニードフル・シングス』など）といったメイン州の架空のスモールタウンを舞台としている背景には、少なからずHPLへの憧憬や郷愁が働いているように思われる。

なお、キングの本格的なクトゥルー神話作品としては、ラムジー・キャンベルが編んだアーカム・ハウス刊行のアンソロジー『新選クトゥルー神話物語集』（1980年、邦訳は『真ク・リトル・リトル神話大系7』（国書刊行会））に書き下ろした「クラウチ・エンド」が有名である。

スナンド・T・ヨシ（1958～）

ワシントン州在住の文芸評論家、HPL研究家。「ジョーサイ」と表記されることもあるが、国書刊行会の編集者時代に本人に確認したという朝松健によれば、「ヨシ」が正しいとのこと。インド中央西部のプネーの生まれで、4歳の頃に米国に移住。13歳の時に図書館でHPL作品に魅せられた彼は、人生の大半をその研究に捧げ、研究誌〈ラヴクラフト・スタディーズ〉を1980年から発行。その後、ブラウン大学に進学すると、同大のジョン・ヘイ図書館所蔵のHPLの遺稿に直接接し、諸作品の全面的な校訂を行った。この校訂原稿が今日、英語圏におけるHPL作品のテキストのベースであり、『定本ラヴクラフト全集』（国書刊行会）以降の邦訳書にも反映されている。『H・P・ラヴクラフト：ア・ライフ』（1996年）、『アイ・アム・プロヴィデンス』（2010

年）などの伝記や『H・P・ラヴクラフト大事典』(2001年) の編纂、ペンギン・クラシックスの詳注版作品集などを手がけた。2007年から研究誌『ラヴクラフト年鑑』の編集主幹を務めている。ただし、ヨシはHPL死後のクトゥルー神話には批判的な立場である。

スレイター・アベニュー軍団

スレイター・アベニューというのは、プロヴィデンスの東側、ブラックストーン・ブールバード公園に並行して南北に伸びる通りの名前で、HPLは1898年から数年間、ここにあるグラマー・スクール（小学校）に通い、チェスター・ピアス・マンロー（マンロー兄弟を参照）と共に悪童として勇名を馳せた。この2人を中心とする悪童たちは、スレイター・アベニュー軍団を結成し、近所の森で戦争ごっこを繰り広げた。

スンガク

「セレファイス」「未知なるカダスを夢に求めて」の2作品で言及される、「無限と呼ばれているものの外側」（「セレファイス」より）に存在する遠い宇宙の領域において、存在の秘密を研究しているという、菫色の気体生物。「セレファイス」では名前がついていなかったが、「カダス～」でスンガクという名前がついた。後者では、ランドルフ・カーターに、蕃神やナイアルラトホテプ、アザトースについて警告した他、ノーデンスと共に彼を支援し、進むべき先を指南している。後年、オーガスト・W・ダーレスの「星の忌み仔の棲まうところ」(邦題『潜伏するもの』）において「紫と白の強い光を放つ巨大な光柱」と描写される旧き神と同一視する向きがあるが、ダーレスは「カダス～」を読んでいなかったので、この類似は偶然だろう。

「世紀の決戦」

1934年6月に執筆された短編。HPLがフロリダ州のロバート・H・バーロウを訪ねた際に、バーロウが思いついたジョーク小説で、バーロウがタイプ打ちした初稿にHPLが修正を加えるという形で完成された。

2001年の前夜、二丁拳銃のボブ（ロバート・E・ハワード）と"ウェスト・ショウカンの荒らくれ狼"ノックアウト・バーニイ（バーナード・オースティン・ドゥワイヤー）がボクシングで雌雄を決するという筋立てで、HPLはホース・パワー・ヘイトアート、フランク・ベルナップ・ロングはフランク・チャイムスリープ・ショート、シーベリイ・クインはティーベリイ・クウィンスという具合に、実在人物たちが見る人が見ればそれとわかる形で登場している。

HPLたちはこの試作品を2枚のフライヤーに50部印刷し、送り主の正体がばれぬよう、わざわざワシントンD.C.が発送元になるよう手筈を整えて、友人たちに送りつけた。

青心社

　1971年に関西大学SF研究会を創設した関西SFファンダムの中心人物の1人、青木治道が1979年に設立したSF・ファンタジー中心の出版社。同社の功績として真っ先に挙げられるべきは、星野之宣などを輩出した漫画研究団体アトラスに所属し、同人誌で作品を発表していた士郎正宗に注目、『ブラックマジック』『アップルシード』などの単行本を刊行してSFコミック界をリードする存在に育て上げたことだろう。"世界の士郎正宗"となった今でも青心社との蜜月関係は続いている。

　同社の刊行物の多くは、関大SF研究会や手塚治虫ファンクラブ京都などのファンダム活動を通して構築された、青木社長の個人的な人脈を背景にしているものが多く、クトゥルー神話の関連書籍を手がけるようになった経緯もそうしたものだった。

　翻訳家の大瀧啓裕が青木社長の学生時代からの友人だった縁で、パルプ雑誌〈ウィアード・テイルズ〉の作品集、『悪魔の夢　天使の溜息』を1980年に刊行。また、大瀧の編集・翻訳でクトゥルー神話作品集『クトゥルー闇の黙示録』全6巻を刊行。このシリーズは1988年創刊の青心社文庫に移され、2005年に全13巻をもって完結した。

　同社はその後も神話関連書の刊行を続け、2020年代現在は日本人作家の作品集や、ブライアン・ラムレイの『幻夢の英雄』（抄訳）を出版している。

「生体解剖者」

　アマチュアジャーナリズム誌〈ウルヴァリン〉に、5回（1921年3月号、6月号、11月号、1922年3月号、1923年春号）にわたり掲載された、ゾイルス名義の批評コラム。〈ウルヴァリン〉その他のアマチュア誌に掲載された記事や作品の批評が主な内容で、共同編集者であるホレス・L・ローソンとHPLがやり取りした書簡の内容から、アルフレッド・ギャルピンが

担当した1921年11月号以外、全てHPLの手になるものと判明している。なお、ゾイルスというのは、紀元前4世紀の東マケドニア出身の文法学者、哲学者で、ホメーロスの批判者であったことから後世、"誹謗中傷者"の代名詞となった人物なのだが、このコラム自体の論調は穏健だった。

「生と死」

　HPLが創作メモとして生前にまとめていた備忘録の第27項、「死──その荒廃と恐怖──荒涼たる宇宙──海底──死者の街。しかし、生は──遥かに恐ろしい！　前代未聞の巨大な爬虫類やリヴァイアサン──先史時代の密林に棲む悍ましいけだものとも──悪臭芬々たるぬるついた植物──原始人の邪悪な本能──生とは、死よりもなお恐ろしいのだ」というフレーズにつけられていたタイトルで、アマチュア・ジャーナリズム誌か何かにこのタイトルの作品が発表されていたのではないかと、HPLの死後、友人たちの間で盛んに議論された幻の作品。短編小説ないしは散文詩ではないかと考えられている。ロバート・H・バーロウはどこかで原稿を見たような気がすると証言し、ウィリアム・ポール・クックは〈ユナイテッド・アマチュア〉誌に掲載されていた気がすると証言し、1955年に『ハワード・フィリップス・ラヴクラフト回顧録、評論＆書誌情報』を刊行したジョージ・T・ウェッツェルは、確かに何かのアマチュアー・ジャーナリズム雑誌でその原稿を目にしたのだが、紛失してしまったと証言している。

セイラム

　ボストンの北にある港町。英聖公会のジョン・ホワイト牧師が中心となり、1623年に設立された植民会社ドーチェスター・カンパニー・オブ・アドベンチャラーズが移民を送り込み、やがて港湾都市として発展した。"セ

イラム"はキリスト教の聖地であるエルサレム（ヘブライ語で「神の祈り」を意味する）から取られた名前で、ジェルーサレムないしはセイラムという地名はアメリカの各地に見られるものである。しかし、1692年に悪名高いセイラム魔女裁判の舞台となり、20世紀の前期までは近代アメリカ史の恥部として、不穏かつ不名誉な印象がつきまとっていた。

HPLはこの町を繰り返し訪れていて、自身の創造したアーカムのモチーフとした。HPLが描いたアーカムの地図は、西側にギャロウズ・ヒルならぬハングマンズ・ヒルがある点も含めて、セイラムの地図を想起させるものとなっているが、街路の配置そのものは全く異なっている。この町とプロヴィデンス、というよりもブラウン大学を合成し、起伏を加えたのがアーカムなのである。

セイラムは様々なHPL作品で言及されていて、たとえば「ピックマンのモデル」に登場するリチャード・アプトン・ピックマンの実家はセイラムとされていて、代々『ネクロノミコン』を伝えていたことが『ネクロノミコン』の歴史」において示唆されている。また、「魔女の家で見た夢」の舞台となる魔女の家のモチーフとなったのは、この町に実在する"魔女の家"（旧ジョゼフ・コーウィン邸）と呼ばれる建物である。1692年の魔女裁判の現場ではないものの、裁判と処刑が行われた町であり、この町で生まれ育ったナサニエル・ホーソーンの作品からも、人々の心に色濃く影を落としていることが窺える——のだが、1960〜70年代に人気を博したTVドラマ『奥様は魔女』の影響で、21世紀現在は魔女がテーマの観光地になっている。

ちなみに、HPLはヘンリー・カットナーが「セイラムの恐怖」を執筆する際、彼のために手紙でスケッチ入りのセイラムのタウンガイドを詳しく書き送っている。

セイラム魔女裁判

植民地時代の米国を騒がせた、1692年3月1日に始まる一連の裁判の通称。

マサチューセッツ湾植民地のセイラム・ヴィレッジ（現ダンヴァース）が事件の舞台であり、この村の牧師サミュエル・パリスの娘ベティと、その従兄弟アビゲイル・ウィリアムズらが遊び半分で降霊会に参加した際、暴れるなどの奇妙な行動を取ったことから騒ぎが始まった。裁判はセイラム・タウン（現在のセイラム）で行われ、200名近くの村人が魔女として告発された挙げ句、18名がギャロウズ・ヒルで絞首刑に、1名が拷問中に圧死、乳児を含む5名が獄死するという凄惨な結末を迎えた。主任裁判官の一人であるジョン・ホーソーンは文豪ナサニエル・ホーソーンの先祖で、彼は終生、自身の家名に負い目を抱き、その鬱屈が『緋文字』『七破風の屋敷』などの作品に顕れている。この事件が起きた「1692」の数字は、アメリカ史の恥部として、教養あるアメリカ人が強く意識している年で、文学作品においてしばしば象徴的に言及される。HPL作品では、この1692年に作中世界で実際に起きたことが言及されることが多く、登場人物の因縁を結びつける鍵となっている。また、エドマンド・カーター（「銀の鍵」）、ジョゼフ・カーウェン（「チャールズ・デクスター・ウォード事件」）、キザイア・メイスン（「魔女の家で見た夢」）など、セイラムには実際に危険な妖術師たちが棲んでいて、裁判の前後でアーカムやダンウィッチに逃れたことが示唆される。

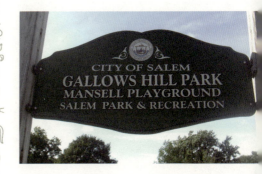

ギャロウズ・ヒルは公園になっている（撮影：森瀬繚）

「絶望」

1919年2月19日頃に書かれた詩で、この詩で詠じられた「忌まわしき人生の呻吟と悲嘆の彼方」に存在する「甘美なる忘却」は、前年末から神経衰弱に陥った母サラ・スーザン・フィリップス・ラヴクラフトに向けたものだと、HPLは書簡に書いている。約1ヶ月後の3月13日、サラはバトラー病院に入院し、退院することなく2年後に亡くなった。

「セレファイス」

おそらく1920年11月の初旬に執筆された作品で、後にHPLの妻となるソニア・H・グリーンが発行するアマチュア文芸雑誌〈ザ・レインボー〉に掲載された。商業誌での発表はかなり後で、〈マーベル・テイルズ〉1934年5月号に掲載されたが、タイトルが"Celephaïs"ではなく"Celephais"となっていた。ロンドンに一人住まいする落ちぶれた作家が、麻薬と夢に耽溺する中、父祖の地であるサリー州の面影を追ってさまよううちに、ついにその精神が光り輝くセレファイスの都邑へと辿り着くのだが、肉体の方は死を迎えるという物語。HPLによれば実際に見た夢をそのまま小説に書き起こしたものだということで、備忘録の1919年の条に「都市の上空を飛行する夢」というメモ書きがあり、その少し後の「人間が過去——あるいは空想の領域——に旅立ち、抜け殻となった肉体を後に残す」も本作に関わるものだろう。それとは別に、ロード・ダンセイニの「トーマス・シャップ氏の戴冠式」の影響が指摘されている。

ちなみに、本作は"インスマス"という地名の初出作でもあるのだが、作中の描写からして、明らかに英国の漁村だった。"クラネス"という夢の中での名前のみが示されるの主人公のその後は「未知なるカダスを夢に求めて」に描かれ、「セレファイス」のインスマスが、コーンウォール半島の漁村であったことも明かされる。

「前哨地」

1929年11月26日に書かれた詩。

現在、グレート・ジンバブエ遺跡と呼ばれている、ジンバブエ（当時は英領南ローデシア）の中南部にある巨石遺構を題材に、上古の秘密を知ってしまったがために、夢見を恐れる王を描く内容で、"外世界よりの漁師とも"なる謎めいた存在が言及されている。HPLは、この年に幾度か顔を合わせたエドワード・ロイド・セクリストから、彼が実際に赴いたことのあるジンバブエの話を聞いていて、それを参考にしたということだ。なお、この詩で言及される"外世界よりの漁者とも"は、ヘイゼル・ヒールドのためにゴーストライティングした「翅のある死」（1932年）でも言及されているが、こちらはジンバブエではなくウガンダや南アフリカなどが舞台である。

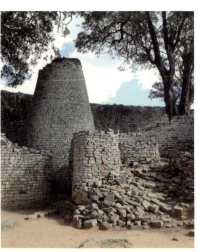

グレート・ジンバブエ遺跡（撮影：本方暁）

『千夜一夜物語』

18世紀にフランスの東洋学者アントワーヌ・ガランが紹介した、イスラーム世界の説話集。そのエキゾチックな物語の数々はヨーロッパで大流行し、やはりHPLに大きな影

響を与えたウィリアム・トマス・ベックフォードの『ヴァテック』などの作品がそのブーム下で生まれることになった。

　HPLは5歳の頃に、児童向けの『千夜一夜物語』を読んで中世のイスラーム世界に夢中になり、母サラに頼み込んで、自分の部屋の一角に東洋風の飾りつけをして、ムスリムを自称した。なお、1898年のクリスマスに母からアンドルー・ラング訳の『千夜一夜物語』をプレゼントされたという話もあり、覚え違いなのか、最初に読んだものとは別の本なのかはわからない。ともあれ、幼少期にギリシャ神話やイスラーム世界の物語など、異教的な伝統に触れたことが、キリスト教の信仰に懐疑的になるきっかけを与えたようだ。また、HPLが生まれて初めて物語を書いたのは7歳の時で、「高貴な盗み聞き」と題されたそれは現存せず、ある少年が洞窟の地下に棲むものたちの会議の様子を聞いてしまうという粗筋のみ伝わっているのだが、これは頻繁に洞窟が出てくる『千夜一夜物語』の影響下の作品ではないかと目されている。

　後の作品への直接的な影響としては、「祝祭」に引用されている『ネクロノミコン』の一節に出てくるイブン・シャカバクなる人物（原文では「シャカバオ」だが、末尾の「o」は「c」の誤記ないしはHPLの手稿を誤読したものと判断）は、『千夜一夜物語』の「床屋の六番めの兄の話」に登場するシャカバク（リチャード・F・バートン版ではシャカシク Shakashik）から採った名前と思われる。また、「ピックマンのモデル」「未知なるカダスを夢に求めて」などの作品に登場する食屍鬼は、元々はアラビア半島の民間伝承に登場する食人の魔物であり、『千夜一夜物語』にもしばしば登場する。

　「銀の鍵の門を抜けて」には、「シャダッドがその恐るべき天才によって、アラビア・ペトラエアの砂漠の只中に千柱のイレムの巨大な円蓋と無数の光塔を築き上げ、秘匿して以来」とあるが、シャダッドというのはリチャード・バートンが英訳した『千夜一夜物語』において、シェヘラザードに毎夜の物語を強要した、サーサーン朝ペルシャの架空の王である（アラビア語版ではシャフリヤール）。

「洗練された若き紳士へ、彼の祖父より現代文学の一書を贈られたること」

　1928年12月15日に執筆された、現代文学の奇抜さと奢侈さ、さらにはそれを生み出した文化的土壌を痛烈に風刺する詩。会合なりアマチュア文芸誌なりで発表されたものではなく、同年のクリスマスにHPLからフランク・ベルナップ・ロングへと贈られた、マルセル・プルーストの『失われた時を求めて 第1篇 スワン家の方へ』に添えられたもの。

創土社

　詩人、編集者の井田一衛が、1969年に創設した出版社。學藝書林から刊行されるはずだった中村能三訳『サキ選集』が出版できなくなったため、これを刊行する目的で立ち上げたという経緯がある。以後、『生のさなかにも』『完訳・ビアス怪異譚』などのアンブローズ・ビアス作品集を皮切りに怪奇・幻想文学のハードカバー単行本を数多く出版。1972年には仁賀克雄の翻訳で日本最初のHPL作品集『暗黒の秘儀』を刊行。1975年には、荒俣宏監修の『ラヴクラフト全集』全5巻を立ち上げるも、刊行されたのは4巻（1975年）、1巻（1978年）の2冊のみだった。ともあれ、安田均が編集に携わったクラーク・アシュトン・スミス作品集『魔術師の帝国』など、初期のクトゥルー神話作品集を何冊も刊行していたことで、"日本のアーカム・ハウス"と呼ばれた時期もあった。

　その後、休眠会社となっていたところを、2001年にジャーナリストの酒井武史が買収、営業再開したのが現在の創土社で、2012年から"クトゥルー・ミュトス・ファイルズ"のレーベルを展開、HPL作品を題材とするアンソロジーや、菊地秀行や黒史郎、小林泰三、牧野修など、日本のホラー・プロパーによる神話小説やコミックを数多く刊行し続けている。

ソニア・H・グリーン
(1883～1972)

ウクライナ（ロシア帝国統治下）の首都キエフの東に位置するイーチニャ（チェルニゴフ県のコノトプとの説も）で、ユダヤ系のシミオン・シャフィルと妻ラシル・ハイトの間に生まれた。

1888年に夫を亡くしたラシルは、ソニアとその兄、弟を伴って英国リヴァプールに移住した。その後、ソニアと弟を置いて渡米して、1892年に再婚。やがてソニアも合流した。

1899年12月24日、16歳のソニアは、10歳年長のロシア移民サミュエル・グリーン（ゼッケンドルフから改姓）と結婚、翌年に息子（生後3ヶ月で死亡）、その2年後に娘（キャロル・ウェルド）をもうけた。しかし、夫婦仲は険悪で、サミュエルは1916年に亡くなっているが、どうやら自殺だったらしい。ソニアはブルックリンのアパートに居住し、ファッション業界で働く傍ら、1917年に知り合ったジェイムズ・F・モートンの誘いでアマチュア・ジャーナリズムの活動に参加した。そして、1921年7月頭にボストンで開催されたナショナル・アマチュア・プレス・アソシエーション（NAPA）の定例会に参加した際、ラインハート・クライナーからの紹介で、珍しく顔を出していたHPLに出会うことになる。

ほどなく2人は親密になった。折しもHPLの抑圧的な母が亡くなったすぐ後のことで、ソニアは手紙のやりとりのみならず、仕事の合間にプロヴィデンスを頻繁に訪問し、年下の男友達の世話を焼いた。1922年4月にはHPLがニューヨークの友人を訪ねられるよう自宅に泊まったり（その間、自分は隣人宅に泊まった）、同じ年の6月から7月にかけて2人きりでマサチューセッツ州のマグノリアとグロスターへの旅行に出かけている。この旅行中に彼女が思いついたのが、後にHPLが改稿した「マーティンズ・ビーチの恐怖」で、グロスターの大海蛇の伝説に触発されたと思しい。彼女の別の小説「午後四時」（1949年に発表）もこの時に思いついたらしく、ソニアは否定して

いるが、特徴的な言葉遣いや句読点の使い方などから、実際にはHPLが改稿したと推測されている。

スナンド・T・ヨシによれば、当時、彼女はHPLと親しかったウィニフレッド・ヴァージニア・ジャクソンから彼を奪ってやったと周囲に話していたようである。

やがて、2人は婚約するのだが、家族からは反対された。1924年3月2日、HPLはほとんど家出同然でニューヨークに向かい、翌日にマンハッタンのセント・ポール教会で結婚式を挙げ、その翌日にはペンシルベニア州のフィラデルフィアへの新婚旅行に出かけた。

ソニアが店を辞めたり、義理の娘キャロルが家を出たりと色々あったが、最初の2ヶ月ほどの結婚生活は良好だったようだ。しかし、ソニアの起業がうまくいかず、HPLが就職に失敗したあたりから、徐々に不安の種が育ち始める。

以後、彼女は就職による単身赴任と入院を繰り返し、1925年から1926年にかけて夫と共に過ごせたのは合計3ヶ月ほどだった。

経済的な理由から、HPLは1926年にはクリントン・ストリート169番地のアパートに引っ越して一人暮らしを始めたが、結局、HPLのおばたちの強い意向もあり、4月17日、ソニアは夫をプロヴィデンスに送り出した。以後、幾度かニューヨークなどで顔を合わせたのを除くと、2人のやり取りは手紙のみになった。最終的に、ソニアの強い希望で1929年に離婚するのだが、離婚を固辞していたHPLが書類に署名しておらず、法的には結婚したままとの説がある。最後に顔を合わせたのは1933年3月中旬で、同年末にカリフォルニアに引っ越す際、彼女はHPLの手紙を全て処分した。そして、1936年には再婚し、デイヴィス姓となっている。

1945年にようやく元夫の死を知ったソニアは、アマチュア・ジャーナリズム時代の友人と手紙のやり取りを再開した（サミュエル・ラヴマンの項目を参照）。また、HPLにまつわる回顧録を執筆してもいるのだがこの回顧録で

言及されている生前のHPLの言動は、日本における人種差別主義者、ファシズム礼賛者としてのHPLにまつわる言説の発信源である、モーリス・レヴィ『ラヴクラフトあるいは幻視者』(1984年に部分邦訳)のソースとなった。

ただし、HPLがアドルフ・ヒトラー『わが闘争』の英語版(1933年10月刊行)を高く評価していたというような、時期的にソニアが直接知りようのない記述をはじめ、センセーショナルな反応を狙った可能性のある、やや信頼性の低い情報が多々含まれている。

「宇宙の彼方の色」

1927年3月に執筆された、SF的な小説。「宇宙に由来する生命体の侵略行為」というウェルズの『宇宙戦争』(1898年)以来のテーマに取り組んだ作品で、アーカムの西に隕石が落下した1882年に始まる異様な出来事を丹念に描いている。クトゥルー神話ものとしては、総合大学としてのミスカトニック大学と、その研究者たちが最初に登場した重要作である。前年に創刊された米国初のSF専門誌〈アメイジング・ストーリーズ〉1927年9月号で発表された。HPLが自身の最高傑作だと繰り返し主張した作品で、アンソロジスト・文芸批評家のエドワード・J・オブライエンが編んだ『1928年度短編傑作選』にも三ツ星の高得点で収録された。なお、ジュール・ヴェルヌやH・G・ウェルズなどの作品が収録されている新進のSF雑誌に採用されたことにHPLも有頂天になったが、ヒューゴー・ガーンズバックから提示された掲載料はわずか25ドルで、彼は2度と同誌に作品を送らなかった。

ウェルズが物を隕石ではなく円筒形の宇宙船としたのに対し、隕石はあくまでも隕石として、その異常性を丹念に描写した点にラヴクラフトのオリジナリティがあった。HPLはこの発想を、フランク・ベルナップ・ロングから内容を教えられたチャールズ・フォートの著作に触発されたようである。

本作の舞台である「アーカムの西の田園地帯」は、アーカムのモチーフであるセイラムではなく、1926年10月に叔母のアニー・E・フィリップス・ギャムウェルと旅行した、プロヴィデンスの西に位置するフィリップス家の故地、フォスターの風景である。また、「湖に沈んだ土地」は、この旅行中に目にした造成から間もないシチューイット貯水池と、本作執筆の少し前に造成計画が発表されたマサチューセッツ州中央部の巨大な人工湖、クオビン貯水池が念頭にあったと考えられている。

原題"The Colour Out of Space"から酌めるニュアンスは多義的だ。日本では「Out of Space」を「宇宙の外側=異世界」と解釈する向きもあるが、「A out of B」の本義は「B(の奥)から出てくるA」であり、作品内容を踏まえての複数のネイティブ英語話者の意見も、「異世界」にはやや無理があるということだった。また、"outer space"は地球の外、すなわち大気圏外を指す言葉なので、より正確なニュアンスは、「宇宙の彼方からやって来た色」くらいのものになるだろう。拙訳の邦題は、この解釈に基づいている。

ダイアー

「狂気の山脈にて」の語り手で、ミスカトニック大学地質学部の職員として同大南極遠征隊の隊長を務めた人物。同作の覚書も含め、執筆時点ではフルネームが設定されていなかったが、続編的な作品である「時間を超えてきた影」ではウィリアム・ダイアーとなった。また、こちらでは教授職に就いている。HPLの複数作品にまたがって登場する、それほど多くない人物の一人。

高木彬光 (1920～1995)

　青森県生まれの推理小説家。京都帝国大学工学部を卒業し、中島飛行機に就職するものの、終戦で失業する。その後、1947年に執筆した、名探偵・神津恭介ものの1作目でもある『刺青殺人事件』が江戸川乱歩に高く評価され、作家としてデビューする。

　六興出版社刊行の雑誌〈小説公園〉1956年2月号・3月号に、神津恭介ものの短編「邪教の神」を発表。同作は、「いまのいわゆる大洋洲、濠洲の北の海」に昔存在した「一大大陸」で崇拝されたという"チュールーの神"の木像にまつわる事件が題材で、外観の描写は全く異なるものの、設定と名称が似ていることから、同作こそが日本最初のクトゥルー神話小説ともっぱら見なされている。文芸評論家の東雅夫は、『クトゥルー神話事典』において、同時期にHPL作品を日本に紹介した江戸川乱歩が情報源ではないかと推測している。ただし、平素は参考資料について何かしら言及することが多い高木が、HPLについて一切触れていないのは不自然であり、全くの偶然か、怪奇実話のような形で紹介されているのをどこかで目にしたのではないかとの指摘もある（この指摘は、クトゥルー神話作品も数多く手がけているベテランの怪奇作家から筆者が直接教示されたものだが、諸事情により名前を伏せる）。

　実際、「クトゥルーの呼び声」ではウィリアム・スコット＝エリオットの『失われたレムリア』（1904年）への言及があるものの、「大陸」の語は出てこないので、当時、これを読んだだけで太平洋の古代大陸と結びつけることは難しい。仮に高木が関連作を読んだのだとしたら、むしろアーカム・ハウス刊行の単行本『眠りの壁の彼方』（1943年）に収録されている「墳丘」か、1944年から52年にかけて〈ウィアード・テイルズ〉誌に掲載された、オーガスト・W・ダーレスの連作「永劫の探求」だったかもしれない。

　「墳丘」ではクトゥルーが「トゥル Tulu」と呼ばれているし、『眠りの壁の彼方』にはフランシス・T・レイニーの「クトゥルー神話用語集」も収録されているのである。

「ダゴン」

「霊廟」に続き、ウィリアム・ポール・クックの勧めでHPLが執筆したリハビリ小説の2作目で、1917年に執筆され、クックの発行するアマチュア雑誌〈ヴァグラント〉1919年11月号で発表された。その後、〈ウィアード・テイルズ〉1923年10月号に掲載されたので、HPLの商業デビュー作と説明されることがあるが、前年に連載された「ハーバート・ウェスト─死体蘇生者」の方が早い。

　ドイツ帝国海軍の商船襲撃艇から辛くも逃れた商船の船員が、赤道の少し南あたりの太平洋上を漂流中に、おそらくは火山活動の影響で隆起した陸地に行き当たり、そこで巨大なモノリスを崇拝する半人半魚に遭遇し、命からがら逃げたという物語で、エドガー・アラン・ポーの「ナンタケット島出身のアーサー・ゴードン・ピムの物語」や、ジュール・ヴェルヌの海洋冒険小説からの影響が窺える。「クトゥルーの呼び声」「永劫より出でて」の原型でもあり、麻薬の幻覚に浮かされた語り手がクライマックスに叫ぶ「窓に！窓に！」は、ネットミームとして広く知られている。なお、この言葉の意味が「窓辺に何かがいる」なのか、「窓から逃げなければ」なのかについては、意見が分かれている。

ダゴン

　旧約聖書に幾度も言及されるペリシテ人の神。上半身が人間、下半身が魚で、ヘブライ語で魚を意味する「dag」と偶像を意味する「aon」を組み合わせた海神だとも、ウガリット語で穀物を意味する「dgn」の名をもつ穀物神だとも言われる。「ダゴン」では、語り手が太平洋で目撃した半人半魚の巨人につけた便宜上の呼称だが、「インスマスを覆う影」では、父なるダゴンと母なるヒュドラが"深きものども"ひいては人類の祖先とほのめかされる。なお、「インスマス〜」の"深きものども"はクトゥルーも崇拝しているので、後続作家はダゴンをクトゥルーの異名もしくはクトゥルーの配下と解釈した。

ダゴン秘儀教団

　「インスマスを覆う影」に登場する、1846年にインスマスで結成されたカルト教団で、この町のニュー・チャーチ・グリーンに建っている、旧フリーメイソン会館（ギリシャ風の大きな支柱式の建物）が本部。従来は「ダゴン秘密教団」と訳されることが多かったが、原語の「Esoteric Order」は宗教団体というよりもむしろフリーメイソンリーのような秘儀結社に近い言葉である。1846年に設立されて以来、豊漁が続いたことにより、正教会系のキリスト教会やフリーメイソンリーにとってかわる形で街に根付いたとされるが、実は地上侵略を目論む深きものどもの拠点だった。

　インスマスのモチーフとなったマサチューセッツ州の港町ニューベリーポートにも、本作と同様の支柱式のメソニック・ロッジが建っていて、これがモチーフであるらしい。ただし、インスマスにあるフリーメイソンリーの支部がカルヴァリー分団系（カルヴァリーというのはナザレのイエスが磔刑にかけられたゴルゴタの英語形）とされるのは、プロヴィデンスで活動していたのが同系ロッジだったからだろう。

「ダゴン弁護論」

　1919年11月発表の「ダゴン」を皮切りに、HPLは小説作品を次々執筆しては、アマチュア・ジャーナリズム誌に発表した。掲載作品の批評もまたアマチュア・ジャーナリズムの主要な活動内容であり、HPLの諸作品は必然的に、忌憚ない意見に晒されることとなった。「ダゴン弁護論」と総称されるエッセイは、英米のアマチュア・ジャーナリストたちの回覧批評グループであるトランスアトランティック・サーキュレーターのメンバーが投稿した、HPLの詩や小説に対する意見への返事として執筆された全3回のエッセイで、怪奇小説の執筆についての考えや、無神論的唯物主義、科学至上主義に基づく世界観を窺える。「弁護再開」（1月）、「弁護未だ決着を見ず」（4月）、「結語」（1921年9月）から成り、同グループ内で回覧されたが、完全な状態で刊行物に掲載されたのは1985年の『ダゴン弁護論』（ネクロノミコン・プレス）が最初である。

ダニエル・ホーラー（1929～）

　カリフォルニア州出身の映画監督、プロデューサー。「ホラー」表記されることもあるが、"Horror"ではなく"Haller"である。TV番組のアート・ディレクターを経て映像作品を手がけるようになった。ロジャー・コーマンによる一連のエドガー・アラン・ポーものの映画で美術を担当した後、『襲い狂う呪い』（1965年）で初めて映画監督を務めた。同作品は、原作がHPL作品（宇宙の彼方の色）であることを明確に謳った最初の長編映画である。1970年には、コーマンの製作総指揮のもと映画『ダンウィッチの怪』を監督している。以後は『四次元への招待（ナイト・ギャラリー）』『刑事コジャック』など、主にTVドラマの仕事を手がけた。

ダン・オバノン（1946～2009）

　ミズーリ州出身の映画監督、脚本家、特殊効果。12歳の時に、グロフ・コンクリン編集の『SFオムニバス』（1952年）に収録されていた「宇宙の彼方の色」に魅せられ、高校3年生の頃にビーグル・ブックス刊行の作品集『アーカム版H・P・ラヴクラフト：ホラーと超自然の5つの古典』の復刻版や、バランタイン・ブックスの『ユゴスよりの真菌とその他の詩』を苦労して入手した。

　彼は南カリフォルニア大学映画学科の卒業制作で、友人のジョン・カーペンターと共同で短編映画『ダーク・スター』を制作。これを偶然目にしたアレハンドロ・ホドロフスキーに、SF映画『デューン』の特殊効果スタッフとして抜擢されたが、残念ながら制作は中断。ハリウッドでの再起を賭け、彼は『スタービースト』と題するクトゥルー神話を意識した侵略SFの脚本を書き上げた。シノプシスには、主人公たちを襲撃してくる怪物について「半ば類人猿、半ばタコ half anthropoid, half octopus」とあり、オバノン自身の初期の怪物デザインも、口元から触鬚を生やした、クトゥルーを意識したものだった。

　この映画を自ら監督するつもりで売り込んだオバノンだったが、映画制作は決まったもののリドリー・スコットが監督を務めることになり、さらには他のスタッフと衝突を繰り返して制作現場から外されてしまう。しかし、『デューン』で一緒に仕事をしたH・R・ギーガーを推薦するなど、この映画で彼が果たした役割は大きい。その後、彼は若干のクトゥルー神話要素があるコリン・ウィルソン原作の『スペースバンパイア』（1985年）と、「チャールズ・デクスター・ウォード事件」の舞台を現代に置き換えた『ヘルハザード・禁断の黙示録』（1991年）を監督している。

ダンウィッチ

「ダンウィッチの怪異」と詩篇「古の轍」にのみ言及される、マサチューセッツ州の地図に載っていない架空の村であり、この村を含む郡区の名前でもある。ただし、連作詩「ユゴスよりの真菌」の第14詩「使い魔」にはジョン・ウェイトリイなる妖術師が登場しているので、地名こそ言及されないがダンウィッチが舞台なのかもしれない。「ダンウィッチ～」によればマサチューセッツ州北部中央のあたりで、エールズベリイ街道を外れる荒れ果てた小路を進んだ先にある、うらさびれた地域に位置し、2、3の古い家系の先祖は、セイラム魔女裁判の年に逃れてきた紳士階級の人間だったらしい。先住民族の時代に遡る、悪魔崇拝や奇妙な儀式にまつわる風聞が強く根付いており、とりわけ郡区内ではあるが他の家々から離れた丘陵に農園を構えるウェイトリイ家を巡り、不穏な噂が絶えなかった。1928年にはこの村を巡る奇怪な事件が連続し、地元の新聞にゴシップめいた記事が掲載されたこともある。

英国での読みはダニッチで、東岸のサフォーク州沿岸には、かつてイースト・アングリア王国の中心的な都市として繁栄したが、今や大部分が海に沈んだ同名の都市が存在する。19世紀英国の詩人アルジャーノン・チャールズ・スウィンバーンが、この廃墟が題材の詩「北海」を発表していて、時にHPLの発想源とされるが、彼が所有していたスウィンバーンの詩集にダニッチへの言及はない。アーサー・マッケンの「恐怖」(1917年) に、おそらくウェールズの架空の村であるダニッチが登場していて、HPLは「ダンウィッチ～」執筆以前にこの小説を読んでいたので、元ネタがあるのだとすればこちらの方だろう。

「ダンウィッチの怪異」

1928年6月に着手され、主に8月に執筆さ

れた、HPL作品では数少ない三人称の小説である。「クトゥルーの呼び声」において提示された、クトゥルーや"大いなる古きもの"と呼ばれる謎めいた存在を巡る新機軸の作品のひとつで、HPL自身はクラーク・アシュトン・スミス宛ての手紙で同作をアーカム・サイクルの作品と呼んでいた。異次元から現世への侵入を試みるヨグ＝ソトースなどの神々 (明確に"邪悪な存在"と形容される) が、手先として人間の女性との間に異形の子供をもうけるという筋立てで、邪神崇拝者にとっての聖典であり、同時に対策にもなりうるという『ネクロノミコン』の性質がはっきり示されたオカルト小説である。

物語の舞台となるダンウィッチは、HPLが1928年の長期旅行の際に訪れた、マサチューセッツ州北部のアソールと、西部のウィルブラハム、スプリングフィールドなどの街や、その周辺の景観がモチーフになっており、この際にイーディス・ミニター夫人から聞かされた地域伝承が取り込まれている。

なお、ニューハンプシャー州のノース・セイラムにある環状列石が発想源となったという胡乱な説もある。詳しくは旅行趣味の項目を参照。

『断罪の書』

「チャールズ・デクスター・ウォード事件」において、妖術師ジョゼフ・カーウェンらが所有する、ヨグ＝ソトース召喚にまつわる書物。表題はラテン語 (Liber-Damnatus) なので、おそらく本文もラテン語だろう。リチャード・L・ティアニーの「墓蛙の館」(未訳) では、『断罪による堕獄の書 Liber Damnatus Damnationum』が正式なタイトルとされ、ヤヌス・アクアティカスがラテン語で執筆、1647年にロンドンで刊行されたとの設定が付け加えられた。ゲームなどの後続作品はこちらに準拠している場合がある。

ダンバース州立精神病院

　マサチューセッツ州ダンバースにかつて存在した（1878年開業）、数エーカーにわたる広大な敷地をもつ精神病院。ダンバースの旧名はセイラム・ヴィレッジで、現在のセイラムの北西に位置し、1692年のセイラム魔女裁判の舞台となった場所である。1752年の行政区画見直しの際に、この裁判の記憶からの脱却と、もともとセイラム・タウンと混同されがちであったことなどから、ダンバースに改名されたのだが、由来については諸説あって定かではない。結局、魔女裁判の暗い記憶がその後も同地に長きにわたってつきまとい、ダンバース州立病院は「かつて魔女裁判が行われた土地に建設された精神病院」として、奇異の目を向けられがちだった。「インスマスを覆う影」では、インスマスで恐ろしい目に遭った人間がこの病院に収容されているという噂が囁かれていた。また、「戸口に現れたもの」に登場するアーカム・サナトリウムも、おそらくこの病院がモチーフだろう。

「小さなガラスびん」

　1898～99年頃に執筆された、少年期作品のひとつ。ウィリアム・ジョーンズ船長の船が、手紙の入ったガラス瓶を拾い上げ、この手紙の裏に描かれた宝の地図の示す場所に向かってみるのだが——という筋立ての物語。テキストにはHPLの手になる地図も付せられていて、オーストラリアらしい陸地（「AUSTRAILIA」と書かれていた）とインド洋の文字、そして島らしき「*」マークが描き込まれている。エドガー・アラン・ポーの「壜の中の手記」に触発されたものと思しく、航海の目的が偽りのものであったというオチは、後年の「白い船」を彷彿とさせる。同作は、アーカム・ハウスの『閉ざされた部屋とその他の作品』（1959年）に収録された。

「地下納骨所にて」

　1925年9月18日執筆の短編。扉の掛け金が壊れ、死体の仮置場となっている地下納骨所に閉じ込められてしまった葬儀屋のジョン・バーチは、踏み台代わりに棺を積み重ねて天井近くの明かり取りの窓から脱出しようとするのだが、1番上に積んだアサフ・ソウヤーの棺をうっかり踏み抜いてしまった際、かかとを負傷してしまう。バーチを診察したデイヴィス医師は、傷の状態を不審に思って地下納骨所に赴き、そこで恐ろしい真相を目にするのだった。クトゥルー神話ものではない恐怖譚で、ナショナル・アマチュア・プレス・アソシエーション（NAPA）の機関誌である〈トライアウト〉の1925年11月号で発表された後（HPLは同作のアイディアを同誌編集者チャールズ・W・スミスから貰ったということである）、〈ウィアード・テイルズ〉1932年4月号に再掲されている）。ECコミックスの〈ザ・ヴォルト・オブ・ホラー〉16号（1950年）に、同作の翻案と思しい「サイズ合わせの罰 FITTING PUNISHMENT」が掲載された。また、2007年には映画『霊廟』（ウーリー・ロメル監督）が公開されているが、『SAW』や『CUBE』のような、閉鎖空間が舞台のサディスティック・スリラー映画にアレンジされていた。

チャーリー・チャップリン（1889～1977）

　英国出身の映画俳優、映画監督、プロデューサー。サイレント映画の時代に喜劇俳優として活躍した人物で、山高帽を被ってチョビ髭を生やし、大きな靴をはいて、ステッキをふりふり歩き回る"小さな放浪者"の扮装で人気を博した。もともとは舞台役者だったが、アメリカ巡業中にスカウトされてキーストン・スタジオと契約、映画俳優として銀幕デビューする。

　あまり映画の話をしなかったHPLだが、1915年のいくつかの書簡によれば、HPLは

144

この時点で公開されていたチャップリン出演の映画を殆と観ていて、大いに楽しんだといい、この年の9月下旬には、「喜劇俳優チャーリーに捧ぐ」と題する詩を作っている。これは、ラインハート・クライナーがメアリー・ピックフォードに捧げた詩「映画女優メアリーに捧ぐ」への返歌にもなっている。

チャールズ・D・イザックスン
(1891〜1936)

　ニューヨーク州出身のヴァイオリン奏者、音楽評論家、アマチュア・ジャーナリスト。1920年代におけるHPLの人種差別的な傾向に言及される際、しばしば引き合いに出される人物である。イザックスンは、1915年にアマチュア文芸誌〈イン・ア・マイナー・キー(短調で)〉を創刊した際、詩人・ヒューマニストとして知られるウォルト・ホイットマンを称揚し、第一次世界大戦における平和主義を主張すると共に、黒人やユダヤ人に対する人種差別を痛烈に非難した。ブルー・ペンシル・クラブの会合でこれを入手すると、HPLは〈保守派〉1915年7月号に掲載した「イン・ア・メジャー・キー(長調で)」と題するエッセイでイザックスンと同誌を攻撃した。イザックスンもこれに反論、ジェイムズ・F・モートンJr.も加勢して激烈な論戦が勃発するかに見えたが、結局、HPLは

揶揄的な詩を〈保守派〉1915年10月号に掲載したのみで、136行にわたる風刺詩「イサクソニオ＝モルトニアド（イザックスン的・モートン風）」を作りはしたものの、発表しないままに終わった。なお、イザックスンは1916年7月にプロヴィデンスに立ち寄った際、HPLに会っている。

チャールズ・D・ホーニグ
(1916〜1999)

　ニュージャージー州出身で、1930年代から40年代にかけて、〈ワンダー・ストーリーズ〉〈サイエンス・フィクション〉などのSFパルプ・マガジンの編集者を務めた人物。ホーニグは17歳の時、怪奇幻想ジャンルの最初のファンジンとされる〈ファンタジー・ファン〉を創刊した。発行部数は300を超えなかったというが、HPLは「蕃神」(1933年11月)、「彼方より」(1934年6月)などを同誌で発表するなどして熱心に応援し、クラーク・アシュトン・スミスやロバート・E・ハワードといった友人たちを紹介してバラエティ豊な誌面作りの原動力となった。同誌はまた、論文「文学における超自然の恐怖」の増補改訂版が連載されたことでも知られている。HPLの死後、第二次世界大戦が勃発した際に、彼は良心的兵役拒否者の道を選び、結果的に出版業界から離れることになる。

チャールズ・W・スミス
(1852〜1948)

　マサチューセッツ州ヘイバーヒル在住のアマチュア・ジャーナリストで、ナショナル・アマチュア・プレス・アソシエーション(NAPA)の機関誌である〈トライアウト〉の編集者(1914〜1946年)。HPLは1917年から交通を始め、1920年代には幾度かスミス宅を訪問している。40歳近く年長の友人であるスミスとの交流は終生にわたって続き、1932年には共同でユージーン・B・クンツの詩集『思想と絵画』を編集、出版した。

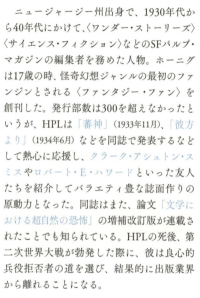

チャールズ・ヴィンセント・スターレット（1886〜1974）

　カナダ生まれで、1889年にイリノイ州シカゴに移住した作家、ジャーナリスト。日本ではもっぱら、シャーロック・ホームズの愛好団体"ベイカー・ストリート・イレギュラーズ"の創設者として知られている。1927年にフランク・ベルナップ・ロングから勧められたことでHPLに関心を抱き、その年の間、書簡を幾度かやり取りした。なお、HPLの晩年の作品に影響を与えたアーサー・マッケンを米国に紹介したのはスターレットで、作品集『輝く金字塔』（1923年）、『秘めたる栄光』（1927年）を編集した。交流期間は短かったが、スターレットはHPLの作品を追いかけ続けたようで、死後、〈トリビューン〉紙の連載コラムで幾度かHPL作品を取り上げ、「彼自身が、彼の最も素晴らしい作品だった——1世紀遅れのロデリック・アッシャー、C・オーギュスト・デュパンと呼ぶべきだろう」と評している。

「チャールズ・デクスター・ウォード事件」

　1927年1月から3月にかけて執筆された本格派のオカルト小説で、HPLの小説作品としては最長のもの。タイトルについては、「時を超えた狂気 The Madness out of Time」という別案も存在した。

生まれ故郷であり、数年のニューヨーク生活を経て前年春に帰還してきたプロヴィデンスが舞台の作品で、「クトゥルーの呼び声」と同様、実在の場所や屋敷が数多く登場し、作中で描かれる事件も、19世紀末にロードアイランド州エクセター界隈を騒がせた吸血鬼事件が下敷きと思しい。魔術に魅せられ、禁忌を冒したことで破滅の運命を辿る主人公チャールズ・デクスター・ウォードとその周囲の人間たちには、HPL自身と彼の親類や知人たちが投影されており、あるいはフィリップス家が没落せず、家庭が崩壊しなかった「もしも」を描いた作品なのかもしれない。HPLはいくつかの書簡で同作の執筆について触れているが、1934年にロバート・H・バーロウに原稿を見せるまで誰にも読ませることなく、オーガスト・W・ダーレスとドナルド・ウォンドレイによる短縮版が〈ウィアード・テイルズ〉（1941年5月号、7月号）に発表されるまで、長らく死蔵されていた。

チャールズ・フォート（1874〜1932）

　HPLと同時期に活動したアメリカの作家・超常現象研究家で、フルネームはチャールズ・ホイ・フォート。作家としては成功しなかったが、1919年刊行の『呪われし者の書』がヒットしたことで超常現象研究の大家と見なされるようになり、"フォーティアン現象"という言葉が広まるまでになった。1931年には、友人らによってフォーティアン協会が設立されているが、自身は参加していない。HPLはフォートの著作について、フランク・ベルナップ・ロングから聞き知り、"驚くほど奇妙で想像力をかきたてられる作品"であると、ドナルド・ウォンドレイ宛の書簡（1927年1月29日付）に書き、関心を示している。まさにこの時期、彼は「チャールズ・デクスター・ウォード事件」を執筆中だった。明らかにHPL自身が投影された同作の主人公の名前が、もしもチャールズ・フォートから採られたのであれば、HPLはフォートに自分を重ねていたことになるだろうが、真相は不明である。また、同作に続けて執筆された「宇宙の

（1821年）からの引用文が、『ダンウィッチの怪異』の冒頭に掲げられている。その内容は、ゴルゴーン、ヒュドラ、キマイラといった神話・伝説上の怪物たちに対する恐怖が、人間の中に古くから内在する元型に由来するというもの。HPL作品の世界観は、カール・グスタフ・ユングの元型論の影響を受けていると評されることがある。しかし、書簡での言及を見る限り、ユングの名をフロイトの後継者と知ってはいたものの、著作に深く接していた気配はない。HPL作品における元型論を彷彿とさせる言及は、むしろこのラムの文章から影響を受けているのだろう。

「チャールストン紀行」

　HPLが、1930年4月初旬から6月中頃にかけての長期旅行において、真っ先に訪れたのがサウスカロライナ州のチャールストンだった。植民地時代のたたずまいを残すこの街を、故郷プロヴィデンスに次いで好きになったという彼は（以後もたびたびチャールストンを訪れている）、この年の秋頃までに、街の歴史を含む紀行文を18世紀風の英語で思い入れたっぷりに書き上げ、旅先で見かけた建物やお勧めの旅程を示す地図を赤鉛筆で描いた。この紀行文は私的なもので、長らく公開されていなかったが、1936年の頭にチャールストン旅行を計画したハーマン・C・ケイニーグがHPLに助言を求めた際、現代文で執筆した要約版を彼に送った。ケイニーグはこれを気に入り、3月に『チャールストン記 An Account of Charleston』というタイトルをつけて25部の謄写版冊子を印刷し、さらにHPLに冒頭部分を書き改めてもらった改訂版を30～50部印刷した。ただし、おおもとの紀行文が初めて衆目に触れたのは、1944年にアーカム・ハウスから刊行された『マルジナリア』が最初となる。

　『彼方の色』も、『呪われし者の書』に紹介されている隕石がらみの逸話を彷彿とさせる。ただし、HPLが同書を実際に読んだのは（ウォンドレイから借り受けた）、両作の執筆を終えたすぐ後のことだった。とはいえ、タイミングが近すぎるので、ロングから同書の内容を聞かされて、それを参考にしたということなのかもしれない。

　HPLの後続作家の作品において、フォートはしばしばHPLと共に"人類への警告者・預言者"のポジションで言及される。

　なお、NY在住のチャールズ・フォートとその助手を務めるH・P少年が怪事件に挑むコミック・シリーズ、『フォート：未知の預言者』（全4冊）が米ダークホース・コミックス社から2002年に刊行されている。

チャールズ・ラム（1775〜1834）

　英国の作家、詩人。姉のメアリーと共に、ウィリアム・シェイクスピアの悲喜劇20篇を物語形式で書き下ろした『シェイクスピア物語』は、年齢を問わず世界中で愛読され続けている。"エリア"の筆名で数多くの随筆を著し、その中のひとつ『魔女その他の夜の恐怖』

147

チャールトン・コミックス

1940年創設のトゥー・チャールズ・カンパニーを前身とする（1945年にチャールトン・パブリケーションズに社名変更）、米国コネチカット州のコミック会社。ヒーローものや犯罪もの、ロマンス、そしてホラーなど、様々なジャンルのコミックを刊行していた。ホラー・コミック誌〈ザ・シング!〉の#11（1953年）には、「過去の彼方! Beyond the Past!」と題するクトゥルー神話もののコミックが掲載され、作中では「キサナパンサ Xnapantha」と呼ばれているが、どうやらクトゥルーがモチーフと思しい緑色のヘドロじみた怪物が描かれた。1970年代以降にも、主にトム・サットンが脚本・作画を担当する作品において、クトゥルー神話ものが散見される。残念ながら1980年代には衰退し、1984年に営業を停止、翌年に倒産した。同社のスーパーヒーローの権利は、その大半がDCコミックス社に渡っている。

〈ザ・シング〉11号（1953年）掲載の「過去の彼方」には、クトゥルーがモチーフの怪物が描かれた

チョー＝チョー人

オーガスト・W・ダーレスとマーク・スコラーの合作「星の忌み仔の棲まうところ」（既訳邦題は「潜伏するもの」）に登場する、ビルマ（現ミャンマー）のスン高原の奥地にある廃都アラオザルにて、双子の神ロイガーとツァールを崇拝する矮人種族。1931年の夏、HPLはダーレスから送られたこの作品を絶賛すると共にチョー＝チョー人を自作品に登場させることを約束し、実際に「蝋人形館の恐怖」（ヘイゼル・ヒールドのための代作）で言及した。また、自作中でHPLを殺害する許可を求めたロバート・ブロックの書簡への返信に、HPLは証人として"レンのラマ僧チョー＝チョー"の名前を書いている。

ツァス＝ヨ語

「銀の鍵の門を抜けて」に言及される言語で、原文では"ツァス＝ヨの原初の言葉 the primal tongue of Tsath-yo"。前後の記述から、太古のハイパーボレアで用いられた言語であると思しく、「銀の鍵」に登場する、銀の鍵を包む羊皮紙に記されていた象形文字の文章の原文が、ツァス＝ヨの原初の言葉からルルイェ語に翻訳されたものだと説明されている。同じ綴りのツァスという地底都市が「墳丘」に登場し、ツァトーグァに由来する地名だと説明されているので、このツァス＝ヨ語もまた、同じ由来を持つのだろう。

ツァトーグァ

どこかユーモラスさが漂う鈍重な獣のような外見をした、クラーク・アシュトン・スミス作品に登場する古代神。初登場は、彼が1929年に著した「サタムプラ・ゼイロスの物語」だが、ややこしいことに同作が発表されたのは〈ウィアード・テイルズ〉1931年11月号で、同誌1931年8月号に掲載されたHPLの「暗闇で囁くもの」でひとあし先に言及されている。

「サタムプラ〜」によれば、ツァトーグァは太古のハイパーボレアで崇拝されていた古の神々の一柱で、古い神殿に祀られているツァトーグァの神像は、腹がせり出しているずんぐりした胴体に、悍ましい蟇蛙にも似た頭部が乗っていて、全身が短い柔毛めいたものに覆われるその姿は、どこか蝙蝠(コウモリ)やナマ

ケモノを思わせる。そして、眠たげに垂れるまぶたが丸い眼を半ば隠していて、奇妙な舌先が口から突き出ているのだ。同作の原稿を読んだHPLは、当時取り組んでいた「墳丘」において、この神が地表に現れる以前の崇拝について言及するつもりだとスミスに書簡で伝え、実際にその通りにした。

　HPLはツァトーグァが相当に気に入ったようで、様々な作品のみならず書簡中に言及しては、独自の設定を付け加えた。のみならず、オーガスト・W・ダーレスに神話のバックグラウンド・マテリアルの積極的な共有について説いた際には、アザトースやナイアルラトホテプなどの独自の神性に並べて、"クラーカシュ＝トンのツァトーグァ"を挙げている。

　"ツァトーグァ Tsathoggua"というのはおそらく現代の英語圏における呼称で（人間に発音できないなどの設定はない）、スミスは"ゾタクァー Zhothaqquah：ハイパーボレアでの呼称"、"ソダギないしはソダグイ Sodagui：アヴェロワーニュでの呼称"、HPLは"サドクァ Sadoqua：アヴェロワーニュでの呼称"、"サドゴワァ Sadogowah：北米の先住民族からの呼称"、"ツァドグワ Tsadogwa：ウガンダの密林地帯での呼称"など、場所や時代によって異なる名前で呼ばれていたことを複数の作品や書簡で示している。

「月がもたらすもの」

　1922年6月5日執筆の散文詩。月を忌み、恐れるという語り手がその理由を情感たっぷりに物語るという内容の幻想的な詩で、月明か

りに照らされる海の中、珊瑚礁と見えていたのが実は巨大なエイコーン（神像）の頭部であったことがわかるくだりからは、「ダゴン」などのHPL作品を連想させられる。〈ナショナル・アマチュア〉1923年5月号で発表された。

「月の湿原」

　アイルランドにキリスト教を布教したとされる伝説的な聖人、聖パトリックの祝日（3月17日）を記念するものとして、1921年3月10日にボストンで開催されたアマチュア・ジャーナリストたちの集いのために執筆された短編。アイルランド系アメリカ人のデニス・バリイが、一族の出身地であるキルデリー（アイルランドのケリー州に存在する実在の農村地域）にやってきて累代の不動産を買い戻し、地元民の反対を無視して沼の干拓を推し進めるうちに、奇妙な現象が相次いで起こり始め――という、クラシックなスタイルの因習奇譚。

「綴り字簡便化主義者の物語」

　1915年初頭に書かれたと思しい詩で、〈保守派〉1915年4月号（創刊号）に掲載。

　英単語の簡便化されたスペリングに対する批判を詩の形で表したもので、スペリングの簡便化を熱心に擁護していた文芸評論家、劇作家のブランダー・マシューズへのあてこすりが見られる。彼は後に、「綴り単純化論者たち」と題するエッセイ（〈ユナイテッド・コオペレーティヴ〉1918年12月号掲載）も執筆、アマチュア文芸誌の発行者に向けて、「受け付けた原稿の全てについて、ウェブスターかウースターかストーマンスの権威ある辞書に採用された形にあわない表記の全てを修正すべきである」と呼びかけている。HPLのスペリングのこだわりは生涯にわたって継続し、たとえば「狂気の山脈にて」の雑誌掲載時、編集部が一部の単語表記を当世風のものに直したりすると、強い反発を覚えたものだった。

冷たき荒野

「蕃神」（1921年）が初出の謎めいた山峰、カダスを取り巻く人跡未踏の荒野で、"冷たき荒野のカダス Kadath in the cold waste"という定型句が「霧の高みの奇妙な家」（1926年）、「未知なるカダスを夢に求めて」（1926～27年）、「ダンウィッチの怪異」（1928年）、「狂気の山脈にて」（1930年）などで繰り返し言及される。古い翻訳では"凍てつく荒野"とされることが多く、実際、「未知なる～」には「氷で覆われた荒地 icy deserts」との描写もあるが、英語の"cold"に「凍りつく」までの意味はない。

DCコミックス

起業家のマルコム・ホイーラー＝ニコルソンが1934年にニューヨークで創設した、ナショナル・アライド・パブリケーションズが前身のコミック出版社。書き下ろし新作の漫画本を刊行した世界初の出版社で、関連会社のディテクティブ・コミックス社（社名は同社が創刊した〈ディテクティブ・コミックス〉誌から）との合併を経て、DCコミックスに社名を改めたのは1977年のことである。1938年にスーパーマンを、翌39年にはバットマンを送り出し、スーパーヒーローものの潮流を先導した。〈モア・ファン・コミックス〉65号（1941年）掲載の、DCコミックスの魔術ヒーロー、ドクター・フェイトもののエピソード「ナイアル＝アメンの魚人たち」は、世界初のクトゥルー神話ものコミックと考えられている。また、同社作品の世界観には、バットマンものに登場するアーカム・アサイラムや、〈スワンプシング〉8号（1974年）が初出の邪神ムナガラーなど、クトゥルー神話の影響下の設定やキャラクターが散見される。ガードナー・フォックス、ジュリアス・シュウォーツ、チャールトン・コミックスの項目も参照。

深きものども（ディープ・ワンズ）

「インスマスを覆う影」に登場する、マサチューセッツ州の寂れた漁村インスマスを拠点に地上侵略を目論む、半人半魚の種族。「ダゴン」に登場した巨怪の小型版だが、直接的な元ネタはHPLが高く評価していたアーヴィン・S・コッブ「魚頭」、ロバート・W・チェンバーズ『未知なるものの探求』に登場する半人半魚の怪物のようだ。

ダゴン秘儀教団なる宗教結社を組織し、父なるダゴン、母なるヒュドラ、さらにはクトゥルーを崇拝していることから、「クトゥルーの呼び声」「墳丘」などで触れられている、クトゥルーがこの星に到来する際に連れてきた地球外生物と思しい。ただし、HPLの備忘録中に人類の祖先にあたる異星人についてのメモがあって、これが「インスマスを覆う影」のプロットなのだとすると、深きものどもは異星人であると同時に、現生人類の遠い祖先でもあるということになる。このことは、「狂気の山脈にて」の執筆前に作成された覚書における、クトゥルーその他の神々が地球上の生物を戯れに創造したという記述とも一致する。

深きものどもの眼は魚のように膨らんでいてまばたきをせず、頭は妙に狭くて鼻が平べったく、頸の両側が皺だらけに見えるのは、つまり鰓があるということである。皮膚は鮫肌で噴き出物だらけで、男性は若いうちから禿げあがっている。地球人と交雑可能で、彼らの血を引く人間の容貌は成長と共に人ならぬ姿へと変異していく。

作中で明言されないが、「戸口に現れたもの」におけるインスマス出身の登場人物も、上記の身体的な特徴を備えているので、深きものどもないしはその混血なのだろう。また、同作と「インスマスを覆う影」では、彼らがショゴスと結託していることが示唆されているのだが、具体的にいかなる謀略が進行中であったかは不明のままだった。

デイヴィッド・ヴァン・ブッシュ
（1882〜1959）

米国の巡回講演者、大衆心理学者。詩作を趣味としていて、1917年にシンフォニー・リテラリー・サーヴィスの利用客としてHPLと知り合い、1920年から25年にかけて数多くの詩や心理学のテキストの添削を依頼した。なお、HPLが1920年の11月頃、「ナイアルラトホテプ」の原型となる夢を見る前夜に、彼の詩文添削に取り組んでいたという話があり、何かしらの影響があったかもしれない。1922年夏、ブッシュがボストンで講演した際にHPLも足を運び、2人が対面したのはこの時である。

HPLはブッシュの依頼で、この講演が成功を収めたことについて「東と西　ハーバードの保守主義」と題するエッセイにまとめた。このエッセイは、ブッシュの発行した冊子『マインド・パワー・プラス』に掲載されたということだが、冊子の本体は現存せず、ジョン・ヘイ図書館のラヴクラフト・コレクションに切り抜きが保管されているのみである。

"次元をさまようもの"
ディメンショナル・シャンブラー

「蝋人形館の恐怖」にのみ言及されるクリーチャー。その姿は、全体的に類人猿じみているわけでもなければ、昆虫じみているとも言い切れない、巨大な黒々とした怪物で、表皮はだらしなく垂れ下がり、生気のない原始的な眼が具わっているしわだらけの頭部には表情というものが全くなく、前脚には鉤爪がついている。実際には、この怪物はとある人物がまとっていた着ぐるみなのだが、現物を加工したものだと作中で示唆されている。

『クトゥルフ神話TRPG』に独立種族として採用され、ホビージャパン発売の日本語版では「空鬼」と訳された。

フフフ、怖かろう

ティンダロスの猟犬

　フランク・ベルナップ・ロングの「ティンダロスの猟犬」(1929年) に登場する、犬を思わせる姿や性質を備えたクリーチャーで、時間を超えて獲物を追跡し、角度を通り抜けて3次元空間に出現する。HPL は「暗闇で囁くもの」でティンダロスの猟犬に言及した。また、「蝋人形館の恐怖」の登場人物の罵声「ノス＝イディクの落とし子、クトゥンの癇気！」、「アザトースの大渦巻の中で遠吠えする犬の子め！」から、アザトースの係累と解釈する向きもある。リン・カーターはこの解釈を発展させ、「時間を超える狂気」(未訳) において、ノス＝イディクとクトゥンなる存在をティンダロスの父母とした。なお、ロングはHPLの死後に書いた2つの作品、「人狼化の賜物 The Gift of Lycanthropy」(リレー小説『血族殺しのゴール Ghor, Kin Slayer』の第12章)、「永遠への戸口 Gateway to Forever」にもこの怪物を登場させている。

「電気処刑器」

　ヤングアダルト向け小説誌〈ウェーヴ〉1891年12月14日号と、単行本『告白とそれに続くもの』に掲載されたグスタフ・アドルフ・ダンツィガーの小説「自動処刑器」をHPLが改稿したもの。とはいっても、元作品の文章中、原形をとどめているのは一行程度で、クトゥルー神話要素の追加を含め全面的に書き改められている。アドルフ・デ・カストロ名義で〈ウィアード・テイルズ〉1930年8月号に掲載された。電車に乗り合わせた人物から、怪しげな装置の使用を強制されるという筋で、元作品ではそのやり取りも、欧州各地に伝わる悪魔との騙し合いの民話を思わせるどこかのんびりしたものだったが、これにHPLの手が加わるとがらりと空気が変わり、鬼気迫る緊張感の漂うサイコ・サスペンスに変化している。なお、作中の狂人の描写については、HPLが1929年春の旅行中に鉄道で遭遇した、ひどいドイツ訛りでブツブツ呟く怪人物がモチーフになったようだ。

「天文学が解き明かす天上の神秘」

　1915年、ノースカロライナ州アシュヴィルのローカル紙〈アシュヴィル・ギャゼット＝ニュース〉に連載された、天文学関連のコラム。2月16日号掲載の第1回では全14回と告知されていたが、スナンド・T・ヨシによれば、第13回の後編が掲載された5月17日号以降の数号分が現存しないらしく、第14回が存在したかどうかはわからない。当時、アシュヴィルにはHPLの幼馴染チェスター・P・マンロー (マンロー兄弟を参照) が居住していたので、彼の紹介でこの連載が実現した可能性が高いようだ。

ドウェイン・ライメル
(1915〜1996)

　米国ワシントン州在住の音楽家、怪奇・ファンタジー作家。フルネームはドウェイン・ウェルドン・ライメル。猟奇的でエロティックな作風で知られ、晩年はポルノ小説を書いていた。彼は1934年から37年にかけて

HPLと交通し、小説執筆の手ほどきを受けた。ライメルによれば1934年5月、HPLの気を引こうと自作の「丘の木」の初稿を送ったところ、全面的に改稿されたものが返送された。この際、HPLが新たに追加した『ナスの年代記』を、ライメルは他の作品でも用いた。また、同じ年の7月に、HPLはライメルのロード・ダンセイニ風の幻想譚「アフラーの妖術」（〈ファンタジー・ファン〉1934年12月号に掲載）、幻想的なソネット「イィスの夢」の改稿にも協力。後者が〈ファンタジー・ファン〉の1934年7月号・9月号に掲載された後、「時間を超えてきた影」と「彼方よりの挑戦」にイィス出身の異星人を登場させている。

　ライメルは、翌1935年9月に執筆した「墓暴き」が〈ウィアード・テイルズ〉1937年1月号に掲載されて、雑誌デビューを果たしているのだが、こちらの作品や、イィスへの言及のある「シャーロットの宝石」についてもHPLの寄与があったようだ。また、1937年1月の日記によれば、HPLはライメルの小説「海より」を添削する予定だったようなのだが、この作品が完成した形跡はない。HPLの死後、ライメルは短期間だがHPLの顕彰活動を行っていたようで、フランシス・T・レイニーとファンジン〈アコライト〉を共同編集した。その後、ライメルはしばらくこのジャンルから離れていたが、1980年代にロバート・M・プライスが発行する〈クトゥルーの窖〉などのファンジンに小説を寄稿している。

東京創元社

　元々は、キリスト教関係の出版物を主に扱う大阪の創元社の東京支社として、1948年に設立された。東京創元社として独立後、1956年には『世界推理小説全集』と『世界大ロマン全集』を刊行開始。以降、翻訳娯楽小説の普及の一端を担った。同社がHPL作品を最初に扱ったのは1957年で、『世界大ロマン全集』第24巻『怪奇小説傑作集1』に平井呈一訳の「アウトサイダー」が収録された。

続いて翌58年の『世界恐怖小説全集5 怪物』に「壁のなかの鼠」「インスマスの影」「ダンウィッチの怪」の3編が収録。後者に収録された作品をベースに、1974年から創元推理文庫版の『ラヴクラフト傑作集』全2巻が刊行された。

　その後、1984年に翻訳家の大瀧啓裕を起用して『ラヴクラフト傑作集』を再スタート。タイトルも『ラヴクラフト全集』に改め、ヴァージル・フィンレイによる肖像画を用いた、あの黒装幀が登場した。『全集』は2005年1月に全7巻で完結するも、同社はその間にラヴクラフト生誕100周年などのタイミングでフェアを行い、クラーク・アシュトン・スミスやロバート・ブロック、ブライアン・ラムレイなどのクトゥルー神話作品や、アンソロジーを刊行している。また、『全集』についてもHPLのゴーストライティング作や合作を主体に構成した別巻上下を追加で刊行するなど、日本国内でのHPL、クトゥルー神話の普及において大きな役割を果たした。

　2011年には、クトゥルー神話研究家の竹岡啓の翻訳、朝松健の監修で、リン・カーターによる初期の評伝『クトゥルー神話全書』をキイ・ライブラリーより刊行している。

「洞窟のけだもの」

　1905年4月21日に完成した15歳時の小説で、原稿の末尾には、"恐怖物語集"と銘打たれた作品集の1作目であることが示されていた。ケンタッキー州中央部に実在する洞窟、マンモス・ケーブが舞台で、観光ツアーでここを訪れていた学者らしき人物が、不注意からツアーグループから離れて洞窟の奥に迷い込んでしまい、暗闇の中で正体不明のけだものに襲われるという筋立て。この洞窟がかつて、結核患者の養生施設として使用されたという記述は、1839年にケンタッキー州ルイヴィルのジョン・クロガン医師が1万ドルで一帯の土地を購入し、結核患者を収容する治療施設を設立したという事実に基づいている。

153

『トートの書』

「銀の鍵の門を抜けて」における『ネクロノミコン』の引用文に、作中で"案内者"と呼ばれる存在について「何となれば、『トートの書』にひと目見ることの代償も恐ろしきものと記されたればなり」という文言があり、アブドゥル・アルハズレッドが執筆にあたって『トートの書』なる書物を参照していることが示唆されている。この引用文は、同作の原型となったエドガー・ホフマン・プライスの「幻影の君主」から転用されているので、オカルトに詳しいホフマン=プライスが盛り込んだ設定だと判明している。トートは古代エジプトの智慧と書物の神で、プトレマイオス朝の時代に書かれた古代の魔術師プタハ=ネフェル=カー王子(ネフレン=カーのモチーフかもしれない)にまつわる物語には、トート神が著した魔術書として『トートの書』が登場する。このタイトルの書物はまた、神智学者ヘレナ・P・ブラヴァツキーの『シークレット・ドクトリン』をはじめ、神智学関連の書物にも時折書名が挙げられている。

トーマス・エヴェレット・ハレ
(1884～1948)

マコーリー・カンパニーから1929年8月に刊行された恐怖小説アンソロジー『暗闇に気をつけろ!』の編者で、同書に「クトゥルーの呼び声」を収録した。ハレは序文において、認識の蓄積がぞっとするような結末へと導かれていく同作の構成を、エドガー・アラン・ポーの作風と比べている。なお、このアンソロジーには、HPLが影響を受けたアーヴィン・S・コッブの「魚頭」や、後にスペース・オペラの名手として名を馳せるエドモンド・ハミルトンのデビュー作「マムルスの邪神」(〈ウィアード・テイルズ〉1926年8月号に掲載)も収録されている。HPLは、1934年にニューヨークでハレと対面したということだ。

「通り」

1919年後半執筆の短編で、〈ウルヴァリン〉1920年12月号で発表された。英国からの植民者が建設した、とある通りの変化に仮託して、米国の歴史を物語る内容で、1919年8月から10月にかけて行われたボストン警察のストライキをきっかけに書かれたもの。執筆当時のHPLの、都市の現代的な変化に対する反発や、外国人や移民、非白人種に関する偏見が露骨に現れている。

『ドール讃歌』

「蝋人形館の恐怖」において、ロンドンのロジャース蝋人形館の主、ジョージ・ロジャースがかつて読んだ書物としてタイトルを挙げた中に「人類と関わりを持ったことのない有害なレンからもたらされた『ドール讃歌』」が含まれている。この「ドール Dhol」は「未知なるカダスを夢に求めて」などに言及される"dholes"(スナンド・T・ヨシの校訂により"bholes"に修正された)とも、フランク・ベルナップ・ロングの「ティンダロスの猟犬」で言及される

"Doels"とも綴りが異なっており、同一視されることも少なくない。あるいは、アーサー・マッケンの『白魔』における謎めいた言葉、「ドール Dôls」に由来するのかもしれない。

「時間を超えてきた影」

1934年11月10日から1935年2月22日にかけて執筆。ミスカトニック大学の経済学教授ナサニエル・ウィンゲート・ピーズリーの身に起きた、イィスの"大いなる種族"と呼ばれる異星人との精神交換による侵略が前半で、彼らの遺跡が存在する西オーストラリア州のグレート・サンディ砂漠への遠征が後半で描かれる。

なお、作中でピーズリー教授が講義中に神経衰弱で倒れて以来、意識を交換されていた期間（1908～1913年）は、HPLが同じ理由で高校を中退し、以後、自宅に引きこもっていた時期と重ねられている。

イィスという名称は、HPLが改稿に協力したドウェイン・ライメルの1934年のソネット連作から採った名称である。また、本作と同じミスカトニック大学の遠征にまつわる物語で、共通の登場人物である地質学部のダイアー教授（ウィリアム・ダイアーというフルネームは本作で開示）が主人公格の「狂気の山脈にて」の続編的な位置づけの作品になっている。なお、「狂気～」において、ダイアーは古きものどもの都市を調査するべく「遠く離れた特定のいくつかの地域で、パーボディの考案したような装置を使って、組織的なボーリング調査を行うようとある考古学者に提案している」と言っていて、これが本作に繋がるのかもしれない。

また、HPLは本作執筆の少し後に執筆したリレー小説「彼方よりの挑戦」の自身のパートにおいて、"大いなる種族"とその敵対種族にまつわる物語を展開している。

だが、本作はHPLとしては不満足な出来だったようで（彼はこの作品を3回頭から書き直した）、1935年の夏にロバート・H・バーロウがタイプ打ちした原稿を読んだドナルド・ウォンドレイが、「狂気の～」を採用した〈アスタウンディング・ストーリーズ〉に持ち込まなければ、そのまま死蔵されていたかもしれない。ともあれ、本作は〈アスタウンディング・ストーリーズ〉1936年6月号に掲載された。同誌のこの号の表紙には、HPL自身のスケッチとそっくりな、"大いなる種族"を描く、ハワード・V・ブラウンのカラーイラストが飾っているが、一緒に描き込まれている人間と対比する限り、胴体の高さを10フィート（3メートル）とする作中設定は無視されたか、伝達されていなかったようだ。また、HPLは掲載された原稿に「狂気の～」の時ほどの不満を覚えなかったようだが、実際には編集部でかなり手が加えられていた。

太古の地球に棲息していた種族との精神交換のアイディアについて、HPLは少なくとも1932年3月の時点で思いついていたようで、クラーク・アシュトン・スミス宛の手紙で「おそらくオラトエの建設以前、ハイパーボレアのコモリウムの最盛期に、原初のロマールに存在した種族が、未来の時代に生きる人間の精神を奪うために思考の流れを送り出し、あらゆる芸術と科学と知識を獲得する」という、本作の原型となるアイディアを書いている。彼はまた、彼と同世代の英国の作家H・B・ドレイクの「影のもの The Shadowy Thing」（1928年に刊行された北米版のタイトル）、フランスの作家アンリ・ベローの「ラザルス」（1924年刊行で、HPLは25年刊行の英語版を28年に読んだ）といった精神交換がテーマの作品を読み、さらには憑依による時間旅行を描く映画『バークレー・スクエア』（1933年）を観たことがわかっていて、これらの作品から影響を受けたと考えられている。

なお、本作にちらりと登場するオーストラリア人鉱夫のタッパーは、イーディス・ミニターの大おじ、ジョージ・ワシントン・タッパーから名前を採ったようだ。この人物は、ゴールドラッシュ時に金採掘のためカリフォルニアにやってきたフォーティナイナーだったのである。

「戸口に現れたもの」

セイラムのクラウニンシールド荘（撮影：森瀬繚）

1933年8月21日から24日にかけて執筆され、〈ウィアード・テールズ〉1937年1月号に発表された、生前同誌に掲載された、再録以外の作品としては最後のもの。

アーカムとインスマスが中心的な舞台で、「インスマスを覆う影」に言及された家名の者たちが登場し、恐ろしい陰謀を進めているという筋立から、続編的な側面が窺える（ただし、作中の正確な時期は明言されない）。登場人物のエドワード・ピックマン・ダービイには、HPL自身がある程度投影されていると思しいが、語り手ダニエル（ダン）・アプトンとの関係性からして、早逝したHPLの従弟フィリップス・ギャムウェルがより直接的なモデルなのだろう。

アーカム・サナトリウムの登場作。

「都市」

おそらく1919年秋に執筆された詩。異様かつ美しい都市にいることに気づいた語り手が、この都市のことをどのような経緯で知ったのかをどうにか思い出そうとして、ついに恐ろしい真実に至るという内容。ウィリアム・ポール・クック発行のアマチュア・ジャーナリズム誌〈ヴァグラント〉の1919年10月号に発表された。

ドナルド・A・ウォルハイム
(1914〜1990)

ニューヨーク在住の作家・編集者・SFファン。1930年代に、ヒューゴー・ガーンズバックの〈ワンダー・ストーリーズ〉誌で作家デビューを果たしているが、原稿料未払いなどのトラブルが続き、しばらくの間、ファンジンの発行者・編集者として活動した。HPLと知り合ったのは、彼がファンジン〈ファンタグラフ〉の発行者となった1935年で、両者の付き合いはHPLの晩年まで続いた。なお、ウォルハイムは1934年に〈ブランフォード・レビュー〉〈オースト・ヘイヴン・ニュース〉の2紙に、W・T・ファラデーなる人物が英訳したと称するラテン語版『ネクロノミコン』の翻訳書のレビュー記事を投稿したことがあって、HPLは後からそのことを知った。HPLの死後、ウォルハイムはSF・ファンタジー分野の名編集者として活躍し、1947年から51年にかけてエイヴォン・ブックスに在籍、HPLのペーパーバックを刊行した。

ドナルド・ウォンドレイ
(1908〜1987)

ミネソタ州セント・ポール在住の詩人、批評家、作家、編集者。フルネームはドナルド・アルバート・ウォンドレイ。弟に作家兼イラストレーターのハワード・E・ウォンドレイが、大学時代の友人に怪奇作家のカール・ジャコビがいる。

HPLは彼に"メルモス"というあだ名をつけていたが、これはチャールズ・ロバート・マチューリンの『放浪者メルモス』から採ったもので、"放浪者"と"ウォンドレイ"を引っ掛けたのである。

高校時代から文章を書き始め、16歳の時に短編「時の黄昏」を執筆、〈ウィアード・テイルズ〉に送ったものの不採用だった。またこの頃、セント・ポール公立図書館やジェイムズ・J・ヒル・レファレンス図書館でアルバ

イトをしていた。その後、ミネソタ大学に進学して学生新聞〈ミネソタ・デイリー〉や学内誌〈ミネソタ・クォータリー・マガジン〉の編集とコラム執筆に携わり、ジャコビが編集する学内誌〈スカイ=ヨー=マー〉にも寄稿した。

当時は詩に傾倒し、クラーク・アシュトン・スミスと1924年から交通していた。1927年の後半、とある原稿をスミスから託され、執筆者に返却してくれるよう頼まれたウォンドレイは、ヒッチハイクを繰り返してセント・ポールからロードアイランド州に向かい（途中のニューヨークではサミュエル・ラヴマンに会った）、7月12日にプロヴィデンスに到着した。もちろん、執筆者というのはHPLである。両者は意気投合し、ウォンドレイは7月29日までこの町に滞在して、古書店巡りやマサチューセッツ州への小旅行を楽しんだ。この頃に訪ねてきたフランク・ベルナップ・ロングとジェイムズ・F・モートンにも紹介され、HPL、モートンと3人で州内のウォーレンにあるアイスクリーム屋で大食い競争をした逸話を、アーカム・ハウス刊行の『マルジナリア』（1944年）に収録した「闇に棲みつくもの：1927年のラヴクラフト」で紹介した。数ヶ月後にはさらに、後に共同事業者となるオーガスト・W・ダーレスにも紹介される。

滞在中、HPLはウォンドレイの「時の黄昏」を気に入り、〈ウィアード・テイルズ〉編集部に働きかけた。その結果、同作は「赤い脳髄」のタイトルで1927年10月号に掲載される運びとなった。ウォンドレイはその返礼として、シカゴの〈ウィアード・テイルズ〉編集部に立ち寄った際、ファーンズワース・ライトに彼が以前不採用とした「クトゥルーの呼び声」を掲載するよう説得した。帰宅後、ウォンドレイは「プロヴィデンスのラヴクラフト」というエッセイを執筆、"Cthulhu"の発音にまつわるHPLの証言を紹介しているが、HPL自身は後年それを否定している。（ク・リトル・リトルの項目を参照）

また、ウォンドレイの最初の詩集『高揚その他の詩』が1928年にウィリアム・ポール・

クックのリクルーズ・プレスから刊行されたのも、HPLの紹介だろう。

彼は怪奇小説やオカルト書籍の蒐集家で、HPLの頼みに応じてしばしばチャールズ・フォートの『呪われし者の書』などの本を貸し出している。また、〈ウィアード・テイルズ〉で怪奇小説を発表するようになると、HPLと互いに原稿を送り合い、意見を交換した。たとえば、1931年から翌32年にかけて執筆した、部分的にHPLの影響下にある中編「死せる巨人、覚醒めよ！」について、HPLは文体と構成を見直すべきだと助言した。同作の改稿版は、『イースター島のウェブ』として1948年にアーカム・ハウスから刊行されている。〈ウィアード・テイルズ〉1932年2月号掲載の「ムブワの化木人」（既訳邦題は「足のない男」）も、現在はクトゥルー神話ものと見なされている。

ウォンドレイはこの頃、「ランドルフ・カーターの供述」の事件を別の角度から眺めたかのような、続編の含みのある「含笑者」も執筆していた。これは〈ファンタジー・マガジン〉1934年9月号に発表されている。

その後、ダーレスと共にHPL作品集の企画を出版社に働きかけていた矢先の1937年にHPLが亡くなったため、彼はダーレスと共同でアーカム・ハウスを立ち上げる。

その後、1942年に陸軍入りしたため一時期、出版から遠ざかったものの、戦後は復帰し、特に1965年から76年にかけて刊行されたHPLの『書簡選集』全5巻の3巻までは、彼が編者としてクレジットされている。なお、ダーレス死後に刊行された4巻以降については、編者がダーレスとジェイムズ・アレン・ターナーになっている。ターナーは1973年、つまりダーレスの死後にアーカム・ハウスの編集者となった人物で、当時、ダーレスの遺族と対立していたウォンドレイへの報復措置だったとの説がある。

トム・サットン（1937〜2002）

　マサチューセッツ州出身のコミック・アーティスト。幼い頃から恐怖物語に熱中し、中でもHPLに傾倒し、彼の崇拝者だと公言している。また、ECコミックス社の恐怖コミックに熱中したことからアーティストを志すようになり、高校を卒業してアメリカ空軍に入った後も、軍の新聞〈スターズ・アンド・ストライプス〉に掲載されるコミックを手がけた。退役後は広告業界を経てコミックス業界に入り、子供向けのマーベル・コミックスでは西部劇などを、対象年齢層が高いウォーレン・パブリッシングでは怪奇コミックを描いた。コミックス倫理規定委員会の規制が緩和された1970年代に入ると、チャールトン・コミックスでの仕事を中心に、クトゥルー神話もののコミックを数多く執筆。中でも〈ホーンテッド〉21号（1971年）に掲載された「アウト・オブ・ザ・ディープ」は「クトゥルーの呼び声」の翻案的な作品であり、同作は『クトゥルフ神話TRPG』の発売前後の1981年5月に、同じ雑誌の55号にも再掲された。

夢見人
ドリーマー

　英語としては「夢想家」の意味合いが強い言葉だが、「セレファイス」以降のHPLの幻夢境ものでは、夢の中で思い描いたものが幻夢境で実体化する、ある種の特殊能力者のニュアンスを帯びている。その背景には、ロード・ダンセイニの作品集『夢見る人の物語 A Dreamer's Tales』の表題が念頭にあったかもしれない。

　幻夢境が舞台の物語をいくつも著したブライアン・ラムレイは、覚醒の世界から自覚的に幻夢境を訪れている、ある種、"異世界転移者"のような人間の呼称として"夢見人"を用いている。

幻夢境
ドリームランド

　"dream land"ではなく"dreamland"というひと続きのワードの訳語で、"the land of dream（夢の地）"という別の表現共々、HPL作品では「未知なるカダスを夢に求めて」にのみ使用されている言葉である。

　HPLは「北極星」（1918年）から「未知なる〜」（1927年）にかけての複数の前期作品中で、現実の地球とは異なる、中世ヨーロッパ風というよりは古代ローマ風のファンタジー世界を描いた。そこが明確に人間の見る夢の中に存在する世界とされたのは「セレファイス」（1920年）が最初で、その集大成と言える「未知なる〜」が書かれるまでの間、いくつかの作品については同じ世界に属するのかどうかすら定かではないところがあった。

　「未知なる〜」によれば、幻夢境は地表部分の外部世界と、地下に広がる闇に閉ざされた内部世界に分かれている。人間が幻夢境に赴くためには、浅い夢の中のどこかにある階段を70段降りて神官のナシュトとカマン＝ターがいる"焔の神殿"に赴き、さらにそこから700段の階段を降りることで、この世界に通じる"深き眠りの門"に到達する。ただし、食屍鬼やズーグのような、覚醒の世界と幻夢境を生身で行き来している種族も存在するので、別の移動手段も存在するらしい。幻夢境の住人は、"大いなるもの""大地の神々"と呼ばれる地球の神々を崇拝している。比較的力の弱い彼らは、幻夢境の北方に聳える冷たき荒野のカダスの宮殿に住み、ナイアルラトホテプの庇護下にある。

　幻夢境にまつわるHPL作品は、『未知なるカダスを夢に求めて』（星海社）に一通りまとめられている。

幻夢境の巨獣
ドリームランド

　食屍鬼やズーグ、夜鬼などのように固有名がついていないためか知名度が低いが、「未知なるカダスを夢に求めて」には、そう

したいかなるクリーチャーをも上回るインパクトの、恐ろしい怪物が登場している。

この巨獣は、幻夢境(ドリームランド)の北の果てに棲息する怪獣めいた種族で、遠くからは山脈の一部にしか見えないのだが、実際には山よりも巨大な四足獣である。狼に似た双頭にそれぞれ円錐状の司教冠(ミトラ)のようなものを戴き、巨大な類人猿をハイエナじみた姿に歪めた姿をしていて、音もなく忍びやかに地平線上を動き回るのである。なお、インガノクには、この巨獣の姿を模した巨大な怪物像(ガーゴイル)が存在するという。

この幻夢境(ドリームランド)の巨獣はおそらく、エドガー・アラン・ポーの短編「スフィンクス」で、窓の向こうの山脈を駆け下りるのを語り手が目撃した巨大な怪物がモチーフなのだろう。

トルナスク

「クトゥルーの呼び声」において、グリーンランド西部のエスキモーの部族が崇拝する、どうやらクトゥルーの別名であるらしい「最長老の悪魔」の名前。これはグリーンランドのイヌイットが崇める天空神トルンガースク

のことで、HPLはどうやら探検家ロバート・E・ピアリーの『北極点』からこの神を知ったらしい。同書では「トルナルスク tornarsuk」表記になっているのである。

ドロシー・C・ウォルター
(1889〜1967)

バーモント州在住の著述家・歴史家で、1934年の夏にブラウン大学で学ぶべくプロヴィデンスに滞在した際、ウィリアム・ポール・クックの紹介でHPLに会い、3時間ほど話し込んだ。HPLの死後に彼女が著したエッセイ「ラヴクラフトとベネフィット・ストリート」は、HPLの物腰や話し方、プロヴィデンスへの愛着を綴った重要な資料となっている。また1959年に、彼女はHPLと会った日のことを「H・P・ラヴクラフトとの3時間」と題する短い回顧録にまとめ、同年アーカム・ハウスより刊行された『閉ざされた部屋とその他の小品』に収録された。

ナアカル語

　ジェイムズ・チャーチワードの『失われた
ムー大陸』（1926年）によれば、ナアカルは古
代ムー大陸から世界各地へと伝道に赴いた
者たちの呼称にして使用言語。チャーチワー
ドが1868年に会ったというインドの高僧に
よれば「聖なる兄弟」を意味する。
「銀の鍵の門を抜けて」によれば、「ランドル
フ・カーターの供述」で失踪したハーリイ・
ウォーランが、かつてヒマラヤの僧侶たちが
用いる原初のナアカル語を研究していたと
される。また、失踪時にランドルフ・カーター
が携えていた羊皮紙（『銀の鍵』でも言及あり）を
チャーチワードが鑑定し、ナアカル語ではな
いとの結論に達したともある。これは、同作
の原型であるエドガー・ホフマン・プライスの
「幻影の君主」にはない、HPLが書き加えた
部分である。また、「銀の鍵の〜」とほぼ同
時期に書かれた「永劫より出でて」では、『無
名祭祀書』に引用された太古の歴史の記述と
して、ヨーロッパに交雑種のみが棲息し、失
われたハイパーボレアにおいて黒き無定形
のツァトーグァへの名状しがたい崇拝が行
われていた20万年前に、ムーが栄えていた
という話が粘土板上にナアカル語で記され
たという話が紹介されている。さらに、HPL
がプロット協力したヘンリー・S・ホワイト
ヘッドの「挫傷」でも、アトランティスとムー
の共通語だと設定されている。

「ナアイルラトホテプ」

　1920年11月から12月の上旬にかけてHPL
が夢に見た内容をそのまま小説に書き起こし
たもので、語り手の住む街を訪れ、不思議な
機械装置をバックに講演を行っているという
不思議な人物、ナイアルラトホテプについて
の物語。アマチュア・ジャーナリズム雑誌〈ユ
ナイテッド・アマチュア〉1920年11月号（発行
は翌年の1月以降）で発表された。その後、HPL
作品にしばしば登場する"ナイアルラトホテ
プ"の初出作だったのだが、この時点では怪
人物でしかなく、神ではなかったようだ。
　夢の内容について詳しく説明するライン
ハート・クライナー宛ての書簡（1921年12月14日
付）によれば、もともとの夢ではHPL自身の
視点で、舞台も彼の住むプロヴィデンス。ま
た、ナイアルラトホテプについて彼に告げた
というのも、アマチュア・ジャーナリズム仲
間のサミュエル・ラヴマンだった。ただし、
この夢を見た時点でHPLはまだラヴマンに
直接会ったことはなかった。この書簡の該当
部分は、『這い寄る混沌』（星海社）に訳出した。
　怪しげな興行師のモチーフは、世界各地で
同様のショーを行っていた電気技師ニコラ・
テスラなのではないかと、HPL研究家のウィ
ル・マレーなどがかねて指摘している。ただ
し、件の夢を見たまさにその前夜、HPLは巡
回講演者かつ大衆心理学者であるディ
ヴィッド・ヴァン・ブッシュの詩文添削に取り
組んでいたらしく、彼に対する何かしらの感
情が夢の中で人の形を取ったとも考えられる。

ナイアルラトホテプ

「ナイアルラトホテプ」が初出の、クトゥルー
神話における主要な神々の一柱。もともとは、
HPLの夢の中に出てきた謎めいた名前をそ
のまま使用したもの。作中で示唆される通り、
明らかに古代エジプト由来の名前で、今日の
英語圏での発音は、英語読みの"ニャルラト
テプ"と、異国風の"ナイ
アルラトホテプ"（「ル」
は巻き舌気味）が主流の
ようだ。なお、"ナイ
アルラトホテプ"が人
間に発音不可能な名前
だとするHPLの記述、
発言は確認されてい
ない。
　HPLが
1919年の

夏から耽溺していたロード・ダンセイニの作品で言及される“ミナルトヒテップ Mynarthitep”（『時と神々』収録の「探索の悲哀」）、“予言者アルヒレト＝ホテプ Alhireth-Hotep”（『ペガーナの神々』収録の同名作）の影響を受けた可能性がある。最初にナイアルラトホテプを人外の魔神としたのは「壁の中の鼠」（1923年）で、以後、様々な作品で肉付けされて、とりわけ重要な作品として「未知なるカダスを夢に求めて」（1926～27年）、「ユゴスよりの真菌」（1929～30年）、「魔女の家で見た夢」（1932年）、「闇の跳梁者」（1935年）が挙げられる。

夜鬼
ナイト＝ゴーント

ゴムのような質感の全身の皮膚が黒く、頭部には曲がった角が、背中には翼が、尻からは先端が尖った尾が生えているというキリスト教文化圏の悪魔そのものの姿をしたクリーチャーだが、顔の部分に目鼻口が一切存在しない。作品初出は「未知なるカダスを夢に求めて」で、幻夢境の山岳地帯にある洞窟群を棲家とし、ノーデンスに仕えているという。ただし、1920年に執筆された詩「夢見人へ。」に言及されているナスの谷に群がる夢の妖霊は、この怪物を指すのかもしれない。また、連作詩「ユゴスよりの真菌」の第20詩も、幻夢境のトォク山脈の峰をすれすれに飛び抜けるこのクリーチャーを描いたものである。元々は母方の祖母ロビイ・アルザダ・フィリップスが亡くなり、屋敷内の人々が喪に服して黒い衣服を着た5歳の頃に夢に現れるようになった怪物。ラインハート・クライナー宛の1916年11月16日付書簡において、HPLは自分が当時目にした、ジョン・ミルトンの『失楽園』に付された19世紀フランスの版画家ギュスターヴ・ドレによる悪魔の挿絵から影響を受けたのだろうと書いている。

ナグ、イェブ

「最後のテスト」が初出の神々で、「墳丘」「永劫より出でて」でも言及されるが、太古のアトランティスやレムリア、ムーで崇拝されたと説明される程度で、姿かたちなどの詳しい設定は示されない。ジェイムズ・F・モートン宛の書簡（1933年4月27日付）には、アザトースを頂点とする神々の系図が掲載され、ナグとイェブはヨグ＝ソトースとシュブ＝ニグラスの夫婦の間に生まれた子供とされる。アザトースにとっては曾孫にあたり、ナグはクトゥルーの、イェブはツァトーグァの親でもある。ウィリス・コノヴァー宛の書簡（1936年9月1日付）にも、ヨグ＝ソトースとシュブ＝ニグラスの間に邪悪な双子ナグとイェブが生まれたと書かれているので、この血縁関係はHPL的に確定事項のようだ。

『ナコト写本（ナコティック・マニュスクリプツ）』

初期作品「北極星」が初出の、『ネクロノミコン』に先立ってHPLが創造した神話典籍。古代北方のオラトエの住民である語り手が、『ナコト写本』を研究していると話している。その後、「蕃神」「未知なるカダスを夢に求めて」などの幻夢境関連作において、かつてオラトエから持ち出された『ナコト写本』がウルタールの神殿に存在するとあるが、「狂気の山脈にて」をはじめ、覚醒の世界が舞台の作品でも言及されることがある。「時間を超えてきた影」によればイスの“大いなる種族”についての記述がある。また「闇の跳梁者」によれば、かつて星の智慧派の拠点だったプロヴィデンス西部の教会に所蔵されている。
“ナコト”の意味は不明だが、後にリン・カーターが「陳列室の恐怖」などの作品において、イスの“大いなる種族”の都市の名前を“ナコトゥス”と設定し、『ナコト写本』の書名はこれに由来するものとした。

『ナコト断章 (ナコティック・フラグメンツ)』

ヘイゼル・ヒールドのための代作「蝋人形館の恐怖」(1932年) と「永劫より出でて」(1933年)、エドガー・ホフマン・プライスとの合作「銀の鍵の門を抜けて」(1933年) では、『ナコト写本』ではなく『ナコト断章 Pnakotic fragments』となっている。HPLは、『エイボンの書』の版によって書名を書き分ける凝り性なので、別の書物ではないにせよ、別の版である可能性が高いと思われる。「銀の鍵の門を抜けて」によれば、『ナコト断章』には時間、空間を超える転移現象についての記述がある。

ナサニエル・ダービイ・ピックマン財団

「狂気の山脈にて」において、1930年のミスカトニック大学南極遠征隊に"特別な寄付"を行ったとされる財団。この財団のお陰で、遠征隊は大々的な宣伝を行って資金集めをする必要がなくなった。創設者というよりも、おそらくこの財団の基盤となった財産を遺したのだろうナサニエル・ダービイ・ピックマンなる人物については何の情報もないが、「ピックマンのモデル」『ネクロノミコン』の歴史」で言及されるセイラムのピックマン家、あるいは「戸口に現れたもの」のダービイ家の縁戚である可能性がある。

ナサニエル・ホーソーン (1804〜1864)

19世紀米国を代表する作家の一人。セイラムの出身で、マサチューセッツ湾植民地の治安判事として1692年の魔女裁判において主任裁判官を務めたジョン・ホーソーンの玄孫にあたる。ニューイングランド地方の古い時代を描く『緋文字』『七破風の屋敷』などのゴシック・ロマンス風の作品をはじめ、神秘的でありながらどこか暗い影を帯びた諸作品には、先祖を誇る思いと恥じる思いの両方が潜んでいて、彼の著作を愛読したHPLにも強く影響を与えた。HPL研究者のドナルド・R・バールスンは、1920年頃にHPLが読んだホーソーンの覚書に「大きな書斎にある古い書物—誰もがその鍵を外し、開くのを畏れた。というのもそれは魔術書であると言われていたのだ」という文言があり、これが「祝祭」における『ネクロノミコン』のイメージの源泉だろうと主張している。

「ナシカナ」

1918〜20年頃に書かれた、いずことも知れぬ場所を舞台に、神秘的な女性であるナシカナについて、エドガー・アラン・ポー風のやや大仰文体で謳いあげた詩。"アルバート・フレデリック・ウィリー"名義で〈ヴァグラント〉1927年春号に掲載されたものだが、この筆名のファースト・ネームとミドル・ネームはアルフレッド・ギャルピンと同名であり、さらに"ウィリー"というのはギャルピンの母の家名なので、彼との合作と考えられている。作中にあるザイス、カトスなどの地名は、HPLの幻夢境ものを想起させられるが、他の作品に登場せず、夢の中が舞台であるよ

うな匂わせも存在しない。ドナルド・ウォンドレイ宛の書簡（1927年8月2日）によれば、文体ばかり過剰で内容の伴わない詩作品のパロディとして書かれたものらしい。

ナショナル・アマチュア・プレス・アソシエーション（NAPA）

アマチュア・ジャーナリズムの全国組織のひとつ（現在も存続）。1876年の独立記念日（7月4日）に、ペンシルベニア州のフィラデルフィアで開催されたアマチュア・ジャーナリズム・コンベンションにおいて9人の少年たちが集まり、結成した。

1914年にアマチュア・ジャーナリズム活動を始めたHPLは当初、もうひとつの全国組織であるユナイテッド・アマチュア・プレス・アソシエーション（UAPA）を中心に活動していたが、1917年にNAPAにも入会、こちらの会報である〈トライアウト〉にロード・ダンセイニへ捧げる詩や「ウルタールの猫」「恐ろしい老人」などの小説、文学論的なコラム「振り返ってみれば」を発表した。ソニア・H・グリーンと出会ったのも、1921年7月にボストンで開催されたNAPAのコンベンションだった。HPLはまた、1922年の秋にNAPAの会長であるウィリアム・J・ドゥテルが女性と駆け落ちしたことを受け、臨時のNAPA会長に就任している。

後年、HPLは崩壊しつつあるUAPAに比べて、NAPAこそはアマチュア・ジャーナリズムの入り口に相応しいと述懐している。

ナス＝ホルタース

「セレファイス」「未知なるカダスを夢に求めて」で言及される、幻夢境のオオス＝ナルガイの谷にある美しい都、セレファイスで崇拝される神々の一柱。ナス＝ホルタースの神殿はトルコ石で造られていて、1万年の昔から全く同じ顔ぶれのまま変わらない、蘭の花冠を戴いた80人の神官たちが仕えている。ナス＝ホルタースの神官の一人によれば、オオス＝ナルガイには時が存在せず、永遠の若さだけが存在するということである。ジョン・R・フルツとジョナサン・バーンズの小説「ハイパーボリアの魔術師たち Wizards of Hyperborea」（未訳）では、"天のライオン"ナス＝ホルタースは太古のハイパーボレアで崇拝された夢の守護神とされている。

なお、ナス＝ホルタースの"ナス Nath"は、ナスの谷の"ナス Pnath"とは綴りが異なる。

ナスの谷

二四行詩「夢見人へ。」が初出となる地名だが、おそらくは同作に先立つ「サルナスに到る運命」に言及されるナスの窖と同じもの。後に「未知なるカダスを夢に求めて」で言及された際には、地球の幻夢境の地下に広がる内部世界に存在し、巨大なボールともが這い回る恐ろしい場所として描写されている。なお、クラーク・アシュトン・スミス宛の書簡の題辞には、「第29累代――ショゴスの産卵期、ナスの谷にて」（1930年11月11日）、「ナスの谷――ショゴスの独立石にて」（同年11月29日）、「ナスの谷にて：地底の巣穴の開く刻限」（1931年3月26日）という具合にしばしばナスの谷が言及される。

『ナスの年代記』

「丘の木」の登場人物コンスタンティン・テューニスが「初期の英訳本」を所蔵している書物で、「古代エジプトの妖術師ヘルメス・トリスメギストスから、その叡智を部分的に借用した、ドイツの神秘家兼錬金術師ルドルフ・ヤーグラーによって書かれた」もの。

ドウェイン・ライメルによれば、同作の初稿をHPLが書き直した際に追加した要素をHPLが書き直した際に追加した要素で、「黒山羊の年にナスへと到来した、地球上のものであるはずのない影」にまつわる『ナスの年代記』からの引用文も書き下ろされていた。「ナス Nath」というのはどうやら地名らしいのだが、HPLの作品や書簡では言及されたことがない（幻夢境の地の地下にある谷として、「ナスの谷 Vale of Pnath」がしばしば登場するが、別のものだろう）。また、HPLが追加した『年代記』の引用文中、ナスの大神官として名前の挙がるカー＝ネフェルは、ネフレン＝カーを彷彿とさせる。

『ナスの年代記』を、HPLやロバート・ブロック、オーガスト・W・ダーレスらの作品に登場する禁断の書物のように有名な設定にしようと考えたライメルは、自身が共同編集者を務めるファンジン〈アコライト〉1943年春号に掲載した「星界の音楽」にこの書物を再登場させ、『ナスの年代記』というドイツ語原書のタイトル（ただし「クロニケ Chronike」は「クロニケン Chroniken」の誤りだろう）を提示すると共に、ドイツの神秘家ルドルフ・ヤーグラーが失明する直前の1653年に書き上げたもので、この初版本が原因で彼はベルリンの精神病院に送り込まれたという設定を追加した。また、「丘の木」に登場する本については、ジェイムズ・シェフィールドが修正を加えつつ英語訳したものだとも設定した。

「星々の音楽」では『ネクロノミコン』への言及もあり、遅ればせながら『ナスの年代記』をHPLの作品世界に接続している。

その後、しばらく怪奇小説から離れたライメルは、1980年代になって「ハムドンの怪異」（1984年、「丘の木」の舞台であるハムデンHampdonは、「シャーロットの宝石」からハムドンHampdonに変更されている）、「ホワイト・クラウド酋長」（1985年）、「ハムドンの彼方の丘」（1986年）を発表、その全てに『ナスの年代記』が関わっている。

"名付けられざりしもの"

"名付けられざりしもの Not-to-Be-Named One"は、「墳丘」において北米地下のクナ＝ヤンで崇拝され、シュブ＝ニグラスを妻とする神として言及される存在である。

「暗闇で囁くもの」でも、怪しげな儀式を行っている邪神崇拝者たちが、"彼（か）の名付けられざりしもの Him Who is not to be Named"の名前を讃えている。

オーガスト・W・ダーレスは、「ハスターの帰還」において後者をハスターの異名として採用し、"名付けられざりしもの He Who is not to be Named"とは即ち、"語りえぬものハスター Hastur the Unspeakable"に他ならない」と記述した。その後、リン・カーターがこれを「墳丘」の設定と結びつけ、ハスターとシュブ＝ニグラスを夫婦としたのである。

七つの太陽の世界

「暗闇で囁くもの」において、ナイアルラトホテプの棲処として示唆される場所。「這い寄る混沌」(同作それ自体とナイアルラトホテプの関係性ははっきりしない)に"七つの太陽がある花の盛りのキュタリオン"なる土地への言及があって、このフレーズを意識したのかもしれない。なお、リン・カーターは「陳列室の恐怖」において、この世界を『ナコト写本』がほのめかす"影付きまとうアビス"と設定し、ナイアルラトホテプの幽閉地とした。

「ニガーの創造について」

HPLが露骨に人種差別的な言動を行っていたのは主に1910年代で、この時期に発表された文章や詩(とりわけ、自身の発行する〈保守派〉に発表されたもの)が掘り出され、死後に問題視されることがあった。1912年に作られたこの滑稽詩はその最たるもので、ジョーヴ(ゼウス)が悪徳に満ちた半人間として黒人を創造したという内容である。

この詩は、2020年放送のドラマ版『ラヴクラフト・カントリー 恐怖の旅路』において(原作小説には登場しない)、HPLの差別的な傾向を示す例として引き合いに出されたが、これがブラウン大学のラヴクラフト・コレクション中に発見されたのは1970年代、刊行物に初めて収録されたのは1984年のことだった。

ニガーマン(ニッグ)

HPLがプロヴィデンスの祖父の屋敷に住んでいた頃に飼っていた、黒猫の名前。彼が14歳の頃、祖父の死に始まるごたごたの中で姿を消してしまったということで、彼はその悲しみを生涯忘れることができず、以後、特定の猫を飼うことはなかった。
「ウルタールの猫」「未知なる

カダスを夢に求めて」などの作品に登場する黒猫には、幼少期の飼い猫が仮託されているようだ。また、「壁の中の鼠」(1927年)には語り手の飼い猫として同名の老猫が登場し、半自伝的なオカルト小説「チャールズ・デクスター・ウォード事件」(1927年)のウォード家でも、ニッグという老猫が飼われてる。

ニコラス・レーリヒ
(1874〜1947)

ドイツ系ロシア人の画家ニコライ・リョーリフの名前のドイツ語形ニコラ・レーリヒを、さらに英語読みしたもの。1920年から米国のニューヨークに居住し、この時期に複数の神智学サークルに参加、大きな影響を受けた。

1925年から29年にかけて、妻や息子のジョージ、6人の友人たちと共にアジア奥地への探検行に出発したのだが、27年夏から28年6月にかけて消息が途絶えたこともあり、後世、彼の遠征にはオカルト的な噂がつきまとった。1929年に帰還すると、主にヒマラヤ山脈の自然を描いた自身の絵画を披露するべく、ニューヨークでニコラス・レーリヒ美術館を設立。早速、美術館を訪れたHPLは大いに感銘を受け(彼は後年、この時以来レーリヒに憧れていたと言っている)、翌年執筆の「狂気の山脈にて」において、レーリヒとその絵画に繰り返し言及した。なお、エイブラハム・メリットはレーリヒの友人で、HPLは彼と1934年に会った折にレーリヒの話を聞いたようだ。また、フランク・ベルナップ・ロング宛1931年2月27日には、「見知らぬ塔の向こうに沈む夕日や、岩山を背にした小さな農家、ニコラス・レーリヒが描いたレンの一枚岩の光景が、私の中で励起させるに違いない冒険的な期待の真髄を、紙に書き留めることができるという未来への幻想によって、私はいつだって自殺の危機を免れている」と書いている。

西尾正（1907〜1949）

東京出身の探偵小説家。慶應義塾大学在学中に、ぷろふいる社の探偵小説雑誌〈ぷろふいる〉1934年6月号掲載の「陳情書」で作家デビューし、〈新青年〉などの同系統の雑誌で作品を発表した。近年、東雅夫が探偵公論社の雑誌〈真珠〉第3号（1947年11・12月合併号）に掲載されている西尾の「墓場」が「ランドルフ・カーターの供述」の翻案であると発見。やや変則的な形ではあるものの、江戸川乱歩に先立ち、HPL作品を初めて日本に紹介した人物であることが判明した。

「二本の黒い壜」

ウィルフレッド・ブランチ・タルマンとの合作。1926年8月から10月にかけて執筆され、〈ウィアード・テイルズ〉1927年10月号に掲載された。牧師だった伯父の遺産相続にやってきた主人公が怪異に遭遇する作品で、HPLが徹底的に改稿したらしい。1926年7月21日付タルマン宛書簡で、HPLは「私が原稿に入れたものについては――あなたの創作の感性に干渉するようなものはないでしょう」と述べているが、タルマンは1973年に書いた回想録の中で「彼の方言の使い方は不自然でした」と、会話文の変更に不満を述べている。

ニューイングランド

広義には、アメリカ合衆国北東部のメイン州、ニューハンプシャー州、バーモント州、マサチューセッツ州、ロードアイランド州、コネチカット州を合わせた地方名。狭義には、初期の13植民地のうち北部のニューハンプシャー植民地、マサチューセッツ湾直轄植民地、ロードアイランド植民地、コネチカット植民地を含む、"ニューイングランド植民地群"を指す地域名で、言うなればアメリカ合衆国発祥の土地である。中心的な都市は、マサチューセッツ州の州都ボストン。植民地時代を偲ばせる古い建物や文化・伝統が色濃く残ることで知られ、HPL自身はロードアイランド州の生まれだったが、ニューイングランドの各地――とりわけセイラムやマーブルヘッドなどマサチューセッツ州の海沿いの街をこよなく愛し、繰り返し訪れたのみならず、アーカムやキングスポート、インスマスなど、ラヴクラフト・カントリーと総称される架空の街の多くをこの地域に配置した。

「ニューイングランドに散見するオランダ様式の足跡」

1933年7月に執筆されたらしい、ロードアイランド州におけるオランダの習俗の影響を論じたエッセイ。ニューヨーク・オランダ協会の機関紙〈ハルヴェ・マイン（ハーフ・ムーン）〉の編集者だったウィルフレッド・B・タルマンの依頼で書いたもので、同誌1933年10月18日号に掲載された。ニューヨーク州は、1664年に英国が奪取するまではオランダの植民地ニューアムステルダムで、オランダ系の移民の子孫が多かった。タルマンもその一人であり、自身のオランダ系の先祖について、ライフワーク的に調査を行っていた。1922年9月には、彼はHPLと共にブルックリンのオランダ改革派教会の墓地を訪れて、この時の体験から「猟犬」が生まれている。「潜み棲む恐怖」（1922年）や「レッド・フックの恐怖」（1925年）、「石の男」（1932〜33年）など、HPLの作品にしばしば、オランダ系の先祖から禁断の知識を受け継ぐ一族が登場するのは、おそらくタルマンの影響なのだろう。なお、このエッセイを執筆した直後の1932年9月には、プロヴィデンスを訪問したカール・ファーディナンド・ストラウチから、ペンシルベニアのオランダ人地域に残存する魔術伝承について教わったということである。

「ニューイングランドにて人の姿ならぬ
魔物のなせし邪悪なる妖術につきて」

ニューベリーポート

　マサチューセッツ州の北部、メリマック川の河口にある港町で、ボストンのノース・ステーションからコミューターレール（鉄道）で海岸沿いに北上すると、終点がここになる。「インスマスを覆う影」に登場するが、南のグロスターと共にインスマスそれ自体のモチーフでもある。

　植民が始まったのは1635年。当初はニューベリー植民地の一部だったが、1767年1月28日のマサチューセッツ州議会の決議で、ニューベリーポートとして独立した。19世紀までは貿易港として栄え、1812年の米英戦争（第二次独立戦争）の前後を通して、一貫して奴隷制度廃止を叫んだ自由都市でもあった。この戦争で、ニューベリーポートの漁船団は大英帝国の商船捕獲に活躍し、戦後、捕鯨船団に加わった。なお、1790年に合衆国建国の立役者の一人、アレクサンダー・ハミルトンが財務省の下に設立した税関監視艇局（この時期唯一のアメリカ海軍）の最初の基地が、ニューベリーポートに設置された。これは、アメリカ合衆国沿岸警備隊の前身である。こうした歴史的背景のもと、ニューベリーポートは東海岸の造船業の中心地として大いに繁栄したが、20世紀に入ると造船業は退潮し、すっかり寂れてしまっていた。HPLは1923年以来、幾度かこの町を訪れている。ニューベリーポートの海沿いの地域は、現在はリゾート地になっているのだが、当時はそれこそインスマスのような荒涼たる佇まいだった。

　なお、1776年から1788年にかけて、この町で天然痘が流行したという記録が確認されていて、HPLはこの歴史的事実を巧妙に「インスマス〜」に取り込んでいる。

　HPLの遺稿中に発見された小説の断片。執筆時期は不明だが、内容や語彙的に、1931年以降に書かれたものと思しい。邪悪な書物と、先住民族の老呪術師にそそのかされたリチャード・ビリントンなる妖術師が、ダゴンの礼拝所と称する巨大な環状列石を建て、放埓な儀式を行った果てに、空から呼び出したものに喰らわれたというもの。

　オーガスト・W・ダーレスはこの断片をもとに、いわゆる没後合作として長編「門口に潜むもの」（邦訳は「暗黒の儀式」）を執筆し、アーカム・ハウスから1945年に刊行した。おおもとの断片については、同じく「門口に潜むもの」に取り込まれた別の断片「円塔」と共に、アーカム・ハウスの『H・P・ラヴクラフトの覚書類』（1959年）に収録されたが、HPL研究家のスナンド・T・ヨシが後に直接手稿にあたって、若干の修正を加えている。

ニューベリーポート歴史協会

「インスマスを覆う影」に登場する実在の団体で、作中ではインスマス由来の異様な品々を収蔵している。歴史協会というのは、その土地の記録や歴史、遺物などを収集・記録・保存する欧米特有の組織。マサチューセッツ州では1791年にマサチューセッツ州歴史協会が設立されて以来、大抵の町に協会の本部を兼ねたハウスミュージアムが存在する。2023年、ニューベリーポート歴史協会の事務所は現在、ハイストリート98番地にあるクッシング・ハウス・ミュージアム（フランクリン・ピアース大統領の時代にマサチューセッツ州検事総長を務めた政治家ケイレブ・クッシングの邸宅）に置かれているが、HPLの訪問時にはハイストリート164番地のペティングル＝フォーラー・ハウスにあった。

ニルス・ヘルマー・フロム
（1918～1962）

スウェーデン出身、カナダ在住の怪奇・SFファンで、HPLの晩年の文通相手。ファンジン〈スープラマンデイン・ストーリーズ〉の発行者で、HPLに寄稿を依頼し、「ナイアルラトホテプ」を第2号、「怪奇小説覚書」を最終号に掲載した。オカルト・ビリーバーの傾向があったらしく、HPLは彼に宛てた手紙の返信で、運命論や輪廻転生などを強い調子で否定している。

「人間の最も古く最も強烈な感情は恐怖であり、恐怖のなかで最も古く最も強烈なものは未知なるものの恐怖である」

エッセイ「文学における超自然の恐怖」の冒頭に掲げられた文章で、HPLの死後、様々な作家の様々な作品においてエピグラフとして繰り返し引用された、最もよく知られているHPLの言葉である。

そのため、しばしばHPLの作風を包括するセオリーとして引き合いに出されるが、「クトゥルーの呼び声」に見られるように、彼は人間が一見無関係に見える既知の物事を結びつけていくことで浮かび上がる恐怖もしばしば描いている。また、『ネクロノミコン』やクトゥルーといったバックグラウンド・マテリアルを挿入することにより、読者の心の中に連想を生じさせ、物語に奥行きを与えることもまたHPLの好んで用いた趣向であり、彼は決して"未知なるものの恐怖"ばかりに拘泥したわけではなかった。

『ネクロノミコン』

「猟犬」が初出の、狂える詩人アブドゥル・アルハズレッドが著したとされる禁断の神話典籍。翻訳家・大西尹明による『死霊秘法』の訳語もある（『世界恐怖小説全集5 怪物』、1958年）。HPLの説明によれば、『ネクロノミコン』というギリシャ語タイトルは夢の中で思いついたもので、「NEKROS（屍体）、NOMOS（法典）、EIKON（表象）——したがって屍者の律法の表象あるいは画像」を意味しているという。「猟犬」の時点では、『屍者の律法』のタイトルに相応しい内容を含むものと考えられていたようだが、「祝祭」「クトゥルーの呼び声」などの作品を通して徐々にクトゥルー神話世界における邪神崇拝者たちの歴史書・典礼書の性格を強めていく。

なお、「祝祭」が掲載された〈ウィアード・

テイルズ』)1925年1月号の、アンドリュー・ブロスナッチによる扉絵には、巨大な黒い書物を小脇に抱えた人物が描かれていて、これはどうやら『ネクロノミコン』であるようだ。また、同作では「オラウス・ウォルミウスによるラテン語版が(教会から)禁書指定を受けた」という設定が付け加えられているのだが、HPLはウォルミウスの活動時期を勘違いしていた(この人物の項目を参照のこと)。

その後、フランク・ベルナップ・ロングが、1926年執筆の「喰らうものとも」にジョン・ディー訳の英語版『ネクロノミコン』からの引用文を出してきたこともあり、HPLは『ネクロノミコン』の設定を整理する必要を感じたようだ。そして、原題『アル・アジフ』で、『ネクロノミコン』というタイトルはテオドラス・フィレタスによってギリシャ語訳された時につけられたもの——といった書誌的な設定を1927年の秋頃に覚書にまとめ、クラーク・アシュトン・スミスなどの友人に手紙でその内容を伝えていた。この覚書は彼の死後、1938年に「『ネクロノミコン』の歴史」のタイトルで小冊子として発行されている。

『ネクロノミコン』の引用文が載っているのは「祝祭」「ダンウィッチの怪異」「銀の鍵の門を抜けて」の3作だが、HPLはしばしば書簡中で、この書物を実際に読んだ時の逸話を茶目っ気たっぷりに紹介した。

なお、『ネクロノミコン』が実在すると信じた読者も多く、それを踏まえた悪戯や創作が行われてきた。たとえば、1946年にはニューヨークの古書店主フィリップ・ダシュネスが、375ドルの値段をつけたラテン語版『ネクロノミコン』を目録に掲載した。その後、〈プロヴィデンス・ジャーナル〉の記事で取り上げられたことを受け、ダシュネスは冗談だったとして謝罪している。その他の事例については、コリン・ウィルソン、ジェイムズ・ブリッシュ、ドナルド・A・ウォルハイム、ライアン・スプレイグ・ディ・キャンプ、ラリー・ニーヴン、リン・カーターの項目も参照のこと。

『ネクロノミコン・エクス＝モルテス』

サム・ライミ監督の『死霊のはらわた』(1981年)に始まる、同名のホラー映画シリーズに登場する異形の書物。映画第1作では『死者の書』あるいは『ナトゥローム・デモント』というタイトルだったが、第2作『死霊のはらわたII』(1987年)から『ネクロノミコン・エクス＝モルテス』に変更された。映画での設定上は「3000年以上前に海を赤く染めた血で書かれた人間界と悪霊界を繋ぐ書物」とされ、クトゥルー神話色は薄かった。ただし、スピンオフ作品ではあの手この手でクトゥルー神話に寄せられている。中でも、THQから2000年にPlayStation版が発売されたゲーム"Evil Dead: Hail To The King"では、『ネクロノミコン〜』はかつて"暗きもの"が著した文書を、"狂える詩人"アブドゥル・アルジーズがまとめたものとされている。今日、クトゥルー神話の『ネクロノミコン』が人皮装丁本とよく言われるのは、人間の顔面をそのまま貼り付けたような特徴的な外見(作中では人肉装丁bound in human fleshと説明)の『ネクロノミコン・エクス＝モルテス』との混同によるもの。

「『ネクロノミコン』の歴史」

1927年秋頃、既にいくつかの作品に登場させていた『ネクロノミコン』の設定を整理するために執筆されたテキスト。おそらく、フランク・ベルナップ・ロングが同年に執筆した「喰らうものども」の冒頭で、ジョン・ディー訳の『ネクロノミコン』からの引用を行ったことに触発されたもの（HPLは9月24日付のロング宛書簡でこの引用文について触れている）。11月にはほぼ書き上がっていたようで、11月27日付のクラーク・アシュトン・スミス宛の書簡に、ほぼ同じ情報が紹介されていた。

一般の読者が目にしたのはHPLの死後で、彼と交流していたアラバマ州オークマンの編集者ウィルソン・シェファードが、1938年に同名の小冊子を刊行した。

猫

マリアン・F・バーナー宛1936年6月9日書簡に描かれた猫のスケッチ

HPLの猫贔屓はよく知られていて、1926年には猫と犬の優劣を論ずるエッセイ「猫と犬」を書き下ろしているほどだ。彼の猫好きは少年期に遡り、祖父ウィップル・ヴァン＝ビューレン・フィリップスの屋敷に住んでいた時分には、ニガーマン（ニック）という名前

の黒猫を子猫の頃から可愛がっていた。同じ名前の黒猫が、「壁の中の鼠」「チャールズ・デクスター・ウォード事件」に登場している。

この猫がいなくなって以来、特定の猫を飼わなくなったというHPLだが、引っ越す度に近所の猫たちと交流し、ランドール、マグナス・オスターバーグ伯爵といった名前をつけてやり、彼らが訪ねてきた時にはいつでも遊んでやれるよう、鼠のおもちゃを常に手近に置いていた。1930年代には、近所の猫たちが所属しているKAT（世界カッパ・アルファ・タウ協会プロヴィデンス支部）という組織を空想し、友人たちに送った手紙の中で、その活動を楽しげに報告している。

HPLと猫については、ウィリアム・ポール・クックの回顧録『追悼・ハワード・フィリップス・ラヴクラフト』（1941年）のエピソードも有名だ。1928年の夏の、マサチューセッツ州アソールの自宅を訪ねてきたHPLと夜半に別れたクックは、翌朝、前夜に挨拶をした時のままの姿勢で椅子に座っている友人を発見した。膝の上で眠っている子猫を起こしたくなかったのである。

幻夢境のウルタールという町で、猫の殺害を禁じた法律が成立する要因となった事件を描く「ウルタールの猫」によれば、猫はスフィンクスの縁戚で、猫はスフィンクスの言葉を解するが、スフィンクスよりも齢を重ね、彼女が忘れたことを覚えている不思議な生き物とされている。同作に登場する放浪者たちは古代エジプトと関わりのある象徴を帯びていたり、前述したようにスフィンクスへの言及があるのは、HPLが猫のルーツをエジプトにあると考えていたことによるのだろう。なお、地球最初の猫は、宇宙の暗黒の深淵から飛び出してきた生物だと書いた書簡もある。

「ウルタール〜」の後日談でもある「未知なるカダスを夢に求めて」によれば、幻夢境には人語を解する猫たちが棲んでいて、彼らは外宇宙の気配を嫌い（「壁の中の鼠」「チャールズ・デクスター・ウォード事件」でも、怪異を感知した飼

猫が暴れる描写がある）、ムーン＝ビースト（月獣）や土星の異形の猫たちと敵対関係にあり、さらには猫の友である人間に時折害を与えるズーグを餌食にすることもある。ウルタールには猫の神殿が建ち、セレファイスにも長老猫がいる。この長老猫は、ロジャー・ゼラズニイ『虚ろなる十月の夜に』に"上の猫（ハイ・キャット）"として登場し、重要な役割を果たしている。同作のヒロイン格である猫のグレイモークも、実は「未知なる～」においてランドルフ・カーターの危機を伝達した老雌猫（グリマルキン）なのかもしれない。

また、クラーク・アシュトン・スミス宛1934年2月11日付書簡には、サドクア（ツァトーグァ）の神殿を守護するアヴェロワーニュの不死の猫たちへの言及がある。

「猫と犬」

1926年11月25日に執筆されたエッセイで、〈リーヴズ〉1937年夏号に掲載された。

本来はHPLがニューヨークで参加していたブルー・ペンシル・クラブの会合のために書き下ろされたもので、この年の春にプロヴィデンスに戻っていたHPLは、どうやら会合に顔を出すつもりでいたようだが、結局、この時は足を運ばなかったようだ。

愛猫家として知られるHPLは、このエッセイにおいて猫を貴族、冷静さ、矜持の象徴と見なす一方、人間に依存する犬をより劣るものと説いた。なお、HPLがこのエッセイの中で繰り返し名前を挙げているエジプトの猫の女神ブバスティス（バースト）は、同時期に執筆の始まった「未知なるカダスを夢に求めて」でも言及されている。

ネフレン＝カー

初出は「アウトサイダー」で、ナイル川沿いのハドスという街の峡谷に封印された墓所があるという、古代のファラオの名前である。その後、「闇の跳梁者」において彼の墓所が発掘されたこと、さらにはナイアルラトホテプ崇拝によりエジプト史から名前が抹殺されたことが説明されていて、これはおそらく1922年のトゥトアンクアメン（ツタンカーメン）の墓所の発掘調査に触発された設定なのだろう。この人物についてはHPLの死後、ロバート・ブロックが「セベクの秘密」「暗黒のファラオの神殿」などの作品で掘り下げている。

また、HPLがドウェイン・ライメルの初稿を全面的に書き直した「丘の木」には、『ナスの年代記』という書物からの引用文中に、ナスという土地の大神官としてカー＝ネフレルなる人物が言及されている。

ネフレン＝カーの名前の由来は不明だが、知識の神トートが著した『トートの書』にまつわるプトレマイオス朝時代の物語に登場する、古代の魔術師、プタハ＝ネフェル＝カー王子（ネフェル＝カー＝プタハと書かれることも）がモチーフなのかもしれない。

なお、ノフル＝カー Nophru-Kaという似た名前のキャラクターが知られているが、これは『クトゥルフ神話TRPG』のキャンペーン・シナリオ『ユゴスからの侵略』に登場するエジプト第14王朝のファラオの名前である。ネフレン＝カーがモチーフではあるだろうが、同一の存在ではない。

「眠りの壁の彼方」

　1919年春 (4月以降) に執筆された作品。ある精神病院の実習生が、ニューヨーク州のキャッツキル山地の居住者であり、殺人を犯して拘禁されているジョー・スレイターを悩ませる幻夢に興味を抱き、自ら発明した"通信器(ラジオ)"で精神感応を試みた結果、狂人の肉体に閉じ込められている地球外存在と接触するという物語。やがてこの存在はスレイターの死によって肉体から解放され、地球から"悪魔の星(アルゴール)"と呼ばれている星に復讐を遂げるべく飛び去るのだった。作中で言及される、1901年2月21日にペルセウス座のアルゴール星付近で新星が観測されたという出来事は事実で、HPLが所有していたガレット・P・サーヴィス『裸眼で楽しむ天文観測』からまるまる引用している。HPLはまた、〈ニューヨーク・トリビューン〉紙の4月27日号に掲載された、キャッツキル山地の居住者について触れたF・F・ヴァン・デ・ウォーターによる記事(「州警察はいかにして名声を獲得したか」)に触発されたとも書いている。

　同作はアマチュア雑誌〈パイン・コーンズ〉1919年10月号で発表され、しばらく間を置いてから、〈ファンタジー・ファン〉1934年10月号と〈ウィアード・テイルズ〉1938年3月号に再録されている。

「ネメシス」

　アルジャーノン・チャールズ・スウィンバーンの詩「ハーサ」の韻律を下敷きに、1917年11月1日に執筆した詩。悪夢と魂が分かちがたく結びついていることを綴ったもので、食屍鬼(グール)への言及がある。〈ヴァグラント〉1918年6月号に発表された後、〈ウィアード・テイルズ〉1924年4月号に再掲された。HPLのお気に入りだったらしく、「闇の跳梁者」の冒頭には、この詩の一部がエピグラフとして引用されてる。

ノーデンス

　HPL作品では「霧の高みの奇妙な家」が初出で、"ファーザー・ネプチューン"と呼ばれるキングスポートを見下ろす切り立った峰の上に建っている奇妙な屋敷を、ネプトゥーヌス(ポセイドン)やトリトーンといった古代ギリシャの海の神々と共に訪れる存在で、"大いなる深淵(グレート・アビス)"の支配者と呼ばれている。本来は、ローマ属領時代のブリタンニア(現在のブリテン島)においてローマ人から崇拝されていた神で、アイルランドのダーナ神族のヌアザ、ウェールズのシーズ・サウエレイントと同一視される。HPLが愛読したアーサー・マッケンの「パンの大神」において、得体のしれない古代の存在としてノーデンスへの言及があるが、海の神々との関わりや外見描写などから察するに、HPLが参考にしたのは英国グロスターシャー州のリドニーにおいて、属領時代のノーデンス神殿跡から発掘された、ノーデンスの姿を描くプレートと思しい。「未知なるカダスを夢に求めて」では、ノーデンスは幻夢境(ドリームランド)の地下、内部世界(インナー・ワールド)の底にある"大いなる深淵(グレート・アビス)"の君主として夜鬼たちを支配下におき、ナイアルラトホテプに弄ばれたランドルフ・カーターに救いの手を差し伸べている。このため、ノーデンスはフランシス・T・レイニーなどのクトゥルー神話研究家、悪しき神々と対立する"旧き神"の一柱とされることがある。

ノーリ族

　HPL「銀の鍵」「銀の鍵の門を抜けて」において、失踪したランドルフ・カーターがその王座に就いていると噂された都市イレク=ヴァドにまつわる描写の中で、わずかに言及される幻夢境の亜水棲種族。これらの作品からは、海中に自ら作り上げた迷宮の中を泳ぎ回ることに、種族をあげて熱中しているというくらいの情報しか得られないが、「銀の鍵」が〈ウィアード・テイルズ〉1934年7月号に掲載された際、ヒュー・ランキンの扉絵にその姿が描かれた。イラストのノーリは、もじゃもじゃの顎髭を生やした、太った男性の人型種族で、大きな魚のような尾を備えていた。ランキンは"ノーリ Gnorri"の綴りから"ノーム Gnome"（いわゆるドワーフ小人の英語訳）を連想したのかもしれない。

ノフケー

　「北極星」において、古代北極圏のロマールの民が南進した際に彼らの行く手を阻んだと説明される、毛深く長腕の食人種。「未知なるカダスを夢に求めて」では、最終的にロマールとその都市オラトエを征服し、英雄たちを殺戮したと書かれている。
　「蝋人形館の恐怖」の舞台であるロンドンの蝋人形館には、おそらく同一の存在だと思われる"ノフ=ケー"（"ノフ Gnoph"と"ケー keh"の間にハイフンが挟まる）と呼ばれる怪物の蝋人形が飾られている。ノフ=ケーはグリーンランドの氷原に棲む毛むくじゃらの怪物で、頭部には鋭い角を生やし、合計6本の手足を備えている。

バートランド・K・ハート
(1892～1941)

　プロヴィデンスのローカル紙〈プロヴィデンス・ジャーナル〉の編集者で、同誌の文芸コラム「サイドショー」のライターでもあった。1929年11月、同コラムで紹介された、編集部が選んだ全10冊の"最も偉大なホラー作品"がありきたりなものであったため、HPLは自ら選んだ作品リストを編集部に送り、これは11月23日号の「サイドショー」に掲載された。なお、これに触発されて、オーガスト・W・ダーレスやフランク・ベルナップ・ロングも自作のリストを送り、それぞれ掲載されている。
　このやり取りの最中、ハートはアンソロジー掲載の〈クトゥルーの呼び声〉をたまたま読んで、登場人物である彫刻家のウィルコックスの住所が、自身が住んでいたことのあるトーマス・ストリート7番地であることを発見した。そこで彼は、11月30日付の自身のコラムで怒りを表明すると共に（実際に怒ったわけではなかったようだ）、「今宵の午前3時、貴殿の家の戸口に幽霊を遣わせてくれよう」と脅迫した。HPLはこれを受けて立ち、わざわざ指定の時間に「使者」と題する十四行詩を書き上げてハートに送りつけ、これは12月3日付のコラムに掲載されたのだった。

173

バーナード・オースティン・ドゥワイヤー (1897〜1943)

ニューヨーク在住の怪奇小説読者。フルネームはウィリアム・バーナード・オースティン・ドゥワイヤー。彼は〈ウィアード・テイルズ〉の読者で、HPLやシーベリイ・クインのファンだった。1927年初頭におそらくドゥワイヤーの方からHPLに手紙を送り、以後、HPLが亡くなるまで交通が続いた。「世紀の決戦」(1934年)には、"ウェストショカンの荒くれ狼"ノックアウト・バーニイとして登場。ウェストショカンは、ドゥワイヤーの生まれた町である。

ドゥワイヤーはニューヨーク州内を転々としながら、農夫や研磨工、庭師、樵など様々な屋外の仕事をし、1930年代には民間保護隊(CCC)のキャンプで働いたという。キングストンの地元ではちょっとした有名人だったらしく、ラジオ・キングストン(WKNY)の生放送番組『ソフとジョゼフ』に出演していたこともある。

創作者としては「オールド・ブラック・サラ」という詩が〈ウィアード・テイルズ〉1928年10月号に掲載されたきりだが、〈ウィアード・テイルズ〉の読者交流コーナー"イーリー"や〈ストレンジ・テイルズ〉などに幾度か手紙が掲載されている。

1929年5月、HPLはニューヨークの史跡を巡る途中でキングストンに立ち寄り、ドゥワイヤーを訪問した。翌年6月にも彼の家に数日滞在し、この際、「暗闇で囁くもの」の初稿の試読を頼んだところ、ドゥワイヤーから手厳しい指摘を受けて構成を見直したという話が知られている。

HPLの死後、ドゥワイヤーは1933年秋頃のものであるらしい書簡からの抜粋を〈ウィアード・テイルズ〉編集部に送り、これは「邪悪な聖職者 The Wicked Clergyman」(後に「邪なる聖職者 The Evil Clergyman」に改題)のタイトルで同誌1939年4月号に掲載された。

ハーバート・ウェスト

「ハーバート・ウェスト――死体蘇生者」に登場する、生物の死の克服という課題に、異様な執着を見せる医師。時折、"ハーバード Harvard"と混同されることがあるが、人名に用いられる"ハーバート Herbert"とは全く別の言葉である。

スプラッター・ホラー映画『ZOMBIO／死霊のしたたり』(1985年)とそのシリーズ作品の影響で、俳優のジェフリー・コムズが演じる、蛍光色に光る薬液に満たされた注射器を手に、しかめっ面を浮かべた黒髪・黒縁メガネの小男というイメージが定着し、『13日の金曜日』シリーズのジェイソン・ボーヒーズや『死霊のはらわた』シリーズのアッシュ・ウィリアムズのようなホラー・アイコンとしてコミックをはじめ様々な作品に登場している。ただし、原作小説では、黄色がかった金髪で、繊細な顔立ちの青年として描写されている。作中のウェストは、生物を生化学的作用によって再始動させることのできるある

種の機械と捉えており、オカルト的な心情はあまり見られないのだが、派生作品においてはしばしば、『ネクロノミコン』などの超自然的な力に頼る人間として描かれがちである。

「ハーバート・ウェスト―死体蘇生者」(リアニメーター)

ジョージ・ジュリアン・ハウテンの依頼で、彼の雑誌〈ホーム・ブリュー〉のために、1921年10月の初旬から22年6月半ばにかけて書き下ろした全6話の"残酷物語(グルーサム・テイルズ)"で、同誌の創刊号である1922年2月号から7月号に連載された。原稿料は1話につき5ドルで、HPLにとっては初めての、金銭を対価に依頼されて書いた商業小説である。

HPLは大衆向けのユーモア雑誌である同誌について、後に「無価値な紙屑反故」という辛辣な言葉で酷評し、各話の末尾で次回へのヒキを作るクリフハンガー式の作劇を俗なものと蔑んだ。しかし、それなりに楽しい仕事であったようで、本作に続いて「潜み棲む恐怖」を連載している。

死者蘇生に執着し、ついには殺人にすら手を染める狂的医学者の運命を描く同作の筋立ては、言うまでもなくメアリ・シェリーの『フランケンシュタイン』の系列に連なるモダン・ホラーだ。また、クトゥルー神話的には、アーカムのミスカトニック大学(正確には同大学の医学大学院(メディカル・スクール))が最初に言及される重要な作品でもある。「完全な状態の臓器を備えた死体に適切な処置を講ずれば、生命として知られている固有の活動を再開できる」というあたりに、HPLの科学的唯物論が顔を覗かせてはいるものの、基本的にはスタンダードな死者蘇生ものだ。

ただし、蘇った死者が生者の肉を引き裂き喰らうという、ジョージ・A・ロメロのゾンビを先取りしたような描写があり、最初期のゾンビものと見なされることがある。

実際、1985年公開のスチュアート・ゴードン監督による映画版の邦題は、『ZOMBIO／死霊のしたたり(原題・Re-Animator)』だった。

同作の時系列は、第1話の執筆時の1921年を起点として計算されることが多く、作中で描かれるアーカムの腸チフスのエピデミックの発生年は「16年前」、つまり1905年と考えられており、少なからぬスピンオフ作品がこれに倣っている。ちなみに、現実でも米国内における腸チフスの最初のエピデミックが1906年にペンシルベニア州で発生しているので(1万人近くが罹患、63人の死者を出した)、HPLはこれを参考にしたのかもしれない。また、1918年にはプロヴィデンスでインフルエンザが流行し、1921年5月にはニューヨークの保健局長が欧州からの移民が伝染病の感染源となる危険性に言及したという話が〈プロヴィデンス・マガジン〉に掲載されていて、これも下敷きになった可能性がある。

ハーマン・C・ケイニーグ
(1893～1959)

ニューヨークの電気試験研究所で働いていた怪奇・幻想小説ファン、ファンジン発行者。1933年に、『ネクロノミコン』の入手方法を質問する書簡を送ったのがきっかけでHPLと交通するようになった。HPLとその友人たちにウィリアム・ホープ・ホジスンの諸作品を読むよう勧め、本を回覧した人物でもある。HPLは、1934年末のニューヨーク訪問の際にケイニーグと初めて顔を合わせ、翌年頭にはロバート・H・バーロウ、フランク・ベルナップ・ロングらと共にケイニーグの働いている研究所を訪ねたということである。1936年の頭、ケイニーグはサウスカロライナ州のチャールストンに旅行する計画を立て、HPLに訪問先の助言を求めた。HPLは以前書いた「チャールストン紀行」を要約して返信に添え、その紀行文を気に入ったケイニーグは同年3月にこれを冊子として少部数印刷している。HPLの死後、彼はオーガスト・W・ダーレスとの共同作業でホジスンの作品集『ボーダーランドに建つ家とその他の物語』を編集し、アーカム・ハウスから刊行した。

「バーモント州──その第一印象」

1927年秋に執筆したエッセイで、ウォルター・J・コーツの編集するアマチュア雑誌〈ドリフトウィンド〉の1928年3月号に掲載された。当時、バーモント州には詩人のアーサー・グッディナフやヴレスト・オートン（当時は文芸雑誌〈アメリカン・マーキュリー〉の広告営業担当）といった、アマチュア・ジャーナリズムで知り合った文通相手が住んでいたのである。

1927年7月に、HPLは東海岸の古い町を回る旅行に出発し、メイン州やニューハンプシャー州にまで足を伸ばしたのだが、8月にはグッディナフの招待でブラトルボロを訪問した。古い時代のニューイングランドの佇まいを残すバーモント州の田園地帯や美しいブラトルボロに感銘を受けた彼が、同年秋に執筆したのがこのエッセイで、同州が舞台の小説「暗闇で囁くもの」の情景描写にも、部分的に転用されている。

バーモント大洪水

〈ラトランド・デイリー・ヘラルド〉
1927年11月8日号の1面より

1927年の秋、バーモント州では記録的な大雨が続き、11月3日から4日にかけて各地の川が氾濫する大災害に発展した。この洪水で1285箇所の橋が破壊され、数多くの建物が倒壊し、確認されているだけでも84人が死亡したとされる。奇しくも、HPLは同じ年の8月に同州を訪れたばかりだった。彼は翌28年4月からの長期旅行において、洪水の傷が完全には癒えきらぬバーモント州に再び足を向け、前回の訪問時に彼を歓待してくれた詩人アーサー・グッディナフ邸で、洪水についての様々な話を聞かされたということだ。1930年執筆の「暗闇で囁くもの」は、このバーモント大洪水の背後で起きていた怪事件を描いた物語で、洪水の際に川で撮影されたという異形の怪物の死体が発端となるのだが、実際にそうした出来事が現地で起きたのかどうか、残念ながら確認できていない。

「灰」

1923年秋頃に執筆されたと思しい、クリフォード・M・エディJr.との最初の合作小説で、〈ウィアード・テイルズ〉1924年3月号に掲載された。

ガラス以外のあらゆる物質を、白い灰に変えてしまう液体を発明した科学者にまつわるマッド・サイエンティストものでロマンス要素も含まれていた。

HPLの手が入っていたことは、ジェイムズ・F・モートン宛1928年10月28日付書簡で自ら明かすまで知られていなかった。

ハイパーボレア

古代ギリシャ語"ヒュペルボレイア"の英語形。古代ギリシャの歴史家ヘロドトスの『歴史』や、帝政ローマ初期の軍人、博物学者ガイウス・プリニウス・セクンドゥス（大プリニウス）の『博物誌』といった著作に言及される、北風（ボレアース）の彼方（ヒュペル）に住んでいて、アポローン神を崇拝するという神話的な民族"ヒュペルボレ（イ）オイ"あるいは"ヒュペルボレイオス"の土地を指す言葉。

クラーク・アシュトン・スミスは、1929年11月執筆の「サタムプラ・ゼイロスの物語」に

始まる、全部で10篇の幻想的な物語の舞台にハイパーボレアを選び、「かつて半島として主たる大陸に結合していた、現在のグリーンランドと概ね一致すると思しい」（「ウボ=サスラ」）とした。ただし、時代背景について、「ウボ=サスラ」では中新世（約2300万年〜約500万年前）に位置づけているのだが、「土星への扉」（既訳邦題「魔道士エイボン」）では「大氷河期が始まる前の最後の数世紀」とだけ書かれており、年代の揺れが大きい。

またロバート・E・ハワードは、1932年に書き始めた"蛮勇コナン"シリーズの舞台を、やはりヒュペルボレイオイから採った"ハイボリア時代"と呼んだ。そして、このハイボリアというのは土地や国家ではなく、作中時期のヨーロッパ亜大陸の主要な支配民族の呼称で、ハイボリア人が建設した最古の国家の名がハイパーボレアとされている。ただし、この国はスカンディナヴィア半島の付け根あたりの地域（現在のフィンランドからロシア北西部にかけて）に配置されていて、スミス作品における同名の土地とは全く別物なのである。

HPLのいくつかの作品でも、ハイパーボレアへの言及があるが、多くはハワードが"蛮勇コナン"シリーズに着手する以前に書かれたもので、スミス設定に準拠したものとなっている。たとえばHPLは、スミスのハイパーボレアものそれ自体について、「暗闇で囁くもの」では「アトランティスの高位神官たるクラーカシュ=トンによって後世に伝えられたコモリオム神話大系」、「狂気の山脈にて」では「無形のツァトーグァと、その半実体と縁のある無形の星の眷属よりもなおひどい存在にまつわるヒュペルボレイアの伝説」として自作中に組み込んでいる。さらに、「銀の鍵の門を抜けて」には「原初のヒュペルボレイアに棲みつ」いたツァトーグァや、「忘れ去られたヒュペルボレイアから伝わるという『エイボンの書』」への言及がある。HPLはまた、スミス宛1929年12月3日付書簡に、スミス作品中のハイパーボレアにおける人類の王国の首都コモリオムが、自身の

「北極星」の舞台オラトエの近くだと書いている。

なお、「時間を超えてきた影」において、HPLは紀元前1万5千年のキンメリアの族長クロム=ヤー（おそらく、"英雄コナン"もののクロム神の原型となった実在人物を想定したキャラクター）について言及することにより、ハワードの"蛮勇コナン"ものとも自身の作品世界を接続している。別個に存在するスミスとハワードのハイパーボレアについて、HPLがどのように解釈し、折り合いをつけていたのかはわからない。

「這い寄る混沌」

1920年12月、「ナイアルラトホテプ」を書き上げた直後に執筆された作品。ウィニフレッド・ヴァージニア・ジャクスンとの共作で、1919年の初頭にジャクスンが見た夢をもとにしたものらしい。HPLと彼女が編集したアマチュア・ジャーナリズムの合同雑誌〈ユナイテッド・コ=オペレイティヴ〉（1921年4月）に、「エリザベス・バークリイならびにルイス・テオバルド・ジュニア」の筆名で掲載された。なお、大麻のもたらす幻視がテーマの作品だが、HPL自身は大麻を試したことがないようだ。

全体的にHPLの文体なので、共同で執筆したというよりも、ジャクスンの夢の内容をベースに、HPLが書き上げたのだろう。「這い寄る混沌 The Crawling Chaos」というタイトルは「ナイアルラトホテプ」の冒頭から引用したもので、HPLはロバート・H・バーロウに宛てた1934年12月1日付の書簡で、「響きが気に入っていた」のがタイトル採用の理由と書いている。ただし、「這い寄る混沌」で言及されている七つの太陽の世界が、後に「暗闇で囁くもの」においてナイアルラトホテプと結び付けられているあたり、HPL自身は両者を関連付けていたことが窺える。

177

「墓暴き」

1935年9月に執筆され、〈ウィアード・テイルズ〉1937年1月号に掲載された、ドウェイン・W・ライメルの雑誌デビュー作。

ハンセン病に罹患した語り手が、病歴を隠したいと、西インド諸島で特殊な治療法を学んだと称する友人の医師マーシャル・アンドルーズに相談し、彼がハイチで入手した薬物を注入して仮死状態になり、いったん墓に埋葬されてしまえば、別の人間に成り代わることができるとのアドバイスを受ける。そして、実行に移すのだが、目覚めてみると様子がどうもおかしく──という筋の物語で、いわば「ハーバート・ウェスト─死体蘇生者」の、実験体視点の物語となっている。また、ハイチという語からピンと来る人もいるだろうが、同作は初期のゾンビ小説でもある。

HPLは、1935年9月28日付の書簡で、この作品が採用されたことについて祝辞を述べた後、「私は散文スタイルの滑らかさを改善するために、原稿を非常に注意深く見直しました──言葉をわずかに変更したことについては、どうかお許しください」と書いている。このことから、「丘の木」などの作品と同様、HPLが何かしら協力していたことは明らかなのだが、それがどの程度の寄与であったかについては議論があり、推敲を手伝ってもらった程度とするライメルと、他のライメル作品と比べて、明らかに文体がHPL的であることを根拠に、実際には大部分に彼の手が入っているのではないかとするウィル・マレーらHPL研究家との間で意見が分かれていた。この問題が原因で、ライメルとロバート・M・プライスは一時、絶縁状態にあったという。

「墓の秘密」

1898年ないしは99年に執筆された少年期作品。正確なタイトルは「墓のなぞ あるいは"死んだ男のふくしゅう"」。

亡くなったジョセフ・バーンズの遺言で、彼の墓の"A"という印のついた場所にボールを落としたドブスン牧師が、そのまま失踪してしまう。その後、牧師の家にベルと名乗る男が現れて身代金を要求するが、彼の娘は警察に連絡を入れ、こう叫ぶのだ。
「キング・ジョンを呼んで!」

本作は「女王陛下の御名によって貴様を逮捕する!」が決めゼリフの、名探偵キング・ジョンの登場する探偵小説で、少年期の彼が熱中していたダイムノヴェルの影響を多分に受けている。なお、彼は探偵小説を書く際には、幼少期から愛読していたアーサー・コナン・ドイルのシャーロック・ホームズものを意識してプロット作りをしたと言っていたが、少なくともこの作品からは、ドイルらしさはあまり感じられない。

なお、この時期にHPLが執筆した小説には「名探偵ジョン」というタイトルの作品もあり、これもおそらくキング・ジョンものだと考えられているが、残念ながらHPLは原稿を保存していなかった。

「虫けら爺さん」(バグズ)

1919年7月以前に書かれた、アルフレッド・ギャルピンが主人公の近未来小説で、飲酒に興味を示したギャルピンをたしなめる目的

で執筆された。法規制により酒類が公然と飲めなくなった1950年、飲酒で身を持ち崩し、闇酒場の下働きをしている"虫けら爺(バグズ)さん"ことギャルピンが、かつて思いを寄せた女性の息子を飲酒から守ろうと大立ち回りを演じ、ついには息絶えるという筋立てである。ギャルピンの証言によれば、本作の末尾には「さあ、これでいい子になってくれるね!?」と書かれていた。

HPLの飲酒に対する姿勢については、飲酒の項目も参照のこと。

ハスター

もともとは、アンブローズ・ビアースの「羊飼いハイータ」に登場する、羊飼いを守護する温和な神である。その後、ロバート・M・チェンバースが、架空の戯曲『黄衣の王』に絡める形で、「評判を回復するもの」「仮面」「黄の印」などの一連の作品で、忌まわしい土地の名前として意味ありげに言及した。両者の作品を読んでいたHPLがこの趣向を気に入り、「暗闇で囁くもの」においてハリ湖やカルコサ、アルデバランといった、やはりビアースとチェンバースの作品に出てくるワードと共に言及したことで、彼の作品世界に取り込まれた。なお、オーガスト・W・ダーレスは1931年、HPLの架空神話を"ハスター神話 The Mythology of Hastur"と名付けてはどうかと書簡中で提案していて、HPLをは返信でそれをやんわりと拒否している。ダーレスはHPL存命中の1932年頃から構想し、1933年に執筆に着手した「ハスターの帰還」(完成は1939年)において、ハスターをクトゥルーと敵対関係にある半兄弟 half-brotherと設定し、これが後続作家たちにも引き継がれている。"名付けられざりしもの"の項目も参照のこと。

バズラエル

「ダンウィッチの怪異」において、会衆派教会のアバイジャ・ホードリイ師が失踪直前に行った説教の中に、ベエルゼブブ、ベリアルに並んで挙げられているマイナーな悪魔。おそらくアメリカ独立戦争の最中、1780年8月7日付の〈ペンシルベニア・パケット〉紙に掲載された、地獄の大悪魔バーラタタッラ・ベルゼブブの手紙の宛先、アラン・バズラエルのこと。手紙によれば、地獄の悪魔たちがアメリカの破滅を画策して忠実なバズラエルを送り出し、住民の愛情を獲得するよう命じたという。また、同紙の記事では英国軍に寝返った独立軍側の将軍ベネディクト・アーノルド5世が、バズラエルの化身と名指しされている。

「パトリック・フォン・フリンのバラード あるいは、イギリス嫌いのヒベルニア人、ドイツ人、アメリカ人」

1915年4月23日よりも前に執筆されたらしい詩で、〈保守派〉1916年4月号に掲載された。ヒベルニアというのは古代ローマにおけるアイルランドの呼称で、ヒベルニア人というのはつまりアイルランド人の気取った呼び方である。アイルランド系アメリカ人たちがドイツ系アメリカ人たちと酒を酌み交わしながら、一緒になって英国を中傷しようとするといういささか下品な内容で、アイルランド訛りとドイツ訛りを揶揄的に表現する言葉遣いが使用されている。

当時、アイルランド独立運動を支持するアイルランド系アメリカ人の間で、ドイツと連携して独立を実現せよとの主張があがっていたことに対する、英国贔屓のHPLの反感から作られた風刺詩なのだが、これが発表されたまさに1916年4月、独立を求めるアイルランドの共和主義者たちのイースター蜂起が勃発。その後、ドイツからの武器の提供が試みられるも失敗に終わるという流れになり、この詩は図らずもある種の予言的な性格を帯びることになった。

ハネス・ボク（1914〜1964）

ミズーリ州生まれのイラストレーターで、SFファンダムのファンジンや同人誌などで活躍した後、1930年代後半からプロの世界で仕事をするようになった。1939年にニューヨークに引っ越してからは、著名な商業イラストレーターであるマックスフィールド・パリッシュに師事するかたわら、SFファン団体フューチャリアンズに所属し、〈ウィアード・テイルズ〉をはじめ、SF・ファンタジージャンルの様々な雑誌で仕事をするようになった。当時の友人に、レイ・ブラッドベリやフォレスト・J・アッカーマンなどがいる。HPLとは面識がなかったが、彼の死後、「インスマスを覆う影」（〈ウィアード・テイルズ〉1942年1月号）や「ピックマンのモデル」（〈ファンタスティック・ミステリー〉1951年12月号）などを飾る、ボクが描いた細密なタッチの挿絵は、HPL作品にまつわるアートの代表作と見なされている。また、オーガスト・W・ダーレスやフランク・ベルナップ・ロングといったクトゥルー神話作家たちの挿絵をしばしば担当している。

「翅(はね)のある死」

1932年夏に執筆された、ヘイゼル・ヒールドのためのゴーストライティング作品。当初、ハリー・ベイツの〈ストレンジ・テイルズ〉に送られたものの、ネタ被りが理由で不採用となり、結局、〈ウィアード・テイルズ〉1934年3月号に掲載された。

当時は英連邦自治領の南アフリカ連邦を舞台に、地元の黒人から"悪魔の蠅(デビル・フライ)"と呼ばれ、噛まれた者から魂と人格を奪うと恐れられている昆虫を凶器に、学問上の敵の殺害を目論む医師の辿る恐ろしい運命を描く。この蠅は作中で"グロッシナ・パルパリス"と呼ばれていて、これはつまりアフリカ睡眠病を媒介するツェツェバエのことである。作中では、この蠅はウガンダの密林に棲息するとされ、そのあたりには人類よりも古い時代において、

"外世界よりの漁者(いさり)とも"やツァドグワ（ツァートゥグァ）、クルル（クトゥルー）などの邪悪な神々の出没地ないしは前哨地だった巨石遺構があり、"悪魔の蠅"とも何らかの関わりがあると地元では信じられている。

バランタイン・アダルト・ファンタジー

米国の大出版社であるバランタイン・ブックス社が、J・R・R・トールキン人気の高まりに呼応して企画した、怪奇・幻想ジャンルのペーパーバック・レーベルで、1969年から74年にかけて、全部で65冊が刊行された。編集者は"剣と魔法のファンタジー"ジャンルの作家、研究者として活躍していたリン・カーターで、HPLの幻夢境(ドリームランド)ものをまとめた『未知なるカダスを夢に求めて』（1970年5月）、『サルナスに到る運命とその他の物語』（1971年2月）に続けて、大出版社の刊行物としては最初のクトゥルー神話作品集である『クトゥルーの害獣』（1971年10月）を第36弾として刊行。レーベルは異なるものの、やはりバランタイン・ブックス社から1972年に刊行した評

伝『ラヴクラフト：クトゥルー神話の背景』（邦題は『クトゥルー神話全書』(東京創元社)）と併せて、クトゥルー神話の知名度をメジャー・シーンに押し上げる原動力となった。

ハリー・K・ブロブスト
(1909〜2010)

　デラウェア州出身の精神科看護師、教師。ペンシルベニア州に移住した後、カール・ファーディナンド・ストラウチと友人になり、〈ウィアード・テイルズ〉とHPLの愛読者となる。ファンレターを送ったことがきっかけで1931年からHPLと交通し、1932年には精神科看護師の訓練課程のためプロヴィデンスのバトラー病院に赴任、HPL宅を頻繁に訪れるようになった。1933年6月に、エドガー・ホフマン・プライスがプロヴィデンスを訪れた際には、HPLと共に歓迎している。1937年、体調をひどく崩したHPLがバトラー病院に入院すると、ブロブストは足繁く病床を見舞い、容態を説明する手紙をロバート・H・バーロウに書き送っている。1937年3月18日のHPLの葬儀には、数多い友人たちの中にあって彼だけが、妻と共に参列したのだった。

　5年近くプロヴィデンスに住み、晩年のHPLと日常的に接していたブロブストの証言には、HPLが下町の映画館でしばらく出札係の仕事をしたことや、1936年にドイツを訪問した知人からナチスの暴虐を聞かされ大きなショックを受けたことなど、書簡からは窺えない貴重な情報が含まれている。

ハリー・フーディーニ
(1874〜1926)

　脱出マジックで有名なハンガリー出身の手品師で、本名はエーリッヒ・ヴァイス。母の死をきっかけに心霊主義に傾倒するも、インチキ霊媒師ばかり遭遇し、彼らのからくりを暴露する活動に転じていった。1924年の頭、売れ行きの芳しくない〈ウィアード・テイルズ〉誌へのテコ入れとして、「フーディーニに聞け」と題するコラムを連載したほか、短編小説を数編発表したのだが、これらはゴーストライターによるものらしい。HPLもゴーストライターの一人で、1924年2月に「ピラミッドの下で」を執筆。これは、同年の5・6・7月合併号に「ファラオと共に幽閉されて」のタイトルで掲載された、一人称小説の体裁だったので、HPLの名前は記載されなかった。フーディーニ自身はこの作品を大いに気に入ったようで、同年秋にHPLを自宅に招いている。2人は1926年秋にも顔を合わせ、フーディーニは占星術を批判する記事(現存しない)をゴーストライティングしてくれるようHPLに依頼し、75ドルを対価に支払った。彼はまたHPLとクリフォード・M・エディの2人に、迷信批判の本の代筆を依頼したのだが、直後に亡くなってしまい、出版企画は頓挫した。この本については、「迷信の病根」と題するテキストがHPLの遺稿中に見つかっているほか、フーディーニの遺族が所有していた原稿が2016年にオークションにかけられた。

ハリー・ベイツ（1900〜1981）

　ペンシルベニア州出身の編集者、作家。フルネームはハリー・ハイラム・ギルモア・ベイツ3世。1920年代にパルプ・マガジンの編集者として働き始め、1931年から33年まで〈アスタウンディング・ストーリーズ〉と〈ストレンジ・テイルズ〉の両誌で初代編集長を務めた。作家としての代表作は、アンソニー・ギルモアの筆名で発表したSF小説「主人への告別」（〈アスタウンディング・ストーリーズ〉1940年10月号）で、これは『地球の静止する日』のタイトルで映画化されている。

　HPLは1931年4月に「サルナスに至る運命」「無名都市」「眠りの壁の彼方」「北極星」を、同年8月に「死体安置所にて」を〈ストレンジ・テイルズ〉の編集部に送付したのだが、ベイツはこれを全て不採用とした。しかしその後、同誌の1932年3月号に掲載されたヘンリー・S・ホワイトヘッドの「罠」は、HPLの手が加わった作品だった。ベイツはまた、HPLが代作したヘイゼル・ヒールドの「翼のある死」の原稿を受け取ったものの、この作品のクライマックスの趣向が既に受理した別の小説と被るという理由で不採用にした。HPLは、そのことを大いに悔しがった。

　なお、〈アスタウンディング・ストーリーズ〉にHPL作品が掲載されたのは、2代目編集長フレデリック・オーリン・トレメインの時代のことである。

ハロルド・S・ファーニーズ（1885〜1945）

　カリフォルニア州ロサンゼルス在住の作曲家、音楽教師で、1930年代にはミュージシャンズ・インスティチュート（音楽大学）の副学長だった。〈ウィアード・テイルズ〉の熱心な読者で、1925年から1937年にかけて、同誌の読者投稿コーナー「イーリイ」に幾度か手紙が掲載されている。ファーニーズは1932年7月にHPLに手紙を送り、彼が〈ウィアード・テイルズ〉に発表した連作詩「ユゴスよりの真菌」のうち、「蜃気楼」「旧き灯台」に曲をつけることの許諾を求め、同年9月までに作曲を終えた。残念ながら、HPLがこれを直接耳にすることはなかったが、2人はその後も交通を続けた。ファーニーズはHPLの文才を高く評価し、「ユッレガーズとヤンニメイド」と題するオペラの台本を彼に依頼したこともあった。HPLはこれを辞退し、かわりにクラーク・アシュトン・スミスを推薦している。両者の交流は1933年のHPLの引っ越しを機に途絶えたが、〈ウィアード・テイルズ〉1937年7月号の「イーリイ」には、HPLを"最も偉大な天才"と讃える彼の手紙が掲載されている。彼は作家ではなく、熱心な読者の一人に過ぎなかったかもしれないが、その名前は後年、黒魔術文にまつわる論争を通して、研究者や読者の間で知れ渡ることになる（詳しくは該当項目を参照）。

ハロルド・ハート・クレイン（1899〜1932）

　オハイオ州クリーヴランド在住の詩人で、T・S・エリオットの影響を強く受けた作風で知られた人物。1922年10月に、同郷の友人であるサミュエル・ラヴマンを訪ねてきたHPLと出会い、示し合わせたわけではないが、1924年に両者がニューヨークに移り住んだため、以後も幾度か顔を合わせることになった。20年代の時点で、詩人として名前を知られるようになっていたクレインとの出会いは、HPLに強い印象を与えたようで、彼はクレインとその詩「パストラル（田園詩）」作品をパロディ化した「プラスター＝オール（石膏まみれ）」と題する詩を作っている。なお、クレインはHPLについて「キンキン声pipingvoiced」で「変わり者のラヴクラフトthat queer Lovecraft person」との証言を残している。

ハロルド・ワーナー・マン
（1903〜1981）

　HPLの存命中は、マサチューセッツ州アソールに居住していた人物で、〈ウィアード・テイルズ〉1924年3月号に掲載された、狼の視点に立った狼男の物語がこれまでに書かれていないというHPLの投書から着想を得た「ポンカートの狼男」を執筆。この作品は同誌の1925年7月号に掲載され、マンは以後、職業作家の道を歩むことになる。

　HPLと顔を合わせたのは1927年7月23日で、ウィリアム・ポール・クックの紹介だった。1928年の夏には、アソールを訪ねたHPLを、地元で"熊の巣"と呼ばれる場所に案内した。この時に目にした情景は、「ダンウィッチの怪異」に盛り込まれている。なお、HPLは1928年以前にマンから『黄衣の王』を貰ったと言っているが、いつなのかは不明。

ハワード・E・ウォンドレイ
（1909〜1956）

　ミネソタ州在住の画家・作家で、ドナルド・ウォンドレイの弟。未成年の頃は非行に走り、強盗で逮捕されたこともあるが、後に更生して画家として活躍、1931年には兄ドナルドの詩集『ダーク・オデッセイ』の挿画を担当した。HPLとは1933年にニューヨークで顔を合わせ、以後、時折手紙をやり取りするようになった。HPLは若きウォンドレイの画才と文才を共に認めていたようだ。

「蕃神」

　1921年8月15日に執筆された幻夢境（ドリームランド）ものの作品で、ファンジン〈ファンタジー・ファン〉1931年11月号に掲載された。事実上の主人公である祭司アタルは、「ウルタールの猫」にちらりと姿を見せた宿屋の主人の息子が成長した姿であり、HPLが創造したものとしては2番目の禁断の書物である『フサンの謎の七書』（『ネクロノミコン』は3番目）の登場作でもあるなど、他作品との接続が明確に示された、最初期のHPL作品となっている。"地球の脆弱な神々を護る外なる地獄の神々（アウター・ヘル）"である、"蕃神"と呼ばれる存在が初めて登場した作品で、「未知なるカダスを夢に求めて」の記述を見る限り、この語は間違いなく魔皇アザトースやナイアルラトホテプを含む異形の神々の総称だ。ただし、残念ながらクトゥルー神話の中核となるHPLの後期作品では使用されていない。"地球の神々"と"蕃神"を異なる存在とするにあたり、HPLの念頭にあったのは、ロード・ダンセイニの『ペガーナの神々』に収録されている「地神の叛乱」と題する作品だと思われる。この作品では、マアナ＝ユウド＝スウシャイと、彼が創り出した小さき神々から成る"ペガーナの神々"よりも劣る存在として、"地神 Home Gods"と呼ばれるものたちが存在する。「地神の叛乱」は、ペガーナの神々に成り代わって人間を弄ぼうとした地神たちが報いを受けるという物語であり、この力関係は本作や「未知なるカダスを夢に求めて」における地球の神々と蕃神（アザーゴッド）ともを彷彿とさせるのだ。また、神の聖域を侵した人間が報いを受けるという展開は、ロード・ダンセイニの戯曲作品に繰り返し現れるモチーフであり、神々の影像が関わってくるあたりは戯曲「山の神々」を想起させる。

狩り立てる恐怖
ハンティング＝ホラー

『未知なるカダスを夢に求めて』のクライマックスで、スンガクやノーデンスの導きでナイアルラトホテプの魔手より脱したランドルフ・カーターに対し、追っ手として繰り出された無定形の何か（複数形）。『クトゥルフ神話TRPG』では、蛇のような胴体に翼を具えた、ワイバーンのような姿のクリーチャーとされていた。

半ポリプ状の先住種族

『時間を超えてきた影』において、6億年ほど前に太陽系に侵入し、地球を含む4つの惑星に蔓延したとされる生物。半ばポリプ状の肉体を備えるが、部分的にしか物質ではなく、意識や知覚があまりに異質なため、精神交換能力を有する生物でも、この種族と入れ替わることはできない。肉体の物質的な部分には、5つの丸い指のある手が存在し、口笛のような奇妙な音を立てることで、その存在を把握することができる。また、一時的に姿を消すことができ、風を操る能力を備えるこ

とが知られている。地球上に窓のない塔が林立する玄武岩の大都市を築き、原住生物を手当り次第に捕食した。"大いなる種族"にいったん制圧され、オーストラリア北西部の地中深くの洞窟に封印されたが、1億5千万年ほど前にそこから脱出、今もその声が聞かれることがある。

『クトゥルフ神話TRPG』では"空飛ぶポリプ flying polyp"とされているが、HPLはこの表現を用いたことがない。また、1986年にホビージャパンから発売された最初の日本語版『クトゥルフの呼び声』では"盲目のもの"の名前になっていて、これはフリッツ・ライバーの評論「ブラウン・ジェンキンとともに時空を巡る─思弁小説におけるラヴクラフトの功績」におけるライバーの独自呼称"盲目のもの Blind Beings"を採用したようである。

ピーター・H・キャノン（1951年〜）

ニューヨーク在住の作家、編集者、HPL研究家。フルネームはピーター・ヒューズ・キャノン。スタンフォード大学の卒業論文「論考ハワード・フィリップス・ラヴクラフト」（1973年）、ブラウン大学の修士論文「ラヴクラフトのニューイングランド」（1974年）、またHPL作品におけるシャーロック・ホームズ小説の影響を論証した「プロヴィデンスにおられたのですね？」（1978年）などの論文を1970年代に次々と発表。HPL研究者として名を馳せ、以来、雑誌記事やエッセイ、論文、書籍などHPLにまつわる数多くの仕事をこなしてきた。

そうした中には、〈トワイライト・ゾーン〉1983年8月号（HPL特集号）に目玉記事として掲載された、8ページにわたるHPLへの架空のインタビュー記事も含まれている。

重要な著作として、アーカム・ハウスより刊行されたHPLの友人知人たちの回想録集『追憶のラヴクラフト』（1998年）や、スナンド・T・ヨシとの共同編集によるデルより刊行された『さらなる注釈つきラヴクラフト』（1999年）がある。

彼はまた、晩年のフランク・ベルナップ・ロングと直接親しくしていた数少ない人間の一人で、彼の死後、回想記『長い思い出：フランク・ベルナップ・ロングの回想』(1997年、BSFパブリケーションズ）を発表した。

作家としては主に、HPLなどの作品の続編的な要素のあるクトゥルー神話小説や、HPL及びその周辺の人物が登場する小説を手がけ、〈エルドリッチ・テイルズ〉8号(1982年)にHPLの未発表小説という触れ込みで発表した「宇宙の彼方の狂気」、ホームズとHPL、ロングが怪事件に挑む『パルプタイム』（ウィアード・プレス、1984年)、ロングの「ティンダロスの猟犬」の続編「ハルピン・チャーマーズの手紙」（『いびつな犯罪小説小品集100』（バーンズ＆ノーブル・ブックス、1994年) に収録)、「戸口に現れたもの」の続編「アーカムのアザトース」（ロバート・M・プライス編集の神話作品集『アザトース・サイクル』（ケイオシアム、1995年) に収録) などがある。他に、2004年にはHPLが主人公の小説『ラヴクラフト・クロニクルズ』（サブテラニアン・プレス) を発表している。

ピエール・ブノア (1886〜1962)

フランスの人気作家で、アカデミー・フランセーズ会員。アメリカの政治家・著述家イグネイシャス・ダンリーが1882年に刊行し、アトランティス・ブームの引き金となった『アトランティス〜大洪水期前の世界』を下敷きに、アトランティスが実は北アフリカの秘境──当時はフランス領だったアルジェリアのホガール山地に存在していたという設定の冒険小説『アトランティード』を1919年に発表。HPLは、早くも翌1920年に、『アトランティダ』のタイトルで刊行された英語版を1927年10月1日に読んで（「素晴らしい文体ながら、幻想味よりも冒険の色あいが濃い作品」と評した)、アドルフ・デ・カストロ「科学の犠牲」の改作である「最後のテスト」の執筆に当たり、ホガール山地やトゥアレグ族などの要素を同作から取り込んでいる。

東雅夫 (1958〜)

神奈川県出身の文芸評論家、編集者、アンソロジスト。本名は東政男。早稲田大学第一文学部在学中に幻想文学会に参加。1980年に同人誌『金羊毛』を創刊し、文芸出版社の青銅社勤務を経て、1982年に幻想文学会の仲間と幻想文学会出版局を設立、季刊〈幻想文学〉を創刊する（創刊時の発行人は、後にアトリエOCTAの代表となる文芸評論家の石堂藍)。1990年に〈S-Fマガジン〉で連載を始めた「ホラー小説時評」は、12年にわたって継続した。1994年、個人事務所の幻想文学企画室としてレーベル立ち上げに携わった学研ホラーノベルズには、ジョージ・ヘイとコリン・ウィルソンによる『魔道書ネクロノミコン』や日本人作家による最初のクトゥルー神話アンソロジー『クトゥルー怪異録―極東邪神ホラー傑作集』など、クトゥルー神話関連のラインナップが数多く含まれた。これと連動して同年8月、〈ムー〉の特別編集版ムックとして『クトゥルー神話大全』を編集、荒俣宏や栗本薫、H・R・ギーガーなどのインタビューを収録した。この本にはまた「クトゥルー神話用語集」（諸星翔) が収録されているが、これは『別冊幻想文学 クトゥルー倶楽部』(1987年) に掲載された「固有名詞事典」を増補改訂したもので、翌1995年に学研ホラーノベルズのレーベルから最初の版が発売された『クトゥルー神話事典』のベースとなっている。

その後も『クトゥルー神話の本―恐怖作家ラヴクラフトと暗黒の宇宙』(2007年)、『ヴィジュアル版クトゥルー神話FILE』(2011年) など、数冊の関連書を手がけた。

近年はもっぱら怪談文学の分野で活動、2004年より怪談雑誌〈幽〉の編集長を務める傍ら、文豪怪談や800字の掌編怪談"てのひら怪談"の仕掛け人となった。こちらでも、2009年に公募作品を中心に収録した『リトル・リトル・クトゥルー──史上最小の神話小説集』（学研プラス) を企画・編集している。

「潜み棲む恐怖」

　1922年11月の後半にまとめて執筆され、「ハーバート・ウェスト―死体蘇生者」に続いて〈ホーム・ブリュー〉誌の1923年1月号から全4回にわたり連載された、2作目の商業作品。クラーク・アシュトン・スミスが挿絵を担当している。ニューヨーク州のキャッツキル山地を舞台に、異形のクリーチャーと化して地底に潜む一族のもたらす恐怖を描くオーソドックスなホラー作品で、少年期作品「洞窟のけだもの」に遡る"人類の退化"というテーマを扱っている。なお、第2話に登場するアーサー・マンロー（マンロー兄弟参照）は、おそらく幼馴染の兄弟の姓を使ったのだろう。

　1997年に『ブリーダーズ クライチカ』（ピーター・スヴァテク監督、『ヘモグロビン』の邦題も）のタイトルで映像化されていて、こちらではニューイングランド地方の孤島に舞台が変更されている。

ピックマン家

　HPL作品においてしばしば言及される家名。ピックマン家は実在するセイラムの名家で、19世紀の商人、上院議員だったダドリー・リーヴィット・ピックマンはセイラムのピーバディ・エセックス博物館の支援者でもあった。息子ウィリアム・ダドリー・ピックマンも、同博物館とボストン美術館に貢献した。ウィリアムの会社の快速帆船《ウィッチクラフト》号は、美しい船として有名だった。「ピックマンのモデル」に登場するリチャード・アプトン・ピックマンの自宅はボストンのニューベリイ・ストリートにあると説明されるが、この通りの2本北にあるコモンウェルス・アベニューの15番地には前述のダドリー・ピックマンの旧宅が現存する。「『ネクロノミコン』の歴史」によれば、16世紀イタリアで印刷されたギリシャ語版『ネクロノミコン』がセイラムのピックマン家にあったが、1692年の魔女裁判ないしは本作の事件後に失われたとされる。「狂気の山脈にて」において、ミスカトニック大学の南極遠征を支援するナサニエル・ダービイ・ピックマン財団も同じ一族かもしれないし、「永劫より出でて」においてボストンのキャボット博物館の館長を務めるピックマン氏も同様である。

ボストンのコモンウェルス・アベニュー15番地に現存するウィリアム・ダドリー・ピックマン邸（撮影：高家あさひ）

「ピックマンのモデル」

　1926年9月に執筆され、〈ウィアード・テイ

ルズ〉1927年10月号に掲載された作品で、HPLには非常に珍しい、平易で現代風の口語体による小説だ。執筆当時の「現代」におけるマサチューセッツ州の州都ボストンを舞台に、グロテスクな作品の数々で知られる芸術家のリチャード・アプトン・ピックマンが、実は都市の影に潜む食屍鬼と接触していたというアーバン・ホラー。作中で挙げられる地名は全て実在のもので、具体的な通りの名前が次々と挙げられるくだりなどは、現実のボストンに土地勘のある読者であれば、さぞかし面白かったはずだ。また、視覚的なイメージを思い浮かべやすい怪奇小説なので、HPL作品の中でも特に読者の人気を集める作品となり、彼の生前に複数のアンソロジーに収録されている。また、コミックメディア社の〈ホリフィック〉8号（1953年）に掲載された本作の翻案「死の肖像画」を皮切りに、繰り返しコミカライズされてきた作品でもある。画家のピックマンの名前は、セイラムの実在の名家であるピックマン家との関わりが、「『ネクロノミコン』の歴史」に示唆されている。また、このエッセイによれば彼は1926年初頭に失踪したとされているので、本作の出来事はおそらくその直前に起きたのだろう。また、「未知なるカダスを夢に求めて」には失踪後のピックマンが登場しているのだが、時系列が若干混乱している。

なお、ピックマンの秘密アトリエが存在するノースエンド地区は、イタリア風の建物が立ち並ぶ、一見美しい街である。自動車が行き違えないほど道が狭く、裕福な住民がビーコン・ヒルに移り住んでからは低所得のイタリア系移民とユダヤ人が住み、ボストン・マフィアが支配するいささか物騒な土地になっていたようだが、日中はパンを焼く匂いが漂い、観光客の姿も見える賑やかな街だった。HPLの記憶では、ピックマンのアトリエがある路地はコップス・ヒル墓地の東に位置するフォスター・ストリートで、入り組んだ迷路のような街並みに強く惹かれたということである。しかし、そこを最後に訪れた

1926年11月から、ドナルド・ウォンドレイを伴って次に訪れる翌年7月までの間に、区画整理で建物がすっかり取り壊されてしまい、HPLはひどく落胆した。

ロバート・ブロックは、HPLと文通を始めた頃の1933年に、同作が題材のイラストをいくつか描き送った。HPL自身もこの時期に何枚かグールの姿をスケッチに描いていて、そのひとつには「ピックマンのモデル」のタイトルがつけられている。

「備忘録」

1919年末（1920年頭との説も）から1935年にかけて書き留められた、HPLの備忘録で、将来的に創作で使えそうな、全部で221項目にわたるネタ（見た夢や読んだ本、実際に起きた事件などから採ったものもあれば、単なる思いつきも）を、紙束をまとめたメモ帳に書き留めたもの。1934年5月の時点では201項目あって、ロバート・H・バーロウがタイプライターで清書したものに、HPLがさらに注釈や新規項目を書き加えた。HPLが実際に執筆した作品が、どのようなアイディアから膨らませられたのかをつぶさに確認することができる貴重な資料で、ラムジー・キャンベルなどの後続作家もネタ元として活用した（ただし、実際には読んだ小説のあらすじでしかないものを、HPLの未使用のアイディアだと勘違いして自作品に取り込んでしまい、結果的に不測の剽窃となった例も存在する）。

この「備忘録」は、1938年にフューティル・プレス社より『覚書と備忘録』のタイトルで刊行されたが、この際、別個のテキストである「怪奇小説覚書」と混ぜられてしまっていた。その後、アーカム・ハウスの『眠りの壁の彼方』（1943年）、『閉ざされた部屋とその他の小品』（1959年）に収録された際も不完全な状態で、ネクロノミコンプレス刊行の詳註版『備忘録』（1987年）において、ようやく完全な形のものが衆目に触れたのである。

「秘密の洞窟、あるいは
　ジョン・リーの冒険」

　少年期作品のひとつで、1898年ないしは99年に執筆された。両親が外出中、言いつけを破って自宅の地下室で遊んでいたリー兄妹を見舞う、突然の災難を描く。最終的に、ジョン・リー少年は1万ドル相当の金塊を手に入れるのだが、失ってしまったものはいくらお金を積んでも手に入らないのだ──という教訓めいた結末を迎える。

ヒュー・B・ケイヴ
（1910〜2004）

　英国出身の作家で、幼い頃に米国マサチューセッツ州に移住した、HPLの文通相手。〈ブラック・マスク〉〈ウィアード・テイルズ〉〈アスタウンディング・ストーリーズ〉などのパルプ・マガジンに、様々な筆名で数百の作品を発表し、1930年代にはロードアイランド州ポータクシットに住んでいたのだが、HPLと直接顔を合わせたことはなかった。アーカム・ハウスから刊行された彼の伝記『千の小説を書いたケイヴ：パルプ作家ヒュー・B・ケイヴの人生とその時代』によれば、彼とHPLは書簡（現存しない）を通して通俗的な小説執筆の是非について盛んに議論し、最終的に金銭ではなく芸術のために執筆するべきと主張するHPLをケイヴは俗物と批判、それきりになってしまったのだとか。

非ユークリッド幾何学

　"幾何学の父"と呼ばれる紀元前3世紀頃の古代エジプトの数学者エウクレイデス（ユークリッドは英語名）の著した『原論』第1巻の冒頭には、5つの公準が挙げられている。その5番目は、「ある直線lの外側にある点Pに対し、Pを通ってlと交わらない直線を一本だけ引ける」というもの。この公準は平行線公準とも呼ばれ、長らく自明の理のように扱われてき

たのだが、これを他の4つの公準から証明する試みは失敗してきた。19世紀になって、Pを通りlに交わらない多数の直線が引ける双曲線幾何学と、平行線の存在しない曲がった空間内における幾何学である楕円幾何学が成立することが証明された。この2つの幾何学を含む、平行線公準の不成立が前提の幾何学の総称が、非ユークリッド幾何学である。

　HPLは"非ユークリッド幾何学"という言葉を、主に建物の形状表現に用いた。たとえば「クトゥルーの呼び声」では、悪夢に悩まされる芸術家が「自分が夢に見た場所の幾何図形的配列は異常かつ非ユークリッド的であり、この世界のものとはかけ離れた球面や曲面を、忌まわしくも暗示している」と説明する箇所で使用されている。実のところ、これは南太平洋上に浮上したルルイェの光景で、同じ場所を目にした船員は、「彫刻の施された岩面の、狂おしくとらえどころのない角度」が「最初に目を向けた時に凸面だったのが、二度目には凹面になっている」と話している。これはつまり、アントニ・ガウディの設計した建築物のような、平面と曲面が複雑に入り組んで騙し絵のようになり、錯視の生じやすい建造物だったことを意味するのだろう。

　「狂気の山脈にて」でも、HPLは南極の古代都市について「ユークリッドも名前を思いつけないような幾何学的な形状」の造物が多数存在すると書いている。

　また、「魔女の家で見た夢」に登場するウォルター・ギルマンは、ミスカトニック大学で非ユークリッド幾何学を含む数学を学んでいて、かつて牢獄から姿を消したキザイア・メイスンなる魔女が、「空間の壁を抜けてその向こうにある別の空間に繋がる方向を示すための直線や曲線」や「川の中の無人島で特定の深夜に開催される集会において、そうした直線や曲線が頻繁に使用される」ことについて証言していたのを手がかりに、幾何学と魔術の関係性を証明しようと取り組んだ。

　なお、これらの作品を書く前、少なくとも

「文学における超自然の恐怖」に着手する1925年11月の時点で、HPLは異様な法則に基づく曲線や角度で構成された黄色い壁の紋様が住人を狂気に追いやる、シャーロット・パーキンス・ギルマンの「黄色い壁紙」(1892年)という作品を読んでおり、建築と数学を結びつける発想に影響を受けたかもしれない。

ヒューゴー・ガーンズバック
（1884〜1967）

　ルクセンブルク出身（初名はフーゴー・ゲルンスバッハ）の電気技師、作家、起業家、出版者。少年期から電気工学に興味を示して、電子部品の販売や簡単な電気工事で小遣いを稼ぎ、1901年から翌年にかけてドイツのライン工科大学で正式に電気工学を学んだ後、自ら発明したバッテリーを商品化するべく1904年に渡米。やがてこの国に帰化し、名前も英語読みのヒューゴー・ガーンズバックに改める。1908年に電子工学とラジオ技術の専門誌〈モダン・エレクトリックス〉、1913年にアマチュア無線の専門誌〈エレクトリカル・エクスペリメンター〉を創刊し、出版者としても実績を積み始める。そして、前者の1911年4月号で発生した記事の穴を埋めるべく、『ラルフ124C41+──2660年のロマンス』と題するSF小説を自ら執筆したのだが、これが意外にも読者に好評で、12年にわたり連載を続けることになる。かくして1926年、ガーンズバックは世界最初のSF小説専門誌である〈アメイジング・ストーリーズ〉を創刊することになる。HPLは、ホラーとサイエンス・フィクションの融合を図った自信作「宇宙の彼方の色」を同誌に送り、見事採用されるのだが、提示された原稿料はわずか25ドル。その上、3度にわたる催促の末にようやく支払われる始末だった。このことがだいぶん腹に据えかねたようで、HPLはその後、ガーンズバックのことを"ヒューゴーのドブネズミ野郎（ヒューゴー・ザ・ラット）"と悪し様に呼んでいた。なお、ガーンズバックと副

編集長のC・A・ブラントはHPLにそれなりの興味を抱いたようで、その後も原稿を依頼したのだが、HPLはこれに応じなかった。

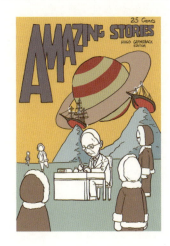

ヒュドラ

　「インスマスを覆う影」において、"父なるダゴン"と共に"母なるヒュドラ"として言及される存在。英語読みは"ハイドラ"だが、その場合はダゴンも"デイゴン"としないと対称性が取れないだろう。

　もともとはギリシャ神話においてヘーラクレースに退治されたレルネーの多頭の蛇の名前だが、水辺に棲む蛇の総称でもある。

　リン・カーターは、アマチュア時代に執筆した「クトゥルー神話の神々」において、ヒュドラをダゴンの配偶者とした。他の多くの後続作家たちも彼と同じく、ヒュドラを年老いた巨大な"深きものども"の個体であろうと解釈している。

　なお、ヘンリー・カットナーが「ヒュドラ」と題するクトゥルー神話作品を書いているが（〈ウィアード・テイルズ〉1939年4月号掲載）、こちらはギリシャ神話の多頭蛇を意識した描写になっているので、一般の読者からは「インスマス〜」のヒュドラとは別物と考えられている。

「ヒュプノス」

　1922年3月に執筆され、〈ナショナル・アマチュア〉1923年5月号で発表された。
　一人の彫刻家が、ファウヌスの彫像と見紛う容貌をもつ人物と出会い、夢にまつわる探求にのめりこんでいくのだが、ついには恐ろしい結末を迎えるというもの。奇矯な学問や美学に深入りした師弟がいて、最終的に師の方が命を落とすという展開は、「蕃神」や「猟犬」「ランドルフ・カーターの供述」などの作品と共通しており、おそらくHPLの好む筋立てなのだろう。タイトルになっているヒュプノスというのは古代ギリシャの眠りの神で、この神の怒りに触れたことで、破滅が訪れたことが示唆されている。タイプ打ち原稿にサミュエル・ラヴマンへの献辞が付されていたというので、ギリシャの古美術に深く関心を抱いていたラヴマンが、登場人物のいずれかに投影されているものと思しい。

「ピラミッドの下で」

　HPLがニューヨークに移住し、結婚する直前の1924年2月に執筆された、ハリー・フーディーニのためのゴーストライティング作品。低迷する〈ウィアード・テイルズ〉のテコ入れのために、フーディーニを引っ張り込んだジェイコブ・C・ヘネバーガーの依頼によるもので、100ドルの原稿料が前払いされていた。アラブ人に縛り上げられた状態で、ケオプス（クフ）王の大ピラミッドの中にある"キャンベルの間"に連れて行かれたというフーディーニの話が下敷きなのだが、HPLはこれを完全な作り話だと見なし、ヘネバーガーに相談の上で、古代エジプトに由来する本物の怪物が登場する本格的な怪奇小説として執筆された。なお、「ピラミッドの下で」というのは執筆時のタイトルで、同誌の5・6・7月合併号に掲載された際には「ファラオと共に幽閉されて」に変更されていた。
　なお、HPLは原稿をニューヨークから送るつもりだったが、あろうことかタイプ打ち原稿をプロヴィデンス駅に置き忘れてしまった。幸い、肉筆原稿が手元にあったので、彼は3月4日に出発したフィラデルフィア行きの新婚旅行の最中、ひたすらこれをタイプライターで清書する羽目に陥ったという。

「ピラミッドの下で」が掲載された〈ウィアード・テイルズ〉1924年5・6・7月合併号

ファーンズワース・ライト
（1888〜1940）

　カリフォルニア州出身のジャーナリスト・編集者。ネバダ大学とワシントン大学でジャーナリズムを学ぶかたわら、早くもいくつかの新聞社で働いていた。卒業後は新聞や雑誌で記者、音楽評論家の仕事に携わり、1917年に陸軍の徴兵を受けて1年間、第一次世界大戦に従軍した折にも、任地で音楽評論の仕事を続けていた。〈ウィアード・テイルズ〉の編集部では当初、主任校閲者（マニュスクリプト・リーダー）を務め、1924年にエドウィン・ベアードの後任として2代目編集長に就任。担当した号は1924年11月号から1940年3月号で、編集長を降りた数ヶ月後の6月12日に、1921年から患っていたパーキンソン病で亡くなっている。彼が編集長を務めた時期は、同誌において複数の作家たちがクトゥルー神話の物語を紡いでいった時期と重なっているのだが、彼自身はHPLやクラーク・アシュトン・スミス、ロバート・E・ハワードらの作風と合わなかったようで、彼らが送って寄越した野心的な作品をしばしば不採用にし、HPLは彼の方針を商業主義的と批判した。とはいえ、HPLのことを〈ウィアード・テイルズ〉を代表する作家の一人だと考えていたようで、彼の死後も複数の作品を掲載した。なお、ライトは1926年末に作品集の刊行をHPLに持ちかけたことがあった。残念ながらこの企画は実現しなかったが、この時にHPLが提案した『アウトサイダー その他』というタイトルは、アーカム・ハウスから刊行された最初の作品集のタイトルに採用さ

れている。

「フアン・ロメロの変容」

　1919年9月16日執筆の初期作品。米国南西部の鉱山を舞台に、ダイナマイトによる爆破で口を明けた洞窟の奥へと降りていく無名の語り手とメキシコ人労働者フアン・ロメロが、暗闇の中で恐ろしげな何かに遭遇するという物語。具体的な描写はないが、生贄を伴う儀式が知られるアステカ族のウィツィロポチトリの名前がロメロの叫び声に言及され、何が行われていたかを暗示している。オーガスト・W・ダーレスは後年、〈ウィアード・テイルズ〉1944年3月号掲載の「カーウェン・ストリートの屋敷」（邦題は「アンドルー・フェランの手記」）において、ウィツィロポチトリとクトゥルーを同一視しているが（単行本収録の際、ウィツィロポチトリを"むさぼり食らうもの"に変更）、あるいは本作を意識したのかもしれない。HPLは生前、同作を長いこと死蔵していたが、1932年にロバート・H・バーロウが彼を説得してタイプ打ちし、アーカム・ハウスの『マルジナリア』（1944年）で発表された。

フィオナ・マクラウド
（1855〜1905）

　スコットランド人作家、詩人ウィリアム・シャープの変名で、彼はこの筆名のもとにアイルランド・ケルト神話に材を採った作品をいくつも発表した。HPLは、1920年刊行のアンソロジー『心霊小説傑作選』でマクラウドの小説「罪を喰う人」を読み、同作で見つけた「神が汝とその顔より顔を背け……
Dia ad aghaidh 's ad aodann
汝の顔には悲しみの死が宿れかし！
agus bas dunach ort
汝とその朋輩は、災いと悲しみに見舞われよ！」
Dhonas 's dholas ort, agus leat-sa
というゲール語の文章を、「壁の中の鼠」のクライマックスでそのまま引用している。古い翻訳ではしばしば、これがゲール語の文章であることが見過ごされ、意味不明の言葉の羅列として音訳されている。

191

フィリップ・M・フィッシャー
（1891～1973）

1910年代から20年代にかけて、〈オールストーリー・ウィークリー〉などのパルプ雑誌に作品を発表していた、カリフォルニア州出身のSF・ファンタジー作家。元海軍士官で、海にまつわる怪奇小説をいくつか手がけている。HPLは、そうした作品のひとつである「真菌の島」（〈アーゴシー〉1923年10月27日号）に感銘を受け、1924年2月2日付のジェイコブ・C・ヘネバーガー宛の手紙で絶賛しているのだが、同作がウィリアム・ホープ・ホジスンの「夜の声」の剽窃に近い内容であることについては気づかなかったようだ（「夜の声」については、ホジスンの項目も参照）。ホジスンは1918年に亡くなっていて、フィッシャーがホジスン風の海洋ホラー作品を発表する少し前、1920年代初頭に作品集が再販されていたのである。

フィリップス・ギャムウェル
（1898～1916）

HPLの8歳年少の従弟。母サラの妹であるアニー・E・ギャムウェルの一人息子で、マサチューセッツ州ケンブリッジに住んでいた。切手のコレクションを引き継がせ、直接勉強を教えてやったりするなど、HPLにとっては弟も同然の存在だった。生来病気がちで、結核のため1916年に18歳の若さで亡くなった時には、〈プロヴィデンス・イヴニング・ニュース〉1917年1月5日号に従弟の死を悼む詩篇「フィリップス・ギャムウェル殿のエレジー」を寄せている。

HPLはいくつかの作品において、この従弟のことを偲んでいる。たとえば「インスマスを覆う影」（1931

年）では、難病で療養施設に押し込まれている「従弟のローレンス」として言及した。また、「戸口に現れたもの」（1933年）における語り手ダニエル・アプトンと詩人エドワード・ダービイの関係性も、HPLとフィリップスのそれを彷彿とさせるものとなっている。

フィリップス家

HPLのミドルネームのフィリップスは、母方のファミリーネームである。"フィリップス"は家名にも洗礼名にも使用される名前だが（後者の例はHPLの従弟フィリップス・ギャムウェル）、HPLは幼少期をフィリップス家の屋敷で送り、長じてからは筆名のひとつとして"ウォード・フィリップス"を用いているので、おそらく家名と考えていたのだろう。カリフォルニア州系図協会に提出されている記録上、最古の先祖は1630年生まれの英国人マイケル・フィリップスで、1668年にロードアイランド植民地の港町ニューポート（キングスポートの初期のモチーフ）の自由民となった人物である。HPLは後年、リチャード・サルトンストール（アーカムには彼の名前を冠した通りが設定されている）と共に、1630年に現在のマサチューセッツ州ウォータータウンに入植した清教徒牧師ジョージ・フィリップス（1593～1644）の末息子がマイケルだと主張していたが、史料に裏付けられたものではない。

ともあれ、マイケルの後裔とされるアサフ・フィリップス（1764～1829）の代でプロヴィデンスの西に位置するフォスターに移住、ハワード・ヒルに屋敷を建て、農場を営んだ。アサフの孫の代の家長は、フォスターのジョンソン・ロードの農場主であるジェイムズ・ウィートン・フィリップスで、HPLの祖父ウィップル・ヴァン＝ビューレン・フィリップスはその弟にあたる。

フォスターを出たウィップルは事業に成功して財をなし、プロヴィデンスに屋敷を構えて町の名士となったが、フィリップス家の本家はあくまでもフォスターだった。

HPLは1896年と1908年には母サラ・スーザンとフォスターの農場に滞在し、この時の思い出が、「銀の鍵」においてアーカムの西にある一族の故地を訪れたランドルフ・カーターの少年期に反映されている。また、1926年と1929年にも叔母アニー・E・ギャムウェルとフォスターに赴き、1929年にはアサフの屋敷を訪れている。

プロヴィデンスのスワン・ポイント墓地にあるフィリップス家の墓標。HPLもここに眠っている

ブードゥー教

ハイチや北米ルイジアナ州のニューオーリンズなど、フランスの植民地に連れて来られた黒人奴隷が密かに信奉した教派。アフリカ西岸や中央地域などの雑多な信仰やカトリック、中国の道教のハイブリッドで、ロアと呼ばれる神々を信仰する。1915年に合衆国がハイチを占領し、"生ける死人"ゾンビの伝統などが通俗的な注目を集めたが、HPLを含む当時の人々の認識は「悍ましい儀式を行う悪魔崇拝」くらいのものだった。なお、1692年のセイラム魔女裁判に連座した黒人女性ティチューバは、カリブ海のバルバドスでブードゥーの魔術師から呪術を学んでいたという。 HPL作品においては、クトゥルーはじめ異形の神々を崇拝するカルトの同類と見なされている。「壁の中の鼠」(1923年)では、主人公の連なるディラポア一族にブードゥー教の司祭となった者がいるとされる。また、「クトゥルーの呼び声」(1926年)では、ニューオーリンズ南の森林で悍ましい儀式を行うクトゥルー崇拝者たちが、地元ではブードゥー教と見なされていた。さらに、作中時期にハイチのブードゥー教徒たちがお祭り騒ぎに興じているとの描写もあった。

フォックスフィールド

HPLが創造したマサチューセッツ州の架空の村。1994年6月、ブラウン大学のジョン・ヘイ図書館に所蔵されている、アーカム・ハウスのHPLの複写書簡を調べていたスナンド・T・ヨシが偶然、HPLの特徴的な筆跡で描かれた「フォックスフィールドの見取り図——将来的な創作に使用」とラベリングされた地図の写真複写を発見したことで、その存在が明らかになった。

地図の書き込みによれば、フォックスフィールドは西のエールズベリイやダンウィッチの方角から東に向かって伸びる州道が、北東と南東に向かう道へとY字に分岐するあたりに位置していて、後者はアーカムに通じると書かれている。そのY字の道を南北に通過して左向きの△字を形成しているのが"パシカムストック川の渓谷"で、この渓谷を南に向かうとミスカトニック川に続くようだ。渓谷の北側(上流)には滝があり、そのすぐ東にはシュバエル・タイラー製粉所の廃墟があり、「1736年に建てられ、1767年に廃墟となる」などの情報が書き込まれているので、HPLはおそらく、州道を東に向かってきた旅人が、この廃墟にまつわる事件に関わる物語を構想していたのだろうと考えられる。フォックスフィールドの見取り図については、ヨシの発行する研究誌〈ラヴクラフト・スタディーズ〉33号(1995年秋号)の裏表紙に、この地図を綺麗に描き起こしたものが掲載されている。

フォレスト・J・アッカーマン
（1916〜2008）

　カリフォルニア州在住の編集者、作家、エージェント。1958年にホラー・ジャンルの映画情報雑誌〈フェイマス・モンスターズ・オブ・フィルムランド〉を創刊して同ジャンルを支え、サイエンス・フィクションの略称である"SCI-FI（サイファイ）"の提唱者であり、かつまたSF・怪奇ジャンルにおける世界有数のコレクターとして知られるようになる人物だが、HPLの生前は熱心なファンに過ぎなかった。

　HPLとは1931年から手紙をやり取りするようになっていたが、1933年に創刊されたファンジン〈ファンタジー・ファン〉に、〈ワンダー・ストーリーズ〉1933年3月号に掲載されたクラーク・アシュトン・スミスの「火星の深みに棲みつくもの」を酷評する手紙を送り、これが同誌のコラム「沸点」においてHPLやスミスを巻き込む激しい論争に発展した。HPLは後に、「世紀の決戦」では"アッカミンのエフジェイ"という人物を、「エリュクスの壁の中で」では"のたうつアクマン"、"エフジェイ草"という植物を登場させて、アッカーマンをからかっている。

『フサン謎の七書』

　幻夢境のウルタールという町の賢人バルザイが所有する書物で、「蕃神」が初出。「未知なるカダスを夢に求めて」では、同じ本がかつてバルザイの弟子であった大神官アタルの手に渡り、ウルタールの"古きものたち"の神殿に保管されている。HPL作品における登場はそのくらいで、彼の死後、オーガスト・W・ダーレスがHPLの2つの小説断片を膨らませた没後合作のひとつ、「門口に潜むもの」（邦題「暗黒の儀式」）においてミスカトニック大学付属図書館に所蔵されていると設定し、その後、様々な作品で言及されるようになった。作中に示された情報からは、"フサン"が何を意味するのは全くわからず、後続作家や『クトゥルフ神話TRPG』のライターたちが独自の解釈に基づく設定を付け加えている。

　なお、「蕃神」が〈ファンタジー・ファン〉1933年11月号で発表された際、誰かが"フサン Hsan"を"大地 Earth"を取り違えたようで、『大地の謎の七書』という誤ったタイトルになっていた。

「不思議な船」

　1902年に執筆。2本マストの帆船に、世界各地の港から北極に存在する広大な大陸"ノーマンズランド"へと連れ去られた人間たちが、救出されるまでの顛末を描く、全9章から成る短い物語。HPL少年は、この物語を12ページの小冊子にまとめ、「王立出版（ロイヤル・プレス）、1902年」という架空の出版社を奥付に掲げている。なお、執筆時期は不明であるが、HPLは後にこの作品を、分量的には2倍近くの物語に書き改めていて、こちらはバーンズ＆ノーブル社の『H・P・ラヴクラフト：フィクション作品全集』（2011年）に収録されている。

「プシューコポンポス──物語詩」

　1917年末から取り組み始め、翌年夏によ
うやく完成した長めの詩。ただし、HPLはこ
の物語を小説とみなしていたようだ。
　"プシューコポンポス"というのは、ギリシャ
神話において霊魂を冥界に導く存在の複数
形である。フランス中南部、オーヴェルニュ
の土地に住まう人間嫌いのド・ブロワ卿夫妻
の正体が、実は──というゴシック・ロマン
ス風の筋立てで、当時親しく交流していた
ウィニフレッド・ヴァージニア・ジャクスンの
影響が指摘されている。
　なお、この詩の舞台となっているフランス
のオーヴェルニュは、後にクラーク・アシュ
トン・スミスのいくつかの作品の舞台となっ

た架空の土地、アヴェロワーニュのモチーフのひとつであり、作中の事件はアヴェロワーニュで起きた出来事とみなすこともできるかもしれない。

「不信仰の告白」

おそらく1921年末に執筆されたエッセイで、ポール・J・キャンベルのアマチュア文芸雑誌〈リベラル〉1922年2月号に掲載された。ギリシャ・ローマ神話に傾倒し、伝統的なキリスト教の価値観に反発を覚え始めた少年期に遡り、作品中でも随所に顔を出す無神論的な世界観が形成されてきた経緯をしためた、重要なテキストである。

HPLは、これを自身の道標的な覚書と見なしていたようで、後に書いた自叙伝的な手紙（エドウィン・ベアード宛1924年2月3日付書簡）にも、このエッセイからそのまま引用した文章が見られる。

ブバスティス

「未知なるカダスを夢に求めて」において、幻夢境の猫に関連して言及される、エジプトの猫の女神の名前。同作執筆の直前に書かれたエッセイ「猫と犬」でも名前が挙がる。正しくはバースト（バステト）で、ブバスティスというのはこの女神が崇拝された古代エジプトの都市の名前だった。しかし、紀元前5世紀のギリシャの歴史家ヘロドトスが、その著書『歴史』においてブバスティスを女神の名前としたため、西欧では猫の女神の名としても広く知られるようになったのである。とはいうものの、HPLは後年、エドガー・ホフマン・プライス宛1934年8月7日付書簡に載せた「KAT讃歌」にバーストの名前を出していて、そちらの名前を知らなかったわけではないらしい。

HPLは、「ナイアルラトホテプ」において、ナイアルラトホテプをエジプト第22王朝と関連付けているが（「27世紀におよぶ暗闇」という文章に基づく）、この王朝がブバスティスに都を置いていたことを意識していたのかどうかはわからない。ともあれ、エジプトを好んだロバート・ブロックが、「ブバスティスの子ら」などの作品において、女神ブバスティスを鰐の神セベクやナイアルラトホテプと共に崇拝された人喰いの邪神として描き、『妖蛆の秘密』に関連の記述があるとしているのは、「ナイアルラトホテプ」が根拠なのかもしれない。

なお、名前こそ言及されないが、「ウルタールの猫」において、ウルタールの町を訪れたキャラバンの荷馬車の側面に描かれている、人間の体に猫の頭を備えた「奇異なる生物の姿」というのは、おそらくバーストの姿だと考えられる。この放浪者たちはおそらくジプシーがモチーフで、彼らは古代エジプト人の末裔を自称していたのである。

195

ブライアン・ラムレイ
（1937〜2024）

英国ダラム州ホーデン出身の怪奇小説家で、アーカム・ハウスの刊行物を通してクトゥルー神話に参入した第二世代の主要作家の一人。13歳の頃に読んだロバート・ブロックの「無人の家で発見された手記」に夢中になったのがクトゥルー神話との出会いだったが、複数作家による世界観の共有については、英国陸軍のRMP（王立憲兵隊）所属の憲兵として西ベルリンに駐在していた1960年代の初頭に初めて気がついたということだ。

クトゥルー神話に魅了されたラムレイは、夜勤のかたわら小説を執筆してアーカム・ハウスに送り始め、まずは同社の雑誌〈アーカム・コレクター〉に「キプロスの妖貝 The Cyprus Shell」（既訳邦題は「深海の罠」）などの短編が採用され、1971年には初の単行本『黒の召喚者』が刊行された。こうして念願の怪奇作家デビューを果たしたラムレイは、1980年末に退役（最終階級は憲兵准尉）して専業作家となる。

日本では、オカルト探偵タイタス・クロウの活躍を描く『タイタス・クロウ・サーガ』全6冊（邦訳は東京創元社）が有名だが、クトゥルー神話ものとしては同作と連動する幻夢境（ドリームランド）の三部作（第1作『幻夢の英雄』が青心社より刊行）、古代ティームドラ大陸にまつわる三部作などの長編シリーズもある。

ブラウン・ジェンキン

「魔女の家で見た夢」に登場する、セイラムの魔女キザイア・メイスンの使い魔的な怪物に、アーカムの住人たちがつけた名前。大型の鼠ほどの大きさで、鋭い歯や髭を生やした顔は意地の悪そうな人間の顔と、小さな人間の手に似た前脚を備えているという。セイラム魔女裁判の行われた1692年以降にも幾度か目撃されたということだが、「魔女の家〜」によれば、1930年頃にミスカトニック大学の学生であるウォルター・ギルマンが変死体で見つかった事件を境にふっつりと姿を現さなくなった。

ブラウン大学

プロヴィデンスのカレッジ・ヒルに長方形のキャンパスを構える私立大学。校名の由来は同大学設立のための寄付金を出したジョン・ニコラス・ブラウンで、東海岸の名門私立大学8校から成るアイビー・リーグに名前を連ねる。ミスカトニック大学のモチーフであり、HPLが作成したアーカムの地図に描かれるミスカトニック大学のキャンパスの形状は、プロヴィデンスにおけるブラウン大学のキャンパスと非常に似通っている。HPL作品では、「クトゥルーの呼び声」の語り手の大おじであり、作中に描かれる探索行のきっかけとなったジョージ・ギャメル・エンジェルが、ブラウン大学でセム系言語を教えていた名誉教授とされている。なお、HPLが育った母方のフィリップス家は、ブラウン大学の天文学講師であるウィンスロウ・アプトン教授と家族ぐるみで付き合いがあり、HPLは1903年、同大学の天文台であるラッド観測所の望遠鏡の使用許可を彼からもらったということだ。将来的に、ブラウン大学で天文学を研究するのがHPLの希望だったが、残念ながらその夢はかなわなかった。しかし、彼の死後、自宅にあった膨大な書簡や原稿の大半が同大学キャンパスの西にあるジョン・ヘイ図書館に収蔵され、その敷地には顕彰碑も建てられている。HPL研究の泰斗として知られるスナンド・T・ヨシは、HPLコレクションに直接あたるべく、1976年に同大学に進学している。

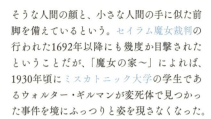

ブラックストーン軍楽隊

　HPLが10代の頃、プロヴィデンスの悪童たちと組織したグループのひとつ。HPLはこの楽隊の打楽器奏者として、両手で太鼓を叩き、片方の足でシンバルを、もう片方の足でトライアングルを打ち鳴らし、口にはゾブというラッパの一種を咥えてやかましく演奏したという。なお、ブラックストーンというのは、プロヴィデンスの東を南北に流れるシーコンク川沿いのブラックストーン・パークのことで、少年たちはこの公園で戦争ごっこに興じたのだった。なお、HPLは1922年末から翌年頭にかけて執筆した「荒紙──深遠ナル無意味ノ詩」において、ブラックストーン軍楽隊の名前を出している。

フランク・ベルナップ・ロングJr.（1901〜1994）

　ニューヨーク在住の作家、詩人。少年期からジュール・ヴェルヌやH・G・ウェルズ、スタンリイ・G・ワインボウムらの著作の影響でSF・怪奇物語に傾倒し、ティーンエイジの後半でアマチュア・ジャーナリズム活動に参加。そして、ハイスクールを卒業するかしないかの頃にHPLとの交流を始め、〈保守派〉にも幾度か寄稿している。最初に顔を合わせたのは1922年で、以来、HPLの生涯を通して最も親密な友人の一人となった。結婚したHPLがニューヨークに移り住んだ1924年からは、ケイレム・クラブの集まりでしょっちゅう顔を合わせるようになり、好奇心旺盛で読書家のロングは、年長の友人に多大なる影響を与えたと見られている。たとえば、HPLにアーサー・マッケンやチャールズ・フォートを教えたのがロングである。おそらくHPLの影響で〈ウィアード・テイルズ〉に小説を送り、同誌1924年11月号掲載の「砂漠の蛭（未訳）」で商業作家デビューを果たした。そして、1925年9月号掲載の「人蛇」（未訳）において"狂気のアラブ人アルハズレッド"に言及し、これがHPL以外の作家が商業媒体に発表したものとしては最古のクトゥルー神話作品だと見なされている。1926年にHPLがプロヴィデンスに戻った後、ロングが友人にせっせと送った一連のイラスト・レターには、HPL自身に他ならぬ面長の"ランドルフ・カーター"が地球上の様々な場所で冒険を繰り広げ、ついには食屍鬼に食い殺される悲惨な結末を迎える様子が楽しげに描かれている。この手紙はジョン・ヘイ図書館のラヴクラフト・コレクションに収められている。

　クトゥルー神話作家としては、ジョン・ディー訳の英語版『ネクロノミコン』からの引用文が掲げられる「喰らうものども」（1926年執筆）や、「ティンダロスの猟犬」（1927年執筆）などの作品が有名。また、HPLが1927年のハロウィーンの夜に見た夢の内容を小説化する許可を得て、「恐怖の山」（〈ウィアード・テイルズ〉1931年2月号・3月号）を発表している。（「往古の民」項目も参照）。

　ロングは非常に長生きで、ロバート・ブロックと同じ1994年に亡くなっているが、彼と同様、HPLの死後はティンダロスの猟犬が登場する「人狼化の賜物」、「永遠への戸口」を除いて、神話作品を書いていない。

197

フランク・ユトパテル
（1905〜1980）

ユトパテルの描いたアーカム・ハウスのシンボルマーク

ウィスコンシン州在住の画家、木版画家。オーガスト・W・ダーレス、マーク・スコラーとは同郷の友人で、その縁でパルプ雑誌で挿絵の仕事をするようになった。ダーレスとスコラーの「星の忌み子の棲まうところ」（「潜伏するもの」などの邦題も）が〈ウィアード・テイルズ〉1932年8月号に掲載された折には、彼が挿絵を担当した。この頃、ダーレスはその時点で未発表だった「インスマスを覆う影」を〈ウィアード・テイルズ〉に掲載させようと根回しし、ユトパテルに挿絵を描かせようとしたが、結局実現しなかった。1936年にウィリアム・L・クローフォードのヴィジョナリー・プレスが「インスマス〜」の単行本を刊行することになった際、HPLは以前名前の挙がったユトパテルを挿絵画家に推薦した。ユトパテルはこの本のためにカバー画を含む4枚の挿絵を提供している。小説の内容と合致しない挿絵もあったが、HPLはその出来栄えに概ね満足した。また、2人はこの頃から文通を始めてもいる。

HPLの死後、ユトパテルは友人の立ち上げたアーカム・ハウスのために数多くの仕事をして、SF・ホラージャンルにおける高名なイラストレーターとして知られることとなった。同社のシンボルマークも、彼のデザインである。

フランクリン・チェイス・クラーク医学博士（1847〜1915）

プロヴィデンス在住の医師で、HPLの母サラの一番上の姉である伯母リリアン・デローラ・フィリップス・クラークの夫。ロードアイランド病院の勤務医を経て、1872年からプロヴィデンスで診療所を開業していた。ブラウン大学で文学士の学位を取得した教養人で、少年期のHPLの家庭教師を務め、詩や小説の創作に興味を抱き始めていた彼に大きな影響を与えた。妻リリアンとの間に子供がいなかったので、変わり者の甥っ子を可愛がっていたのだろう。「チャールズ・デクスター・ウォード事件」のマライナス・ビクナル・ウィリット医師、「忌まれた家」のエリヒュー・ウィップルなど、HPL作品にしばしば登場する年配の医師や学者は、祖父のウィップル・ヴァン＝ビューレン・フィリップスと共に、この伯父のイメージが投影されているようである。

フランクリン・リー・ボールドウィン（1913〜1987）

ワシントン州在住の怪奇小説ファン。1933年秋に、「宇宙の彼方の色」の小冊子を発行しようと考えてHPLに手紙を送ったのがきっかけで、文通するようになった。偶然、ドウェイン・W・ライメルと同じ町に住んでいたので、HPLの紹介で2人は1934年から友達付き合いを始めている。

ボールドウィンはファンジン〈ファンタジー・ファン〉のニュース・コラムを担当していて、執筆した記事の多くは、HPLの手紙を情報源にしていたようだ。

また、〈ファンタジー・ファン〉のためにHPL存命中の評伝である『ラヴクラフト：伝記的スケッチ』を執筆していたが、同誌が廃刊となったため、〈ファンタジー・マガジン〉1935年4月号に掲載された。

フランシス・T・レイニー
（1914～1958）

　コロラド州出身のSF・怪奇小説ファン。1942年から1946年にかけて、H・P・ラヴクラフトと彼の作品世界を主眼とするファンジン〈アコライト〉（全14号）をドウェイン・W・ライメルと共同編集し、同誌の2号（1942年12月号）「クトゥルー神話」と題するエッセイを掲載。これは、出典作品の誤読や、やや恣意的な解釈をいくらか含みはするが、HPLとその周辺作家の作品世界をひとつの神話に属するものとして体系化する最初期の試みだった。このエッセイに着目したオーガスト・W・ダーレスは、自身の監修のもと「クトゥルー神話用語集」にアップデートし、アーカム・ハウスから刊行された2冊のHPL作品集である『眠りの壁の彼方』（1943年）に収録した上で、自身も以後はこのエッセイに準拠する形で神話作品を執筆している。

　また、レイニーは1943年に『ハワード・フィリップス・ラヴクラフト　1890年～1937年：暫定作品目録』と題する冊子をウィリアム・H・エヴァンスと共同出版した。

フリードリヒ＝ヴィルヘルム・フォン・ユンツト

　ロバート・E・ハワードの「夜の末裔」が初出の、神話典籍『無名祭祀書』の著者とされる人物。同じくハワードの「黒の碑」「屋根の上に」などの作品によれば、19世紀ドイツの神秘学者で、世界中の厭わしい場所や知られざる遺跡を巡った人物で、1839年にデュッセルドルフで小部数の『無名祭祀書』を刊行するも、その翌年に密室で謎めいた死を遂げたとされる。

　ハワードは"フォン・ユンツト"というファミリーネームしか決めなかったので、HPLは1933年に"フリードリヒ＝ヴィルヘルム"という二重名のファーストネームを考案し、自身の作品で言及する際にはこちらの名前を使用した。ロバート・ブロックが「ルシアン・グレイの狂気」と題する小説（未発表）で"コンラート・フォン・ユンツト"という名前を用いた際に、HPLは既に自分の決めた名前があると苦言を呈した。これは、当時のHPLの"設定の共有"についての考えを物語るエピソードとなっている。後年、リン・カーターが「陳列室の恐怖」などでフォン・ユンツトに言及した際、おそらく不注意で本来二重名だったファーストネームを"フリードリヒ・ヴィルヘルム"と分割し、現在はこちらの表記が広まっている。

フリッツ・ライバー
（1910〜1992）

イリノイ州シカゴ生まれの作家、舞台俳優。フルネームはフリッツ・ロイター・ライバー Jr.。父フリッツ・ライバーとその妻ヴァージニアは著名な舞台俳優で、主にシェイクスピア劇を演じるフリッツ・ライバー＆カンパニーの代表であり、フリッツ・ジュニアも1928年以降、"フランシス・ラスロップ"の芸名で上演ツアーに参加していた。1930年代に入り、作家を志して小説を執筆していた彼は、ふと手にした〈アメイジング・ストーリーズ〉1927年2月号で「宇宙の彼方の色」を読み、HPLに魅せられた。折しも、ジョンキル・スティーヴンスと結婚した1936年のことで、ライバー夫妻はHPLが亡くなるまでの6ヶ月間、彼と手紙をやり取りした。この時、ライバーは「魔道士の仕掛け」と題するヒロイック・ファンタジー小説の初稿をHPLに送り、細かい指南を受けた。改稿された「魔道士の仕掛け」の初稿には、実はクトゥルー神話的な要素が含まれていたのだが、アーカム・ハウスから刊行された最初の作品集『夜の黒き使い』(1947年、未訳)への収録時に、これらの記述を削除した。この「魔道士の仕掛け」は、ライバーの代表作である「ファファード＆グレイ・マウザー」シリーズのパイロット版的な作品である。

HPLの生前にはクトゥルー神話作品を発表していなかったライバーだが、1937年に書き始めた神話小説「深みよりの恐怖」(未訳)は後にエドワード・P・バーグランド編集のアンソロジー『クトゥルーの使徒』(1976年)に収録された。また、アーカム・ハウスの『昏き同朋とその他の作品』(1966年)には、故人に宛てて送られた死後の手紙とも呼ぶべき小説「アーカムそして星の世界へ」が収録されている。他にも、「怪奇小説のコペルニクス」「ブラウン・ジェンキンと共に時空を巡る」など、HPLにまつわるよく知られた評論をいくつも書いている。

ブルー・ペンシル・クラブ

HPLの妻ソニア・H・グリーンが所属していた、1915年設立のブルックリンのアマチュア文芸グループ。他にジェイムズ・ファーディナンド・モートン、ラインハート・クライナーらが参加していた。

ニューヨーク時代のHPLは、ソニアの希望で、気が進まないながらクラブの会合に顔を出しては自作の詩を披露したという。

ブルース・ブライアン
（1906〜2004）

カリフォルニア州在住の作家、考古学者、人類学者。1930年代には、ロサンゼルスのサウスウエストアメリカンインディアン美術館の学芸員として研究生活を送る傍ら、様々な雑誌や新聞のライターとして記事を執筆したのみならず、〈ウィアード・テイルズ〉誌や〈オリエンタル・ストーリーズ〉誌では小説を発表していた。そうした作品のひとつ、「ホーホーカムの怪」(〈ウィアード・テイルズ〉1937年7月号)は、ブライアンの専門である北米先住民族の伝説を下敷きとする、現地でイグ＝サッーティと呼ばれる有翼の蛇の神にまつわる怪奇物語なのだが、これはズィーリア・ブラウン・リード・ビショップのためのゴーストライティング作「イグの呪い」(〈ウィアード・テイルズ〉1929年11月号に掲載)に触発されたものである可能性が非常に高い。ブライアンはHPLと交流しておらず、「イグの呪い」の実質的な執筆者が彼だったことも知らなかったはずである。

フレデリック・オーリン・トレメイン（1899〜1956）

ニューヨーク州在住の編集者。第一次世界大戦に従軍した後、インディアナ州バルパライソ大学の芸術科学部に学ぶかたわら週刊学校新聞〈トーチ〉の編集に携わり(4年

次には編集長)、卒業後は出版業界に進んだ。1927年にはペレニアル・パブリッシング・カンパニーを設立し、パルプ雑誌の発行者として知られるウィリアム・クレイトンのグループに加わって、いくつかの雑誌を編集した。その後、1933年にクレイトンの破産に伴い、〈アスタウンディング・ストーリーズ〉誌を含むいくつかの雑誌がストリート＆スミス社に買収されると、トレメインも同社に移り、同誌の2代目編集長に就任した。HPLの「狂気の山脈にて」「時間を超えてきた影」を同誌に採用したのはこの人物だが、編集部内のコピーエディター（原稿を整理・編集する係）に原稿内の文章を要約し、語彙を変更する許可を与えたため、HPLはロバート・H・バーロウ宛の書簡で彼のことを"ハイエナのビチグソ野郎"と罵った。

プロヴィデンス

ボストンに次いで大きいニューイングランドの都市で、両者は電車一本で繋がっている。HPLが人生の大部分を過ごした故郷（ホーム）で、「ナイアルラトホテプ」（同作の元になった夢はプロヴィデンスが舞台）、「クトゥルーの呼び声」「チャールズ・デクスター・ウォード事件」「闇の跳梁者」などの舞台であるだけでなく、実在する家屋がしばしば登場している。

マサチューセッツにおける共有地（コモン）の政治的な中心は分離派の会衆派教会であり、バプテストをはじめ、同じくイギリスから渡ってきた分離派の他の宗派は一段低い地位に置かれていた。そうした中、セイラムのバプテスト聖職者だったロジャー・ウィリアムズは、先住民族の土地を詐欺同然に収奪した植民地指導者を厳しく批判するようになり、1636年1月、ついにはマサチューセッツから追放される。彼とその4人の信奉者たちはナラガンセット湾へと向かい、先住民族から沿岸の土地を買い取って新たなコミュニティを建設し、この土地を「神の摂理」を意味する「プロヴィデンス」と名付けたのだった。

ウィリアムズは他宗派に寛容で、プロヴィデンスは信教にとらわれない町となり、キリスト教徒のみならずユダヤ教徒も受け入れる、北米最初の自由都市となった。半自伝的な小説「チャールズ・デクスター・ウォード事件」には、彼自身が投影された主要登場人物の散歩コースが説明されており、筆者が実際に歩いた時は、全て巡るのに数時間を要した。HPLが生まれたエンジェル・ストリート454番地のフィリップス家の屋敷は1961年に取り壊されたが、他の住居（借家）は全て現存する。

- エンジェル・ストリート598番地（1904〜1924）
- バーンズ・ストリート10番地（1926〜1933）
- カレッジ・ストリート66番地（1933〜1937）

1959年、プロスペクト・ストリート65番地に建物が丸ごと移設された。

HPLが育ったエンジェル・ストリート（撮影：森瀬繚）

現在するエンジェル・ストリート598番地の住宅（撮影：森瀬繚）

〈プロヴィデンス・イヴニング・ニューズ〉

1892年創刊の、ロードアイランド州プロヴィデンスの夕刊新聞。HPLは1914年から18年にかけて、各月の天象を解説する天文コラムを同紙に月刊連載した。当初は、かつて〈プロヴィデンス・トリビューン〉に連載していたような、淡々とした解説記事だったが、徐々に星座にまつわる古典の知識の解説や自作の詩なども織り交ぜた内容に変化した。ただし、そのことが原因で、編集サイドから子供にもわかりやすい簡単な内容にして欲しいという苦言を受けて、連載は終了する。

コラム連載中、HPLの詩や投書がしばしば同紙に掲載された。中でも有名なのは、第一次大戦の志願兵を称揚する「志願兵」と題する詩で、1918年2月1日号に掲載された。また、1914年に同紙に掲載された、地元の占星術師ヨアヒム・F・ハルトマンの記事を激しく攻撃する全6本の論説も、迷信を嫌うHPLの傾向を示す文章として知られている。

〈プロヴィデンス・トリビューン〉

1906年から1929年にかけて発行された、ロードアイランド州プロヴィデンスの日刊ローカル紙。1906年8月1日(当時、HPLはホープ・ストリート・ハイスクールを休学中だった)から1908年6月1日にかけて、HPLが月々の天象を手描きの星図つきで解説する、全20回の天文コラムを掲載した。

翌年の復学後も連載は継続し、HPLは病弱な彼を侮っていた級友たちから一目置かれ、"教授"と呼ばれるようになる。天文学者の卵として、地元でも注目されていたことが窺えるのだが、1908年のハイスクール中退に合わせて、連載の方も終了した。

プロヴィデンス探偵事務所

幼少期からシャーロック・ホームズの小説に夢中になったHPLが、11歳くらいの頃に、スレーター・アベニュー・グラマースクールの友人たちであるチェスター・P・マンローやロナルド・アパムらと結成した探偵事務所。彼らはブリキのバッジとお手製の身分証を着用し、警笛、虫眼鏡、懐中電灯、手錠(紐で作ったもの)、巻き尺、そしておもちゃのピストル(HPLはリアルな模型を持っていた)を装備して、指名手配者の記事が載っている新聞や雑誌を持ち歩いた。そして、廃屋を根城にして、様々な犯罪の痕跡をそこに再現しては、"事件を解決"したということである。

「プロヴィデンスの辺鄙なる墓地、かつてポーの歩みしところ」

1936年8月8日、かつてエドガー・アラン・ポーが訪れたことのあるプロヴィデンスの聖ヨハネ大聖堂の墓地で作られたアクロスティック形式(並べると語句や文章となる文字を行頭に配する言葉遊び)の詩。この日、ロバート・H・バーロウとアドルフ・デ・カストロがプロヴィデンスを訪問していて、HPLは彼ら2人をポーゆかりの墓地に案内し、それぞれポーの名前を織り込んだアクロスティック詩を作ろうという話になったのである。その後、モーリス・W・モーが、3人の作品に自作の詩を加えて寒天版の冊子『エドガー・アラン・ポーにまつわる四つのソネット』を印刷した。

なお、3人は出来上がった詩を〈ウィアード・テイルズ〉編集部に送ったものの、掲載(1937年5月号)されたのはデ・カストロの作品のみで、他の2人は題材重複でボツにされた。

「プロのインキュバス」

1924年の頭に執筆されたエッセイで、詩やエッセイに比べて、アマチュア文芸における小説作品が"弱い"ことを肯定しつつ、"汚らわしいプロフェッショナル"が商業的成功を目的に書いた、風刺的な大衆小説を模倣することの危険性を説き、金銭に束縛されず、純粋に独創性と芸術性のみを追求して書く

ことのできるアマチュアダムを称揚するもの。〈ナショナル・アマチュア〉1924年3月号に発表された。

「文学における超自然の恐怖」

ウィリアム・ポール・クックの依頼で、彼の刊行するアマチュア文芸誌〈隠遁者〉への掲載を前提に執筆された、全10章の小論文。1925年11月から翌年4月にかけて、ニューヨーク時代の最後の時期に大半が執筆され、この間、HPLはニューヨーク公立図書館に足繁く通って大量の怪奇小説を読み込み、モンタギュー・R・ジェイムズなどの作品に出会った。古典期から現代にかけての怪奇・幻想文学全般をテーマとする最初の包括的な研究論文であると同時に、その執筆過程でHPLが自身の作風を見直し、ロード・ダンセイニの影響を強く受けたファンタジー小説に見切りをつけて、エドガー・アラン・ポー風の怪奇譚に専心するきっかけともなったようだ。

プロヴィデンス帰還後も推敲は終わらず、1927年8月にいったん〈隠遁者〉に発表した後も、HPLは将来的に取り扱うべき作品リストを更新し続けた。やがて、1933年にチャールズ・D・ホーニッグからこのエッセイをファンジン〈ファンタジー・ファン〉に分割掲載したいとの打診を受けると、HPLは勇躍改定作業に着手し、赤字を入れた状態の〈隠遁者〉をホーニッグに送付した。この改訂版は〈ファンタジー・ファン〉の1933年10月号（創刊2号）から1935年2月号（最終号）にかけて掲載されたものの、同誌が廃刊となったことで第9章以降は未発表に終わった。その後、1936年にウィリス・コノヴァーが改訂版の再開を目論み、この企画で使用しようとヴァージル・フィンレイに18世紀の紳士としてHPLを描いた有名な肖像画をわざわざ発注したものの、ついに実現には至らなかった。

なお、HPLは1934年8月に初めて読んだウィリアム・ホープ・ホジスンについての記述を、第10章に挿入している。

「墳丘」

ズィーリア・ブラウン・リード・ビショップのためにHPLが代作した、オクラホマ州が舞台の小説の2作目で、1929年12月から翌年1月にかけて執筆された。舞台であるビンガーは実在の町で、頭部のない女性の幽霊が出ると噂されたゴースト・マウンドと、インディアンの襲撃を受けた入植者の女性が死ぬ前に財宝を隠したという伝説があるデッド・ウーマン・マウンドも実在するが、ビンガーから目視できる距離にはなかった。原案では単純なゴースト・ストーリーだったようだが、HPLによってスペイン人の黄金郷探索や、太古の文明に遡る地底種族の要素が追加され、クトゥルーやシュブ＝ニグラス、イグ、ツァトーグァなどの神々にまつわる重要なクトゥルー神話作品となった。HPLの死後、〈ウィアード・テイルズ〉の1940年11月号に掲載されたが、これはビショップのエージェントを務めたフランク・ベルナップ・ロングが短くしたものを、後にオーガスト・W・ダーレスがさらに改稿した短縮版（『這い寄る混沌』（星海社）に収録）だった。

交通

手紙魔として知られたHPLは、親類や友人は言うに及ばず、プロ、アマチュアを問わぬ作家、文筆家はもとより、アマチュア・ジャーナリズムの出版業者や、時には一読者とまで熱心に手紙を交換した。こうした彼の習慣は、意外にも彼が成人する1910年に始まったもので、従弟のフィリップス・ギャムウェルと交通を始めたのがきっかけだったようだ。HPLと四半世紀近く大量の書簡をやり取りし続けたモーリス・W・モーは、友人の死後、「歴史上最も数多くの手紙を書いた人物」の選考対象に相応しいと評していた。実際にどのくらいの回数の書簡を書いたかについては諸説ある。スナンド・T・ヨシは『H・P・ラヴクラフト大事典』においてざっくり「4万2千〜8万4千通」と計算しているが、これは大量のハガキを含めない数である。

全てではないにせよ、HPLの膨大な書簡が残存し、同時期のものを比較してのクロスチェックも可能なので、彼がいつ何を読み、どんなことに関心を抱き、それがどの　作品に影響したかという流れをかなり細かく追跡できる。このことが、研究者にとって優しく、同時に厳しい環境を作り上げている。

現存する大量の書簡がブラウン大学ジョン・ヘイ図書館に収蔵されているが、個人蔵のものも数多く、今世紀に入ってからも新しい書簡が発見され続けている。1960年代の時点で発見されていた中でも、HPLの作品群と密接に関わりのあるものを特に選り抜いた書簡選集が、1965年から76年にかけてアーカム・ハウスから全5巻のハードカバーで刊行され、そのごく一部が国書刊行会の『定本ラヴクラフト全集』第9、10巻に訳出された。ただし、この選集に収録された書簡は、部分的に切り取られているものが多く、それによって話題の流れが把握しきれないことが多く、かつまた編集ミスによる誤字脱字や日付の誤りも少なからず含まれた。

1980年代以降、スナンド・T・ヨシやダレ

ル・シュワイツァーをはじめ、研究家が精力的に書簡集の編纂・刊行を続けていて（2023年までに40冊以上が刊行）、中には相手側の書簡を収録した本もある。

ただし、私家版に近い刊行物も多く、入手困難な書簡集も少なからず存在する。なお、ACコミックス社刊行のコミック〈パラゴン・イラストレッテッド〉第3号（1971年）には、HPLの書簡と称するテキストが掲載されているが、これは明らかに創作である。

ヘイゼル・ヒールド
（1896〜1961）

マサチューセッツ州サマーヴィル在住の作家。フルネームはヘイゼル・ドレイク・ヒールド（ドレイクは母方の家名）。36歳で離婚し、事務員として働きながら作家を目指していた。クリフォード・M・エディの妻ミュリエルが主宰していた作家クラブの会員だったヒールドは、エディ夫人の紹介で1932年にHPLの顧客となった。HPLは同年から翌33年にかけて、彼女のために「石の男」「墓地の恐怖」「蝋人形館の恐怖」「翅のある死」「永劫より出でて」をゴーストライティングした。HPLによれば、これらの作品への彼女の寄与は骨子となるアイディアに限定されたようで、とりわけ「翅のある死」については9割から9割5分が自身の作品だと言っていた。なお、エディ夫人は、ヒールドがHPLに対して恋愛感情を抱き、自宅での小洒落た夕食会に招待したと証言している。

蛇人間

クトゥルー神話的には、ロバート・E・ハワードの「影の王国」が初出の、手足を有し、

直立歩行する爬虫類種族で、アトランティス大陸が水没する以前、ヴァルーシア王国の要人にすり替わり、影から支配していた。発声器官の違いにより、蛇人間は「カーナアマ　カアア　ラジャラマ」という言葉を口にできない。人間の新王であるカルはこれを利用して彼らの正体を暴き、王国を蛇人間から解放する。ハワードはまた「大地の妖蛆」「闇の種族」（共にクトゥルー神話要素がある）などの作品に、ブリテン島最初の種族でありながら、追いやられて弱体化した爬虫人類である"大地の妖蛆"を登場させた。後続作家は、これをヴァルーシアの蛇人間と同一視している。「影の王国」の発表後、これに触発されたと思しいクラーク・アシュトン・スミスがハイパーボレアものの小説を書き始めているが、そのひとつである「七つの呪い」にも、人間のような手足を具えた蛇人間が登場する。

　HPLは、「闇の跳梁者」と「時間を超えてきた影」でヴァルーシアの蛇人間に言及し、この種族を作品世界に取り込んだ。また、それ以前に執筆した「無名都市」には、人間のような知能を備えた爬虫類種族が登場し、「イグの呪い」と「墳丘」では、人間のような手足を備えた蛇の神イグの言及があった。

〈ウィアード・テイルズ〉1929年8月号掲載の「影の王国」扉絵に描かれた蛇人間の姿
（イラストはヒュー・ランキン）

ヘレン・V・サリー
（1904～1997）

　カリフォルニア州在住。クラーク・アシュトン・スミスの恋人であったジュヌヴィエーヴ・K・サリーの次女で、1933年7月にプロヴィデンスを訪れた際、ニューイングランドの各地を案内してもらったことをきっかけに、HPLと文通を始めた。アーカム・ハウス発行の〈アーカム・コレクター〉1969年冬号に掲載された彼女の回顧録には、ある夜、HPLに案内されたプロヴィデンスの聖ヨハネ英国聖公会堂の教会墓地で、彼から聞かされた怪談話のあまりの恐ろしさに、走って逃げ出してしまったという逸話が紹介されている。

ヘンリー・S・ホワイトヘッド
（1882～1932）

　フロリダ州在住の教区牧師兼怪奇作家で、〈ウィアード・テイルズ〉〈ストレンジ・テイルズ〉などの雑誌上に作品を発表していた。1920年代を通してヴァージン諸島で働き、現地でゾンビにまつわる逸話を含む民間伝承を蒐集、これを参考に怪奇小説を執筆した。1926年に彼が発表した「ジャンビー」は、ゾンビをテーマとする最も早い時期の作品のひとつである。HPLとは1931年に文通を始め、HPLは同年の5月から6月の3週間にわたり彼の自宅に滞在した。HPLは、オーガスト・W・ダーレスなどに宛てた書簡で、ホワイトヘッドの小説「罠」の大部分を書いたのが自分だと報告している。彼はまた「挫傷」という小説の改稿を手伝ったとも、書簡中で触れていた。

　これらの作品はホワイトヘッドとHPLの生前には発表されなかったが、両者の死後、1946年にアーカム・ハウスからホワイトヘッド作品集『西インドの光』が刊行され、ようやく陽の目を見たのである。

205

ヘンリー・アーミティッジ博士

「ダンウィッチの怪異」の主人公格で、ミスカトニック大学文学修士、プリンストン大学哲学博士、ジョンズ・ホプキンス大学文学博士の学位を有する人物。作中での肩書はミスカトニック大学付属図書館の司書（ライブラリアン）なのだが、解説や後続作家の作品では、しばしば教授ないしは図書館長とされている。ウィルバー・ウェイトリイが幼い頃からその異常性を危険視し、ダンウィッチで怪異が発生すると、同僚のウォーレン・ライス教授とフランシス・モーガン博士と共に事態の収拾にあたり、『ネクロノミコン』をはじめとするオカルト書に取り組んで、目に見えぬ怪物をこの世から放逐する方策を見つけ出した。こうした行動や功績から、アルジャーノン・ブラックウッドのジョン・サイレンス博士やウィリアム・ホープ・ホジスンのトーマス・カーナッキのような、オカルト探偵の一人に数えられることがある。

ヘンリー・エヴェレット・マクニール（1862～1929）

ニューヨーク在住の作家で、ケイレム・クラブの一員。〈ウィアード・テイルズ〉の創刊時、寄稿するようHPLに勧めた人物でもある。"エヴェレット・マクニール"の筆名で、ボーイスカウトアメリカ連盟(BSA)の月刊誌〈ボーイズ・ライフ〉を中心に、数多くのジュヴナイル小説を発表していた。また、1910年代には映画の脚本の仕事をしていた。

アーサー・リーズに金を貸していたことが原因で絶縁に至ったため、クラブの集まりはリーズ宅とマクニール宅で別々に開かれるようになったが、マクニールは好き好んでニューヨークのスラム街で暮らしていたため、彼の自宅を訪れる仲間は徐々に減っていった。しかし、彼の少年のような天真爛漫さを好んでいたHPLは、その後も付き合いを続けたという。

スラム街の異様な情景がテーマの「ユゴスよりの真菌」の第10詩「飛びゆく鳩」は、体調を崩してワシントン州に隠棲したマクニールが亡くなったという報せを受けて書かれたものである。

ヘンリー・カットナー（1915～1958）

カリフォルニア州ロサンゼルス在住の作家。子供の頃から恐怖小説を読むようになり、成長すると文芸エージェントだった親類ローレンス・R・ドルセーのエージェント会社で働きながら小説を執筆、〈ウィアード・テイルズ〉1936年2月号、3月号に詩「神々のバラッド」、小説「墓地の鼠」が連続掲載され、作家デビューを果たした。「墓地の鼠」は異様に大きな鼠の群れに対処するセイラムの墓地管理人の苦闘を描いた作品で、作風や文体が似通っていたことから、HPLの別名義か、さもなくばいつものように彼が協力した作品だと噂されたが、カットナー自身は同作の執筆時点でHPLを読んでいなかったと証言している。

ともあれ、カットナーはデビュー直後の1936年2月にHPLと手紙をやり取りしはじめ、早々に「クラーリッツの秘密」（《ウィアード・テイルズ》1936年10月号）を執筆してクトゥルー神話に参加、以後もHPLの存命中に、「魂を喰らうもの」「セイラムの怪異」などの作品を立て

続けに発表し、ロバート・ブロックとの合作「暗黒の口づけ」は、友人の死の少し後、〈ウィアード・テイルズ〉1937年6月号に掲載された。「セイラム〜」の執筆にあたっては、セイラムに何度も足を運んでいるHPLが地理情報を丁寧にガイダンスし、建物や墓石のスケッチまで描き送っている。なお、同作にはアビゲイル・プリンという魔女が登場しているのだが、カットナーがそれ以前に執筆した「クラーリッツの秘密」には『妖蛆の秘密』が言及されているので、あるいはこの書物を著したルートヴィヒ・プリンの子孫と考えていたのかもしれない。

　HPLの死後も、彼は神話作品をいくつも発表し、ヴォルヴァドスやイオド、『イオドの書』などの設定をこしらえた。また、1938年にはロバート・E・ハワード風のヒロイック・ファンタジー"アトランティスのエラーク"シリーズを発表し始め、その2作目にあたる「ダゴンの末裔」にはHPLオマージュの要素を盛り込んでいる。1940年にはHPLの仲介で知り合ったキャサリン・L・ムーアと結婚し、以後は複数の筆名のもと、数多くの作品を夫婦で共作していたが、1958年に心臓発作を起こし、43歳の若さで亡くなった。

「崩壊する宇宙」

　1935年の6月から8月にかけて、HPLがフロリダ州のロバート・H・バーロウの自宅に滞在した際、交互に執筆を進めるやり方で合作した未完成のSF小説。ただし、大部分はバーロウが書いたものらしい。

　物語は既知の時空連続体の外側に属する敵性宇宙艦隊が宇宙望遠鏡で観測されたところから始まり、内次元都市カストル=ヤーの軍司令官ハク・ニが、評議会の迎撃要請に応じ、全艦隊に出撃命令を発したところで終わっている。大真面目な作品ではなく、当時流行していたスペースオペラのパロディとして書かれたもので、バーロウ発行のファンジン〈リーヴス〉1938年冬号に掲載された。

「忘却より」

　原題はラテン語の「エクス・オブリビオン」。1920年末から翌年頭にかけて執筆されたらしい散文詩で、〈ユナイテッド・アマチュア〉1921年3月号にウォード・フィリップス名義で掲載された。近い時期に書かれた「セレファイス」と同様、人間の見る夢の中の世界にまつわる物語であることが明言されている作品だが、作中に出てくるザカリオンという都市は、他の作品では言及されない。門や崖といった境界線を越えて、音も響かぬ空虚の中へと落ち込んでいくという描写は、「北極星」「セレファイス」で繰り返されてきたもので、殊更、苦悩に満ちた生からの解放としての忘却を強調しているのは、HPLが当時読んでいたアルトゥル・ショーペンハウアーの著作の影響であるらしい。

　なお、本作とほぼ同時期に、「ダゴン」をはじめ彼の詩や小説の批評への返答として執筆されたエッセイ「ダゴン弁護論」において、HPLは「忘却に勝るものは存在しない。何故なら、忘却の世界ではいかなる願望も実現されるからである」と書いている。

「ポー擬詩人の悪夢」

　1916年に書かれた長めの詩で、〈ヴァグラント〉1918年7月号に発表された。タイトルの「ポー擬詩人」の部分は、原題ではポー（Poe）と詩人（Poet）を引っ掛けたダジャレになっている。“天界の探求者”であり、“チーズトーストとミンスパイの賞味者”でもあるルカラス・ランギッシュなる人物が、案内者に導かれて天界を旅するうちに、無窮の時空における人類の矮小さを痛感し、恐怖に駆られながら目を覚ますまでを描く『神曲』風の筋立てで、後年の小説作品に見られるHPLのニヒリスティックな宇宙観が露骨に表出した、最初期の作品と見なされている。

〈ポータクセット・ヴァレー・グリーナー〉

　ポータクセット・ヴァレーは、プロヴィデンスの南西に位置するポータクセット川沿いの地域名で、かつてこのあたりに居住していたナラガンセット族系のパタクセット支族に由来する。〈ポータクセット・ヴァレー・グリーナー〉は、同州ケント郡のフェニックスという村（現在はウェストウォリックの地区のひとつ）で刊行されていた週刊ローカル紙で、HPLは1906年に同紙で天文コラムを連載していた。

　なお、ポータクセット・ヴァレーは、HPLの自伝的な要素のある「チャールズ・デクスター・ウォード事件」において、妖術師ジョゼフ・カーウェンの農場が存在した場所である。

冒涜的

　HPLがどんな意味合いで“blasphemous/blasphemousness/blasphemy”という語を用いたかについては、英語圏でも読者の議論の種となってきた。「クトゥルーの呼び声」（2箇所）、「狂気の山脈にて」（10箇所）、「インスマスを覆う影」（4箇所）などの用例を見るに、基本的には徹底した唯物主義者であるHPL

の認識における人間全般が思い描く“自然科学に裏打ちされた、正しくこうあるべき世界”への裏切りに他ならぬ「あってはならぬもの」「ありえぬもの」を指し示す言葉でありつつ、「狂気の〜」における“black and blasphemous”の並置から窺えるように、単純に修辞的な好みに基づくものでもあるらしい。

〈ホーム・ブリュー〉

　1922年から24年にかけて、ジョージ・ジュリアン・ハウテンとその妻が発行していたメンズ雑誌で、創刊号は1922年2月号。

　個人発行のため、時に私家刊行物とされることがあるが、そうした商業誌は当時それほど珍しくはなく、アマチュア文芸誌とは異なり市場流通され、企業広告を掲載し、さらにはHPLを含む執筆者に原稿料を支払っていた。1922年4月号（創刊3号）の表紙裏にある「月間刊行部数200万部超」のアオリは、流石に盛った数字だろう。

　オックスフォード大学出版局の『オックスフォード・モダニズム雑誌の批評と文化史 第2巻：北米1894〜1960』には、やや公序良俗から逸脱したエログロやユーモアを扱う編集方針の、初期のメンズ雑誌として紹介されている。ハウテンがHPLに原稿を依頼したのは、怪談話的な刺激的な読み物を求めてのことで、「ハーバート・ウェスト──死体蘇生者」（1922年2月〜7月号）、「潜み棲む恐怖」（1923年1〜4月号）の2作品が、“残酷物語（グルーサム・テイルズ）”と銘打って掲載された。

　原稿料は1話あたり5ドルで、これがHPLの商業作家デビューとなったのだが、彼自身の同誌への評価は低く、「冷気」でも主人公に自身を投影して、「1923年の春」に「退屈で実入りの少ない雑誌の仕事」をしていたなどと書いている。ただし、書簡中のもろもろの発言を見るに、それなりに楽しい仕事であったらしく、この雑誌が早々に廃刊しなければ、職業作家として別の道が開けるような

こともあったかもしれない。

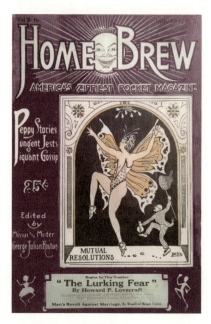

HPL「潜み棲む恐怖」連載時期の、〈ホーム・ブリュー〉1923年2月号

ボール

「未知なるカダスを夢に求めて」が初出の、地球の幻夢境の地底に広がる内部世界にあるナスの谷間に棲息する、巨大な体躯の芋虫じみたクリーチャー。ナスの谷は暗闇なのでその姿を目にした者はいないが、通り過ぎていく体に触れた者によれば、その肉体は少なくとも直径15〜20フィート（約4.6〜6.1メートル）に及び、体表はぬるぬるしていて、膨らんだりへっこんだりしている部分が交互に続いているということである。

雑誌掲載時や初期の単行本では「ドールdhole」となっていたが、スノンド・T・ヨシが草稿を確認して、「ボールbhole」に修正した。「銀の鍵の門を抜けて」によれば、惑星ヤディスにもこの星を食らいつくさんとする同名の怪物が巣食っており、描写からして同一のクリーチャーだと思われる。

星の智慧派

「闇の跳梁者」に登場する、ナイアルラトホテプを崇拝するカルト教団。おそらくエジプトで輝く偏方二十四面体（シャイニング・トラペゾヘドロン）を入手したイーノック・ボーウェン教授が1844年に帰国した後、プロヴィデンスのフェデラル・ヒルにあった自由意志派の古い教会を拠点に設立する。その後、教会の周囲で失踪者が連続したことで弾圧され、1877年2月までに教会は閉鎖、メンバーも姿を消していた。教会内の書棚には、ラテン語版『ネクロノミコン』や『エイボンの書』の写本のひとつである『象牙の書』、『屍食教典儀』、『無名祭祀書』、『妖蛆の秘密』、さらには『ナコト写本』や『ズィアンの書』といった禁断の書物がずらりと並んでいたが、1935年4月末に作家のロバート・ブレイクが侵入するまで、手つかずの状態だった。

ブレイクのモデルであるロバート・ブロックは、1978年に発表した『アーカム計画』（短編版、長編版が存在する）にこのカルト教団を敵役として登場させ、ナイアルラトホテプの化身であるナイ神父をその教主とした。

〈保守派〉

アマチュア・ジャーナリズム活動を始めたHPLが編集・刊行したアマチュア文芸誌。1915年4月号から1923年7月号にかけて、全13冊が刊行された(当初は季刊で、1918年から年1冊、最後の年のみ2冊)。28ページある最終号を除き4〜12ページ程度の小冊子で、創刊号は地元の印刷業者を利用して210部が印刷され、続く3号はボストン在住の友人アルバート・A・サンダスキーが所有するケンブリッジのリンカーン・プレスが、1918年と1919年の号はW・ポール・クックが、最後の3号はチャールズ・A・A・パーカーが印刷した。最初の3号分については、全ての原稿を複数ペンネームで自ら執筆していたが、それ以降の号では友人たちに寄稿を募った。主な寄稿者はラインハート・クライナー、ウィニフレッド・ヴァージニア・ジャクスン、アン・ティラリー・レンショウ、アルフレッド・ギャルピン、サミュエル・ラヴマン。

ジェイムズ・F・モートンなどの友人との付き合いを経て後年はだいぶんマイルドになるが、同誌を発行していた頃のHPLは貴族主義的かつ独善的で、読書や時代の空気に影響されることが多く、人種観についても間違いなく偏りがあった。そのため、創刊号掲載の「今世紀の犯罪」など、後世に差別主義者として非難される原因となるエッセイや詩が少なからず掲載され、1915年に物議をかもしたチャールズ・D・イザックスンへの攻撃もこの雑誌を介して行われた。

ポセイドニス

ヘレナ・P・ブラヴァツキーの『シークレット・ドクトリン』において、アトランティスの本島として言及される大西洋上の島の名前。HPLも読んでいた神智学者ウィリアム・スコット＝エリオットの『アトランティスの物語と失われたレムリア』で広まり、アルジャーノン・ブラックウッドの「砂」を皮切りに怪奇小説に導入された。HPLの作品では「霧の高みの奇妙な家」で言及される。また、クラーク・アシュトン・スミスには、クトゥルー神話作品ではないが、ポセイドニスが舞台のシリーズがある。

バランタイン・アダルト・ファンタジー叢書の『ポセイドニス』ペーパーバック(1973年)

「墓地の恐怖」

ヘイゼル・ヒールドのための代作。HPLが同作に触れた書簡が確認されていないため、正確な執筆時期は不明だが、おそらく1933年から34年にかけて執筆されたもの。人間を仮死状態にする化学薬品を作り出した葬儀屋が、憎む相手を葬り去ろうとして、誤って自分にそれを注射してしまうという筋立てで、意識を保ったまま死体のような状態になるという設定は、同じくヒールドの代作である「永劫より出でて」と共通している。

ドウェイン・W・ライメルとの合作で「墓暴き」にも同様の薬品が登場するが、こちらはハイチ由来で、おそらく1930年代の頭に親しくしていたヘンリー・S・ホワイトヘッドから聞かされたハイチのゾンビについての話が下敷きになっている。「墓地の恐怖」も、ゾンビを意識した作品なのかもしれない。

没後合作

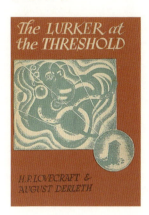

「H・P・ラヴクラフト&オーガスト・ダーレス」がクレジットされた『門口に潜むもの』の単行本（アーカム・ハウス、1945年）

　オーガスト・W・ダーレスが、HPLの遺稿に手を加えて完成したと称した作品群で、「門口に潜むもの」(1945年、既訳邦題は「暗黒の儀式」)、「生きながらえるもの」(1954年)、「破風の窓」(1957年)、「アルハズレッドのランプ」(1957年)、「宇宙よりの影」(1957年)、「ピーバディ家の遺産」(1957年)、「閉ざされた部屋」(1959年)、「ファルコン岬の漁師」(1959年)、「魔女の谷」(1962年)、「屋根裏部屋の影」(1964年)、「ポーの末裔」(1966年)、「恐怖の巣食う橋」(1967年)、「インスマスの彫像」(1974年)、「先祖」(1974年)、「ウェントワースの日」(1974年)、「時間を超えてきた監視者」(未完、1974年)の全16篇（括弧内は発表年)。

　いくつかのアーカム・ハウスの刊行物に収録され、最終的に単行本『時間を超えてきた監視者とその他』(1974年)でまとめられた。大多数はHPLの書簡や備忘録のわずかな記述を膨らませたものだが、「門口に潜むもの」だけは、「ニューイングランドにて人の姿ならぬ魔物のなせし邪悪なる妖術につきて」「円塔」のタイトルで知られるHPLの未完成小説をベースにしたものである。

「北極星（ポラリス）」

　1918年の晩春から夏にかけて、実際に見た夢を下敷きに書かれた作品で、アルフレッド・ギャルピンのアマチュア文芸誌〈フィロソファー〉1920年12月号に掲載された。こぐま座α星のポラリスが、地球の歳差運動によって2万6千年周期（正確には約2万5千8百年）で地軸の北端の延長上に位置する北極星になるという天文現象に立脚した、天文マニアのHPLならではの小説である。HPL自ら「ダンセイニ風」と称したファンタジー作品群の最初のものだが、実のところ本作の執筆時点で、彼はまだダンセイニ作品を読んでいなかった。

　本作の舞台であるロマールとオラトエがその後、「イラノンの探求」「蕃神」でも言及されていることから、一般に地球の幻夢境（ドリームランド）が舞台の作品と解釈されているが、語り手がタプネンの物見の塔から北極星を仰ぎ見る物語後半のシーンから、少なくとも執筆時点では、2万6千年前の太古に現実に起きた事件を想定していたことが窺える。そうでなければ、永い年月を隔てて再び北極星に返り咲いたポラリスの悪意や、イヌート族とエスキモーの関係性にまつわる示唆が薄らいでしまうのである。

211

「ボルシェヴィズム」

1919年夏頃に執筆されたらしいエッセイ
で、〈保守派〉創刊号（1919年7月号）に掲載され
た。第一次大戦後のアメリカに広まった共産
主義への恐れを、右翼かつ保守派を自任して
いたHPLも共有しており、東欧系民族への
偏見も相まって、彼はこのエッセイにおいて
激烈な論調でロシア革命とソヴィエト連邦
を攻撃している。なお、人種差別の傾向と同
じく、HPLは後年、共産主義や社会主義に
対する態度をやや穏健な方向に改めたよう
だ。その変化は創作にも現れていて、彼はイィ
スの大いなる種族や南極の古きものどもと
いった異星人の社会を説明する際、社会主
義的な理想社会として描写している。

ホルヘ・ルイス・ボルヘス
（1899～1986）

アルゼンチン出身の作家、詩人。読書家
だった弁護士の父ホルヘ・ギリェルモ・ボル
ヘス・ハズラムの蔵書に幼少期から熱中し、
6歳の頃から物語を書き始めた。父方の遺伝
により成長と共に視力が衰え、1950年代末
期にはほぼ盲目となっていたが、以後も口述
筆記による著述活動を続けていた。日本では
『幻獣辞典』や作品集『伝奇集』などが主に
読まれ、ウンベルト・エーコのミステリ小説
『薔薇の名前』で重要な役割を果たす盲目の
図書館長ブルゴスのホルヘのモデルでもある。

神話や夢、迷宮、架空の書物など、HPL
と共通するテーマを好み、『北アメリカ文学
講義』（1969年）においてHPLを取り上げてい
る。なお、1971年刊行の同書の英訳本には「彼
はポーの作風における調子と哀愁を研究的
な態度で模倣し、滑稽な悪夢（comic nightmares）
を執筆した」とあり、これを引用したバート
ン・レヴィ・セント＝アーマンドのエッセイ
「ラヴクラフトとボルヘス」（『定本ラヴクラフト
全集7-I』（国書刊行会）に収録）を通して日本にも
紹介されたが、スペイン語原文では「宇宙的

な悪夢 pesadillas cósmicas」となっていて、
これは英語版の誤字である。彼はHPLを高
く評価はしないまでも強く惹かれたようで、
1975年発表の作品集『砂の本』に収録した
「人智の思い及ばぬこと」（冒頭に「H・P・ラヴク
ラフトの思い出に寄せて」とある）において、HPL
作品に漂う雰囲気の再現を試みている。

ルイス・フェルナンド・ヴェリッシモ『ボル
ヘスと不死のオランウータン』をはじめ、ボ
ルヘス自身がクトゥルー神話関連作品に登場
することがある。また、学習研究社のオカル
ト雑誌『月刊ムー』第70号掲載のコラム「禁
断の魔道書『死霊秘宝』は実在した!!」では、
ボルヘスの失明の原因を、ブエノスアイレス
の国会図書館で『ネクロノミコン』を読んだ
こととしている。

マーガレット・アリス・マレー
（1863～1963）

英国の考古学者、民俗学者、人類学者。
HPLの生前における魔女研究の第一人者
で、1929年以降、彼のオカルト知識の主な
出所であった『ブリタニカ百科事典』の
「魔女術」の項目を担当していた。魔女を異
教の巫女、司祭の最後の生き残りとする彼
女の主張は、HPLを含む当時の怪奇小説家
に取り入れられ、1921年に刊行された『西
欧の魔女宗：人類学の研究』は、ジェイムズ・
ジョージ・フレイザーの『金枝篇』と共に、「ク
トゥルーの呼び声」の作中で言及されている。
セイラム魔女裁判の背後に事実、悪魔を崇
拝する魔女宗が存在したとする同書の記述
も含め、彼女の著作はHPLの「ダンウィッチ
の怪異」「チャールズ・デクスター・ウォード
事件」「魔女の家で見た夢」などの作品に大
きな影響を与えた。ただし、彼女の説の多く
は今日、学問的には疑問視あるいは否定され
ている。

マーシュ家

「インスマスを覆う影」に登場する、マサチューセッツ州の地図に載っていない漁村、インスマスの名家のひとつ。19世紀前半に南太平洋に船を出していた交易商人オーベッド・マーシュの子孫たちで、1920年代における家長はオーベッドの孫バーナバスである。オーベッド船長が1838年に東インド諸島のとある島でその存在を知った何物かと取引したことで、様々な意味で人の道から外れることになる。マーシュ精錬所（マーシュ・リファイニング・カンパニー）を創設し、どこからか入手した黄金を精錬して莫大な財を成した。その後、インスマスで伝染病が流行した1846年に町の実権を握ってダゴン秘儀教団を創設したが、インスマスに警察と軍が送り込まれた1927年の時点では、精錬所は操業を停止して久しかった。なお、インスマスの他の名家であるウェイト家、ギルマン家、エリオット家は、いずれもオーベッドの船員たちの子孫である。村唯一の宿屋であるギルマン・ハウスの経営者なのであろうギルマン家が"鰓男 Gill-man"であるように、マーシュというのはおそらく、「インスマス〜」の作中でも村の内陸側に広がっているとされる、"塩沼地 Salt Marsh"をもじった家名だと思われる。また、ウェイト家の人間については、「戸口に現れたもの」に登場する。なお、

HPLが「インスマス〜」を執筆する直前に読んだオーガスト・W・ダーレスとマーク・スコラーの「星の忌み仔の棲まうところ」の主人公は、ビルマ探検隊の一員であるエリック・マーシュというアメリカ人なのだが、HPLがその点を意識していたかどうかはわからない。また、「インスマス〜」の前年に執筆した「メドゥーサの髪」にもフランク・マーシュという名の画家が登場しているのだが、関連性は不明である。

マータ・アリス・リトル（1888〜1967）

ニューハンプシャー州在住のアマチュア・ジャーナリスト。18世紀に同州の知事を務めたジョサイア・バートレットの末裔。1920年にユナイテッド・アマチュア・アソシエーション・プレスに入会し、この年の11月に刊行されたチャールズ・W・スミスの〈トライアウト〉誌に寄稿していて、これがきっかけでHPLと交通を始めたらしい。HPLによれば、彼女は高校の英語教師で、「職業作家として成功を収めている」ということだが、彼女の著書は1929年刊行の児童書『スウィート・クリスマス・タイム』しか知られていない。

1921年の6月、彼女は母を亡くしたばかりのHPLをニューハンプシャー州に招待し、その足で、マサチューセッツ州ヘーバリル在住のスミス（前出）を訪問している。

この旅行を題材に、HPLはエッセイ「ヘイバリル・コンベンション」を執筆、〈トライアウト〉1921年6月号に寄稿した。

HPLは8月にもヘーバリルに行き、リトルの案内でこの町の歴史協会に赴いたという。

1923年、HPLと最後に直接顔を合わせた3日後に、彼女がメソジスト派牧師アーサー・デイヴィスと結婚したこともあって、ある種のロマンスがあったと見る向きもある。

2人の交流はその後も控えめに継続し、少なくとも1934年頃まで続いていたと思われるが、残存する書簡は1通のみである。

213

「マーティンズ・ビーチの恐怖」

1922年の6月26日から7月5日にかけて、後に妻となるソニア・H・グリーンとHPLがマサチューセッツ州のマグノリアとグロスターを旅行中、ソニアが構想した物語をHPLが仕上げたもの。おそらく、グロスターなどの港町に18〜19世紀にかけて出現した大海蛇の逸話が下敷きで、〈ウィアード・テイルズ〉1923年11月号に「見えない怪物 The Invisible Monster」として発表された（アーカム・ハウスの新訂版『博物館の恐怖とその他の添削作品集』に収録された際、構想時のタイトルに戻された）。

精神感応めいた力を持つ巨大な海の怪物が、子の死骸を見世物にした者たちに復讐する物語で、クライマックスにおける月の描写が、恐るべき真実をほのめかす。

「マードン・グレンジの秘密」

1918年以降に書かれたリレー小説——という体裁の小説で、HPLによれば、各章をウォード・フィリップス、エイムズ・ドランス・ロウリー、L・テオバルドなどの筆名を使い分けながらHPLが全て執筆した。

HPLが1918年から21年にかけて刊行したアマチュア文芸誌〈ヘスペリア〉に掲載されたらしいのだが、この雑誌は現存せず、同作の原稿も確認されていない。

ただし、スナンド・T・ヨシによれば、〈スピンドリフト〉というアマチュア文芸雑誌の1917年聖誕祭号に、同じタイトルのついた第2章の最後と第3章の冒頭が掲載されていて、著者名はB（ベンジャミン）・ウィンスキルとなっていたのだが、これはHPLの筆名ではなく英国サセックス州在住の実在のアマチュア・ジャーナリストの名前だった。このためヨシは、〈スピンドリフト〉誌に連載されていた既存のリレー小説を書き継ごうとHPLが目論んだのではないかと推測している。

マーブルヘッド

全体的に坂道になっているマーブルヘッド
（撮影：森瀬繚）

マサチューセッツ州エセックス郡の港町で、セイラムの南東、ボストンの北東に位置する。漁業と造船業で栄えた町であり、同州北東部のビバリーとの間で、アメリカ海軍の発祥地を巡って争い続けている。

HPLは1922年12月に初めてこの町を訪れて、白い雪が夕焼けに染まっていく光景に魅了され、「祝祭」（1923年）以降の作品で架空の町キングスポートに投影した。

以後も彼はこの町を幾度も訪れていて、1923年8月にはモーリス・W・モー、アルバート・A・サンダスキー、エドワード・H・コールの3人と連れ立ってボストンから徒歩で

マーブルヘッドに向かおうとしたが、他の3人が音を上げたため途中で断念したという。なお、ハウスミュージアムとして公開されているジェレマイア・リー・マンションが、「霧の高みの奇妙な家」の設定と描写に影響している可能性がある（同作の項目を参照）。

マーベル・コミックス

アメリカを代表する漫画出版社のひとつ。

1939年にマーティン・グッドマン（後に編集長、社長を歴任するスタン・リーの叔父）がタイムリー・コミックスとして設立、1947年にアトラス・コミックス社、1961年にマーベル・コミックス社となった。アトラス・コミックス時代の1949年に刊行されたミステリ・コミック誌〈アメイジング・ミステリーズ〉32号に、おそらく最古の「インスマスを覆う影」のコミック翻案である「チュガムング入り江の怪物」が掲載。

その後、だいぶ間が空いて、コミックス・コードが緩和された1970年代に入ると、マーベル・コミックス社は吸血鬼や狼男のシリーズを展開する傍ら、当時の主任編集者であったロイ・トーマスが中心となってHPLらのクトゥルー神話作品を含む往年のパルプ・マガジンの様々な作品のコミカライズを始めた。1970年代にロバート・E・ハワードの"蛮勇コナン"シリーズのコミカライズが大ヒットしたこともあり、ハワードの未完成小説が由来の邪神シュマ＝ゴラスや、後に『ネクロノミコン』の原型と設定されることになる禁断の書物『ダークホールド』など、同社の作品世界には多くの読者が思っている以上にクトゥルー神話由来の設定が入り込んでいる。

マグナ・マーテル

「壁の中の鼠」において、現代はエクサムという町になっている英国の土地において崇拝されていた古代の女性神のローマ属領時代における呼称で、ラテン語で"大いなる母"を意味

する。"マグナ・マーター"という英語読みで翻訳されることもある。

古代ローマにおいてこの異名で崇拝されたのは、アナトリア半島（現代のトルコの一部）のフリギアで崇拝されていた両性具有神アグディスティスが原型とされる大地母神キュベレーである。地理学者パウサニアスの『ギリシャ案内記』などによれば、アグディスティス（キュベレーの異名）の息子アッティスは母神と愛し合っていたが、里親の計らいでペシヌスの王女と結婚することになった。嫉妬に狂った母の力で正気を失ったアッティスは自らの性器を切り落として命を落とすのだが、アグディスティスはこれを後悔し、アッティスの肉体を不滅のもの（ストラボンの『地誌』では常緑樹である松の木）に変容させる。コリュバンテスと呼ばれるキュベレーの神官は、自らの性器を切り落としたといい、HPLは「壁の〜」において生贄を伴う古代の祭祀と結びつけている。

なお、HPLの死後、この女神はシュブ＝ニグラスと同一視されることがある。

マグヌム・イノミナンドゥム

1927年のハロウィーンの夜にHPLが見た、ローマ属領時代のイベリア半島東部にあるポンペロという小さな町が舞台の夢において、ミリ＝ニグリというピレネー山脈の先住民たちが崇拝する異形の神の、ローマ人による呼称。ラテン語で"大いなる名状しがたきもの"を意味する。先住民たちは、毎年5月1日の前日と11月1日の前日（元の文章の表記に基づくが、当時の暦は現在と異なるので注意）になると、山々の頂きで乱痴気騒ぎを伴う忌まわしい儀式を行い、ポンペロなどの町から攫ってきた人間をこの神に捧げるのだった。

この夢についての書簡での記述は、後にHPLの未発表小説「往古の民」としてファンジンで発表されたが、こちらにはマグヌム・イノミナンドゥムの名が言及されず、1927年11月のバーナード・オースティン・ドッワイヤー宛書簡などに見られる。

マサチューセッツ州

　米国北東部に位置する、ニューイングランド地方の中心的な州。1620年、分離派と呼ばれるピューリタンの一派に属する102人——ピルグリム・ファーザーズを乗せたメイフラワー号がプリマス湾に上陸して共有地を建設、英国人が築いたアメリカ最初の入植地であるプリマス植民地の礎となった。少し遅れて、1623年頃からグロスターやセイラムへの入植が始まり、1630年にはマサチューセッツ湾植民地の勅許が発行され、1691年頃にプリマス植民地などの近隣植民地と合併してマサチューセッツ植民地が成立。これが今日のマサチューセッツ州の原型である。"マサチューセッツ"の名前はこの土地に住んでいた先住民族の部族名から取られたものだが、後にマサチューセッツ州の州都となるボストンは、イギリスのリンカシャーにおけるピューリタンの拠点の名前（元々は、「聖ボトルフの街」を意味する英語の短縮名）である。

　共有地（コモン）の政治的な中心となった分離派の会衆派教会の教えは、神意にかなうことだけを重要視し、娯楽や奢侈を排する徹底的な禁欲主義が特徴である。ただし、ピューリタンの教えでは労働の対価として財産を得ることは神意に沿ったものとされ、こうした考え方が自由競争による富の蓄積を賛美したアメリカ北部のヤンキー気質のバックボーンとなった。HPLは植民地時代の雰囲気を色濃く残す同州のボストンやセイラム、マーブルヘッドなどの街をこよなく愛し、繰り返し旅行に出かけ、アーカムやキングスポート、ダンウィッチ、インスマスなどの架空の町や村をこの州に配置した。

マシュー・P・シール
（1865〜1947）

　英国の怪奇作家。西インド諸島生まれで、1885年に英国に移住した。教師、翻訳者なとの仕事をする傍ら、〈ストランド・マガジン〉などの文芸雑誌に小説を発表した。HPLは、ウィリアム・ポール・クックから借りた1911年刊行の作品集『青白い猿その他の慄然たる物語』でこの作家を気に入り、短編「音のする家」「ゼリューシャ」などや、長編『紫の雲』を優れた作品として挙げている。

　なお、『紫の雲』は不穏な空気の漂う北極探検から始まる物語で、HPLの「狂気の山脈にて」に影響を与えた可能性がある。

魔女の家

セイラムにある魔女の家（撮影：森瀬繚）

　「魔女の家で見た夢」の舞台となる、かつて魔女キザイア・メイスンの住居だった屋敷。アーカムのポーランド人地区に位置し、1920年代頃には下宿屋となっていたが、凄惨な事件の後は、廃屋となり、1931年3月に大風で倒壊した。

　マサチューセッツ州セイラムのマッキンタイア歴史地区のエセックス・ストリート310番地に現存する（1940年代に、区画整理の関係で11メートルほど移動）、1740年代に建てられた"魔女の家"がモチーフと思しい。実際にはセイラム魔女裁判の治安判事の一人で、主任調査官でもあったジョナサン・コーウィンの自宅で、現在はハウスミュージアムとして公開されている。尖り屋根が並ぶ特徴的な建物だが、現在の外観はセイラムのピーバディ＝エセックス博物館所蔵の、18世紀の画家サ

ミュエル・バルトールによる"コーウィン邸"の絵を参考に1944年に改築されたもので、HPLの存命中の姿とは違っている。

また、「魔女の〜」作中の建物は中三階建てなのに対し、実在する屋敷は二階建てであり、間取りも描写と一致しないので、名前と外観のみを参考にしたのだろう。

「魔女の家で見た夢」

1932年2月執筆の小説。初期タイトルは『ウォルター・ギルマンの夢 The Dreams of Walter Gilman』だった。〈ウィアード・テイルズ〉1933年7月号に掲載されたが、出来にあまり自信がなかったようで、オーガスト・W・ダーレスがファーンズワース・ライトに送るまで死蔵されていた。

しばしば魔女と結び付けられるアーカムの暗い歴史に踏み込んだ作品で、セイラム魔女裁判と同じ1692年に、どうやらアーカムでも魔女キザイア・メイスンの裁判が行われ、同じくナサニエル・ホーソーンの先祖であるジョン・ホーソーンが判事を務めたことが示唆される。悪魔や子供の生贄、十字架像に倒される魔女といった、平素は批判している伝統的なオカルト要素がふんだんに出てくるが、翌年執筆の「戸口に現れたもの」でも引き続き魔女の存在が掘り下げられているあたり、意識的に民話的な魔女の存在と科学小説の融合を試みた作品だったようだ。

また、「狂気の山脈にて」に登場する怪物が、次の「インスマスを覆う影」、本作、「戸口に現れたもの」に連続して姿を見せていることからも、当時のHPLが年代記的な創作を意識していたことが窺える。

なお、主人公の姓がギルマンなのは、異様な法則に基づく曲線や角度で構成された、黄色い壁の

紋様が住人を狂気に追いやる「黄色い壁紙」（「文学における超自然の恐怖」に取り上げられている）の著者、シャーロット・パーキンス・ギルマンの名前から採った可能性がある。

「末裔」

1927年に執筆されたものの、未完成に終わった小説断章。この「末裔」というタイトルは、ロバート・H・バーロウがHPLの未発表原稿に便宜上つけた題名で、ファンジン〈リーヴズ〉1938年夏号に掲載された。

ロンドンにあるグレイズ・インという宿屋に、猫とともに住んでいるノーサム卿が、ウィリアムズ青年が『ネクロノミコン』を持ち込んできたことをきっかけに、自身の家系とローマ属州時代のブリタンニア（現在のグレート・ブリテン島南部）の暗い歴史を語り聞かせるというもの。ノーサム卿が作中で男爵家の19代目とされているのは、同じく男爵家の18代目であるロード・ダンセイニを意識したのかもしれない。

マリアン・F・バーナー
(1883〜1952)

プロヴィデンス公共図書館に勤める独身女性で、晩年の文通相手。1922年から1936年にかけて、プロヴィデンスのウォーターマン・ストリートの53-55番地にあったアーズデールという下宿屋に住んでいて、HPLの同居人である叔母のアニー・ギャムウェルはしばしばここで食事をとった。

マリアンは気難しいアニーの数少ない友人となったが、猫好きだったことから甥とも親しくなった。HPLは彼女宛ての手紙の中で、KATという架空の猫のグループに言及し、レターヘッドを描いたりしている。

HPLの死後、1945年刊行の『ラヴクラフトのロードアイランド』（グラント＆ハドリー）に、「H・P・Lについての雑感」を寄稿した。

マンロー兄弟

　チェスター・ピアース・マンロー（1889〜1943）と弟ハロルド・ベイトマン・マンロー（1891〜1966）。スレイター・アベニュー・スクール時代からの幼馴染で、HPLのエンジェル・ストリートの自宅から数軒しか離れていない、パターソン・ストリート66番地に住んでいた。「潜み棲む恐怖」に登場するアーサー・マンローの家名の由来だろう。HPLによれば、彼とチェスターはスクールきっての問題児として悪名を馳せ、他の悪童たちと共にブラックストーン軍楽隊、プロヴィデンス探偵事務所を結成した。マンロー家の地下室は友人たちの溜まり場となり、20代に差し掛かる頃には手料理を持ち寄って宴会が催された。HPLも足繁く顔を出し、夜になると話題の中心になった。また、彼らはしばしばマサチューセッツ州のレホボスにハイキングに出かけ、1907年にはグレート・メドウ・ヒルで見つけた廃屋をクラブハウスに改造、そこをよく訪れた。

　その後、ノース・カロライナ州のアシュヴィルに移住するのだが、HPLの勧誘でアマチュア・ジャーナリズム活動に参加した。また、1915年には地元の〈アシュヴィル・ギャゼット＝ニューズ〉紙に友人を紹介し、天文学関連のコラム「天界の秘密」の連載に繋がった。

　弟のハロルドの方はやがて保安官代理となり、1921年に一度、HPLを前述のクラブハウスに呼び寄せて旧交を温め、旧友たちと毎月会合を開こうと話し合ったということだが、これは結局実現しなかった。

「見えず、聞こえず、語れずとも」

　クリフォード・M・エディとの合作で、1924年2月に執筆。エディ名義で〈ウィアード・テイルズ〉1925年4月号に発表された。

　目が見えず、耳が聞こえず、話すこともできないボストン出身の作家・詩人であるリチャード・ブレイクが、想像力を刺激する何かを求めてフェナム郊外の屋敷に移り住む。ここはかつて、以前の住人が怪死したことで知られていて、ブレイクもやがて正体不明の何かが屋敷内にいることを察知し、ついにはタイプライターに不自然な手記を残して命を落としてしまう。舞台となるフェナムは架空の町であるらしく、ベイボロの近くに位置する。

三島由紀夫（1925〜1970）

　日本の小説家、劇作家。1970年11月に、陸上自衛隊市ヶ谷駐屯地で決起を呼びかけた後、割腹自殺を遂げるが、その半年ほど前の4月16日付書簡に、小説がつまらないので漫画ばかり読んでいるという話に続き、「最近はこういうものばかり読んでいる」「もっとないものか」として「ラブクリフト」を挙げている。時期的に、新人物往来社の『暗黒の祭祀』ないしは東京創元社の『怪奇小説傑作集』を読んでいたと推測される。

ミスカトニック・ヴァレー

　「家の中の絵」が初出の地域名。同作ではミスカトニック川が言及されないが、明らかにこの名を持つ川の流域のどこかを想定した地名である。

　なお、プロヴィデンスの南を流れるポータケット川は、ナラガンセット湾から北へと流れるプロヴィデンス川の支流なのだが、あ

る程度内陸に入り込んだあたりにポータクセット・ヴァレーと呼ばれる土地があり、HPLは16歳の頃、同地のローカル紙である〈ポータクセット・ヴァレー・グリーナー〉で天文コラムを連載していた。HPLの念頭にあったのは、このポータクセット・ヴァレーであるかもしれない。

ミスカトニック川

「霧の高みの奇妙な家」が初出のマサチューセッツ州を流れる川で、河口にはキングスポートが、少し内陸に入り込んだあたりにアーカムがある。HPL作成のアーカムの地図によれば、アーカムの北側を、エールズベリィ街道と並行して東西に貫くように流れている。また、「ダンウィッチの怪異」によれば、ダンウィッチはこの川の上流にある。

川の名前は、マサチューセッツ州の北西部から南へと流れ出し、コネティカット州の西部を南北に貫くフーサトニック川から採ったものと考えられている。「フーサトニック」は「山地の彼方」などを意味するアルゴンキン語族系のモヒカン語の「usi-a-di-en-uk」に由来するようで、スナンド・T・ヨシの『H・P・ラヴクラフト大事典』によれば、ラヴクラフト研究家のウィル・マレーは「ミスカトニック」という言葉をアルゴンキン語族の言語と見立てて解釈し、「赤い山地 red-mountain-place」を意味するものとした。

ミスカトニック大学

「ハーバート・ウェスト─死体蘇生者」が初出ではあるが、こちらに登場したのはミスカトニック大学医学大学院。総合大学としては「宇宙の彼方の色」が初出で、1880年頃、アーカムの西に落下した隕石を調査するため、同大学の三人の教授らが現地に赴いたとされる。エッセイ『『ネクロノミコン』の歴史』によれば、17世紀に刊行されたラテン語版『ネクロノミコン』がミスカトニック大学の図書館に所蔵していると設定、その頃から彼が構築を始めたクトゥルー神話の宇宙観にまつわる情報の集積されている場所として、以後に書かれた様々な作品に登場していく。

ミスカトニック大学とその職員や学生は、「ダンウィッチの怪異」「暗闇で囁くもの」「狂気の山脈にて」「魔女の家で見た夢」「戸口に現れたもの」「時間を超えてきた影」などの小説に登場。「狂気の〜」「時間を〜」に描かれる、1930年代の南極・オーストラリアへの大規模な遠征隊は、同大学地質学部が中心になっている。「インスマスを覆う影」では、インスマス由来の宝飾品がミスカトニック大学の博物館に展示されているという記述のみだが、同作の覚書によれば、構想段階ではダービイ教授なる人物が登場し、インスマスを脱出した語り手と面会する展開が予定されていた。

HPLが描いたアーカムの地図には、中心部の西側に横長の長方形をしたミスカトニック大学のキャンパスが描かれている。この形状は、プロヴィデンスのブラウン大学のキャンパスと同じである。

ミスカトニック大学医学大学院

「ハーバート・ウェスト─死体蘇生者」において、ウェストらが学んだ学校。アーカムで腸チフスが流行した際は、アラン・ホールシー学部長以下の医師たちが大いに活躍した。

しばしば「ミスカトニック大学医学部」と翻訳されるが、アメリカの学制におけるメディカル・スクールは日本の大学の医学部とは全く異なり、大卒者が対象となる四年制の専門職大学院なので、「医学大学院」「医学校」がより正確である。後年、ミスカトニック大学に投影される、HPLの地元プロヴィデンスのブラウン大学は、彼の存命中は医学部門を廃止していたので、「ハーバート〜」で彼の念頭にあったのはおそらく、ハーバード大学医学大学院だと思われる。

219

水木しげる (1922〜2015)

　大阪府生まれ、鳥取県育ちの日本の漫画家、妖怪研究家。本名は武良茂。実家にまかない婦として出入りしていた影山ふさに聞かされた話の影響で、幼少期から恐怖物語に関心を抱くようになった。その後、大阪で画家の勉強をしながら働いていたが、1943年に召集されて南方戦線に趣き、左腕を失うなどの過酷な経験を積む。復員後は生活のために紙芝居や貸本漫画を描いていたが、1960年代に入ると、一般の漫画誌に発表した『悪魔くん』『ゲゲゲの鬼太郎』（前身は貸本漫画時代の『墓場鬼太郎』）などの妖怪やオカルトを扱った作品が子供たちの人気を集め、一躍売れっ子作家となった。

　インタビューや『ゲゲゲの家計簿』によれば、1962年頃、水木はネタに困ると早川書房や東京創元社から刊行されていた海外の怪奇小説から着想を得た。たとえば、1962年発表の「地底の足音」は「ダンウィッチの怪異」の翻案であり、舞台を鳥取県に、ヨグ＝ソトースをヨーグルトに変更しているものの、日本人漫画家による最初のHPLのコミカライズ作品と見なされている。この他にも、「地獄」「青葉の笛」「南からの招き」をはじめ、様々な作品からHPLの影響が窺える。また、企画を朝松健、シナリオを竹内博が担当して雑誌『コミックBE!』（光文社）に連載された『悪魔くん世紀末大戦』には、太古から海底を支配し、邪神クルールを崇拝する半人半魚の種族が登場する。

　なお、水木が監修した講談社の『悪魔くんふしぎ大百科』（1989年）に紹介されている「悪魔ザン」は、〈ウィアード・テイルズ〉1951年5月号に掲載されたロバート・ブロックの「無人の家で発見された手記」に掲載された、作中に登場する樹木に似たショゴスのイラストが元ネタである。

「未知なるカダスを夢に求めて」

　1926年10月から翌年1月22日にかけて執筆。ランドルフ・カーターを主人公とする幻夢境が舞台の探求ものの中編ファンタジー小説で、「チャールズ・デクスター・ウォード事件」（1927年）、「狂気の山脈にて」（1931年）に次いで三番目に長い小説。幻夢境もの、カーターものとクロスオーバーするのみならず、「ピックマンのモデル」の後日談的な要素もある。東京創元社の『ラヴクラフト全集』では本作を含む幻夢境ものが終わりの方の第6巻にまとめられたため、晩年の集大成的な作品と勘違いされがちだが、実際にはHPLがクトゥルー神話に取り組み始めた頃に書かれた、前期HPLの締めくくりとなる作品という方が正しい。

　生前にはついに発表されず、フリッツ・ライバー宛の1936年12月19日付書簡には「拒絶された幻想作品」という語があり、出版社に見せて不採用になったとも解釈できるが、ロバート・H・バーロウによれば彼が原稿を預かった1934年時点で、HPLの手元には清書稿が存在しなかった。

　なお、本作のわずか数ヶ月前に執筆した「銀の鍵」には「ランドルフ・カーターは、三〇歳の時に夢の門の鍵を失くしてしまった」とあり、これに従うなら「未知なる〜」は1873年生まれのカーターが20代の頃の出来事になるが、『『ネクロノミコン』の歴史』ではピックマンが1926年の初頭に失踪したと設定されていて、時系列の混乱がある。

「緑の草原」

　1918年から1919年にかけて執筆された、ウィニフレッド・ヴァージニア・ジャクスンとの合作。メイン州沿岸の沖合に落下した隕石に埋まっていた手帳に、古典ギリシャ語で書かれていたという体裁の物語で、アマチュア文芸誌〈ヴァグラント〉1927年春号に発表された際には、"エリザベス・ネヴィル・バー

クリイ並びにルーイス・ティアボールド・ジュニアによる翻訳"と説明された。気がつくと半島状の土地の波打ち際にいたという語り手が目にした、異界的な光景を綴ったもので、「這い寄る混沌」同様、ジャクスンの夢がベースになっている。HPL自身は、この物語を「地球から抜け出し、別の惑星に降り立った古代ギリシャの哲人の物語」と説明している。なお、末尾近くに、HPLの幻夢境(ドリームランド)もの「イラノンの探求」に登場する地名、ステテロスへの言及がある。

ムー

　自称・英国退役陸軍大佐のジェイムズ・チャーチワードが、1926年刊行の『失われたムー大陸 人類の母国』に始まる著書において実在を主張した、約1万2千年前に火山活動が原因で太平洋に沈んだ古代大陸。チャーチワードによれば、その名前は"母なる国"を意味する。そもそもは、フランスの聖職者シャルル＝エティエンヌ・ブラッスールが、マヤの碑文であるトロアノ絵文書から読み取ったという大災害で沈んだ土地の名で、フランスの考古学者オーガスタス・ル・ブロンジョンはこれを大西洋のアトランティス大陸と考えたが、実のところ誤訳だった。

　HPLが、以前はレムリアとしていた太平洋の水没大陸に代わりムーを持ち出したのは、1930年代にプロットを提供した「挫傷」が最初で、1932年の「銀の鍵の門を抜けて」ではムーと関係の深いナアカル語というワードを使用し、1933年8月執筆の「永劫より出でて」では、ムーとチャーチワードがストレートに言及されている。

ムーン＝ビースト（月獣）

　「未知なるカダスを夢に求めて」に登場する幻夢境(ドリームランド)にかかる月の裏側に巣食う怪物的な種族。大きくなったり小さくなったりと自在に体格を変化させる灰白色のゼリー状の無

定形の怪物で、食屍鬼(グール)ですら吐き気を催す凄まじい悪臭を放っている。主にとっている形状は、体表がつるっとした目のない蟇蛙(ひきがえる)じみた姿で、太くて短い鼻らしきものの先端にピンクの短い触手を多数生やし、怪しく蠕動させている。彼らはナイアルラトホテプに仕えていて、捕らえたレン人を隷属させ、月から送り出すガレー船に乗り組む商人として幻夢境各地に送り込んでいる。同じくナイアルラトホテプの支配下にあるシャンタク鳥とも気脈を通じているようだが、外宇宙の気配を嫌う幻夢境の猫や、ノーデンスに仕える夜鬼、さらには独立心の強い食屍鬼とは折り合いが悪い。

ムナール

　「サルナスに到る運命」が初出の、1万年前に存在したという土地で、中心的な都市であるサルナスを含め、近隣の都市の連合王国が存在した。どうやらムナールにあるトラア、イラルネク、カダテロンという都市の名が「イラノンの探求」「未知なるカダスを夢に求めて」に言及されたことで、ムナール、サルナスなどについても、地球の幻夢境(ドリームランド)の土地だと確定した。

　なお、オーガスト・W・ダーレスがHPLの断章「ニューイングランドにて人の姿ならぬ魔物のなせし邪悪なる妖術につきて」「円塔」をもとに完成させた「門口に潜むもの」（邦題は「暗黒の儀式」）や、連作小説「永劫の探求」において、ムナールは邪神や異形のクリーチャーを退ける力を持つ"旧き印(エルダー・サイン)"の素材である灰白色の石の原産地とされている。

221

『無名祭祀書』

ロバート・E・ハワードが創造した禁断の書物。1795年生まれのドイツ人神秘学者フォン・ユンツトが著したもので、彼が巡った世界各地の隠された遺跡、数多くの秘教結社で学び取った秘儀伝承の数々についての研究書である。初出は「夜の末裔」で、ハワードの「黒い石」「屋根の上に」によれば、1839年、ドイツのデュッセルドルフで小部数の初版本が刊行され、装丁と内容から『黒の書』と呼ばれた。ハワードの小説では『無名の教派 Nameless Cults』という英題だが、HPLはドイツ語に堪能なオーガスト・W・ダーレスの助力で『無名祭祀書 Unaussprechlichen Kulten』というドイツ語原題を拵え、「永劫より出でて」「蝋人形館の恐怖」「時間を超えてきた影」「戸口に現れたもの」「闇の跳梁者」(「魔女の家で見た夢」のみ異名である『黒の書』)などに登場させた。

なお、エドガー・ホフマン・プライスはこの時、"Unnennbaren"の方が適切ではないかと指摘したようだが、HPLは語感を優先して"Unaussprechlichen"を選んだ。

ただし、"Kulten"の方も文法的に誤りであるようで、最近のドイツ語圏の刊行物では"Unaussprechliche Kulte"に直されている。

なお、ハワードは執筆時期不明(1932年以降だろうとは思われる)の未完成小説にて、"蛮勇コナン"シリーズの時代背景である"ハイボリア時代"の時代区分は、フォン・ユンツトが『無名祭祀書』で考案したと設定している。この小説は、ハワードの「大地の妖蛆」などの作品に登場するジェイムズ・アリスンもので、現代のアフリカのどこかで"蛮勇コナン"シリーズにおける暗黒の魔術国家スティギア(エジプトに相当する)の妖術師が眠る墓が、今まさに暴かれようとしているところまで執筆されている。後年、ロバート・M・プライスが加筆して完成させた「黒き永劫」が、〈ファンタジー・ブック〉1985年6月号で発表された。

「無名都市」

1921年1月の中旬から下旬にかけて執筆された、"狂えるアラブ"人アブドゥル・アルハズレッドへの言及が初めて登場する作品。ルブアルハリ砂漠であるらしい。アラビア半島の砂漠に埋もれる、謎めいた古代遺跡に単身踏み込んでいく探検家を待ち受ける恐怖を描く秘境冒険譚だが、エドガー・ライス・バローズやエイブラハム・メリットら先人たちのそれと異なっているのは、活劇的な要素が皆無で、ひたすらに孤独な探索者の恐怖を描いている点にある。

HPLによれば、ロード・ダンセイニの作品集『世界の涯の物語』に収録されている「三人の文士に降りかかった有り得べき冒険」の末尾にある、「音ひとつない奈落の闇」という一節に誘発されて見た夢を下敷きにしている。また、備忘録の1919年の条に「奇怪な地下室にいる男——青銅の扉を押し破ろうとする——流れ込んできた水に巻き込まれる」という本作のシーンのひとつを彷彿とさせる一文があり、同じ年の条にはさらにブリタニカ百科事典第九版の「アラビア」項から、「イレム、円柱都市……アド族最後の暴君シェダドによりハドラマントの地域に建てられたとされる。アラブ人が言うには、その住民が全滅した後、通常の目には決して見えないが、時々、稀に天の恵みを受けた旅人に開示される」という一文が書き写されている。

村上春樹 (1949〜)

京都府生まれ、兵庫県育ちの作家、翻訳家。両親共に国語教師で、本人も幼少期から読書に親しむようになった。高校時代に海外小説を読み始め、ペーパーバックにも手を出した。早稲田大学第一文学部を卒業後、彼は1971年10月に学生結婚するが、その妻の影響でHPLを読み始めたということだ。

第22回群像新人文学賞に入賞した『風の歌を聴け』に描かれる架空の小説家デレク・

ハートフィールドは、HPLやロバート・E・ハワードといった、村上が愛したパルプ作家を合成したキャラクターだった。

〈幻想文学〉第3号(1983年)掲載のインタビューでも、村上はHPLの文体に触れた上で、自分もクトゥルー神話作品を書いてみたいというようなことを発言している。

おそらくこのインタビューを受けて、1984年に国書刊行会が『定本ラヴクラフト全集』を刊行するにあたり、担当編集だった朝松健は全国の書店で配布されるパンフレットに載せる推薦文を、村上に依頼した。彼はこれを快諾し、「僕にとってラヴクラフトという存在はひとつの理想である」という書き出しに始まる文章を寄せている。

翌年に刊行された村上の小説『世界の終りとハードボイルド・ワンダーランド』の「ハードボイルド・ワンダーランド」の章において、地下に潜んで死肉を食らう怪物"やみくろ"は、クトゥルー神話の影響を受けたと言われている。また、2010年に刊行の『1Q84』に登場する"リトル・ピープル"も、アーサー・マッケンやハワード、そしてHPLの作品と縁深い名前である。

村上春樹のデビュー作、『風の歌を聴け』

冥王星

1930年2月18日、ローウェル天文台のクライド・ウィリアム・トンボー所長が発見した、太陽系の第8惑星である海王星の、さらに外側の起動を巡る星で、ローマ神話における冥界の神プルートーの名前がつけられた。太陽系の第9惑星は、世界中の天文研究者や天文ファンの間でかねて関心を集めるテーマだった。HPLも例外ではなく、彼は15歳の頃、複数の彗星の遠日点から海王星の外側を巡る惑星を発見する具体的な方法を提案する投書を〈サイエンティフィック・アメリカン〉紙に送り、これは「海王星外の惑星」のタイトルで同紙の1906年7月16日号に掲載されている。

後に、HPLは自身の夢に登場した謎めいた惑星ユゴスの名を連作詩「ユゴスよりの真菌」のタイトルに使用し、1930年3月頃にはこの惑星からやってきた異形の種族をテーマとする「暗闇で囁くもの」を執筆していたのだが、まさにその最中の3月14日、〈ニューヨーク・タイムズ〉の紙面を冥王星発見のニュースが飾ったのを見て大喜びし、「きっとユゴスだよ!」と友人たちへの手紙に書いている。

なお、長らく第9惑星とされてきた冥王星は、2006年8月に開かれた国際天文学連合において惑星の定義が見直された結果、準惑星に分類されることになった。

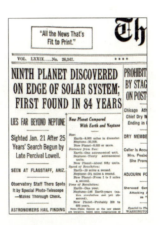

冥王星発見を報じる〈ニューヨーク・タイムズ〉1930年3月4日号

名状しがたい

「名状しがたい」は、HPL作品にありがちな表現としてよく挙げられる形容詞だが、実のところ原文ではいくつかの異なる語に対応していて、日本語訳の際、十把一絡げに「名状しがたい」と訳されることが多い。

HPLが主に使用したのは以下の3語。

- "unnamable"：名付けることのできない、名付けようのない。主にこの語が邦訳の「名状しがたい」で、1923年執筆の「名状しがたいもの」のタイトルでもある。
- "unspeakable"：言語に絶する、口にするのも憚られる、筆舌に尽くしがたい、語り得ぬ、言い知れぬ。オーガスト・W・ダーレスがハスターの称号とした。
- "nameless"：名前のない（実際に名前がない）、名前のわからない（名前があるかないかもわからない）、得体の知れない、世に知られない。ロバート・E・ハワードが創造した『無名の教派 Nameless Cults』（ドイツ語タイトル『無名祭祀書 Unaussprechlichen Kulten』はHPLの命名）のタイトルに用いられている。

この他に、"名付けられざりしもの Not-to-Be-Named One"（「墳丘」）、"彼の名付けられざりしもの Him Who is not to be Named"（「暗闇で囁くもの」）などがある（前者の項目あり）。

HPLの「名状しがたいもの」は、自身を投影した作家のカーター（後にランドルフ・カーターだったことになるが、後付の可能性がある）が、「名状しがたい unnamable」「説明し難い、理解し難い unmentionable」といった言葉をやたらに用いることを友人から揶揄されるシーンから始まる。これは、HPL自身が当時、よく言われていたことなのだろう。

なお、HPLは「無名都市」において「狂えるアラブ人アルハズレッドの章句」に並んで、「ダマスキウスの真贋定かならぬ悪夢めいた著作の記述」に言及している。このダマスキウスというのは、5世紀の新プラトン派哲学者ダマスキオスのことで、彼は『第一の諸始原についてのアポリアと解』という著作において、万物の始原の上位に、万物と絶対的に異なる「語り得ぬもの」の存在を説いた。HPLが自作品に登場する超自然的存在について、まちまちではあるが「名状しがたいもの」に近いニュアンスの言葉をよく用いるのは、ダマスキオスの言説の影響なのかもしれない。

「名状しがたいもの」

1923年9月に執筆。地元にまつわる怪談話をしていたら、本当に怪奇現象が起きるというクラシックな怪奇小説お決まりの物語で、怪奇・幻想小説の物語について冷淡な反応を示していながらその実、誰よりも迷信に囚われている（と、HPLが見なす）一般人を皮肉った内容になっている。

カーターという、明らかにHPLが自身を投影した作家が主人公で、カーターと語り合っている「イースト・ハイスクールの校長」のジョエル・マントンは、ウィスコンシン州の

ハイスクールで英語教師を務めていたモーリス・W・モーがモチーフ。同作執筆直前の8月に、2人は小旅行に出かけていて、その時の会話が作品の下敷きになっているのかもしれない。

なお、カーターのファーストネームは作中で言及されていない。3年後に書かれた「銀の鍵」に本作の出来事を匂わせる文章があり、後付け的にランドルフ・カーターものだと見なされているのだが、執筆当時のHPLの考えは不明である。

「メドゥーサの髪」

1930年5月から8月にかけて、ズィーリア・ブラウン・リード・ビショップのためにゴーストライティングした小説。

かつてルイジアナに入植したフランス系移民の一族に連なる人物が、パリで出会った謎めいた女性マルセリーヌ・ベタールを妻に迎えるが、その正体は——という筋立ての物語。物語の末尾で、フランス貴族の私生児を名乗っていたこの女性に黒人の血が流れていたという事実が、読者を驚かせる要素として用いられ、当時の黒人蔑視の傾向を表すものとなっているが、HPLの創作ノートによれば、この仕掛け自体はビショップ自身が執筆した初稿ないしはプロットの段階で存在していたようだ。

タイトルにあるメドゥーサというのはもちろん、ギリシャ=ローマ神話に登場する、蛇の髪を生やし、その顔を見た者を恐怖で石に変えてしまうというゴルゴーン三姉妹の一人から採ったものだが、本作にはメドゥーサそのものが登場するわけではない。

マルセリーヌの秘密を知る黒人の使用人ソフォニスバの出自は、南アフリカ共和国やジンバブエ南部に居住するズールー族とされているが、HPLは1929年にエドワード・ロイド・セクリストからジンバブエの話を聞き、「前哨地」（1929年）、「翅のある死」（1932年）などの作品で同国に実在する巨石遺構に言及しているので、「メドゥーサの髪」にズールー族の女性が登場

しているのも、その流れで思いついたことなのかもしれない。

モーリス・W・モー
（1882～1940）

ウィスコンシン州在住の英語教師、アマチュア・ジャーナリスト。HPLとは1914年以来の交通友達で、1916年夏には手紙を順番に回していくラウンドロビン方式の交通サークルクライコモロ（Kleicomolo）を、1919年には当時務めていたアップルトン・ハイスクールの教え子であるアルフレッド・ギャルピンとHPLの3人から成る交通サークルギャラモ（Gallomo）を結成している。アマチュア・ジャーナリストとしてはもっぱら詩に取り組み、HPLは1927年頃にモーが執筆した詩の鑑賞についての論考「詩文入門」を高く評価すると共に、熱心に添削した。

HPLとモーが初めて直接顔を合わせたのは1923年8月10日で、モーはプロヴィデンスのHPLを訪問した後、ボストンの家族と合流して小旅行を楽しんだ。この直後にHPLが執筆したのが「名状しがたいもの」で、同作に登場し、夜のアーカムでカーター（ランドルフ・カーターであるかどうかはこの時点では不明）と語り合っているイースト・ハイスクールの校長ジョエル・マントンは、モーをモデルとするキャラクターである。両者の付き合いは晩年まで続いたが、手紙のやり取りが中心で、HPLは小旅行に出かけるたびに、長めの紀行文をモーに書き送った。2度めかつ最後に顔を合わせたのは1936年7月で、同じくHPLと交通していた息子のロバートを同伴したモーが自動車でプロヴィデンスを訪ね、そのまま近隣の町を巡ったということだ。

モーリス・ルブラン (1864〜1941)

"強盗紳士"アルセーヌ・リュパンの生みの親として知られるフランスの作家で、フルネームはモーリス・マリー・エミール・ルブラン。三つの目のような映像に続いて、過去の地球の映像が宇宙から投影されるという筋立てのSF小説『三つの目』を1919年に発表。HPLは1927年にこれを読んでいた。『闇の跳梁者』のクライマックスには、どうやら主人公が目撃したナイアルラトホテプの姿を描写したものらしい「三つに分かれた燃えあがる眼」との文章があるのだが、これは『三つの目』を意識したのかもしれない。同作はとこか、HPLの「ナイアルラトホテプ」における怪人ナイアルラトホテプの興行を連想させるのである。

モンタギュー・ローズ・ジェイムズ (1862〜1936)

英国の怪奇小説家、古文書学者。ケンブリッジ大学の博物館長、副総長などの要職を歴任し、新約聖書外典の英語訳の仕事が知られる聖書学者でもあった。彼にとって怪奇小説の執筆は片手間の趣味だったが、40篇近くにも及ぶ短編を執筆し、HPLも所有していた4冊の作品集が刊行されていた。

HPLは1925年末、エッセイ「文学における超自然の恐怖」の執筆準備のため入り浸っていたニューヨーク公立図書館で彼の作品に出会い、当時はアーサー・マッケン、アルジャーノン・ブラックウッド、ロード・ダンセイニに並ぶ「現代の巨匠」と賞賛していたが、後年は宇宙の感覚を理解していないと、多少評価を下げていた。それでも、欽定訳聖書風の文体や緻密な作品構造に大きな影響を受けたことは間違いなく、特に「マグナス伯爵」については半自伝的な作品「チャールズ・デクスター・ウォード事件」や「アロンゾ・タイパーの日記」をはじめ、様々な作品に影

を落としている。なお、「マグナス伯爵」には触手を備えた怪物的存在にまつわる描写があり、HPLが同作を読んだ少し後に執筆されている「クトゥルーの呼び声」にも影響を与えた可能性がある。

安田均 (1950〜)

兵庫県神戸市出身の作家、翻訳家、ゲームデザイナー。京都大学法学部在学中の1970年にSF同好会（第二期）を創設。また、同時期に荒俣宏らが刊行した『リトル・ウィアード』に刺激を受けて、関西のファンダムで幻想文学同好会を結成。この会には大瀧啓裕も加わっていた。安田はやがて、雑誌『幻想と怪奇』などで海外小説の翻訳に携わるようになり、1974年に創土社から刊行されたクラーク・アシュトン・スミスの作品集『魔術師の帝国』を実質的に編集しているほか、75年に荒俣の監修で刊行が始まった、同社の『ラヴクラフト全集』第Ⅰ巻収録の「銀の鍵」の翻訳を担当している。

1970年代の後半には、翻訳者として仕事をする傍ら、『S-Fマガジン』や『スターログ日本版』のライターとして海外のSF作品を精力的に紹介していたが、1981年9月に参加したコロラド州デンバーのワールドコン（世界SF大会）がきっかけで、徐々にSF・ファンタジー分野のゲームに軸足を移していく。また、この大会で見つけた『クトゥルフ神話TRPG』を、『S-Fマガジン』の連載「安田均のアメリカSF事情」の第7回「エルリック、クトゥルー、指輪物語」（1984年3月号）において紹介し、日本版の発売を後押しした。1987年に、関西のゲーム仲間と一

226

緒にグループSNEを設立。

　TRPGのみならずパソコン・ゲームの開発にも携わり、同年7月には、個人的にも親しくしていたハミングバードソフトと組んで、日本最初のクトゥルー神話もののパソコンRPGである『ラプラスの魔』を世に送り出した。

　今世紀に入っても翻訳者として精力的に仕事をしていて、2017年にはかつて手がけたスミス作品集を改訂、アトリエ・サードのナイトランド叢書から3分冊で刊行した。

　2021年からは英ペルグレイン・プレス社の『暗黒神話TRPG　トレイル・オブ・クトゥルー』の日本版を監修している。

若いアメリカの作家のなかで、宇宙的恐怖を書かせては並ぶもののないのがC・A・スミスである。　かれの怪奇小説や絵画には、その稀にみる感覚を表現している。スミス氏は遥か宇宙の、麻痺するような恐怖を背景にしている。かれの野心的長詩「大麻吸飲者」は五脚弱強格の無韻詩である。そこに星間宇宙の万華鏡的悪夢の渾沌とした信じがたい幻影を見せてくれる。その概念の悪魔的神秘さと独創性において、スミス氏は古今の作家のうちで抜群である。このように豪華で、絢爛で、熱狂的な無限の天体と無数の次元の幻影を物語った作家がいるだろうか？
——H.P.ラヴクラフト

安田翻訳・編集の『魔術師の帝国』（創土社、1974年）は、帯文にHPLによるスミス評を用いた

ヤディス

　連作詩「ユゴスよりの真菌」の第12歌「疎隔」が初出の謎めいた言葉で、「闇の跳梁者」でもナイアルラトホテプに追い詰められた主人公が「ヤディスよ、稲妻を放ち続けたまえ！」という言葉を手記に書き残している。

　また、「アロンゾ・タイパーの日記」では、イアン＝ホーという謎めいた都市から帰還したクラース・ヴァン・デル・ヘイルなる人物がやはり、「ヤディスの君主たちの助けがあらんことを」という言葉を手記に書いている。エドガー・ホフマン・プライスとの合作である「銀の鍵の門を抜けて」では、ヤディスは地球から遠く離れた惑星の名前となっている。この星の住人は、関節の多い昆虫じみた手足と、鉤爪と口吻を備えた長命の知的生物で、高度に発達した化学と魔法の文明を築いている。ヤディスの町には、迷宮のように入り組んだ金属製の建物が建ち並んでいて、住人は外壁をよじ登って自分の居室に出入りする。また、光線外被（ライト＝ビーム・エンベロープ）という装備を用いることで、宇宙空間を旅することができる。最終的にヤディスは、惑星の地下を食い荒らして蜂の巣状の穴だらけにしている巨大な生物ボールによって滅亡するのだが、少なくとも一体のヤディス人の魔法使いが脱出したことがわかっている。なお、「永劫より出でて」には邪神ガタノソアが棲み着くムー大陸のヤディス＝ゴー山が登場するが、ヤディスとの関係はわからない。

　なお、ロバート・ブロックはヤディスを惑星ではなく人名だと勘違いしたらしく、彼は1933年に"黒きヤディス"を描いたイラストを、シュブ＝ニグラスのイラストと一緒にHPLに送ったことがあるようだ。

227

「闇の跳梁者」

　1935年11月5日から9日にかけて、自身がモデルの"ニューイングランドの夢見人(ドリーマー)"が悲惨な死を遂げるロバート・ブロックの「星から訪れたもの」の続編として執筆された小説で、発表は〈ウィアード・テイルズ〉1936年12月号。HPLの生前に商業発表された、最後の小説作品である。

　ブロックは1935年の春先に「星から〜」を執筆した後、小説の中でHPL（作中で名前は触れられていない）を殺害する許可を求めた。HPLはこれに対し、「アブドゥル・アルハズレッド、ガスパール・デュ・ノール、フリードリヒ・フォン・ユンツト、レンのラマ僧チョー=チョー」などの証人の名前がずらりと並ぶ仰々しい殺害許可証を4月30日付でブロックに送付したものの、〈ウィアード・テイルズ〉1935年9月号に「星から〜」が掲載された際には、特に反応を示さなかった。しかし、読者のB・M・レイノルズが「ここはひとつラヴクラフト氏も自らの作品を捧げ返し、以てブロックへの賛辞としてみてはいかが？」と提案する手紙をHPLに送り、かくして興味をそそられたHPLが本作を執筆する運びとなったのである。

　HPLは、「星から〜」の主人公である無名の作家をロバート・ブレイクと名付け、自分の住んでいるカレッジ・ストリート66番地のアパートに下宿させた。また、いくつかの作品に登場させてきたナイアルラトホテプをさらに掘り下げ、それ以前に描いた南極の古きものどもや太陽系外縁の暗黒星ユゴスなどと絡めている。

　作中のカルト教団"星の智慧派"の拠点とされるフェデラル・ヒルの廃教会は、作中の描写通りHPLの自室から小さく見えていた聖ヨハネ・ローマ・カトリック教会（現存しない）がモチーフである。なお、この教会の鐘楼は事実、1935年6月末に落雷によって壊れてしまったということだ。また、カレッジ・ストリート66番地にあった住宅も、HPLの死後の1959年に丸ごと移築されて、現在はプロスペクト・ストリート65番地に建っている。その外観はHPLが小説内で描写した通りで、彼が描いたスケッチも現存する。

　HPLの死後、ブロックは本作の続編となる「尖塔の影」を〈ウィアード・テイルズ〉1950年9月号で発表し、亡き師への手向けとした。

HPL、ロバート・ブレイクが住んでいた住居
（現在はプロスペクト・ストリート65番地）

ユージーン・B・クンツ
（1865〜1944）

　プロイセン出身の詩人、長老派教会の牧師。アマチュア・ジャーナリズム活動に参加していて、HPLは彼の詩を気に入り、チャールズ・W・スミスと共同で1932年にクンツの詩集『思考と絵画』を編集している。なお、ハイマン・ブラドフスキーによれば、HPLはこの際、クンツの詩のいくつかに手を加えたということである。

「幽霊を喰らうもの」

1923年10月執筆の、クリフォード・M・エディJr.との合作。〈ウィアード・テイルズ〉1923年10月号に発表された。

メイン州のメイフェアからグレンデイル（いずれもおそらく架空の町）に向かう途中の森の中で、雨宿りのため小綺麗な屋敷に立ち寄った語り手が遭遇する恐怖を描く。

狼男がテーマの、HPLにしてはクラシックな題材の怪奇小説で、エディが初稿を執筆して、HPLがそれを改稿したものらしい。

ユゴス

1929年12月よりも前に、HPLの夢に登場した真菌の繁茂する惑星で、HPLはこの星の情景を連作詩「ユゴスよりの真菌」の第4詩「認識」、第14詩「星風」に描いている。1930年3月13日、新聞で冥王星の発見を知ったHPLは、この惑星こそユゴスと考え、折しも執筆中の「暗闇で囁くもの」にそのアイディアを盛り込んだ。

「暗闇で〜」において「太陽系の外縁にある暗黒の惑星」とされるユゴスは、地球に飛来する星間種族の前哨基地である。

ラーン＝テゴスはユゴスの暖かい海の底にある都市から地球にやってきた（「蠟人形館の恐怖」）。また、古代ムー大陸のヤディス＝ゴー山には、地球を植民地化したユゴスの異形の落とし子どもが築いた要塞があって、彼らが連れてきたガタノソアが地の底で微睡んでいる（「永劫より出でて」）。加えて、ナイアルラトホテプの召喚に用いられる輝く偏方二十四面体（シャイニング・トラペゾヘドロン）もユゴスで造られたということである（「闇の跳梁者」）。冥王星の項目も参照のこと。

"ユゴスよりの真菌"

「暗闇で囁くもの」に登場するエイリアンで、太陽系外縁のユゴス（＝冥王星）の前哨基地か

ら地球に飛来したのだが、本来は"アインシュタインの言う時空連続体や既知の最大の宇宙からですらも遥かにかけ離れた場所"の生物である。バーモント州を南北に貫くグリーン山脈や、アジアのヒマラヤ山脈など、世界各地の人里離れた山岳地に拠点を築き、後者では"忌まわしき雪男"の現地語であるミ＝ゴの名前で知られている。身体的特徴の異なるいくつかのタイプに分かれていて、バーモント州に潜んでいるのは、巨大な甲殻類（蟹）じみた胴体に一対の膜状の翼と、多関節の肢を複数備え、短い触角に覆われた楕円体状の頭部がある飛行種である。身体組織が菌類に近いため、"ユゴスよりの真菌"と呼ばれたりもするが、北米ではもっぱら"外なるもの"、"外側の怪物"あるいは"古きもの"の名で知られている。

「暗闇で〜」によれば、彼らのスパイを務める人間たちが存在し、"黄の印"をシンボルとするハスターがらみの組織と対立しているというのだが、信用できる情報かはわからない。「狂気の山脈にて」によれば、ジュラ紀の頃に地球に到来し、南極の古きものども（これ自体が"ユゴスよりの真菌"の異名でもある）と争った。また、「銀の鍵の門を抜けて」によれば、ヨグ＝ソトースを"彼方なるもの"と呼んで崇拝するという。

なお、ユゴス星の知的生命については、「蠟人形館の恐怖」「永劫より出でて」「闇の跳梁者」などの作品にも言及があるが、同一存在であるかどうかは不明である。

「ユゴスよりの真菌(きのこ)」

十四行詩の連作で、1929年12月27日から翌年1月4日にかけて35篇が書かれ、「ＸＸＸⅣ、奪還」だけは後から追加された。HPLによれば、ユゴスという謎めいた惑星の名前を含め、大部分が実際に見た夢を韻文化したもの。詩の形を取ってはいるが、インスマスや夜鬼やナイアルラトホテプといった、クトゥルー神話の物語に関連するワードが数多くちりばめられた重要作である。

HPLの「真菌 fungi」への関心は、「未知なるカダスを夢に求めて」などの先行作品からも窺える。彼が高く評価していたフィリップ・M・フィッシャーの「真菌の島」(〈アーゴシー オール・ストーリー・ウィークリー〉1923年10月27日号) からの影響もありそうだ。

なお、HPLは後年、この連作詩を改めて散文の物語として書き起こそうとしたらしい。

1933年10月頃にHPLが実験的に書いたものの、大部分を破棄したという「これまでと違うスタイルや視点からの作品」のひとつに、「本」と題する書きかけの小説がある。

川べりの薄暗い古書店で、古いアンシャル書体の写本をタダで入手した語り手が、その瞬間から奇妙な現象に苛まれ始めるという内容で、明らかにこの連作詩の、同名の第1詩を下敷きにしたものだった。この小説断章には当初題名がなく、HPLの死後にロバート・H・バーロウがこのタイトルをつけて、1934年作品としてファンジン〈リーヴス〉1938年冬号に収録した。

ユナイテッド・アマチュア・プレス・アソシエーション (UAPA)

アマチュア・ジャーナリズムの全国組織のひとつで、少年向け雑誌の投稿欄を介して交流していた10代の少年たちが1885年に結成した。やがて全国規模の組織に成長した後も、例会はもっぱらマサチューセッツ州の州都であるボストンで開催された。

HPLは、1914年にUAPAの公式編集者であるエドワード・F・ダースの誘いで入会したのだが、当時、この組織は実のところ深刻な分裂状態だった。1912年の会長選挙で不正が行われ、結果的に勝利したハリー・シェファードが次点のヘレン・E・ホフマンを追放したのである。ホフマンは自分こそが正当な代表だと宣言し、自身の派閥を対抗組織として立ち上げると、前述のダースを公式編集者に、ウィスコンシン州の英語教師モーリス・W・モーを公式評論者に任命した上でUAPAの名で活動を続け、同じタイトルの会報〈ユナイテッド・アマチュア〉を刊行した。つまり、HPLが参加したのは、ホフマン派UAPAだったのだ。

HPLはUAPAの一般批評部門で活躍、会報の〈ユナイテッド・アマチュア〉の客員編集長として健筆を振るって勇名を馳せたが、総会に参加したことはなかった。にもかかわらず、1917年の総会において彼は会長職に選出され、この年から19年にかけてその職責にあった。しかし、自分や知人に権限を集中させているとの批判が持ち上がり、1922年7

月の選挙でいったん敗北。翌年に盛り返したものの、HPLの妻となったソニアが1924年5月に会長職となるまで〈ユナイテッド・アマチュア〉を発行できず、ようやく発行できた2冊も寄稿者はHPLの友人のみで、UAPAの衰退を嘆く記事が並ぶこととなった。その後、UAPAはさらなる分裂を繰り返し、消滅の一途をたどることになる。

「夢見人へ」

1920年4月23日に執筆された24行の詩で、アマチュア文芸誌〈コヨーテ〉1921年1月号に発表された。HPLによれば、シャルル・ボードレールのメモと書付から着想したもの。「北極星」を執筆した1918年から、翌年のダンセイニ体験を経て、連綿と幻想的な世界の物語を綴ってきた彼が、初めてその世界を夢の中に位置づけた作品であり、トゥク山脈、ズィンの窖、ナスの谷などの、後に「未知なるカダスを夢に求めて」で生々しく描かれる場所が言及されている。

ヨアヒム・F・ハルトマン
(1848～1930)

プロヴィデンス在住の占星術師。第一次世界大戦中の1914年9月4日、〈プロヴィデンス・イヴニング・ニューズ〉紙に「占星術と欧州大戦」と題する記事を寄稿し、占星術を"崇高な科学"と称揚すると共に、英国王ジョージ5世やドイツ皇帝ヴィルヘルム2世のホロスコープを示しながら、1914年後半の欧州の状況を論じた。

これを読んで激怒したHPLは、ただちに同紙に痛烈な反論を書き送り、これは9月9日号に「科学対詭弁」のタイトルで掲載された。以後、幾度かの応酬が続いたのだが、HPLは占星術の仕組みを理解していたわけではないため、その反駁にはやや強引な嫌いがあった。また、HPLはアイザック・ビッカースタッフJr.という別名義で、ハルトマンを

あげつらう風刺文を発表するという搦め手を用い（ハルトマンはこれがHPLの変名だと気づかなかった）、最終的にハルトマンが沈黙して議論は終結した。

言い負かされたというよりも、状況に辟易して手を引いたのだと思われる。

『妖蛆の秘密』

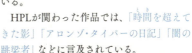

ロバート・ブロックが創造した書物で、初出は「星から訪れたもの」。16世紀にブリュッセル近くの埋葬所の廃墟に隠遁していた老錬金術師ルートヴィヒ・プリンが著し、父なるイグ、暗きハン、バイアティスなどの蛇神についての記述に加え、"サラセン人の儀式"と題する章には、ナイアルラトホテプや鰐神セベク、大蛇セト、肉食のブバスティス、大いなるオシリスなど、古代エジプトの悍ましい神々にまつわる神話・伝説がまとめられている。

HPLが関わった作品では、「時間を超えてきた影」「アロンゾ・タイパーの日記」「闇の跳梁者」などに言及されている。

「妖蛆」を「ようしゅ」と読むのは『クトゥルーIII』(青心社、1982年)収録のオーガスト・W・ダーレスの「ビリントンの森」において、翻訳者の大瀧啓裕がつけたルビが初出のようだ。国書刊行会の『ク・リトル・リトル神話集』に収録されている「白蛆の襲来」に倣ったものと思しいが、「白蛆」と書いて「びゃくしゅ」と読む雅語的な表現は存在するものの、実際には「蛆」という字に「しゅ」という読みは存在しない。

231

ヨグ＝ソトース

「チャールズ・デクスター・ウォード事件」が初出の神性。同作によれば、セイラム魔女裁判以前にセイラム・ヴィレッジに住んでいたジョゼフ・カーウェン、サイモン・オーン、エドワード・ハッチンスンらの魔術師たちが、『断罪の書』という書物でヨグ＝ソトースに接触し、死者を蘇生・崩壊させる呪文を教えたとされている。

同年執筆の「最後のテスト」でも言及されるが、本格的な掘り下げは翌年の「ダンウィッチの怪異」で、異次元から現世に入り込むべく、人間との間にこしらえた子供に指示を与えていた。同作によればクトゥルーよりも上位の存在であり、「ヨグ＝ソトース門を知る。ヨグ＝ソトースこそ門なり。ヨグ＝ソトースは門の鍵にして守護者なり。過去現在未来の総てヨグ＝ソトースの内にて一なり」という『ネクロノミコン』からの引用が示される。

「銀の鍵の門を抜けて」によれば「無限の存在と自己の"一中の全"と"全中の一"――単に一つの時空連続体に属するものではなく、存在の無限の広がり――制限を持たず、空想も数学も超越した最果ての絶対的な広がりの、根源的な生の本質と結びついたもの」であり、ある種の神秘的な概念として描写された。同作にはインドの神秘思想が多分に盛り込まれているので、HPLはヨグ＝ソトースの名前とヨーガの類似に着目したのではないだろうか。

また、現在よく知られている虹色の球体の集積物というヨグ＝ソトースの外見は、「蝿人形館の恐怖」で言及されたものである。

なお、HPLはクラーク・アシュトン・スミス宛の1930年12月25日付書簡において、ヨグ＝ソトースの"ソト"をツァトーグァの異名（アブドゥル・アルハザードが『ネクロノミコン』で言及したもの）と関連付けた上で、"ヨグ＝ソト＝オース Yog-soth-oth"という異表記を示している。このことから、"T"と"H"を分割する"ヨグ＝ソトホート"という表記は不適切と考えられる。

「邪なる聖職者」

HPLの死後発表小説として、〈ウィアード・テイルズ〉1939年4月号に掲載された作品。とある屋根裏部屋に案内された無名の語り手が、どこか邪な印象を受ける英国国教会の僧服を着た人物に出会い、その後、恐ろしい体験をするという筋立て。実のところ、この小説はバーナード・オースティン・ドゥワイヤーに宛てた1933年秋頃の手紙において、HPLが詳しく解説した夢の内容そのもので、無名の語り手というのはつまりHPL本人のこと。同様の"小説"には、他に「往古の民」がある。

「邪悪な聖職者 The Wicked Clergyman」というのは雑誌掲載時のタイトルだが、後に「邪なる聖職者 The Evil Clergyman」に改題されて、アーカム・ハウスのHPLの第2作品集『眠りの壁の彼方』（1943年）に収録されている。

横山光輝（1934〜2004）

兵庫県神戸市出身の漫画家。代表作は『鉄人28号』『伊賀の影丸』『魔法使いサニー』『バビル2世』『三国志』など。

手塚治虫作品の影響で漫画家を志し、〈漫画少年〉〈探検王〉などの雑誌に投稿、まだ高校生だった1951年に「横山みつてる」名義で商業誌に作品が掲載されている。その後、職業を転々としながら漫画を描き続け、1955年に貸本漫画『音無しの剣』で再デビューし

山口百恵と三浦友和が時代を偲ばせる
『小学六年生』1977年9月号表紙

た。小学館の学年別誌『小学六年生』1977年9月号・10月号に掲載された「邪神グローネ」は、作中では1978年に噴火する海底火山・明神礁で発見され、東京博物館に移送された謎の神像を巡る怪奇物語。邪神の秘密を知るエジプト博物館の研究者の名前が"アルハザード博士"であることから、明らかにクトゥルー神話の影響を受けた作品で、『ネクロノミコン』から着想を得たと思しい神と悪魔について記した書物『メコロニア』も登場している。時期的に、HPLがヘイゼル・ヒールドのために代作した「永劫より」「博物館の恐怖」(本書では「永劫より出でて」「蝋人形館の恐怖」)が収録されている、1976年刊行の『ク・リトル・リトル神話集』(国書刊行会)に触発された可能性が高い。博物館の石像が実は――という展開は、フランク・ベルナップ・ロングの「山の恐怖」も彷彿とさせるが、同作が「夜歩く石像」の邦題で最初に翻訳されたのは1983年なので、これは偶然だろう。

なお、明神礁は伊豆諸島の南方に位置する実在の海底火山で、1952年に日本の漁船・第十一明神丸が噴火を確認して以来、たびたび調査が行われていた。横山は1976年から77年にかけて〈週刊少年チャンピオン〉誌で連載していた『マーズ』でも、この明神礁を発端に使用しているので、隆起した海底火山から太古の恐怖が発見されるという「永劫より出でて」を読んで、コンセプトの一致に興味を覚えたのかもしれない。

ヨス=トラゴン

クラーク・アシュトン・スミス宛の1932年4月4日付の書簡の冒頭に掲げられた、「無定形の反射の刻、深紅の春/泉のヨス=トラゴン)」という文章に言及される、謎めいた存在。日本の怪奇小説家、朝松健はこれを独自の神性と解釈し、商業作品では"逆宇宙ハンター"シリーズの第2巻『魔霊の剣』以降、様々な作品において"九大地獄の魔王(王子)"ヨス=トラゴンに言及する。言及作品についてのより詳しい情報は、拙著『ゲームシナリオのためのクトゥルー神話事典』(SBクリエイティブ)を参照のこと。

「夜の海」

1936年夏、ロバート・H・バーロウがプロヴィデンスを訪問した少し後に、HPLと合作した作品で、発表はアマチュア文芸誌〈カリフォルニアン〉1936年冬号。

コンテストの出品作を仕上げるべく、エルストン・ビーチという海辺のリゾート地のバンガローに滞在していた画家が、暴風雨の只中に海から異様な人影がこちらに向かってくるのを目撃するという筋立てで、物語全体をバーロウが執筆した後、HPLが全体的に文章を書き直したもの。

「インスマスを覆う影」のように海の怪物の姿を直接描くのではなく、あくまでもほのめかしに留める作りがHPLの好みに合致したようで、彼は本作を高く評価した。

233

ラーン＝テゴス

「蝋人形館の恐怖」が初出の“無限にして無敵なるもの”ラーン＝テゴスは、ユゴスの名で知られる冥王星の海底都市から地球の北極圏に飛来した水陸両棲の怪物だ。『ナコト断章』の第八断片によれば、人類の誕生以前、北方のロマール大陸の隆起よりも以前に到来したらしい。アラスカのどこかにある石造都市の廃墟で、300万年にわたり象牙の玉座で眠り続けていたラーン＝テゴスだが、20世紀初頭、『ナコト断章』の記述を手がかりにそこに辿り着いた英国人によりロンドンに運ばれ、その後の行方は不明である。ラーン＝テゴスの体長は10フィート（約3メートル）ほどで、ほぼ球形の胴体から曲がりくねった手足が6本伸びており、その先端は蟹の鋏のような形をしている。皺だらけの球形の頭部には3つの目が三角形に並んでいて、柔軟に動く長い鼻と鰓に似た器官がある。また、体の全体を覆うように生えている黒くて長い繊毛状の吸引管で、滋養分たっぷりの血液を他の生物から吸引する。

「蝋人形館〜」に登場するラーン＝テゴスの崇拝者の主張によれば、この神が死ぬと“古きものとも”は戻ってこられなくなるというが、この古きものともが何を指すのかは不明である。

HPLが携わった作品としては「蝋人形館の恐怖」に登場するクリーチャーだが、栗本

薫の『グイン・サーガ』シリーズの外伝である『七人の魔道師』に登場したため、日本でも比較的知名度が高い。ただし、同作のラーン＝テゴスは墓の神として描写されていて、これは「蝋人形館〜」において蟇蛙じみた怪物像の姿と説明されるツァトーグァとの混同と思われる。

ライアン・スプレイグ・ディ・キャンプ（1907〜2000）

米国のファンタジー作家、SF作家であり、このジャンルの研究者でもあった人物。

ニューヨーク市生まれ。カリフォルニア工科大学とスティーヴンス工科大学に学んだ航空工学者だが、〈アスタウンディング・ストーリーズ〉1937年9月号掲載の「異言語者」（未訳）で作家デビューし、二足のわらじを履いていた。1944年に作家のフレッチャー・プラットが設立したニューヨーク市の作家交流団体“トラップ・ドア・スパイダーズ”のメンバーとなり、この団体がモチーフのアイザック・アシモフ『黒後家蜘蛛の会』にも、弁護士のジェフリー・アヴァロンとして登場する。

ファンタジー作家としては、1940年代に〈アンノウン〉誌で“ハロルド・シェイ”シリーズ（プラットとの合作）を連載する傍ら、アンソロジーの編纂やロバート・E・ハワードの“蛮勇コナン”シリーズのリバイバルに取り組み、1950年代のノーム・プレス版、1960〜70年代のランサー・ブックス版コナン全集を監修し、リン・カーターなどと共に補作を執筆した。なお、1963年にピラミッド社から出版したアンソロジー『剣と魔法──活劇、魔術、魔法 ヒロイック・ファンタジーの巨匠たちによる8つの小説』のタイトルは、“ヒロイック・ファンタジー”というサブジャンル名の由来ともなっている。

ディ・キャンプとHPLの直接的な関わりの最初のものは1973年で、イラクで入手したドゥリア語版『アル・アジフ』──という設定の本を、アウルズウィック・プレスから刊行

234

したのである。とちらかと言えば、彼はファンタジー作家としての側面からHPLに興味を抱いたようで（前述のアンソロジーにも作品が収録されている）、1975年に発表した『ラヴクラフト：ある伝記』（未訳）は、今となっては誤りを多々含むものの、HPLの先駆的な研究書として、後にコナンもので一緒に仕事をするリン・カーターの『クトゥルー神話全書』と共に、日本におけるラヴクラフトとクトゥルー神話解説の情報源として重宝された。

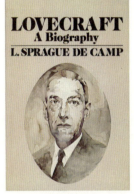

『ラヴクラフト：ある伝記』（1975年）

ラインハート・クライナー
(1892〜1949)

ニューヨーク在住の詩人、アマチュア・ジャーナリスト。HPLとは1915年以来の古い文通友達で、ラウンドロビン方式の文通サークルであるクライコモロ（kleicomolo）にも参加した。早い時期に幾度かプロヴィデンスを訪れ、HPLと直接顔を合わせている。なお、「猟犬」の登場人物である古物蒐集家セント・ジョンは彼がモチーフのキャラクターで、HPLが彼につけていたあだ名"ランドルフ・セント・ジョン"に基づいている。

HPLがニューヨークに引っ越した後は、後にケイレム・クラブとなる交流会に真っ先に参加し、頻繁に顔を合わせていた。

その後、HPLがプロヴィデンスに帰還し

た後はしばらく付き合いが途絶えていたようだが、1936年から交通を再開していた。

HPLの死後、クライナーはアーカム・ハウスのHPL第4作品集『猫にまつわるものとその他の作品』(1949年)に寄稿した「ラヴクラフトの思い出」など、いくつかの回想録を書いている。

ラヴクラフト・カントリー

アーカムやキングスポート、ダンウィッチ、インスマスなど、HPLが創造した架空の土地の総称。狭義には米国北東部のニューイングランド地方に位置する町を特に指すが、フランスのオーゼイユ通りなどを含む場合もある。『クトゥルフ神話TRPG』向けに、これらの町についての詳細資料をまとめたライター、キース・ハーバーの造語で、たとえばサプリメント『アーカムのすべて』ではイントロダクションで言及されている（邦訳では「ラヴクラフトゆかりの土地」）。同じ意味合いの用語が他にいくつか知られていて、たとえばリン・カーターは"ミスカトニック・カウンティ"を好んで使用したが（『クトゥルー神話全書』）、今日では"ラヴクラフト・カントリー"がもっぱら使用される。

なお、やはり『クトゥルフ神話TRPG』のライターであるスコット・アニオロフスキーは、1997年に編んだラヴクラフト・カントリーが題材のアンソロジーに『リターン・トゥー・ラヴクラフト・カントリー』（邦題は『ラヴクラフトの世界』）というタイトルを掲げた。また、2020年にドラマ版が放送されたマット・ラフの小説『ラヴクラフト・カントリー』は、この言葉を象徴的な意味合いで用いていて、アーカムなどの土地が舞台というわけではない。

ラヴクラフト家

"ラヴクラフト"は、もともとはルークラフトやルークロフトという姓から派生した家名のようだ。HPLが属するのは、英国デヴォンシャーのルークラフト家の分家筋で、彼は『千夜一夜物語』の翻訳で知られる探検家リチャード・フランシス・バートンなどを輩出したデヴォンシャーを"父祖の地"と呼び、自身のルーツがこの地にあることを誇りにしていた。ただし、デヴォンシャーのラヴクラフト家は19世紀初頭までに没落し、HPL自身も父方の親戚とは全く付き合いがなかった。米国に移住したのはHPLの曾祖父ジョゼフ・S・ラヴクラフトの代で、彼とその妻メアリーは1831年にニューヨーク州のロチェスターに定住し、主に職工系の仕事を転々とした。一族には地元ロチェスターで衣料品販売会社ラヴクラフト&グッドリッチ社を経営したジョゼフの五男アーロンなど、それなりの成功を収めた者もいたが、全体的に悲劇的な最期を遂げた者が多い。

なお、この家系に連なるかどうかはわからないが、米国内にはラヴクラフト家が現存しているようだ。翻訳家の楯野恒雪によれば、彼の後輩が留学していた米国の大学にラヴクラフト姓の女性がいて、日本人留学生からよくプロポーズされるのだと冗談めかして話していたということである。

ラムジー・キャンベル (1946〜)

英国マージーサイド州リヴァプール出身の怪奇小説家で、フルネームはジョン・ラムジー・キャンベル。家庭内別居状態の父親と、同じ家の中で暮らしながら全く顔を合わせないという奇妙な家庭環境で育つ。少年期に怪奇・幻想物語に傾倒し、〈ウィアード・テイルズ〉のバックナンバーなどの古雑誌や単行本を読み漁るうち、14歳の頃にHPL作品と出会って彼のスタイルを模倣しはじめる。15歳の時に執筆した「墓の群れ」をアーカム・ハウスに送ったことでオーガスト・W・ダーレスに注目され、彼の助言に従い「墓の〜」を書き改めた「ハイ・ストリートの教会」が同社のアンソロジー『漆黒の霊魂』(1962年) に収録。作家デビューを果たすことになる。

なお、彼が12歳の頃に執筆した「森の中の窪地 The Hollow in the Woods」と題する短編には、ショゴスが登場している。これは、彼が愛読したロバート・ブロックの「無人の家で発見された手記」からの借用で、当時はHPL作品との繋がりなどは意識していなかった。キャンベルは以後、アーカム・ハウスの刊行物を中心にHPL的な作品を書き続け、ラヴクラフト・カントリーに倣い、英国グロスターシャーの南西部に位置する"セヴァン・ヴァレー"(実在の地域名だが、彼の作品では微妙に範囲がずれている) にまつわる神話作品を主に執筆した。また、この地にわだかまるグラーキ、ダオロスなどの神々と、グラーキ教団の聖典である『グラーキの黙示録』などの禁断の書物を創造した。

1969年、ファンジン〈シャドウ〉に「ラヴクラフト・イン・レトロスペクト」と題する批判的な論考を寄稿、HPLとクトゥルー神話にいったん背を向けたが、1980年代に入る頃には改めてHPLを高く評価するようになり、アンソロジー『新クトゥルー神話物語集』(国書刊行会の『真ク・リトル・リトル神話大系』第6巻 (2分冊) として邦訳) を編むなど、再びHPL的な作品に取り組むようになった。

ラリー・ニーヴン（1938〜）

　米国のSF作家で、代表作として『リングワールド』などの"ノウン・スペース"シリーズや、燃料のように消費される"魔力（マナ）"の概念を創出したとされる"魔法の国"シリーズが知られる。実は、しばしば作中にクトゥルー神話のワードを紛れ込ませる作家で、邦訳のある作品では『リングワールドふたたび』『リングワールドの玉座』『太陽系辺境空域』『忠誠の誓い』『アヴァロンの闇』『アヴァロンの戦塵』などが挙げられる。なお、1971年10月にはSFファンジン〈APA L〉〈IS〉誌に、学生闘争の華やかなりし1960年代、『ネクロノミコン』の英語版が学生たちのバイブルとなったという短めのパロディ「最後の『ネクロノミコン』」を発表している。

ランドルフ・カーター

　HPLのいくつかの作品で主人公を務めるオカルティスト兼怪奇小説家。「ランドルフ・カーターの供述」が初出で、「銀の鍵」「名状しがたいもの」「未知なるカダスを夢に求めて」「銀の鍵の門を抜けて」に登場するほか、「チャールズ・デクスター・ウォード事件」では登場人物の過去の友人として言及がある。ただし、「名状しがたいもの」のみファーストネームが言及されず、後付の可能性がある。

　また、1935年にデザインした便箋では、"ランドルフ・W・カーター"となっている。「名状〜」によれば〈ウィスパーズ〉などの商業雑誌に作品を発表しているのだが、時にその陰惨な内容によって掲載誌がスタンドから引っ込められてしまうこともあった（「最愛の死者」を参照）。彼の出自を掘り下げた「銀の鍵」によれば1873年生まれで、ボストンに屋敷を構え、そこそこ裕福な暮らしをしていることが示唆される。また、第一次世界大戦時、フランス外人部隊に加わって従軍したが、1916年にフランス北部のベロイ＝アン＝サンテールで重傷を負った。これは、同年7月4日、実際にこの町においてフランス外人部隊の志願兵として戦死した米国の詩人アラン・シーガーを意識した設定である。さらに、「未知なるカダスを夢に求めて」によれば幻夢境をよく知る夢見人であり、「白い船」や「セレファイス」、「ピックマンのモデル」など他作品の登場人物との接点が示唆されている。

　HPLとの共通点が多く、彼自身の投影と見なされがちだが、その境遇を含め明らかにHPLと異なる点も多く、理想を仮託した、あるいは自身を含む"作家・芸術家"像のカリカチュアなのだろう。

　なお、カーター家はヴァージニア州から移住してきたロードアイランド州の名家で、たとえばジョン・カーターは1762年にプロヴィデンス最初の新聞を発行した人物である。HPLは、1929年6月10日付のエリザベス・トルドリッジ宛書簡に「ヴァージニアの血統のニューイングランドへの移住は、私の想像を大いに掻き立てます――それで私は"ランドルフ・カーター"というキャラクターをよく登場させるのです」と書いている。

「ランドルフ・カーターの供述」

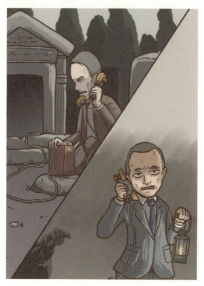

1919年12月後半に執筆された小説で、前期作品の主人公を幾度か務めるランドルフ・カーターの初登場作品。何処とも知れぬ古い墓地で、携帯用の電話機を手に地上で待ち受けるカーターと、墓石の下に隠されていた地下道へと入り込んでいくその盟友ハーリイ・ウォーランを待ち受ける恐ろしい運命を描く。1919年12月11日以前に、HPLが見た夢をほぼそのまま小説に書き起こしたもので、実際の夢でウォーランの役割を担ったのは友人のサミュエル・ラヴマンだった。なお、ラヴマンは「ナイアルラトホテプ」のもとになった夢にも登場しているのだが、彼らが実際に顔を合わせたのはHPLが両作を書いた後の、1922年4月のことである。

本作の舞台は、夢の中では明らかにニューイングランド地方だったが、本編に言及されるゲインズビル、ビッグ・サイプレス湿地などの地名はフロリダ州のものであり、これは「銀の鍵」以降の作品でウォーランが南部のサウスカロライナ州の人間とされていることと合致している。

なお、本作執筆後の1923年8月、ロードアイランド州北西部のチェパチェットとコネチカット州プトナムの中間、プトナム通りを外れたあたりにダーク・スワンプ（暗い沼）と呼ばれる場所があるとの噂を聞いたHPLは、友人のC・M・エディと探索に出かけた。本作との符合を興味深く思ったようだが、残念ながらたどり着けずに終わったようだ。

ちなみに、クライマックスで出現したらしい存在について、作中では何の説明もされないが、HPLはクラーク・アシュトン・スミス宛の1931年2月8日付書簡において、スミスの「名もなき末裔」に言及される墓の怪物を食屍鬼と呼び、ウォーランが目にしたものたちと同じ存在と書いている。

リーディング・ランプ

ニューヨークの文芸エージェンシー兼同名の雑誌の編集部で、経営者はガートルード・E・タッカー。1924年、NYに引っ越したばかりのHPLは、エドウィン・ベアードの紹介で3月10日にタッカーと面談し、トライアルとしてアメリカの迷信にまつわる書籍の3つの章の執筆に取り組んだ。彼はまた、〈リーディング・ランプ〉誌にスコットランドの博物学者ジョン・アーサー・トムスンの『人間とは何か』（米国版は1924年）の書評も書いている。HPL自身は、この仕事とタッカーの反応にかなりの手応えを感じたようで、将来的にこの文芸エージェンシーの正規スタッフになれるとも期待したが、どうやら失敗に終わり、前述の書籍も刊行されなかった。

リチャード・フランクリン・シーライト（1902〜1975）

ミシガン州在住の怪奇小説家。〈ウィアード・テイルズ〉1924年11月号掲載の「壺中の脳」（ノーマン・E・ハマーストームとの合作）を発表した後、いったん創作から遠ざかっていたが、1930年代に改めてSF・怪奇小説の作家を志

し、1933年に面会したファーンズワース・ライトの勧めで、HPLに小説添削を依頼した。シーライトの欠点は文章力ではなく主題だと考えたHPLは、添削については断ったが、手紙を介して小説執筆を指南した。

　こうして1934年頭に完成したのが、老考古学者が秘蔵していた古代の小函を巡る「封函」である。シーライトは同作の冒頭に、『エルトダウン・シャーズ』なる記録からの引用文を掲げているのだが、HPLはいくつかの言葉を変更したという。

　HPLはその後、「時間を超えてきた影」（1934年）で『エルトダウン・シャーズ』に言及したのみならず、「彼方よりの挑戦」（1935年）においてシーライトが触れていなかったその素性を説明している。ただし、「封函」が〈ウィアード・テイルズ〉1935年3月号に掲載された時、肝心の冒頭のエピグラフは削除されてしまっていた。幸い、HPLが1935年6月にクラーク・アシュトン・スミスに送った書簡に全文が引用されているので、その内容を確認することができている。

　その後、シーライトはいくつかの作品を発表したものの、専業作家としては身を立てられなかった。ただし、『エルトダウン〜』については「知識を守るもの」と題する作品でHPLとは異なる掘り下げを行った。

　この作品は〈ウィアード・テイルズ〉に採用されなかったので、ロバート・M・プライス編集の『ラヴクラフト神話集』（未訳、1992年）に掲載されるまで、死蔵されたままだった。

「猟犬」

　おそらく1922年10月に執筆された小説。唯美主義に傾倒した2人組のディレッタントが、手段を選ばず異様な古物を蒐集し続けた果てに、超常の存在に付け狙われるという筋立ての、珍しくもストレートなゴシック・ロマンス風作品で、HPLが幼少期から傾倒したエドガー・アラン・ポーや、1919年に読み始めたアンブローズ・ビアース、さらには

作中でも言及されるフランス人作家ジョリス＝カルル・ユイスマンスのデカダンス小説『さかしま』からの濃厚な影響が物語全体に漂っている。この『さかしま』は、貴族の末裔であるフロレッサス・デゼッサントが、放蕩の末に郊外の屋敷に引きこもって趣味三昧の日々を送る物語で、そうした生活がHPL自身の理想だったのだろう。クトゥルー神話的には『ネクロノミコン』の初出作品であり、「無名都市」で言及されたアブドゥル・アルハズレッドがその著者と設定された重要作である。

　名前のわからない主人公の導き手であるセント・ジョンの人物像には、友人のラインハート・クライナーやサミュエル・ラヴマンが投影されていて、ネーミングもHPLがクライナーにつけたあだ名"ランドルフ・セント・ジョン"の転用なのである。

　執筆直前である1922年9月16日の夜、ニューヨークに来ていたHPLは、クライナーと連れ立ってブルックリン区にあるフラットブッシュ・オランダ改革派教会の墓地（「レッド・フックの恐怖」でも言及される）を訪れた。実際に墓を暴いたわけでもないだろうが、この時の刺激的な経験が、「猟犬」の下敷きになっている。

旅行趣味

抑圧的な母の意向や、1908年から1913年にかけて神経を病み、引きこもっていたこともあって、HPLはフィリップス家の故地であるロードアイランド州フォスターへの1896年の旅行や、1899年の夏のマサチューセッツ州ウェストミンスターへの旅行、1901年のコネティカット州への旅行、そして1910年から16年にかけて、従弟フィリップス・ギャムウェルに会いにマサチューセッツ州ケンブリッジに幾度も出向いたことを除き、旅行らしい旅行をしたことがなかった。

しかし、1919年3月に母が入院したのを境に、彼は鎖から解き放たれたように、特にアマチュア・ジャーナリズムの会合が開かれていたボストンと、セイラムをはじめその周辺にある地方都市への小旅行に、頻繁に出かけるようになった。そして、母が亡くなった翌年の1922年からは、ニューヨークの友人を訪ねたり、後に妻となるソニア・H・グリーンと連れ立ってマサチューセッツ州沿岸の町を巡ったり、7月下旬から10月下旬にかけて、ニューヨーク州やオハイオ州を転々とするなど、1週間から数ヶ月にわたる長期旅行を毎年のように行うようになった。

1930年8月には、HPLは初めて米国外に足を踏み出し、カナダのケベック州を訪れた。

この地で目にした植民地時代の名残りを残す風景に駆り立てられ、彼は9月から翌年1月にかけて、長文の紀行文「ケベックの街並み」を執筆している。ケベックで目にした建物のスケッチに加え、名所旧跡の英語名、フランス語名の語源を記した付録まで添えられた力作なのだが、HPLはこれを誰に読ませるでもなく、出版社に送りもしなかったため、亡くなるまでその存在を知られなかった。

こうした旅行の中には、「祝祭」で描かれるキングスポートのイメージソースとなった1922年暮れのマサチューセッツ州マーブルヘッド行きや、「暗闇で囁くもの」で参考にした1927年と1928年のバーモント州行き、「ダンウィッチの怪異」に描かれるダンウィッチのモチーフとなったマサチューセッツ州のアソールやウィルブラハムでの滞在を含む1928年の長期旅行、「銀の鍵の門を抜けて」におけるエティエンヌ＝ローラン・ド・マリニーの自宅の描写に活かされた、1932年のニューオーリンズ（エドガー・ホフマン・プライス宅）行きなど、彼の創作と強く結びついたものが多い。実際、こうした旅行の度に彼が執筆した「アメリカ諸所見聞録」「アメリカ諸地方紀行」などの旅行記や手紙の文面が、そのまま小説に取り込まれることも珍しくなかった。

なお、ハロルド・ワーナー・マンは、1976年に発表した回想録「Ｈ・Ｐ・Ｌ：ある追憶」において、前述した1928年のアソール滞在の際、彼をニューハンプシャー州のノース・セイラムにある環状列石に連れて行ったと主張している。これは、ノース・セイラムの近くの森の中に、30エーカー（約12万平方メートル）ほどの範囲にわたって人工的な石積みの構造物が散在しているスポットだ。20世紀初頭に、前世紀の土地所有者の名前をとって"ジョナサン・パテテの洞窟"と呼ばれてい

たこの構造物は、先住民族の宗教的遺構だ、いやクリストファー・コロンブス以前にこの大陸に来たアイルランド人修道士の遺物だ、いやいや18世紀の植民者が貯蔵庫用に造ったものだと諸説紛々で、現在はミステリィ・ヒル、"アメリカズ・ストーンヘンジ"として観光地になっている。

この遺構が、旅行直後に執筆された「ダンウィッチの怪異」の、センチネル・ヒルのモチーフになったというのがマンの言い分なのだが、この時も含め、HPLは旅行中の日程や出来事を常に詳しく書き留めていて、旅程を捻じ曲げてアソールからニューハンプシャー州に向かったというのはやや無理がある。また、このような面白い場所に立ち寄ったことを書簡などで全く触れていないことも不自然である。このため、筆者はHPLの"伝説"に自身の寄与を組み込もうとしたマンの作り話だと考えているのだが、ライアン・スプレイグ・ディ・キャンプの『ラヴクラフト：ある伝奇』(1975年)に紹介され、おそらくこれを参考にした東京創元社の『ラヴクラフト全集』第5巻の巻末解説に写真入り(ただし、誤って「セイレム北部」とされている)で触れられたこともあり、日本では比較的よく知られている。

ノース・セイラムの環状列石(ストーンヘンジ)にある、"生贄の祭壇"と呼ばれる岩の台

リリアン・D・クラーク
（1856〜1932）

ウィップル・ヴァン＝ビューレン・フィリップスの5人の子供たちの長姉で、HPLの母方の伯母にあたる。マサチューセッツ州ノートンのウィートン神学校と、ロードアイランド州の州立師範学校に学び、しばらく教師として働いたということだが、どこの学校かはわかっていない。46歳でプロヴィデンスの開業医フランクリン・チェイス・クラークと結婚するが、晩婚だったためか子供はいなかった。

1915年に夫と死別した後はプロヴィデンスで借家暮らしをし、妹サラが入院すると、彼女がラヴクラフト家で家事をやってくれていた。HPLによれば、この教養豊かな伯母は科学と文学をこよなく愛した人物で、彼が古典や化学に興味を向けたのは彼女の影響だったということだ。HPLが家出同然でニューヨークに移り住んだ後も、頻繁に手紙をやり取りして近況を伝え合っていた。

彼女は優れた画家であり、プロヴィデンス・アート・クラブの会員として展覧会を開いたこともあった。1880年に設立されたこのクラブは、「クトゥルーの呼び声」の登場人物であるヘンリー・アンソニー・ウィルコックスもその一員とされていた。

なお、1919年から1920年にかけて、彼女はベネフィット・ストリート135番地の屋敷で介護士ないしは家政婦として働いていたということだが、この屋敷は後に「忌まれた家」のモデルとなっている。

1926年にHPLがプロヴィデンスに帰還すると、体調を崩していた彼女は甥と同じバーンズ・ストリート10番地の借家の上階に入居した。当時の手紙からは、HPLが親身に伯母の介護をしていたことが窺える。

リン・カーター（1930〜1988）

　フロリダ州生まれの作家・研究者・編集者で、フルネームはリンウッド・ヴルーマン・カーター。SFとファンタジー・ジャンルの熱狂的なファンであり、アマチュア・ファンダムのちょっとした有名人だった。

　20代の彼がファンジンに発表した「クトゥルー神話の魔道書」（〈インサイド・アンド・サイエンス・フィクション・アドヴァタイザー〉1956年3月号）、そして「クトゥルー神話の神神」（〈インサイドSF〉1957年10月号）は、1940年代のフランシス・T・レイニーの仕事を引き継ぐ初期のクトゥルー神話体系化の試みであり、アーカム・ハウス刊行の作品集『閉ざされた家とその他の作品』（1959年）に収録された。のみならず、「ラヴクラフト＝CTHULHU神話特集」が組まれた歳月社の雑誌〈幻想と怪奇〉第4号（1973年）に大瀧啓裕による邦訳が掲載され、以後、しばらくの間、日本の怪奇小説家の参考資料となった。ただし、カーター自身はその後も数十年かけて数多くのクトゥルー神話小説を執筆して独自の体系化を推し進め、その世界観は前述の2つのエッセイと全く異なるものとなっている。

　1950年代に陸軍兵士として朝鮮戦争に従軍した後、1957年に職業作家となってニューヨーク州に移住、アイザック・アシモフの『黒後家蜘蛛の会』のモチーフとなる作家たちの交流会"トラップ・ドア・スパイダーズ"に参加した。『黒後家〜』に登場する画家マリオ・ゴンザロが彼である。

　1960年代のファンタジー・ブームを受け、

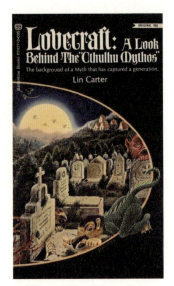

『ラヴクラフト：クトゥルー神話の背景』
（1972年）

バランタイン社で立ち上げられたペーパーバックの叢書の編集者となった彼は、HPLの幻夢境ものを集めた『未知なるカダスを夢に求めて』や、『クトゥルーの落とし子たち』などのクトゥルー神話作品集、そしてクトゥルー神話成立の経緯をつぶさにまとめたHPLの評伝『ラヴクラフト：クトゥルー神話の背景』（邦題は『クトゥルー神話全書』）などを刊行して、それまでもっぱらマニアの間で知られていたクトゥルー神話の知名度を押し上げるジャンルの立役者となった。

　SF・ファンタジー・ジャンルの研究者であり、『トールキンの世界』『ファンタジーの歴史』などの著作もあるカーターの作家としてのスタイルは、エドガー・ライス・バローズのフォロー作である"緑の太陽"シリーズやロバート・E・ハワードのフォロー作である"レムリアン・サーガ"シリーズなどが如実に示すように、彼が愛読する先行作家たちの模倣が中心だった。1970年代にはライアン・スプレイグ・ディ・キャンプと共に、ランサー・ブックス版"蛮勇コナン"シリーズの刊行に取り組

み、年代記の空白を埋める補作や本編の後日談を執筆した。クトゥルー神話への取り組みも同工異曲で、HPLをはじめとする先行作家たちの想像した背景素材を細かく関連付けていくそのやり方は、他の作家から批判されることもあった。

　なお、彼は『ネクロノミコン』『エイボンの書』などの禁断の神話典籍の再現を目論み、それらの書物を構成する各章を小説などの形で発表し続けた。その試みはカーターの死後、彼の遺著管理人となった盟友のロバート・M・プライスに受け継がれ、ケイオシアム社から刊行されている。

「臨終日記」

　体調の衰えを自覚したHPLが、1937年1月1日からいよいよ鉛筆が持てなくなった3月11日(亡くなる4日前)にかけて執筆した日記の通称で、〈ニューヨーク・タイムズ〉1937年3月16日号に掲載された死亡記事によれば、「自らの健康状態を学術的関心の対象とし、主治医の役に立」てる目的で、病状を克明に記述したのだという。

　日記そのものは現存しておらず、おそらくHPLの遺稿を預かったロバート・H・バーロウの手元にあった。なお、バーロウがオーガスト・W・ダーレスに送った1937年3月31日付の書簡中に日記の多くの部分が書き写されていて、R・アラン・エヴァーツ『ある紳士の死──H・P・ラヴクラフトの最後の日々』(1987年)に掲載された「臨終日記」は、これが底本となっている。

ルイス・スペンス (1874〜1955)

　スコットランド出身の作家、ジャーナリスト、民俗学者、神秘学研究者。英国王立人類学研究所のフェローであり、スコットランド人類学民俗協会の副会長を務めたこともある人物である。

　20世紀に入った頃から神秘学や各地の神話に傾倒し、ややオカルト寄りではありつつも最新の科学的知見を意識した観点からアトランティス学にアプローチし、『アトランティスの問題』(1924年)、『アトランティスの歴史』(1927年)、『レムリアの問題:太平洋の水没編』(1932年)などの著作を発表した。具体的な書名はあげていないのだが、HPLは1920年代にスペンスのアトランティス関連の本を読んでいたようで、「アトランティスの住民が欧州やアメリカへ移住した」とする彼の説に対して批判的なコメントを手紙に書きつつも、「クトゥルーの呼び声」「墳丘」などの作品からは多少なりとも影響が窺える。

ルーヴェ＝ケラフ

　"ルーヴェ＝ケラフ Luveh-Keraphf"は、ロバート・ブロックがHPLの名前をもじって創造した架空の人物で、〈ウィアード・テイルズ〉1935年6月号掲載の「自滅の魔術」における"バーストの神官、狂えるルーヴェ＝ケラフの著した『黒の儀式 the Black Rites』"の言及が初出。

　おそらく、HPLがブロックにつけたあだ名"ボー＝ブロック Bho-Blôk"への返礼としてこしらえたものだろう。

ルムル＝カトゥロス

「暗闇で囁くもの」において、ユゴス、大いなるクトゥルー、ツァトーグァ、ヨグ＝ソトースといったクトゥルー神話にまつわる他の用語と関連のあるワードとして意味ありげに言及される名前。ロバート・E・ハワードの「スカル＝フェイス」の登場人物カトゥロスからの借用で、こちらの作品ではアトランティスの生き残りを称する骸骨じみた容貌の妖術師だった。

HPLのクトゥルーと偶然、語感が似ていたため、ハワードのもとに読者からの問い合わせが舞い込んだ。クトゥルーの由来について問い合わせるハワードの手紙に対し、HPLは「きみのカトゥロスと私のクトゥルーを同一視するというのは、面白い思いつきです――将来、不吉な暗示の中でカトゥロスを使わせていただくかもしれません」（1930年8月14日付書簡）と返信し、まさにその頃に執筆中だった「暗闇で囁くもの」に盛り込んだのである。

ルルイェ

「クトゥルーの呼び声」に登場する、海中に沈んだ海底都市。太平洋の水没大陸であるレムリアないしはムーの一部と思しい。ユークリッド幾何学を無視した曲率を描く巨石造りの構造物で構成され、緑がかった黒い泥土に蔽われている。中心に聳える山の頂には巨大な石造の館が建ち、大いなるクトゥルーとその眷属が眠りについている。時折、何かしらの理由で浮上することがあり、その際には地震が発生したり、感性が鋭敏な人間が連日悪夢を見たり、精神の平衡を崩すなどの異常なことが起きる。1925年2月には、南緯47度9分西経126度43分の位置に浮上しているのが確認された。

この経緯度は、地図上ではイースター島の南西方向に位置しているが、HPL死後の後続作品では時に、ミクロネシアのポナペ島（現・ポンペイ島）の沖とされることも。

「墳丘」ではレレクスという名で呼ばれ、かつて人間と、クトゥルーやシュブ＝ニグラスなどの人間が崇拝する神々の双方に敵意をもつ宇宙の魔物のしわざで地上世界の大半が水没した際、クトゥルーはこの都市の房室に幽閉されたと書かれている。

また、ムーが題材のヘンリー・S・ホワイトヘッドとの合作「挫傷」にも"ルルィ＝エR'ly-eh"として言及がある。

おそらく、HPLが愛読していたエイブラハム・メリットの小説「ムーン・プール」において、"父祖よりも遥か昔"に君臨した強壮なる王、チャウ＝テ＝ルーの宝物殿"として言及されるポナペ島のナン＝タウアッチ遺跡（ナン＝マドール遺跡の作中名称）が、直接的な元ネタである。

ルルイェ語（ルルィェアン）

「銀の鍵の門を抜けて」が初出で、ランドルフ・カーターの家系に伝わる銀の鍵に付属する羊皮紙に記されていた、象形文字の記述

言語である。同作によれば、カーターの失踪後、ウォード・フィリップスはジェイムズ・チャーチワードにこれを見せて、ナアカル語ではないとの返答を受けたといい、かつまたイースター島の象形文字であるロンゴロンゴとも似ていないとされている。

HPLは明言していないが、「クトゥルーの呼び声」に言及される"ふんぐるい むぐるぅ なふ くとぅるぅ るるいぇ うがふなぐる ふたぐん"に代表される異様な言語群が、このルルイェ語なのだろう。

「冷気」

1926年2月に執筆されたと思しい、ニューヨーク時代最後の作品。作家である語り手と親交を結んだ奇妙な医師が異様な状況で怪死し、死後に遺された手紙から真相が明らかになるという短編で、前年の「レッド・フックの恐怖」と同じく、20年代のニューヨークの姿が描き出されたアーバン・サスペンスである。〈テイルズ・オブ・マジック・アンド・ミステリー〉1928年3月号に発表され、わずか五号で廃刊されたこの雑誌は、主に本作の掲載誌としてパルプ・マガジン史に名前を残した。

多分にHPLの私生活が盛り込まれており、たとえば「1923年の春」に「退屈で実入りの少ない雑誌の仕事」をしていた主人公は、〈ホーム・ブリュー〉誌に「ハーバート・ウェスト─死体蘇生者」を連載していた自身のことだろう。また、舞台の集合住宅は、友人の書籍商ジョージ・ウィラード・カークが1925年8月から10月にかけて住んでいた西17丁目317番地の建物（現在は公園になっているようだ）で、HPLは彼が経営する西8丁目58番地のチェルシー・ブックショップに荷物を運ぶのをよく手伝った。

「霊廟」

「ダゴン」と同じく、ウィリアム・ポール・クックの勧めで1917年6月に執筆されたリハビリ小説。クックの発行するアマチュア雑誌〈ヴァグラント〉1922年3月号に発表された。ハイド家の霊廟に少年期から執着し続け、やがてその中に入る鍵を見つけ出して入り浸るようになったジャーヴァス・ダドリイの変容と、彼を待ち受ける超自然的な運命を暗示する、エドガー・アラン・ポー風の暗鬱な作品。HPLによれば、フィリップス家の墓がある地元のスワンポイント墓地を、伯母のリリアン・D・クラークと共に訪れた際、1711年と刻まれた墓石（伯母の遠い祖先であるサイモン・スミスのものらしい）を目にしたことから霊魂について思いを巡らせ、その夜に執筆に着手したということである。

「レグネル・ロドブロクの挽歌」

18世紀スコットランドの説教師、修辞学者であるヒュー・ブレアが「オシァンに関する批評的論文」に収録した、ルーン文字で書かれた7世紀の詩のラテン語訳を、1914年末にHPLが英訳したもの。HPLの死後、フランシス・T・レイニー発行のファンジン〈アコライト〉1944年夏号に掲載された。古代スカンディナヴィアの伝説的な王レグネル・ロドブロク（"毛羽立ちズボンのラグナル"）の武勲を扱った詩で、重訳のためか最初の節に欠字が目立つ。なお、ブレアの論文においてこの原詩の採集者として名前を挙げられていたのが、16〜17世紀デンマークの医師オーレ・ヴォーム（ラテン語名はオラウス・ウォルミウス）である。

「レッド・フックの恐怖」

1925年8月に執筆され、〈ウィアード・テイルズ〉1927年1月号に発表された。舞台となるレッド・フックは、当時HPLが居住していたニューヨーク・シティのブルックリン地区にあるハドソン川に面した地区の呼称で、当時は黒人やクルド人を含む中東系の移民たちが数多く住んでいた、いささか治安の悪い場所だった。クルド人と、彼らの信奉する民族宗教ヤズィーディーをモチーフに、ニューヨークにはびこるカルト教団の恐怖を描いた作品で、しばしばHPLの人種的偏見を反映したものと見なされる。ただし、ヤズィーディー自体は、煽情的なジャーナリズムを通して当時、悪魔崇拝的な宗教と見なされており（このあたり、事実とは異なる点も含めて、本邦の小説における真立川流の扱いを彷彿とさせる）、シーベリイ・クイン「悪魔の花嫁」やロバート・E・ハワード「われ埋葬にあたわず」など、〈ウィアード・テイルズ〉掲載の他の作品でも敵役として登場する、定番的な"ネタ"ではあったようだ。

なお、HPL自身は、やはりヤズィーディーを扱っている1920年発表のロバート・W・チェンバーズ「魂を屠る者」を参考にした可能性がある。ただし、HPLは同作を酷評しているので、自分ならもっとうまく料理できると腕試しに及んだのかもしれない。

HPLがクトゥルー神話の構築に取り組み始める直前の作品で、登場する超自然的な存在は、中東由来の魔物であるリリスと同一視されているらしいが、「ダゴン」と同じく神話物語に分類されることが多い。

なお、作中で幾度か言及される「ゴルゴーよ、モルモーよ、千の貌持つ月よ、我らが生贄を嘉納られよ！」の呪文は、ブリタニカ百科事典第9版の「魔術」の項目記事からの転用だが、大元の出典は2〜3世紀のキリスト教父ヒッポリュトスの『全異端反駁』である。

レムリア

本来は、19世紀英国の動物学者フィリップ・スクレーターが、レムールという猿の分布を根拠に提唱したインド洋の仮想大陸の名前だった。しかし、ヘレナ・P・ブラヴァツキーの著作をはじめ、神智学の関連書ではインド洋から南太平洋の広範囲に広がる大陸とされ、さらにはウィリアム・スコット＝エリオットが大西洋のアトランティスに対応する水没大陸と著作に書いたことで、インド洋から太平洋にまで及ぶ巨大な水没大陸と見なされるようになった。HPLはこのスコット＝エリオットの著作である『アトランティスの物語と失われたレムリア』（1925年）からレムリア大陸のことを知り、「クトゥルーの呼び声」以後の作品において、異形の神々が崇拝し領有した、あるいは崇拝された太平洋の古代大陸として言及するようになった。なお、HPLは書簡中で"シャルマリ"をレムリアの古名としていたが、これはおそらくエドガー・ホフマン・プライスから聞き知った神智学由来の知識で、もともとは『マハーバーラタ』にも記載のある、古代インド神話にお

ける七大陸のひとつに基づいたものである。

なお、後年の「挫傷」「永劫より出でて」などの作品は、ジェイムズ・チャーチワードの著作の影響で、太平洋の水没大陸の名前がムーとされている。

ウィリアム・スコット＝エリオット『失われたレムリア』に描かれた、最大時のレムリア大陸の地図（赤線部）

レン

「猟犬」で屍食教団の本拠地として初めて言及され、「狂気の山脈にて」など様々な作品で言及される地名。「銀の鍵の門を抜けて」

によれば、イアン＝ホーなる都市の存在が示唆されている。これらの作品の多くでは中央アジアのどこかとされているが、「セレファイス」「未知なるカダスを夢に求めて」では地球の幻夢境の北方に広がる冷たき不毛の荒野の名前で、先史時代の石造りの修道院に黄色い絹の覆面を着けた大祭司が独り住まいする地とされている。レンという名称は、モンゴルの叙事詩『ゲセル・ハーン物語』の主人公ゲセル・ハーンの治める伝説的なリン王国（「リンLing」は島・大陸の意味）から採った可能性がある。また、「未知なる〜」によれば、ナイアルラトホテプとムーン＝ビースト（月獣）に隷属する半人半獣の奇妙な人型種族の出身地とされる。

ロバート・ブロックは1933年頃に、レンの秘密を題材とする「弥下の冒涜」と題する小説を執筆し、HPLに送っている。この際、ブロックは"夜と忌まわしきレンの魔僧ボー＝ブロック"を描いたスケッチを同封していた。このボー＝ブロックというのはHPLが年若い友人の名前をもじってつけたあだ名で、ブロックはこれをレンの大祭司の名前にしようと企図したようだ。残念ながらこの作品は未発表に終わっていて、内容については想像に任せる他はない。

「錬金術師」

少年期作品のひとつで、1908年に執筆。

数世紀にわたり、32歳になる前に死んでしまうという奇妙な呪いに縛られたC—伯爵家、その最後の当主であるアントワーヌの独白という形で綴られた物語。家伝の手記からその呪いの発端を知り、絶望に苛まれながら城館を歩き回るうちに——というクラシックなスタイルのゴシック・ホラー。

この作品を読んだウィリアム・ポール・クックは発表を強く勧め、〈ユナイテッド・アマチュア〉1916年11月に掲載したのみならず、改めて怪奇小説を書き始めるようHPLを説得したのだった。

ロイ・トーマス（1940～）

　ミズーリ州出身のコミックス・ライター、編集者。アメリカン・コミックスの熱狂的なファンで、マーベル・コミックスやDCコミックスの刊行物のお手紙コーナーの常連としてファンダムで名を馳せ、1964年にはファンジン〈アルター・エゴ〉の2代目発行人となった。翌1965年にニューヨークに移り住み、いったんDCコミックス社に就職した後、マーベル・コミックス社でライター・編集者として仕事をするようになり、やがて主任編集者に出世した。生え抜きのファンであった彼は、それこそスタン・リー以上にマーベル・コミックス社の作品に詳しかったのだ。
　やがて、1970年頃にホラーものを規制していたコミックス・コードが緩和されると、ロイ・トーマスはHPLやロバート・ブロック、ロバート・E・ハワードらのクトゥルー神話小説のコミカライズ権を取得して、自ら脚本を担当した。また、1970年に彼が立ち上げ、ライターも務めた〈コナン・ザ・バーバリアン〉は、1970年代を通してマーベル・コミックス社有数の人気シリーズとなった。トーマスはこのシリーズを長く続けるべく、「アッシュールバニパルの焔」などのハワードの非コナン小説も原作に使用した。のみならず、それこそ「ダンウィッチの怪異」のオマージュと思えるエピソードも存在する。他にも、編集者とライター両方の立場で、ドクター・ストレンジものをはじめクトゥルー神話色の色濃いコミックに数多く携わっている。

ロイド・アーサー・エッシュバック（1910～2003）

　ペンシルベニア州在住のSF作家、出版業者、牧師。少年期からの熱心なSFファンで、1930年以降はいくつかのSF雑誌で作品を発表してもいる。1935年にファンジン〈ザ・ギャレオン〉を創刊して、HPLに寄稿を依頼、「イラノンの探求」と「ユゴスよりの真菌」の一部が、それぞれ1935年5・6月合併号、7・8月合併号に掲載された。その後、同誌は地域誌としてリニューアルされ、HPL作品の掲載はそれきりだったが、手紙のやり取りは1937年まで継続した。
　エッシュバックは、第二次世界大戦後にファンタジー小説専門の出版社ファンタジー・プレス、ポラリス・プレスを設立した。

「蠟人形館の恐怖」

　ヘイゼル・ヒールドの依頼で、1932年10月に代作したもの。HPLは書簡に「クライアントが寄越したシノプシスがお粗末に過ぎたので、私が代作しました——事実上、私自身

の作品です」と書いている。タイトルの蝋人形館は「Museum」で、「博物館の恐怖」のタイトルで訳されることもあるが、欧米各地のワックス・ミュージアム（蝋人形館）は博物館や美術館とは全く異なる性質の施設である。

ロンドンの蝋人形館に収蔵される蝋人形の中に、真に恐ろしい存在が混ざっているという「ピックマンのモデル」の造形作家版とも言うべき作品で、HPLは新たな神性であるラーン＝テゴスに加え、自身の作品に登場させたクトゥルーやヨグ＝ソトースなどの存在のみならず、クラーク・アシュトン・スミスやフランク・ベルナップ・ロングら友人たちの創造物を楽しげに陳列している。

ロード・ダンセイニ（1878〜1957）

アイルランドの軍人、作家。"ロード"というのは貴族としての尊称で、フルネームは第18代ダンセイニ男爵エドワード・ジョン・モアトン・ドラックス・プランケット。

詩人W・B・イェイツが主導したケルト文化の文芸復興運動に遅れて参加し、彼の書いた神秘劇は世界的に流行した。ファンタジーの分野では、作家としては初期作品にあたる"ペガーナ神話"と呼ばれる創作神話が影響力のある古典として知られている。

HPLは、1919年9月にアマチュア・ジャーナリズム仲間のアリス・ハムレットの薦めでダンセイニの短篇集『夢見る人の物語』（1910年）を読み、ただちにのめりこんだ。翌10月にはコプリー・プラザで開催されるダンセイニの講演会目当てでボストンに出かけていき、講演者から10フィートと離れていない席を確保して、かぶりつきで話を聞いた。このときの様子は講演原稿「ダンセイニ卿とその業績」（1922年12月）に書かれ、ダンセイニが会場を離れようとタクシーに乗るとき、帽子を落としてしまった様子をユーモアたっぷりに描写している。ダンセイニの諸作品により、小説形式の創作への恐れを解放されたHPLは以後、ダンセイニを模倣した幻想短編をいくつも執筆した。それらの作品の大半はやがて、地球の幻夢境を舞台とする一連の物語に収斂するのだが、唯一、「北極星」だけはダンセイニを読む以前に書いた作品である。

創作神話の発想もダンセイニからの影響で、「クトゥルーやヨグ＝ソトース、ユゴスなどに代表される人工的な神々や神話的バックグラウンドのアイディア」を得たとエッセイ「半自伝的覚書」で告白している。

しかし、自身の愛着とは別に、彼はいつしか「模倣以上のものにはならない」と幻想作品の執筆に限界を感じた。そして、「未知なるカダスを夢に求めて」を最後に、この路線の創作を打ち切ったのである。

HPLはダンセイニの著作の大半を読み、初期作品には死ぬまで高い評価を崩さなかったが、中後期の作品については、自分の愛した作風ではなくなったと嘆いていた。

なお、ダンセイニ自身は、いつ頃かはわからないがHPLの作品を読み、自身の影響を色濃く受けていることを知っていて、そのことに1952年のオーガスト・W・ダーレス宛の手紙で触れている。

〈ロードアイランド天文学ジャーナル〉

　少年期のHPLが1903年から1909年にかけて刊行した、同世代の友人たち向けの雑誌。寒天版で印刷された。現存する69冊が、ブラウン大学に付属するジョン・ヘイ図書館のラヴクラフト・コレクションに収められている。ジャーナリストの叔父エドワード・F・ギャムウェルの影響で作り始めた刊行物で、彼が関心を向けた化学、天文学、地理学、歴史にまつわる記事やコラムを掲載。残念ながら現存していないが、ギリシャ＝ローマ神話を要約した「児童向けの神話」と題する記事もあったようだ。1906年に地元紙〈ポータクセット・ヴァレー・グリーナー〉に寄稿した天文コラムのいくつかは、〈ジャーナル〉の記事の再利用である。

ロジャー・コーマン
（1926〜2024）

　米国の映画監督、プロデューサー。数百本を超える低予算映画の製作に携わった人物で、映画監督としては、『アッシャー家の惨劇』（1960年）に始まるAIP（アメリカン・インターナショナル・ピクチャーズ）のエドガー・アラン・ポー原作映画のシリーズが代表作である。こ　のシリーズの一本である『怪談呪いの霊魂』（1963年）は、表向きはポーの詩「幽霊屋敷」の映画を装っていたが、実際の内容はチャールズ・デクスター・ウォード事件であり、HPLの小説が明確に映像化された最初の作品となっている。コーマンはまた1970年に、ポーのシリーズで美術監督を務めたダニエル・ホーラーを監督に起用して（自身は製作総指揮）、「ダンウィッチの怪異」が原作の映画を製作している。

映画『ダンウィッチの怪』（1970年）のポスター

ロジャー・ゼラズニイ
（1937〜1995）

　オハイオ州出身の作家。フルネームはロジャー・ジョセフ・ゼラズニイで、「ゼラズニイ」という英語圏では耳慣れない家名はポーランド人移民である父ジョセフ・フランク・ゼラズニイから継承したもの。

　大学では比較英文学を専攻し、エリザベス朝からジャコビアン時代にかけての演劇を研究対象として、ウェスタン・リザーブ大学（現在はケース工科大学と合併してケース・ウェスタン・リザーブ大学となっている）で学士号を、コロンビア大学で修士号を取得した。その後、合衆国社会保障庁の職員としてオハイオ支局、メリーランド支局に合計7年間勤めることになるのだが、その間に2回結婚している。文章を書き始めたのは幼少期で、ハイスクール時代にはファンジンへと作品を寄稿し始めた。

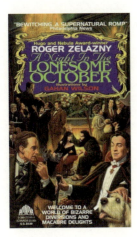

どこかで見たようなヒーローや怪人・怪物が居並ぶ、ゼラズニイ『虚ろなる十月の夜に』（エイヴォン・ブックス、1993年）

プロデビューは1962年で、「受難劇」（《アメイジング・ストーリーズ》1962年8月号）と小説「騎士が来た！」（《ファンタスティック》1962年8月号）が同時期に雑誌に掲載。新進の若手SF作家として注目を集め、1966年には長編「わが名はコンラッド」でヒューゴー賞を受賞。60年代ニュー・ウェーブ運動の中心的な作家となった。神話や伝説、古典文芸作品の時代や登場人物が、現代・未来の社会と交錯する物語が得意で、クトゥルー神話も例外ではなかった。1980年代頭に発表したヒロイック・ファンタジー"ディルヴィシュ"シリーズには、HPLやロバート・E・ハワードなどのパルプ・マガジン時代の怪奇・幻想小説群への偏愛が注ぎ込まれ、クトゥルー神話を想起させるワードがいくつも含まれていた。

また、〈アイザック・アシモフズ・サイエンス・フィクション・マガジン〉1985年7月号掲載の短編「北斎の富嶽二十四景」では、葛飾北斎の浮世絵『富嶽三十六景』に含まれる、海中に立つ鳥居を描く登戸浦の版画とルルイェを結びつけている。

本格的なクトゥルー神話ものとして、『虚ろなる十月の夜に』（1993年）がある。

数十年に一度巡りくる最終日が満月となる10月に、"大いなる古きものとも"の到来する門を開くものと閉じるものの陣営に分かれて繰り広げられる"ゲーム"を描く作品で、中盤の幻夢境に赴くシーンでは、HPLの文体を模した描写が入る。なお、ゼラズニイはどうやら刊行時点での定本になっているスナンド・T・ヨシによる校訂版ではなく、アーカム・ハウス『眠りの壁の彼方』（1943年）ないしはバランタイン・ブックスの『未知なるカダスを夢に求めて』（1970年）を参考にしたようで、一部の用語が古いままになっていた。筆者による邦訳（竹書房文庫、2017年）では校訂版に合わせて修正を行っている。

ロバート・A・W・ロウンデズ（1916〜1998）

米国の作家、編集者。HPLの最晩年の文通相手で、HPLは1937年1月20日、2月20日付の書簡でロウンデズの創作を激励した。

これはおそらく、HPLが購読していた〈アンユージュアル・ストーリーズ〉1935年冬号に掲載された、ロウンデズの詩「無宿者」が対象だったのだろう。HPLのファンだった彼はこれにいたく感激したようで、HPLの死後、「深淵の恐怖」（『スターリング・サイエンス・ストーリーズ』1941年2月号）や「グラーグのマント」（《ユニーク・マガジン》1941年10月号）、「月に跳ぶ人」（《フューチャー・ファンタジー・アンド・サイエンス・フィクション》1942年12月号）などクトゥルー神話ものの小説を執筆した他、1960年代から70年代にかけて編集者として仕事をした〈マガジン・オブ・ホラー〉〈スターリング・ミステリー・ストーリーズ〉〈ウィアード・テラー・テイルズ〉〈ビザール・ファンタジー・テイルズ〉などの雑誌に、HPL作品を頻繁に再録している。彼はまた、「ユゴスよりの真菌」に触発された連作詩「アルキヤ年報」を書いていて、これはリン・カーターが1980年に編んだアンソロジー版の『ウィアード・テイルズ』などに掲載された。

251

ロバート・A・ハインライン
（1907〜1988）

　ミズーリ州出身のSF作家。代表作に『宇宙の戦士』（1959年）、『月は無慈悲な夜の女王』（1966年）などがある。

　16歳の頃、年齢を偽って州軍に入隊した後、海軍兵学校に進学。卒業後は、肺結核で1934年に除隊するまでの間、海軍士官として働いた。その後、しばらく職を転々としていたが1939年に、住宅ローンを返済するべくコンテストに応募する目的で執筆した「ライフライン」が、巡り巡って〈アスタウンディング・サイエンス・フィクション〉1939年8月号に掲載され、作家デビューを果たす。すぐに新進のSF作家として注目を集め、若手作家たちの交流の中心となる。第二次世界大戦中は民間航空技術者としてペンシルベニア州フィラデルフィア海軍造船所の海軍航空機材料センターで雇用され、アイザック・アシモフ、ライアン・スプレイグ・ディ・キャンプらと一緒に働いた。

　どうやらHPLを読んでいたようで、晩年の長編『獣の数字』（1980年）において、地下世界ものの作品を書いた「ファンタジーの大作家」の一人としてHPLを挙げており、「クトゥルーに感謝を！」「『ネクロノミコン』の世界につかまるよりは"黄衣の王"と共に罠にかかるほうがいい」などのセリフもある。

ロバート・E・ハワード
（1906〜1936）

　テキサス州クロス・プレインズ在住の作家。フルネームはロバート・アーヴィン・ハワードで、旅回りの医師アイザック・モルデカイ・ハワードの一人息子として生まれた。

　読書家の母ヘスターの薫陶で幼少期から物語に親しみ、『千夜一夜物語』やトマス・ブルフィンチの神話・伝説物語集のような古典、〈アドベンチャー〉誌や〈アーゴシー・オール・ストーリー・ウィークリー〉誌、〈アクション・ストーリーズ〉誌などのパルプ雑誌を読み漁り、ジャック・ロンドンやラディヤード・キップリング、ハロルド・ラムなどを愛読した。物語を書き始めたのは9歳で、過去の時代の異国を舞台とする冒険小説が多かった。

　その反面、両親の不仲による複雑な家庭環境や、いかにも田舎らしく文学少年を許容しない土地柄、そして彼自身ボクシングを好んだことから、ハワードはスポーツにも打ち込み、10代の後半にはボディビルで鍛えて筋骨隆々となった。文明が失った蛮性に重きを置くハワードの嗜好は、ボクシング経験の影響もあるかもしれないが、生来の内気さ、気難しさは変わらなかった。

　1924年に「槍と牙」が〈ウィアード・テイルズ〉に採用され（1925年7月号掲載）、続いて最初のピクト人もの「失われた種族」を執筆する。彼は、野蛮人としてフィクションに描かれがちなピクト人が、元々は地中海人で、新石器時代に英国に到着したと主張するジョージ・フランシス・スコット・エリオット『初期の英国生活のロマンス』（1909年）の影響のもと、独特な歴史観を構築した。そして、1926年頭にハワード最初のヒーローであるピクト王ブラン・マク・モーンものの「影の男たち」を執筆。同年8月には故郷のアトランティスを追われ、原始ヨーロッパとされるスール大陸に逃れ、ヴァルーシアの支配者となる"キング・カル"ものの第1作「影の王国」を執筆する。

　1927年から31年にかけて、彼はこの2つのヒーローものに加え、1928年8月には16世紀の冒険家ソロモン・ケーンものにも着手した。やがて、〈ウィアード・テイルズ〉1929年8月号に掲載された「影の王国」は、HPLには好反応を、クラーク・アシュトン・スミスにはどうやら対抗心を引き起こしたようだ。

　HPLとの接触は1930年で、〈ウィアード・テイルズ〉1930年6月号に再掲された「壁の中の鼠」を読んだのがきっかけだった。

　本作には、フィオナ・マクラウドの作品から引用したゲール語のセリフが出てくるのだが、作中で示される時期にグレート・ブリテ

ン本島でゲール語が使用されていたのは、北部のスコットランドだと考えられていた。ハワードがファーンズワース・ライトにその点を指摘する手紙を送り、ライトがそれをHPLに回送したことで、手紙のやり取りが始まった。折しも同年の8月、「スカル＝フェイス」（《ウィアード・テイルズ》1929年10〜12月号）に登場するアトランティスの妖術師カトゥロスの名前と、HPLのクトゥルーの関係を勘繰った読者の手紙を読んだハワードが、クトゥルーの由来を質問したところ、HPLは自身の"神話"が架空のものだと説明した上で、カトゥロスとクトゥルーを同一視するのは面白いので、いずれカトゥロスを使わせてもらうかもしれないと返事をした（これは実際に、「暗闇で囁くもの」で実現した）。面白がったハワードは、これ以降に書いた「黒の碑」「大地の妖蛆」などの作品にクトゥルー神話要素を盛り込み、中でも「夜の末裔」で創出したフリードリヒ＝ヴィルヘルム・フォン・ユンツトとその著作『無名祭祀書』は、HPLやオーガスト・W・ダーレスに設定を掘り下げられ、様々な作家に使用された。

この頃、ハワードは〈ウィアード・テイルズ〉以外の雑誌でも歴史小説や西部劇小説などを発表し、押しも押されもせぬ人気作家となっていた。1932年2月、テキサス州の南部を旅行していたハワードの頭に突然"キンメリアのコナン"の着想が浮かんだ。彼は旅行先で書いた詩「キンメリア」と小説「不死鳥の剣」「霜巨人の娘」を皮切りに、HPLとも意見を交換しながら太古の"ハイボリア時代"の背景制作に着手。神智学の霊的進化説に自身のピクト史観を絡め、「ハイボリア時代の諸民族に関する覚書」「ハイボリア時代」などの設定資料をまとめた。これが"蛮勇コナン"シリーズの幕開けで、彼は1935年6月までに、完成したものとしては21篇のコナンものを執筆した。

なお、HPLはこの頃に書いたパロディ小説「世紀の決戦」（1934年）に、"二挺拳銃のボブ"の名前で彼を登場させている。

1936年、30歳のハワードは、人気も収入もピークに達していたが、結核を患っていた母の病状が悪化したことが、彼の感じやすい精神を痛めつけた。そして同年の6月11日、母が危篤状態になったその日に、彼は自宅のガレージに駐めた車に向かうと、翌日亡くなる母よりも一足先に、自身の頭部を拳銃で撃ち抜いてしまう。

ハワードの切り拓いた冒険物語は、キャサリン・L・ムーアやヘンリー・カットナー、フリッツ・ライバー、ライアン・スプレイグ・ディ・キャンプ、リン・カーターらに受け継がれ、1960年代になって"ハワードが書いたような物語"を包括するものとして"剣と魔法"、"ヒロイック・ファンタジー"などのジャンル名が生まれている。

ハワードは生涯独身だったが、クロス・プレインズ高校の英語教師で、作家志望だった2歳年下のノーヴェリン・プライス・エリスとの間には唯一、ロマンスらしきものがあったようだ。彼女は教職を引退した後、1986年に『ひとりぼっちの人』と題するハワードの回想記を発表。これを原作とする映画『草の上の月』が1996年に公開されている。

ロバート・H・バーロウ
（1918～1951）

　フロリダ州出身の作家、詩人、人類学者。フルネームはロバート・ヘイワード・バーロウ。米軍将校エヴェレット・ダリウス・バーロウ中佐の息子で、少年期をジョージア州のフォート・ベニング基地で送った後、父の退役に伴いフロリダ州デランドに引っ越した。1931年、まだ13歳のバーロウは、年齢を伏せてHPLと手紙をやり取りし始め、文才のみならず絵画や彫刻の才能を示してHPLを驚かせた。「怪物退治」（1933年）、「魔獣の宝物庫」（1933年）、「世紀の決戦」（1934年）、「海が涸れ尽くすまで」（1935年）、「崩壊する宇宙」（未完成、1935年）、「夜の海」（1936年）などの小説を共作したが、バーロウの好みなのかクトゥルー神話要素を含まないSF作品が中心で、他作家との"共作"に比べ、全体的にバーロウの書いたパートが多い。

　また、架空の惑星ロスを舞台とする全10回の連作短編『魔霊の年代記』を、9話までは〈ファンタジー・ファン〉の1933年10月号から1935年2月号にかけて、10話はドナルド・A・ウォルハイムのファンジン〈ファンタグラフ〉1936年8月号に掲載した。バーロウは当初、クラーク・アシュトン・スミスが1934年6月16日の手紙で説明してくれた、神々の系図に付随する文章に出てくるフジウルクォイグムンズハー（トゥル（クトゥルー）の兄弟、ツァトーグァのおじとされる）が、サイクラノシュ（土星）に移る前に一時期住んだとされるヤクシュ（海王星）を舞台に使おうとした。しかし、HPLから「ヤクシュは、彼らが住むには暗くて寒すぎる星です」との指摘を受け、変更したようである。

　1934年、バーロウはデランドの自宅にHPLを招待し、HPLは5月2日から6月12日にかけての滞在中に、クトゥルーの影像の三面図（前・後・横）を描いた。バーロウは後に、このデザインに準拠した、ルルイェの石の館から今しも這い出そうとしてくるクトゥルーの姿をあしらったリノリウム判を造ってHPLに贈呈し、彼は喜んでこれを手紙などに使用した。また、バーロウがこの訪問時につけていた、HPLが"クトゥルー Kootu-lew"と発音していたとの証言を含む日記は、後に「バーロウ・ジャーナル」のタイトルでアーカム・ハウス刊行の『H・P・ラヴクラフトにまつわる覚書』（1959年）に掲載された。

　彼らは以後も互いの家を訪問しあい、HPLが妻と別居してプロヴィデンスに帰還した後、バーロウは家族や同じプロヴィデンスに住んでいたハリー・K・ブロブストを除くと、最も長い時間を共に過ごした友人の一人となった。バーロウは、HPLからサイン入りの手稿を貰う条件で、タイプライター作業を嫌っていた友人に代わって数多くの作品の原稿をタイプ打ちした。このバーロウの趣味によって、HPLの原稿の多くが彼の死後も保存されることになる。

　バーロウはまた、1934年に「忌まれた家」の冊子の頒布を試みているが、この顛末については該当項目を参照のこと。

　HPLは1936年に書いた「死亡時の指示」においてバーロウを遺著管理者に指名していた。これは、どうやら生前から口約束か何かがあったらしく、ブロブストはバーロウから聞き知っていたようだ。そして、HPLが亡くなると、唯一生存していた彼の家族である叔母のアニー・E・フィリップ

ス・ギャムウェルは、甥の遺志に従ってバーロウの地位を承認。電報を受け取り、プロヴィデンスにやってきたバーロウは遺されていた原稿を整理し、持ち帰ることにした一部を除いて、地元ブラウン大学のジョン・ヘイ図書館に寄贈した。これが、今日のラヴクラフト・コレクションの礎となっている。この時、バーロウはまだ18歳の若さで、ほとんど独断で何もかも決めてしまったことが、アーカム・ハウス立ち上げのために動き出していたオーガスト・W・ダーレスとドナルド・ウォンドレイの利害とぶつかることになった。

バーロウ本人は友人の作品を出版しようとする彼らの動きを歓迎し、当初、『アウトサイダーその他』の編集にも協力していたのだが、特にバーロウが不当にHPLの蔵書や原稿を盗んだと考えていたウォンドレイの意向で、結局締め出されてしまう。こうした軋轢により、バーロウは一時的にクラーク・アシュトン・スミスから絶縁を申し渡されたこともあった。

以後、HPLの法的な遺著管理人である彼は、アーカム・ハウスから少し距離を置き、フランシス・T・レイニーのファンジン〈アコライト〉に協力したり、自身もファンジン〈リーヴス〉を発行してHPLやエイブラハム・メリットの作品を紹介した。

1940年から1941年にかけて、バーロウはメキシコの国立人類学博物館でメキシコの古代遺物を研究し、1942年にカリフォルニア大学で学位を取得すると、翌43年、メキシコに永住してメキシコ国立自治大学の教員となった。以後も、レイニーがHPLの書誌を編纂するのを手伝ったり、「草原に吹く風」と題するHPLの思い出を綴る哀切な回想録をアーカム・ハウスの『マルジナリア』(1944年)に寄稿したりしていたが、この頃にはもう小説は書かなくなっていた。

彼は研究者として大成し、メソアメリカの歴史やナワトル文字の専門家として知られるようになり、1948年にはメキシコ・シティ・カレッジ(1940年設立)の人類学部長に就任し

た。しかし、彼を嫌う学生から、長年隠してきた同性愛指向が暴露されそうになったため、1951年1月1日ないしは2日、アスカポツァルコの自宅でセコナール錠剤を大量に服用して自殺した。この時彼は、「妨げぬように。私は長き眠りを望む」と、マヤ文字で書いた紙をドアに貼りつけていたということである。

なお、麻薬常用による逮捕を逃れるため前年からメキシコに滞在し、バーロウからスペイン語やマヤ文字を学んだ米国人がいた。ウィリアム・S・バロウズである。彼の『裸のランチ』『ソフト・マシーン』には、マヤ文明にまつわる記述がしばしば挿入される。

ロバート・M・プライス(1954～)

ミシシッピ州出身の作家、アンソロジスト、聖書学者。キリスト教根本主義に傾倒して、聖職者になろうとゴードン=コンウェル神学校に学ぶも、キリスト教神学が歴史的信頼性や説得性に欠けると考えるようになる。ドリュー大学で神学と聖書学の博士号を取得後、聖書の学問的研究である高等批評の分野で活動するようになった。

少年期にHPLの著作に触れ、1979年にスナンド・T・ヨシ主宰の研究グループ〈ラヴクラフト・スタディーズ〉に参加、高等批評の手法を論考に応用してみせた。

1981年から2001年にかけて彼が刊行した同人誌〈クリプト・オヴ・クトゥルー〉は、20世紀後期におけるクトゥルー神話研究の中心となった。彼はまた、リン・カーターと親しく、その死後、遺著管理人に指名されている。カーターが生前目指した『エイボンの書』『ネクロノミコン』を再現するという仕事を引き継ぎ、いずれも新紀元社から日本語版が刊行された。

1990年代にはTRPG『クトゥルフの呼び声』の版元であるケイオシアム社より、"コール・オブ・クトゥルー・フィクション"と題するテーマ別のアンソロジーを数多く出版、ジャンルを支えたのだった。

ロバート・W・チェンバーズ
（1865〜1933）

　ニューヨーク州出身の作家。ロードアイランド植民地、ひいてはプロヴィデンスの創設者でもあるロジャー・ウィリアムズ（1603〜1683）の直系の子孫である。パリで美術を学び、帰国後はイラストレーターを経て作家に転じた人物で、その作風は恐怖小説のみならず多岐にわたり、映画化された作品も多い。HPLは、「文学における超自然の恐怖」の執筆中、1927年の頭に『黄衣の王』（1895年）、『月の創造者』（1896年）、『未知なるものの探求』（1904年）なとの単行本を読んで感銘を受け、「宇宙的な恐怖の傑出した高みに到達している」なとと賞賛する記述を発表直前に急いで追記した。なお、HPLは1928年の手紙に「H（ハロルド）・ワーナー・マンから『黄衣の王』の本を貰った」と書いていて、これは1927年7月23日に彼と会った時のことかもしれない。『黄衣の王』収録の諸作品に描かれる登場す同名の戯曲は『ネクロノミコン』の設定に影響を与え（HPLは「『ネクロノミコン』の歴史」において、逆にチェンバーズが『ネクロノミコン』を参考に『黄衣の王』を創造したと示唆した）、かつまたこれらの作品で言及されるハスター、カルコサ（いずれもオリジナルはアンブローズ・ビアース）、"黄の印"などのワードを、「暗闇で囁くもの」に取り込んでいる。また、『未知なるものの探求』の「ハーバー・マスター」に登場する、"ブラック・ハーバー"と呼ばれるニューヨークの入り江に棲む半人半魚の怪物は、"深きものども"のモチーフになったようである。この小説で、怪物が人間の女性に執着を見せているあたり、アマゾン奥地の"ブラック・ラグーン"に潜む怪物を描く映画『大アマゾンの半魚人』の知られざる元ネタであると思しい。

ロバート・ブロック
（1917〜1994）

　ウィスコンシン州ミルウォーキー出身の怪奇小説家。ブロックという姓の示す通り、ドイツ系のユダヤ人である。今日の世界的には、1960年にアルフレッド・ヒッチコックにより映画化された『サイコ』の原作者として主に知られている。

　8歳の頃に観たロン・チェイニー・シニア主演の映画『オペラの怪人』（1925年）の影響で恐怖物語に傾倒し、10歳の頃に読んだ〈ウィアード・テイルズ〉1927年10月号掲載の「ピックマンのモデル」でHPLのファンとなった。その後、17歳になるかならないかの1933年4月に初めて手紙を送って以来、亡くなる直前まで交通していた。

　HPLは才気煥発な少年を気に入って小説を書くように勧め、オーガスト・W・ダーレスにも面倒を見てやるよう伝えた。ブロックは〈ウィアード・テイルズ〉1935年1月号に掲載された英国の怪奇小説風の「修道院の饗宴」で作家デビューを果たすが、師と仰ぐHPLが構築しつつあったクトゥルー神話にも積極的に参入し、未発表のものも含む数多くの関連作品を執筆しては、彼に意見を仰いだ。HPLの熱心なファンであるブロックは、その時点で発表されていた殆との作品を精読していたという。たとえばデビュー前の1933年、彼は「弥下の冒涜」と題する小説を執筆した。「セレファイス」で言及される「顔の上に黄色い絹の覆面を着け、レンの冷たき不毛の高原にある先史時代の石造りの修道院に独り住まいする、言語を絶する大祭司」に関わる物語で、ブロックはこれをHPLに送る際、彼は"夜闇と忌まわしきレンの魔僧、ボー＝ブロック　Bho-Blôk"を描いたイラストを添えた。ボー＝ブロックというのは、HPLが少年につけたあだ名で、ブロックはまだ掘り下げられていない（ように見える）登場人物に自身を重ねたのである。当時は未発表の「未知なるカダスを夢に求めて」を読

んだことのないブロックは、既にこのキャラクターが別の物語に登場していることを知らなかったのだ。なお、この時期にブロックがHPLに送ったスケッチの中には、シュブ＝ニグラスの姿を描いたものもある。

また、同じ年に書いた「ルシアン・グレイの狂気」に、ブロックは"コンラート・フォン・ユンツト"を登場させた。彼の認識では、ロバート・E・ハワードの作品にはフォン・ユンツトのファーストネームが出てきていないので、せっかくだから決めてしまおうと踏み込んだのだが、既にフリードリヒ＝ヴィルヘルム・フォン・ユンツトという名前をハワードに提供していたHPLはこれに苦言を呈した。ただし、既に発表済みの作品で使用したはずとも言っているのは、HPLの勘違いだった。

これらの作品は発表されず、現存もしていないので、どうやらHPLの御眼鏡に適わなかったようなのだが、ブロックはめげずに神話小説に挑戦し続けた。「納骨所の秘密」（〈ウィアード・テイルズ〉1935年5月号）ではルートヴィッヒ・プリンと『妖蛆の秘密』を発明し（HPLはこれにラテン語題をつけてやった）、「自滅の魔術」（同6月号）では、ボー＝ブロックへの返礼として、"バーストの神官、狂えるルーヴェ＝ケラフ"に言及した。

ちなみに、『屍食教典儀』と、オーガスト・W・ダーレスの名前をもじったその著者ダレット伯爵を発明したのも彼である。

また、1935年の春先に「星から訪れたもの」（同9月号）の執筆を終えると、ブロックは小説の中でHPL（作中で名前は出てこない）を殺害する許可を求める有名な手紙を送り、HPLはこれに対して仰々しい殺害許可証を送付したのみならず、読者の勧めもあって、彼が"ロバート・ブレイク"と

名付けた「星から訪れたもの」の語り手が、ナイアルラトホテプにより悲惨な最期を遂げる「闇の跳梁者」を、同年11月に執筆している。ブロックとしては、ファン冥利につきる出来事だったことだろう。

1937年には、同じくHPLから指南を受けていたヘンリー・カットナーと「暗黒の口づけ」を共作しているのだが、この作品が〈ウィアード・テイルズ〉1935年6月号に掲載される前、3月15日にHPLは亡くなった。

ブロックは消沈し、ネイサン・ヒンディン名義で執筆した「死は象の姿をして」（同1939年2月号、フランク・ベルナップ・ロングJr.の「恐怖の山」に登場する邪神チャウグナー・フォーンもの）を含むいくつかの関連作品を1930年代に発表してはいるが、その後、ゼロではないものの神話作品は明らかに少なくなった。ブロックはやがてミステリやサスペンスに注力するようになり、1950年に発表した「闇の跳梁者」の続編「尖塔の影」（同1950年9月号）は、いわば亡き師への手向けである。彼にとって、クトゥルー神話は尊敬する作家とのコミュニケーション手段だったのである。それでも、1951年に発表した「無人の家で発見された手記」（〈ウィアード・テイルズ〉1951年5月号）は、きわめて高い評価を受け、ブライアン・ラムレイやラムジー・キャンベルがこのジャンルの物語に興味を抱くきっかけとなった。

ブロックは後に、編集者・アンソロジストのスチュアート・デイヴィッド・シフが、〈ウィアード・テイルズ〉の再興を目論んで創刊したリトル・マガジン〈ウィスパーズ〉の1978年10月号にHPL作品のパロディ「奇異なる永劫」を寄稿。これに2部、3部を書き足した単行本を1979年に刊行した。

同作は、『アーカム計画』の邦題で東京創元社より日本語版が刊行されている。

257

ロビイ・アルザダ・フィリップス
（1827～1896）

　HPLの母方の祖母。1856年1月27日に結婚したウィップル・ヴァン＝ビューレン・フィリップスとの間に、1男4女を設けた。

　HPLが幼い頃に亡くなったので、祖父や他の親族ほどの交流はなかったが、天文学にまつわる蔵書を数多く遺し、6歳の孫が天文趣味に目覚めるきっかけを作った。

　なお、彼女が亡くなった頃、黒い喪服を着用した人々が出入りする屋敷の様子に怯えたHPLは、夜鬼の夢に夜な夜な苛まれたということである。

ロマール

　「北極星」を皮切りに、様々な作品で言及される極北の土地で、中心的な都市にオラトエーがある。"ロマール"というのはラテン語的な読み方で、英語読みは"ローマー"となる。1929年にクラーク・アシュトン・スミスの「サタムプラ・ゼイロスの物語」を読んだHPLは12月3日付の書簡において、ハイパーボレアの首都であるコモリオムが現在、「ロマールの地に位置するオラトエー近くの氷河の氷の中に埋もれているに違いない」と書いている。スミスの「ウボ・サスラ」によれば、ハイパーボレアは現在のグリーンランドと概ね一致するということなので、ロマールもそのあたりなのだろう。「銀の鍵の門を抜けて」「蝋人形館の恐怖」には、人類の誕生以前にロマールが隆起したという記述があるので、かつては海だったようだ。

　「墳丘」によれば、北米の地下世界クナ＝ヤンの都市ツァスにおいて、遥かな太古にツァトーグァを崇拝していた者たちが地上にも進出し、オラトエの聖堂にもごく小さなツァトーグァ像が据えられたということである。また、「時間を超えてきた影」には、大いなる種族によってオーストラリアにある彼らの都市に精神を誘拐されてきた、ロマールの

王が登場している。なお、ロマールは「イラノンの探求」「蕃神」などの幻想的な作品でも言及されているのだが、これらの作品は「未知なるカダスを夢に求めて」と接続されて地球の幻夢境を巡る物語に含まれることになったため、結果的にレンやカダスと同様、覚醒の世界と夢の世界の両方に存在する土地となっている。

「惑星ヴァルカンは実在せしや？」

　オーガスト・W・ダーレスによる評伝『H.P.L.：ある回想』（1945年、ベン・アブラムスン社）に、HPLが1906年頃に執筆したものとして掲載されたエッセイで、1859年にパリ理工科大学の天文学講師ユルバン・ルヴェリエがその存在を提唱した、水星よりも内側の軌道を公転しているという想像上の惑星ヴァルカンについての論考である。

　ダーレスは、このテキストについて〈プロヴィデンス・ジャーナル〉に掲載されたコラムの全体あるいは一部だと説明しているが、スナンド・T・ヨシによれば同誌がHPLのコ

ラムを載せたことはなく、おそらく若書きの
文章ではないかとのことである。

「惑星間旅行小説の執筆に関する覚書」

ウィリアム・L・クローフォードの依頼で、
彼の発行する雑誌に掲載する前提で1934年7
月に執筆。理由は不明だが、結局クローフォー
ドの雑誌には掲載されず、ハイマン・ブラド
フスキーのアマチュア文芸誌〈カリフォルニ
ア〉1935年冬号に掲載された。HPLが"惑星
間旅行小説"という言葉を使用しているのは、
要はSF小説のことで、彼が若い頃に愛読し
ていたエドガー・ライス・バローズの火星シ
リーズなどが念頭にあったのだろう。"サイ
エンスフィクション"というジャンル名は、
1926年4月刊行の〈アメイジング・ストーリー
ズ〉創刊号において、編集長のヒューゴー・
ガーンズバックが掲げた"サイエンティフィ
クション"の発展型だが、1930年代にはまだ
定着していなかった。

HPLは、当時のパルプ雑誌に氾濫してい
た通俗的なSF小説を強く批判し、「怪奇小説
の執筆について」のテキストを部分的に流用
しつつ、登場人物が宇宙の驚異を平然と受
け止めたりせず、人間の価値観とは隔絶した
精神性を有する異星種族の登場する、高水
準な作品の登場に期待した。

文芸評論家としてのHPLの到達点とも言
える重要なエッセイであり、彼の創作姿勢が
赤裸々に書かれている。

ワシントン・アーヴィング（1783〜1859）

ニューヨーク州出身の作家、法律家。少
年期から文士を志し、兄ピーターが発行する
〈モーニング・クロニクル〉紙において、"ジョ
ナサン・オールドスタイル"の筆名で風刺的
なエッセイを書き始めたのは19歳の頃だっ
た。その後、弁護士を営む傍ら文章を発表

し続け、1818年に刊行した短編集『スケッチ・
ブック』でその名を世に轟かせた。HPLは「文
学における超自然の恐怖」において、「彼の（作
品に登場する）幽霊のほとんどは気まぐれで
ユーモラスなので、純粋な幽霊文学を形成
できない」としつつも、彼の名前に3回言及
するあたり、恐怖物語の書き手として強く意
識していたことが窺える。そのことを裏付け
るように、彼は1928年春の旅行で、ニュー
ヨーク州ウエストチェスター郡にある、アー
ヴィングの「スリーピー・ホロウの伝説」の
舞台とされるスリーピー・ホロウを訪ねた。
そのことを綴った「アメリカ諸所見聞録」の
該当部分は、「今日のスリーピー・ホロウ」の
タイトルで、モーリス・W・モーが編集に関
わったスターリング・レナード＆ハロルド・
E・モフェット編の『児童向け文学：第2巻』
（1930年）に収録されている。また、アーヴィ
ングの「スリーピー・ホロウ〜」において
ウィップアーウィルが鳴き騒ぐシーンや、
「リップ・ヴァン・ウィンクル」において丘が
鳴動し、犬が騒ぐシーンは、「ダンウィッチ
の怪異」に影響を与えた可能性がある（この2
作品はいずれも、前出の『スケッチ・ブック』の収録作品）。

「罠」

1931年夏頃に執筆した、ヘンリー・S・ホ
ワイトヘッドとの合作。HPLがフロリダ州の
ホワイトヘッド宅を訪ねた際に執筆されたか、
あるいはこの時に打ち合わせが行われたも
のらしい。鏡の中の世界に捕らわれた少年の
救出を描く物語で、オーガスト・W・ダーレ
ス宛1931年12月23日付書簡などによれば、
HPLはホワイトヘッドの原稿を添削し、全
面的に書き直したということだが、本作が〈ス
トレンジ・テイルズ〉1932年3月号に発表さ
れた際には、ホワイトヘッドの単著とされてい
た。HPLは友人への純粋な好意からこの作
品に協力したのであり、彼の寄与は1970年
代に至るまで、世に知られることがなかった
のである。

参考文献

雑誌

◆Weird Tales 各号 ◆Ctypt of Cthulhu 各号（ロバート・E・プライス／編 私家版）◆Lovecraft Studies 各号（S・T・ヨシ／編）◆Etchings & Odysseys 9号（The Strange Company 1986年）◆その他のパルプ・マガジン

評伝・研究

◆Lovecraft: A Look Behind the Cthulhu Mythos（リン・カーター／著 Ballantine 1972年）◆H.P. Lovecraft: A Biography（ライアン・スプレイグ・ディ・キャンプ／著 Doubleday 1975年）◆Lovecraft at Last（ウィリス・コノヴァー／編 Carrollton-Clark Pub 1975年）◆In Memoriam: Howard Phillips Lovecraft（W・ポール・クック／著 Necronomicon Press 1977年）◆Lovecraft Remembered（ピーター・H・キャノン／編 Arkham House 1998年）◆The Brian Lumley Companion（ブライアン・ラムレイ、スタンリー・ウィアター／編 Tor Books 2002年）◆An H. P. Lovecraft Encyclopedia（S・T・ヨシ、デイヴィッド・E・シュルツ／著 Hippocampus Press 2004年）◆H.P. Lovecraft in Popular Culture: The Works And Their Adaptations in Film, Television, Comics, Music And Games（ドン・G・スミス／著 McFarland Publishing 2005年）◆Icons of Horror and the Supernatural: An Encyclopedia of Our Worst Nightmares 全2冊（S・T・ヨシ／編 Greenwood Pub Group 2006年）◆Lucifer Rising（ギャヴィン・バッデリー／著 Plexus Pub 2006年）◆Weird Words: A Lovecraftian Lexicon（ダン・クロア／著 Hippocampus Press 2009年）◆I Am Providence: The Life and Times of H. P. Lovecraft（S・T・ヨシ／著 Hippocampus Press 2013年）◆The Dark Lord: H.P. Lovecraft, Kenneth Grant, and the Typhonian Tradition in Magic（ピーター・ラヴェンダ／著 Ibis Pr 2013年）◆Lovecraft's Library: A Catalogue Fourth Revised Edition（S・T・ヨシ、デイヴィッド・E・シュルツ／著 Hippocampus Press 2017年）

小説・作品集

◆The Outsider and Others（Arkham House 1939年）◆Beyond the Wall of Sleep, by H. P. Lovecraft（Arkham House 1943年）◆Marginalia by H. P. Lovecraft（Arkham House 1944年）◆The Lurker at the Threshold, by H. P. Lovecraft and August Derleth（Arkham House 1945年）◆The Hounds of Tindalos, by Frank Belknap Long（Arkham House 1946年）◆The Shuttered Room and Other Pieces（Arkham House 1959年）◆The Inhabitant of the Lake and Less Welcome Tenants（ラムジー・キャンベル／著 Arkham House 1964年）◆Dark Things（Arkham House 1971年）◆The Call of Cthulhu and Other Weird Stories（Penguin Classics 1999年）◆Cold Print（ラムジー・キャンベル／著 Scream Press 1985年）◆The Thing on the Doorstep and Other Weird Stories（Penguin Classics 2001年）◆Tales of the Lovecraft Mythos（Del Rey 2002年）◆Collected Essays 全5冊（Hippocampus Press 2004-2005年）◆The Dreams in the Witch House: And Other Weird Stories（Penguin Classics 2004年）◆The Horror in the Museum: A Novel（Del Rey 2007年）◆The Ancient Track: The Complete Poetical Works of H. P. Lovecraft（Hippocampus Press 2013年）◆The New Annotated H. P. Lovecraft（Liveright 2014年）◆Those Dreadful Eltdown Shards（フランクリン・シーライト／編 H. Harksen Productions 2016年）

書簡集

◆Selected Letters 全5巻（Arkham House 1965-1976年）◆Clark Ashton Smith: Letters to H. P. Lovecraft（S・T・ヨシ／編 Necronomicon Press 1987年）◆H. P. Lovecraft: Letters to Richard F. Searight（S・T・ヨシ／編 Necronomicon Press 1992年）◆H. P. Lovecraft: Letters to Robert Bloch（S・T・ヨシ／編 Necronomicon Press 1993年）◆H. P. Lovecraft: Letters to Robert Bloch: Supplement（S・T・ヨシ／編 Necronomicon Press 1993年）◆H. P. Lovecraft: Letters to Samuel Loveman and Vincent Starrett（S・T・ヨシ／編 Necronomicon Press 1994年）◆H.P. Lovecraft: Letters to Henry Kuttner（S・T・ヨシ／編 Necronomicon Press 1999年）The Lovecraft Letters Vol 1: Mysteries of Time and Spirit: Letters of H.P. Lovecraft & Donald Wandrei（S・T・ヨシ／編 Night Shade Books 2005年）◆The Lovecraft Letters Vol 2: Letters from New York（S・T・ヨシ／編 Night Shade Books 2005年）◆Fritz Leiber and H.P. Lovecraft: Writers of the Dark（S・T・ヨシ／編 Wildside Press 2005年）◆O Fortunate Floridian: H. P. Lovecraft's Letters to R. H. Barlow（S・T・ヨシ／編 University of Tampa Press 2007年）◆Essential Solitude: The Letters of H. P. Lovecraft and August Derleth 全2巻（S・T・ヨシ／編 Hippocampus Press 2013年）◆H. P. Lovecraft: Letters to Elizabeth Toldridge and Anne Tillery Lenshaw（S・T・ヨシ／編 Hippocampus Press 2014年）◆H. P. Lovecraft: Letters to James F. Morton（S・T・ヨシ／編 Hippocampus Press 2014年）◆H. P. Lovecraft: Letters to Robert Bloch and Others（S・T・ヨシ／編 Hippocampus Press 2015年）◆The Spirit of Revision: Lovecraft's Letters to Zealia Brown Reed Bishop（ショーン・ブラニー、アンドリュー・レマン／編 HPLHS Inc 2015年）◆H. P. Lovecraft: Letters to J. Vernon Shea, Carl F. Strauch, and Lee McBride White（S・T・ヨシ／編 Hippocampus Press 2016年）◆H. P. Lovecraft: Letters to F. Lee Baldwin, Duane W. Rimel, and Nils Frome（S・T・ヨシ／編 Hippocampus Press 2016年）◆A Means to Freedom: The Letters of H. P. Lovecraft and Robert E. Howard 全2巻（S・T・ヨシ／編 Hippocampus Press 2017年）◆H. P. Lovecraft: Letters to C. L. Moore and Others（S・T・ヨシ／編 Hippocampus Press 2017年）◆H. P. Lovecraft: Letters to Maurice W. Moe and Others（S・T・ヨシ／編 Hippocampus Press 2018年）◆H. P. Lovecraft: Letters to Wilfred B. Talman and Helen V. and Genevieve Sully（S・T・ヨシ／編 Hippocampus Press 2019年）◆H. P. Lovecraft: Letters with Donald and Howard Wandrei and to Emil Petaja（S・T・ヨシ／編 Hippocampus Press 2019年）◆H. P. Lovecraft: Letters to Alfred Galpin and Others（S・T・ヨシ／編 Hippocampus Press 2020年）◆H. P. Lovecraft: Letters to Family and Family Friends 全2巻（S・T・ヨシ／編 Hippocampus Press 2020年）◆Dawnward Spire, Lonely Hill: The Letters of H. P. Lovecraft and Clark Ashton Smith 全2巻（S・T・ヨシ／編 Hippocampus Press 2020年）◆H. P. Lovecraft: Letters to Rheinhart Kleiner and Others（S・T・ヨシ／編 Hippocampus Press 2020年）◆H. P. Lovecraft: Letters to E. Hoffman Price and Richard F. Searight（S・T・ヨシ／編 Hippocampus Press 2021年）◆H. P. Lovecraft: Letters to Woodburn Harris and Others（S・T・ヨシ／編 Hippocampus Press 2022年）◆H. P. Lovecraft: Miscellaneous Letters（S・T・ヨシ／編 Hippocampus Press 2022年）◆H. P. Lovecraft: Letters to Hyman Bradofsky and Others（S・T・ヨシ／編 Hippocampus Press 2023年）

その他、大量の文献

ラヴクラフト作品リスト

　このリストは、H・P・ラヴクラフトの邦訳小説について、『新訳クトゥルー神話コレクション』（星海社）、『ラヴクラフト全集』（東京創元社）、『定本ラヴクラフト全集』（国書刊行会）の順で収録巻を示したものである。他に、大瀧啓裕訳のある作品などについては、特に収録書を示した。
（収録タイトルについては、書籍により異なる場合がある）

少年期作品 (五十音順)

「小さなガラスびん」　定ラ1
「墓のなぞ あるいは"死んだ男のふくしゅう"」　定ラ1
「秘密のとうくつ」　定ラ1
「不思議な船」　定ラ1

小説作品 (五十音順)

「アウトサイダー」　新ク7(予定)、ラ全3、定ラ1
「あの男」　ラ全7、定ラ3
「アルフレード」(戯曲)　定ラ8
「家の中の絵」　新ク3、ラ全3、定ラ1
「イビッド」　定ラ4
「忌まれた家」　新ク7(予定)、ラ全7、定ラ2
「イラノンの探究」　新ク4、ラ全7、定ラ1
「インスマスを覆う影」　新ク1、ラ全1、定ラ5、『クトゥルー8』(青心社)
「宇宙の彼方の色」　新ク5、ラ全4、定ラ4
「ウルタールの猫」　新ク4　ラ全6、定ラ1
「エーリヒ・ツァンの音楽」　新ク7(予定)、ラ全2、定ラ1、『夢魔の書』(学習研究社)
「往古の民」　新ク2、定ラ4
「恐ろしい老人」　新ク4、ラ全7、定ラ1
「彼方より」　新ク5、ラ全4、定ラ1
「壁の中の鼠」　新ク3、ラ全1、定ラ2、『ウィアード3』(青心社)
「可愛いアーメンガード」　『ユリイカ』2018年2月号
「木」　ラ全7、定ラ1
「記憶」　『文学における超自然の恐怖』(学習研究社)、定ラ1
「狂気の山脈にて」　新ク6、ラ全4、定ラ5
「霧の高みの奇妙な家」　新ク4、ラ全7、定ラ3
「銀の鍵」　新ク4、ラ全6、定ラ3
「クトゥルーの呼び声」　新ク1、ラ全2、定ラ3、『クトゥルー1』(青心社)

「故アーサー・ジャーミン卿とその家系に関する事実」　新ク6、ラ全4、定ラ1
「サルナスに到る運命」　新ク4、ラ全7、定ラ1
「時間を超えてきた影」　新ク4、ラ全3、定ラ6
「死体安置所にて」　ラ全1、定ラ3、『ウィアード4』(青心社)
「邪悪な聖職者」　ラ全7、定ラ6
「白い船」　新ク4、ラ全6、定ラ1
「神殿」　新ク1、ラ全5、定ラ1
「セレファイス」　新ク4、ラ全6、定ラ1
「ダゴン」　新ク1、ラ全3、定ラ1
「ダンウィッチの怪異」　新ク2、ラ全5、定ラ4
「チャールズ・デクスター・ウォード事件」　新ク7(予定)、ラ全2、定ラ4、『クトゥルー10』(青心社)
「月がもたらすもの」　定ラ2、『文学における超自然の恐怖』(学習研究社)
「月の湿原」　ラ全7、定ラ1
「洞窟のけだもの」　新ク6、ラ全7、定ラ1
「通り」　ラ全7、定ラ1
「戸口に現れたもの」　新ク5、ラ全3、定ラ6
「ナイアルラトホテプ」　新ク4、ラ全5、定ラ1
「『ネクロノミコン』の歴史」　新ク2、ラ全5、定ラ4
「眠りの壁の彼方」　新ク6、ラ全4、定ラ1
「ハーバート・ウェスト―死体蘇生者」　新ク5、ラ全5、定ラ2
「蕃神」　新ク4、ラ全6、定ラ1
「潜み棲む恐怖」　新ク6、ラ全3、定ラ2
「ピックマンのモデル」　新ク2、ラ全4、定ラ3
「ヒュプノス」　新ク7(予定)、ラ全7、定ラ2
「ファラオとともに幽閉されて（ピラミッドの下で）」　新ク7(予定)、ラ全7、定ラ2
「フアン・ロメロの変容」　新ク6、ラ全7、定ラ1
「忘却より」　新ク4、定ラ1、『文学における超自然の恐怖』(学習研究社)
「ポラリス（北極星）」　新ク4、ラ全7、定ラ1
「祝祭」　新ク2、ラ全5、定ラ2

「猟犬」 新ク2、ラ全5、定ラ2

「魔女の家で見た夢」 新ク5、ラ全5、定ラ6

「未知なるカダスを夢に求めて」 新ク4、ラ全6、定ラ3

「無名都市」 新ク2、ラ全3、定ラ1

「名状しがたいもの」 新ク4、ラ全6、定ラ2

「暗闇で囁くもの」 新ク5、ラ全1、定ラ5、『クトゥルー9』（青心社）

「闇の跳梁者」 新ク3、ラ全3、定ラ6

「ランドルフ・カーターの供述」 新ク4、ラ全6、定ラ1

「冷気」 新ク5、ラ全4、定ラ3

「霊廟」 ラ全7、定ラ1

「レッド・フックの恐怖」 新ク7(予定)、ラ全5、定ラ3

「錬金術師」 ラ全7、定ラ1

断章（五十音順）

「アザトース」 新ク4、ラ全7

「ニューイングランドにて人の姿ならぬ魔物のなせし邪悪なる妖術につきて」 新ク5

「円塔」 新ク5

「怪夢」 『真ク・リトル・リトル神話大系3』（国書刊行会）

「本」 ラ全7

「末裔」 ラ全7

代作・合作（五十音順）

「アロンゾ・タイパーの日記」ウィリアム・ラムレイ
新ク2、ラ全別巻下、『クトゥルー1』（青心社）

「イグの呪い」ズィーリア・ビショップ
新ク3、ラ全別巻上

「石の男」ヘイゼル・ヒールド
新ク3、ラ全別巻下、『クトゥルー4』（青心社）

「永劫より出でて」ヘイゼル・ヒールド
新ク1、ラ全別巻下、『クトゥルー7』（青心社）

「エリュクスの壁の中で」ケニス・スターリング
ラ全別巻下、定ラ6

「丘の木」ドウェイン・W・ライメル
新ク6、ラ全別巻下、定ラ10

「彼方よりの挑戦」C・L・ムーア、A・メリット、R・E・ハワード、F・B・ロング
新ク6、『新編真ク・リトル・リトル神話大系2』（国書刊行会）、『文学における超自然の恐怖』（学習研究社）

「銀の鍵の門を抜けて」E・ホフマン・プライス
新ク4、ラ全6、定ラ6、『クトゥルー3』（青心社）

「午前四時」ソニア・H・グリーン 定ラ7-(題)

「最愛の死者」C・M・エディ Jr. ラ全別巻上

「最後のテスト」アドルフ・デ・カストロ
新ク3、ラ全別巻上

「挫傷」ヘンリー・S・ホワイトヘッド 新ク1

「詩と神々」アンナ・ヘレン・クロフツ ラ全7、定ラ2

「すべての海が」ロバート・H・バーロウ
ラ全別巻下、定ラ9

「世紀の決戦」ロバート・H・バーロウ
定ラ7-(特)、『文学における超自然の恐怖』（学習研究社）

「電気処刑器」アドルフ・デ・カストロ
新ク3、ラ全別巻上、『クトゥルー7』（青心社）

「二本の黒い壜」ウィルフレッド・B・トールマン
ラ全別巻上、定ラ9

「灰」C・M・エディ Jr. ラ全別巻上、定ラ3

「追い寄る混沌」ウィニフレッド・ヴァージニア・ジャクスン
新ク3、ラ全別巻上、定ラ3

「墓を暴く」ドウェイン・W・ライメル ラ全別巻下

「蝋人形館の恐怖」ヘイゼル・ヒールド
新ク3、ラ全別巻下、『クトゥルー1』（青心社）

「翅のある死」ヘイゼル・ヒールド
新ク6、ラ全別巻下

「墳丘」ズィーリア・ビショップ
新ク1、『クトゥルー12』（青心社）

「墓地の恐怖」ヘイゼル・ヒールド ラ全別巻下

「マーティン浜辺の恐怖」ソニア・H・グリーン
新ク1

「見えず、聞こえず、語れずとも」C・M・エディ Jr.
ラ全別巻上

「緑の草原」ウィニフレッド・ヴァージニア・ジャクスン
新ク7(予定)、ラ全7、定ラ2

「メドゥサの髪」ズィーリア・ビショップ
新ク7(予定)、ラ全別巻上

「幽霊を喰らうもの」C・M・エディ Jr.
ラ全別巻上、定ラ7-(題)

「夜の海」ロバート・H・バーロウ
ラ全別巻下、定ラ6

「罠」ヘンリー・S・ホワイトヘッド ラ全別巻上

あとがき

　筆者がH・P・ラヴクラフトという作家を本気で追いかけ始めてから、早いもので四半世紀の時が流れ去ろうとしています。ラヴクラフト、あるいはクトゥルー神話に関心を抱いたのはそれよりも遥か以前となりますが、彼の創始した神話大系、そして作品の数々と切り離しても、その特異な人生とテキスト群ほど追いかけ甲斐のある対象はそうありません。

　彼の死から、あと10年ほどで世紀がひとまわりしようというのに、彼の書簡集は今なお新しいものが刊行され続け、世界中の研究家やファンを驚かせる新情報が出てくることもあります。彼の言うところのゴーストライティングの顧客の1人だったズィーリア・ビショップの同居人の自宅から、トランクに入った未発見書簡が36通発見されるという、まるでホームズ・パスティーシュやクトゥルー神話小説の導入のような出来事が起きたりもしました。

　ラヴクラフトには、憶測を許さないところがあります。彼がいつ、どこで誰と会い、何をして、どんな本を読んで、どんなことを考えながら作品を書いたのか——彼の発表した小説の数十、いや数百倍の文章量に及ぶ大量の書簡が、尽きせぬ情報の泉となって多くの回答を与えてしまうのです。本書の各項目の執筆中、未確定の情報については、なるべくそのことがはっきりわかるよう「かもしれない」「可能性がある」「思しい」という表現を用いましたが、そうした不確定情報に今後、明確なアンサーが与えられてしまう可能性は決して低くありません。

　本書を読んでH・P・ラヴクラフトという人物に興味を抱かれた読者の皆様は、10年後、20年後にも刊行される、最新の辞典・事典本にも目を通されることをお勧めします。きっとこの本にはまだ書かれていない、新しい情報が載っているに違いありません。そして、そうした情報を発掘し、蓄積することが、筆者のこれからの仕事となるのです。

クトゥルー神話研究家 森瀬 繚

著 森瀬繚 もりせりょう

ライター、翻訳家。TVアニメやゲームのシナリオ／小説の執筆の他、各種媒体の作品で神話・歴史考証に携わる。クトゥルー神話研究家として数多くの著書があり、近著は『クトゥルー神話解体新書』（既刊2冊、コアマガジン）。翻訳者としてはS・T・ヨシ『H・P・ラヴクラフト大事典』（日本語版監修、エンターブレイン）、ブライアン・ラムレイ『幻夢の英雄』（青心社）、H・P・ラヴクラフト作品集「新訳クトゥルー神話コレクション」（星海社、既刊6冊）などがある。

著 梶原陽輔 かじわらようすけ

『闇に囁くもの』をきっかけにラヴクラフト作品、および、クトゥルー神話にハマる。
趣味でXに神話生物のイラストを投稿していたところ、森瀬先生にお声がけいただき、本作のお手伝いをさせていただくことになりました。
楽しんでいただけたら幸いです。

カバー・本文デザイン　矢作美穂、下鳥怜奈（ジェネット）
編集　木川明彦（ジェネット）
校正　新宮尚子
協力　立花圭一、朱鷺田祐介、竹岡啓、高家あさひ、本方暁、寺田幸弘

エイチビー
H·P·ラヴクラフトにまつわる言葉をイラストと豆知識で禍々しく読み解く
ラヴクラフト語辞典

2025 年 2 月 15 日　発　行　　　　　　　　　　　　　NDC933

著　者　　森瀬繚（著）
　　　　　梶原陽輔（絵）

発行者　　小川雄一

発行所　　株式会社 誠文堂新光社
　　　　　〒113-0033 東京都文京区本郷 3-3-11
　　　　　https://www.seibundo-shinkosha.net/

印刷・製本　TOPPANクロレ 株式会社

©Leou Molice. 2025　　　　　　　　　　　　　　　　　Printed in Japan

本書掲載記事の無断転用を禁じます。
落丁本・乱丁本の場合はお取り替えいたします。

本書の内容に関するお問い合わせは、小社ホームページのお問い合わせフォームをご利用ください。

JCOPY <（一社）出版者著作権管理機構　委託出版物>
本書を無断で複製複写（コピー）することは、著作権法上での例外を除き、禁じられています。
本書をコピーされる場合は、そのつど事前に、（一社）出版者著作権管理機構（電話 03-5244-5088／FAX 03-5244-5089／e-mail：info@jcopy.or.jp）の許諾を得てください。

ISBN978-4-416-52180-9

虫けら爺さん
バクズ

　この「虫けら爺さん」は、2025年2月時点で唯一、商業翻訳がされていなかったHPLの短編小説だ。1919年7月以前に執筆された作品で、本書でも項目を立てて紹介しているアルフレッド・ギャルピンのために書き下ろされたもの。一見、禁酒法下における闇アルコールの横行を題材にしているように見えるが、禁酒法の施行は1920年。つまり、作中年代(ギャルピンが老人になっているのだから当然、数十年未来の物語である)も含めた意味での、未来小説なのである。

シカゴのストックヤード地区の中心部、狭い路地にある“シーハンの賭けビリヤード場”は、決して上品な場所ではなかった。コールリッジがケルンで体感したような、千もの雑多な匂いが漂うその場所は、浄めの太陽光を絶えて浴びたことがない。かわりに、昼夜なく入り浸っている動物じみた有象無象のがさがさに荒れた唇にぶら下がっている、夥しい数の安っぽい葉巻や煙草の煙が、空間を奪い合っているのである。

　にもかかわらず、シーハンの店の人気が翳ることはなかった。その理由が何かといえば——店内に蔓延している雑多な悪臭に注意を向ければ、誰にだってわかるはずだ。

　煙やうんざりするような混雑の上に、かつてこの土地ではお馴染みだった、しかし今では慈悲深い政府の命令によって、幸福な生活の裏通りに追いやられてしまった香気が立ちのぼっていた——それこそは強力で、悪意を湛えたウイスキーの香気——即ち、一九五〇年というこの恵みの年における禁断の果実なのである。

　シーハンの店は、シカゴの地下で流通している酒と麻薬の中心として知られていた。

　故に、決して上品とは言えない従業員たちにも、ある種の威厳が備わっていたのだが、その威厳から程遠い人物が最近まで出入りしていたのだった——そのみすぼらしさや不潔さについてはシーハンにお似合いではあったが、この店の重要性については共有していなかった人物である。その男は「虫けら爺さん」と呼ばれていて、このいかがわしい店でも、とりわけいかがわしいシロモノであった。

　彼はかつて、いかなる人物だったのか、推測を巡らせた者は多かった。ある程度酔いが回った時の彼の言葉遣いや話し方は、驚きを誘うようなものだったからだ。

　だが、彼が目下、いかなる人物であったかについては議論の余地がなかった——「浮浪者」だの「無一文」だのと呼ばれる哀れな連中の代表格、それが「虫けら爺さん」だったのだ。

　彼がどこからやってきたのか、それは誰にもわからなかった。

　ある夜のこと、彼は口から泡を吹き出し、ウイスキーと大麻をよこせと喚き散らしながら、シーハンの店に乱暴に押し入ってきたのである。彼は、生命と正気を保つために必要な酒と薬を得る代わり、雑用をこなすという約束を交わした。それ以来、床にモップをかけたり、たんつぼやグラスを洗うなど、種々雑多な卑しい仕事をしながら、店内をうろついていた。

　彼は滅多に話さなかったが、稀に口を開く時にはいつも、裏社会の隠語を用いていた。

　しかし時折、ウイスキーを大量に飲んで過度に興奮しては、理解し難い多音節の文字列や、軽快な散文や詩を口にしたので、常連客たちの一部は、彼がかつてもっとまともな暮らしをしていたのではないかと考えるようになった。彼と定期的に話をするようになった常連客の一人——身を隠している銀行の債務不履行者——は、その口調からして、かつては作家や大学教授だったのではないかと推測した。

　ともあれ、虫けら爺さんの過去を知る唯一の手がかりは、彼がいつも持ち歩いていた一枚の色あせた写真——高貴で美しい容姿の、若い女性の姿を捉えた写真だけなのだった。

彼は、ぼろぼろになったポケットから折りに触れその写真を取り出し、ティッシュペーパーの包みから丁寧に取り出しては、何とも言えない悲しさが漂う優しげな表情を浮かべながら、何時間もそれを眺めているのだった。

それは、裏社会の住人たちが知る由のない、三〇年前の古風な衣装を纏った、いかにも育ちの良さそうな上品な女性の肖像だった。一緒に写っている虫けら爺さん自身の姿も過去のもののようだった。昔風の、とりたてて特徴のない服を身につけていたのである。

彼は非常な長身で、六フィートを超えているだろうと思われたが、両肩を落として身を縮めていると、とてもそれほどの背丈があるようには見えなかった。

不潔な白髪はところどころが抜け落ちていて、櫛で梳かれたことなどないかのようだった。

痩せこけた顔にはざらざらした無精髭が生えていて、剃刀をあてられたこともないのに硬さを残しているようだったが、立派な髭の形に整えられるほどの長さはなかった。

その顔立ちは、かつては気品があったのかもしれないが、今や恐ろしいほど衰えていた。

かつて——おそらく中年期には、明らかに太り過ぎなくらいだったのだろうが、今や恐ろしいほど痩せ衰えていて、紫色の肉が目の下や頬からゆるんだ袋のように垂れ下がっていた。

全体的に、虫けら爺さんの姿は見ていて気持ちの良いものではなかったのである。

虫けら爺さんの気質はといえば、外見同様、奇妙なものだった。

普段は典型的な廃人——ニッケル硬貨やウイスキーや大麻のためなら何でもする連中だ——に見えるのだが、ごく稀に、彼の異名のもととなった特性を示すことがあった。

そういう時は決まって、彼は背筋をぴんと張ろうとして、落ち窪んだ瞳の中にはある種の焔が忍び寄る。その態度からは、そこはかとない優雅さや威厳すら感じさせた。そして、彼を取り巻く愚鈍な連中をして——くたびれ果てた哀れな雑役夫を、いつものように殴ったり蹴ったりするのを手控えさせるような、気後れのようなものを感じさせるのだった。

そんな時にはいつも、虫けら爺さんはシーハンの店にたむろしているのがいかに愚かで理性と無縁の連中であるかを知らしめる、冷笑的なユーモアを垣間見せた。しかし、魔法はすぐに解けて、虫けら爺さんはいつ終わるとも知れない床掃除やたんつぼ洗いを再開するのだった。

ある一点に目をつぶれば、虫けら爺さんはまさしく理想的な施設の奴隷だった——その一点というのは、若い男性客たちが最初の一杯を注文する際の、彼の振る舞いのことだ。

老人は怒りと興奮を露わにして床から立ち上がると、脅しと警告の言葉をもぐもぐと口にしながら、初心者が「あるがままの人生を知る」道を歩み始めるのを阻止しようとしたのである。

彼は唾と怒気を吐き散らし、長ったらしい単語を多用した諌言や奇妙な誓いを炸裂させたものだが、その言葉には、混雑した店内にいる一人ではきかない酔っ払いの心を震わせるほどの、恐ろしげな真剣さが込められていた。

しかし、彼のそういう態度は長続きせず、アルコール依存症の老人の脳は話題から逸れると、

267

愚かしいニヤニヤ笑いを浮かべながら、モップや雑巾の方に再び注意を向けるのだった。

シーハンの常連客の多くは、若きアルフレッド・トレバーが来店した日のことを忘れることはないだろう。彼はどちらかといえば「掘り出し物」——何事につけ「限界まで挑戦する」ような、金持ちで意欲的な青年——で、少なくともそれが、ウィスコンシン州アップルトンという小さな町にあるローレンス大学でこの若者と縁のあった、シーハンの店の密売人であるピーター・シュルツによる人物評だった。

トレバーの両親は、アップルトンではよく知られた人物だった。父親のカール・トレバーは弁護士で、町の名士だった。母親もまた、エレノア・ウィングという旧姓で、詩人としての名声を勝ち得た人物だった。アルフレッド自身もいっぱしの学者であり、詩人でもあったが、ある種の子供じみた奔放さが災いして、シーハンの密売人の理想的な餌食となっていた。彼は金髪で顔立ちが整い、甘やかされて育っていた。性格も陽気で、本で読んだり人から聞いたりしたことのある、ある種の遊蕩を味わいたがっていたのである。

ローレンス大学では、「タッパ・タッパ・ケグ」と呼ばれる、秘密結社もどきの中心的な人物で、放埒で陽気な若い飲兵衛たちの中にあって、とりわけ放埒で陽気に過ごしていたのだが、この未熟な、いかにも大学生らしい軽薄さに彼は満足できなかった。

彼は、より深い悪徳のことを本を通して知ったのだが、今ではそれを自分の体で直接知りたいものだと切望していた。こうした放埒な性向はおそらく、彼が家庭で受けてきた抑圧によって刺激されるところも、少なからずあったのだろう。というのも、トレバー夫人には、一人息子を厳しく躾けるだけの特別な理由があったのである。

彼女は、若い頃のある時期、婚約していた人物にまつわる出来事をきっかけに、放蕩の恐ろしさというものを深く、永久的に印象付けられていたのだった。

問題の婚約者であるところの若きギャルビンは、アップルトンの子息たちの中でも、とりわけ優秀な人間だった。その素晴らしい精神力を少年時代に発揮しはじめ、ウィスコンシン大学で名声を高めた彼は、二三歳の頃にアップルトンに戻ってローレンス大学の教授に就任。アップルトンで最も美しく輝かしい娘の指に、ダイヤモンドを嵌めたのだった。

しばらくの間は何もかもが順調だったが、何の前触れもなく嵐が吹き荒れることとなった。

何年も前に、森の中の人気のない場所で初めて飲酒した時以来の悪癖が、若き教授の中に再び沸き起こったのである。自身の指導する学生の習慣や道徳を傷つけたという厄介な訴訟を免れるためには、慌ただしい辞職以外の道は残されていなかったのだ。

婚約は破棄され、ギャルビンは新たな人生を始めようと東部に移り住んだのだが、ほどなくアップルトンの住民たちは、彼が英語講師の職を得たニューヨーク大学から不名誉にも解雇されたという知らせを耳にすることになったのである。

ギャルビンはその後、図書館での調べ物や講演に時間を注ぎ込み、純文学にまつわる様々なテーマの本や講演を準備していた。彼はいつだって驚くべき才能を発揮していたので、世間の人々はいつしか、彼の過去の過ちを許してやろうという気になっていた。

ヴィヨン、ポー、ヴェルレーヌ、そしてオスカー・ワイルドを擁護する彼の熱烈な講義は、彼自身にも適用されたのである。そして、短くも幸福な日々の中、パーク・アベニューのとある裕福な家では、再び婚約の話が持ち上がったものだった。

だがしかし、さらなる一撃が落とされた。この最後の不名誉は、他ならぬ、ギャルビンの改心を信じるようになっていた人々の幻想こそを打ち砕いたのである。

そして青年は名前を捨て、世間から姿を消したのだった。

噂によれば、彼は舞台や映画会社での仕事が、その学術的な幅と深さによってある程度の注目を集めていた「ヘイスティング領事」と呼ばれる人物に関わっているということだった。

しかし、ヘイスティングは間もなく公の場から姿を消し、ギャルビンは親たちが警告の意味合いで引き合いに持ち出す名前でしかなくなったのである。

エレノア・ウィングは間もなく、新進気鋭の若手弁護士であるカール・トレバーと結婚し、彼女のかつての恋人は、一人息子の名前と、ハンサムで無鉄砲な若者に対する道徳的な指導の由来となる記憶以上のものではなくなっていた。そうした指導にもかかわらず、アルフレッド・トレバーは、シーハンの店で最初の一杯を愉しもうとしていたのである。

若い獲物と連れ立って下劣で臭い店に入ってきたシュルツは、「ボス」と喚いた。

「俺の友達のアル・トレバーを紹介するぜ。ローレンス大学——ウィスコンシンのアップルトンにあるやつさ、知ってるだろ?——で楽しくやってる奴でね。親父はでっかい企業の弁護士で、母親ときたらブンガクの天才様ってやつだ。あるがままの人生——つまり、本物のライトニング・ジュースの味ってことさ——が知りたいってんでね。俺のダチだってことを覚えといて、相応の扱いをしてやってくれよ」

トレバー、ローレンス、アップルトンといった言葉が飛び交う中、たむろする浮浪者たちは、何か異様な雰囲気を感じたように思った。それは、ビリヤード台からのボールを撞く音であるとか、裏手の隠し部屋から聞こえてくるグラスの立てる騒音に過ぎなかったのかもしれない。

だが、少なからぬ者たちが、店内の誰かが歯を食いしばり、呼吸を荒らげているのだと考えた。

「お会いできて嬉しいです、シーハンさん」

トレバーは、物静かで育ちの良さを感じさせる口調でこう言った。

「こういう店に来たのは初めてですが、僕は人生の学徒であって、どんな経験も逃したくないんです。ご存知の通り、この種のことには詩情というものがありましてね——まあ、ご存知無いかも知れませんけれど、どちらにせよ同じことです」

「お若いの」と、店主は応じた。「お前さんは、人生ってやつを見るのに、一番いいところにやってきたのさ。ここには何だって揃ってる——モノホンの人生と、楽しい時間がな。いまいましい政府の連中は、民衆の暮らし向きをよくしようと言っちゃいるが、お前さんたち若いもんが好きな時にヤクをやるのを止めることなんざできやしないのさ。何が欲しいんだね、お若いの——酒?

コカイン? それとも他のクスリが欲しいのかい? ウチにあるもんだったら、どんな注文にも応じてやるぜ」

常連たちの証言によれば、彼らがモップがけの規則的で単調な音が止まったのに気がついた
のは、このタイミングだったということである。
「ウイスキーを飲んでみたいです——古き佳きライ麦酒をね!」
　トレバーは熱狂的に叫んだ。
「まったくの話、昔懐かしい時代の陽気な酔っ払いの話を本で読んでしまうと、水なんかはもう
結構、飽き飽きだって気分になるんですよ。アナクレオン風の詩なんて、口を潤さないことには
読めやしません——それも、水よりも強い何か別の飲み物じゃないと!」
「アナクレオン風だって——そりゃあ一体何だ?」と、取り巻いていた連中の何人かが顔をあげた。
若者の興奮が、彼らの酔いを少しばかり上回ってしまったのである。
　しかし、銀行の債務不履行者がこっそりと説明してやった。アナクレオンというのは、ずっと
昔に生きていた、陽気で年老いたろくでなしで、世界全部がシーハンの店と同じだった頃の楽し
さを、文字に書き残したということだった。
「時に、トレバー君」と、債務不履行者は続けた。「シュルツが言うには、きみの母上も文学者だっ
たということだが?」
「その通りですよ、糞ったれなことにね!」と、トレバーは答えた。「だけど、テオス生まれの詩人
とは全然違うんです!　あの人は、人生の喜びを奪おうとする、つまらない永遠のモラリストた
ちの一人でね。感傷的な話ばかり書いてますよ——旧姓のエレノア・ウィングって名前で書いて
るんですが、ひょっとして聞いたことあります?」
　ここで、虫けら爺さんはモップを取り落とした。
「さあさあ、こいつがそうだ」
　ボトルとグラスを載せたトレイを店内に運びながら、シーハンは陽気に告げた。
「古き佳きライ麦酒、あんたのご同類がこのシカゴで見つけられるのと同じくらいに、燃え上が
るように強いやつさ」
　若者は目を輝かせ、連れが注ぐ茶色がかった液体の香気に、鼻孔をひくつかせた。
　ひどい不快感を覚え、血筋に由来する繊細な五感全てが反発した。しかし、人生を存分に味わっ
てみせようという決意はなおも健在で、彼の表面上の大胆な態度を支えていた。
　しかし、彼の決心が実行に移される前、予期せぬ介入が起きたのだった。
　かがみこんでいた虫けら爺さんが跳ねるように立ち上がり、若者に飛びかかったかと思うと、
持ち上げられたグラスを手から叩き落とし、同時にボトルとグラスを載せたトレイにモップで一
撃を加え、悪臭を漂わせる液体やボトルとタンブラーの破片を床にぶちまけたのである。
　結構な数の男性、もしくは男性だった連中が床にこぼれ落ちた汚らしい酒をぴちゃぴちゃと舐
め始めたが、大多数の者たちは身じろぎせず、この酒場の雑役夫にして浮浪者である男の、前
代未聞の行動をじっと見つめていた。
　虫けら爺さんは驚いたトレバーの前で身を正すと、穏やかな声でこう話しかけた。
「こんなことをしてはいけない。かつては私も、あなたのようなことを考え、実際にやってしま

いました。今となっては、私は——このような有様ですよ」

「何を言ってやがる、この莫迦な爺さんは!」と、トレバーは叫んだ。

「紳士の楽しみを邪魔するとは、いったいどういう料簡なんだ!」

　ようやく驚きから立ち直ったシーハンが進み出ると、老浮浪者の肩に重々しく手を置いた。

「これでしめえだぞ、老いぼれが!」と、猛然と嚙み付いた。

「紳士がここで飲みてえと仰ってるんだぞ、神に誓って、お前の邪魔抜きで飲ませてやりゃあいいんだ。俺が地獄に蹴り飛ばす前に、さっさとこっから出ていきやがれ」

　しかし、シーハンは異常心理学や神経刺激の影響についての科学的な知識のことを考慮していなかったのだ。虫けら爺さんはモップをしっかりと握ると、マケドニアの装甲歩兵の如くそれを振り回し始め、彼の周囲からはすぐに人間がいなくなった。その最中、彼はぶつ切りの引用を断片的に叫んでいたのだが、目立って繰り返されたのはこのような言葉だった。

「……暴慢と葡萄酒に酔い痴れた、ベリアルの息子とも」【訳注：ジョン・ミルトン『失楽園』の一節】

　店内は万魔殿と化し、男たちは自分たちが覚醒めさせた不吉なる存在に怯えて悲鳴をあげ、大声で泣き叫んだ。トレバーは混乱に目を回してしまったらしく、争乱が激しさを増す頃には壁際で体を縮めていた。

「飲ませまいぞ! 飲ませまいぞ!」

　引用文がネタ切れになったのか——それとも、超越してしまったのか——、虫けら爺さんはこんな具合に吼え猛っていた。警官が店のドアの前にやってきたものの、しばらくの間は介入しようとしなかった。トレバーはといえば、今やすっかり恐怖に怯えきってしまい、悪徳の道を介して人生を見てみたいという願望が永久に治療され、やってきた青い制服姿の警官のいる方ににじり寄っていた。何とかここから逃げ出して、アップルトン行きの電車に乗ることができないものだろうか。遊蕩の勉強は、もうこれで十分だった。

　突然、虫けら爺さんは槍を振り回すのをやめて、じっと静止し——この店の常連たちの誰もが見たこともないくらい、まっすぐに立ち尽くした。

　そして、「皇帝万歳!死を前に、貴方に敬礼します!」【訳注：スエトニウス『ローマ皇帝伝』の一節】と一声叫ぶとウイスキーの臭いが立ち上る床に倒れ込み、二度と立ち上がらなかったのである。

　その後の光景を、若いトレバーは決して忘れなかった。映像はぼやけても、完全に拭い去ることができなかったのである。

　警官たちが群衆の間を通り抜け、そこで起きた出来事と床で死んでいる人物の両方について、全員細かく質問した。シーハンは特にしつこく取り調べを受けたが、虫けら爺さんの素性についての情報はさっぱり得られなかった。

　その時、銀行の債務不履行者が写真のことを思い出し、警察本部に提出して身元を確認してもらうよう提案したのだった。巡査はガラスのように淀んだ目をした死体の上にしぶしぶ屈み込

271

むと、ティッシュに包まれた厚紙のカード入れを見つけ、他の者たちに回覧した。

　一人の酔っ払いが、写真に写っている美しい顔に意地の悪い目を向けて、「娼婦か何かじゃねえのか!」と大声で言ったが、シラフだった者たちはその繊細で高潔さを漂わせた面差しをじろじろと眺めたりせず、敬意と恥じらいの入り混じった感情を抱きつつ眺めていた。

　そこに写っているのが誰なのかわかった者は一人もおらず、薬物に堕ちた廃人がこのような肖像写真を持っていたことを、誰もが不思議に思っていた——ただし、その間にも店に入ってきた警官たちを不安げに見ていた、銀行の債務不履行者は別だった。彼だけは、虫けら爺さんのすっかり落ちぶれ果てた仮面の底にある、もう少し深いところまで見通していたのである。

　その時、写真がトレバーに渡されたのだが、青年の上に変化が訪れた。

　一歩前に踏み出した後、彼は店内の不潔さからそれを守ろうとでもするかのように、写真を包んでいたティッシュを取り替えた。次いで、床に横たえられた人物をじっくりと眺め、その高い背丈と、人生の悲惨な焔が消えた今になって現れた、貴族的な顔立ちを注視した。

「いいえ」と、質問された彼は急いで答えた。彼はその写真の主題を知っているわけではなく、あまりにも古いものなので、今となっては誰なのかわからないのではないかとも付け加えた。

　しかし、アルフレッド・トレバーは、遺体の引き取りとアップルトンへの埋葬を申し出た時、多くの者がそう考えていたように、真実を語らなかったのである。

　彼の家の書斎の炉棚の上には、その写真の精確な模写が掛けられていたのだった。そして、彼はその生涯を通じて、オリジナルであるその写真をこよなく愛したのだった。

　何故なら、その穏やかで高貴な顔立ちは、彼自身の母親のものだったのである。